Anne-Dominique Deronza

LA LIGNÉE

Guillermo Del Toro et Chuck Hogan

LA LIGNÉE

Traduit de l'anglais (Etats-Unis)
par Hélène Collon

ÉDITIONS FRANCE LOISIRS

Titre original : *The Strain*

Édition du Club France Loisirs,
avec l'autorisation des Éditions Presses de la Cité.

Éditions France Loisirs,
123, boulevard de Grenelle, Paris
www.franceloisirs.com

Le Code de la propriété intellectuelle n'autorisant, aux termes des paragraphes 2 et 3 de l'article L. 122-5, d'une part, que les « copies ou reproductions strictement réservées à l'usage privé du copiste et non destinées à une utilisation collective » et, d'autre part, sous réserve du nom de l'auteur et de la source, que les « analyses et les courtes citations justifiées par le caractère critique, polémique, pédagogique, scientifique ou d'information », toute représentation ou reproduction intégrale ou partielle, faite sans le consentement de l'auteur ou de ses ayants droit ou ayants cause, est illicite (article L. 122-4). Cette représentation ou reproduction, par quelque procédé que ce soit, constituerait donc une contrefaçon sanctionnée par les articles L. 335-2 et suivants du Code de la propriété intellectuelle.

© Guillermo Del Toro et Chuck Hogan, 2009
© Presses de la Cité, un département de Place des éditeurs, 2009 pour la traduction française.
ISBN : 978-2-298-03109-6

A Lorenza, Mariana, Marisa…
et à tous les monstres de ma chambre d'enfant :
puissiez-vous ne jamais me laisser tranquille

G. D. T.

A ma Lila

C. H.

LA LEGENDE DE JUSEF CZARDU

— Il était une fois un géant, dit la grand-mère d'Abraham Setrakian.

Les yeux du jeune Abraham brillèrent. Soudain son bortsch lui parut plus appétissant ; en tout cas, il avait moins le goût d'ail. Abraham était un petit garçon pâle, maigrichon, maladif. Bien décidée à l'engraisser, sa grand-mère restait assise face à lui pendant qu'il mangeait sa soupe dans son bol en bois, mais elle le distrayait en lui racontant une histoire.

Une *bubbeh meiseh*, un « conte de grand-mère ». Un conte de fées. Une légende.

— C'était le fils d'un aristocrate polonais. Il s'appelait Jusef Czardu. Le seigneur Czardu dépassait tous les autres hommes par la taille. Il dépassait même les toits du village. Il fallait qu'il se plie en deux pour passer les portes. Mais pour lui, c'était une calamité, une maladie, pas du tout une aubaine. Car ses muscles n'avaient pas la force de porter ses os longs et lourds. Parfois, il avait beaucoup de mal à marcher. Il s'appuyait sur une grande canne – plus grande que toi – au pommeau en argent sculpté en forme de tête de loup. C'était l'emblème de la famille.

— Et alors, *bubbeh* ? demanda Abraham entre deux cuillerées.

— Tel était son fardeau en ce bas monde, et il lui avait enseigné l'humilité, qualité rare chez les nobles. Il avait beaucoup de compassion envers les pauvres, ceux qui travaillaient dur, les malades. Il se montrait surtout gentil avec les enfants du village, et ses poches grandes comme des sacs à navets étaient toujours remplies de babioles ou de sucreries. Lui-même n'avait pas vraiment eu d'enfance : à huit ans, il était déjà grand comme son père ; à neuf, il le dépassait d'une tête. Sa fragilité et sa grande taille faisaient secrètement la honte du châtelain. Mais le seigneur Czardu était un gentil géant, et son peuple l'aimait beaucoup. On disait qu'il *voyait* les gens de haut sans les *prendre* de haut.

D'un signe de tête, sa grand-mère rappela à Abraham qu'il devait avaler une nouvelle cuillerée. Il mâchonna une betterave bouillie ; on les appelait « cœur de bébé » en raison de leur couleur, de leur forme, et de leurs fibres qui rappelaient de petits vaisseaux sanguins.

— Et alors, *bubbeh* ?

— C'était aussi quelqu'un qui aimait la nature ; la chasse était trop brutale pour lui, ça ne l'intéressait pas. Seulement, c'était un aristocrate, il fallait qu'il tienne son rang ; alors quand il a eu quinze ans, son père et ses oncles l'ont obligé à les accompagner dans une expédition de six semaines en Roumanie.

— Chez nous, *bubbeh* ? Le géant est venu ici ?

— Au nord du pays, *kaddishel*. Dans les forêts noires. Mais les hommes de la famille Czardu ne venaient pas chasser le sanglier, l'ours ou l'élan, non. Ils étaient là pour le loup, l'emblème de la famille, qui figurait sur leurs armoiries. Un chasseur, lui aussi. Ils disaient que la viande de loup leur donnait force et courage, et le père espérait qu'elle soignerait aussi les faibles muscles du jeune maître.

— Et alors ?

— Le voyage fut long, pénible, freiné par le mauvais temps, et Jusef dut lutter de toutes ses forces. C'était la première fois qu'il sortait de son village, et les regards des inconnus lui faisaient honte. Une fois dans la forêt sombre, il eut l'impression que la nature était vivante. Les animaux rôdaient la nuit par meutes entières comme des réfugiés chassés de leur cachette, leur antre, leur terrier ou leur tanière. Ils étaient si nombreux que, la nuit, ils empêchaient les chasseurs de dormir. Quelques-uns voulurent s'en retourner mais l'aîné des Czardu était obsédé ; rien d'autre n'avait d'importance à ses yeux. On entendait les loups pousser leur plainte dans la nuit, et il tenait par-dessus tout à en tuer un pour son fils, son fils unique dont le gigantisme pesait comme une malédiction sur la famille. Il fallait laver la maison Czardu de ce fléau et lui trouver une épouse, pour qu'il engendre de nombreux héritiers sains.

» Et voici qu'en pistant un loup, au crépuscule du deuxième jour, le père se retrouva isolé de ses compagnons. Ceux-ci l'attendirent toute la nuit et, dès l'aube, se déployèrent à sa recherche. Mais, à la fin de la journée, on s'aperçut qu'un cousin de Jusef manquait lui aussi à l'appel. Et ainsi de suite, comprends-tu.

— Et alors, *bubbeh* ?

— Pour finir, il n'en resta qu'un : le jeune géant. Le lendemain, il se mit en route et, dans un coin qu'on avait pourtant fouillé, trouva le cadavre de son père, puis ses oncles et ses cousins gisant tous à l'entrée d'une grotte souterraine. Les crânes étaient réduits en bouillie mais les corps n'avaient pas été dévorés ; il en déduisit qu'ils avaient été tués par un monstre d'une force exceptionnelle, mais qui n'avait ni peur ni faim. Alors pourquoi ? Il ne comprenait pas – sauf que lui-même se sentait observé, peut-être même scruté, par quelque créature tapie dans la caverne.

» Le seigneur Czardu emporta les corps l'un après l'autre pour les enterrer profondément, loin de la grotte. Cela lui coûta ses dernières forces. Il était épuisé, *farmutshet*. Pourtant, il avait beau être seul, effrayé, exténué, ce soir-là il retourna à la grotte affronter l'être maléfique qui sortait la nuit, afin de venger les siens au péril de sa vie. On le sait par le journal qu'il tenait, et qu'on retrouva dans les bois bien des années plus tard. Ce fut la dernière chose qu'il y écrivit.

Abraham la regarda bouche bée (et vide).

— Mais qu'est-ce qui lui est arrivé, *bubbeh* ?

— Nul ne le sait avec certitude. Chez lui, en Pologne, au bout de six semaines, puis huit, puis dix sans nouvelles, on crut que les chasseurs avaient péri. On entreprit de vaines recherches. Puis, une nuit de la onzième semaine, un carrosse arriva au manoir, tous rideaux tirés. C'était le jeune maître. Il s'enferma dans une aile – désormais inoccupée –, et on ne le revit plus... ou presque. En ce temps-là, des rumeurs coururent sur son compte. Les rares personnes à l'avoir aperçu affirmaient – mais ces témoignages sont-ils bien dignes de foi ? – qu'il était guéri de ses infirmités. On murmurait même qu'il était revenu des forêts noires doté d'une force surhumaine, en harmonie avec sa haute taille. Mais son chagrin était si grand après la perte de son père, de ses oncles et cousins, qu'il ne paraissait plus jamais le jour. Il donna congé à la plupart de ses domestiques. Il y avait des allées et venues au château la nuit – on voyait par les fenêtres rougeoyer des feux dans les cheminées – mais, peu à peu, la grande demeure se dégrada faute d'entretien.

» Seulement, des gens prétendaient que, la nuit, ils entendaient le géant marcher dans le village. Les enfants, en particulier, se racontaient que résonnait dans les rues le *pic-pic-pic* de sa canne, sur laquelle il ne prenait plus appui mais dont il se servait pour les appeler, les tirer du lit et leur offrir bonbons et petits jouets. Aux incrédules, on montrait les trous laissés dans la terre – notamment sous les fenêtres des chambres à coucher – par la fameuse canne à tête de loup.

Le regard de la grand-mère s'assombrit. Elle lança un coup d'œil au bol d'Abraham : il était presque vide.

— C'est alors que des enfants de fermiers ont commencé à disparaître. Même dans les villages voisins, disait-on. Et jusque dans le mien. Eh oui, Abraham, quand elle était petite, ta *bubbeh* habitait à une demi-journée de marche du manoir de Czardu. Je me rappelle deux sœurs dont on a retrouvé les corps dans une clairière en pleine forêt.

Elles étaient blanches comme la neige autour d'elles, et le gel avait déposé sur leurs yeux grands ouverts une fine pellicule de glace. Je l'ai moi-même entendu un soir, pas très loin de moi, ce *pic-pic-pic* – un bruit régulier, puissant. J'ai remonté la couverture par-dessus ma tête, en serrant bien pour ne plus l'entendre, mais je n'en ai pas dormi pendant des jours.

Abraham goba la fin de l'histoire avec ses dernières gouttes de soupe.

— Le village de Czardu a fini par être pratiquement abandonné. On disait que c'était un endroit maudit. Quand ils passaient par là avec leurs roulottes, pour vendre leurs marchandises venues de lointaines contrées, les Tziganes racontaient qu'il se passait des choses étranges aux abords du château, qu'il était hanté par des apparitions, ou par un géant qui rôdait au clair de lune tel un dieu de la nuit. Ce sont eux qui nous ont avertis : « Mangez bien, devenez grands et forts, sinon Czardu vous attrapera. » Voilà pourquoi c'est important, Abraham. *Ess gezunterheit.* Mange pour devenir costaud. Allez, finis-moi ce bol. Sinon, « il » va venir te prendre !

La vieille dame s'arracha à ses ténébreux souvenirs et son regard s'anima.

— *Pic-pic-pic !* Czardu va venir !

Du coup, Abraham avala jusqu'au dernier morceau de betterave filandreuse. La soupe était terminée, l'histoire aussi, mais le petit avait la panse et la tête pleines. Quand il mangeait, cela faisait plaisir à sa *bubbeh,* dont le visage exprimait à ses yeux tout l'amour du monde. En cet instant d'intimité autour de la table branlante, tous deux communiaient par-delà les générations en partageant la nourriture du cœur et de l'âme.

Dix ans plus tard, la famille Setrakian fut chassée de son atelier de menuiserie, de sa maison et de son village, mais par les Allemands, et non par Czardu. Un officier cantonné chez eux et qui partageait leur pain autour de la même table branlante fut ému par leur profonde humanité. Un soir il les mit en garde : le lendemain, on leur ordonnerait de se rassembler à la gare avec les autres villageois. Il ne fallait surtout pas qu'ils obéissent, mais qu'ils filent sans attendre.

Ce qu'ils firent – toute la famille au sens large, à savoir huit personnes. Ils prirent tout ce qu'ils pouvaient emporter et s'enfoncèrent dans la campagne. Mais *bubbeh* freinait leur progression. Pire, elle le savait. Elle comprenait que sa présence mettait toute la famille en danger et maudissait ses vieilles jambes. Les autres finirent par partir en avant, sauf Abraham, qui entre-temps était devenu un jeune homme vigoureux et plein de promesses. Passé maître graveur malgré son jeune âge, il menait parallèlement des études talmudiques et s'intéressait tout particulièrement au *Sefer Ha Zohar*, le livre des secrets de la mystique juive. Il resta donc à ses côtés, et quand la nouvelle leur parvint qu'en atteignant la bourgade suivante le reste de la famille avait été arrêté et contraint d'embarquer dans un train pour la Pologne, la vieille dame ne put surmonter son sentiment de culpabilité. Elle supplia Abraham de la laisser se rendre aux Allemands, pour que lui-même puisse sauver sa vie.

— Il faut t'enfuir, Abraham ! Fuis les nazis comme tu fuirais Czardu. Il faut leur échapper.

Mais il ne voulut rien savoir. Pas question d'abandonner sa *bubbeh*.

Au matin, dans la chambre que leur avait prêtée un paysan compatissant, il la retrouva morte par terre. Conséquence de la mort-aux-rats qu'elle avait ingérée, ses lèvres noires comme le charbon pelaient et sa gorge était violacée. Avec la gracieuse permission de ses hôtes, Abraham Setrakian l'enterra sous un bouleau argenté en fleur. Il grava patiemment une belle stèle ornée de fleurs et d'oiseaux, tout ce qui avait jadis donné de la joie à sa grand-mère. Il pleura longtemps, puis s'enfuit comme elle l'en avait prié.

Il fuyait les nazis, mais ce qu'il entendait dans son dos, c'était *pic-pic-pic*...

Et le mal n'était pas loin derrière.

LE COMMENCEMENT

ENREGISTREUR
DE CONVERSATION N323RG

Transcription de la Direction nationale de la sécurité aérienne, vol 753 Berlin (TXL) – New York (JFK), 24-09-2010 :

20:49:31 [Interphone de cabine « ON »]
COMMANDANT MOLDES : Mesdames et messieurs, ici le commandant de bord. Nous allons atterrir dans quelques minutes, sans retard sur l'horaire prévu. Mon second, le personnel navigant et moi-même vous remercions d'avoir choisi la compagnie Regis Airlines et espérons vous revoir bientôt à bord de nos appareils…
20:49:44 [Interphone de cabine « OFF »]
COMMANDANT MOLDES : … comme ça au moins on perdra pas notre boulot. [Rires dans le cockpit.]
20:50:01
CONTRÔLE DU TRAFIC AÉRIEN (JFK) : Regis 7-5-3 gros porteur en approche par la gauche vers la position 1-0-0, permission d'atterrir piste 13R.
COMMANDANT MOLDES : Regis 7-5-3 gros porteur en approche par la gauche vers la position 1-0-0, piste 13R repérée.
20:50:15 [Interphone de cabine « ON »]

COMMANDANT MOLDES : Procédure d'atterrissage entamée, personnel de cabine à vos postes, s'il vous plaît.
20:50:18 [Interphone de cabine « OFF »]
W. NASH (SECOND) : Train d'atterrissage sorti.
COMMANDANT MOLDES : Ça fait toujours plaisir de rentrer chez soi…
20:50:41 [Bruits de chocs. Parasites. Bruit strident.]

FIN DE TRANSMISSION

L'ATTERRISSAGE

TOUR DE CONTRÔLE, AÉROPORT INTERNATIONAL JFK

On appelait ça des « assiettes à soupe » parce que les écrans monochromes (JFK attendait ses écrans couleur depuis deux ans) de la tour étaient verts comme du potage auquel on aurait ajouté de petites lettres en vermicelle. En l'occurrence, ces lettres désignaient des spots radar qui, eux-mêmes, représentaient des centaines de vies humaines – ou, dans l'antique jargon nautique encore en vogue chez les contrôleurs aériens, des centaines d'*âmes*.

Des centaines d'âmes.

C'était peut-être pour cela qu'on surnommait Jimmy Mendes « l'Evêque ». L'Evêque était le seul à rester debout pendant ses huit heures de service au lieu de s'asseoir comme les autres contrôleurs aériens. Roulant sans cesse un crayon à papier entre ses doigts, il faisait les cent pas dans la tour, à cent mètres au-dessus de l'aéroport international de New York, faisant atterrir les avions comme un berger ramène son troupeau au bercail. Le crayon – rose – lui servait à visualiser les appareils qu'il dirigeait à la voix et à mesurer leurs positions relatives au lieu de s'en remettre exclusivement à ses écrans radar bidimensionnels.

Où, à chaque seconde, clignotaient donc des centaines d'*âmes*.

— United Airlines 6-4-2, virez à tribord direction 1-0-0 et remontez à 5 000.

Sauf que dans cette « soupière » on ne raisonnait pas en ces termes. On ne pouvait trop se permettre de penser aux âmes dont on tenait le sort entre ses mains, ces milliers d'êtres tassés dans des missiles ailés filant dans le ciel. Impossible de saisir tout ce qui se passait : les avions monitorés depuis les « assiettes », les aiguilleurs du ciel casqués échangeant à voix basse des codes dans leur micro, les avions s'affichant sur l'écran des voisins, la tour de contrôle de LaGuardia... et toutes les autres, dans tous les aéroports, toutes les villes des Etats-Unis et du monde entier...

Calvin Buss, le chef de secteur, surgit à côté de Jimmy l'Evêque, dont il était le supérieur direct. Il avait écourté sa pause ; d'ailleurs, il était encore en train de mastiquer.

— Où tu en es avec Regis 7-5-3 ?

— Regis 7-5-3 au sol.

Calvin lança un regard bref mais intense à son propre écran afin de s'en assurer.

— En roulage vers sa porte.

Jimmy fit défiler vers le haut sa liste d'assignation des portes d'embarquement pour chercher le 7-5-3.

— Pourquoi ça ?

— Le radar au sol signale un appareil en panne sur le parking Foxtrot.

— Voie de circulation ?

Jimmy vérifia à nouveau les curseurs de son « assiette » puis rouvrit la communication avec le DL 753.

— Regis 7-5-3, ici la tour, terminé.

Rien. Nouvelle tentative :

— Regis 7-5-3, ici la tour, à vous.

Silence. Même pas un bruit radio.

— Regis 7-5-3, ici la tour, vous me recevez ? Terminé.

Un assistant de circulation aérienne apparut derrière Calvin Buss.

— Un problème de transmission ?

— On dirait plutôt une panne générale. Quelqu'un vient de dire que tout s'était éteint dans l'appareil.

— Comment ça ? lâcha Jimmy l'Evêque.

Si c'était vrai, on avait eu une sacrée veine que ça se produise quelques minutes *après* l'atterrissage. Il se jura de s'arrêter pour jouer le 7, le 5 et le 3 au Loto du lendemain, quand il rentrerait chez lui.

Calvin brancha son casque sur le jack audio de l'intercom de Jimmy.

— Regis 7-5-3, ici la tour, merci de répondre. Regis 7-5-3, ici la tour, terminé.

Ils tendirent l'oreille.

En vain.

Jimmy l'Evêque considéra son écran : ses spots radar en attente n'indiquaient aucune alerte de conflit, tous ses appareils étaient en position normale.

— Demande un réacheminement du trafic pour contourner Foxtrot.

Calvin se débrancha et recula d'un pas.

Tout à coup, son regard se fit lointain. Derrière la console de Jimmy et, au-delà, derrière les vitres de la cabine de la tour, il se porta vers le parking en question. Il exprimait autant de perplexité que d'inquiétude.

— Il faut dégager Foxtrot, dit-il en se retournant vers l'assistant de circulation. Envoie quelqu'un voir ce qui se passe.

Jimmy l'Evêque se frotta l'estomac en regrettant de ne pouvoir calmer sa nausée naissante. Au fond, son métier consistait à pratiquer des accouchements. Il aidait les pilotes à extraire de la matrice du vide des avions bourrés d'« âmes ». Et pour le moment, il tressaillait de peur comme un médecin mettant au monde son premier mort-né.

Tarmac, terminal 3

Lorenza Ruiz, dite « Lo », se dirigeait vers la porte d'embarquement indiquée au volant d'un véhicule de transport de bagages – en fait, un chariot élévateur hydraulique, mais motorisé. Ne trouvant pas comme prévu le 753 en sortant du virage, elle s'avança encore, histoire de jeter un œil. Elle portait un casque antibruit, un sweat-shirt à capuche des Mets avec par-dessus un gilet réfléchissant, des lunettes protectrices (les gravillons des pistes étaient une vraie galère). Ses barres lumineuses orange – pour les signaux de circulation au sol – étaient posées à côté d'elle sur le siège.

Qu'est-ce que c'est que ce bordel ?

Elle enleva ses grosses lunettes, comme si elle avait besoin de voir ça à l'œil nu. Il était bel et bien là finalement, le Boeing 777 de la Regis – un gros balèze, un des nouveaux modèles –, posé sur le parking Foxtrot dans le noir. Le noir *complet*. Ce soir-là, le ciel était vide, comme si on l'avait creusé pour en ôter la lune, et les étoiles étaient masquées. On n'y voyait rien du tout. Rien que le métal lisse du fuselage et des ailes reflétant faiblement les feux d'atterrissage des avions à l'approche – dont un 1567 de la Lufthansa qui, à trente centimètres près, faillit le heurter avec son train d'atterrissage.

— ¡ *Jesus santísimo* !

Elle appela aussitôt pour prévenir.

— On arrive, répondit son chef. Les gars de la tour te demandent d'aller voir ça de plus près.

— Moi ?

Lo fronça les sourcils. *Bien fait, t'avais qu'à pas être si curieuse.* Elle s'approcha en suivant le couloir de service partant du terminal passager et franchit les balises de voie de circulation peintes sur le tarmac. Pas rassurée, elle se montra très prudente. Elle n'avait encore jamais roulé aussi loin. Le règlement de l'aviation civile était très strict concernant les distances à respecter par les convoyeurs et autres transporteurs de bagages, aussi surveillait-elle constamment les appareils en roulage.

Elle obliqua après les feux de guidage bleus en bord de piste. Elle eut l'impression que tous les circuits de l'appareil étaient coupés, du nez à la queue. Ni phare, ni feux anticollision, ni lumière aux hublots. D'habitude, même au sol, à dix mètres en contrebas, on voyait, derrière les ouvertures étroites qui semblaient regarder de biais le nez caractéristique des Boeing, les interrupteurs lumineux au-dessus des sièges et les voyants des instruments de navigation dans le cockpit, rouges comme des ampoules inactiniques dans une chambre noire. Mais là, il n'y avait de lumière nulle part.

Lo ralentit à une dizaine de mètres du bout de l'aile gauche, interminable. Quand on bossait depuis un bail sur le tarmac – et dans son cas ça faisait huit ans, c'est-à-dire plus que ses deux mariages réunis –, on finissait par sentir les choses. Les volets de bord de fuite et les *spoilers* sol – les ailerons à l'arrière des ailes – étaient tous relevés, procédure normale une fois l'avion posé. Les turboréacteurs étaient à l'arrêt, silencieux. Or, normalement, même coupés ils continuaient un moment à brasser l'air en bouffant le gravier et les insectes comme des aspirateurs géants et affamés. Donc, ce gros père avait atterri bien gentiment et roulé jusqu'ici... avant l'extinction des feux.

Encore plus inquiétant, puisqu'on lui avait donné l'autorisation d'atterrir, le problème était apparu en deux minutes, trois maximum. Qu'est-ce qui pouvait bien se détraquer en un laps de temps aussi court ?

Lo s'approcha encore de l'aile – par l'arrière : aucune envie de se faire réduire en charpie comme une oie du Canada si les réacteurs à double flux se remettaient subitement en marche. Elle roula jusqu'à la soute (partie de l'appareil qu'elle connaissait le mieux) au niveau de la queue et s'arrêta sous la porte arrière. Elle mit le frein à main et actionna le manche de l'élévateur, qui pouvait atteindre au maximum une pente de trente degrés. Ça ne suffirait pas, mais bon. Elle mit pied à terre, récupéra ses bâtons lumineux et escalada le plan incliné vers la carlingue de l'avion mort.

Mort ? Pourquoi mort ? C'était pas vivant, les zincs, de toute façon.

Cependant, l'espace d'un instant, Lo se représenta mentalement un grand cadavre en putréfaction, une baleine échouée. Telle était l'impression que lui faisait cet avion : une carcasse à moitié décomposée, un Léviathan à l'agonie.

Le vent tomba au moment où elle arrivait en haut. Pourtant, sur le tarmac de JFK, où sévissait un microclimat, il y avait toujours du vent. Toujours et partout. Le vent ne tombait jamais sur les pistes, avec les avions qui approchaient, les marais salants tout autour et l'Atlantique à un jet de pierre, de l'autre côté de Rockaway. Et voilà que régnait subitement un silence tel que Lo dut enlever son volumineux casque à oreillettes rembourrées pour s'assurer qu'elle ne rêvait pas. Elle crut distinguer une série de coups sourds en provenance de la cabine, mais en fait, ce n'était que son cœur. Elle alluma sa torche et braqua le faisceau sur le flanc droit de l'appareil.

En suivant le rond de lumière, elle vit que le fuselage était encore nacré d'humidité par la descente ; ça sentait comme une pluie de printemps. Elle promena sa torche sur la longue rangée de hublots. Tous les rideaux étaient baissés.

Bizarre. Soudain elle n'était pas rassurée. Pas rassurée du tout. Ecrasée par la présence massive de l'engin (250 millions de dollars, 383 tonnes), elle eut l'impression fugace, mais nette et glaciale, de se trouver en présence d'un énorme dragon. Un démon qui feignait de dormir mais qui pouvait à tout moment soulever ses paupières et ouvrir une gueule effrayante. Un pressentiment la traversa, suivi d'un frisson. Tout en elle se noua, se crispa.

Puis elle remarqua qu'un des rideaux était relevé. Ses cheveux se hérissèrent sur sa nuque, au point qu'elle y passa la main comme on caresse un animal nerveux. Il était ouvert depuis le début et elle ne l'avait pas vu, ce rideau, voilà tout.

Enfin, peut-être...

Dans l'avion, quelque chose bougea dans le noir. Soudain, Lo se sentit observée.

Elle poussa un gémissement plaintif. C'était puéril mais elle ne put s'en empêcher. Elle était paralysée. Le sang lui monta brusquement à la tête, comme en réponse à un ordre, et sa gorge se serra...

Alors elle comprit, sans l'ombre d'un doute : il y avait là-dedans quelque chose qui voulait la dévorer.

Elle reprit brusquement conscience des rafales de vent, comme si celles-ci n'avaient jamais cessé, et ne se le fit pas dire deux fois : elle redescendit à toute vitesse, sauta à bord de son transporteur et fit marche arrière sans couper le gyrophare ni rentrer l'élévateur. Un craquement retentit : elle venait d'écraser sous ses chenilles une des balises au sol en fuyant à fond de train vers la demi-douzaine de véhicules de secours qui venaient à sa rencontre.

Tour de contrôle, JFK

Calvin Buss, qui avait coiffé un autre casque d'écoute, donnait ses instructions en fonction des recommandations de la Direction de l'aviation civile en cas d'intrus sur la piste. Départs et arrivées étaient suspendus dans un rayon de huit kilomètres d'espace aérien autour de JFK, ce qui créait des files d'attente de plus en plus longues. Calvin annula les pauses des contrôleurs de service et leur ordonna de joindre le vol 753 en essayant toutes les fréquences disponibles. Jimmy l'Evêque n'avait jamais vu pareil chaos dans la tour de contrôle.

Des représentants de l'Autorité aéroportuaire — des types qui parlaient tout bas dans leur portable — s'étaient regroupés derrière lui, ce qui n'était jamais bon signe. Bizarre comme les gens avaient tendance à se rassembler face à l'inexpliqué.

Jimmy renouvela son appel mais, là encore, sans succès.

Un des types en costard lui demanda :

— On a reçu un signal de prise d'otages ?

— Non. Rien.

— Pas d'alerte incendie non plus ?

— Bien sûr que non.

— Et l'alarme de la porte du cockpit ?

Visiblement, on venait d'entrer dans la phase « questions bêtes ». Jimmy l'Evêque fit appel à la patience et au bon sens qui faisaient justement de lui un bon contrôleur aérien :

— Le Regis 7-5-3 a réussi son approche sans problème et s'est posé en douceur. Il a confirmé son assignation et viré en bout de piste. Je l'ai supprimé du radar et passé au capteur de détection de surface.

La main sur le micro de son casque, Calvin intervint :

— Le pilote a peut-être été obligé de tout couper ?

— Dans ce cas, pourquoi ils n'ont pas ouvert une porte ?

C'était justement ce qui tracassait Jimmy. En règle générale, s'ils avaient la permission de se lever, les passagers ne restaient pas assis une minute de plus que nécessaire. La semaine précédente, un appareil de la JetBlue en provenance de Floride avait failli être le théâtre d'une mutinerie, et ce pour une banale histoire de petits pains rassis. Là, les gens se tenaient tranquilles depuis un bon quart d'heure. Dans le noir complet.

— Il doit commencer à faire chaud là-dedans, commenta Jimmy l'Evêque. Si les circuits électriques sont coupés, l'air ne circule plus dans la cabine. Il n'y a aucune ventilation.

— Mais alors qu'est-ce qu'ils attendent, bon sang ? demanda un autre officiel.

Jimmy sentit l'inquiétude générale monter d'un cran. Une impression de vide au creux du ventre, quand on sent qu'il va se passer quelque chose de *vraiment* grave.

— Ils ne peuvent peut-être pas bouger ? marmonna-t-il malgré lui.

— Une prise d'otages, donc ? dit l'officiel.

L'Evêque hocha la tête sans rien dire, mais ce n'était pas à cela qu'il pensait. Sans se l'expliquer, il n'avait qu'un mot en tête. Le mot *âmes*.

Parking Foxtrot, JFK

Les sapeurs-pompiers aériens de l'AA sortirent comme pour un sinistre classique à bord d'un appareil au sol, en déployant six véhicules dont un canon d'arrosage à mousse, une pompe et un camion-échelle. Ils s'arrêtèrent à la hauteur du transport de bagages immobilisé devant les feux de positionnement du parking Foxtrot. Perché à l'arrière du camion-échelle, le capitaine Navarro sauta du marchepied et resta un moment immobile, en combinaison et casque, face à l'avion. Les gyrophares des véhicules de secours qui éclairaient le fuselage par intermittence créaient l'illusion qu'une pulsation rouge émanait de l'appareil. On se serait cru en présence d'un avion vide équipé pour un exercice de nuit.

Le capitaine alla s'asseoir à côté du conducteur, Benny Chufer.

— Appelle l'entretien, qu'on m'allume les feux de balisage. Puis va te garer derrière l'aile.

— On a reçu l'ordre d'attendre, remarqua Benny.

— Il y a un avion plein de monde, là. On n'est pas payés pour servir de balises éclairantes mais pour sauver les gens.

Benny haussa les épaules et obéit. Une fois sur place, Sean Navarro redescendit du camion, puis monta sur le toit. Benny manœuvra la grue pour lui permettre de grimper sur l'aile. Le capitaine alluma sa torche et enjamba le bord de fuite, entre les deux volets relevés. Sa botte se posa juste sur les grosses lettres noires : ACCÈS INTERDIT.

Il remonta l'aile de plus en plus large, plus de six mètres au-dessus du tarmac, et se dirigea vers l'issue dite « au droit des ailes » – la seule équipée d'un dispositif d'ouverture d'urgence extérieur. Elle comportait un petit hublot teinté. Il tenta de regarder à travers, malgré les perles de condensation à l'intérieur de la vitre double épaisseur, mais ne vit que les ténèbres. On devait étouffer comme dans un poumon d'acier là-dedans.

Pourquoi n'appelaient-ils pas au secours ? Comment expliquer cette absence de mouvement dans la cabine ? S'il était toujours pressurisé, l'avion était hermétiquement clos. Donc, les passagers seraient bientôt à court d'oxygène.

D'une main gantée, il enfonça deux petits volets rouges, puis tira sur la poignée pour l'extraire de son logement. Il la tourna dans le sens des flèches, sur près de cent quatre-vingts degrés, et donna un coup sec. La porte, qui aurait dû s'ouvrir vers lui, ne bougea pas. Il tira de nouveau sur la poignée, mais comprit aussitôt que ses efforts resteraient vains : il n'y avait pas le moindre jeu. Or, la porte ne pouvait pas être coincée de l'intérieur. C'était la poignée qui devait être bloquée. A moins que quelque chose ne retienne le battant de l'autre côté.

Il rebroussa chemin sur l'aile, en direction de l'échelle. Un gyrophare orange approchait : un chariot motorisé venant du terminal international. Un moment plus tard, il vit qu'il était conduit par des agents du Service de sécurité des transports.

— C'est parti, marmonna-t-il en posant le pied sur le premier barreau de l'échelle.

Ils étaient cinq. Ils se présentèrent chacun à leur tour, mais le capitaine Navarro ne perdit pas de temps à essayer de retenir leurs noms. Il était venu avec des véhicules incendie et des canons à mousse, eux avec des ordinateurs portables et des téléphones mobiles. Il resta un bon moment à attendre qu'ils mettent fin à leurs conversations respectives ; ils parlaient tous plus fort les uns que les autres.

— Il faut bien réfléchir avant d'enfoncer le bouton « Sécurité du territoire ». On ne va pas mettre en branle toute la machine pour rien.

— On ne sait même pas à quoi on a affaire. Si on tire la sonnette d'alarme et que des chasseurs décollent de la base d'Otis, on va semer la panique sur tout le littoral.

— Si c'est une bombe, ils ont vraiment attendu jusqu'au dernier moment, là-dedans.

— Pour qu'elle explose sur le sol américain, peut-être.

— Si ça se trouve, ils font les morts. Pour le moment. Silence radio. Pour nous attirer tout près. Et attendre les médias.

Un des types lisait l'écran de son téléphone.

— On me dit que c'est un vol en provenance de Berlin Tegel.

Un autre dit dans le sien :

— Je veux parler à quelqu'un là-bas – et qui *sprechen* anglais, hein ! Qu'on sache s'ils ont repéré des activités suspectes chez eux, des infractions à la sécurité. Et qu'on leur demande leur protocole de traitement des bagages enregistrés.

Un autre ordonna :

— Consultez le plan de vol et vérifiez la liste des passagers. Oui, *encore*. Faites des recherches sur tous les noms, et cette fois en tenant compte des variations orthographiques.

— OK, dit un autre en lisant lui aussi l'écran de son portable. On a les infos complètes. Numéro de série de l'appareil : N323RG. Boeing 777-200LR. Dernière escale technique il y a quatre jours à Atlanta Hartsfield. On a remplacé un couvre-joint de gaine usé dans l'inverseur de poussée du moteur gauche et une bague de montage, également usée, dans le droit. On a aussi différé la réparation d'un creux dans le groupe de volets intérieurs à bâbord avant, à cause de son indicateur. Bref, ce zinc a été déclaré bon pour le service.

— Le 777, c'est un nouvel appareil, non ? Il vole depuis un an ou deux, pas plus ?

— Capacité maximum : trois cent un passagers. Celui-là a embarqué deux cent dix personnes – cent quatre-vingt-dix-neuf passagers, deux pilotes et neuf personnels navigants.

— Il y a des « sans-billets » ? demanda un autre, faisant référence aux enfants en bas âge.

— On me dit que non.

— Classique, comme tactique, commenta celui qui ne voyait que l'angle terroriste. On crée une perturbation et on attire les premiers sur place, comme ça on a un public et on fait tout sauter pour atteindre l'impact maximum.

— Dans ce cas, on est déjà morts.

Ils s'entre-regardèrent, mal à l'aise.

— Il faut faire reculer les véhicules de secours. Qui c'était, le crétin qui se baladait sur l'aile ?

Le capitaine Navarro surprit tout le monde en s'avançant.

— Moi.

— Ah. Euh... bien, fit le type avant de toussoter dans son poing fermé. Seul le personnel d'entretien est autorisé là-haut, capitaine. C'est le règlement.

— Je sais.

— Bon, et alors ? Vous avez vu quelque chose ?

— Non. Rien vu, rien entendu. Tous les rideaux sont baissés.

— Tous ?

— Oui.

— Vous avez essayé d'ouvrir la porte au droit de l'aile ?

— En effet.

— Et ?

— Bloquée.

— Comment ça ? Ce n'est pas possible !

— Elle est bloquée, insista Navarro, qui avait plus de patience avec ces cinq types qu'avec ses propres mômes.

Le chef des officiels s'écarta pour passer un appel. Le capitaine dévisagea les autres.

— Bon, alors, qu'est-ce qu'on fait ?

— Justement, on attend de le savoir.

— Hein ? Vous savez combien il y a de passagers à bord ? Combien ont déjà dû appeler la police ?

Un des types secoua négativement la tête.

— Aucun appel d'urgence n'a été émis à partir d'un portable pour l'instant.

— Pour l'instant ? répéta le capitaine.

Son voisin renchérit :

— Zéro sur cent quatre-vingt-dix-neuf. Pas bon signe, ça.
— Très mauvais signe, même.
Navarro les considéra, stupéfait.
— Il faut faire quelque chose, et vite. S'il y a des morts ou des mourants là-dedans, je n'ai pas besoin d'autorisation pour attraper une hache à incendie et casser les vitres. Il n'y a pas d'air, dans cet avion !
Le responsable revint.
— Le chalumeau arrive. On découpe la porte.

Dark Harbor, Virginie

La baie de Chesapeake, à cette heure tardive, était une vaste étendue d'eau noire et agitée.

Dans le patio vitré d'une belle maison sur la falaise, d'où on avait une vue imprenable, un homme était allongé sur une chaise longue médicalisée, spécialement conçue pour lui. L'éclairage était tamisé, dans un souci de confort autant que par désir de ne pas être vu. Les thermostats industriels – au nombre de trois dans cette seule pièce – maintenaient une température constante de dix-sept degrés. Des haut-parleurs discrets distillaient du Stravinsky – *Le Sacre du printemps* – afin de couvrir le chuintement régulier de l'appareil de dialyse.

Un souffle imperceptible nimbé de vapeur blanche s'échappa des lèvres de l'homme. Un observateur non averti l'aurait cru à l'article de la mort. Il aurait pensé assister aux derniers jours, aux dernières semaines peut-être, d'une vie couronnée par une éclatante réussite sociale, à en juger par cet impressionnant domaine de sept hectares. Peut-être même y aurait-il perçu une certaine ironie : cet individu richissime et visiblement haut placé connaîtrait donc la même fin qu'un vulgaire indigent ?

Sauf que pour Eldritch Palmer, ce n'était pas du tout la fin. Il avait beau être dans sa soixante-seizième année, il n'avait aucune intention de renoncer à quoi que ce soit. Mais alors aucune.

Cet homme estimé, cet investisseur, businessman, théologien et confident puissant, subissait le même traitement chaque soir pendant trois à quatre heures depuis sept longues années. Sa santé était fragile, certes, mais sous contrôle. Les médecins qui se relayaient jour et nuit à ses côtés disposaient d'un équipement ordinairement réservé aux établissements hospitaliers.

Les riches pouvaient s'offrir des soins d'excellente qualité à domicile, mais aussi se payer le luxe d'être excentriques. Toutefois, Palmer tenait ses extravagances secrètes ; son entourage immédiat n'était même pas au courant. Il ne s'était jamais marié. Il n'avait pas eu d'héritier. La question qui revenait le plus souvent à son propos était donc de savoir quelles dispositions testamentaires il avait prises concernant son immense fortune. Il dirigeait seul et sans aide le groupe Stoneheart[1], sa principale société d'investissement. On ne lui connaissait

---
1. Littéralement « Cœur de pierre ». (*N.d.T.*)

de liens avec aucune fondation, aucune œuvre caritative, contrairement à ses deux concurrents sur la liste des plus grosses fortunes d'Amérique établie annuellement par le magazine *Forbes* : Bill Gates, créateur de Microsoft, et l'investisseur Warren Buffett, propriétaire de la Berkshire Hathaway. (Cela dit, si *Forbes* avait pu comptabiliser certaines réserves en lingots d'or déposées en Amérique du Sud, plus les actifs détenus par quelques sociétés fantômes basées en Afrique, Eldritch Palmer aurait sans problème occupé le haut du classement.) Or, justement, il n'avait pas rédigé de testament, et cette imprudence aurait déjà été impensable pour un homme mille fois moins riche que lui.

C'était tout simplement qu'Eldritch Palmer n'avait pas l'intention de mourir.

L'hémodialyse était un traitement consistant à pomper le sang afin de l'épurer totalement via un dialyseur, ou « rein artificiel », avant de le réinjecter dans le système circulatoire une fois débarrassé des déchets. Les aiguilles chargées de le transporter dans un sens puis dans l'autre étaient reliées à une greffe artérioveineuse installée de manière semi-permanente dans l'avant-bras. L'appareil était un Fresenius dernier cri qui surveillait continuellement les constantes vitales et informait aussitôt Fitzwilliam (qui n'était jamais très loin) si elles s'écartaient de la normale.

Les investisseurs de Palmer étaient habitués à son visage perpétuellement émacié. Le fait que cet homme exerce une telle influence sur la finance et donc sur la politique internationales malgré son teint gris cendre et sa vulnérabilité apparente était devenu sa marque de fabrique, le symbole paradoxal de sa puissance. Ses légions de « fidèles » – une élite formant bloc – étaient au nombre de trente mille ; le droit d'entrée était de deux millions de dollars et leurs fortunes respectives atteignaient les neuf chiffres (le premier étant au moins un 5). Grâce au pouvoir d'acquisition du groupe Stoneheart, Palmer avait entre les mains un formidable levier économique, qu'il actionnait de manière très rentable, et parfois sans le moindre scrupule.

La double porte donnant, côté ouest, sur le couloir spacieux s'ouvrit pour livrer passage à Fitzwilliam, qui faisait également office de garde du corps. Il apportait un téléphone portable crypté sur un plateau en argent. C'était un ancien marine (quarante-deux soldats ennemis abattus au combat), à l'esprit particulièrement vif. Après l'armée, il avait entrepris des études de médecine financées par Palmer.

— Le secrétaire d'Etat à la Sûreté du territoire, monsieur, annonça-t-il en soufflant lui aussi une haleine blanchie par la fraîcheur ambiante.

Normalement, Palmer interdisait qu'on le dérange pendant sa transfusion nocturne ; il préférait mettre à profit ce moment pour se livrer à la contemplation. Mais cet appel-là, il l'attendait. Il prit donc le téléphone que lui tendait Fitzwilliam et attendit que celui-ci se retire docilement.

A l'autre bout du fil, on lui annonça l'arrivée de l'avion en sommeil et on l'informa qu'à JFK les responsables ne savaient pas comment réagir. Son interlocuteur s'exprimait sur un ton inquiet, à la fois formel et mal à l'aise.

— Comme il s'agit d'un événement extrêmement rare, j'ai pensé que vous voudriez être mis aussitôt au courant, monsieur.

— Merci, répondit Palmer. J'apprécie beaucoup votre courtoisie.

— Je... je vous souhaite une bonne soirée, monsieur.

Palmer coupa la communication et posa l'appareil sur ses genoux osseux. La soirée s'annonçait très bonne, en effet. Il tressaillit d'impatience. Son attente prenait fin. Maintenant que l'avion était là, le processus était enclenché, les événements allaient s'enchaîner – et de manière spectaculaire.

Tout excité, il se tourna vers le grand écran de télévision qui occupait une partie du mur latéral et mit le son au moyen de la télécommande encastrée dans le bras de sa chaise longue médicalisée. On ne parlait pas encore de l'avion. Mais ça n'allait pas tarder.

Il appuya sur le bouton de l'interphone.

— Oui, monsieur ? fit la voix de Fitzwilliam.

— Faites préparer l'hélicoptère. J'ai à faire à Manhattan.

Puis il reporta son regard sur l'immensité de l'estuaire, derrière la baie vitrée. Au sud de l'embouchure du Potomac aux eaux couleur d'acier, la mer s'agitait, profonde et noire.

Parking Foxtrot, JFK

Les équipes d'entretien apportaient des conteneurs d'oxygène sous le fuselage en les faisant rouler sur la piste. Le découpage de la carlingue au chalumeau était une procédure qu'on n'utilisait qu'en tout dernier recours. Tous les avions de ligne étaient équipés en standard de zones dites « poinçonnées ». Sur le Boeing 777, elle était située sous la queue, entre les deux portes de soute droites. Sur ce modèle, les deux lettres « LR » accolées au chiffre 777 signifiaient « Long Range », et sur ce modèle haut de gamme à rayon d'action maximal de 9 000 milles marins, donc plus de 16 000 kilomètres, doté d'une capacité kérosène de 200 000 litres, on trouvait, outre les réservoirs normaux logés dans les ailes, trois réservoirs auxiliaires dans la soute arrière, d'où la nécessité de ménager une zone « découpable ».

On se servit d'une torche de coupage Arcair, un système exothermique préconisé en cas de sinistre non seulement parce qu'il était facile à transporter mais aussi parce qu'il fonctionnait à l'oxygène seul, sans gaz secondaires dangereux tels que l'acétylène. Etant donné l'épaisseur de la coque, la découpe prendrait environ une heure.

A ce stade, aucune des personnes présentes sur la piste n'espérait plus de dénouement heureux. On n'avait toujours pas détecté de SOS en provenance de la cabine. Le Regis 753 n'émettait pas la moindre lumière, pas le moindre bruit, aucun signal de quelque espèce que ce soit. Mystère total.

Un véhicule de commandement envoyé par la cellule de crise de l'AA reçut la permission de s'engager sur le tarmac. On braqua sur le bimoteur de puissants projecteurs du type chantier de construction. Le commando dépêché sur place était formé pour mener à bien des évacuations rapides, récupérer des otages et lancer des assauts antiterroristes contre les ponts, les tunnels, les gares routières, les aéroports, les lignes de chemin de fer et les ports de la zone New York-New Jersey. On attribua à chaque officier tactique une combinaison blindée légère et un pistolet-mitrailleur Heckler & Koch. Déjà, deux bergers allemands flairaient le sol autour du train d'atterrissage – deux ensembles de six pneus colossaux. Ils allaient et venaient, la truffe en l'air, comme si eux aussi sentaient quelque chose d'anormal.

Le capitaine Navarro se demanda distraitement s'il restait vraiment quelqu'un à bord. Il lui semblait se rappeler que dans un épisode de *La Quatrième Dimension* on voyait atterrir un avion complètement vide.

Les techniciens allumèrent leurs torches de découpe. Ils allaient s'attaquer au ventre de la coque quand l'un des chiens se mit à hurler, plutôt qu'à aboyer, en tournant inlassablement en rond au bout de sa laisse.

Alors le capitaine vit son conducteur de camion-échelle, Benny Chufer, désigner le milieu du fuselage. Une ombre mince se dessina sous ses yeux. Une balafre d'un noir insondable sur la gorge parfaitement lisse de l'appareil.

C'était la porte au droit de l'aile. Celle qu'il n'avait pas réussi à ouvrir.

Elle était béante.

Ça n'avait pas de sens ! Il en resta figé sur place, muet de stupeur. Peut-être une panne transitoire du système de verrouillage, ou de la poignée ? Ou alors il n'y était pas allé assez fort ? A moins que... ? C'était possible, après tout... Que quelqu'un ait finalement ouvert cette porte.

Tour de contrôle, JFK

Les officiels avaient obtenu l'enregistrement des échanges entre l'avion et Jimmy l'Evêque. Debout comme toujours, ce dernier attendait de l'écouter avec eux quand, soudain, leurs portables se mirent à sonner comme des fous.

— Le zinc est ouvert, annonça l'un d'eux. Quelqu'un a ouvert la porte 3G.

Tout le monde se leva pour essayer d'apercevoir par les baies vitrées l'appareil violemment éclairé. Jimmy l'Evêque ne vit pas de porte ouverte.

— De l'intérieur ? demanda Calvin Buss. Quelqu'un est sorti ?

— Non, personne, répondit le type sans lâcher son téléphone. Pour le moment.

Jimmy saisit une paire de jumelles sur le rebord de la fenêtre et inspecta le Regis 753.

C'était vrai. On voyait effectivement une fente noire au-dessus de l'aile. Comme une déchirure dans le fuselage.

Brusquement, Jimmy eut la bouche sèche. Dans des conditions normales, ces portes s'entrebâillaient avant de pivoter vers l'arrière et de se replier contre la paroi intérieure de la coque. Donc, concrètement, on pouvait seulement dire que la porte était déverrouillée, et non ouverte.

Il remit les jumelles à leur place et recula. Sans qu'il sache pourquoi, quelque chose lui soufflait de fuir.

Parking Foxtrot, JFK

Les capteurs qu'on éleva à la hauteur de la porte n'indiquèrent la présence d'aucune radiation, d'aucun gaz suspect. Un des techniciens de la cellule de crise, couché sur l'aile, réussit à entrouvrir la porte de quelques centimètres à l'aide d'une longue perche tandis que deux officiers tactiques le couvraient depuis la piste. On introduisit dans la cabine un microphone parabolique qui retransmit toute une série de pépiements, bips et tonalités diverses : les téléphones portables des passagers sonnaient dans le vide. Ces sons plaintifs avaient quelque chose d'irréel, comme autant de petits signaux d'alarme individuels.

On introduisit ensuite, fixé au bout de la perche, un miroir comparable – en plus grand – à l'instrument qui servait aux dentistes à examiner les molaires. Mais on ne vit que les deux strapontins inoccupés dans la zone interclasses.

Les tentatives de communication par mégaphone restèrent vaines. Aucune réaction dans l'appareil – ni lumière ni mouvement, rien.

Deux membres de la cellule de crise en combinaison protectrice légère se retirèrent derrière les balises de bord de piste pour faire le point. Ils étudièrent un schéma de l'appareil vu en coupe montrant les passagers assis par rangées de dix dans la classe économique de la cabine, par où ils allaient pénétrer dans l'appareil. Trois sièges sur les côtés et quatre dans la rangée centrale. Comme il n'y aurait pas beaucoup d'espace à l'intérieur, ils échangèrent leurs pistolets-mitrailleurs contre des Glock 17, plus maniables en cas de combat rapproché.

Puis ils enfilèrent chacun un masque à gaz à interface radio et à dispositif de vision nocturne rabattable, et attachèrent à leur ceinture une bombe lacrymogène, des menottes souples et des chargeurs supplémentaires. Des caméras miniatures équipées de lentilles passives infrarouges étaient fixées sur leur casque.

Ils montèrent sur l'aile par l'échelle du camion de pompiers puis allèrent s'aplatir contre le fuselage, chacun d'un côté de la porte. L'un enfonça le panneau d'un coup de botte avant de s'introduire accroupi dans la cabine, toujours plaqué contre la paroi, et de se diriger droit devant vers une cloison. Son coéquipier le suivit.

Le mégaphone annonça à leur place :

— *Aux occupants du vol Regis 753 : ici l'Autorité aéroportuaire de New York-New Jersey. Nous pénétrons à bord de l'appareil. Pour votre sécurité, veuillez rester à vos places et placer vos mains sur votre tête.*

Le premier policier attendit, dos à la paroi, l'oreille aux aguets. Son masque assourdissait tous les bruits pour les transformer en vrombissement caverneux, mais il ne perçut pas non plus de mouvement. Il rabattit son dispositif de vision nocturne et tout devint vert. Après un signe de tête à son collègue, il leva son Glock, compta jusqu'à trois et entra dans l'immense cabine.

EMBARQUEMENT IMMEDIAT

WORTH STREET, CHINATOWN

Ephraïm Goodweather entendait une sirène, mais il n'aurait su dire si elle hurlait dans la rue – si elle était *réelle* – ou sur la bande-son du jeu vidéo auquel il jouait avec Zack, son fils.
— Pourquoi tu n'arrêtes pas de me tuer ? demanda-t-il au blondinet.
Celui-ci haussa les épaules, vexé.
— Mais, papa, c'est le but du jeu !
Le téléviseur se trouvait à côté d'une grande fenêtre donnant plein ouest, principal atout du minuscule appartement d'Eph, au deuxième sans ascenseur, à la limite sud de Chinatown. Devant eux, la table basse était jonchée de barquettes de plats chinois, à quoi s'ajoutaient un sac en plastique plein de bandes dessinées achetées chez Forbidden Planet, le portable de Zack et ses pieds malodorants. La console de jeux était neuve – encore un cadeau.
Quand Eph était petit, sa grand-mère coupait les oranges en deux pour en exprimer le jus, une moitié après l'autre. Lui faisait pareil avec Zack : il exploitait au maximum le peu de temps qu'ils avaient à passer ensemble. Son fils unique était toute sa vie, l'air qu'il respirait. Toutes les occasions

étaient bonnes pour en profiter, car il devait parfois se contenter d'un ou deux coups de fil dans la semaine. Pour lui, c'était alors comme une semaine entière sans voir le soleil.

— Et m... !

Eph tripota maladroitement sa manette – un gadget sans fil dont il était peu familier – et, comme d'habitude, il se trompa de bouton. Son soldat donna de grands coups de poing par terre.

— Aide-moi au moins à me relever !

— Trop tard. T'es encore mort.

Eph connaissait pas mal de types qui avaient divorcé de leurs enfants en même temps que de leur femme. Ils disaient ce qu'il fallait, évidemment – que les mômes leur manquaient, que leur ex pervertissait leurs relations, etc. Mais en fait, ils ne se donnaient pas beaucoup de mal. Un week-end avec les gosses devenait un week-end de moins dans leur nouvelle vie de célibataire. Alors que pour Eph, au contraire, la vie, c'était justement ses week-ends avec Zack.

Eph n'avait pas voulu ce divorce. Et il ne le voulait toujours pas. Il comprenait que sa vie de couple avec Kelly était terminée ; d'ailleurs, elle ne lui avait pas laissé le moindre doute là-dessus. Seulement, il n'était pas question pour lui de renoncer à Zack. La question de la garde n'était toujours pas tranchée. C'était pour cela – et pour cela seulement – qu'aux yeux de la loi Kelly et lui étaient encore mariés.

C'était le dernier week-end de la période d'essai fixée par la conseillère conjugale désignée par le juge. La semaine suivante, elle entendrait Zack et la décision finale serait connue peu après. Eph avait peu de chances, mais il s'en moquait. Ce combat, c'était toute sa vie. « L'intérêt de Zack », tel était le discours de Kelly, et elle s'en servait pour culpabiliser Eph, le pousser à accepter un simple droit de visite – assez généreux, il est vrai. Mais l'intérêt d'Eph, lui, était de ne pas lâcher Zack. Il avait même fait pression sur son employeur (le gouvernement des Etats-Unis !) pour transférer à New York son équipe du Center for Disease Control (basé à Atlanta), afin que la vie de son fils ne soit pas davantage perturbée.

Il aurait pu se battre avec plus d'énergie, et plus de coups bas, comme le lui avait maintes fois conseillé son avocat, qui connaissait toutes les ficelles du divorce. Il s'en était abstenu parce qu'il ne se remettait pas de l'échec de son mariage, mais aussi parce qu'il avait du cœur. Trop. Ce qui avait fait de lui un bon médecin le muait en pitoyable candidat au divorce. Il avait accepté toutes les exigences – financières et autres – formulées par l'avocat de Kelly. Tout ce qu'il demandait, c'était de pouvoir passer du temps seul avec son fils unique.

Qui, pour l'heure, lui balançait des grenades virtuelles.

— Comment veux-tu que je riposte alors que tu m'as fait sauter les bras ?

— Je sais pas, moi. Essaie de donner des coups de pied !

— Je comprends maintenant pourquoi ta mère interdit les consoles de jeu chez elle.

— Je sais : ça m'excite trop, je ne passe pas assez de temps avec les gens et... ÇA Y EST, J'T'AI FRAGMENTÉ !!

Sur cette exclamation venue tout droit de la guerre du Vietnam, Eph vit sa « barre de vie » se réduire à zéro.

C'est à ce moment précis que son portable se mit à vibrer, en se promenant entre les barquettes comme un gros scarabée affamé. Sans doute Kelly, pour lui rappeler que Zack devait inhaler sa Ventoline. Ou s'assurer qu'Eph ne l'avait pas enlevé et planqué au Maroc, par exemple.

Il consulta l'écran. Un numéro en 718, donc local. L'identification de l'appelant afficha : QUARANTAINE JFK.

Le Center for Disease Control, ou CDC, entretenait une zone de quarantaine dans le terminal international de l'aéroport. Ces locaux n'avaient pas vocation à détenir des passagers ou à les soigner ; il n'y avait là que quelques bureaux et une salle d'examen. C'était plutôt une espèce de halte intermédiaire, de pare-feu destiné à identifier, voire à contenir une éventuelle source d'épidémie. Ceux qui y travaillaient étaient surtout chargés d'isoler et de diagnostiquer les passagers ayant déclaré une maladie pendant le vol, et éventuellement de dépister les méningites à méningocoques ou un SRAS – syndrome respiratoire aigu sévère.

L'antenne était fermée le soir, et de toute façon Eph n'était pas de service. On n'était censé l'appeler avant le lundi matin sous aucun prétexte. Il avait pris ses dispositions des semaines plus tôt pour pouvoir passer le week-end avec son fils.

Il appuya sur le bouton du vibreur pour le faire taire et reposa le téléphone à côté de la barquette de nems aux saint-jacques. Quelqu'un d'autre n'avait qu'à s'en occuper, ce n'était pas son problème.

— C'est le jeune qui m'a vendu ta console, dit-il à Zack. Il ne me lâche plus.

Son fils attaquait un ravioli à la vapeur.

— Quand je pense que t'as réussi à trouver des places pour les Yankees contre les Red Sox demain… J'arrive pas à y croire, dit-il.

— Ouais, et de bonnes places en plus. Du côté de la troisième base. J'ai dû taper dans le budget de tes futures études supérieures mais bon, doué comme tu es, tu feras ton chemin dans la vie rien qu'avec tes années de lycée.

— Arrête, papa…

— En plus, tu sais à quel point ça me fait mal de donner ne serait-ce qu'un dollar au propriétaire des Yankees. C'est une trahison, il n'y a pas d'autre mot.

— A mort les Red Sox, vive les Yanks, dit Zack.

— D'abord tu me descends, et ensuite tu me provoques ?

— En tant que fan des Red Sox, tu dois être habitué, non ?

— Là, tu vas trop loin !

Eph prit son fils à bras-le-corps et lui chatouilla les côtes. Le petit se plia en deux, convulsé de rire, puis se débattit. Il commençait à avoir de la force. Eph avait désormais du mal à l'immobiliser. Pourtant, il n'y avait pas si longtemps, il lui faisait encore « faire l'avion » perché sur son épaule. Zachary avait les mêmes cheveux que sa mère (du moins quand Eph l'avait rencontrée, à l'université) : fins et blond cendré. Mais en même temps, il reconnaissait chez son fils, avec autant de joie que de surprise, ses propres mains de gamin de onze ans. Ces doigts aux articulations robustes qui n'aimaient rien tant que le contact d'un gant de base-ball, détestaient les leçons de piano et attendaient avidement d'empoigner le monde des adultes. Ça lui faisait une drôle d'impression de les revoir, ces mains. C'était vrai, finalement : nos enfants étaient bien là pour nous remplacer. Il voyait en son fils un ensemble fini, parfait. Son ADN se composait de tout ce que Kelly et lui avaient été l'un pour l'autre – leurs espoirs, leurs rêves, leur potentiel. C'était sans doute pour cela que, chacun à leur manière – conflictuelle –, ils cherchaient toujours à faire ressortir ce qu'il y avait de meilleur chez leur fils. Aussi, l'idée que Zack grandisse sous l'influence du petit ami de Kelly (Matt, un « brave type », un « bon gars », mais tellement insipide qu'il en devenait presque invisible) le rendait malade. Lui, au contraire, voulait que son fils relève des défis, qu'il soit inspiré, qu'il fasse de grandes choses ! La bataille pour la garde de sa petite personne était peut-être perdue, mais pas celle de la garde de sa personnalité, de son âme !

Le portable d'Eph se remit à vibrer et à se balader en crabe sur la table, comme les fausses dents articulées que ses oncles lui offraient jadis pour Noël. Son vrombissement mit fin à leur jeu. Eph lâcha Zack mais résista à l'envie de lire ce qu'affichait l'écran. Manifestement, il se passait quelque chose, sinon les appels auraient été filtrés.

Un foyer d'épidémie avait été découvert, ou un passager porteur d'une maladie contagieuse.

Il s'obligea à ne pas prendre la communication. A quelqu'un d'autre de s'en charger. C'était son week-end avec Zack. Et Zack était en train de le regarder.

— Ne t'en fais pas, lui dit-il en reposant l'appareil sur la table pour que sa messagerie prenne le relais. J'ai tout prévu. Je ne travaille pas ce week-end.

Zack hocha la tête, puis son visage s'éclaira et il reprit sa manette.

— Tu veux rejouer un peu ?

— Pas sûr... Quand est-ce qu'on arrive au moment où le petit bonhomme, là... Mario, fait rouler des tonneaux qu'il envoie sur le singe ?

— Arrête, papa...

— Ecoute, je préfère les Italiens miniatures qui courent dans tous les sens en gobant des champignons pour gagner des points.

— Ben, voyons. Et raconte-moi encore combien de kilomètres tu devais faire dans la neige pour aller à l'école quand tu étais petit ?

— Alors là ! Tu ne t'en tireras pas comme ça !

Il se jeta à nouveau sur son fils qui, cette fois, avait prévu le coup : il serra ses coudes contre ses côtes pour ne plus se faire chatouiller. Eph changea de tactique, préférant s'attaquer aux tendons d'Achille, ultrasensibles. Il essaya d'attraper les talons du petit sans prendre des coups de pied dans la figure. Tandis que le gosse criait grâce, il se rendit compte que son portable recommençait à vibrer. Encore !

Cette fois il se remit debout d'un bond, furieux mais comprenant que, malgré tous ses efforts, son métier – sa vocation – allait l'empêcher de passer la soirée avec son fils. L'écran affichait à présent un numéro à préfixe d'Atlanta, ce qui était de très mauvais augure. Il ferma les yeux et appuya le téléphone encore vibrant contre son front, le temps de s'éclaircir les idées.

— Excuse-moi, Zack. Il faut que je sache ce qui se passe.

Il emporta le téléphone dans la cuisine et prit la communication.

— Ephraïm ? Ici Everett Barnes.

Le Dr Barnes, chef du CDC.

Eph tournait le dos à son fils. Mais il sentait le poids de son regard. Et n'était pas capable de l'affronter.

— Oui, Everett ? Qu'est-ce qu'il y a ?

— Washington vient de m'appeler. Votre équipe est en route pour l'aéroport ?

— Euh, c'est-à-dire…

— Vous avez vu les images à la télé ?

— C'est que…

Il revint vers le canapé et, l'air suppliant, fit signe à Zack de prendre patience. Puis il attrapa la télécommande et chercha le bon bouton, ou la bonne combinaison de boutons. L'écran devint noir. Son fils se renfrogna, lui prit la télécommande des mains et mit une chaîne câblée d'informations continues.

Un avion sur une piste. Tout autour, des véhicules de secours stationnés à bonne distance, peut-être par mesure de précaution. Aéroport Kennedy.

— Oui, Everett. Je vois.

— Jim Kent vient de m'appeler, il rassemble le matériel dont le Projet Canari va avoir besoin. Vous êtes l'homme de la situation, Ephraïm. C'est votre équipe. Sur place, les gens ont ordre de ne prendre aucune initiative avant votre arrivée.

— Et qui sont les gens en question ?

— L'Autorité aéroportuaire de New York-New Jersey, le Service de sécurité des transports, la Direction nationale de la sécurité des transports et la Sûreté du territoire sont en route.

Le Projet Canari était une brigade d'intervention rapide composée d'épidémiologistes de terrain, et organisée de manière à détecter et identifier les risques biologiques potentiels. Son domaine de compétence comprenait aussi bien les risques naturels tels que les infections virales, les rickettsioses, que les contaminations délibérées. Mais bien sûr, son financement était principalement justifié par la lutte contre le bioterrorisme. New York en était le cerveau mais l'organisation comportait des antennes hospitalières opérationnelles à Miami, Los Angeles, Denver et Chicago.

Elle tirait son nom d'une pratique ancestrale : jadis, les mineurs faisaient descendre dans les galeries un canari en cage afin de déceler les poches de gaz. Le système était rudimentaire mais efficace. Le métabolisme extrêmement sensible de ces oiseaux au plumage jaune vif réagissait au méthane et au monoxyde de carbone avant qu'ils n'atteignent une concentration toxique ou explosive. Dans ces cas-là, les canaris se taisaient et oscillaient sur leur perchoir.

Par les temps qui couraient, où tout être humain était un « canari », une sentinelle en puissance, la mission de l'équipe consistait à isoler les individus en question dès qu'ils cessaient de « chanter », à soigner ceux qui étaient touchés et à contenir l'épidémie.

— Everett, qu'est-ce qui se passe ? Un passager est mort à bord de cet avion ?

— Ils sont tous morts, Ephraïm. Tous, jusqu'au dernier, répondit le directeur du CDC.

Kelton Street, Woodside, Queens

Kelly Goodweather était assise à table en face de Matt Sayles, l'homme avec qui elle vivait, son compagnon (« petit ami » faisait trop jeune et « concubin » trop formel). Ils mangeaient une pizza maison aux tomates séchées, pesto et fromage de chèvre, avec quelques torsades de prosciutto pour faire joli, le tout arrosé d'une bouteille de merlot de l'année, assez chère. Le petit poste de télé de la cuisine était réglé sur une chaîne d'information continue. Pour Kelly, la notion d'infos vingt-quatre heures sur vingt-quatre était l'ennemi à abattre.

— Je suis désolée, répéta-t-elle.

Matt sourit et la main qui tenait son verre de vin décrivit un cercle dans l'air.

— Evidemment, je n'y suis pour rien. Mais on s'était réservé ce week-end rien que pour nous deux, je le sais bien...

Matt s'essuya les lèvres avec la serviette qu'il avait passée autour de son cou.

— Il trouve toujours le moyen de se mettre entre nous. Et ce n'est pas de Zack que je parle.

Kelly regarda la troisième chaise, vide. En attendant l'issue de la bataille judiciaire, qui n'en finissait plus, Zack passait de temps en temps un week-end chez son père à Manhattan. Ça voulait dire un dîner en tête à tête et, pour Matt, certaines attentes côté sexe (attentes que Kelly était toute disposée à satisfaire et qui valaient bien le verre de vin supplémentaire qu'elle s'octroyait).

Et c'était fichu pour cette fois. Kelly regrettait pour Matt, mais personnellement, elle était plutôt contente.

— Je te revaudrai ça, lui dit-elle avec un clin d'œil.

— Ça marche, dit Matt avec un sourire vaincu.

Voilà pourquoi sa compagnie était si agréable ! Après Eph et ses changements d'humeur incessants, ses éclats, sa tendance à se jeter à corps perdu dans tout ce qu'il faisait, le mercure qui coulait dans ses veines, elle avait bien besoin d'un roc comme Matt. Elle avait épousé Eph beaucoup trop tôt, en renonçant à une grande part d'elle-même – ses besoins, ses ambitions, ses aspirations – pour l'aider à avancer dans sa carrière à lui. Si elle avait un conseil à donner aux fillettes de Jackson Heights, l'école primaire où elle enseignait, c'était bien de ne pas épouser un génie. Surtout beau gosse. Tandis qu'avec Matt elle se sentait à l'aise. En fait, elle occupait une position dominante dans leur relation, et ça ne lui déplaisait pas. Elle avait bien mérité qu'on s'occupe un peu d'elle. Son tour était venu.

La télévision en faisait des tonnes sur l'éclipse du lendemain. Le journaliste essayait plusieurs sortes de lunettes noires en comparant leur efficacité. Il était filmé devant l'éventaire d'un marchand de tee-shirts de Central Park. « TOI, RIEN NE T'ÉCLIPSE » était le modèle le plus vendu. Les présentateurs faisaient la pub du « direct par équipes » qui serait diffusé le lendemain après-midi.

— Ils vont mettre le paquet, commenta Matt, laissant entendre par là qu'il ne gâcherait pas la soirée en affichant sa déception.

— C'est un événement astronomique important et ils font comme si on attendait une banale tempête de neige ! rétorqua Kelly.

Les mots « Flash Actu » s'affichèrent. C'était généralement là que Kelly changeait de chaîne, mais cette fois l'info était si bizarre qu'elle se laissa happer. Un avion filmé de loin sur une piste de l'aéroport JFK, éclairé a giorno par des projecteurs. Un nombre incroyable de véhicules. On aurait dit qu'un ovni avait atterri dans le Queens.

— Ça doit être un attentat, dit Matt.

JFK n'était qu'à une quinzaine de kilomètres de chez eux. L'envoyé spécial disait que l'appareil en question n'avait plus donné signe de vie depuis son atterrissage, qui s'était déroulé sans problème, et qu'on n'avait pu établir le contact ni avec l'équipage, ni avec les passagers, qui étaient toujours à bord. On avait détourné tous les vols sur Newark et LaGuardia à titre de précaution.

Elle comprit alors que si Eph lui ramenait Zack, c'était à cause de cet avion. Et ne pensa plus qu'à mettre l'enfant en sécurité sous son toit. Kelly était du genre à se ronger les sangs en permanence. Or, pour elle, à la maison on ne risquait rien. C'était le seul endroit au monde où elle pouvait décider de tout.

Elle alla regarder par la fenêtre au-dessus de l'évier et baissa l'intensité du variateur ; une fois l'éclairage tamisé, elle contempla le ciel au-dessus du toit du voisin de derrière et vit les lumières des avions tourner en rond au-dessus de LaGuardia comme des débris scintillants dans l'entonnoir d'une tornade. Elle n'était jamais allée à l'intérieur du pays, où on voyait les tornades approcher à des kilomètres de distance, mais ce fut la sensation qu'elle éprouva. Comme si quelque chose s'approchait d'elle sans qu'elle puisse rien y faire.

Eph gara sa Ford de fonction le long du trottoir. Kelly était propriétaire d'une petite maison construite sur un terrain carré en pente, bien propre et bien net, entouré de haies basses impeccablement taillées, dans un quartier résidentiel. Elle vint à sa rencontre dans l'allée comme si elle répugnait à le faire entrer. En général, elle le traitait comme une mauvaise grippe dont elle aurait mis dix ans à se débarrasser.

Elle était plus blonde, plus mince, et toujours aussi jolie, même s'il la voyait d'un autre œil, maintenant. Les choses avaient tellement changé ! Quelque part – probablement dans une boîte à chaussures enfouie au fond d'un placard – devaient se trouver des photos de mariage : une jeune femme insouciante, voile de mariée relevé, souriant d'un air conquérant à son tout nouveau mari en smoking. Deux jeunes gens heureux car très amoureux l'un de l'autre.

— Je m'étais dégagé de toute obligation, déclara-t-il aussitôt descendu de voiture avant de pousser le petit portail métallique, pour être sûr de pouvoir parler le premier. J'ai eu une urgence.

Matt Sayles sortit sur le seuil éclairé de la porte d'entrée, derrière Kelly, et s'arrêta sur le perron. Sa serviette de table glissée dans le col de sa chemise masquait partiellement, sur sa poche de poitrine, le logo de la marque Sears – il était gérant d'un magasin Sears au centre commercial de Rego Park.

Eph fit semblant de ne pas le voir. Il continua à regarder la jeune femme, ainsi que Zack, qui venait d'entrer à son tour dans le jardin. Kelly lui sourit et il ne put s'empêcher de s'interroger... Peut-être préférait-elle ce changement de programme de dernière minute à la perspective d'un week-end seule avec Matt, finalement ? Elle abrita l'enfant sous son aile.

— Ça va, mon grand ?

Zack hocha la tête.

— Tu dois être déçu.

Nouvel acquiescement muet.

Puis elle vit le carton et les câbles.

— Qu'est-ce que c'est que ça ?

— Son nouveau jeu vidéo. C'est juste pour ce week-end.

Il contempla Zack, qui, la tête contre la poitrine de sa mère, regardait dans le vide.

— Ecoute, petit gars, si j'arrive à me libérer – demain peut-être, avec un peu de chance… Je ferai mon possible pour revenir te chercher et on sauvera ce qu'on pourra de notre week-end ensemble, OK ? Je me rattraperai, j'espère que tu le sais.

Zack opina de nouveau, les yeux toujours perdus au loin.

— Allez, viens, Zack, lança Matt depuis le perron. On va essayer de le brancher, cet engin.

Toujours fiable, le Matt ; le gars sur qui on peut compter en toute circonstance. Kelly l'avait bien dressé. Eph vit son fils pénétrer dans la maison en passant sous le bras de l'autre, non sans lancer un dernier coup d'œil à son père.

Kelly et lui se retrouvèrent face à face sur la petite pelouse. Derrière son ex-épouse, les feux des avions en attente décrivaient des cercles dans le ciel. Toute l'organisation des transports aériens, des tas de ministres et de secrétaires d'Etat attendaient cet homme confronté à une femme qui ne l'aimait plus.

— C'est à cause de l'avion, c'est ça ?
— Ils sont tous morts, acquiesça Eph. L'équipage et les passagers.
— Ça alors ! s'exclama Kelly, brusquement inquiète. Mais… de quoi ? Qu'est-ce que ça peut être ?
— C'est ce que je suis censé découvrir.

Tout à coup, le sentiment d'urgence se fit plus présent. Il avait raté son coup avec Zack, mais il n'y pouvait rien, et maintenant il fallait qu'il y aille. Il prit dans sa poche une enveloppe à l'effigie de la fameuse équipe de base-ball.

— Pour demain après-midi, précisa-t-il, au cas où je ne serais pas de retour à temps.

Kelly regarda les billets dans l'enveloppe. Le prix lui fit hausser les sourcils. Puis elle les remit en place et regarda Eph avec un semblant de compassion.

— En tout cas, n'oublie pas le rendez-vous chez Kemper.

La thérapeute familiale qui prendrait la décision finale concernant la garde de Zack.

— Oui, oui, pas de problème, j'y serai.
— Et… fais attention à toi, ajouta Kelly.

Eph hocha la tête et tourna les talons.

Aéroport international JFK

Un attroupement s'était formé devant l'aéroport. Les gens étaient attirés par l'inexpliqué, l'étrange, la tragédie en puissance. La radio, put constater Eph pendant le trajet en voiture, partait du principe que l'avion avait été détourné et spéculait sur un éventuel lien avec différents conflits dans le monde.

Une fois dans le terminal, il se fit doubler par deux chariots motorisés transportant l'un une mère en larmes tenant par la main deux enfants terrorisés et l'autre un vieil homme avec un bouquet de roses rouges sur les genoux. Eph eut une brusque prise de conscience : d'autres Zack se trouvaient à bord de cet avion. D'autres Kelly. Il se concentra là-dessus.

Son équipe l'attendait sur le tarmac, devant une porte fermée à clé, juste au-dessous de la porte 6. Comme d'habitude, Jim Kent assurait les communications téléphoniques ; un micro de kit mains libres partait de son oreille. Jim assumait pour Eph tout le côté bureaucratique et politique de la vigilance épidémiologique. Il couvrit le micro de son appareil et dit à son patron, en guise de bienvenue :

— On ne signale aucun autre incident du même type dans le pays.

Eph monta à côté de Nora Martinez à l'arrière du véhicule fourni par l'aéroport. Biochimiste de formation, Nora était son adjointe pour New York. Elle avait déjà enfilé ses gants spéciaux, qui formaient une barrière en nylon translucide blanche, satinée, funéraire comme des lys. Elle se poussa un peu pour lui faire de la place. Il regretta le léger malaise qui planait entre eux.

Le véhicule se mit en marche. Eph flaira dans l'air les marais salants tout proches.

— Combien de temps entre le moment où l'avion s'est posé et celui où tout s'est éteint à l'intérieur ?

— Six minutes, répondit Nora.

— Aucun contact radio ? Le pilote est « out » aussi ?

— Présumé mort, intervint Jim en se retournant, mais on n'en a pas confirmation. Les agents de l'Autorité aéroportuaire sont entrés dans la cabine passagers, l'ont trouvée pleine de cadavres et sont ressortis aussitôt.

— J'espère qu'ils portaient un masque et des gants.

— Affirmatif.

Le véhicule léger tourna au coin du bâtiment et l'avion se profila au loin. Un très gros appareil éclairé sous tous les angles par des projecteurs de chantier. Une nappe de brume l'entourait d'une aura lumineuse.

— Eh ben, dites donc, commenta Eph.

— C'est un « triple sept », comme ils disent. Un Boeing 777, le plus gros bimoteur du monde. De conception récente. Ces appareils sont nouveaux, alors ils craignent un problème matériel. Ils pensent à un sabotage, tu vois.

Rien que les pneus du train d'atterrissage étaient énormes. Eph leva les yeux vers le trou noir que formait la porte ouverte, au-dessus de l'immense aile gauche.

— On a déjà cherché des gaz. Tout ce qui pouvait être de fabrication humaine, en fait. Ils ne savent plus quoi faire sinon tout reprendre à zéro.

— Et « zéro », en l'occurrence, c'est nous.

Pour la recherche de toxiques, un avion immobile et muet avec une cargaison de morts, c'était l'équivalent d'une grosseur suspecte sous l'aisselle. Et en l'occurrence l'équipe d'Eph était le labo d'analyses chargé de dire à l'aviation civile s'il s'agissait ou non d'un cancer.

Les officiels en veston bleu de la Sécurité des transports lui tombèrent dessus dès que le véhicule stoppa, pour lui communiquer les informations que Jim venait de lui fournir, lui poser des questions et parler tous en même temps comme des journalistes.

— Ça a trop traîné, cette histoire, coupa Eph. La prochaine fois qu'il se produit un phénomène inexpliqué de ce genre, il faut nous appeler juste après l'Agence de prévention des risques toxiques, c'est compris ?

— Oui, monsieur... euh, docteur.

— Les gars sont prêts ?

— Oui, monsieur, ils attendent.

Eph ralentit le pas en approchant de la camionnette du CDC.

— A mon avis, il n'y a pas de risque de contagion spontanée. Six minutes au sol sans donner signe de vie... ça fait trop court.

— C'est forcément un attentat, plaça un des agents de la Sécurité.

— Possible. En l'état actuel des choses, quelle que soit la nature de ce qui nous attend là-dedans, on est en vase clos. Il ne peut pas y avoir eu contamination. On enfile les combis et on va voir ça de près, ajouta Eph en ouvrant la portière arrière de la camionnette pour Nora.

Une voix l'arrêta :

— Il y a un gars de chez nous à bord.

— Qui ça, « nous » ?

— La Sécurité des transports. Un officier de sécurité fédéral. C'est la règle à bord des appareils américains sur les vols internationaux.

— Il est armé ?

— C'est un peu le but.

— Et il n'a ni appelé, ni envoyé de signal de détresse ?

— Rien du tout.

— Ça a dû les prendre au dépourvu alors, conclut Eph en hochant la tête devant l'expression tendue de ses interlocuteurs. Trouvez-moi son numéro de siège. On va commencer par là.

Eph et Nora s'engouffrèrent dans le véhicule du CDC et, en refermant la double portière arrière, se coupèrent de l'atmosphère anxieuse qui régnait sur le tarmac.

Ils décrochèrent chacun une tenue de haute protection fournie par l'APRT, niveau 1. Eph ne garda que son tee-shirt et son caleçon et Nora un soutien-gorge de sport noir et un slip bleu lavande. Le tout en essayant de ne pas se donner des coups de coude et de genou dans la cabine exiguë. L'épaisse chevelure noire de Nora était d'une longueur inattendue chez une épidémiologiste de terrain ; elle l'enserra dans un élastique en enchaînant une série de gestes rapides et précis. Elle arqua gracieusement le dos. Sa peau avait la teinte chaude du pain à peine grillé.

Quand la séparation avait pris un caractère définitif et que Kelly avait entamé la procédure de divorce, les deux collègues avaient eu une aventure d'une nuit. Le lendemain matin, ils étaient aussi gênés l'un que l'autre, et cette gêne avait duré des mois... jusqu'à ce qu'ils remettent ça. Lors de ces retrouvailles – encore plus ardentes –, quelques semaines plus tôt, ils avaient essayé d'éviter les pièges de la première fois, mais leurs efforts avaient été vains et le malaise avait persisté.

En un sens, ils étaient trop proches dans le boulot. S'ils avaient exercé un métier à peu près normal sur un lieu de travail classique, les choses se seraient peut-être mieux passées, avec plus de naturel, moins de complications. Mais là, c'était un peu « l'amour en temps de guerre ». Ils se consacraient tellement au Projet Canari qu'ils avaient peu de temps à passer ensemble ou avec le reste du monde. C'était une collaboration gourmande en temps et en énergie. Ni l'un ni l'autre ne pouvait demander « Alors, tu as passé une bonne journée au boulot ? » dans les moments creux. Il n'y avait *jamais* de moment creux.

Comme en ce moment, par exemple. Ils se retrouvaient en petite tenue l'un devant l'autre dans le contexte le moins excitant qui soit. Rien de sensuel dans le fait de passer une biocombinaison. L'inverse de la séduction, le repli dans la prophylaxie, la stérilité.

Première épaisseur : une sous-combi blanche en Nomex portant dans le dos les lettres CDC. Elle se fermait des genoux au menton par une fermeture Eclair, le col et les poignets étaient pourvus d'une bande Velcro étanche. Ils chaussèrent par-dessus de grosses bottes lacées.

La seconde épaisseur consistait en une combi jetable en Tyvek qui avait l'aspect du papier. On passait des surbottes, on enfilait des gants en nylon scotchés aux poignets et aux chevilles, et par-dessus ça des gants de protection chimique. On s'équipait ensuite d'un appareil respiratoire autonome : harnais, réservoir en titane ultraléger à pression positive, masque respiratoire intégral et dispositif individuel d'alarme à signal sonore.

Chacun des deux marqua une hésitation avant d'abaisser son masque sur son visage. Nora esquissa

un demi-sourire et posa la main sur la joue d'Eph. Puis elle l'embrassa.
— Ça va ?
— Ça va.
— T'as pas l'air, tu sais. Et Zack, ça allait ?
— Il a fait la tête. Il était vraiment fâché. Normal.
— C'est pas de ta faute.
— Et alors ? Concrètement, mon week-end avec mon fils est foutu et je ne rattraperai jamais ce temps perdu. Tu sais, ajouta-t-il en se préparant à ajuster son masque, à une période de ma vie j'ai dû choisir entre ma famille et mon métier. J'ai cru que j'avais choisi ma famille. Apparemment, ça n'a pas suffi.

Dans ces moments-là, imprévisibles, non prémédités, peu propices, on se disait tout à coup, en regardant la personne en face : Si je ne devais plus te voir, j'en souffrirais terriblement. Eph comprit qu'il avait été injuste avec Nora en s'accrochant si fort à Kelly – ou plutôt au passé, à son mariage défunt, à sa vie d'avant, et tout ça pour Zack. Nora aimait bien le gamin. Et Zack aimait bien Nora, ça se voyait.

Mais ce n'était pas le moment de se perdre dans ce genre de réflexions. Eph mit son masque et vérifia l'état de sa bouteille. La couche externe de sa tenue était une combinaison « spatiale » intégrale jaune (canari évidemment...) avec capuchon hermétique, visière à deux cent dix degrés et gants étanches. C'était une combi de confinement, de « contact » – douze couches de tissu –, qui, une fois scellée, isolait parfaitement l'individu de son environnement.

Nora vérifia la soupape d'Eph, qui vérifia la sienne en retour. (Les inspecteurs de biocontamination fonctionnaient en tandem, comme les plongeurs.) Les combis laissèrent échapper quelques bouffées de vapeur dues à l'air qui y circulait. La prévention contre d'éventuels germes pathogènes excluait toute possibilité d'évacuation de la transpiration et de la chaleur corporelle. A l'intérieur de ces combinaisons, la température pouvait atteindre dix-huit degrés de plus qu'à l'extérieur.

— Ça a l'air OK, dit Eph dans le micro intégré à activation vocale.

Nora hocha la tête, puis chercha le regard de son collègue derrière le masque. Ils se dévisagèrent quelques secondes de trop. Elle parut sur le point de lui dire quelque chose, puis se ravisa.

— Prêt ?
— On y va, acquiesça Eph.

Dehors, sur la piste, Jim activa sa console de commande mobile et afficha sur deux moniteurs distincts les images des caméras montées sur les masques de Nora et Eph. Puis il fixa une petite torche allumée aux cordons prévus à cet effet sur les sangles amovibles recouvrant leurs épaules (l'épaisseur des gants assortis à la combi multicouches limitait les aptitudes motrices fines).

Les types de la Sécurité des transports revinrent à la charge, mais Eph fit semblant de ne pas les entendre à cause de son équipement – il porta la main à son casque en secouant la tête.

Comme ils approchaient de l'avion, Jim leur montra un document plastifié représentant la cabine vue du dessus, les numéros des sièges renvoyant à une liste imprimée au dos. Il indiqua un point rouge sur le siège 18A.

— L'officier de sécurité, dit-il dans son micro. Nom de famille : Charpentier. Dans la rangée près de la sortie, à côté du hublot.

— Compris, répondit Eph.

Autre point rouge.

— La Sécurité des transports a repéré un autre passager intéressant, un diplomate allemand, Rolph Hubermann, classe affaires, deuxième rang, siège F. Venu pour les discussions sur la situation en Corée au Conseil des Nations unies. Il se peut qu'il transporte une valise diplomatique non soumise au contrôle douanier. Ça n'a peut-être rien à voir, mais on attend tout un bataillon d'Allemands des Nations unies qui veulent la récupérer.

— OK.

Jim les escorta jusqu'à la limite de la zone éclairée, puis regagna sa console. Dans le périmètre des projecteurs, on y voyait mieux qu'en plein jour. Eph et Nora ne projetaient qu'une ombre minuscule. Eph escalada le premier l'échelle du camion avant de s'engager sur l'aile qui s'élargissait vers la porte.

Il monta à bord. L'immobilité dans la cabine était presque tangible. Nora le suivit de près et ils se retrouvèrent côte à côte, à la tête de la partie centrale.

Face à eux, des rangées de cadavres. Leurs torches allumèrent un éclat terne dans des yeux ouverts pareils à des gemmes mortes.

Aucun n'avait saigné du nez. Pas d'yeux bouffis ou exorbités, pas de marbrures sur la peau. Ils n'avaient ni sang ni écume aux lèvres. Personne n'avait quitté sa place, on ne distinguait aucune trace de panique ou de lutte. Les bras pendaient mollement en bordure des travées, ou reposaient sur les genoux. Aucun trauma apparent.

Dans les poches, dans des sacs de voyage qui amortissaient les sons, ou sur les genoux des passagers, des téléphones portables émettaient des bips de messages en attente ou des sonneries pleines d'entrain qui empiétaient inlassablement les unes sur les autres. Aucun autre bruit.

Ils repérèrent l'officier de sécurité à sa place, à côté de la porte ouverte. La quarantaine, cheveux noirs dégarnis sur le front, jean et polo de baseball à coutures surpiquées bleues et orange – les couleurs des Mets –, avec sur le devant la mascotte de l'équipe, Mr Met. Son menton reposait sur sa poitrine, comme s'il faisait une sieste les yeux ouverts.

Eph posa un genou par terre (la rangée proche de la sortie étant plus courte que les autres, il avait un peu de place pour manœuvrer). Il posa le bout de ses doigts gantés sur le front du *federal air marshal* et repoussa sa tête en arrière. Elle obéit sans la moindre raideur. A côté de lui, Nora fit aller et venir le faisceau de sa torche dans les pupilles, qui ne réagirent pas. Eph tira sur le menton pour ouvrir la bouche et en éclaira l'intérieur : la langue et la gorge bien roses ne montraient aucun signe d'intoxication.

Mais Eph n'avait pas assez de lumière. Il ouvrit le rideau et l'éclairage des projecteurs entra à flots, tel un cri d'un blanc aveuglant.

Pas de vomissures, comme en cas d'inhalation de gaz toxiques. Les intoxiqués au monoxyde de carbone présentaient toujours des boursouflures et des décolorations cutanées qui donnaient à l'épiderme une apparence de cuir distendu. La posture ne trahissait pas d'inconfort particulier, l'homme ne s'était manifestement pas débattu. A côté de lui, une femme d'âge moyen en tenue de voyage style station balnéaire. Ses demi-lunes ne lui étaient plus d'aucune utilité. Tous deux étaient assis en position normale, siège redressé, l'air d'attendre que s'allume le voyant lumineux signifiant qu'ils pouvaient détacher leur ceinture de sécurité.

Les passagers de la rangée située à la hauteur de la porte avant avaient rangé leurs affaires dans des filets vissés à la cloison séparant les classes. Eph prit un sac de voyage souple dans le filet de Charpentier et en défit la fermeture Eclair. Il en sortit un sweat-shirt d'université, des recueils de mots croisés qui avaient beaucoup servi, un thriller en livre audio, et une pochette en nylon en forme de croissant qui pesait un bon poids. Il fit glisser la fermeture, juste assez pour entrevoir une arme de poing noire, gainée de caoutchouc.

— Vous voyez ça ? demanda-t-il.

— Oui, on voit, répondit Jim via la radio.

Jim, la Sécurité des transports et tous les gens assez gradés pour approcher des écrans de contrôle assistaient à la scène grâce à la caméra fixée sur l'épaule d'Eph.

— Je ne sais pas ce qui s'est passé, mais ça a pris tout le monde par surprise, y compris le flic de l'air.

Eph referma la pochette et la posa par terre. Puis il s'avança dans l'allée. Toutes les deux ou trois rangées, il s'arrêtait, se penchait par-dessus les passagers et relevait le rideau. La lumière dure des projecteurs dessinait des ombres étranges sur les visages et découpait nettement le relief de leurs traits. On aurait dit qu'ils avaient péri pour s'être approchés trop près du soleil au cours de leur voyage.

Les téléphones continuaient à sonner partout à la fois, créant des dissonances de plus en plus aiguës, pareilles à des dizaines de signaux d'alarme entrecroisés. Eph s'efforça de ne pas penser aux personnes qui tentaient désespérément d'appeler les victimes.

Nora s'approcha d'un corps.

— Aucun trauma, remarqua-t-elle.

— Non. Bon sang, j'en ai la chair de poule.

Plongé dans ses réflexions, Eph fit face à l'enfilade de corps sans vie.

— Jim, donne l'alerte au bureau de l'OMS Europe. Informe le ministre allemand de la Santé et demande qu'on contacte les hôpitaux. Si ce truc est contagieux, ils devraient avoir des cas là-bas aussi.

— Je m'en occupe, dit Jim.

Dans le galley avant, entre classe affaires et première classe, quatre membres du personnel de cabine – trois femmes et un homme – étaient attachés sur leur strapontin, penchés en avant et retenus par leur ceinture en diagonale. En passant à côté d'eux, Eph eut la sensation de flotter dans une épave engloutie.

La voix de Nora lui parvint :

— Eph, je suis à l'arrière. Rien à signaler. Je reviens vers toi.

— OK.

Il rebroussa chemin à travers la cabine éclairée par les hublots et ouvrit le rideau isolant les sièges plus espacés de la classe affaires. Il repéra alors le diplomate allemand, Hubermann, dans les premiers rangs. Ses mains grassouillettes reposaient sur ses genoux ; sa tête penchait vers l'avant et une mèche de cheveux blond paille retombait sur ses yeux ouverts.

La pochette appelée « valise diplomatique » se trouvait dans son attaché-case, sous son siège. Elle était en vinyle bleu, et pourvue elle aussi d'une fermeture Eclair.

Nora approchait.

— Eph, tu n'es pas habilité à l'ouvrir.

Eph en sortit un Toblerone à moitié consommé et un flacon en plastique transparent contenant des comprimés bleus.

— Qu'est-ce que c'est ? s'enquit la jeune femme.

— A mon avis, du Viagra, répondit Eph en remettant le tout dans la pochette et celle-ci dans l'attaché-case.

Il marqua un arrêt à côté d'une femme et de sa fille. La petite avait niché sa main dans celle de sa mère. Toutes deux semblaient détendues.

— Aucun signe d'affolement, rien.

— Incompréhensible, commenta Nora.

Les virus mettaient du temps à se transmettre. Si certains passagers étaient tombés malades ou avaient perdu connaissance pendant le vol, il y aurait eu un mouvement de panique, même si les consignes lumineuses signalaient qu'on devait garder sa ceinture attachée. S'il s'agissait tout de même d'un virus, Eph n'en avait jamais rencontré de tel dans sa carrière d'épidémiologiste au CDC. Tout indiquait plutôt l'introduction d'un agent toxique dans l'environnement hermétique de l'avion.

— Jim, reprit Eph. Je voudrais refaire un test gazeux.

— On a prélevé des échantillons de l'air et effectué des mesures en parties par million. On n'a rien trouvé.

— Je sais, mais... On dirait que ces gens sont morts avant d'avoir pu comprendre ce qui leur arrivait. La substance en question s'est peut-être évaporée quand on a ouvert la porte. Je veux qu'on teste le revêtement de sol et toutes les surfaces poreuses. On s'occupera des tissus pulmonaires quand on aura rapatrié les corps chez nous.

— OK, ça marche.

Eph longea rapidement les sièges en cuir confortablement espacés de la première classe pour gagner la porte du cockpit. Elle était grillagée, blindée sur quatre côtés et surmontée d'une caméra. Il tendit la main vers la poignée.

Dans son casque, la voix de Jim intervint :

— Eph, on me dit que ça s'ouvre avec un code, tu ne vas pas pouvoir...

Le battant céda sous sa poussée.

Il resta immobile sur le seuil.

La lumière de la piste entrant par le pare-brise teinté éclairait le pupitre de contrôle. Les instruments étaient tous hors service.

— Eph ? On me dit de te recommander la plus grande prudence, fit la voix de Jim.

— Remercie qui de droit pour ce conseil d'expert d'une grande précision technique, ironisa-t-il avant d'entrer dans le poste de pilotage.

Tous les écrans entourant les différents commutateurs et manettes étaient noirs. Un homme en uniforme de pilote était affaissé sur un strapontin à droite de l'entrée. Deux autres, le commandant de bord et son second, occupaient les sièges de pilotage. Les mains du second reposaient sur ses genoux, paumes en l'air, doigts légèrement repliés ; sa tête était inclinée sur son épaule gauche et il portait encore sa casquette. Le commandant avait la main gauche sur un levier de commande. Son bras droit pendait le long de l'accoudoir et ses jointures frôlaient le sol moquetté. Sa tête avait basculé en avant et sa casquette se trouvait sur ses genoux.

Eph se pencha entre les deux sièges, par-dessus le pupitre de contrôle, afin de relever la tête du commandant. Il braqua le faisceau de sa torche sur ses pupilles fixes et dilatées, puis la laissa doucement retomber sur sa poitrine.

Tout à coup, il se raidit.

Il sentait quelque chose. Confusément. Une présence.

Il s'écarta du pupitre de contrôle et balaya du regard la cabine de pilotage en décrivant un tour complet sur lui-même.

— Qu'est-ce qui se passe ? demanda Jim.

Eph avait côtoyé assez de cadavres pour ne pas être incommodé par leur présence. Non, il y avait autre chose dans les parages... pas très loin.

Cette sensation bizarre le quitta presque aussitôt, comme un vertige qui se dissipe. Il battit des paupières, puis secoua la tête pour chasser le malaise.

— Rien. Un peu de claustrophobie sans doute.

Il se tourna vers le troisième occupant du cockpit. Le menton sur la poitrine, l'épaule droite appuyée contre la paroi, il n'avait pas bouclé les sangles de son harnais.

— Comment ça se fait qu'il n'est pas attaché, lui ? dit-il à voix haute.

— Eph, tu es dans le cockpit ? fit Nora. J'arrive.

Il considéra l'épingle de cravate du mort, à l'effigie de Regis Air. Son badge annonçait : REDFERN. Eph se plaça face à lui et mit un genou au sol. Puis il enserra les tempes du défunt entre ses doigts protégés par l'épaisseur des gants pour lui relever la tête. Il avait les yeux ouverts comme les autres, pupilles tournées vers le bas. Eph crut y distinguer une lueur et regarda de plus près. Soudain, le capitaine Redfern frémit et poussa un gémissement.

Eph fit un bond en arrière, bascula entre les deux sièges de pilotage et alla heurter bruyamment le pupitre de commande. Le second s'affala contre lui. Eph le repoussa, momentanément bloqué par le poids du mort.

Jim l'interpella vivement :

— Eph ?

La voix de Nora retentit, brusquement paniquée.

— Eph ? Qu'est-ce qu'il y a ?

Eph contemplait le capitaine Redfern, qui s'était effondré au sol, les yeux grands ouverts, le regard fixe. Sa gorge se contractait spasmodiquement et il avait la bouche béante. Il paraissait sur le point de suffoquer.

— On a un rescapé, déclara Eph, qui n'en croyait pas ses yeux.

— Quoi ? s'exclama Nora.

— Jim, je veux une unité d'isolement mobile. Qu'on la monte directement sur l'aile. Nora ? enchaîna rapidement Eph en regardant le pilote qui se contorsionnait par terre. Il faut examiner tout l'avion, un passager après l'autre.

INTERLUDE I

ABRAHAM SETRAKIAN

Un vieil homme se tenait seul dans son magasin de la 118ᵉ Rue Est, dans le quartier de Spanish Harlem. Il avait fermé la boutique une heure plus tôt et son estomac criait famine ; pourtant, quelque chose le retenait de monter tout de suite chez lui, à l'étage. Les rideaux de fer étaient tirés sur les portes comme sur les vitrines telles des paupières d'acier car, dehors, les créatures de la nuit envahissaient les rues. La nuit, on restait chez soi.

Il s'approcha du tableau des variateurs, derrière le comptoir, et régla au minimum l'intensité de toutes les lampes. Il était d'humeur nostalgique. Il contempla son magasin, ses vitrines chromées en verre fileté, avec leurs montres présentées sur de la feutrine en lieu et place de velours, l'argenterie dont il n'arrivait pas à se débarrasser, les éclats d'or et de diamant, les services à thé complets sous verre, les manteaux en cuir et les fourrures à présent controversées, les nouveaux appareils pour écouter de la musique qui se vendaient comme des petits pains et les postes de radio ou de télévision qu'il n'acceptait plus. Et, çà et là, un authentique trésor : deux superbes coffres-forts anciens (garnis d'amiante, mais bon, il suffisait de ne pas en manger), un magnétoscope Quasar des années 70, gros comme une valise, un projecteur 16 mm...

Mais, dans l'ensemble, il entreposait surtout là des objets sans grande valeur et qui se vendaient mal. Un magasin de prêteur sur gages, c'était à la fois un bazar, un musée et le reliquaire du quartier. Son propriétaire rendait un service sans équivalent. C'était le banquier du pauvre, le type à qui on pouvait emprunter vingt-cinq dollars sans fournir de références bancaires ou justifier d'un emploi. Or, en temps de récession, vingt-cinq dollars, pour beaucoup de gens, c'était du sérieux. Ça pouvait faire toute la différence entre dormir dans la rue ou avoir un toit au-dessus de la tête. Ça vous permettait d'accéder à un traitement médical qui pouvait vous sauver la vie. Du moment qu'on avait quelque chose à mettre au clou qui ait un tant soit peu de valeur, on pouvait ressortir avec de la monnaie en poche. Formidable.

Il monta péniblement l'escalier, en allumant d'autres lampes sur son passage. Il avait la chance d'être propriétaire de la maison, acquise au début des années 70 pour sept dollars et quelques – enfin, un peu plus quand même, mais pas tant que ça non plus. A l'époque, les immeubles, on y mettait le feu rien que pour se chauffer. « Knickerbocker – Prêteur sur gages et Curiosités » (le nom d'origine de la boutique) n'avait jamais été pour Setrakian un moyen de faire fortune, mais plutôt de s'introduire dans les marchés parallèles d'avant Internet qui, dans cette ville carrefour du monde, avaient tant à offrir – de manière souterraine – à un homme épris d'outils et d'instruments venus de la vieille

Europe, dans toute la diversité de ses productions, curiosités et autres objets plus ou moins ésotériques.

Trente-cinq ans à marchander des bijoux de pacotille le jour tout en amassant la nuit des outils et des armes. Trente-cinq années à attendre son heure, à se préparer, à patienter. Mais à présent, il n'avait plus beaucoup de temps devant lui.

Arrivé à la porte de son appartement, il effleura la mezouzah puis embrassa le bout de ses doigts fripés avant d'entrer. Le miroir ancien de l'entrée était tellement rayé et terni qu'il dut se tordre le cou pour trouver un endroit qui réfléchisse encore son image. Sa chevelure d'albâtre qui laissait dégarni son front ridé et une bonne partie de son crâne était coiffée en arrière et lui tombait dans le cou – il était plus que temps qu'il rende une petite visite à son coiffeur. Ses traits s'obstinaient à s'affaisser ; le menton comme les yeux et les lobes des oreilles succombaient impitoyablement à ce bourreau qu'était l'attraction terrestre. Ses doigts martyrisés et si mal soignés des dizaines d'années auparavant s'étaient mués en serres recourbées par l'arthrite, à tel point qu'il les cachait en permanence dans des mitaines en laine. Pourtant, sous cette façade décrépite, au plus profond de lui, il y avait encore de la robustesse, du feu, du courage.

Le secret de cette fontaine de jouvence intérieure ?

Tout simplement le désir de vengeance.

Bien des années plus tôt, à Varsovie puis à Budapest, avait vécu un certain Abraham Setrakian, professeur d'université estimé, spécialiste en littérature et traditions populaires d'Europe de l'Est. Un rescapé de la Shoah qui avait épousé une de ses étudiantes et survécu au scandale, et que son domaine de recherche avait conduit dans les coins les plus reculés du monde.

Et maintenant, cet Abraham Setrakian était un vieux prêteur sur gages new-yorkais toujours obsédé par une vindicte attendant son heure.

Il lui restait un peu d'excellente soupe – du bouillon de poule aux nouilles et aux boulettes de *kreplach* qu'un habitué lui avait apporté du Bronx, où il l'avait acheté chez Liebman. Il plaça le bol dans le four à micro-ondes et entreprit de défaire son nœud de cravate malgré le mal que lui donnaient ses doigts déformés. Le signal sonore retentit enfin et il alla poser son potage sur la table avant de sortir de son rond une vraie serviette en lin – jamais de papier ! – et de la glisser dans son col.

Il souffla sur le bol, un rituel réconfortant, rassurant, qui lui rappelait sa grand-mère, sa *bubbeh* – sauf que c'était plus qu'un simple souvenir : plutôt une sensation tactile –, lorsqu'elle faisait de même quand il était petit, pour qu'il ne se brûle pas. Ils étaient attablés tous les deux dans la cuisine glaciale de leur maison, en Roumanie. Avant les troubles. L'haleine sans âge de la vieille femme chassait la vapeur qui montait du bol vers son petit visage d'enfant et il y avait une espèce de magie sereine dans cette attention toute simple. On aurait dit qu'elle lui insufflait la vie. Ce soir-là, en répétant ce geste, à présent que lui-même était vieux, il regarda la forme que la vapeur donnait à son haleine et se demanda combien de respirations il lui restait avant de mourir.

Il prit sa cuiller (dans un tiroir plein de couverts dépareillés mais beaux) avec la main gauche, entre deux doigts crochus. Il la remplit, souffla dessus, faisant naître de minuscules vaguelettes dans le liquide, puis la porta à sa bouche. Le goût de la soupe ne s'attarda pas longtemps sur ses papilles qui couraient l'une après l'autre comme autant de vieux soldats, victimes de décennies passées à fumer la pipe – un vice d'universitaire.

Il saisit la télécommande de son téléviseur à coque blanche – un vieux Sony passé de mode, conçu pour trôner dans une cuisine – et l'écran de treize pouces à peine contribua à éclairer un peu plus la pièce. Il se leva puis se dirigea vers le garde-manger, posant au passage les mains sur les piles de livres qui ne laissaient au milieu du couloir qu'une mince bande de tapis élimé. Il y avait des livres partout, entassés contre les murs ; il en avait lu un grand nombre, et pour rien au monde il ne s'en serait séparé. Une fois sur place, il souleva le couvercle de la boîte à gâteaux pour y prendre sa dernière tranche de bon pain de seigle. Il la rapporta dans son papier jusqu'au fauteuil bien rembourré de la cuisine, où il s'installa pesamment avant d'ôter les petites taches de moisissure qui s'étaient déposées sur le pain, entre deux tendres gorgées de délicieux potage.

Petit à petit, l'écran attira son attention. Un jumbo-jet arrêté sur la piste d'un aéroport quelconque, illuminé comme une pièce d'ivoire sur une feutrine de joaillier. Il chaussa les lunettes à monture noire qui reposaient sur sa poitrine, suspendues à un cordon, et plissa les yeux pour distinguer la légende de l'image. Le fait divers du jour se déroulait donc de l'autre côté de l'East River, à JFK.

Le vieux professeur regarda et écouta attentivement la télévision, en contemplant ce bel avion qui semblait tout propre et tout neuf. Une minute s'écoula, puis une deuxième, une troisième... Il perdit conscience de la pièce autour de lui, fasciné – quasi transporté – par le bulletin d'informations ; il n'avait pas lâché sa cuiller, et sa main ne tremblait plus.

Le reflet de l'avion immobile joua sur les verres de ses lunettes – une prémonition, un écho de l'avenir. Sa soupe refroidit dans son bol, la vapeur s'évanouit, mourante. La tranche émiettée de pain de seigle était oubliée.

Ce fut à ce moment-là qu'il sut.

Pic-pic-pic...

Le vieil homme sut...

Soudain ses pauvres mains lui faisaient mal. Ce qu'il avait devant lui, ce n'était pas un signe avant-coureur, un avertissement. C'était une incursion. La chose même qu'il avait attendue toute sa vie. En vue de laquelle il s'était tenu prêt. Jusqu'à ce jour.

Le soulagement qu'il éprouva d'abord (il avait vécu assez longtemps pour affronter à nouveau l'horreur, finalement, et aurait, dans le bref laps de temps qui lui restait à vivre, une chance de se venger) céda aussitôt la place à une frayeur incisive, quasi douloureuse. Ses lèvres formèrent des mots que véhicula une bouffée de vapeur :

— *Il est ici... Il est ici...*

ARRIVEE

HANGAR D'ENTRETIEN
DE REGIS AIR, JFK

Comme il fallait dégager la piste, dans l'heure qui précéda le lever du jour, on remorqua l'appareil jusque dans le hangar d'entretien à grande portée de Regis Air. Tous regardèrent passer sans mot dire le 777 plein de corps inanimés, qui prenait des allures de gigantesque cercueil blanc.

Une fois les cales en place et l'avion immobilisé, on recouvrit de bâches noires le sol en ciment taché. On emprunta des paravents d'hôpital afin de délimiter une vaste zone de confinement entre l'aile gauche et le nez de l'appareil. Celui-ci se retrouva à l'isolement dans son hangar comme un cadavre dans une immense morgue.

A la demande d'Eph, le Service de médecine légale de New York dépêcha sur place plusieurs ingénieurs-chefs en toxicologie médico-légale rattachés aux antennes de Manhattan et du Queens, qui apportèrent plusieurs boîtes de housses sanitaires en caoutchouc. Ce service – le plus grand du monde – savait gérer les catastrophes qui faisaient de nombreuses victimes ; il mit son expérience à profit pour définir une procédure rationnelle de récupération des cadavres.

Les techniciens de l'APRT envoyés par l'Autorité aéroportuaire revêtirent leurs tenues de contact rapproché et sortirent d'abord de l'appareil l'officier de sécurité, avec une solennité de circonstance : ils saluèrent la housse contenant son corps qu'on évacuait par la porte sur l'aile. Puis on se mit en devoir d'extraire péniblement tous les occupants des premiers rangs de la classe éco. Ensuite, on enleva les sièges afin d'aménager un espace où placer les corps dans les housses avant de les emmener. On les sangla sur des civières, qu'on fit descendre jusqu'au sol bâché.

Le processus, quoique souvent écœurant, fut exécuté avec soin. Une fois qu'on eut dégagé une trentaine de cadavres, un des techniciens de l'AA quitta brusquement la chaîne d'évacuation en gémissant et en se prenant la tête à deux mains sous sa capuche isolante. Deux de ses collègues de l'APRT se dirigèrent aussitôt vers lui mais il se débattit et les projeta contre les paravents, ce qui constituait une rupture de la zone sanitaire. Ce fut la panique. Les gens s'écartèrent devant ce technicien qui avait pu être intoxiqué ou infecté, et qui fonçait à présent vers l'issue du hangar en tentant d'arracher sa combinaison spéciale. Eph le rattrapa sur l'aire de stationnement où, sous le soleil matinal, il avait déjà réussi à se débarrasser de sa capuche et du reste comme d'une seconde peau trop serrée. Eph l'empoigna et il s'effondra sur le tarmac, où il resta assis, les yeux pleins de larmes amères.

— Saleté de ville, sanglota-t-il. Quelle saleté de ville...

On raconta plus tard qu'il avait travaillé à Ground Zero pendant l'enfer des premières semaines, d'abord au côté des pompiers, puis dans une équipe chargée d'extraire les victimes des décombres. Le spectre du 11-Septembre planait encore autour de nombreux techniciens de l'AA et la quantité énorme de cadavres à laquelle ils étaient une nouvelle fois confrontés leur remettait brutalement en mémoire ce désastre.

Une équipe d'experts et d'enquêteurs spécialisés envoyée par la Commission nationale pour la Sécurité des transports arriva de Washington à bord d'un Gulfstream de l'Administration fédérale de l'aviation. Ils étaient chargés d'interroger toutes les personnes concernées de près ou de loin par l'« incident » du vol Regis Air 753, de rendre compte par écrit des derniers moments que l'appareil avait passés dans les airs et de récupérer l'enregistreur de vol ainsi que la boîte noire dans le poste de pilotage. On informa les enquêteurs des Services sanitaires de la ville que le CDC avait court-circuités dans l'urgence ; ils affirmaient que l'affaire était de leur ressort, mais Eph refusa d'en entendre parler. Si on voulait que les choses soient faites dans les règles, il fallait qu'il garde le contrôle de la zone de confinement.

Des représentants de la société Boeing, basée dans l'Etat de Washington, c'est-à-dire à l'autre bout du pays, étaient déjà en route. Selon eux, il était « mécaniquement impossible » que tous les circuits du 777 soient tombés en panne en même temps. Le vice-président de Regis Air, qu'on avait tiré du lit, martelait depuis Scarsdale que les mécaniciens de la compagnie devaient être les premiers à inspecter l'appareil dès que les mesures de quarantaine seraient levées. (L'hypothèse de travail était une défaillance du circuit de ventilation.) L'ambassadeur d'Allemagne et sa suite attendaient toujours leur valise diplomatique. Eph les laissait patienter dans le salon d'embarquement privé de la Lufthansa, à l'intérieur du terminal 1. Le porte-parole du maire de New York préparait une conférence de presse pour l'après-midi même, et le chef de la police débarqua avec le responsable de sa section antiterrorisme à bord du QG mobile qu'utilisaient ses services en cas d'urgence absolue.

Au milieu de la matinée, il ne restait que quatre-vingts corps à enlever. La procédure d'identification avançait rapidement grâce au scan des passeports et à la liste détaillée des passagers.

Profitant d'une pause (on avait alors le droit d'ôter sa combi), Eph et Nora s'entretinrent avec Jim en dehors de la zone de confinement. Dans le hangar, la coque dépassait des paravents ; à l'extérieur, les avions avaient recommencé à décoller et à atterrir. On entendait les réacteurs accélérer ou décélérer en altitude et on en sentait les remous dans l'air.

Entre deux gorgées d'eau minérale, Eph demanda à Jim :

— Combien de corps l'institut médico-légal de Manhattan peut-il accueillir ?

— On est sur le territoire du Queens, mais tu as raison, c'est celui de Manhattan le mieux équipé. On va répartir les corps entre ces deux-là, ceux de

Brooklyn et du Bronx. Ce qui fait à peu près cinquante corps chacun.

— Comment va-t-on les transporter ?

— En camion réfrigéré. Le légiste dit qu'on a procédé comme ça pour le World Trade Center. On a contacté le marché aux poissons de Fulton, dans le bas de Manhattan.

Eph comparait souvent le contrôle épidémiologique à la résistance en temps de guerre : son équipe et lui combattaient avec les « bons » tandis que le reste du monde s'efforçait de vivre normalement sous la botte de l'occupant – les virus et les bactéries qui l'avaient assailli. Jim était l'opérateur radio clandestin qui parlait trois langues et pouvait procurer aux résistants aussi bien du beurre que des armes ou une place à bord d'un navire quittant le port de Marseille.

— On n'a toujours rien des Allemands ?

— Pas encore. Ils ont fermé l'aéroport pendant deux heures et effectué tous les contrôles de sécurité possibles et imaginables. Aucun employé n'est malade, et on n'a trouvé trace d'aucune hospitalisation d'urgence.

— Rien ne colle, dans cette histoire, intervint Nora.

— Vas-y, l'encouragea Eph.

— Si ces décès avaient été provoqués par la présence – accidentelle ou non – d'un gaz toxique ou d'un aérosol dans le circuit d'aération, les gens n'auraient pas eu une mort aussi... paisible, j'ai envie de dire. Ils auraient suffoqué, ils se seraient débattus. Ils auraient vomi, on les aurait retrouvés cyanosés. Ils auraient succombé à des moments différents, selon leur morphologie. Il y aurait eu des scènes de panique. D'un autre côté, si les décès sont dus à la contagion, on a affaire à un germe pathogène inconnu et qui se propage à une vitesse folle – du jamais-vu. Ce qui sous-entendrait qu'il a été créé en laboratoire. Mais n'oublions pas que les passagers ne sont pas les seules victimes ; l'avion lui-même a complètement cessé de fonctionner. Un peu comme si je ne sais quel... phénomène incapacitant s'était abattu d'un coup sur ce zinc en éradiquant tout ce qu'il contenait, y compris les passagers. Pourtant, ce n'est pas tout à fait ça. Parce que, dans ce cas – et il me semble que pour le moment c'est la question la plus importante –, qui a ouvert la porte ? D'accord, c'est peut-être dû à la variation de pression ; on l'avait déjà déverrouillée, et au moment de la décompression elle a cédé. On est des scientifiques, des spécialistes de la santé ; on peut imaginer toutes sortes d'explications quelles que soient les circonstances. C'est notre boulot.

— Il y a aussi le coup des rideaux, ajouta Jim. Les gens regardent toujours par les hublots à l'atterrissage. Alors qui les a tous fermés ?

Eph hocha la tête. Il s'était concentré sur les détails toute la matinée ; ça lui faisait du bien de prendre un peu de recul.

— Voilà pourquoi nos quatre rescapés vont être des témoins clés. En espérant qu'ils aient vu quelque chose...

— Ou pris une quelconque part aux événements, ajouta Nora.

— Ils sont dans un état grave mais stable, précisa Jim, dans un service d'isolement du Jamaica Hospital Medical Center. Le capitaine Redfern, troisième pilote, trente-deux ans ; une juriste du comté de Westchester, quarante et un ans ; un informaticien de Brooklyn, quarante-quatre ans ; et un musicien très connu, domicilié à Manhattan et Miami, trente-six ans. Dwight Moorsheim.
— Jamais entendu parler, constata Eph.
— Il se produit sous le pseudo de Gabriel Bolivar.
— Ah. Je vois.
— Beurk, fit Nora.
— Il voyageait incognito, en première, ajouta Jim. Sans son maquillage à faire peur ni ses lentilles de contact débiles. La presse va se déchaîner.
— On a trouvé un lien entre les survivants ?
— Aucun pour le moment. Peut-être après examen médical. Ils étaient assis loin les uns des autres : l'informaticien en classe éco, l'avocate en classe affaires, le chanteur en première. Et le copilote dans le poste de pilotage, évidemment.
— Etonnant, déclara Eph. Mais c'est déjà quelque chose. S'ils reprennent conscience, évidemment. Assez longtemps pour qu'on leur soutire des informations.

Un agent de l'AA s'approcha alors d'Eph.
— Docteur, vous devriez revenir. On a trouvé quelque chose dans la soute.

On déchargeait déjà les chariots à bagages contenus dans la soute latérale, dans le ventre du 777, pour inspection par l'APRT. Eph et Nora contournèrent les derniers, qui étaient attachés les uns aux autres comme des wagonnets, et dont les roues glissaient dans des rails en creux.

Au fond de la soute se trouvait un grand coffre noir tout en longueur et qui paraissait très lourd – une espèce d'armoire renversée en ébène non cirée, d'environ deux mètres cinquante de long sur un mètre vingt de large et quatre-vingt-dix centimètres de profondeur. Le dessus arborait sur tout son pourtour une frise sculptée très complexe, dessinant un labyrinthe flanqué d'inscriptions dans une langue soit ancienne, soit présentée de manière à le paraître. Ces ornements tarabiscotés évoquaient des silhouettes humaines se fondant les unes dans les autres et peut-être, avec un peu d'imagination, des visages déformés par un cri.

— Personne ne l'a ouvert ? s'enquit Eph.

Les techniciens de l'APRT secouèrent la tête avec un bel ensemble.

— On n'a touché à rien, répondit l'un d'eux.

Eph alla jeter un coup d'œil à l'objet.

— Impossible, constata-t-il. Si ce machin avait fait tout le voyage sans être attaché, il aurait causé des dégâts considérables aux chariots à bagages, voire aux parois de la soute. Et où est l'étiquette ? ajouta-t-il en l'examinant de plus près. Que dit la liste des bagages ?

Un des techniciens tenait dans sa main gantée une liasse de feuillets plastifiés réunis par une simple pince.

— On ne l'a pas.

— Impossible, répéta Eph en s'approchant pour constater par lui-même.

— Le seul chargement exceptionnel mentionné ici, à part trois jeux de clubs de golf, est un kayak.

Il désigna une embarcation emballée dans du plastique et constellée d'autocollants émanant de la compagnie aérienne ; elle était fixée à la paroi par des sangles à rochets de couleur orange.

— Appelez Berlin, ordonna Eph. Ils doivent bien avoir une trace de l'enregistrement. Quelqu'un s'en souvient forcément. Ce truc doit peser au moins deux cents kilos.

— Déjà fait. Aucune mention nulle part. Ils vont rappeler tous les bagagistes et les interroger un par un.

Eph se retourna vers le coffre noir. Sans prêter attention aux bas-reliefs, il en examina les côtés et repéra trois charnières sous le bord supérieur. Le couvercle s'ouvrait dans le sens de la longueur, comme deux battants, dans des directions opposées. Il effleura le couvercle gravé de sa main gantée, puis en palpa le dessous pour essayer de le soulever.

— Quelqu'un me donne un coup de main ?

Un des techniciens se plaça en face de lui et empoigna le bord du couvercle. Eph compta jusqu'à trois, et tous deux tirèrent en même temps.

Les volets restèrent ouverts, bloqués par leurs grosses charnières. Il s'échappa du coffre une odeur de cadavre en putréfaction, comme s'il était resté scellé pendant deux cents ans. Il leur parut vide jusqu'à ce qu'un des techniciens allume sa torche et en promène le faisceau à l'intérieur.

Eph plongea la main dans une épaisseur de terreau riche et bien noir. Moelleux et agréable au toucher comme une préparation instantanée pour gâteau, il tapissait les deux tiers de la boîte.

Nora recula d'un pas.

— On dirait un cercueil.

Eph retira ses doigts, en fit tomber un peu de terre et se tourna vers sa collègue en s'attendant à voir un sourire, qui ne vint pas.

— Un peu grand, non ?

— Pourquoi on aurait expédié une boîte pleine de terre par avion ? demanda-t-elle.

— Il y avait forcément autre chose dedans.

— Comment veux-tu ? Je te rappelle que l'avion est en quarantaine totale.

— De toute façon, on n'a aucune explication, alors... Tout ce dont je suis sûr, c'est qu'on est en présence d'un conteneur non verrouillé, non arrimé, et ne figurant pas sur la liste. Il faut prélever des échantillons de cette terre, reprit Eph en se tournant vers les autres. La terre garde bien les traces de radiations, par exemple.

— Vous croyez que l'élément pathogène utilisé pour neutraliser les passagers a pu...

— ... voyager là-dedans ? C'est l'hypothèse la plus crédible.

A ce moment-là, la voix de Jim retentit à l'extérieur de l'avion :

— Eph ? Nora ?

— Oui, Jim ? répondit Eph.

— On vient de m'appeler du service d'isolement du Jamaica Hospital. Il faut que tu te rendes immédiatement sur place, tu comprendras pourquoi.

Jamaica Hospital

Les bâtiments de l'hôpital n'étaient qu'à dix minutes en direction du nord par l'autoroute Van Wyck. Le Jamaica était un des quatre centres de vigilance bioterroriste de la ville, et participait pleinement au Plan national de veille sanitaire. Comme il y avait organisé un séminaire autour du Projet Canari quelques mois plus tôt, Eph savait où se trouvait le service d'isolement réservé aux maladies à contamination aérienne, au quatrième étage de l'établissement.

Sa double porte d'entrée en métal arborait le pictogramme à trois lobes orange vif signalant un danger biologique réel ou potentiel. En outre, un panneau informait les visiteurs en ces termes :

ZONE D'ISOLEMENT
PRECAUTIONS EXIGEES EN CAS DE CONTACT
ACCES RESERVE AU PERSONNEL AUTORISE

Il présenta sa carte du CDC à l'accueil, et la responsable le reconnut pour l'avoir vu lors de plusieurs exercices d'entraînement aux méthodes de bioconfinement. Elle le fit entrer.

— Qu'est-ce qui se passe ? s'enquit-il.

— Ecoutez, je ne voudrais pas dramatiser, répondit-elle en passant son badge magnétique devant le lecteur pour ouvrir les portes du service, mais je crois qu'il vaut mieux que vous constatiez par vous-même.

Le couloir qui faisait le tour du service d'isolement était étroit ; il ne s'y trouvait guère que le bureau des infirmières. Après lui avoir fait franchir des rideaux bleus, la responsable conduisit Eph dans un vaste hall où ils trouvèrent des plateaux d'équipement pour contact rapproché – blouses, lunettes, gants, surbottes, respirateurs – ainsi qu'un gros conteneur roulant recouvert d'un sac-poubelle rouge « spécial risque biologique ». Le respirateur était un demi-masque à la norme N95, c'est-à-dire censé filtrer 95 % des particules d'une taille supérieure ou égale à 0,3 micron. Ce modèle offrait donc une protection efficace contre la plupart des agents pathogènes – virus ou bactéries – à transmission aérienne, mais pas contre les contaminants chimiques ou gazeux.

Après les précautions qu'il avait prises à l'aéroport en revêtant sa combinaison de protection totale, Eph ne se sentait pas en sécurité avec en tout et pour tout un masque en papier, un calot de chirurgien, des lunettes protectrices, une blouse et des couvre-chaussures. Mais la responsable – qui avait revêtu la même tenue – appuya sur un bouton-poussoir actionnant l'ouverture des portes intérieures et, au moment d'entrer, il ressentit une forte attraction : un système d'aspiration continue maintenait dans la pièce une pression négative qui empêchait les particules de s'en échapper.

A l'intérieur, un autre couloir partait de chaque côté du dépôt central où l'on avait entassé sur un chariot de réanimation des médicaments et du matériel pour services d'urgence, ainsi qu'un ordinateur portable dans une housse en plastique, un interphone servant à communiquer avec l'extérieur et différents éléments d'équipement protecteur.

La zone réservée aux patients consistait en une enfilade de huit petites chambres. Huit chambres d'isolement au total pour un district comprenant plus de deux millions deux cent cinquante mille habitants. En matière de veille épidémiologique, on appelait « capacité d'absorption » la rapidité avec laquelle un établissement pouvait étendre ses activités en cas de crise sanitaire majeure. New York comptait environ soixante mille lits d'hôpital, un chiffre qui ne cessait de baisser. Or, la population totale de la ville était de huit millions cent mille individus, et ce chiffre-là augmentait continuellement. La subvention allouée au Projet Canari était justement censée compenser ce déséquilibre statistique en jouant les bouche-trou dans le dispositif général d'alerte préventive. Au CDC, on qualifiait d'« optimiste » cet expédient essentiellement politique. Eph, lui, préférait parler de « pensée magique ».

Il entra dans la première chambre sur les talons de la chef de service. Il ne s'agissait pas à proprement parler d'une cellule de bioconfinement – pas de sas, pas de portes en acier – mais plutôt d'une zone de soins hospitaliers normaux en environnement séparé. Le sol était carrelé, l'éclairage assuré par des néons. Eph repéra aussitôt, contre le mur de gauche, un caisson d'isolation vide. C'était un brancard jetable, inclus dans un coffrage en plastique ressemblant à un cercueil transparent, mais pourvu de chaque côté de « ronds de gants » permettant la manipulation sans risque de contamination ainsi que de bouteilles d'oxygène extérieures amovibles. A côté se trouvaient empilés une veste, une chemise et un pantalon découpés aux ciseaux chirurgicaux à même le patient. Sur la casquette de pilote posée à l'envers par-dessus le tout, on distinguait une couronne ailée : l'emblème de Regis Air.

Le lit au centre de la pièce était entouré de rideaux en plastique transparent. A l'extérieur, le matériel de monitoring et une perche de pompe à perfusion électronique couverte de poches. Les draps étaient verts et le lit médicalisé, redressé en position haute, était équipé de grands oreillers blancs.

Le capitaine Doyle Redfern y était assis, les mains sur les genoux. Sa blouse réglementaire laissait ses jambes nues. Il semblait en pleine possession de ses moyens. En fait, à part sa double perfusion et ses traits tirés – il semblait avoir perdu cinq kilos depuis qu'Eph l'avait découvert dans le poste de pilotage –, on aurait dit qu'il était là pour un simple check-up.

Il regarda Eph approcher d'un air plein d'espoir.

— Vous êtes de la compagnie aérienne ?

Eph secoua la tête. Il n'en revenait pas. Dire que la veille ce type se débattait par terre dans le cockpit du vol 753 en suffoquant, les yeux révulsés, apparemment à l'article de la mort !

Le pilote changea imperceptiblement de position et le mince matelas grinça. Il fit la grimace, comme si ses muscles étaient raides, puis demanda :

— Qu'est-ce qui s'est passé, dans l'avion ?

Eph ne cacha pas sa déception.

— C'est pour ça que je venais vous voir, dans l'espoir que vous me l'apprendriez.

Gabriel Bolivar, rock star, était posé au bord du lit comme une espèce de gargouille aux cheveux noirs en chemise d'hôpital. Sans son maquillage outrancier, il était étonnamment beau, dans le style dur à cuire mal peigné. Eph était debout face à lui.

— Je tiens la gueule de bois de ma vie, déclara Bolivar.

— Vous avez d'autres sensations désagréables ? s'enquit Eph.

— Des tas. La vache ! ajouta la star en passant la main dans ses longs cheveux. Quelle idée aussi de prendre un vol régulier ! La voilà, la morale de l'histoire.

— Monsieur Bolivar, pourriez-vous me dire quel est votre dernier souvenir lié à l'atterrissage ?

— Quel atterrissage ? Non, je ne plaisante pas ! J'y suis allé un peu fort sur la vodka tonic pendant le vol, j'ai rien vu, je dormais.

Il leva la tête et la lumière lui fit plisser les yeux.

— Vous n'auriez pas du paracétamol ? Quand l'hôtesse passera avec le chariot des boissons, par exemple...

Voyant les cicatrices qui zébraient ses avant-bras nus, Eph se rappela qu'il était notamment connu pour se lacérer lui-même sur scène.

— On essaie de retrouver les bagages de chaque passager.

— Dans mon cas, ça va être facile : j'avais rien. Rien que mon téléphone. Mon avion est tombé en panne, alors j'ai embarqué sur le premier vol qui partait. Mon manager ne vous l'a pas dit ?

— Je ne l'ai pas encore vu. Je m'intéresse en particulier à un très grand coffre noir.

— Euh, c'est pour tester mes facultés mentales, c'est ça ? demanda Bolivar en le regardant sans comprendre.

— Non, je parle d'une grande boîte en bois, ancienne, partiellement remplie de terre, qu'on a trouvée dans la soute.

— Je ne vois pas.

— Ce n'est pas vous qui l'avez rapportée d'Allemagne ? Ça ressemble au genre de chose que vous seriez susceptible de collectionner.

— Hé, c'est de la comédie, tout ça, dit Bolivar en se renfrognant. Du spectacle, merde ! Je mets du fard pour faire gothique et j'écris des paroles hardcore, mais c'est tout. Vous n'avez qu'à chercher sur Internet. Mon père était pasteur méthodiste et la seule chose que je collectionne, c'est les nanas. A propos, je sors quand, moi ?

— On a encore quelques examens à vous faire passer, répondit Eph. On tient à vous déclarer bon pour le service avant de vous laisser partir.

— Et mon téléphone, je le récupère quand ?

— Bientôt, conclut Eph en prenant congé.

Le médecin-chef avait des ennuis avec trois hommes à l'entrée du service d'isolement. Deux d'entre eux, qui dépassaient Eph d'une tête, devaient être les gardes du corps de Bolivar. Le troisième, plus petit, tenait un attaché-case. Il sentait l'avocat à dix mètres.

— Messieurs, vous êtes dans une zone à accès réservé, déclara Eph.

— Je suis ici pour faire sortir mon client, Gabriel Bolivar.

— Il subit une série d'examens. Nous le laisserons partir dès que possible.
— C'est-à-dire ?
— Dans deux ou trois jours, si tout va bien.
— M. Bolivar a demandé à sortir afin d'être traité par son médecin personnel. Non seulement j'ai sa procuration mais je peux tenir lieu de mandataire santé s'il est frappé d'une quelconque incapacité.
— Personne ne va le voir sauf moi, déclara Eph avant de reprendre à l'intention de la chef de service : Il faut immédiatement poster un garde devant ces portes.
— Docteur, s'interposa l'avocat. Je ne suis pas spécialiste en matière de droit de quarantaine mais j'ai la quasi-certitude qu'il faut un décret du président lui-même pour maintenir un citoyen en isolement. Puis-je voir le décret en question ?
— M. Bolivar est désormais mon patient, fit Eph en souriant, sans compter qu'il vient de survivre à une catastrophe qui a fait de nombreuses victimes. Laissez votre numéro au bureau des infirmières, et je ferai de mon mieux pour vous tenir informé de son état. Avec son consentement, naturellement.
— Bon, écoutez, mon vieux...
L'avocat posa la main sur l'épaule d'Eph d'une façon qui ne plut guère à ce dernier.
— Je peux parvenir plus rapidement à mes fins en ameutant les fans enragés de mon client qu'en demandant une commission rogatoire. Vous voulez vraiment voir une horde de gamines gothiques et d'autres barjots camper devant l'hôpital et envahir les couloirs dans l'espoir de le voir ? dit-il en s'adressant aussi bien à Eph qu'à la chef de service.

Eph riva son regard à sa main jusqu'à ce qu'il la retire de son épaule. Il lui restait deux rescapés à voir.

— Ecoutez, je n'ai vraiment pas le temps. Alors je vais vous poser quelques questions directes. Votre client a-t-il des maladies sexuellement transmissibles qu'il me serait utile de connaître ? A-t-il un passé de consommateur de stupéfiants ? Si je vous demande ça, c'est uniquement parce que si je dois compulser tout son dossier médical, disons que... ces choses-là ont le don de se retrouver entre les mains de gens mal intentionnés, vous comprenez. Or, vous n'avez sûrement pas envie que ce genre de détails arrive jusqu'à la presse, je suppose ?

— Ces informations ne regardent que mon client, rétorqua l'autre en le fixant droit dans les yeux. Si vous les communiquez à qui que ce soit, vous vous rendez coupable d'atteinte à la vie privée, ce qui est un délit.

— Mais ce serait aussi très ennuyeux pour lui, enchaîna Eph en soutenant son regard. C'est vrai, imaginez que quelqu'un rende public votre dossier médical à vous – sur Internet, par exemple, où tout le monde pourrait y avoir accès...

L'avocat le regarda bouche bée s'éloigner en passant entre les deux gardes du corps.

Joan Luss, avocate associée au sein d'un cabinet, mère de deux enfants, diplômée de la fac de droit de Swarthmore, résidant à Bronxville, membre de la Junior League, était assise sur un lit à matelas de mousse dans sa chambre d'isolement. Affublée d'une tenue d'hôpital qui l'énervait au plus haut point, elle prenait fébrilement des notes au dos d'un emballage d'alèse. Impatiente, elle ne cessait de remuer les orteils. On n'avait pas voulu lui rendre son téléphone ; elle avait dû implorer le personnel pour qu'on lui donne un simple crayon.

Elle était sur le point de sonner une nouvelle fois quand son infirmière passa la porte. Joan afficha un sourire étudié, celui qui signifiait « Je veux du concret ».

— Ah, vous revoilà... très bien. Dites, je me demandais... Comment s'appelle le médecin qui vient de passer, déjà ?

— Il n'est pas de chez nous.

— Ça, j'avais compris. Ce que je voudrais, c'est son nom.

— C'est le Dr Goodweather.

— Goodweather, répéta-t-elle en écrivant. Prénom ?

— « Docteur », répondit l'infirmière avec un sourire inexpressif. Pour moi, ils ont tous le même.

Joan plissa les yeux, comme si elle n'était pas sûre d'avoir bien entendu, et se tortilla légèrement sur ses draps raides.

— Et il était envoyé par le CDC ?

— Il faut croire. Il a prescrit un certain nombre d'examens...

— Combien de personnes ont survécu au crash ?

— C'est que... il n'y a pas eu de crash.

Joan sourit. Avec certaines personnes, on avait l'impression de parler chinois.

— Ce que je vous demande, c'est combien de personnes à part moi n'ont pas trouvé la mort à bord du vol 753 en provenance de Berlin.

— Il y en a trois autres dans le service. Et maintenant, si vous le voulez bien, le docteur a demandé une analyse de sang, alors...

Joan décida de faire immédiatement et totalement abstraction de l'infirmière. Si elle avait accepté de rester dans cette chambre, c'était uniquement parce qu'elle pouvait en apprendre davantage en jouant le jeu. Toutefois, ce stratagème aurait bientôt atteint ses limites. Joan Luss était spécialisée dans le droit civil – donc dans les délits susceptibles de donner lieu à des poursuites. Tous les passagers d'un avion avaient péri sauf quatre, dont une avocate qui savait ce qu'elle faisait, et qui était prête à attaquer en justice. Pas de chance. La compagnie Regis Air était bien à plaindre.

Coupant la parole à l'infirmière, elle reprit :

— Je demande une copie de mon dossier médical à jour, avec la liste complète des examens qui ont d'ores et déjà été pratiqués et les résultats.

— Madame ? Vous êtes sûre que ça va ? Vous ne vous sentez pas bien ?

Joan venait d'être prise d'un léger vertige. Bah, sans doute une séquelle de ce qui avait atteint les passagers à la fin de cette épouvantable traversée. Elle sourit et secoua vivement la tête, histoire de retrouver toute sa force de conviction. La colère qui l'animait allait lui donner assez d'énergie pour au moins mille heures de travail facturables, le temps de faire le point sur la catastrophe aérienne et de traîner devant les tribunaux cette compagnie d'aviation dont la négligence s'était révélée criminelle.

— Je vous assure que je ne vais pas tarder à me sentir beaucoup mieux.

Hangar d'entretien
de Regis Air, JFK

— Pas de mouches, dit Eph.
— Hein ? fit Nora.
Ils se tenaient face aux rangées de housses sanitaires alignées devant l'appareil. Quatre camions réfrigérés étaient garés à proximité, respectueusement bâchés de noir pour masquer l'enseigne du marché aux poissons. Tous les corps avaient été identifiés et pourvus d'une étiquette à code-barres accrochée au gros orteil. La tragédie était, dans le jargon des employés de l'institut médico-légal, une catastrophe de masse en « univers fermé », c'est-à-dire qu'on connaissait avec précision le nombre de victimes (contrairement à l'effondrement des Twin Towers). Grâce aux scans des passeports, à la liste des passagers et au fait que les dépouilles étaient intactes, l'identification avait été simple. Le vrai défi allait consister à déterminer la cause des décès.

Les techniciens de l'APRT firent crisser le sol bâché sous leurs bottes en soulevant les housses en vinyle bleu pourvues de sangles à chaque extrémité, avant de les déposer à bord des camions réquisitionnés, avec toute la solennité de rigueur.

— Il devrait y avoir des mouches, expliqua Eph.

Les projecteurs installés un peu partout dans le hangar permettaient effectivement de constater qu'aucune mouche ne survolait les corps. Seuls deux ou trois papillons de nuit voletaient paresseusement autour des lumières.

— Je me demande bien pourquoi il n'y en a pas, ajouta-t-il.

En temps normal, les bactéries résidant dans l'appareil digestif vivaient en symbiose avec leur hôte humain en bonne santé. Mais, après le décès de celui-ci, elles étaient livrées à elles-mêmes. Elles commençaient par ingérer les intestins, puis se répandaient dans la cavité abdominale et s'attaquaient aux autres organes. Or, les mouches étaient capables de détecter à plus d'un kilomètre de distance les gaz putrides dégagés par les cadavres en décomposition.

Deux cent six repas complets étaient à leur disposition, en l'occurrence. Le hangar entier aurait dû résonner de leur bourdonnement.

Eph se dirigea vers deux techniciens occupés à sceller une housse sanitaire.

— Une minute, fit-il.

Ils se redressèrent et lui laissèrent le champ libre. Il s'agenouilla et défit la fermeture à glissière pour exposer le corps.

La fillette morte en tenant la main de sa mère. Eph avait dû mémoriser à son insu l'emplacement précis de son cadavre sur la bâche. C'était toujours des enfants qu'on se souvenait.

Ses cheveux blonds reposaient à plat et, au bout d'un cordon noir, un pendentif représentant un soleil souriant se nichait au creux de sa gorge. Avec sa robe blanche, on aurait presque dit une jeune mariée.

Les techniciens allèrent sceller et emporter la housse suivante. Nora vint regarder par-dessus l'épaule d'Eph. Les mains toujours gantées, ce dernier fit doucement pivoter la tête de la petite en la tenant par les tempes.

La rigidité cadavérique s'installait dans les douze heures qui suivaient le décès et se maintenait pendant douze à vingt-quatre heures ; on se situait donc vers le milieu de cette phase. Puis la rupture de la liaison calcium à l'intérieur de la fibre entraînait le retour de la souplesse musculaire.

— Pas de rigidité, constata Eph.

Il saisit la fillette par l'épaule et la hanche pour la faire rouler sur le ventre, puis déboutonna sa robe. Le bas du dos apparut, ainsi que le renflement des vertèbres. La peau était blanche et parsemée de taches de rousseur.

Une fois que le cœur s'arrêtait de battre, le sang s'amassait dans les vaisseaux. La paroi des capillaires – constituée d'une seule cellule – ne tardait pas à céder sous la pression. En éclatant, elle laissait le sang se propager dans les tissus voisins. Il stagnait alors dans la partie la plus basse du corps, dite « déclive », et coagulait rapidement. Ce phénomène de lividité cadavérique prenait place au bout de seize heures environ.

Et cette limite était dépassée.

Puisque l'enfant avait péri en position assise, et qu'on l'avait ensuite allongée sur le dos, le sang épaissi aurait dû colorer la peau de la région lombaire en violet foncé.

Eph survola du regard les housses alignées.

— Comment se fait-il que ces corps ne soient pas en train de se décomposer normalement ?

Il retourna délicatement la fillette sur le dos puis, d'un geste exercé, souleva sa paupière droite.

La cornée était trouble, comme on pouvait s'y attendre, et la sclérotique (la surface protectrice blanche, opaque), normalement sèche. Il examina ensuite le bout des doigts de la main droite – celle qui s'était blottie dans la main de sa mère – et le trouva légèrement ridé, ce qui était également prévisible, en raison de l'évaporation.

Irrité par les informations contradictoires qu'il venait de recueillir, il se redressa, s'assit sur ses talons et inséra ses deux pouces gantés entre les lèvres desséchées de la petite. Celles-ci laissèrent échapper un son qui pouvait faire penser à un hoquet mais était simplement dû au gaz qui en profita pour s'en échapper. Au premier abord, la bouche ne présentait rien de remarquable, mais il poussa quand même ses investigations plus loin en abaissant la langue pour chercher d'autres signes éventuels de sécheresse.

Le palais mou et la langue étaient entièrement blancs ; on les aurait dits sculptés dans l'ivoire. De petits netsuke reproduisant l'anatomie buccale. La langue était rigide et curieusement tendue. Eph la déplaça sur le côté, révélant le reste de la bouche, également exsangue.

Exsangue... Qu'est-ce qui m'attend encore ? songea-t-il. Ces corps ont été saignés à blanc ; il ne leur reste pas une goutte de sang.

Ou alors, dans le genre réplique célèbre, il y avait ce feuilleton d'horreur, dans les années 70 : « Chef... les corps... ils sont vidés de leur sang ! » Et on enchaînait sur des accords à l'orgue...

La fatigue commençait à se faire sentir. Eph maintint fermement la langue de la petite entre le pouce et l'index et braqua une petite lampe de poche sur le fond tout blanc de sa gorge. Il eut un peu l'impression de pratiquer un examen gynécologique. Des netsuke pornos ?

Alors la langue se mit à bouger. Eph recula vivement et retira son doigt en poussant une exclamation de surprise. Le visage offrait toujours le même aspect de masque mortuaire aux lèvres légèrement entrouvertes.

A côté de lui, Nora demanda :

— Quoi, qu'est-ce qu'il y a ?

Eph essuya son doigt sur la jambe de sa combinaison.

— Juste un réflexe, dit-il en se relevant.

Il contempla le petit visage jusqu'à ne plus pouvoir supporter ce spectacle, puis remonta la fermeture de la housse pour enfermer le corps.

— Qu'est-ce que ça peut bien être ? reprit la jeune femme. Un truc qui ralentit le processus de décomposition des tissus ? Parce que ces pauvres gens sont bien morts...

— ... sauf qu'ils ne se décomposent pas, oui. On ne peut pas retarder l'évacuation. De toute façon, il faut qu'ils aillent tous à la morgue et qu'on les autopsie. Histoire de comprendre ce qui se passe de l'intérieur.

Il vit que Nora tournait les yeux vers le coffre sculpté, posé à l'écart des autres bagages.

— Tout est anormal, dans cette affaire.

Eph, lui, regardait dans la direction opposée, vers l'immense appareil qui se profilait au-dessus de leurs têtes. Il avait envie de remonter à bord. Ils avaient dû passer à côté de quelque chose. La solution était forcément là-haut.

Mais avant qu'il ait eu le temps de faire quoi que ce soit, Jim entra dans le hangar, flanqué du directeur du CDC. Le Dr Everett Barnes, soixante et un ans, était encore, par bien des aspects, le médecin de campagne sudiste qu'il avait été au tout début de sa carrière. Bien que la Santé publique – et donc le CDC – ne soit plus depuis longtemps rattachée à la Marine nationale, beaucoup de ses cadres supérieurs affectionnaient l'uniforme, et c'était le cas de Barnes. On était donc face à un personnage contradictoire, un peu provincial, accessible et simple, portant une barbichette blanche, et en même temps en grande tenue d'amiral en retraite, toutes médailles dehors.

Après les salutations d'usage, les explications et l'examen rapide d'une des victimes, Barnes s'enquit des rescapés.

— Aucun ne se souvient de ce qui s'est passé, l'informa Eph. Ils ne nous sont d'aucune utilité.

— Les symptômes ?

— Céphalées, parfois sévères ; douleurs musculaires, acouphènes, désorientation, bouche sèche, troubles de l'équilibre.

— En somme, plus ou moins ce qu'on ressent normalement après un vol transatlantique.

— C'est très étrange, Everett. Nora et moi avons été les premiers à monter à bord. Les passagers – j'entends : *tous* les passagers – étaient en état de mort cérébrale. Ils ne respiraient plus. Quatre minutes sans oxygène et les lésions sont irréversibles. Et il semblerait que les rescapés soient restés dans cet état plus d'une heure.

— Ce n'est manifestement pas le cas ! Et ils n'ont vraiment rien pu vous dire ?

— Ils ont posé plus de questions que moi.

— Vous avez trouvé des points communs entre les quatre survivants ?

— J'y travaille. Je voudrais votre aide pour les garder à l'isolement jusqu'à la fin de l'enquête.

— Comment ça, mon aide ?

— Il nous faut leur entière coopération.

— Ils coopèrent, non ?

— Pour le moment. Mais... je ne peux pas prendre de risques.

Le directeur lissa sa barbiche bien taillée et dit, en dévoilant un dentier à la blancheur éclatante :

— Bah, pour peu qu'on soit diplomate à leur chevet, qu'on leur fasse bien valoir la chance qu'ils ont d'avoir échappé à ce destin tragique, on s'arrangera pour qu'ils restent dociles, non ?

— On pourrait peut-être appliquer le Plan d'urgence santé et...

— Ephraïm, vous le savez : il y a une grande différence entre isoler quelques passagers volontaires à des fins de traitement préventif et les placer en quarantaine. Il y a d'autres considérations à prendre en compte ici. D'ordre médiatique, notamment.

— Everett, avec tout le respect que je vous dois, je me permets d'exprimer mon désaccord, car...

Barnes posa doucement sa petite main sur l'épaule du médecin et dit, en accentuant légèrement son accent sudiste, peut-être pour atténuer le choc :

— Ecoutez, Ephraïm, je vais nous faire gagner du temps à tous les deux. Si l'on appréhende objectivement les conséquences de ce tragique incident, on peut affirmer que par chance – et même, pourrait-on dire, par bonheur – nous maîtrisons désormais la situation. Aucune autre victime, aucun malade sur d'autres vols, quel que soit l'aéroport, quel que soit le pays, et ça va bientôt faire dix-huit heures que cet avion a atterri. Ce sont des aspects positifs qu'il ne faut pas négliger. Mieux vaut faire passer dans le grand public un message rassurant du type : « On peut avoir confiance dans notre système de transports aériens. » Vous savez, je suis certain qu'en impliquant ces survivants, en en appelant à leur civisme, à leur sens de l'honneur et du devoir, nous réussirons à obtenir leur collaboration pleine et entière.

Il retira sa main de l'épaule d'Eph et lui sourit comme un père militariste considérant son pacifiste de fils avec indulgence.

— De plus, cette histoire m'a tout l'air d'être due à une fuite de gaz, non ? Autant de victimes en aussi peu de temps, en milieu fermé, plus le fait que les survivants ont repris conscience après avoir été extraits de l'avion...

— Sauf que le circuit de ventilation est tombé en panne en même temps que le circuit électrique, juste après l'atterrissage, intervint Nora.

Barnes hocha la tête et joignit les mains, l'air pensif.

— Certes, certes, cette affaire va demander beaucoup d'investigations. Mais, d'un autre côté, elle a représenté un bon exercice d'entraînement pour votre équipe. Et vous vous en êtes bien sortis. Maintenant que les événements se calment un peu, il faut naturellement que vous alliez jusqu'au fond des choses. Dès qu'on en aura fini avec cette maudite conférence de presse.

— Pardon ? Attendez un peu, là...

— Eh bien oui, le maire de New York et le gouverneur de l'Etat vont s'adresser aux journalistes. Il y aura aussi des représentants de la compagnie aérienne, de l'Autorité aéroportuaire, etc. Vous et moi, nous incarnerons la réaction de la santé publique au niveau fédéral.

— Ah... mais... non, monsieur ! Je n'ai pas le temps ! Jim peut très bien s'en charger !

— Il pourrait, mais cette fois ce sera vous, Ephraïm. Je vous l'ai dit : vous êtes notre meilleur atout dans cette histoire. Vous êtes chef du Projet Canari et je veux sur place quelqu'un qui ait été confronté dès le début aux victimes. Il faut que le public puisse mettre un visage sur notre travail.

Ce qui expliquait le coup de gueule de Barnes à propos des mesures de détention et de quarantaine. Il exposait la ligne officielle du CDC.

— Mais... Je ne peux encore rien dire ! protesta Eph. Pourquoi s'exprimer si vite en public ?

Barnes dévoila à nouveau son dentier impeccable.

— Le code de conduite de tout bon médecin est « Avant tout, ne pas nuire ». Celui de l'homme politique, « Avant tout, passer à la télé ». De plus, si j'ai bien compris, le facteur temps a son importance. On veut, je crois, que la nouvelle soit diffusée avant cette satanée éclipse solaire. Les éruptions solaires brouillent les ondes radio, ou je ne sais quoi.

— L'éclipse...

Eph avait complètement oublié l'éclipse totale prévue aux environs de quinze heures ce jour-là. Un événement très rare. La première visible à New York depuis la naissance des Etats-Unis.

— Bon sang, ça m'était sorti de l'esprit.

— Le message que nous allons adresser à nos concitoyens est simple : le bilan en vies humaines est très lourd, et le CDC ne néglige aucune piste. C'est une catastrophe, mais nous maîtrisons la situation et il s'agit d'un incident unique. Il n'y a donc absolument aucune raison de s'inquiéter davantage.

Eph se détourna pour ne pas révéler son mécontentement à son supérieur. On lui demandait de se présenter devant les caméras en déclarant que tout allait comme sur des roulettes. Il quitta la zone de confinement et se faufila dans l'entrebâillement des grandes portes du hangar pour se retrouver en plein soleil. Il cherchait encore un moyen de se défiler quand son portable se mit à vibrer contre sa cuisse, dans la poche de son pantalon. L'écran affichait une petite enveloppe tournant sur elle-même. Un SMS émanant du portable de Matt. Il le lut :

**Yanks 4 – Sox 2. Super places.
Domaj ke tu soi pa la. Z.**

Eph fixa le message de son fils jusqu'à ce que son regard se brouille. Il en fut alors réduit à contempler son ombre sur le tarmac. C'était peut-être l'effet de son imagination, mais il lui sembla qu'elle commençait à s'effacer.

OCCULTATION

VERS LA TOTALITÉ

L'impatience allait grandissant. Le Soleil, qui affichait jusqu'alors une petite encoche sur son bord occidental – ce qu'on appelait le « premier contact » –, exhibait à présent une marque de morsure arrondie, d'un noir absolu, qui le consumait peu à peu. Tout d'abord, on ne perçut pas de différence de luminosité au sol. Seule cette échancrure de ténèbres qui, tout là-haut dans le ciel, transformait en croissant l'astre d'ordinaire immuable, signalant que ce jour ne ressemblerait à aucun autre.

L'expression « éclipse solaire » était en réalité trompeuse. Les éclipses se produisaient lorsqu'un corps céleste traversait le cône de pénombre d'un autre corps céleste. Or, lors d'une éclipse solaire, la Lune ne passait pas *dans* le cône du Soleil, mais *entre* ce dernier et la Terre, provoquant ainsi l'apparition d'une zone d'ombre. Le terme « occultation » aurait été plus approprié, puisque la Lune *occultait* le Soleil en projetant une ombre de taille restreinte à la surface de la Terre.

La distance entre la Terre et l'astre du jour était environ quatre cents fois supérieure à celle qui séparait la Terre de la Lune. Coïncidence remarquable, le diamètre du Soleil se trouvait être approximativement quatre cents fois celui de la Lune. Cela expliquait que la surface de celle-ci et la photosphère – ou couronne lumineuse – du Soleil semblaient avoir plus ou moins la même taille vues depuis notre planète.

L'occultation totale n'était possible que si la Lune était dans son premier quartier et proche de son périgée – le point de son trajet situé le plus près de la Terre. Quant à la durée de l'éclipse totale, elle dépendait de l'orbite de la Lune mais ne pouvait excéder sept minutes quarante. Ce jour-là, on avait calculé que l'occultation durerait exactement quatre minutes cinquante-sept. Un tout petit peu moins de cinq minutes de nuit irréelle, au beau milieu d'un bel après-midi d'automne.

A demi recouvert par la Lune montante (et désormais invisible), le Soleil encore vif parut se draper dans un voile cendré rappelant l'abord du crépuscule, mais sans que sa lumière prenne d'abord une teinte orangée. Au niveau du sol, ses rayons pâlissaient, au contraire, et semblaient filtrés. Les ombres devinrent floues, comme quand on baisse progressivement l'intensité d'une lampe halogène.

Le croissant dévoré par le disque lunaire était de plus en plus mince ; sa luminosité en voie d'asphyxie se mit à flamboyer, comme prise de panique. Puis le processus parut s'accélérer, tout devint gris, les couleurs disparurent les unes après les autres. Le ciel s'obscurcit plus rapidement à l'ouest qu'à l'est, à mesure que l'ombre de la Lune approchait.

L'éclipse serait partielle sur une grande partie du territoire américain et du Canada, et totale uniquement sur une longue et étroite bande – quinze mille kilomètres de long sur cent cinquante de large – correspondant, à la surface de la Terre, à la zone de pénombre de la Lune. Le trajet ouest-est de cette dernière – la « trajectoire de la totalité » – commençait à l'aplomb de la corne de l'Afrique pour s'incurver au-dessus de l'Atlantique et s'achever un peu à l'ouest du lac Michigan en se déplaçant à plus de mille cinq cents kilomètres/heure.

Le croissant de Soleil diminuait toujours. Le ciel prit une teinte violacée. L'obscurité se renforça dans sa partie ouest, tel un orage silencieux et sans vent, puis se propagea jusqu'à enserrer le Soleil affaibli. Un organisme géant succombant à une force corruptrice en expansion, mais qui aurait pris naissance en son cœur même.

Le Soleil s'amincissait dangereusement ; ce qu'on voyait à travers les verres protecteurs rappelait un couvercle de trappe circulaire qui se refermerait peu à peu dans le ciel en expulsant toute sa lumière. Le croissant émit une très vive clarté blanche puis, en ses derniers instants d'agonie, se colora d'argent.

D'étranges bandes d'ombre mouvante allaient et venaient sur le sol, comparables aux jeux de lumière qui chatoyaient au fond des piscines. A tous ceux qui les surprenaient du coin de l'œil, elles paraissaient grouiller comme des serpents indistincts. Du coup, tous en avaient la chair de poule.

Tout fut très vite terminé. Les ultimes instants d'agonie furent intenses, inquiétants. Le croissant se réduisit à une simple courbe semblable à une balafre bien nette sur la peau du ciel, puis éclata en mille grains de nacre d'un blanc aveuglant – les derniers rayons du Soleil se coulaient dans les vallées profondes de la surface lunaire. Ces perles émettaient un bref scintillement avant de disparaître, mouchées comme une chandelle étouffée par sa propre cire noire. L'anneau pourpre de la chromosphère, la fine strate superficielle du Soleil, s'embrasa l'espace de quelques précieuses secondes... puis le Soleil disparut.

Kelton Street, Woodside, Queens

Kelly Goodweather n'en croyait pas ses yeux. Il avait fait nuit d'un coup ! Comme tous les habitants de Kelton Street, elle était sur le trottoir (celui qui, en temps normal, était ensoleillé), à regarder le ciel assombri à travers les lunettes en carton offertes avec son pack de deux bouteilles de Coca light deux litres « Spécial Eclipse ». Intellectuellement, Kelly comprenait ce qui se passait. Cela ne l'empêcha pas de ressentir une bouffée de panique. Une brusque envie de fuir, de courir se cacher. Ces corps célestes qui s'alignaient, ce passage dans l'ombre de la Lune réveillaient quelque chose au plus profond d'elle-même. L'animal effrayé par la nuit qui se cache en chacun d'entre nous.

Les autres éprouvaient sûrement la même chose. Le silence s'était fait dans la rue au moment de la totalité de l'éclipse. Ils étaient tous baignés d'une lumière étrange... étrange comme ces ombres convulsées qui grouillaient sur la pelouse, contre les murs de la maison, tel un tournoiement de mauvais esprits. On aurait dit qu'un vent froid se répandait dans la rue sans décoiffer personne mais en glaçant chacun de l'intérieur.

Quand on était pris d'un frisson, il se trouvait toujours quelqu'un pour dire : « On vient de marcher sur ta tombe. » C'était exactement la sensation que procurait cette éclipse. Quelque chose ou quelqu'un marchant sur toutes les tombes en même temps. La Lune morte passant au-dessus de la Terre vivante.

Et puis, quand on levait la tête, la couronne solaire. Une sorte d'anti-soleil noir, sans visage, incendiant follement le néant de la Lune et tournant vers la Terre l'aura de sa chevelure blanche à la fois immatérielle et incandescente. Sa tête de mort.

Bonnie et Donna, le couple de lesbiennes qui louait la maison voisine, contemplaient le spectacle bras dessus bras dessous. Bonnie avait passé sa main dans la poche arrière du jean large de Donna.

— Incroyable, hein ! lança-t-elle, souriante, par-dessus son épaule.

Kelly ne trouva rien à répondre. Elles ne sentaient donc rien ? Car pour elle, au contraire, il ne s'agissait pas d'un simple fait insolite, d'une récréation. Elle ne comprenait pas que les gens ne voient pas dans cette éclipse le signe avant-coureur d'un événement funeste. Au diable les explications astronomiques, les raisonnements purement intellectuels ! Ça signifiait forcément quelque chose ! Peut-être pas en soi, certes : ce n'était après tout qu'une convergence d'orbites. Mais quand on était un être doué de raison, on ne pouvait pas ne pas lui attribuer un sens, qu'il soit positif ou négatif, religieux, surnaturel ou autre. Ce n'était pas parce qu'on comprenait le mécanisme d'un phénomène qu'on comprenait le phénomène lui-même.

Ses voisines l'interpellèrent à nouveau, pour lui dire qu'elle pouvait ôter ses lunettes protectrices.

— Il ne faut pas manquer ça !

Toute seule devant sa maison, Kelly décida de n'en rien faire. Même si on disait à la télévision que pendant la « phase de totalité » on ne risquait pas de se faire mal aux yeux. Parce que d'un autre côté la télé lui disait aussi que si elle achetait telle ou telle pilule, telle ou telle crème hors de prix, elle ne vieillirait pas.

La rue résonnait de « Oh ! » et de « Ah ! ». L'éclipse créait un esprit de communauté à mesure que les voisins se familiarisaient avec l'inhabituel et vivaient pleinement l'instant. Mais Kelly, elle, restait en dehors. Qu'est-ce qui m'arrive ? se demanda-t-elle.

C'était en partie dû au fait qu'elle avait vu Eph à la télé. Il n'avait pas beaucoup parlé pendant la conférence de presse, mais elle avait bien senti, à son regard, à sa façon de s'exprimer, que quelque chose clochait. Quelque chose de grave. Qui dépassait de loin les propos rassurants débités par le gouverneur et le maire. Qui dépassait même le décès subit et inexpliqué des deux cent six passagers du vol transatlantique.

Un virus ? Un attentat ? Un suicide collectif ?
Et maintenant, cette éclipse.

Elle aurait voulu que Matt et Zack soient là, près d'elle, que cette occultation solaire finisse et qu'on n'en parle plus. Et savoir qu'elle n'éprouverait plus jamais cette sensation. A travers ses verres filtrants, elle regarda la lune meurtrière dans toute sa ténébreuse gloire. Elle avait peur de ne plus revoir le Soleil.

Yankee Stadium, Bronx

A côté de Zack, Matt contemplait l'éclipse le nez froncé et la bouche ouverte, l'air du conducteur qui scrute le flot de la circulation venant à sa rencontre. Plus de cinquante mille supporters des Yankees arborant leurs lunettes protectrices « collector » à fines rayures étaient à présent debout, à regarder fixement la Lune assombrir le ciel alors qu'il faisait jusque-là un temps idéal pour un match de base-ball. Mais Zack Goodweather faisait exception à la règle. L'éclipse, c'était bien, mais ça allait un moment. Il préféra donc reporter son attention sur l'abri des joueurs de son équipe, les New York Yankees. Il reconnut Jeter, qui portait exactement les mêmes lunettes que lui. Un genou sur le banc, il semblait attendre qu'on l'appelle sur le terrain d'une seconde à l'autre. Les lanceurs et les receveurs, rassemblés à côté de la zone d'échauffement sur la moitié droite du terrain, s'absorbaient comme tout le monde dans la contemplation du spectacle.

— Mesdames et messieurs, déclara le présentateur dans les haut-parleurs, et vous aussi, les enfants, vous pouvez maintenant enlever vos lunettes.

Ce que firent cinquante mille personnes, presque en même temps. On entendit un hoquet d'admiration collectif, puis des applaudissements dans les tribunes. Enfin, la foule se mit à pousser des acclamations, comme pour faire sortir Matsui – toujours aussi modeste – de l'abri et l'encourager à soulever sa casquette en guise de salut après avoir expédié la balle jusqu'à Monument Park, à l'autre bout du stade.

Zack avait appris à l'école que le Soleil était un réacteur nucléaire dont la température atteignait six mille degrés kelvin, mais que sa couronne, composée d'hydrogène surchauffé et visible depuis la Terre uniquement pendant la totalité d'une éclipse, était mystérieusement beaucoup plus chaude ; elle atteignait les deux millions de degrés kelvin !

Ce qu'il découvrit, en enlevant ses lunettes, c'était un disque parfait, noir, bordé d'une fine ligne de feu pourpre et entouré d'une aura de lumière tout en flammèches blanches. Un œil dont la Lune aurait été l'immense pupille, et la couronne solaire le blanc injecté de sang – les gaz surchauffés expulsés par la surface de l'astre y dessinaient des veinules incandescentes. Un œil – mais de zombie.

Supercool.

« Les zombies de l'éclipse ». Non : « Les zombies de l'occultation ». « Zombies occultes de la planète Lune » ! Ah zut, la Lune n'est pas une planète. « La Lune des zombies ». Voilà une idée pour le film qu'il voulait tourner avec ses copains l'hiver prochain ! Pendant une éclipse totale, le clair de lune transforme les New York Yankees en zombies suceurs de cervelle. Génial ! D'ailleurs, son copain Ron ressemblait vachement au receveur Jorge Posada jeune. « Hé, Posada ! Un autographe ! Mais, dites donc... Qu'est-ce que vous... ? Vous n'allez tout de même pas... ? Mais qu'est-ce qui vous... ? Vos yeux, là... Ils sont... Aaargh ! Non ! Noooon ! »

Mais l'orgue jouait, et quelques soiffards s'improvisant chefs de chœur remuaient les bras en exhortant leur coin de tribune à chanter avec eux un truc ringard genre « Au clair de la lune ». Les supporters de base-ball font facilement du boucan. Si cette occultation avait caché un astéroïde sur le point de s'écraser sur la Terre, ils auraient quand même applaudi.

Tiens ! C'était tout à fait le genre de chose qu'aurait dite le père de Zack s'il avait été là.

Matt, qui admirait ses lunettes gratuites, lui donna un petit coup de coude.

— Pas mal comme souvenir, non ? Combien tu paries qu'on va en retrouver des millions dès demain sur eBay ?

Là-dessus, un ivrogne le bouscula et lui renversa de la bière sur les chaussures. Matt se figea une seconde, puis leva les yeux au ciel, l'air de dire : Qu'est-ce que tu veux attendre de ces gars-là ? Mais il ne dit rien, ne fit pas un geste. En fait, il ne se retourna même pas. Zack s'aperçut tout à coup qu'il ne l'avait jamais vu boire de bière – juste du vin blanc ou rouge, le soir à la maison, avec sa mère. Il eut l'impression que, malgré son enthousiasme pour le match, Matt avait peur des supporters qui les entouraient de toutes parts.

Alors il regretta vraiment que son père n'ait pas pu venir. Il prit le téléphone de Matt dans la poche de son jean et regarda une fois de plus si son père avait répondu.

Mais il lut seulement *Pas de réseau*. Ça ne marchait toujours pas. Les éruptions solaires et la distorsion des radiations perturbaient les ondes radio et les satellites en orbite. C'était prévu. Zack rangea le portable et tendit le cou vers le terrain pour chercher à nouveau Jeter des yeux.

Station spatiale internationale

Trois cent cinquante kilomètres au-dessus de la surface de la Terre, l'astronaute Thalia Charles, mécanicienne navigante américaine de l'Expédition 18 (qui comprenait également un commandant de bord russe et un mécanicien français), flottait en apesanteur dans le compartiment reliant la station *Unity* au sas arrière du module labo *Destiny*. La SSI de recherche accomplissait seize rotations par jour autour de la Terre, donc à peu près une toutes les quatre-vingt-dix minutes, à une vitesse de deux mille sept cents kilomètres/heure environ. En orbite basse, les occultations n'avaient rien d'exceptionnel : il suffisait de masquer le Soleil avec n'importe quel objet circulaire dans un hublot pour faire apparaître sa couronne dans tout ce qu'elle avait de spectaculaire. Aussi Thalia s'intéressait-elle moins à l'alignement de la Lune et du Soleil (de toute façon, de son point de vue, et à l'allure où elle se déplaçait, il n'y avait pas d'occultation) qu'aux conséquences de ce phénomène sur la planète.

Destiny, principal laboratoire de recherche embarqué à bord de la SSI, était un module cylindrique d'à peu près quinze mètres de long sur quatre mètres cinquante de large, mais l'espace habitable était moindre, à cause de la quantité de matériel fixé aux parois. On pouvait y tenir à cinq, en file indienne, dans le sens de la longueur. Chaque conduite, chaque tuyau, chaque câble était apparent, donc directement accessible, si bien que les quatre murs ressemblaient au dos d'une gigantesque carte-mère. Parfois Thalia avait la sensation de n'être qu'un minuscule microprocesseur effectuant docilement les calculs demandés au sein d'un immense ordinateur spatial.

Elle avança en arrimant une main après l'autre sur le nadir, le « sol » de *Destiny* (puisque dans l'espace il n'y avait ni haut ni bas), jusqu'à atteindre un grand anneau en forme de lentille, pourvu de boulons régulièrement espacés : l'obturateur de porte conçu pour protéger le module contre les micrométéorites et les débris orbitaux. Thalia manœuvra pour coincer ses pieds en chaussettes sous un grip mural puis ouvrit manuellement l'obturateur, révélant un hublot de soixante centimètres de diamètre en verre de qualité optique.

La boule bleu et blanc de la Terre lui apparut.

Sa mission actuelle consistait à prendre des photos de la Terre avec un Hasselblad monté sur support fixe grâce à un déclencheur. Mais quand elle voulut viser, depuis son point d'observation inhabituel, ce qu'elle découvrit la fit frémir. L'immense tache noire correspondant à l'ombre de la Lune évoquait une tache morte à la surface de la Terre. Un défaut noir d'aspect menaçant sur l'orbe bleu de sa planète mère. Le plus troublant était qu'on ne distinguait absolument rien à l'intérieur de l'*umbra*, la partie la plus opaque de l'ombre. On aurait dit une image satellite montrant les dégâts causés par un monstrueux incendie qui, après avoir consumé New York, se propagerait sur une grande partie du littoral.

Manhattan

Les New-Yorkais se rassemblèrent à Central Park, dont la Grande Pelouse de quelque trois mille mètres carrés se remplissait comme pour un concert estival. Ceux qui avaient dès le matin installé couvertures et chaises longues étaient à présent debout comme les autres. Les enfants étaient juchés sur les épaules de leur père, les bébés nichés dans les bras de leur mère. La masse gris-mauve de Belvedere Castle surplombait les arbres, apportant une touche gothique un peu irréelle à ce paysage bucolique. De part et d'autre se dressaient des gratte-ciel géants.

La formidable île-métropole cessa progressivement toute activité, et tous ses habitants remarquèrent l'immobilité qui s'emparait d'elle à cette heure normalement agitée de la journée. Elle se traduisait par le genre de vibration qu'on percevait les jours de grande panne d'électricité, faite à la fois d'inquiétude et du sentiment d'appartenir à une même communauté. L'occultation imposait une sorte d'unité à la ville entière et à ses citoyens, en abolissant brièvement les classes sociales. Brusquement, les êtres étaient tous égaux sous le soleil... ou plutôt l'absence de soleil.

Partout on entendait des postes de radio réglés sur Z100, la principale station musicale de New York, et des gens qui chantaient le tube de Bonnie Tyler, « Total Eclipse of the Heart ».

Sur les ponts de l'East Side, qui reliaient Manhattan au reste du monde, on se tenait debout à côté de sa voiture, ou bien assis sur le capot. Des photographes munis d'appareils à filtres spéciaux shootaient depuis les passerelles.

Sur de nombreux toits d'immeubles, l'heure des cocktails avait déjà sonné. On trinquait comme un soir de réveillon, mais pour le moment l'humeur festive était un peu tempérée par l'impressionnant spectacle qui se déroulait dans le ciel.

L'écran Panasonic Astrovision géant de Times Square diffusait l'éclipse en simultané au bénéfice des masses restées au sol. La fantomatique couronne solaire nimbait de ses miroitements la place pour l'heure plongée dans une lumière crépusculaire, telle une mise en garde émise depuis une lointaine région de la galaxie. Des distorsions fugaces brouillaient la transmission.

La police et les pompiers recevaient un torrent continu d'appels téléphoniques émanant notamment de femmes enceintes sur le point d'accoucher avant terme « à cause de l'éclipse ». On leur envoyait systématiquement une ambulance, même si, sur toute l'île, la circulation était pratiquement bloquée.

Les deux centres psychiatriques jumelés de Randall's Island, sur la partie nord de l'East River, confinaient les patients violents dans leur chambre et faisaient tirer les stores. Les autres pensionnaires étaient invités à se regrouper dans les cafétérias, où l'on avait éteint toutes les lumières pour projeter des films comiques. Cela n'empêcha pas quelques malades de s'agiter pendant la phase de totalité. Ils voulaient sortir de la pièce, sans pouvoir dire pourquoi. A l'hôpital Bellevue, les services psychiatriques avaient constaté une augmentation des admissions dès le matin.

Entre Bellevue et le New York University Medical Center, c'est-à-dire deux des plus grands hôpitaux au monde, se dressait le bâtiment le plus laid de Manhattan ou peu s'en fallait. Les locaux de l'institut médico-légal de la ville, grossièrement rectangulaires et turquoise jusqu'à l'écœurement. Un des quatorze médecins légistes qui travaillaient là, Gossett Bennett, sortit le temps d'une courte pause pour regarder les techniciens extraire des camions les corps dans leurs housses puis les pousser sur des brancards vers les salles d'autopsie et les placards réfrigérés du sous-sol. Depuis le jardin situé derrière l'hôpital, il ne voyait pas la superposition Lune-Soleil, cachée par l'immeuble. A la place, il observa les observateurs. Tout le long de l'avenue Franklin Delano Roosevelt, ou FDR, que le jardin surplombait, les gens se tenaient entre les voitures, sur une chaussée où, d'habitude, la circulation ne s'arrêtait jamais. Plus loin, l'East River était noire comme un fleuve de goudron reflétant le ciel mort. Et sur la rive opposée, au-dessus de Queens, planait une lueur sinistre que seul venait égayer le rougeoiement de la couronne solaire reflétée par quelques hautes fenêtres face à l'ouest – l'ensemble évoquant la flamme blanche d'un spectaculaire incendie d'usine chimique.

C'est à ça que ressemblera la fin du monde, se dit-il avant de rentrer pour aider à répertorier les défunts.

Aéroport international JFK

On invita les familles des passagers et des membres de l'équipage du vol Regis Air 753 à laisser un moment de côté la paperasse et le café fourni par la Croix-Rouge (décaféiné pour les plus éprouvés), et à sortir sur la piste, dans la zone normalement interdite au public derrière le terminal 3. Là, tous ces gens au regard vide qui n'avaient en commun que leur chagrin formèrent un petit groupe compact et affrontèrent l'éclipse en se tenant par le bras – que ce soit par solidarité ou par pur besoin de soutien physique –, têtes tournées vers l'ouest et le ciel obscurci. Ils ne savaient pas encore que sous peu on les répartirait en quatre groupes pour les embarquer dans des autocars scolaires. Ceux-ci les emmèneraient chez quatre légistes différents, qui, une famille après l'autre, leur projetteraient une photo de leur cher disparu en leur demandant de l'identifier. Seules seraient autorisées à voir la dépouille les familles qui en feraient la demande formelle. On leur délivrerait alors un bon pour une chambre d'hôtel au Sheraton de l'aéroport, où un buffet dînatoire gratuit leur serait proposé et où les psychologues de la cellule de crise resteraient à leur disposition toute la nuit et toute la journée du lendemain.

Pour l'instant, ils contemplaient fixement le disque noir qui brillait tel un projecteur inversé et, en même temps, aspirait toute la lumière du monde pour la renvoyer aux cieux. Cette oblitération symbolisait parfaitement la perte qu'ils venaient de subir. Pour eux, l'éclipse n'avait rien de remarquable. Il était juste que le ciel et leur Dieu jugent opportun de matérialiser leur désespoir.

Devant le hangar d'entretien de Regis Air, un peu à l'écart des autres enquêteurs, Nora attendait qu'Eph et Jim reviennent de la conférence de presse. Elle tournait les yeux vers le trou noir qui prenait des allures menaçantes dans le ciel, mais elle avait du mal à fixer son attention. Elle se sentait embarquée dans quelque chose d'incompréhensible. Comme si un pouvoir maléfique nouveau venait d'apparaître : la Lune, morte, éclipsant le Soleil, astre de vie. La nuit occultant le jour.

Une ombre passa, fluide, tout près d'elle. Un miroitement qu'elle surprit du coin de l'œil, une chose de même nature que les ombres qui un peu plus tôt ondulaient sur la piste. A la limite du perceptible. Une chose qui s'échappait du hangar comme un spectre obscur. Une ombre dont on ressentait la présence.

Il fallut à sa pupille une fraction de seconde pour suivre le mouvement, mais il était déjà trop tard. La chose avait disparu.

Lorenza Ruiz, la bagagiste qui avait été la première à s'approcher de l'avion mort à bord de son chariot motorisé, se remettait mal de son aventure. Son court séjour dans l'ombre de l'appareil, la veille, continuait de la hanter. Elle y repensait sans cesse. Elle n'avait pas dormi de la nuit. A force de se tourner et se retourner dans son lit, elle avait fini par se lever et faire les cent pas. Le verre de vin blanc qu'elle s'était servi au beau milieu de la nuit n'y avait rien fait. Le souvenir lui pesait, comme une impression dont elle ne pouvait se débarrasser. Quand le jour s'était enfin levé, elle s'était surprise à regarder le réveil en attendant impatiemment que sonne l'heure de retourner travailler. Elle était pressée de regagner JFK, mais pas par curiosité morbide. A cause de l'image de l'avion en sommeil imprimée dans ses pensées comme si on l'avait forcée à regarder en face une lumière vive. Tout ce qu'elle savait, c'était qu'elle devait retourner le voir.

Mais maintenant il y avait l'éclipse, et l'aéroport était fermé pour la deuxième fois en vingt-quatre heures. Certes, cette suspension provisoire des vols était prévue depuis des mois – la Direction de l'aviation civile avait aménagé un quart d'heure de temps mort au moment de l'éclipse, par égard pour les yeux des pilotes, qui ne pouvaient décemment pas porter de verres filtrants pendant le décollage ou l'atterrissage. Il n'empêche que l'équation lui paraissait claire et nette :

Avion mort + Eclipse solaire = Rien de bon.

Quand la Lune recouvrit le Soleil telle une main étouffant un cri, Lo éprouva la même bouffée de panique électrisante que debout en haut de son échelle, sous le ventre du 777 tous feux éteints. La même envie irrépressible de partir en courant, mais cette fois accompagnée d'une certitude : nulle part, elle ne serait en sécurité.

Et voilà qu'elle entendait encore ce son, le même que depuis son arrivée, mais plus constant, comme une espèce de bourdonnement sourd. Le plus étrange, c'était qu'elle l'entendait toujours aussi nettement, qu'elle mette ou non son casque antibruit.

Profitant du quart d'heure de temps mort pendant l'éclipse, elle décida de partir à pied en quête de sa source, en se dirigeant au jugé. Elle ne fut pas surprise de se retrouver face au hangar de Regis Air où on avait garé le 777 derrière un cordon sanitaire.

Le ronronnement n'était pas produit par une machine – du moins, pas à sa connaissance. On aurait plutôt dit un bouillonnement, le chuintement d'un torrent. Ou bien dix, cent voix différentes qui murmuraient en s'efforçant de se rendre compréhensibles. Devant le hangar, un groupe à l'allure officielle regardait le Soleil masqué, mais elle ne vit personne rôder comme elle, perturbé par un vrombissement. Elle semblait même être la seule à le distinguer. Elle sentait que, mystérieusement, il était capital qu'elle soit là, en cet endroit et cet instant précis, à entendre ce bruit et désirer – était-ce seulement pour satisfaire sa curiosité ? – pénétrer dans le hangar pour regarder encore une fois l'avion. Comme si cela pouvait dissoudre le bourdonnement dans sa tête.

Puis, soudain, elle perçut une tension dans l'air, comme un vent léger qui tourne brusquement. Elle eut l'impression que l'origine du son s'était déplacée sur la droite. Surprise par ce changement, elle partit dans cette direction sous la lumière négative de la Lune éclairée par-derrière, tenant à la main son casque et ses lunettes protectrices. Devant elle, des bennes à ordures, des remorques de manutention, puis quelques grands conteneurs cubiques, et enfin des buissons et des pins rustiques grisâtres, battus par les vents, les branches pleines de déchets pris au piège. Tout au fond, la barrière antitempête au-delà de laquelle s'étendaient des centaines d'hectares de broussailles.

Des voix. Il lui semblait à présent que c'étaient plutôt des voix. Qui essayaient de se fondre en une seule, pour prononcer un mot... elle ne savait pas lequel.

Au moment où Lo arriva à la hauteur des remorques, un bruissement soudain dans les arbres la fit sursauter. Des mouettes au ventre gris, sans doute effrayées par l'éclipse, émergèrent à grand fracas des branchages et des bennes, tels les éclats de verre d'une fenêtre qui explose, et s'éparpillèrent en tous sens.

Les voix bourdonnantes étaient plus incisives, maintenant, presque douloureuses. Elles l'appelaient. Un chœur de damnés dont la cacophonie passait des chuchotis aux clameurs et inversement, en luttant désespérément pour articuler un unique mot qui ressemblait à…

— … *iiiiiiiiiiccccccccccciiiiiiiiiiICI.*

Elle posa son casque par terre en bord de piste mais garda ses lunettes, qu'il lui faudrait remettre avant la fin de l'éclipse. Puis elle se détourna des bennes à ordures nauséabondes pour se rapprocher des imposantes remorques. Le son semblait venir non pas de l'intérieur mais plutôt de derrière.

Elle passa entre deux conteneurs hauts d'un mètre quatre-vingts, contourna un vieux pneu d'avion à demi décomposé et atteignit une nouvelle rangée de conteneurs vert clair. Elle n'entendait plus seulement la vibration, à présent ; elle la sentait. Un nid de voix vibrait dans sa tête et sa poitrine. Lui ordonnant d'approcher. Elle posa la main sur les conteneurs, mais ne discerna pas de pulsation. Alors elle poursuivit son chemin. Parvenue à l'angle, elle ralentit et se pencha pour regarder.

Posé sur l'herbe folle, jaunie par le soleil et parsemée de détritus, se trouvait un grand coffre ancien, en bois noir abondamment sculpté. Lo s'aventura dans la petite clairière en se demandant pourquoi on était venu jusqu'ici jeter une antiquité en aussi bon état. Le vol – organisé ou pas – était courant à l'aéroport. On l'avait peut-être caché là dans l'intention de revenir le chercher plus tard.

C'est à ce moment-là qu'elle remarqua les chats. La périphérie de l'aéroport grouillait de chats qui s'étaient évadés de leur cage ou que les habitants du coin avaient lâchés dans la nature pour s'en débarrasser. Les pires de tous étaient les voyageurs qui les abandonnaient sur place pour ne pas payer le chenil. Les animaux domestiques avaient du mal à se débrouiller seuls, mais s'ils survivaient aux prédateurs, ils rejoignaient la colonie de chats errants qui écumaient les immenses terrains en friche entourant l'aéroport.

Décharnés, le pelage sale et mité, ils étaient des dizaines, assis face au coffre. En regardant autour d'elle les arbres pollués et la barrière antitempête, Lo constata qu'il y en avait plutôt une centaine. Ils ne lui prêtaient pas la moindre attention.

Le coffre ne vibrait pas et n'émettait pas non plus le son qu'elle avait suivi. Après avoir fait tout ce chemin, elle n'en revenait pas que cet objet étrange, si peu à sa place en ce lieu, ne soit pas la source de ce qu'elle cherchait. Le chœur résonnait toujours. Les chats aussi étaient-ils accordés sur lui ? Non : ils étaient concentrés sur le coffre fermé.

Soudain, comme elle s'apprêtait à rebrousser chemin, les chats se raidirent tous en même temps et leur poil se hérissa. Les têtes couvertes de croûtes se tournèrent avec un bel ensemble vers Lo, et cent paires d'yeux de chats la fixèrent dans le faux jour. Redoutant qu'ils ne l'attaquent, Lo se figea. Puis les ténèbres l'envahirent, comme si une autre éclipse venait de se produire.

Les chats se détournèrent d'un seul mouvement et s'enfuirent dans un grand bruit de griffes, escaladant la barrière pourtant haute ou passant par-dessous en fouillant la terre pour agrandir des trous préexistants.

Incapable de faire demi-tour, Lo sentit dans son dos une brusque vague de chaleur, comme si on venait d'ouvrir la porte d'un grand four. Et aussi une présence. Comme elle s'efforçait de bouger, les bruits dans sa tête se combinèrent enfin pour former une seule et horrible voix :

— *ICI.*

Alors elle se sentit soulevée de terre.

Quand les légions de chats revinrent, ils trouvèrent son corps violemment projeté contre la barrière, la tête broyée. Les mouettes étaient arrivées avant eux. Mais ils les chassèrent et se mirent goulûment à l'œuvre. Ils eurent tôt fait de réduire ses vêtements en lambeaux pour parvenir plus vite au festin qui les attendait dessous.

Knickerbocker – Prêteur sur gages et curiosités, 118ᵉ Rue, Spanish Harlem

Dans son appartement où il avait baissé les lumières, le vieil homme s'était assis face aux trois fenêtres contiguës qui donnaient à l'ouest pour regarder le Soleil disparaître.

Cinq minutes de nuit en plein jour. Le phénomène naturel le plus spectaculaire en quatre siècles.

Le moment choisi avait forcément une raison d'être.

Mais laquelle ?

Un sentiment d'urgence l'envahit ; il eut la sensation qu'une main fiévreuse l'empoignait. Ce jour-là, il n'avait pas ouvert le magasin. Depuis le lever du jour, il remontait des objets de la cave, où se trouvait son atelier. Tout un bric-à-brac de curiosités acquises au fil des ans...

Des outils dont on avait oublié la fonction. Des instruments rares d'origine mal connue. Des armes de provenance mystérieuse.

Raison pour laquelle il était à présent très fatigué, sans parler des élancements dans ses mains. Il était le seul à savoir ce qui se préparait. Ce qui, de toute évidence, était déjà là.

Et personne ne voudrait le croire.

Goodfellow ? Goodwilling ? Comment s'appelait le type qui s'était exprimé pendant cette conférence de presse grotesque, à la télévision ? Celui qui se tenait à côté du médecin en uniforme de la marine. Les autres lui avaient paru bien optimistes, malgré leur prudence apparente. Ils exultaient parce qu'il y avait quatre survivants, tout en prétendant ne pas connaître encore le nombre définitif des victimes. « Nous tenons à rassurer nos concitoyens : tout danger est écarté. » Il fallait vraiment être un représentant du gouvernement pour affirmer une chose pareille quand on ne savait même pas à quoi on avait affaire.

L'homme dont il avait oublié le nom était visiblement le seul, derrière les micros, à penser que cette histoire cachait autre chose qu'un avion en panne rempli de cadavres de passagers.

Goodwater ?

En tout cas, il appartenait au CDC d'Atlanta. Cet homme était sans doute son meilleur espoir. Son *seul* espoir.

Quatre survivants... S'ils savaient...

Il reporta son regard sur le disque noir qui brillait dans le ciel. Il avait l'impression de voir un œil aveuglé par la cataracte.

Et de lire dans l'avenir.

Groupe Stoneheart, Manhattan

L'hélicoptère se posa à l'endroit prévu à cet effet, sur le toit du siège social du groupe Stoneheart, un immeuble de verre et d'acier noir au cœur de Wall Street. Les trois derniers étages étaient occupés par la résidence new-yorkaise d'Eldritch Palmer, un penthouse royal au sol en onyx, aux tables chargées de sculptures de Brancusi et aux murs couverts de tableaux de Bacon.

Palmer était seul dans sa salle multimédia, tous rideaux tirés. Un globe oculaire noir et étincelant, enserré dans un anneau de flammes blanches, le regardait depuis son écran de soixante-douze pouces. Comme à son domicile de Dark Harbor et dans la cabine de son hélicoptère médicalisé, la température était en permanence réglée sur 16,5 °C.

Il aurait pu sortir ; il faisait assez frais. Il aurait pu demander qu'on le monte sur le toit pour assister en direct à l'éclipse. Mais la technologie le rapprochait plus efficacement de l'événement même – non pas l'ombre qui en résultait, mais l'image du Soleil subordonné à la Lune – qui servirait de prélude à la dévastation. Son séjour à Manhattan serait bref. Très bientôt, New York ne serait plus une ville très agréable à vivre...

Il passa quelques coups de téléphone via sa ligne cryptée, histoire de se renseigner discrètement. La livraison qu'il attendait était bien arrivée.

Il se leva en souriant et marcha lentement vers l'écran géant comme s'il s'agissait d'une porte qu'il s'apprêtait à franchir. Il effleura l'image du disque, dont la noirceur avait quelque chose de virulent. Les pixels liquides se tortillèrent comme des bactéries sous le bout fripé de ses doigts. Comme s'il cherchait à travers l'écran à toucher l'œil de la mort.

Cette occultation était une perversion céleste, une violation de l'ordre naturel des choses. Un minéral froid et mort détrônant une étoile vivante, incandescente. Pour Eldritch Palmer, c'était la preuve que tout – même la plus grossière trahison des lois de la nature – était effectivement possible.

De tous les êtres humains qui contemplèrent l'éclipse ce jour-là, il fut sans doute le seul à applaudir la Lune.

Tour de contrôle, JFK

A cent mètres du sol, au sommet de la tour de contrôle aérien, les occupants de la cabine panoramique entrevirent à l'ouest, dans le lointain, au-delà de l'immense ombre de la Lune, une étrange lumière pareille à celle du couchant. L'éblouissante *penumbra* illuminée par la flamboyante photosphère colorait de jaune et d'orange les confins du ciel. L'ensemble rappelait les contours d'une plaie en voie de guérison.

Ce mur de lumière avançait sur New York, plongée dans le noir depuis précisément quatre minutes et trente secondes.

Un ordre retentit :

— Remettez vos lunettes !

Jim Kent obéit, impatient de retrouver l'éclat normal du Soleil. Il chercha Eph du regard (tous les participants à la conférence de presse, y compris le gouverneur et le maire, avaient été invités à regarder l'éclipse depuis cette baie d'observation) et, ne le voyant nulle part, pensa qu'il était retourné au hangar.

En réalité, Eph avait mis à profit cette interruption forcée le plus efficacement possible à son goût : en prenant un siège dès que le Soleil avait disparu pour examiner une liasse de diagrammes et de schémas en coupe représentant le Boeing 777.

La fin de la totalité

La conclusion de l'événement fut marquée par un phénomène extraordinaire. D'aveuglantes protubérances lumineuses apparurent le long du bord occidental de la Lune avant de s'assembler pour composer une unique perle d'une éclatante clarté solaire ; on aurait dit une déchirure dans le tissu de ténèbres, un diamant étincelant enchâssé dans l'anneau d'argent que dessinait la Lune. Malheureusement, cette beauté eut un coût, malgré une active campagne de santé publique visant la protection des yeux pendant l'éclipse : rien qu'à New York, deux cent soixante-dix personnes, dont quatre-vingt-treize enfants, perdirent la vue pour avoir observé la réapparition de l'astre sans remettre leurs lunettes spéciales. La rétine ne comportant pas d'innervation sensitive, quand ils s'aperçurent qu'ils s'exposaient à des lésions irréversibles, il était déjà trop tard.

La bague ornée d'un diamant crût lentement, se mua en un chapelet de pierreries appelé « Grains de Baily » qui, à son tour, se fondit dans le croissant ressuscité du Soleil pour finir par repousser la Lune importune.

Sur terre, les bandes d'ombre recommencèrent à chatoyer au sol comme les esprits psychopompes qui, disait-on, accompagnaient les défunts passant d'une forme d'existence à une autre.

A mesure que la lumière naturelle revenait, le soulagement parmi les êtres humains prit des proportions épiques. Vivats et applaudissements spontanés éclatèrent çà et là ; un peu partout, on s'étreignait, on s'embrassait. Des Klaxons retentirent dans toute la ville et, au Yankee Stadium, la voix enregistrée de la chanteuse Kate Smith jaillit de tous les haut-parleurs.

Une heure et demie plus tard, la Lune était complètement sortie de la trajectoire du Soleil. En un sens, il ne s'était rien passé. Aucun changement ne s'était produit dans le ciel, et la Terre n'avait nullement été affectée, sauf pendant les quelques minutes où le crépuscule s'était répandu sur le nord-est des Etats-Unis. Même dans la ville de New York proprement dite, les gens remballèrent leurs affaires comme si le feu d'artifice était terminé, tout simplement. Quant à ceux qui se trouvaient loin de chez eux, ils reportèrent le poids de leurs angoisses sur les embouteillages qui les attendaient. Un phénomène astronomique captivant avait momentanément projeté une ombre de crainte respectueuse sur l'immense cité, mais, après tout, on était à New York : quand c'était fini, c'était fini.

EVEIL

HANGAR D'ENTRETIEN
DE REGIS AIR, JFK

Eph regagna le hangar en chariot motorisé, laissant Jim en compagnie de Barnes pour que Nora et lui-même puissent souffler un peu.

On avait emporté tous les paravents dressés sous le 777 et retiré la bâche du sol. Des échelles pendaient des issues avant et arrière, et un groupe de techniciens de la Sûreté aérienne s'activaient au niveau de l'accès à la soute arrière. Tout l'appareil était à présent considéré comme une scène de crime. Eph trouva Nora en tenue non plus de risque biologique mais de préservation des indices matériels : pull en Tyvek, gants en latex, cheveux ramassés sous un bonnet en papier.

— J'ai trouvé ça dingue, pas toi ? dit-elle en guise de salut.

— Ouais. On ne voit pas ça tous les jours, répondit-il, sa liasse de schémas aéronautiques sous le bras.

Il y avait du café et des tasses sur la table, mais Eph préféra pêcher une petite brique de lait bien au frais dans un saladier rempli de glaçons et en avala goulûment le contenu. Depuis qu'il avait arrêté de boire, il ne se lassait pas du lait, comme un enfant en manque de calcium.

— Ici, toujours rien, enchaîna Nora. La Sûreté récupère l'enregistreur de paramètres et la boîte noire. Je me demande ce qui leur fait croire qu'ils vont fonctionner alors que tout le reste est en rade. Mais j'admire leur optimisme. Jusqu'ici, la technique n'a strictement rien donné. Ça fait vingt heures, maintenant, et toujours aucune hypothèse.

Nora était sans doute la seule personne de sa connaissance qui puisse marcher plus efficacement, plus intelligemment à l'affectif qu'en suivant un raisonnement analytique.

— Quelqu'un est entré dans l'avion depuis qu'on en a descendu les corps ?

— Non, je ne crois pas. Pas pour le moment.

Toujours muni de ses diagrammes, Eph escalada l'échelle sur roues et pénétra dans l'appareil, Nora sur ses talons. Les sièges étaient vides, à présent, et l'éclairage normal. Unique différence, du point de vue d'Eph et Nora : ils n'étaient plus enfermés dans leur combi de contact rapproché et avaient donc directement accès à leurs cinq sens.

— Tu sens ça ? demanda Eph.
— Oui. C'est quoi ?
— De l'ammoniac. Entre autres.
— Il y a aussi... du phosphore, non ? fit-elle en grimaçant, l'odeur n'étant pas des plus agréables. C'est ça qui les a fait tomber dans les pommes ?
— Non. On n'a pas trouvé de gaz résiduels. Cela dit...

Eph regarda autour de lui, mais ce qu'il cherchait, ils ne pouvaient pas le voir.

— Nora, tu veux bien aller récupérer les Luma, s'il te plaît ?

En attendant le retour de sa collègue, Eph parcourut toute la cabine en baissant les rideaux comme ils les avaient trouvés la veille. L'obscurité se fit.

Nora revint avec deux torches à lumière noire. Sous leur faisceau, le coton blanchi émettait une lueur spectrale. Eph se rappela brusquement la fête qu'ils avaient organisée dans un bowling dit « cosmique » pour le neuvième anniversaire de Zack : chaque fois que le petit souriait, ses dents brillaient d'un éclat irréel.

Dès qu'ils allumèrent les torches, l'obscurité se transforma en un furieux tourbillon de couleurs. Il y en avait d'abondantes traînées partout – sur le sol et les sièges, délimitant les zones d'ombre où avaient été assis les passagers.

— Ça alors ! lâcha Nora.

La substance lumineuse éclaboussait même le plafond, par endroits.

— Ce n'est pas du sang, constata Eph, dépassé par ce qu'il voyait.

L'avant de la cabine évoquait un tableau de Jackson Pollock en relief.

— Plutôt un autre matériau biologique.

— En tout cas, il y en a partout. Comme si quelque chose avait explosé. Mais où ?

— Ici même. Là où nous nous tenons en ce moment.

Eph se mit à genoux et examina le tapis de sol, où l'odeur piquante était plus forte.

— Il faut prélever un échantillon et l'analyser.

— Tu crois ?

Il se releva, incrédule.

— Regarde ça.

Il tendit à Nora un de ses schémas. Il représentait l'accès aux issues de secours des Boeing 777.

— Tu vois ce module hachuré, là, à l'avant ?

— Oui, on dirait un escalier.

— Juste à l'entrée du poste de pilotage.

— Et PRPN, ça veut dire quoi ?

Eph gagna le galley, juste avant le cockpit.

— Poste de repos des personnels navigants. Il y en a toujours un sur les zincs long-courriers.

— Et on est allés voir ?

— Non, je sais que non.

Il actionna une poignée dans un renfoncement de la paroi et tira le battant, révélant une étroite volée de marches qui montait dans le noir.

— Oh merde, fit Nora.

Eph braqua sa Luma vers le haut de l'escalier.

— Si je comprends bien, tu préfères que je passe le premier...

— Attends. Et si on demandait des renforts ?

— Non. Ils ne sauraient pas quoi chercher.

— Parce que nous, on sait ?

Sans répondre, Eph entama l'ascension de l'étroit escalier en hélice.

Le compartiment de repos était petit et bas de plafond. Pas de hublot. Dans le premier module, ils distinguèrent deux sièges de classe affaires disposés côte à côte. Derrière, deux couchettes, également voisines et pas très larges. Grâce à la lumière noire, ils constatèrent que les deux modules étaient déserts.

Mais elle leur révéla aussi le même maelström de couleurs qu'en bas. La mystérieuse matière se répandait sur le sol, recouvrait les sièges et une des couchettes. Mais ici elle était étalée, comme si on avait marché dedans alors qu'elle était encore humide.

— Qu'est-ce que c'est que ce truc ? se demanda Nora à haute voix.

Ici aussi cela sentait l'ammoniac — et quelque chose d'autre. Quelque chose qui piquait les narines. Cette odeur supplémentaire n'échappa pas à Nora, qui porta la main à son nez.

— Qu'est-ce que c'est ?

Vu la hauteur de plafond, Eph se tenait presque plié en deux entre les sièges.

— Ça sent le ver de terre, dit-il. J'en ramassais quand j'étais gamin. Je les coupais pour regarder les deux moitiés gigoter pendant des heures. Ils sentaient la terre froide dans laquelle ils s'étaient creusé un passage.

Il promena le faisceau de sa lampe sur les parois et sur le sol, examinant tout le compartiment. Il allait renoncer quand il repéra quelque chose derrière une des surbottes en papier de Nora.

— Ne bouge plus !

Nora s'immobilisa comme si elle était sur le point de marcher sur une mine. Il se pencha sur le côté pour mieux voir.

Une petite motte de terre gisait sur le tapis à motifs géométriques. A peine quelques grammes, juste une trace de terreau riche et noir.

— Tu penses à la même chose que moi ? interrogea Nora.

— Oui, au coffre.

Ils ressortirent de l'appareil pour se diriger vers la zone du hangar réservée aux bagages, où pour l'heure on inspectait le contenu des chariots-repas. Eph et Nora passèrent en revue les piles de valises et les sacs de golf, ainsi que le kayak.

Le coffre noir n'était plus là. La place qu'il avait occupée sur la bâche était vide.

— Quelqu'un a dû le déplacer, dit Eph sans quitter l'endroit des yeux.

Il fit quelques pas, promenant son regard autour du hangar.

— Il n'a pas pu aller bien loin.

— On vient juste de commencer à fouiller les bagages, remarqua Nora. On n'a encore rien emporté.

— A part ce coffre, apparemment.

— Je te rappelle que c'est un site sécurisé, ici. Et que ce machin faisait bien... quoi ? Deux mètres cinquante de long sur un mètre vingt de large, et presque autant de haut. Il devait peser plus de deux cents kilos. Il aurait fallu quatre hommes pour le transporter.

— Tout juste. Donc, quelqu'un doit savoir où il se trouve.

Ils allèrent interroger l'agent chargé de monter la garde devant l'entrée et de noter les allées et venues. Celui-ci consulta son registre et leur répondit :

— Je ne vois rien qui corresponde à ce que vous cherchez.

Sentant Nora sur le point de protester, Eph prit les devants :

— Depuis combien de temps êtes-vous posté à cet endroit précis ?

— Depuis environ midi, monsieur.
— Sans faire de pause ? Même pendant l'éclipse ?
— Je suis allé me mettre là-bas, répondit le jeune homme en lui montrant un point situé à quelques mètres au-dehors. Et personne n'est passé à côté de moi.

Eph consulta Nora du regard.

— Mais enfin, comment est-ce possible ? s'exclama-t-elle en dévisageant le garde. Quelqu'un a bien dû voir passer un cercueil de cette taille !

Le mot fit tiquer Eph, qui reporta son regard vers l'intérieur du hangar, puis sur les caméras de surveillance installées sur les poutrelles.

— Oui, elles, dit-il en tendant l'index.

Eph, Nora et l'agent de l'AA chargé du registre Entrées-Sorties montèrent le long escalier métallique menant au poste de contrôle qui surplombait le hangar d'entretien. A leurs pieds, des mécaniciens étaient occupés à détacher le nez de l'appareil pour en inspecter l'intérieur.

Quatre caméras de sécurité automatiques balayaient en permanence le hangar : une à la porte conduisant à l'escalier des bureaux, une orientée vers les portes d'entrée, une troisième dans les hauteurs – celle qu'Eph avait repérée – et la dernière dans la pièce où ils se tenaient à présent. Leurs images s'affichaient toutes sur un écran divisé en quatre.

— Pourquoi y a-t-il une caméra ici même ? demanda Eph au contremaître de maintenance.

— Parce que c'est là qu'on range la caisse, je suppose, répondit-il en haussant les épaules.

Il s'assit dans un fauteuil de bureau en piteux état, aux accoudoirs couverts de chatterton, et tapa sur le clavier situé sous le moniteur pour agrandir la vue depuis les poutrelles, jusqu'à ce qu'elle occupe tout l'écran. Puis il fit défiler l'enregistrement en arrière. C'était une caméra numérique, mais qui commençait à dater, et l'image était trop déformée pour qu'on la distingue clairement pendant le rembobinage.

Il arrêta le défilement. Sur l'écran, le coffre était à sa place, à la limite de la zone de déchargement.

— Le voilà, constata Eph.

— Bon, acquiesça l'agent. On va voir où il est parti.

Il relança le film, qui se déroula plus lentement qu'à l'envers mais encore trop vite. Ils virent la lumière décliner dans le hangar pendant l'éclipse, puis revenir. Et là, le coffre avait disparu.

— Stop, stop ! fit Eph. Rembobinez un peu.

Le contremaître s'exécuta, puis appuya sur *Start*. L'incrustation de l'heure en bas de l'image indiquait que le film avançait moins vite, à présent.

Le hangar s'assombrit à nouveau, et là encore, le coffre disparut.

— Bon sang ! s'écria le contremaître en appuyant sur *Pause*.

— Retournez juste un peu en arrière, ordonna Eph.

Le contremaître obéit et laissa défiler la bande en temps réel.

L'obscurité envahit le hangar, que seuls les projecteurs continuèrent d'éclairer. Le coffre était là. Et tout à coup, il n'y fut plus.

— Eh ben, dites donc, lâcha l'agent de sécurité.
Le contremaître remit l'enregistrement sur pause. Lui non plus ne comprenait pas ce qui se passait.
— Il doit y avoir un blanc. Une coupure, suggéra Eph.
— Non. Vous avez bien vu le time code, rétorqua le contremaître.
— Reculez encore un peu, alors. Encore... stop ! Maintenant, repartez vers l'avant.
Le contremaître fit ce qu'on lui demandait.
Et le coffre disparut, une fois de plus.
— C'est de la magie ! grommela le contremaître.
Eph regarda Nora.
— Il n'a pas pu s'envoler comme ça ! fit remarquer l'agent de sécurité. Autour, rien ne bouge d'un millimètre.
— Retournez encore une fois en arrière, s'il vous plaît.
Nouvelle disparition mystère.
— Attendez un peu..., intervint Eph, qui avait entrevu quelque chose. Remontez *lentement* dans le temps... Là !
— Ça alors ! s'exclama le contremaître. J'ai vu !
— Quoi ? demandèrent Nora et l'agent.
Le contremaître recula de quelques images.
— On y est presque..., prévint Eph. Encore un tout petit peu...
Le contremaître avait la main suspendue au-dessus du clavier comme un candidat à un jeu télévisé prêt à appuyer sur le buzzer.
— Stop !
Le coffre avait à nouveau disparu. Nora se pencha.
— Eh bien quoi ?

Au bord du cadre, à droite, on distinguait à grand-peine une zone noire et floue.

— Quelque chose est passé devant la caméra, expliqua Eph.

— Là-haut dans les poutrelles ? s'étonna Nora. Un oiseau ?

— Non, c'est beaucoup trop grand.

L'agent de sécurité se pencha à son tour.

— C'est un défaut. Une ombre.

— D'accord, fit Eph en reculant d'un pas. Mais l'ombre de quoi ? Vous pouvez avancer image par image, maintenant ?

Le contremaître s'exécuta. Le coffre disparut du niveau du sol... presque en même temps que se manifestait la tache floue au milieu des poutrelles.

— Avec cette machine-là, je ne peux pas faire mieux.

L'agent scruta l'écran.

— Ça doit être une coïncidence. Rien ne peut se déplacer à cette vitesse-là.

— Vous pouvez zoomer ? demanda Eph.

Le contremaître leva les yeux au ciel.

— C'est pas la police scientifique, ici. Le matériel est basique.

— Donc, il a filé, conclut Nora en se tournant vers Eph puisque les deux autres ne leur étaient d'aucune aide. Mais pourquoi ? Et comment ?

Eph posa la main sur sa nuque.

— La terre contenue dans le coffre doit être identique à celle qu'on vient de trouver. Ce qui signifie...

Nora lui coupa la parole :

— Tu supposes que quelqu'un est monté dans l'aire de repos depuis la soute ?

Eph se remémora la sensation qu'il avait éprouvée dans le poste de pilotage avec les deux pilotes décédés... avant de constater que Redfern était toujours vivant. L'impression d'une présence. Toute proche.

Il prit Nora à l'écart.

— Et il a laissé un peu de la... substance qu'on a trouvée dans la cabine passagers – ces zigzags de matière organique ou je ne sais quoi.

Nora reporta son attention sur l'écran et la tache floue au niveau des poutrelles.

— Ce que je crois, reprit Eph, c'est que quelqu'un se cachait là-haut, dans l'aire de repos, quand on est entrés dans l'avion, toi et moi.

— Bon..., répondit-elle sans trop savoir que faire de cette hypothèse. Mais alors où est-il, maintenant, ce quelqu'un ?

— Au même endroit que le coffre, conclut Eph.

Gus

Gus longea d'un pas nonchalant une des allées bordées de voitures du parking longue durée de JFK. Avec tous les crissements des pneus lisses descendant les rampes d'accès sous le plafond surbaissé, on se serait cru dans un asile de fous. Il sortit une fiche cartonnée de sa poche de poitrine et vérifia une dernière fois le numéro qu'y avait inscrit une autre main que la sienne. Puis il s'assura encore – on n'est jamais trop prudent – que personne ne pouvait le voir.

Il finit par trouver la camionnette (une Ford blanche, abîmée et maculée de boue, avec des portes arrière sans vitres) tout au bout de la rangée, à cheval sur une aire bâchée, délimitée par des cônes orange et couverte de gravats. A cet endroit, le faux plafond s'était effondré.

Gus sortit un chiffon, qu'il posa sur la poignée de la portière avant de l'actionner. Elle n'était pas verrouillée, comme on le lui avait dit. Il s'éloigna de quelques pas pour scruter les alentours. A part les pneus et leurs cris de singe, tout était calme. Mais il ne pouvait s'empêcher de penser à un éventuel traquenard. N'importe quelle voiture garée à proximité pouvait dissimuler une caméra. Il avait vu à la télé les flics en planquer de toutes petites dans des fourgonnettes qu'ils allaient ensuite garer dans les rues. Evidemment, ça ne traînait pas : des mecs grimpaient tout de suite dedans pour aller se balader le pied au plancher, ou fonçaient les revendre en pièces détachées dans un atelier clandestin. Déjà que c'était pas marrant de se faire choper, mais se faire avoir comme ça, et être ridiculisé en prime time... Gus aurait préféré mourir plutôt que d'être humilié en public.

Mais bon, il avait pris les cinquante dollars que lui avait filés le type pour faire ce boulot. Quelques billets facilement gagnés que Gus gardait planqués sous la bande de tissu entourant son chapeau de cow-boy.

Gus repère le type en question dans l'épicerie où il est entré acheter une canette de Sprite. Il est derrière lui dans la queue à la caisse. Quand il ressort, au bout de quelques dizaines de mètres il entend des pas dans son dos et fait volte-face. C'est le même type, qui écarte les mains pour montrer qu'il ne tient rien. Il demande à Gus s'il veut se faire un peu de blé.

Blanc, beau costard, pas du tout à sa place dans le quartier. Il pue pas le flic, pas le pédé non plus. Plutôt le genre missionnaire.

— Il y a une camionnette dans un parking souterrain. Il faut juste aller la chercher, la ramener à Manhattan, la garer et s'en aller, point final.

— Une camionnette, hein ?

— Oui, une camionnette.

— Et qu'est-ce qu'il y a dedans ?

Là, le type se contente de secouer la tête. Puis il lui tend une fiche cartonnée, pliée en deux, avec dedans cinq billets de dix tout neufs.

— C'est juste un avant-goût.

Gus retire les billets de la carte pliée comme on prend le steak haché en laissant le pain.

— Si vous êtes de la police, c'est illégal de me prendre au piège comme ça.

— L'heure à laquelle il faut aller chercher la camionnette est écrite là-dessus. Il ne faut être ni en avance, ni en retard.

Gus caresse les billets entre deux doigts comme s'il évaluait un tissu précieux. Le type le voit faire. Il voit aussi les trois petits cercles tatoués entre les doigts de Gus, et Gus surprend son regard. C'est le signe de reconnaissance des gangs de braqueurs mexicains, mais comment ce type pourrait-il le savoir ? C'est pour ça qu'il l'a choisi dans la queue tout à l'heure ? C'est vrai, ça – pourquoi moi ? se demande Gus.

— Vous trouverez les clés et d'autres instructions dans la boîte à gants.

Et le type s'en va, comme ça.
— *Ho ! lance Gus. J'ai pas encore dit oui, hein !*

Gus ouvrit la portière et marqua une pause. Pas d'alarme. Il s'assit au volant. Il ne voyait pas de caméras, mais de toute façon elles étaient forcément bien planquées. Derrière les sièges avant, une cloison métallique sans fenêtre avait apparemment été posée après coup par un garagiste. Si ça se trouvait, c'était bourré de flics là-derrière.

Cela dit, ça ne bougeait pas beaucoup. Il ouvrit la boîte à gants, là encore en se servant du chiffon. Et doucement, comme s'il allait en jaillir un faux serpent monté sur ressort. La petite ampoule s'alluma. Il vit la clé de contact, le ticket de parking dont il avait besoin pour ressortir et une enveloppe en papier kraft.

A l'intérieur, son fric. Cinq billets de cent craquant neufs, ce qui lui plut et l'énerva simultanément. Il était content parce que c'était plus que prévu mais, d'un autre côté, il ne trouverait jamais personne pour lui faire la monnaie sans histoires, et surtout pas dans son quartier. Même dans une banque, les mecs les passeraient au scan s'ils sortaient de la poche d'un Mexicain de dix-huit ans couvert de tatouages.

Les billets étaient rangés dans une autre carte pliée indiquant sa destination et un code d'accès à un garage, avec la mention *Usage unique.*

Il compara les deux. Même écriture.

L'inquiétude céda la place à l'excitation. Dire que ce type lui faisait confiance pour ramener la camionnette. Quel con ! Sans même réfléchir, Gus pouvait nommer trois endroits dans le South Bronx où il pourrait la « reconditionner » et l'ouvrir pour voir quelle came elle transportait.

L'enveloppe en contenait aussi une autre plus petite, format lettre. Il en retira quelques feuilles de papier. Dès qu'il les déplia, une flamme lui brûla le milieu du dos pour se propager rapidement vers ses épaules et sa nuque.

AUGUSTIN ELIZALDE, annonçait la première feuille en guise d'en-tête. C'était le casier judiciaire de Gus, depuis son passé de délinquant juvénile jusqu'à son inculpation pour homicide et sa libération sur non-lieu le jour de son dix-huitième anniversaire, trois petites semaines plus tôt.

La deuxième feuille reproduisait son permis de conduire et, au-dessous, celui de sa mère, avec la même adresse : 115ᵉ Rue Est. Puis venait une petite photo de la porte d'entrée de l'immeuble, Taft Houses.

Il considéra le papier pendant deux minutes, revenant sans cesse au « missionnaire » et à tout ce qu'il savait de lui, d'un côté, et de l'autre à sa *madre* et au pétrin dans lequel il venait de se fourrer.

Gus n'aimait pas beaucoup les menaces. Surtout quand elles concernaient sa mère. Il lui en avait déjà assez fait voir, la pauvre.

Sur la troisième feuille, une brève instruction, toujours de la même écriture : *Aucun arrêt en route.*

Assis près de la vitrine des « Insurgentes », où il mangeait des œufs au plat arrosés de Tabasco, Gus regardait la camionnette blanche garée en double file sur Queens Boulevard. Il adorait le petit déjeuner, et depuis sa sortie de prison c'était petit déjeuner à tous les repas. Sauf que maintenant, il pouvait se permettre d'avoir des exigences. Donc, il avait demandé son bacon et ses toasts bien grillés.

Aucun arrêt en route ? Qu'ils aillent se faire foutre ! Ce petit jeu ne l'amusait plus maintenant qu'ils y avaient mêlé sa mère. Sans quitter la camionnette des yeux, il envisagea diverses possibilités. Peut-être qu'on le surveillait ? Si oui, est-ce qu'ils étaient tout près ? Et s'ils pouvaient l'espionner, alors pourquoi ils ne la conduisaient pas eux-mêmes, leur camionnette ? Dans quoi avait-il mis les pieds ?

Et qu'est-ce qu'il pouvait bien y avoir là-dedans ?

Deux *cabrones* vinrent tourner autour du véhicule, mais ils filèrent la queue basse en voyant Gus sortir de la cafétéria. Ses tatouages striaient de rouge vif ses avant-bras nus. Le territoire des Latin Sultans sortait de Spanish Harlem pour s'étendre au nord et à l'est dans le Bronx, et même au sud vers Queens. Ils n'étaient pas très nombreux, mais influents. Leur ombre portait loin. On n'allait pas leur chercher des crosses, parce que ça revenait à une déclaration de guerre.

Il reprit le volant et suivit le boulevard en direction de l'ouest, c'est-à-dire de Manhattan, en vérifiant constamment qu'il n'était pas suivi. A un moment, il rebondit sur une portion de chaussée en travaux. Il tendit l'oreille mais ne sentit aucun mouvement à l'arrière. Pourtant, quelque chose pesait sur la suspension, c'était net.

Comme il avait soif, il s'arrêta une nouvelle fois devant une épicerie de quartier pour acheter deux grandes bières – de la Tecate. Il enfonça une des deux canettes rouge et or dans le porte-gobelet et redémarra. Les tours de Manhattan se profilaient sur l'autre rive. Le soleil descendait peu à peu derrière elles. Il pensa à son frère, Crispin, ce connard de tox qui s'était repointé à la maison juste au moment où il faisait de son mieux pour être gentil avec leur mère. Tout ce qu'il foutait, c'était transpirer sa dope sur le canapé du salon. Gus lui aurait bien planté un couteau rouillé entre les côtes pour avoir rapporté cette saloperie chez eux. Crispin était une sangsue, un vrai zombie. Seulement voilà, elle ne voulait pas le mettre à la porte. Elle le laissait traînasser en fermant les yeux quand il allait se shooter dans la salle de bains, prenant son mal en patience jusqu'à ce qu'il se tire une fois de plus, après lui avoir tout pris, évidemment.

Ce *dinero sucio,* il fallait qu'il en mette un peu de côté pour sa mère. Il le lui donnerait quand Crispin serait reparti, pas avant. En attendant, il tâcherait d'en glisser un peu plus dans son chapeau, histoire de lui faire plaisir, pour une fois.

Avant d'entrer dans le tunnel, Gus sortit son téléphone.

— Felix ? Viens me chercher, mec.
— T'es où ?
— Je vais vers Battery Park.
— Qu'est-ce que tu vas faire aussi loin, mec ?
— On s'en fout, prends la Neuvième et descends tout droit, ducon. Ce soir, on sort. On fait la bringue, mec. Tu sais, pour le fric que je te dois ? Eh ben, je me suis fait un peu de fraîche aujourd'hui. Apporte-moi une veste, un truc comme ça, et des pompes clean. Que je puisse aller en boîte.
— Et puis quoi, encore ?

— Sors les doigts de la *concha* de ta sœur et fais ce que je dis, mec – ¿ *comprendes* ?

A la sortie du tunnel, il traversa une partie de Manhattan avant de tourner à gauche vers le sud de l'île, via Church Street. Là, il commença à regarder les plaques des rues. L'adresse qu'on lui avait donnée correspondait à un entrepôt à plusieurs étages, avec un échafaudage contre la façade et des panneaux « En travaux » sur les fenêtres, mais sans aucun engin de chantier autour. C'était une rue résidentielle paisible. Il put entrer comme prévu dans le parking souterrain. Le code d'accès lui ouvrit une porte métallique sous laquelle il eut juste la place de passer. Après quoi, il descendit un plan incliné.

Il se gara et resta un moment sans bouger, l'oreille aux aguets. Le parking était miteux et mal éclairé – le traquenard parfait. Au niveau de la porte, la poussière entrée à sa suite tournoyait dans la lumière déclinante. Quelque chose lui disait de déguerpir mais il devait d'abord s'assurer qu'il ne courait aucun danger. Il attendit que la porte du garage redescende.

Il plia les feuilles et l'enveloppe trouvées dans la boîte à gants et les fourra dans ses poches. Il finit ensuite sa bière, écrasa la canette en la comprimant à deux mains puis mit pied à terre. Il hésita un moment, se rassit et ressortit son chiffon pour essuyer le volant, les boutons de l'autoradio, la boîte à gants, les poignées intérieures et extérieures, et tout ce qu'il avait pu toucher d'autre.

Il examina le parking. A présent, l'éclairage provenait uniquement d'un ventilateur aspirant.

La poussière dérivait comme une volute de brume dans les faibles rayons lumineux qu'il laissait filtrer. Gus essuya la clé de contact, puis actionna les portières arrière, histoire de voir – mais en vain.

Il réfléchit quelques secondes, puis la curiosité l'emporta. Il introduisit la clé de contact dans la serrure.

Là aussi, échec. D'un autre côté, il en fut un peu soulagé.

Et si c'était des terroristes ? Si ça se trouve, j'en suis un aussi, maintenant. J'ai peut-être conduit une camionnette bourrée d'explosifs !

Il pouvait toujours reprendre le volant et aller se garer près d'un poste de police dans le coin, en laissant un mot sur le pare-brise. Aux flics de voir si c'était du sérieux ou pas.

Seulement, ces enfoirés avaient son adresse. L'adresse de sa *madre*.

Du coup, il se mit en colère et la même flamme revint lui chauffer le dos. Il donna sur la carrosserie un grand coup de poing qui éveilla un écho à l'intérieur. C'était toujours mieux que ce maudit silence. Finalement, il renonça. Il lança la clé sur le siège conducteur et claqua la portière, ce qui produisit aussi un bruit rassurant.

Mais, à ce moment-là, il entendit – ou crut entendre – quelque chose dans le véhicule. Sous les tout derniers rayons de soleil tombant entre les pales de l'aérateur, Gus retourna se planter face aux portes arrière et écouta attentivement, l'oreille presque collée au métal.

Ça ressemblait un peu à... des gargouillis d'estomac. Comme quand on a faim et que ça se met à remuer là-dedans.

Il fit résolument un pas en arrière.

Et puis merde ! Ce qui est fait est fait. Du moment que la bombe explose au sud de la 110e, qu'est-ce que j'en ai à foutre ?

Alors un claquement assourdi mais nettement perceptible s'éleva dans la camionnette et Gus recula encore. Le sac en papier contenant sa seconde *cerveza* glissa de sous son bras ; la canette éclata en heurtant le sol et répandit de la bière sur le sol jonché de gravillons.

Quand elle ne projeta plus de liquide mais seulement un peu de mousse, Gus se pencha pour la ramasser. Là, il s'immobilisa, accroupi, une main sur le sac en papier détrempé.

La camionnette penchait très légèrement d'un côté. Les ressorts du châssis grincèrent.

Quelque chose avait bougé dedans, ou s'était déplacé.

Gus se releva en abandonnant la canette et recula encore de quelques pas. Puis il se reprit et s'obligea à se détendre. Il avait un truc personnel pour ça : il s'imaginait que quelqu'un l'observait et le voyait perdre son sang-froid. Il tourna les talons et marcha calmement vers la porte du garage, toujours fermée.

Les ressorts se remirent à grincer. Gus dévia imperceptiblement de sa trajectoire mais continua à avancer.

Arrivé à la hauteur de l'interrupteur rouge actionnant la porte, il l'enfonça d'un coup de poing, mais sans résultat.

Il frappa encore deux fois, d'abord doucement, puis d'un coup sec et rapide. Le ressort ne répondait pas, comme s'il n'avait plus servi depuis longtemps.

La camionnette émit un nouveau grincement. Gus se retint de se retourner.

La porte en acier lisse ne comportait ni poignées ni rien sur quoi on puisse tirer pour la relever. Il lui donna un coup de pied mais réussit à peine à l'ébranler.

Un nouveau coup retentit dans le véhicule, presque en écho au sien, suivi par un grincement très sonore. Gus se jeta sur le bouton rouge et appuya frénétiquement dessus. Enfin le moteur se mit en marche.

La porte se souleva lentement.

Gus n'attendit même pas qu'elle soit à demi ouverte pour se faufiler dessous. Il détala en biais sur le trottoir, comme un crabe, puis reprit son souffle. Il se retourna et vit la porte se relever à fond et rester un instant en l'air avant de redescendre. Il s'assura qu'elle se refermait hermétiquement et que rien ne sortait du parking.

Alors seulement il regarda autour de lui en s'efforçant de reprendre ses esprits. Il porta la main à son chapeau, puis fila jusqu'au coin de la rue, pressé de mettre encore quelques centaines de mètres entre lui et cette fourgonnette. Il alla jusqu'à Vesey Street et se retrouva face aux barrières de sécurité et aux murs entourant toute la zone de l'ex-World Trade Center. Ce n'était plus qu'un grand trou, une cuvette creusée au milieu des rues tortueuses de Lower Manhattan. Partout on voyait des grues et des engins de chantier qui reconstruisaient sur le site.

Gus chassa son impression de malaise et appliqua son téléphone contre son oreille.

— Alors, Felix, *amigo*, t'es où ?

— Sur la Neuvième, en route vers le centre. Qu'est-ce que tu fais ?

— Rien. Magne-toi, OK ? Je viens de faire un truc que j'ai besoin d'oublier.

Service d'isolement, Jamaica Hospital

Eph arriva furibond au Jamaica Hospital.

— Comment ça, « ils sont partis » ?

— Ecoutez, docteur, dit la chef de service. Il n'était pas en notre pouvoir de les contraindre à rester.

— Je vous avais dit de poster un vigile devant la chambre de Bolivar pour barrer l'accès à son avocat véreux !

— Et c'est ce que nous avons fait. C'était même un policier. Quand il a lu le mandat, il a dit qu'il ne pouvait rien faire. Mais ce n'est pas l'avocat de Bolivar qui est intervenu. C'est le cabinet de Mme Luss, la rescapée qui est elle-même avocate. Ils sont passés par-dessus ma tête, en s'adressant directement au conseil d'administration de l'hôpital.

— Dans ce cas, comment se fait-il que je n'en aie pas été informé ?

— On a essayé de vous joindre, pourtant. On a appelé votre adjoint.

Eph fit volte-face. A côté de Nora, Jim Kent semblait effaré. Il sortit son téléphone et consulta le journal d'appels.

— Je ne vois rien qui...

Il les regarda d'un air contrit.

— C'est peut-être à cause de l'éclipse et des éruptions solaires, non ? En tout cas, je n'ai pas reçu votre appel.

— Je vous ai laissé un message, précisa la chef de service.

Jim vérifia à nouveau.

— Attendez... j'ai pu manquer des appels. Eph, il se passait tellement de choses... Désolé, apparemment, j'ai tout fait foirer.

La nouvelle doucha la colère d'Eph. Ça ne ressemblait pas à son équipier de commettre une erreur, quelle qu'elle soit, surtout dans un moment pareil. Il regarda Jim sans cacher sa déception.

— Ces quatre personnes, c'était ma seule chance de résoudre cette affaire. Et elles viennent de passer par cette porte.

— Pas quatre, intervint la chef de service, seulement trois.

Eph se retourna vers elle.

— Comment ça ?

Dans le service d'isolement, le capitaine Doyle Redfern était assis sur son lit, hagard, derrière ses rideaux en plastique. Ses bras blêmes reposaient sur un oreiller calé sur ses genoux. L'infirmière les informa qu'il refusait de s'alimenter parce qu'il avait du mal à déglutir et souffrait d'une nausée persistante. Il n'avait même pas voulu avaler une goutte d'eau. Il était réhydraté par perfusion.

Eph et Nora l'entouraient. Pour toute protection, ils avaient passé un masque et des gants.

— Mon syndicat veut me faire sortir d'ici, les informa-t-il. Pour les compagnies aériennes, c'est toujours la faute du pilote, jamais la leur. On ne dit jamais que les horaires sont surchargés ni que le personnel de maintenance est en sous-effectif. Quoi qu'il arrive, ils vont s'en prendre au commandant Moldes. Et peut-être à moi. Mais vous savez… il y a quelque chose qui cloche. Là-dedans. Je me sens tout bizarre.

— Il est d'une importance capitale que vous acceptiez de coopérer, lui dit Eph. Je ne sais comment vous remercier d'être resté, sauf que, naturellement, nous ferons tout ce qui est en notre pouvoir pour vous remettre sur pied.

Redfern hocha la tête, et Eph constata une raideur de la nuque. Il palpa ses ganglions sous-maxillaires, qu'il trouva hypertrophiés. Son système immunitaire se mobilisait contre une agression. Etait-ce en rapport avec les décès survenus dans l'avion, ou avait-il simplement attrapé quelque chose au cours de ses déplacements ?

— Pourtant, c'était un appareil tout neuf, et de la belle mécanique, en plus. Je ne comprends vraiment pas comment tout a pu tomber en panne en même temps. C'est forcément du sabotage.

— On a analysé l'air et les réservoirs d'eau, et on n'a rien trouvé. Rien qui explique pourquoi les gens sont morts, ni pourquoi tout s'est arrêté à bord.

Eph palpa ensuite les aisselles du pilote. Encore des ganglions, gros comme des noisettes.
— Et vous ne vous rappelez toujours pas l'atterrissage ?
— Absolument pas. Ça me rend dingue.
— A votre avis, qu'est-ce qui peut expliquer qu'on ait trouvé la porte du cockpit ouverte ?
— Rien du tout. C'est parfaitement contraire au règlement.
— Avez-vous séjourné dans le poste de repos au-dessus du cockpit ? demanda Nora.
— Vous voulez dire la piaule ? Oui. J'ai roupillé un moment, au-dessus de l'Atlantique.
— Vous rappelez-vous avoir abaissé le dossier des sièges ?
— Ils étaient déjà baissés. Il faut faire de la place si on veut étendre ses jambes, là-haut. Pourquoi vous me demandez ça ?
— Vous n'avez rien remarqué d'inhabituel ? enchaîna Eph.
— Dans la piaule ? Rien du tout, qu'est-ce qu'il y avait ?
Eph s'écarta.
— Saviez-vous que l'appareil transportait en soute un coffre de grande taille ?
L'autre secoua la tête en essayant vainement de suivre.
— Ça ne me dit rien du tout. Vous êtes sur une piste ?
— Pas vraiment, non. En fait, nous sommes aussi perplexes que vous.
Nora promenait le faisceau de sa lampe Luma sur les bras de Redfern. Eph reprit :

— C'est bien pour ça qu'il est extrêmement important que vous acceptiez de rester hospitalisé. Je voudrais vous soumettre à une série d'examens.

— Si ça peut vous aider à comprendre, je veux bien vous servir de cobaye, répondit le capitaine en suivant des yeux le point de lumière indigo.

Eph hocha la tête pour signifier qu'ils appréciaient son geste.

— De quand date cette cicatrice ? interrogea Nora.

— Quelle cicatrice ?

La jeune femme examinait sa gorge. Redfern pencha la tête en arrière pour lui permettre d'effleurer une fine ligne qui ressortait en bleu foncé sous la lampe.

— On dirait presque une incision chirurgicale.

Redfern y porta la main à son tour.

— Je ne sens rien.

En effet, la ligne était presque invisible, une fois la lampe éteinte. Nora la ralluma pour qu'Eph puisse regarder à son tour. A peine plus d'un centimètre de long sur quelques millimètres de large. Le tissu cicatriciel semblait tout récent.

— On fera une IRM ce soir. Ça devrait nous en apprendre davantage.

Redfern acquiesça et Nora éteignit la lampe.

— Maintenant que j'y pense…, reprit le capitaine, hésitant. J'ai bien un vague souvenir, mais je crains que ça ne vous soit pas d'une grande utilité…

— On est preneurs de tout ce qui vous viendra à l'esprit, l'informa Eph.

— Eh bien… quand j'ai perdu connaissance… j'ai fait un rêve… un rêve très bizarre…

Il regarda autour de lui, l'air un peu honteux, puis reprit tout bas :

— Quand j'étais petit... la nuit... chez ma grand-mère, je dormais dans un grand lit. Et tous les soirs, à minuit, quand les cloches de l'église voisine sonnaient, je voyais quelque chose sortir de derrière une grande armoire ancienne. Tous les soirs sans exception, cette chose sortait sa tête toute noire et ses longs bras osseux... et elle me regardait...

— Oui ? l'encouragea Eph.

— Ça avait une bouche aux contours irréguliers, des lèvres noires... et ça me regardait en se contentant de... sourire.

Eph et Nora restèrent muets devant la franchise de cet aveu et sa tonalité onirique, aussi inattendues l'une que l'autre.

— Je me mettais à hurler, alors ma grand-mère allumait la lumière et me prenait dans son lit. Ça a duré un an. J'appelais cette chose « la Sangsue ». Parce que sa peau... sa peau noire me rappelait exactement les sangsues gorgées de sang qu'on ramassait dans le ruisseau. J'ai vu des psychiatres pour enfants qui m'ont parlé de « terreurs nocturnes » et m'ont donné des raisons de ne pas croire en son existence réelle, seulement... elle revenait quand même toutes les nuits. Je me cachais sous mes oreillers pour qu'elle ne me voie pas, mais ça ne servait à rien. Elle était là, dans la chambre, je la sentais. On a déménagé quelques années plus tard, poursuivit-il en faisant la grimace, et ma grand-mère a vendu l'armoire. Je n'ai jamais revu la Sangsue. Je n'en ai plus jamais rêvé.

Eph était tout ouïe.

—Je vous prie de m'excuser, mais... qu'est-ce que ça a à voir avec... ?

—J'y arrive. Tout ce que je me rappelle entre le moment où on a amorcé la descente et celui où je me suis réveillé ici, c'est que cette chose était revenue. Dans mon rêve. J'ai revu la Sangsue. Et... elle souriait.

INTERLUDE II

LA FOSSE ARDENTE

Il faisait toujours les mêmes cauchemars. Abraham, jeune ou vieux, nu à genoux devant un grand trou dans le sol, et, à l'intérieur, des cadavres qui brûlaient tandis qu'un officier nazi se déplaçait derrière les prisonniers agenouillés en leur tirant une balle dans la nuque, les uns après les autres. On était dans un camp d'extermination appelé Treblinka et la fosse se trouvait à l'arrière de l'infirmerie. On y emmenait les prisonniers trop vieux ou trop malades pour travailler, après leur avoir fait traverser le baraquement blanc portant une croix rouge et hop ! dans le trou. Le jeune Abraham avait vu un grand nombre de gens mourir dans cette fosse, et il avait failli une fois être des leurs.

Il faisait de son mieux pour passer inaperçu, travaillait sans rien dire, restait dans son coin. Tous les matins, il se piquait le bout du doigt et se barbouillait les pommettes de sang pour qu'elles paraissent bien rouges, qu'il ait surtout l'air en bonne santé à l'appel.

Il découvrit la fosse un jour en réparant des étagères à l'infirmerie. A seize ans, Abraham Setrakian, qui portait l'étoile jaune, était employé là comme menuisier. Il ne demandait jamais de service à personne, n'était le protégé de personne ; juste un esclave doué d'une grande habileté manuelle dont un gradé nazi usait et abusait à longueur de temps, sans pitié, sans égards, sans limites. Les mains d'Abraham Setrakian pouvaient tout aussi bien ériger des barbelés que fabriquer une bibliothèque ou réparer une voie ferrée. Elles avaient même sculpté des pipes décorées pour le chef des gardes ukrainiens à Noël 1942.

C'était ces mains-là qu'Abraham tenait soigneusement à l'abri de la fosse. A la tombée du soir, il la voyait rougeoyer et depuis son atelier, parfois, l'odeur de la chair carbonisée et de l'essence venait se mêler à celle de la sciure. Alors la peur s'installait dans son cœur et, avec elle, la fosse.

Aujourd'hui encore, Setrakian sentait au plus profond de lui se ranimer les lambeaux de sa mémoire chaque fois qu'il avait peur – que ce soit en traversant une rue sombre, en fermant sa boutique le soir ou en se réveillant après un cauchemar. Il se revoyait à genoux, en prière. Dans ses rêves, il sentait à nouveau le canon de l'arme contre sa nuque.

Les camps d'extermination portaient bien leur nom : ils n'avaient pas d'autre fonction. Treblinka était maquillé en gare ferroviaire, avec affiches et horaires de trains, sans parler des feuillages qui camouflaient les barbelés. Abraham y arriva en septembre 1942 et y passa tout son temps à travailler. Il appelait cela gagner non pas sa vie mais « son souffle ». C'était un garçon peu loquace, jeune mais bien élevé, sagace et bon. Il aidait les prisonniers dans la mesure du possible et priait constamment en son for intérieur. Malgré les atrocités auxquelles il assistait quotidiennement, il croyait dur comme fer que Dieu posait en permanence son regard sur les hommes – tous les hommes.

Seulement, par une nuit d'hiver, ce fut le diable qu'Abraham vit dans les yeux d'une chose morte. Alors il comprit que le monde n'était pas tel qu'il l'avait cru.

Il était plus de minuit et il régnait dans le camp un calme inhabituel. Le murmure de la forêt s'était tu et le jeune homme avait l'impression que l'air glacial lui fendait les os. Il changea silencieusement de position sur sa couchette en scrutant l'obscurité qui l'entourait. Et là, il entendit...

Pic-pic-pic.

Exactement comme dans les récits de sa *bubbeh*. Le même bruit, sans confusion possible. Et cela ne le rendait que plus effrayant.

Son souffle s'éteignit et il sentit la fosse d'incinération béer dans son cœur. Tout à coup, les ténèbres remuèrent dans un coin du baraquement. Une chose, une très haute silhouette émaciée, se détacha des profondeurs noires comme l'encre et s'approcha d'un mouvement fluide de ses camarades endormis.

Pic-pic-pic.

Czardu. Ou bien une créature qui avait été Czardu. La peau ratatinée, assombrie, assortie aux plis multiples de son ample robe. Une ressemblance frappante avec une tache d'encre mouvante. Cet être se déplaçait sans effort apparent, tel un spectre immatériel glissant sur le sol. Les ongles de ses orteils, pareils à des serres d'oiseau de proie, grattaient légèrement le plancher.

Mais... mais non, ce n'était pas possible ! Le monde était réel, le mal était réel, et en permanence présent autour de lui. Mais ça... cette chose-là... non, ça ne pouvait pas être réel. Ce n'était qu'une *bubbeh meiseh*. Un conte de grand-mère...

Pic-pic-pic.

En l'espace de quelques secondes à peine, la chose morte avait atteint la couchette voisine, de l'autre côté de la travée. Abraham la flairait, à présent ; elle dégageait une odeur de feuilles mortes, de terre, de moisi. Quand son visage émergea de la masse obscure de sa silhouette, il en distingua les traits. La créature se courba vers l'avant et renifla le cou de Zadawski, un jeune Polonais qui travaillait dur lui aussi. Puis elle se redressa ; elle atteignait le plafond, la tête entre les poutres. Sa respiration était à la fois superficielle et sonore. Elle était excitée, affamée. Elle gagna la couchette suivante et son visage se découpa brièvement dans la faible clarté entrant par une fenêtre.

Sa peau foncée paraissait translucide, comme une fine tranche de viande séchée qu'on tient à la lumière. Sèche, mate ; seuls brillaient les yeux, deux globes luminescents qui semblaient s'aviver par intermittence, telles des braises qu'un souffle attise. Un rictus révéla ses gencives tachetées et de petites dents jaunies, incroyablement pointues.

La Chose s'immobilisa au côté de Ladislav Zajak, un vieil homme arrivé depuis peu et atteint par la tuberculose. Setrakian l'aidait en lui montrant comment fonctionnait le camp et en lui évitant de s'attirer des ennuis. Sa maladie aurait pu lui valoir une exécution immédiate mais Setrakian l'avait pris comme assistant et, dans les moments critiques, le tenait à l'écart des surveillants SS et ukrainiens. Mais Zajak n'en avait plus pour longtemps. Ses poumons le lâchaient et, par-dessus tout, il ne voulait plus vivre. Il parlait de moins en moins, pleurait tout le temps en silence. Il commençait à mettre en péril la survie même de Setrakian, qui le suppliait en vain de se ressaisir.

A présent, la Chose le toisait de toute sa hauteur, et l'observait. La respiration irrégulière du vieil homme semblait lui plaire. Tel l'ange de la mort, son ombre englobait le corps frêle du malade et sa bouche émettait des bruits avides.

Ce que fit alors la Chose, Setrakian ne le vit pas. Il y eut des sons mais ses oreilles refusèrent de les entendre. La posture de cet être qui, penché sur la tête et le cou de sa victime, paraissait exulter évoquait l'acte de se nourrir. Le corps usé de Zajak se convulsa légèrement mais, bizarrement, à aucun moment il ne se réveilla.

D'ailleurs, il ne se réveilla plus jamais.

Setrakian réprima un hoquet en plaquant sa main sur sa bouche. Mais la Créature qui se repaissait de son voisin ne semblait pas faire attention à lui. Elle ne se penchait que sur les malades, les infirmes, qui ne manquaient pas. Avant le jour, elle laissa trois cadavres derrière elle. Elle avait l'air rassasiée ; sa peau était plus souple, mais toujours aussi sombre.

Setrakian la vit s'esquiver dans le noir. Il se leva avec mille précautions et s'approcha des victimes.

Il les examina comme il le put dans le faux jour, mais ne remarqua aucune blessure autre qu'une incision à la gorge. Si fine qu'on la distinguait à peine. S'il n'avait pas été témoin de cette horreur...

Soudain, il comprit. Cette Créature allait revenir. Le camp était une source d'approvisionnement inépuisable, pour elle. Elle allait se repaître des prisonniers qui passaient inaperçus, les oubliés, ceux dont la disparition ne prêtait pas à conséquence. Elle se nourrirait d'eux. D'eux *tous*.

A moins que quelqu'un ne se dresse pour l'en empêcher.

Quelqu'un comme lui.

MOUVEMENT

CLASSE ECO

Ansel Barbour, rescapé du vol 753, était blotti contre sa femme Ann-Marie et ses deux enfants – Benjy, huit ans, et Haily, cinq ans – sur un canapé tendu de chintz bleu, dans sa petite maison de Flatbush, Etat de New York. Pap et Gertie, les deux grands saint-bernard exceptionnellement admis dans le solarium pour l'occasion, étaient si contents de revoir leur maître qu'ils posaient leurs grosses pattes sur ses genoux ou lui donnaient de petites tapes reconnaissantes sur la poitrine.

Ansel avait occupé le siège 39G, côté allée. Il rentrait d'un stage de formation (sur la sécurisation des bases de données) à Potsdam, au sud-ouest de Berlin, payé par son employeur. Analyste-programmeur, il venait de décrocher chez un détaillant du New Jersey un contrat de quatre mois à la suite du vol de plusieurs millions de numéros de cartes de crédit dans la base clients. Il n'avait encore jamais quitté les Etats-Unis, et sa famille lui avait énormément manqué. La formation avait duré quatre jours et comporté des moments libres ainsi que des visites organisées, mais il n'en avait pas profité. Il était resté cloîtré à l'hôtel avec son ordinateur portable, à discuter avec ses enfants via sa webcam et jouer aux cartes sur Internet avec de parfaits inconnus.

Son épouse était une femme superstitieuse et casanière, et la conclusion tragique du vol 753 n'avait fait que confirmer sa phobie des voyages aériens et de la nouveauté en général. Ann-Marie ne conduisait pas. Elle était perpétuellement en proie à des dizaines de troubles obsessionnels compulsifs consistant notamment à nettoyer sans relâche tous les miroirs de la maison, méthode réputée chasser le mauvais sort. Ses parents ayant été tués dans un accident de voiture dont elle resta seule survivante à l'âge de quatre ans, elle avait été élevée par une tante célibataire, décédée une semaine après son mariage avec Ansel. La naissance de ses enfants n'avait fait qu'accroître son isolement et ses angoisses, au point qu'il s'écoulait parfois plusieurs jours sans qu'elle sorte de sa maison, où elle se sentait en sécurité. Elle se reposait donc entièrement sur Ansel pour tout ce qui avait trait au monde extérieur.

Après la nouvelle de l'accident, qui l'avait brisée, le retour d'Ansel lui avait rendu la vie avec une puissance d'exultation qu'elle ne pouvait définir qu'en termes religieux. Cette délivrance consacrait à ses yeux l'absolue nécessité de ses rituels, manifestement investis d'un pouvoir salvateur.

Pour sa part, Ansel était grandement soulagé d'être rentré chez lui. Ben et Haily tentaient de grimper sur ses genoux, mais, comme il ressentait une douleur tenace dans le cou, il dut tempérer leur ardeur. C'était une sensation de striction – il avait l'impression que ses muscles étaient des cordes tordues jusqu'à la torture – localisée dans sa gorge mais qui se propageait au maxillaire et jusqu'aux oreilles. Une corde tordue se raccourcissait, et c'était exactement ce qu'il éprouvait. Il fit rouler sa tête sur ses épaules dans l'espoir de décontracter un peu ses muscles, et...

Crac !

Il faillit se plier en deux de douleur.

Un peu plus tard, en faisant inopinément irruption dans la cuisine, Ann-Marie le surprit en train de ranger la boîte d'ibuprofène format familial dans le placard au-dessus de la cuisinière. Il en goba six d'un coup – la dose journalière recommandée – et eut toutes les peines du monde à les avaler.

Le regard de sa femme perdit d'un coup toute sa gaieté.

— Qu'est-ce que tu as ?

— Rien. Une raideur dans la nuque due au voyage en avion, c'est tout, précisa-t-il pour ne pas l'inquiéter inutilement. Sans doute parce que j'ai gardé trop longtemps la tête penchée.

Ann-Marie se tordait les mains sur le seuil de la cuisine.

— Tu aurais peut-être dû rester à l'hôpital.

— Et comment aurais-tu fait sans moi ? rétorqua-t-il, plus sèchement qu'il ne l'aurait voulu.

Crac !

— Oui mais... si jamais il fallait que tu y retournes ? Et si, cette fois, ils te demandaient de rester ?

Il trouvait épuisant de devoir supporter les appréhensions de sa femme en plus des siennes.

— Je ne peux pas manquer un seul jour de boulot par les temps qui courent. Tu sais bien qu'on est un peu justes, financièrement parlant.

Ils n'avaient qu'une seule source de revenu dans un pays où, à présent, chaque ménage en avait nécessairement deux. Et Ansel ne pouvait pas prendre un deuxième emploi : qui ferait les courses, dans ce cas ?

— Tu sais bien que je ne m'en sortirais pas sans toi, reprit-elle.

Ils n'évoquaient jamais sa maladie. Du moins pas en tant que telle.

— J'ai besoin de toi. Nous avons *tous* besoin de toi.

— Mon Dieu, quand je repense à tous ces gens...

Il revit ses voisins de siège durant ce vol interminable. Le couple avec trois enfants, deux rangées devant lui. Le couple âgé, de l'autre côté de l'allée ; ils avaient dormi presque tout le temps, leurs deux têtes chenues posées sur un même oreiller fourni par la compagnie aérienne. L'hôtesse blonde qui lui avait renversé quelques gouttes de soda sur les genoux.

— Pourquoi moi ? Pourquoi je m'en suis sorti et pas les autres ? Est-ce qu'il y a une raison à ça ?

— Oui, répondit sa femme en plaquant ses mains sur sa propre poitrine. Moi.

Quelques instants plus tard, Ansel sortit les chiens pour les enfermer dans l'abri de jardin. Le jardin... C'était surtout pour lui qu'ils avaient acheté cette maison : les enfants et les chiens auraient toute la place pour y jouer. Ansel avait déjà Pap et Gertie avant de rencontrer Ann-Marie, qui était tombée amoureuse d'eux autant que de lui. Et ils le lui rendaient bien. Comme Ansel, et comme les enfants, même si Benjy, l'aîné, commençait à s'interroger de temps en temps à voix haute sur les excentricités de sa mère. Surtout quand celles-ci entraient en conflit avec l'emploi du temps d'un petit garçon de huit ans, fait d'entraînements de base-ball et d'invitations chez les copains. Ansel sentait qu'Ann-Marie commençait à mettre une certaine distance entre elle et son fils. Pap et Gertie, en revanche, ne la contrariaient jamais, du moment qu'elle continuait à leur donner trop à manger. Ansel craignait que ses enfants ne comprennent jamais vraiment pourquoi elle semblait leur préférer les chiens.

Dans le vieil abri, il avait planté au sol un piquet métallique auquel il avait attaché deux chaînes. En effet, Gertie s'était échappée quelques mois plus tôt. Elle était revenue avec le dos et les pattes couverts de traces de coups. Depuis, Ansel enchaînait les deux chiens chaque soir. Lentement, en maintenant tête et cou alignés pour être le moins gêné possible, il disposa les gamelles d'eau et de nourriture, puis, pendant qu'ils mangeaient, caressa les touffes de poils qui hérissaient leurs têtes énormes, juste histoire d'éprouver leur réalité, de les apprécier pour ce qu'ils étaient à la fin de cette journée marquée par la chance. Après les avoir enchaînés, il sortit dans le jardin, referma la porte derrière lui et resta un instant à contempler l'arrière de la maison en essayant d'imaginer ce que serait devenu ce petit monde sans lui. Ansel avait vu ses enfants pleurer, et il avait pleuré avec eux. Sa famille avait besoin de lui plus que tout au monde.

Soudain, il fut pris d'une douleur perçante à la gorge. Il se retint à l'angle de l'abri pour ne pas perdre l'équilibre et y demeura un long moment appuyé, tentant de surmonter la souffrance qui irradiait, aussi violente qu'un coup de couteau. Elle finit par passer en lui laissant un chuintement dans l'oreille, comme s'il y appliquait un gros coquillage. Il voulut tâter sa gorge du bout des doigts, mais elle était trop sensible. Il essaya alors de tendre le cou, de l'assouplir, de renverser la tête en arrière le plus loin possible, en affrontant le ciel nocturne. Il distingua là-haut des avions, des étoiles.

J'ai survécu, songea-t-il. Le pire est derrière moi. Ça va passer.

Cette nuit-là, il fit un rêve affreux. Une bête déchaînée pourchassait ses enfants dans toute la maison mais, quand il se précipitait à leur secours, il se rendait compte qu'il avait des griffes à la place des mains. Lorsqu'il s'éveilla, son côté du lit était trempé de sueur. Il se leva aussitôt, mais la même douleur aiguë l'assaillit à nouveau.

Crac !

Ses oreilles, ses mâchoires et sa gorge fusionnaient en une même tension douloureuse qui l'empêchait de déglutir.

Crac !

La contraction œsophagienne lui causa une douleur fulgurante.

Alors vint la soif. Une soif comme il n'en avait jamais éprouvé – une nécessité absolue et tenace.

Quand il put à nouveau bouger, il gagna la cuisine plongée dans la pénombre, ouvrit le réfrigérateur et se servit un grand verre de citronnade, puis un autre, et encore un autre... Il ne tarda pas à boire directement à la carafe. Mais rien ne réussit à étancher sa soif. Et pourquoi transpirait-il autant ?

Son pyjama était constellé de taches ambrées qui dégageaient une odeur bizarre, vaguement musquée. Il faisait tellement chaud dans cette maison...

En rangeant la carafe, il vit un plat de viande mise à mariner. Les rubans de sang qui se mêlaient paresseusement à l'huile et au vinaigre lui mettaient l'eau à la bouche. Mais pas à l'idée de la faire cuire au barbecue, non : ce dont il avait envie, c'était d'y planter les dents, de la déchiqueter, cette viande, et de la vider de son sang.

Crac !

Il reprit le couloir et jeta un coup d'œil dans la chambre des enfants. Benjy était roulé en boule sous ses draps Scoubidou, Haily ronflait tout doucement, un bras pendant hors du lit, tendu vers son livre d'images tombé par terre. Ce spectacle lui permit de décontracter un peu ses épaules et de reprendre son souffle. Il alla chercher de la fraîcheur dans le jardin, et sous la caresse de l'air nocturne les taches de sueur séchée lui glacèrent la peau. Le simple fait d'être chez lui, avec sa famille, pouvait le guérir de tout. Sa femme et ses enfants allaient l'aider.

Ils lui apporteraient ce dont il avait besoin.

Institut médico-légal, Manhattan

Pas une goutte de sang sur le médecin légiste qui venait à la rencontre d'Eph et Nora. En soi, c'était déjà surprenant. Normalement, le sang dégoulinait sur leurs blouses imperméables et tachait leurs gants en plastique jusqu'au coude. Mais ce médecin-là aurait tout aussi bien pu être gynécologue à Beverly Hills.

La peau mate, les yeux noirs derrière sa visière en plastique, Gossett Bennett affichait une expression déterminée.

— On attaque à peine, déclara-t-il en indiquant les tables de dissection.

Il y avait beaucoup de bruit dans la salle d'autopsie. La morgue, c'était l'exact opposé du bloc opératoire qui, lui, était aussi stérile que silencieux. Ici on s'affairait en tous sens, on entendait des scies rugir, de l'eau couler, des médecins dicter leur compte rendu d'autopsie dans des magnétophones...

— On s'occupe de huit corps provenant de votre avion.

Ils étaient étendus chacun sur une table bordée de rampes d'écoulement en acier inoxydable. Les huit victimes n'en étaient pas toutes au même stade d'examen. Deux étaient déjà totalement éviscérées ; leurs organes étaient disposés au niveau de leurs jambes, sur un sac en plastique ouvert, et un pathologiste en débitait des lamelles sur une planche à découper tel un cannibale préparant des sashimis humains. La gorge était ouverte, laissant passer la langue, et la peau du visage rabattue découvrait la calotte crânienne, elle-même découpée à la scie circulaire. On était en train de détacher un cerveau de la moelle épinière, après quoi on le plongerait dans le formol, ultime étape du processus. Un technicien muni de gaze, d'une grande aiguille courbe et de gros fil de suture ciré attendait le moment de garnir et recoudre le crâne évidé.

On se passait d'une table à l'autre une cisaille à long manche comme on en trouve dans les magasins d'outillage. Assis sur un tabouret en métal surplombant un thorax ouvert, un autre technicien sectionnait les côtes une à une de manière qu'on puisse soulever d'un coup l'ensemble de la cage thoracique, sternum compris. L'odeur d'ensemble était un mélange étourdissant de parmesan, de méthane et d'œuf pourri.

— Après votre coup de téléphone, j'ai examiné leur gorge, reprit Bennett. Jusqu'ici, tous présentent la même lacération, telle que vous me l'avez décrite. Mais pas de cicatrice : une plaie ouverte, bien propre et bien nette. Jamais vu ça.

Il les conduisit auprès d'un corps féminin encore intact. Un bloc métallique placé sous la nuque dégageait bien la gorge et la poitrine. Eph, qui avait revêtu des gants, palpa la peau du cou.

Dès qu'il eut repéré la coupure ultrafine, il écarta doucement les deux bords de la plaie, dont la netteté le surprit autant que son apparente profondeur. Puis il lâcha prise et la plaie se referma paresseusement, comme une paupière ensommeillée ou un sourire timide.

— Qu'est-ce qui a pu provoquer ça ? s'enquit-il.

— En tout cas, rien qui appartienne au règne de la nature, dit Bennett. Notez la précision, digne d'un scalpel. On dirait des incisions mesurées, dans la localisation comme dans les dimensions. Pourtant, les bords sont arrondis, d'aspect presque organique.

— Quelle profondeur ? demanda Nora.

— C'est une fente bien propre, bien droite, qui perce la paroi de la carotide mais s'arrête là. Elle ne ressort pas de l'autre côté, elle ne sectionne pas l'artère.

— Et c'est la même chose pour tous les corps ? s'étonna Nora.

— Tous ceux que j'ai examinés jusqu'à maintenant présentent cette lacération, mais j'avoue que si vous ne me l'aviez pas signalée, je ne l'aurais peut-être pas remarquée. Surtout vu le nombre de particularités supplémentaires.

— Comment ça ?

— Je vais y venir. Tous présentent donc des lacérations à la gorge, soit sur le devant, soit sur le côté. Sauf une femme, chez qui on la trouve sur la poitrine, bien au-dessus du cœur. Dans le cas d'un homme, on a dû chercher. On l'a trouvée sur la face interne de la cuisse, au niveau de l'artère fémorale. Toutes les plaies perforent la peau et le muscle, et aboutissent avec exactitude dans une artère majeure.

— Une aiguille ? hasarda Eph.

— En plus fin. Il faut que je poursuive mes recherches, on n'en est qu'au début. Et puis, comme je vous le disais, il se passe plein d'autres trucs qui me foutent la trouille. Vous êtes au courant, je suppose ? interrogea-t-il.

Il les conduisit à l'entrée de la chambre froide grande comme un garage double. On voyait là une cinquantaine de brancards, sur la plupart desquels reposait une housse sanitaire. Les fermetures à glissière étaient en majorité défaites jusqu'à la poitrine du cadavre. Quelques-unes étaient entièrement ouvertes. Dans ces cas-là, les cadavres étaient nus – on les avait déjà pesés, mesurés et photographiés – et prêts pour l'autopsie. S'y ajoutaient huit ou neuf corps ne provenant pas du vol 753. Allongés sur des brancards sans housses sanitaires, ils portaient à l'orteil une étiquette jaune standard.

La réfrigération ralentissait la décomposition de la même manière qu'elle conservait les légumes et empêchait les fruits de s'abîmer trop vite. Toutefois, les cadavres du Boeing 777, eux, ne s'étaient pas abîmés du tout. Au bout de trente-six heures, ils avaient le même aspect qu'au moment où Eph avait posé pour la première fois le pied dans l'avion. Contrairement aux cadavres à étiquette jaune, qui, boursouflés, laissaient échapper par tous leurs orifices des liquides corporels noirs tandis que leurs chairs viraient au vert sombre et prenaient l'apparence du cuir à cause de l'évaporation.

— Je les trouve plutôt bien conservés, pour des macchabées, conclut Bennett.

Eph fut parcouru par un frisson glacé qui n'avait rien à voir avec la température de la chambre froide. Nora et lui s'étaient avancés jusqu'à la troisième rangée de brancards. Les corps racornis et exsangues semblaient morts depuis une demi-heure tout au plus.

Tous deux regagnèrent la salle d'autopsie sur les talons de Bennett et se retrouvèrent devant la dépouille d'une femme d'un peu plus de quarante ans, sans autre marque qu'une cicatrice de césarienne très près du pubis. On la préparait pour l'incision thoracique. Mais, au lieu d'un scalpel, Bennett s'empara d'un instrument qui n'était jamais utilisé à la morgue... un stéthoscope.

— Voilà ce que j'ai remarqué tout à l'heure, dit-il en le tendant à Eph.

Ce dernier mit les embouts dans ses oreilles et le médecin légiste demanda à toutes les personnes présentes de faire silence. Un assistant se précipita pour arrêter toutes les douchettes.

Bennett posa le pavillon du stéthoscope sur la poitrine du cadavre, juste au-dessous du sternum. Eph écouta non sans inquiétude, redoutant à l'avance ce qu'il pourrait entendre. Mais il ne perçut rien. Il interrogea du regard Bennett, qui attendait, conservant un visage neutre. Alors Eph ferma les yeux et se concentra.

On distinguait effectivement un bruit très faible. Une espèce de grouillement, comme une créature qui se tortillerait dans la vase. Un son si ténu que c'en était exaspérant. Eph n'aurait pu jurer qu'il n'était pas en train de l'imaginer.

Il passa le stéthoscope à Nora.

— Des asticots ? proposa-t-elle en se redressant.

Bennett secoua la tête.

— On ne constate aucune infestation, ce qui explique en partie l'absence de décomposition. Mais il y a d'autres anomalies curieuses...

Il fit signe aux autres de reprendre le travail, puis saisit sur un plateau un gros scalpel à lame n° 6. Cependant, au lieu de pratiquer l'habituelle incision en Y sur le torse, il prit un bocal sur la paillasse et le plaça sous la main gauche du cadavre. Ensuite, il trancha d'un coup la face interne du poignet, comme on entame une orange.

Un fluide clair, opalescent, jaillit en éclaboussant ses gants et sa blouse au niveau de sa hanche, puis se mit à couler en faisant tinter le verre au fond du bocal. Au début, le flot fut rapide, mais, comme le cœur arrêté n'assurait plus la tension circulatoire, il perdit rapidement de sa vigueur. Bennett abaissa le bras afin d'en extraire davantage.

Le choc qu'avait pu ressentir Eph face au geste inhumain du légiste céda bien vite la place à la stupeur devant l'aspect de cet écoulement. Ça ne pouvait pas être du sang. Le sang s'amassait et coagulait après la mort. Il ne se mettait pas à fuir comme de l'essence dans un réservoir percé.

Et il ne virait pas non plus au blanc. Bennett reposa le bras le long du corps et éleva le bocal à la hauteur des yeux d'Eph.

— J'ai d'abord pensé que les protéines se dissociaient, comme quand on mélange de l'huile et de l'eau, et que l'huile surnage. Mais ce n'est pas ça non plus.

L'épanchement était blanchâtre, pâteux, un peu comme si on avait injecté du lait tourné dans le courant sanguin.

Eph n'en croyait littéralement pas ses yeux.

— Et ils sont tous comme ça ? s'enquit Nora.

— Exsangues, acquiesça Bennett. Il ne leur reste pas une goutte de sang.

Eph contemplait toujours la matière blanche contenue dans le bocal. Il avait l'impression que jamais plus il ne pourrait voir un verre de lait sans en avoir l'estomac retourné.

— Ce n'est pas tout, poursuivit Bennett. La température profonde est trop élevée. Je ne sais pas comment, mais ces corps produisent de la chaleur. De plus, on a trouvé des taches sombres sur certains organes. Il ne s'agit pas de nécrose mais de quelque chose comme des contusions.

Bennett reposa le bocal plein sur la paillasse et appela une assistante. Elle apporta un conteneur en plastique opaque rappelant les emballages de soupe à emporter et en détacha le couvercle. Bennett y préleva un organe qu'il posa sur une planche à découper comme s'il s'agissait d'un petit rôti tout frais rapporté de la boucherie. C'était un cœur non disséqué. Il pointa son index ganté vers l'endroit où auraient dû s'embrancher les artères.

— Vous voyez les valvules ? On dirait que leur diamètre a augmenté. Ce cœur n'a pas pu fonctionner dans cet état-là. Il n'aurait jamais pu se contracter et se dilater, faire circuler le sang. Ça ne peut pas être congénital.

Eph était atterré. Cette malformation était effectivement mortelle. Comme le savaient tous les anatomistes, les individus étaient aussi différents au-dedans qu'au-dehors. Mais nul être humain n'aurait pu atteindre l'âge adulte avec ce muscle cardiaque-là.

— Vous avez le dossier médical du patient ? demanda Nora. Pour comparaison ?

— Pas encore. Il faudra sûrement attendre demain matin. Mais ça m'a incité à ralentir toute la procédure. Considérablement, même. Je vais d'ailleurs tout arrêter dans un petit moment et fermer boutique pour la nuit en attendant les renforts. Je veux tout vérifier dans les moindres détails. Par exemple… ceci.

Il les emmena auprès du corps entièrement disséqué d'un individu de poids moyen et de sexe masculin. L'intérieur de la gorge – larynx et trachée – était entièrement exposé, de manière à dénuder les cordes vocales, juste au-dessus du larynx.

— Regardez les replis vestibulaires, dit Bennett.

Cette conformation anatomique, également connue sous le nom de « fausses cordes vocales », se composait de muqueuses ayant pour unique fonction de recouvrir et protéger les vraies cordes vocales. Ces replis étaient en soi une curiosité anatomique, car ils étaient capables de se reconstituer entièrement, même après ablation totale.

Eph et Nora se penchèrent plus près. Et constatèrent tous deux l'existence, au niveau même des replis, d'une protubérance rose et charnue qui ne présentait pas l'aspect hétérogène d'une masse tumorale, mais prenait naissance au fond de la gorge, sous la racine de la langue. Une excroissance inconnue, apparemment spontanée, de la muqueuse tapissant l'arrière du maxillaire inférieur.

Une fois ressortis, ils se nettoyèrent avec encore plus de soin que d'habitude, tous deux très secoués par ce qu'ils venaient de voir.

Ce fut Eph qui prit la parole le premier :

— Je me demande quand la vie va retrouver un semblant de logique.

Il se sécha les mains en savourant la sensation de l'air libre sur sa peau débarrassée du caoutchouc. Puis il tâta son cou à l'endroit approximatif des incisions constatées sur les corps.

— Une perforation rectiligne et profonde dans la gorge. Et un virus qui ralentit la décomposition *post mortem* d'un côté tout en provoquant parallèlement une croissance tissulaire ?

— Oui, c'est nouveau, ça, commenta Nora.

— Ou alors, c'est très, très ancien.

Ils sortirent par la porte de service pour regagner la voiture d'Eph, garée en stationnement interdit grâce à sa pancarte VEHICULE PRIORITAIRE – TRANSFUSIONS SANGUINES derrière le pare-brise. Les dernières traces de la chaleur du jour s'évanouissaient dans le ciel.

— Il faut qu'on aille voir les autres morgues, dit Nora, pour savoir si elles ont constaté les mêmes anomalies.

A ce moment-là, le téléphone d'Eph sonna. Un SMS de Zack :

téou ???? Zack

— Merde ! J'ai oublié l'audience pour la garde de Zack !

— Là, tout de suite ? lâcha Nora avant de se reprendre : Bon, vas-y, je te retrouverai après...

— Non, je vais les appeler... Ça va s'arranger.

Eph se sentait affreusement tiraillé. Il regarda autour de lui.

— On va réexaminer le pilote. Pourquoi son incision est-elle la seule à s'être refermée ? Il faut qu'on arrive à comprendre ce phénomène sous l'angle anatomopathologique.

— Et puis, il y a les autres rescapés.

— Oui. Vraiment, ça ne ressemble pas à Jim de foirer comme ça, remarqua Eph d'un air sombre.

Nora eut envie de prendre la défense de leur collègue.

— S'ils ne se sentent pas bien, ils reviendront.

— Certes, mais à ce moment-là il sera peut-être trop tard. Pour eux et pour nous.

— Comment ça, « pour nous » ?

— Pour qu'on puisse aller au fond de l'affaire. Il doit bien y avoir une explication rationnelle. Il se passe quelque chose d'impossible. Il faut qu'on sache pourquoi, et qu'on y mette fin.

Sur le trottoir devant l'entrée principale de l'institut médico-légal, des équipes de télévision étaient prêtes à commenter l'événement en direct. Elles attiraient un nombre considérable de badauds, dont l'agitation était perceptible depuis le coin de la rue.

Soudain, un homme se détacha de la foule. Eph l'avait déjà remarqué en arrivant. Très âgé, les cheveux longs, blancs et brillants comme l'écorce du bouleau, il agrippait une canne trop grande pour lui, qui, avec sa poignée en argent, prenait des allures de sceptre. Un Moïse d'opérette, sauf qu'il était tiré à quatre épingles dans un style vieillot : costume trois-pièces en gabardine, imperméable noir, montre de gousset en or. Plus – détail qui détonnait dans cette tenue si distinguée – des gants en laine grise dont on avait coupé le bout des doigts.

— Docteur Goodweather ?

Comment ce vieil homme connaissait-il son nom ? Eph le regarda de plus près et demanda :

— On se connaît ?

— Je vous ai vu à la télé, répondit le vieillard avec un léger accent, probablement slave. Je savais que vous finiriez par venir.

— Vous m'avez attendu ici ?

— J'ai quelque chose de très important à vous dire, docteur. Quelque chose de capital.

Eph se laissa distraire par la poignée de la canne, qui représentait une tête de loup.

— Le moment est mal choisi. Appelez à mon bureau, prenez rendez-vous.

Il s'écarta pour composer rapidement un numéro sur son téléphone portable.

Le vieil homme laissa alors paraître son inquiétude. Il était agité, mais prenait sur lui pour s'exprimer calmement. Affichant son sourire le plus affable, il se présenta en regardant aussi bien Eph que Nora.

— Mon nom ne vous dira sans doute rien, mais je m'appelle Abraham Setrakian. Vous les avez vus, reprit-il en indiquant la morgue du bout de sa canne. Là-dedans. Les passagers de l'avion.

— Vous savez quelque chose à ce propos ? demanda la jeune femme.

— On peut le dire, répondit-il avec un sourire plein de reconnaissance.

Il se tourna à nouveau vers la morgue, l'air d'avoir attendu si longtemps qu'il ne savait plus par où commencer.

— Vous les avez trouvés pratiquement intacts, n'est-ce pas ?

Eph raccrocha avant que la communication ne soit établie. Les paroles du vieillard faisaient écho à ses propres appréhensions, si irrationnelles fussent-elles.

— Que voulez-vous dire par là ?

— Je vous parle des défunts. Leurs corps ne se décomposent pas.

— C'est ce qui se raconte là-dehors ? s'enquit Eph, plus soucieux qu'intrigué.

— Je n'ai pas eu besoin qu'on me le dise, docteur. Je le sais.

— Vous le « savez », hein ?

— Dites-nous un peu ce que vous savez d'autre, intervint Nora.

Le vieil homme s'éclaircit la voix.

— Avez-vous retrouvé un... cercueil ?

Eph eut l'impression que Nora faisait un bond sur place.

— Vous pouvez répéter, s'il vous plaît ? dit-il.

— Le cercueil. Si vous l'avez encore, alors vous le tenez, *lui.*

— Qui ça, « lui » ? interrogea Nora.

— Détruisez-le. Tout de suite. Ne le gardez pas pour l'examiner. Il faut détruire le cercueil sans délai.

— Il a disparu, fit Nora en secouant la tête. Nous ne savons pas où il est passé.

Setrakian ne cacha pas sa déception.

— C'est bien ce que je craignais.
— Pourquoi le détruire ? insista Nora.

Mais Eph s'interposa :
— Si ce genre de rumeur se répand, les gens vont paniquer. Qui êtes-vous ? reprit-il en se tournant vers le vieil homme. Où avez-vous entendu tout cela ?

— Je suis prêteur sur gages, je n'ai rien entendu raconter. Ce sont des choses que je sais.

— Et comment les savez-vous ? demanda Nora.

— Je vous en prie, s'entêta Setrakian en s'adressant à la jeune femme, qui lui paraissait plus réceptive. Ce que je vais vous dire, je vous assure que je ne le prends pas à la légère. Au contraire, c'est par désespoir et par honnêteté que je vous parle ainsi. Ces corps... Ecoutez-moi. Il faut les éliminer avant la tombée de la nuit.

— Les *éliminer* ? répéta Nora, qui, pour la première fois, réagissait négativement. Pourquoi ?

— Je recommande la crémation. C'est simple et efficace.

— Le voilà ! fit une voix du côté des portes latérales.

Un cadre de l'institut médico-légal venait vers eux, flanqué d'un agent de police en tenue. Vers eux, ou plutôt vers Setrakian.

Mais le vieillard enchaîna sans leur prêter attention, en accélérant le débit :
— Je vous en prie. Sous peu, il sera trop tard.

— Là, c'est le type dont je vous ai parlé, dit l'employé de l'institut en désignant Setrakian au policier.

Ce dernier s'adressa au vieil homme d'un ton à la fois aimable et las :

— Monsieur ?

Setrakian continuait à plaider sa cause auprès de Nora et Eph sans se laisser distraire :

— La trêve a été rompue. Un pacte aussi ancien que sacré. Par un homme qui n'est plus un homme mais une abomination. Une abomination ambulante et dévorante.

— Monsieur ? Je peux vous dire un mot ? insista le policier.

Setrakian attrapa Eph par le poignet pour retenir son attention.

— Il est ici, maintenant. Il a rejoint le Nouveau Monde, et notre ville, aujourd'hui même. Ou plutôt, il y sera cette nuit. Est-ce que vous comprenez ? Il faut l'arrêter.

Ses doigts à demi recouverts par les mitaines étaient si noueux qu'on aurait dit des serres d'aigle. Eph se dégagea – sans violence, mais avec assez de détermination pour déséquilibrer le vieillard. Celui-ci partit vers l'arrière et sa canne heurta le policier à l'épaule, manquant de justesse le visage. Alors l'indifférence de l'agent de police céda la place à la colère.

— Vous l'aurez voulu, dit-il en prenant la canne des mains de Setrakian avant de l'empoigner fermement par le bras. Suivez-moi.

— Vous devez l'arrêter ici ! lança le vieil homme en se laissant entraîner.

— Qu'est-ce qui se passe ? demanda Nora au représentant de la morgue. Pourquoi avez-vous fait appel à la police ?

Avant de répondre, l'homme regarda les badges plastifiés qu'Eph et elle portaient autour du cou et qui annonçaient CDC en lettres rouges.

— Tout à l'heure, ce type a essayé de s'introduire dans l'institut en se faisant passer pour un parent de défunt. Il voulait absolument voir les corps. Encore un de ces voyeurs obsédés par la mort, ajouta-t-il en suivant Setrakian du regard.

Mais le vieil homme n'avait pas renoncé.

— Passez les corps à la lumière noire ! lança-t-il par-dessus son épaule.

Eph en resta interdit. Avait-il bien entendu ?

— Vous verrez que j'ai raison ! cria encore le vieillard avant d'être poussé à l'arrière d'une voiture de patrouille. Détruisez-les avant qu'il ne soit trop tard !

Eph regarda le policier claquer la portière puis prendre place au volant et s'éloigner.

Excès de bagages

Eph appela avec quarante minutes de retard le bureau d'Inga Kempner, la conseillère familiale nommée par le juge des divorces, qui recevait Kelly et Zack pour une séance de cinquante minutes. Il était plutôt soulagé de ne pas être avec eux dans ce vieil immeuble d'Astoria où devaient se décider les derniers points concernant la garde de l'enfant.

Il plaida sa cause via le haut-parleur du téléphone de la psychologue.

— Laissez-moi vous expliquer... J'ai été pris tout le week-end par une situation d'extrême urgence, vous savez, les passagers morts dans l'avion, à l'aéroport JFK. Je n'ai pas pu faire autrement.

— Ce n'est pas la première fois que vous manquez un rendez-vous.

— Où est Zack ?

— Dans la salle d'attente.

Kelly et la psychologue s'étaient entretenues hors de sa présence. Donc, les décisions étaient d'ores et déjà prises. Tout était fini avant même d'avoir commencé.

— Ecoutez, tout ce que je vous demande, c'est de reporter la séance et...

— Docteur Goodweather, je crains malheureusement que ce ne soit pas p...

— Non, attendez ! S'il vous plaît, écoutez-moi. Bon, est-ce que je suis un père idéal ? Non. Je vous l'accorde bien volontiers. Au moins, reconnaissez que je suis franc. D'ailleurs, je ne suis pas sûr de vouloir être un père idéal si c'est pour élever un gamin fade et banal qui ne laissera aucune trace de son passage sur terre. Ce que je sais, en revanche, c'est que je veux faire de mon mieux et être le meilleur père possible pour Zack, parce qu'il le mérite. Et, dans l'immédiat, c'est mon unique objectif.

— Les apparences prouvent le contraire.

Eph adressa un geste obscène à son téléphone. Nora n'était pas loin. Il se sentait à la fois en colère et curieusement vulnérable.

— Ecoutez-moi, reprit-il en faisant de gros efforts pour garder son sang-froid. J'ai réorganisé toute ma vie en fonction de la situation, autour de mon fils, et vous le savez. J'ai ouvert un bureau à New York uniquement pour habiter près de chez sa mère, et que Zack nous voie tous les deux. J'ai des horaires – habituellement – réguliers pendant la semaine, un emploi du temps fixe, avec des jours de congé établis. Je travaille deux fois plus pendant le week-end où je suis de garde pour pouvoir me libérer les deux suivants.

— Vous êtes allé à une réunion des Alcooliques anonymes ce week-end ?

Eph se tut. Brusquement, il n'avait plus d'énergie.

— Vous n'avez pas écouté un mot de ce que je viens de dire, c'est ça ?

— Vous avez ressenti le besoin de boire ?

— Non, grogna-t-il en mobilisant toutes ses forces pour rester calme. Il y a vingt-trois mois que je n'ai pas bu et vous le savez pertinemment.

— Docteur Goodweather, il n'est pas question ici de savoir qui de vous deux aime le plus son fils. Ce n'est jamais la question, dans ce genre de situation. Votre dévouement envers Zack ne fait aucun doute. Seulement, comme souvent, on ne voit pas bien comment éviter que ça ne tourne à la rivalité. Or, l'Etat m'impose certaines directives, que je suis contrainte d'appliquer dans les recommandations que je vais adresser au juge.

Amer, Eph voulut intervenir, mais la psychologue ne lui en laissa pas le loisir :

— Vous vous êtes opposé aux premières orientations prononcées par le tribunal, et à chaque étape vous vous êtes acharné à camper sur vos positions. Ce que je considère d'ailleurs comme la preuve de votre affection pour Zachary. Vous avez également pris d'importantes initiatives personnelles, incontestables et remarquables. Toutefois, nous estimons qu'aujourd'hui vous êtes devant ce que nous appelons en jargon judiciaire – dans les arbitrages pour la garde des enfants – le « tribunal jugeant en dernier ressort ». Naturellement, il n'a jamais été question de vous priver de votre droit de visite…

— Non, non, non…, souffla Eph comme un homme voyant foncer sur lui la voiture qui va le heurter de plein fouet.

Pendant tout le week-end, il avait ressenti ce désespoir naissant. Il se revit jouant avec Zack à ses jeux vidéo en mangeant chinois, avec la perspective d'un week-end entier pour eux deux. Il en avait éprouvé une telle joie…

— Pour tout dire, monsieur, reprit la psychologue, je ne vois pas vraiment l'utilité de poursuivre la procédure.

Eph se tourna vers Nora, qui leva alors les yeux sur lui. En une fraction de seconde, elle comprit ce qui se passait.

— Vous pouvez me dire que c'est fini si ça vous chante, madame, murmura Eph dans son téléphone. Mais ce n'est pas fini. Ça ne sera jamais fini.

Sur ces mots, il coupa la communication.

Il se détourna, sachant que Nora respecterait son besoin de ne pas évoquer ce qui venait de se passer, qu'elle ne viendrait pas à lui. Et il lui en fut reconnaissant, car les larmes lui montaient aux yeux et il ne tenait pas à ce qu'elle s'en aperçoive.

LA PREMIERE NUIT

Quelques heures plus tard, au sous-sol de l'institut médico-légal de Manhattan, le Dr Bennett s'apprêtait à boucler une longue journée de travail. Il aurait dû être épuisé. Or, au contraire, il ne ressentait que de l'exaltation. Il se passait quelque chose d'extraordinaire. On aurait dit que les lois immuables de la mort et de la décomposition devenaient obsolètes sous ses yeux, là, dans cette salle d'autopsie. Cela rendait caducs les principes médicaux communément admis, le consensus établi en matière de biologie humaine. Cela tenait peut-être même du miracle.

Comme prévu, il avait suspendu toutes les autopsies jusqu'au lendemain. Des recherches se poursuivaient dans d'autres affaires, des légistes menaient leurs investigations dans les salles du premier étage. Mais la morgue, c'était son domaine à lui. Pendant la visite des médecins du CDC, il avait remarqué quelque chose dans l'échantillon de sang et le liquide opalescent recueilli dans le bocal à spécimen. Il avait rangé celui-ci dans une armoire réfrigérante, derrière d'autres flacons et bocaux, comme on cache le dernier dessert dans le frigo collectif.

A présent qu'il était seul, il alla chercher les quelques décilitres de sang blanc prélevé, s'installa devant la paillasse d'examen près de l'évier et dévissa le bouchon. Au bout d'un court instant, une ondulation se manifesta à la surface. Bennett frémit, puis inspira profondément. Après réflexion, il prit un bocal identique sur une étagère au-dessus de la paillasse, le remplit d'eau puis le posa à côté de l'autre. Il devait s'assurer que cette perturbation n'était pas due au passage d'un camion, par exemple.

Attentif, il patienta.

Et le même phénomène se reproduisit. Le liquide visqueux ondula sous ses yeux, tandis que l'eau – pourtant d'une densité très inférieure – ne bougeait pas d'un millimètre.

Quelque chose remuait dans l'échantillon.

Bennett versa l'eau dans l'évier, puis transféra doucement le sang huileux d'un bocal à l'autre. Le fluide s'écoulait lentement mais avec régularité. Il ne vit rien passer dans le mince filet sirupeux. Le fond du premier bocal resta légèrement enduit de sang blanc, mais, là encore, Bennett ne remarqua rien de plus.

Il posa le deuxième bocal nouvellement rempli et attendit, aux aguets.

Il n'eut pas longtemps à patienter. La surface ondula et il faillit en tomber de son tabouret.

Tout à coup, il y eut un bruit derrière lui, un grattement ou un bruissement, il n'aurait su le dire. Sa récente découverte l'avait rendu nerveux. Il se retourna. Les néons n'éclairaient que les tables de dissection vides, ainsi que toutes les autres surfaces nettoyées à fond, y compris le sol. Les victimes du vol 753 étaient enfermées à double tour dans la chambre réfrigérée, à l'autre bout de la morgue.

Des rats ? On n'avait pas réussi à les éliminer complètement – et pourtant, on avait tout essayé. Ils se déplaçaient peut-être à l'intérieur des murs. Ou dans le sol, sous les conduites d'évacuation. Il prêta l'oreille, puis reporta son attention sur le bocal.

Il réitéra l'opération en sens inverse, du second bocal au premier, veillant cette fois à ce que chacun contienne la même quantité de liquide. Puis il les plaça tous les deux sous un néon et chercha à y discerner un signe de vie.

Cela ne tarda pas. Du premier bocal s'éleva cette fois un *plip* rappelant un poisson qui vient happer un insecte à la surface d'une mare limoneuse.

Bennett observa l'autre bocal jusqu'à en avoir le cœur net, puis le vida dans l'évier. Ensuite il recommença, en répartissant également le liquide restant entre les deux récipients.

Une sirène dans la rue lui fit dresser l'oreille. Puis elle s'éloigna et, dans ce qui aurait dû être un silence total, il perçut à nouveau des bruits. Comme si quelque chose bougeait derrière lui. Il se retourna. Il se sentait à la fois paranoïaque et ridicule. La salle était déserte, la morgue vide et stérilisée.

Et pourtant... ce bruit venait bien de quelque part. Il se leva silencieusement et chercha à en localiser la source.

Son intuition lui souffla de se concentrer sur la porte métallique de la chambre froide. Il fit quelques pas dans cette direction, tous les sens en éveil.

Un chuintement, comme si quelque chose remuait à l'intérieur. Bennett avait passé assez de temps dans ce sous-sol pour ne pas être troublé par le voisinage des défunts. Mais il n'avait pas oublié les excroissances *post mortem* que présentaient ces cadavres-là. Visiblement, ses inquiétudes le ramenaient aux tabous universels à l'égard de la mort, même si sa profession défiait les instincts normaux de l'espèce humaine : ouvrir, profaner des cadavres, détacher la peau de leur visage, prélever leurs organes internes, écorcher leurs parties génitales... Il sourit. Finalement, il était quelqu'un d'assez normal.

Son imagination lui jouait des tours, voilà tout. Ce devait être une pièce défectueuse dans un des climatiseurs.

Il retourna à ses bocaux. Pendant qu'il attendait un nouveau mouvement dans le liquide, il se prit à regretter de ne pas avoir son ordinateur portable pour prendre des notes.

Plip.

Cette fois, il était préparé. Son cœur fit quand même un bond, mais il maîtrisa ses mouvements. C'était toujours dans le premier bocal que ça se passait. Il vida l'autre et divisa une fois de plus le reste en deux ; il y avait environ trois décilitres de chaque côté.

Ce faisant, il crut distinguer un objet dans l'écoulement d'un bocal à l'autre. Quelque chose de très fin, pas plus de vingt-cinq millimètres de long – du moins s'il n'avait pas rêvé.

Un ver. Un trématode. S'agissait-il alors d'une maladie parasitaire ? Les exemples ne manquaient pas de parasites qui remodelaient leur hôte afin de faciliter leur propre reproduction. Cela pouvait-il expliquer les étranges altérations *post mortem* constatées lors des autopsies ?

Il tint le bocal à la lumière et en fit doucement tourner le contenu. Il scruta attentivement le liquide et… oui… en effet… il vit à nouveau quelque chose onduler, frétiller à l'intérieur, mince comme un fil et aussi blanc que son milieu ambiant. Quelque chose qui se déplaçait à la vitesse de l'éclair.

Il fallait qu'il l'isole. Qu'il plonge cette chose dans le formol afin de l'observer, de l'identifier. S'il en tenait un spécimen, il y en avait forcément des dizaines, voire des centaines d'autres à sa disposition. Peut-être plus. Comment savoir combien elles étaient à circuler dans les corps entreposés dans la chambre fr…

Un coup sec venait de retentir derrière la porte métallique. Sous le choc, Bennett fit un bond et lâcha le bocal, qui tomba sur la paillasse. Au lieu de se briser, il rebondit et roula dans l'évier, où il répandit son contenu. Bennett lâcha une bordée de jurons et chercha à repérer le ver dans la cuvette métallique. Il éprouva alors une sensation de chaleur sur le dos de la main gauche. Celle-ci avait été éclaboussée par le sang blanc, qui lui brûlait la peau. Il l'immergea sous l'eau froide et l'essuya sur sa blouse avant que le liquide ne provoque une lésion.

Puis il fit volte-face et regarda vers la chambre froide. Ce qu'il avait entendu ne pouvait provenir d'un dysfonctionnement dans l'installation électrique. Plutôt un brancard qui en avait heurté un autre. Seulement, c'était impossible. La moutarde lui monta à nouveau au nez. Puisque son ver avait disparu dans l'évier, il allait effectuer un nouveau prélèvement et isoler le parasite. Pas question que cette découverte lui échappe.

Frottant sa main contre le revers de sa veste, il alla actionner la poignée de la porte. Une fois débloquée, celle-ci s'ouvrit en grand en lui soufflant au visage une bouffée d'air réfrigéré vaguement nauséabonde.

Aussitôt après avoir obtenu sa décharge et celle des autres victimes, Joan Luss avait quitté l'hôpital, loué une voiture avec chauffeur et était partie pour New Canaan, dans le Connecticut, où se trouvait la maison de campagne d'un des fondateurs du cabinet juridique. Elle avait dû demander deux fois au chauffeur de s'arrêter pour vomir par la vitre ouverte. La grippe et le contrecoup de l'accident, sans doute. Aucune importance. Aujourd'hui, elle était à la fois la victime et l'avocate. La partie lésée et la conseillère juridique qui réclamait justice au nom des familles des défunts et des quatre survivants. Le cabinet Camins, Peters & Lilly, qui jouait déjà dans la cour des très grands, pouvait peut-être escompter quarante pour cent des plus importants dommages et intérêts jamais versés. Mieux que dans l'affaire du Vioxx, l'anti-inflammatoire retiré du marché. Mieux qu'après le scandale de WorldCom et de ses manipulations comptables.

Joan Luss, Associée.

Quand on habite Bronxville, on croit qu'on fait partie des privilégiés. Et un jour, on découvre

New Canaan. Bronxville, où résidait Joan, était une banlieue résidentielle chic du comté de Westchester, à un peu plus d'une vingtaine de kilomètres au nord du centre de Manhattan – vingt-huit minutes en train. Son mari Roger était dans la finance internationale. Employé par la firme Clume & Fairstein, il se trouvait le plus souvent à l'étranger. Joan aussi avait beaucoup voyagé, mais elle avait mis un terme à ces déplacements à la naissance des enfants parce que ce n'était pas bon pour son image. Néanmoins, les voyages lui manquaient, et la semaine qu'elle avait passée à Berlin, au Ritz-Carlton de Potsdamer Platz, lui avait énormément plu. Habitué à vivre à l'hôtel, le couple s'en était inspiré pour aménager sa propre maison : salles de bains chauffées par le sol, buanderie au sous-sol, livraison bihebdomadaire de fleurs coupées, présence quotidienne d'un jardinier-paysagiste et, bien sûr, service de lingerie et employée de maison à demeure. Il ne manquait plus que la femme de chambre pour retourner le coin des draps le soir et poser un bonbon sur l'oreiller.

Le fait d'acheter une maison à Bronxville quelques années auparavant, alors que les constructions nouvelles y étaient rares et la taxe foncière prohibitive, avait été de la part des Luss une initiative audacieuse. Mais, après avoir eu un aperçu de New Canaan, où son patron, Dory Camins, vivait en seigneur féodal sur une propriété comportant trois maisons, un étang pour la pêche à la ligne, des écuries et un sentier équestre, Joan avait trouvé son propre lieu de résidence un peu provincial, voire carrément ringard.

De retour chez elle, en fin d'après-midi, elle était montée faire une sieste, qui avait été pénible et agitée. Roger était à Singapour ; elle ne cessait d'entendre des bruits dans la maison et cela finit par la réveiller tout à fait. Elle attribua cette anxiété à la réunion qui venait d'avoir lieu, sans doute la plus importante de sa vie.

Quittant sa chambre, Joan descendit l'escalier en s'appuyant au mur et, en entrant dans la cuisine, trouva Neeva, la nourrice – une vraie perle –, occupée à essuyer la table après le dîner des enfants.

— J'aurais très bien pu le faire, Neeva ! dit-elle sans en penser un mot, avant de se diriger vers la haute vitrine où était rangée la pharmacie familiale.

Neeva était une Haïtienne qui vivait dans la ville voisine de Yonkers. Elle avait plus de soixante ans mais faisait partie de ces femmes qui semblent sans âge. Elle ne portait que de longues robes à fleurs et des chaussures de sport confortables. Elle exerçait une influence apaisante fort bienvenue au sein de la famille Luss. Celle-ci menait une existence mouvementée puisque Roger était constamment absent, que Joan travaillait tard à New York et qu'en plus de l'école les enfants menaient de front plusieurs activités. Bref, tout le monde partait tout le temps dans tous les sens, mais Neeva était leur gouvernail, et, pour ce qui était de gérer la maisonnée, Joan la considérait comme son arme secrète.

— Vous savez, Joan, vous n'avez pas l'air dans votre assiette, déclara-t-elle avec son accent chantant.

— Bah, je suis un peu fatiguée, voilà tout.

Elle avala un antalgique et un myorelaxant, puis prit place sur un tabouret de bar devant l'îlot central de la cuisine et ouvrit un magazine de décoration.

— Vous devriez manger quelque chose.

— J'ai mal quand j'avale.

— De la soupe, alors, décréta Neeva en allant lui en préparer un peu.

Neeva n'était pas une figure maternelle seulement pour les enfants Luss, mais aussi pour leurs parents. D'ailleurs, Joan trouvait qu'elle méritait bien d'être un peu maternée, puisque sa vraie mère – qui, deux fois divorcée, vivait en Floride – n'était vraiment pas à la hauteur de la tâche. Lorsque les attentions de Neeva devenaient trop envahissantes, elle l'envoyait tout simplement faire une course avec les enfants. C'était l'idéal.

— J'ai vu l'histoire de votre avion à la télé, reprit Neeva en abandonnant un instant son ouvre-boîte. Pas bon. Diableries, tout ça.

Les attendrissantes superstitions tropicales de la nourrice arrachèrent à Joan un sourire, qui s'effaça aussitôt car elle ressentit soudain un élancement violent dans la mâchoire.

Pendant que le bol de soupe tournait dans le four à micro-ondes, Neeva revint examiner Joan. Elle posa sa main brune et calleuse sur le front de la jeune femme, puis palpa les ganglions de son cou du bout des doigts. Joan eut un mouvement de recul. C'était douloureux.

— Très enflé, commenta Neeva.

Joan referma son magazine.

— Il vaut peut-être mieux que je retourne me coucher.

Neeva recula d'un pas et la dévisagea curieusement.

— C'est à l'hôpital que vous devriez retourner.

Joan eut envie d'éclater de rire, mais elle s'en abstint par crainte de la douleur. Retourner là-bas, dans le Queens ?

— Croyez-moi, Neeva, je suis bien mieux ici, entre vos mains. De toute façon, et je sais de quoi je parle, cette histoire d'hôpital, c'est une ruse des assurances de la compagnie aérienne, voilà tout. C'est eux qui ont tout à y gagner, pas moi.

Joan caressa son cou gonflé en imaginant le procès à venir, ce qui lui redonna aussitôt le moral. Elle parcourut la cuisine du regard. Bizarrement, cette maison qui lui avait coûté tant de temps et d'argent lui paraissait tout à coup miteuse.

Camins, Peters, Lilly… & Luss !

A ce moment-là, les enfants – Keene et Audrey – entrèrent en se chamaillant à propos d'un jouet. Leurs voix geignardes s'insinuèrent si bien dans la tête de Joan qu'elle éprouva le besoin irrépressible de les gifler de toutes ses forces. Cependant, comme d'habitude, elle réussit à transformer son agressivité envers ses enfants en un enthousiasme feint qui masquait son éternelle rage intérieure. Elle haussa le ton, ne fût-ce que pour ne plus entendre leurs voix aiguës :

— Ça vous dirait d'avoir chacun un poney, et aussi un étang rien qu'à vous ?

Ce qui fit taire les enfants, ce ne fut pas, comme elle le crut d'abord, cette généreuse tentative de corruption, mais son sourire lui-même : un sourire de gargouille parfaitement artificiel, révélant une haine absolue qui les pétrifia de terreur.

A la suite d'un appel signalant la présence d'un homme nu au niveau de la sortie du tunnel Queens-Midtown, on dépêcha sur place une voiture de police pour régler ce trouble à l'ordre public, non prioritaire. Une unité arriva sur les lieux moins de huit minutes plus tard pour tomber sur un sérieux embouteillage, pire que la moyenne du dimanche soir. Quelques conducteurs klaxonnèrent afin d'attirer l'attention des policiers et leur montrèrent la direction du centre-ville. Ils crièrent que le suspect était un obèse dans le plus simple appareil avec une étiquette rouge au gros orteil.

— Dites donc, j'ai des gosses là-dedans, moi ! protesta bruyamment un type au volant d'un monospace Dodge.

L'agent Karn, qui conduisait, dit à son collègue, l'agent Lupo :

— Je te parie que c'est un tordu plein aux as, genre Park Avenue, un habitué des clubs échangistes qui a pris trop d'ecsta avant le week-end.

Lupo défit sa ceinture et ouvrit la portière.

— J'assure la circulation. Je te laisse notre gros père.

— Sympa, répondit Karn au moment où la portière lui claquait au nez.

Il mit le gyrophare et attendit patiemment – on ne le paierait pas davantage s'il se dépêchait – que le flot de voitures s'écarte devant lui.

Il remonta lentement la 38ᵉ Rue en scrutant les rues adjacentes. Un gros qui se baladait à poil, ça ne devait pas être bien difficile à repérer. Sur les trottoirs, les gens n'avaient pas l'air perturbés. Mais en voyant arriver sa voiture de patrouille, un bon citoyen qui fumait devant la porte d'un bar s'avança pour lui désigner le bout de la rue.

Un deuxième, puis un troisième appel signalèrent un homme nu en maraude, cette fois devant le siège des Nations unies. Karn appuya sur le champignon afin d'en finir avec cette histoire. Il dépassa les drapeaux illuminés de tous les pays membres de l'ONU pour gagner l'entrée des visiteurs, à l'extrémité nord du bâtiment. Il y avait partout des barrières de police et des bacs en ciment destinés à prévenir les attentats à la voiture piégée.

Karn aborda un groupe de policiers qui s'ennuyaient devant les barrières anti-émeute.

— Messieurs, je recherche un gros type à poil.

— Je peux te filer quelques numéros de téléphone si tu veux, répliqua un des policiers en haussant les épaules.

Gabriel Bolivar rentra chez lui en limousine. Il était en train de faire retaper entièrement deux maisons de ville mitoyennes dans Vestry Street, dans le quartier de TriBeCa. Une fois les travaux terminés, son nouveau domicile à Manhattan comporterait trente et une pièces pour une surface totale de quelque quatre mille six cents mètres carrés, avec une piscine en mosaïque, de quoi loger seize domestiques, un studio d'enregistrement en sous-sol et une salle de cinéma de vingt-six places.

Pour l'instant, seul le dernier étage était achevé – on s'était hâté de l'aménager pendant que Bolivar terminait sa tournée européenne. Les pièces des étages inférieurs étaient préparées, quelques-unes plâtrées, d'autres encore tendues de bâches ou en cours d'isolation. La sciure s'était insinuée partout, jusque dans la moindre fissure. Le manager de Bolivar l'avait tenu au courant de l'avancement des travaux, mais ce qui l'intéressait, ce n'était pas les moyens, seulement la fin : son futur palais, aussi somptueux que décadent.

La tournée « Jesus Wept » avait pris fin sur une note un peu déprimante. Les organisateurs avaient dû redoubler d'efforts pour remplir les stades – il fallait que Bolivar puisse dire : « J'ai joué partout à guichets fermés. » Là-dessus, l'avion leur avait claqué entre les doigts en Allemagne et, au lieu d'attendre avec son équipe, la star avait dû accepter de prendre un vol régulier pour rentrer aux Etats-Unis. Lourde erreur, dont il ressentait les effets à retardement. Ça ne s'arrangeait pas du tout, au contraire.

Il franchit la porte principale en compagnie de ses gardes du corps et de trois filles rencontrées en boîte de nuit. On avait déjà déménagé quelques-uns de ses trésors, dont les deux panthères jumelles en marbre noir qui montaient la garde de part et d'autre du vestibule sous les six mètres de plafond, deux barils à déchets industriels censés avoir appartenu à Jeffrey Dahmer, le tueur en série cannibale et nécrophile, et plusieurs grands tableaux signés Mark Ryden, Robert Williams, Chet Zar... du saignant, du morbide, et du coûteux. Un interrupteur provisoire activait une série de projecteurs de chantier tout le long d'un escalier en marbre, au pied duquel se trouvait un grand ange pleureur de provenance douteuse – il avait été « sauvé » dans une église roumaine sous le règne des Ceauşescu.

— Qu'est-ce qu'il est beau ! s'extasia une des filles en levant les yeux vers le visage usé par le temps de la statue à demi plongée dans l'ombre.

C'est alors que Bolivar trébucha, transpercé par une douleur au ventre qui ressemblait moins à un spasme qu'à un coup porté à l'intestin par un organe voisin. Il se rattrapa à l'aile de l'ange et les filles se précipitèrent.

— Chouchou ! roucoulèrent-elles en l'aidant à se redresser.

Il s'efforça de reprendre le dessus. On lui avait peut-être fait absorber quelque chose à son insu, au club. Ce ne serait pas la première fois, loin de là. Les filles allaient jusqu'à le droguer pour s'envoyer Gabriel Bolivar, toucher du doigt la légende derrière son maquillage. Il les repoussa toutes les trois, puis ordonna à ses gardes du corps de le laisser tranquille et se tint bien droit malgré la douleur. Sa suite resta au pied de l'escalier mais, du bout de sa canne incrustée d'argent, il fit signe aux groupies de s'engager devant lui dans l'escalier en marbre blanc veiné de bleu qui montait en s'incurvant vers le dernier étage.

Il les laissa se préparer des cocktails et se refaire une beauté dans la deuxième salle de bains pendant qu'il s'enfermait dans la sienne pour piocher dans son stock de Vicodin, un analgésique qui contenait un opiacé, et s'accorda deux jolis petits comprimés blancs qu'il fit descendre avec une bonne gorgée de whisky. Il se massa le cou et, conscient de sa gorge à vif, s'inquiéta pour sa voix. Il eut envie d'ouvrir le robinet en forme de tête de corbeau et de se passer de l'eau sur le visage, mais il portait encore son maquillage – sans lui, dans les boîtes de nuit, personne ne l'aurait reconnu. Il contempla son teint d'une pâleur maladive qui ne devait rien à la nature, l'ombre sur les pommettes qui lui faisait un visage émacié, ses lentilles de contact noires qui lui donnaient un regard mort. Il était très beau, ce que le maquillage le plus épais n'aurait pu cacher. Et là résidait en partie le secret de son succès, il ne l'ignorait pas. Toute sa carrière était bâtie sur cette seule démarche : prendre la beauté et la dénaturer. Séduire l'oreille par quelques instants de musique transcendante et défigurer aussitôt celle-ci par des hurlements gothiques et des sons industriels. Voilà à quoi réagissaient ses fans. La corruption du beau.

Beautiful Corruption. Pas mal, comme titre, pour son prochain CD.

Le dernier en date s'était vendu à six cent mille exemplaires en une semaine, rien qu'aux Etats-Unis. *The Lurid Urge.* La pulsion macabre. Un chiffre énorme en ces temps de téléchargement gratuit, mais quand même cinq cent mille de moins que le précédent, *Lavish Atrocities.* Des atrocités somptueuses, en effet. Mais voilà, les gens s'habituaient à ses extravagances, sur scène comme à la ville. Il n'était plus le phénomène que la grande distribution avait adoré exclure de ses rayons et dont l'Amérique croyante – y compris son propre père – avait juré la perte. C'était drôle, d'ailleurs, que son père s'accorde avec les supermarchés sur ce point. Cela confirmait son opinion : le monde était à mourir d'ennui. Néanmoins, à l'exception de la droite religieuse, il devenait difficile de choquer qui que ce soit. Bolivar n'envisageait pas pour autant de se reconvertir dans le folk, mais ses mises en scène d'autopsies, de morsures et de lacérations commençaient à dater. Tout cela était convenu, comme les rappels en fin de concert. Il jouait le jeu du public au lieu de jouer pour lui. Or, il fallait qu'il le devance, maintenant. Car si ses fans le rattrapaient, il se ferait piétiner vivant.

Comment aller encore plus loin dans son show ? En admettant que ce soit possible, d'ailleurs.

Soudain, il recommença à entendre des voix. Le même chœur incohérent exprimant une souffrance identique à la sienne. Il alla jusqu'à se retourner pour s'assurer qu'il était bien seul dans la salle de bains. Puis il secoua énergiquement la tête. C'était le bruit qu'on entendait quand on plaquait un coquillage contre son oreille, sauf qu'au lieu de l'écho de la mer il percevait un gémissement d'âmes errant dans les limbes.

En ressortant, il trouva Mindy et Sherry en train de s'embrasser. Cleo souriait béatement en regardant le plafond, allongée sur le grand lit, un verre à la main. En le voyant apparaître, toutes les trois sursautèrent et se tournèrent vers lui, impatientes. Il se traîna jusqu'au lit. Il avait l'impression que ses intestins chaviraient. J'avais bien besoin de ça, tiens, se dit-il. Ce fut Mindy, la blonde, qui l'attira à elle la première. Elle passa ses doigts dans les cheveux noirs et soyeux de la star, mais il choisit Cleo ; elle avait quelque chose de spécial. Il caressa la peau brune de sa gorge. Elle enleva son débardeur pour s'offrir plus vite et passa ses mains sur le cuir fin gainant les hanches de Bolivar.

— Tu sais, je suis fan de toi depuis...
— Chut, murmura-t-il dans l'espoir de couper aux habituelles questions-réponses.

La dope avait dû agir sur les voix parce qu'elles ne formaient plus qu'un vague bruit de fond, une espèce de vibration de ligne à haute tension mais ponctuée de pulsations.

Les deux autres filles vinrent l'entourer à quatre pattes. Leurs mains qui le tâtaient, l'exploraient, lui évoquaient des crabes. Elles entreprirent de lui ôter ses vêtements. Mindy lui passa à nouveau les doigts dans les cheveux mais il se déroba, comme si la caresse était maladroite. Joueuse, Sherry défit les boutons de sa braguette en poussant un piaillement. Il n'ignorait pas les rumeurs qu'on répandait à voix basse sur son compte : il accumulait les conquêtes, un véritable étalon... La main de la jeune fille glissa sur le cuir en direction de son entrejambe. Mais il ne se passait rien dans cette partie-là de son anatomie. Ce qui était très surprenant, même dans son état. Il avait fait ses preuves dans des circonstances bien plus délicates, et plus d'une fois.

Il reporta son attention sur les épaules de Cleo. Son cou, sa gorge. Très joli, tout ça. Mais Bolivar ressentait autre chose. Une sorte de frémissement dans la bouche. Rien à voir avec la nausée, plutôt le contraire, en fait : un impératif qui se situait quelque part entre l'envie de faire l'amour et le besoin de s'alimenter. En plus fort. Une nécessité absolue de profaner, de s'approprier, de consommer et consumer à la fois.

Mindy le mordillait dans le cou ; il finit par se tourner vers elle et l'allonger de force sur les draps, violemment d'abord, puis avec une tendresse feinte. Il dégagea sa gorge en repoussant sa tête en arrière et laissa courir le bout de ses doigts sur la peau fine et ferme sous laquelle il sentait la vigueur de ses jeunes muscles... et c'était *cela* qu'il voulait, plus que ses seins, ses fesses, sa chute de reins. C'était de cette fille que provenait ce bourdonnement obsédant.

Il posa ses lèvres sur la gorge de Mindy et commença à l'embrasser. Mais non, ce n'était pas ce qu'il lui fallait. Alors il essaya de la mordiller et sentit qu'il était sur la bonne voie... sauf que quelque chose clochait.

Il voulait autre chose. Mais quoi ?

La vibration parcourait son propre corps, à présent. Sa peau était comme celle d'un tambour qu'on frappe sans relâche au cours d'une cérémonie immémoriale. La tête lui tournait un peu, le lit tanguait, son cou et sa poitrine se soulevaient spasmodiquement sous l'effet d'une impérieuse nécessité mêlée de dégoût. Il s'absenta mentalement l'espace d'un instant. Ce fut comme l'amnésie qui accompagne un formidable orgasme, sauf qu'en « revenant » il entendit des cris. Il se rendit alors compte qu'il enserrait des deux mains le cou de la fille, qu'il tétait avec une violence sans commune mesure avec les suçons adolescents. Il faisait venir son sang juste sous la peau. Elle hurlait et les deux autres, à moitié dévêtues, essayaient de les séparer.

Il se redressa, brutalement dégrisé par le spectacle de l'hématome, puis réendossa le rôle de mâle dominateur dans cette partie à quatre et affirma son autorité :

— Foutez le camp !

Elles ne se le firent pas dire deux fois. Elles filèrent en serrant leurs vêtements contre elles, et Mindy pleurnicha jusqu'en bas de l'escalier.

Bolivar se leva en vacillant et regagna sa salle de bains personnelle, où il récupéra sa trousse à maquillage. Il s'assit sur un tabouret tendu de cuir et entreprit de se démaquiller, comme tous les soirs. Le fard s'en alla, il put le constater sur les mouchoirs en papier souillés. Pourtant, dans la glace, son teint resta blafard. Il frotta plus fort, allant jusqu'à racler ses joues du bout de ses ongles, mais plus rien ne venait. Le maquillage adhérait-il à sa peau ? Ou bien, au-dessous, avait-il vraiment une mine aussi épouvantable, un visage aussi décharné ?

Il arracha sa chemise et s'examina. Sa peau livide était sillonnée de veines verdâtres et semée de taches violacées là où le sang s'était amassé.

Poursuivant le rituel, il passa aux lentilles de contact. Il les pinça entre le bout du pouce et de l'index, les déposa dans leurs cupules remplies de produit d'entretien et battit des paupières à plusieurs reprises avant de se frotter les yeux. Il remarqua alors quelque chose d'anormal et se pencha tout près de la glace pour examiner ses iris.

Ils étaient recouverts d'une pellicule noire. Comme s'il portait encore ses lentilles teintées, sauf que la texture était plus perceptible, plus réelle. Il colla littéralement son visage au miroir, les yeux grands ouverts. Il avait presque peur de les fermer.

Une membrane s'était formée à la surface du globe oculaire, une seconde paupière transparente qui se fermait en formant une fente horizontale. Une espèce de cataracte, un voile qui éclipsait la pupille et couvrait son regard fou.

Augustin Elizalde, dit « Gus », était affalé sur une chaise au fond de la salle, son chapeau posé sur le siège voisin. La cafétéria, tout en longueur, était située non loin de Times Square. Dans la vitrine, des néons représentant des hamburgers ; sur les tables, des nappes à carreaux rouges et blancs. Un de ces snack-bars bon marché, typiques de Manhattan, où on commandait et payait au comptoir – sandwich, pizza, steak ou saucisse grillée – avant d'aller s'installer dans une arrière-salle sans fenêtres, pleine de tables serrées les unes contre les autres. Au mur, des chromos de gondoles à Venise. Felix engloutit une ventrée de macaronis au fromage gluants. Il ne mangeait que ça, des macaronis au fromage, et plus ils étaient orange, répugnants, plus ça lui plaisait. Gus, lui, regarda le hamburger dont il avait laissé la moitié. Soudain son Coca l'intéressait davantage. A cause du sucre et de la caféine, qui lui redonneraient peut-être un peu d'énergie.

Cette histoire de camionnette continuait à le tracasser. Il retourna son chapeau sous la table et vérifia que le fric était toujours sous la bande. Les cinq billets de dix que lui avait donnés le mec, plus les cinq cents dollars qu'il avait gagnés en venant garer la bagnole en ville étaient bien là. A le tenter. Tous les deux, Felix et lui, ils pouvaient déjà s'en payer une bonne tranche avec la moitié de ce blé. L'autre moitié, il la rapporterait à sa mère. Elle en avait bien besoin. Elle saurait tout de suite quoi en faire.

Le problème, c'était qu'il se connaissait : il ne savait pas s'arrêter à la moitié. Ni se balader avec du fric sans le dépenser.

Le truc à faire aurait été de demander à Felix de le ramener chez lui, là, tout de suite. Qu'il se décharge de son fardeau. Qu'il le file à sa *madre* à l'insu de son minable de frère. Les mecs accros au crack reniflaient le fric à des kilomètres.

Mais d'un autre côté ce n'était pas de l'argent très propre. En échange, il avait fait quelque chose de pas clair – même s'il ne savait pas quoi. Alors, le donner à sa mère, c'était comme transmettre un mauvais sort. Le mieux, avec l'argent sale, c'était de tout dépenser en vitesse pour s'en débarrasser. Ni vu ni connu.

Gus hésitait. Quand il buvait, il ne se contrôlait plus. Il le savait. Et Felix s'y entendait pour amorcer la pompe. A eux deux, ils auraient cramé ses cinq cent cinquante dollars avant l'aube. Alors, au lieu de rapporter quelque chose de valable à sa mère, il se pointerait à la maison avec la gueule de bois, le chapeau cabossé et les poches vides.

— A quoi tu penses, mec ? lui demanda Felix.
— Tu sais quoi, *hermano* ? Mon pire ennemi, c'est moi, répondit Gus en secouant la tête. Je suis

qu'un putain de clébard qui traîne dans les rues en reniflant tout ce qu'il trouve sans savoir de quoi demain sera fait. J'ai un côté sombre, *amigo*, et des fois, c'est lui qui prend le dessus.

Felix but une gorgée de son Maxi Coca et répliqua :

— Et qu'est-ce qu'on fout dans ce rade, tu peux me le dire ? Pourquoi on va pas plutôt se trouver des gonzesses ?

Gus passa son pouce sur la bande de cuir qui courait à l'intérieur de son chapeau, tâtant au passage le magot dont Felix ignorait l'existence. Il n'avait qu'à craquer cent dollars seulement. Enfin, il pouvait aller jusqu'à deux cents. Oui, il allait sortir deux cents dollars, pas un billet de plus.

— C'est pas gratos, cela dit.

— Putain, ça non.

En détournant les yeux, Gus vit que les gens de la table voisine – une famille sapée comme pour aller au théâtre – se levaient pour partir alors qu'ils n'avaient pas fini leur dessert. Sûrement à cause des gros mots de Felix. Avec leur tête à venir du Midwest, les mômes n'avaient sûrement jamais entendu personne parler comme ça. Eh ben, qu'ils aillent se faire foutre. Quand on débarque à New York et qu'on sort avec ses gosses après neuf heures du soir, faut s'attendre à ce qu'ils en voient de toutes les couleurs.

Felix finit enfin sa plâtrée de pâtes. Gus vissa son chapeau plein de pognon sur sa tête, et tous deux sortirent dans la nuit sans se presser. Felix tirait sur une cigarette. Alors qu'ils descendaient la 44e Rue, ils entendirent des cris. En plein

Manhattan, il n'y avait pas de quoi accélérer l'allure. Sauf que, juste après, ils tombèrent nez à nez avec un gros type à poil qui traversait le croisement de la Septième Avenue et de Broadway.

Felix éclata de rire au point qu'il faillit en perdre sa cigarette.

— Dis donc, tu vois ce que je vois ?

Il partit au petit trot comme un badaud attiré vers un spectacle par l'aboyeur sur le trottoir.

Quant à Gus, ça ne lui disait rien. Il suivit le mouvement, mais sans hâte.

Les passants de Times Square s'écartaient sur le passage de l'énergumène, avec son gros derrière blanc tout flasque. Les femmes poussaient des cris aigus en se plaquant la main sur les yeux ou sur la bouche. Des jeunes filles se mirent à prendre des photos avec leur téléphone portable. Chaque fois que le gros prenait un virage, les passants poussaient des cris en découvrant ses organes génitaux à demi enfouis sous les bourrelets.

Gus se demanda ce que foutaient les flics. Ah, elle était belle, l'Amérique, tiens ! Quand on était un peu basané, il suffisait qu'on pisse discrètement sous un porche pour se faire aussitôt emmerder. Par contre, un Blanc pouvait se balader à poil et il n'y avait personne pour lui dire quoi que ce soit.

Felix hurlait de rire.

— Complètement défoncé, le mec !

Il décida de suivre l'obèse en compagnie d'un groupe de curieux hilares, saouls pour la plupart, histoire de profiter un peu du spectacle. Le carrefour le plus illuminé au monde – Times Square formait un « X » d'avenues tapissées de publicités tape-à-l'œil et de slogans défilant sur des écrans électroniques, véritable flipper sillonné par une circulation incessante – éblouit l'obèse, qui se mit à tourner sur place en enchaînant embardées et mouvements brusques comme un ours savant subitement libéré de ses chaînes.

L'attroupement auquel s'était joint Felix recula en voyant le gros homme se retourner et venir vers lui d'un pas mal assuré. Sa désorientation était évidente et on devinait, en le voyant porter une main à sa gorge comme s'il s'étouffait, qu'il souffrait de plus en plus. Tout cela était très amusant à regarder. Malheureusement, à un moment, le gros se jeta sur une femme qui riait et l'attrapa par la nuque. Elle hurla, se tortilla pour lui échapper, et une partie de sa tête resta dans les mains de son agresseur. On aurait dit qu'il lui avait ouvert le crâne en deux. Mais il ne s'agissait que d'un postiche de bouclettes noires.

Toutefois, cela déclencha la panique. On ne trouvait soudain plus le spectacle aussi drôle. L'obèse redescendit sur la chaussée au milieu de la circulation, titubant, la poignée de faux cheveux à la main, et le petit groupe se mit à le poursuivre plutôt qu'à le suivre, en poussant des vociférations de plus en plus rageuses, Felix en tête. Le voyant avancer sur les talons du gros vers l'îlot de sécurité au milieu de l'avenue, Gus l'imita en se faufilant entre les voitures qui klaxonnaient, mais sans se mêler à la foule. Il criait à son ami de revenir, que ça suffisait. Que tout ça finirait mal.

L'obèse fonçait à présent sur une famille rassemblée sur l'îlot pour admirer Times Square *by night*.

Il les accula contre le flot continu de voitures et, quand le père voulut intervenir, il le frappa violemment. Gus les reconnut : c'étaient les provinciaux du restaurant. La mère se préoccupait davantage de cacher à ses enfants le spectacle de l'homme nu que de se protéger elle-même. Résultat, le fou la saisit elle aussi par la nuque, la plaqua contre son ventre avachi et sa volumineuse poitrine et ouvrit la bouche comme s'il voulait l'embrasser de force. Mais sa bouche s'ouvrit démesurément, comme une gueule de serpent, au point que le maxillaire se déboîta avec un claquement parfaitement audible.

Gus avait beau détester les touristes, il n'hésita pas une seconde. Il surprit le dingue par-derrière en lui faisant une prise qui lui immobilisa la tête. L'autre résista avec une force incroyable. Sous son triple menton, sa gorge était étonnamment musclée. Mais Gus avait l'avantage ; le type lâcha la mère de famille, qui s'effondra contre son mari sous les hurlements des enfants.

Du coup, Gus était coincé. Il tenait le gros au creux de son bras replié, mais celui-ci se débattait comme un fou. Felix vint à son secours, s'avança face à l'obèse puis s'immobilisa brusquement et le dévisagea comme s'il découvrait quelque chose d'anormal. D'autres personnes, derrière lui, réagirent de la même façon. Gus sentait la gorge du type onduler de manière étrange sous son avant-bras, comme s'il était en train d'avaler de travers. Felix affichait un air dégoûté. Peut-être qu'il serrait trop fort, que l'obèse suffoquait ? Gus relâcha un peu son étreinte...

... et cela suffit à l'homme pour se débarrasser de lui d'un coup de coude, avec la force physique que seuls manifestent les déments.

Gus tomba lourdement sur le trottoir et perdit son chapeau. Il se retourna à temps pour le voir tomber sur la chaussée et rouler entre les voitures. Il se remit debout d'un bond et se précipita pour récupérer son argent. Mais Felix poussa un hurlement qui l'obligea à faire volte-face. Le gros l'enserrait dans une accolade insensée tout en cherchant à le mordre au cou. Felix réussit à sortir de sa poche arrière un couteau, qu'il déplia d'un coup sec.

Gus s'élança avant que Felix puisse se servir de son arme et donna un grand coup d'épaule au dingue. On entendit ses côtes craquer et le gros lard s'étala. Felix chuta à son tour ; il avait du sang sur la gorge, et Gus constata que son *compadre* avait l'air terrifié. Felix se redressa en position assise et lâcha son couteau pour porter ses deux mains à son cou. Gus ne l'avait jamais vu dans cet état. Il se rendait compte qu'il venait de se produire quelque chose de très bizarre, et que ce n'était pas fini. Mais quoi ? Tout ce qu'il savait, c'était qu'il devait agir tout de suite pour aider son ami.

Gus empoigna le manche granuleux du couteau au moment où l'homme nu se remettait sur pied. Il se plaquait une main sur la bouche, comme pour contenir quelque chose. Quelque chose qui se tortillait. Il avait du sang sur les bajoues et le menton – le sang de Felix. L'autre main tendue, il avança vers Gus. Vite. Trop vite pour un homme de sa corpulence. Il fit basculer en arrière le jeune homme, dont la tête heurta le bord du trottoir. L'espace d'un instant, Gus n'entendit plus rien. Les affiches publicitaires tapageuses de Times Square palpitaient et se succédaient au ralenti, fluides ; dans le ciel, un jeune top model en slip et soutien-gorge se penchait vers lui, puis le gros type entra dans son champ de vision. Il riva sur Gus des yeux vides et noirs. Quelque chose ondulait dans sa bouche.

Il tomba à genoux et darda d'un coup une chose rosâtre qui se détendit avec la vélocité vorace d'une langue de crapaud. Gus l'attaqua au couteau, la taillada, la poignarda comme s'il se battait contre un monstre dans un cauchemar. Il ignorait ce que c'était, il savait juste qu'il n'en voulait pas sur lui, qu'il devait la massacrer. Le gros homme partit vers l'arrière en poussant un couinement porcin. Gus continuait à lui taillader la gorge de toutes ses forces. L'obèse se releva, les mains toujours plaquées sur la bouche et le cou. Au lieu de saigner, il émettait un liquide blanc crémeux, plus épais et plus brillant que du lait. Il descendit du trottoir en manquant perdre une fois de plus l'équilibre et se retrouva dans le flot des voitures.

Le conducteur du camion qui approchait essaya de freiner, mais sa tentative ne fit qu'ajouter à l'horreur de la situation : ses pneus avant roulèrent sur le visage de l'obèse, et ses pneus arrière lui écrasèrent le crâne en s'arrêtant en plein dessus.

Gus se releva tant bien que mal. Après être tombé sur la tête, il avait un peu le vertige. Il baissa les yeux sur le couteau de Felix, dans sa main. Il était souillé de liquide blanc.

A ce moment-là, il fut frappé par-derrière, on lui emprisonna les bras et on le fit tomber au sol ; son épaule heurta le bitume. Il réagit comme si c'était encore le gros cinglé qui l'attaquait : en gigotant pour se dégager et en donnant des coups de pied.

— Lâche ce couteau ! Tout de suite ! Lâche-le !

Il tourna à demi la tête et vit qu'il avait trois flics rougeauds sur le dos. Plus loin, deux autres pointaient leur arme sur lui.

Gus lâcha le couteau et se laissa menotter, les mains dans le dos. Puis il eut une brusque montée d'adrénaline.

— Putain, c'est maintenant que vous débarquez ?

— Ça ne sert à rien de résister, rétorqua le flic qui le tenait en lui cognant la tête contre le trottoir.

— Mais ce mec était en train d'agresser ces gens, là. Demandez-leur !

Il se retourna.

Les touristes avaient disparu.

D'ailleurs, l'attroupement s'était presque entièrement dispersé. Seul restait Felix, qui, sonné, assis au bord de l'îlot de sécurité, se tenait la gorge. Un flic en gants bleus le poussa et lui appuya un genou sur le flanc.

Plus loin, Gus aperçut un objet sombre qui s'éloignait en roulant sur la chaussée. Son chapeau, avec à l'intérieur tout son argent. Un taxi l'aplatit sous ses roues, et Gus se dit : Ah, elle est belle, l'Amérique !

Gary Gilbarton se servit un whisky. Les invités – la famille étendue, des deux côtés, et les amis – étaient enfin partis, laissant derrière eux des piles de plats tout prêts dans le réfrigérateur et des corbeilles pleines de mouchoirs en papier froissés. Le lendemain, leur vie reprendrait son cours normal et ils auraient quelque chose à raconter.

Ma nièce de douze ans était dans le fameux avion, vous savez...

Ma cousine de douze ans était dans le fameux avion, vous savez...

Ma petite voisine de douze ans était dans le fameux avion, vous savez...

Gary errait comme un spectre dans sa grande maison de Freeburg, frôlant tantôt une chaise, tantôt un mur. Il ne ressentait rien. Rien n'avait plus d'importance. Si les souvenirs pouvaient lui apporter quelque consolation, ils étaient également susceptibles de le conduire au bord de la folie.

Il avait débranché tous les téléphones quand les journalistes avaient commencé à l'appeler, attirés par le fait que sa fille était la plus jeune victime. Histoire d'apporter un côté humain à leur reportage.

S'il pensait plus à Emma qu'à Berwyn, sa femme, c'était parce qu'un enfant, songeait-il, c'était un peu un autre nous-même. Il aimait Berwyn, et Berwyn n'était plus. Mais c'était autour de sa fille disparue que son esprit décrivait des cercles incessants.

Dans l'après-midi, un ami avocat qu'il n'avait pas vu depuis plus d'un an l'avait pris à part. Après l'avoir fait asseoir, il lui avait dit que bientôt il serait à la tête d'une fortune. Le jeune âge d'Emma lui vaudrait une énorme compensation de la part des assurances, puisqu'il aurait dû lui rester beaucoup plus de temps à vivre qu'aux autres victimes.

Gary n'avait pas réagi. Il n'avait pas vu clignoter devant ses yeux les symboles des dollars. Il n'avait pas non plus flanqué le type à la porte. Il se moquait sincèrement de tout ça. Il ne ressentait rien.

Il avait décliné toutes les offres émanant de la famille ou d'amis disposés à passer la nuit chez lui pour ne pas le laisser seul. Il les avait convaincus qu'il ne fallait pas se faire de souci pour lui. Pourtant, il lui était effectivement venu des idées de suicide. Pas seulement des idées, d'ailleurs ; plutôt une détermination muette, une certitude. Mais ce serait pour plus tard. Il n'était pas encore temps. C'était une issue inévitable, et cette perspective l'apaisait comme un baume. Ce serait pour lui la seule « compensation » sensée. S'il pouvait traverser cette épreuve, c'était uniquement en sachant qu'elle prendrait fin un jour, de cette façon précise. Après toutes les formalités. Quand on aurait érigé une stèle à la mémoire d'Emma sur le terrain de jeux. Et donné son nom à une bourse d'études, qu'il financerait. Mais avant qu'il ne vende cette maison désormais hantée.

Quand la sonnette retentit, il se tenait immobile au milieu du salon. Il était presque une heure du matin. Si c'était un journaliste, Gary lui sauterait dessus et l'achèverait sur place. C'était aussi simple que ça. Si un intrus osait profaner ce moment, ce lieu, il le taillerait en pièces.

Il ouvrit la porte à la volée et, d'un seul coup, se déchaîna toute la folie que jusque-là il avait soigneusement enfermée à double tour à l'intérieur de lui.

Car une petite fille était debout pieds nus sur le paillasson, et cette petite fille était Emma.

Gary Gilbarton tomba à genoux. L'enfant ne montra aucune réaction, aucune émotion. Il tendit la main vers elle, puis interrompit son geste. Et si elle éclatait comme une bulle de savon et disparaissait à nouveau, cette fois pour toujours ?

Il se décida enfin à lui effleurer le bras, puis referma ses doigts sur son mince poignet. Sur le tissu de sa robe. Elle était bien réelle. Alors il l'étreignit, la serra contre lui, l'enserra dans ses bras.

Puis il s'écarta légèrement pour la contempler encore et repousser les mèches de cheveux collés qui retombaient sur son petit visage constellé de taches de rousseur. Comment était-ce possible ? Il regarda au-dehors, dans le jardin envahi de brume qui séparait la maison de la rue, pour voir qui la lui avait ramenée.

Pas de voiture dans l'allée, pas de bruit de moteur s'éloignant.

Etait-elle toute seule ? Où était sa mère ?

— Emma, prononça-t-il.

Gary se releva, fit entrer la petite fille, referma la porte et alluma la lumière. Elle avait l'air hébétée. Elle portait la robe que sa maman lui avait achetée pour partir en voyage. Quand elle l'avait essayée pour la première fois, elle s'était mise à tourner sur elle-même, et, soudain, elle avait eu l'air d'une grande. Mais il y avait de la saleté sur une manche – et peut-être aussi du sang. Gary la fit pivoter sur place. Il y avait aussi du sang sur ses pieds – d'ailleurs, pourquoi ne portait-elle pas de chaussures ? – et partout de la crasse, des égratignures sur ses paumes, des hématomes dans son cou.

— Qu'est-ce qui t'est arrivé, Em ? lui demanda-t-il en prenant son petit visage entre ses mains. Comment es-tu venue...

Le soulagement le submergea à nouveau. Il enlaça sa fille, la souleva et alla l'asseoir sur le canapé. Manifestement traumatisée, elle restait curieusement passive. Bien différente de son Emma, si vive et si souriante.

Il posa la main sur son visage, comme le faisait Berwyn quand la petite se comportait de manière inhabituelle, et le trouva brûlant, moite. En outre, Emma était d'une pâleur inquiétante : on voyait presque à travers sa peau. En tout cas, on distinguait très bien ses veines, rouges et gonflées comme il ne les avait encore jamais vues.

La pupille semblait avoir envahi la totalité de ses yeux bleus. Elle avait dû recevoir un coup sur la tête. Elle était en état de choc.

L'idée de l'emmener à l'hôpital lui traversa l'esprit mais non, plus jamais il ne la laisserait ressortir de chez lui. Jamais.

— Tu es revenue, Emma. Tu es chez nous. Tout va bien maintenant.

Il la prit par la main et l'incita à se mettre debout pour l'entraîner à la cuisine. Il fallait qu'elle mange. Il l'installa à sa place habituelle, puis fit chauffer deux gaufres aux pépites de chocolat – ses préférées –, sans la quitter des yeux une seconde. Les bras pendants, elle le regardait, sans rien voir de ce qui se trouvait dans la pièce. Sans bavarder comme elle le faisait toujours en rentrant de l'école.

Le grille-pain éjecta les gaufres, qu'il beurra et tartina de sirop d'érable avant de poser l'assiette devant sa fille. Ensuite seulement il s'assit pour la contempler. La troisième chaise, celle de Berwyn, restait vide. Peut-être allait-on encore sonner à la porte...

— Mange, lui dit-il.

Elle n'avait même pas pris sa fourchette. Il coupa un morceau de gaufre et le tint devant le visage d'Emma, mais celle-ci n'ouvrit pas la bouche.

— Non ?

Il donna l'exemple en mâchant lui-même une gaufre, puis fit une nouvelle tentative, sans plus de succès. Une larme roula sur la joue de Gary. Il sentait bien, à présent, qu'il y avait quelque chose de profondément anormal chez sa fille. Mais il chassa cette idée.

Elle était là, maintenant.

— Viens.

Il l'entraîna à l'étage, dans sa chambre. Il y entra le premier, tandis qu'Emma s'arrêtait sur le seuil et parcourait la pièce des yeux. Elle sembla la reconnaître vaguement, comme si lui revenait soudain un lointain souvenir. Comme une très vieille dame qui se retrouverait par miracle dans la chambrette de son enfance.

— Tu as besoin de dormir, dit-il en fourrageant dans les tiroirs de la commode à la recherche d'un pyjama.

Elle restait sur le seuil, les bras le long du corps.

Gary se retourna, le pyjama à la main.

— Tu préfères que je te le mette ?

Il s'agenouilla devant elle et fit passer sa robe par-dessus sa tête. Sa fille, que la préadolescence avait rendue très pudique, ne protesta pas. Gary découvrit alors d'autres griffures ainsi qu'une grosse contusion sur son torse. Ses pieds étaient crasseux, elle avait du sang entre les orteils. Sa peau était brûlante.

Non, pas l'hôpital. Jamais plus il ne la quitterait un seul instant des yeux.

Il fit couler un bain tiède et porta sa fille jusqu'à la baignoire. Puis il se mit à genoux à côté d'elle et passa doucement une éponge sur ses diverses blessures. Elle ne broncha pas. Ensuite, il lui lava les cheveux.

Les yeux à présent noirs de sa fille le regardaient, mais il n'y avait aucun contact entre eux deux. Elle était plongée dans une espèce de transe. En état de choc, à cause du traumatisme.

Mais il allait la sortir de là.

Il lui mit son pyjama et prit un grand peigne dans la corbeille, au coin de la baignoire, pour coiffer ses longs cheveux blonds. Il dut démêler quelques nœuds par-ci par-là mais elle ne fit pas le moindre mouvement, n'émit pas le plus petit gémissement.

J'ai des hallucinations, se dit Gary. Elle n'est pas vraiment là. J'ai perdu les pédales.

Mais il ajouta mentalement, sans cesser de peigner sa chevelure : Et je m'en fiche complètement.

Après avoir repoussé le drap et l'édredon, il coucha sa fille comme quand elle était toute petite. Puis il la borda. Emma demeura immobile, comme si elle dormait, mais ses yeux étaient toujours ouverts.

Gary hésita à déposer un baiser sur le front brûlant de sa fille. Qui n'était plus guère, en vérité, que le fantôme de sa fille. Mais un fantôme dont il souhaitait ardemment la présence, et qu'il se sentait capable d'aimer.

Il versa des larmes de gratitude qui mouillèrent le front d'Emma.

— Bonsoir, lui dit-il.

Pas de réponse. Elle gisait dans la lumière rosée de sa lampe de chevet, regardant le plafond. Sans paraître consciente de sa présence. Sans fermer les yeux. Sans chercher le sommeil. Elle restait là à attendre…

Gary se rendit dans sa chambre. Il se mit à son tour en pyjama et se coucha. Mais lui non plus ne s'endormit pas. Lui aussi attendait, sans savoir quoi.

Puis il entendit un bruit.

Un grincement ténu sur le seuil de sa chambre. Il tourna la tête sur son oreiller et découvrit la petite silhouette d'Emma. Elle sortit alors de la pénombre pour venir vers lui et s'arrêta à son chevet. Puis elle ouvrit la bouche comme pour pousser un énorme bâillement.

Son Emma lui était revenue. C'était tout ce qui comptait.

Zack avait du mal à dormir. Tout le monde disait qu'il ressemblait beaucoup à son père, et c'était vrai. Bon, il était encore trop jeune pour avoir un ulcère, d'accord, mais il portait déjà tout le poids du monde sur ses épaules. C'était un enfant extrêmement sérieux, et il le payait.

Eph lui avait dit qu'il avait toujours été comme ça. Dans son berceau, déjà, il soutenait le regard des gens et observait tout d'un air inquiet qui faisait rire son père, parce qu'il s'y reconnaissait.

Zack avait mal vécu la séparation, le divorce, la bataille pour obtenir sa garde. Il lui avait fallu un bon moment pour se convaincre qu'il n'était pas responsable de ce qui arrivait. Mais, au fond de son cœur, il savait que toute cette colère avait un rapport avec lui. Toutes ces années à chuchoter rageusement dans son dos, le lointain écho des disputes, tard le soir... Les coups de poing dans les murs qui le réveillaient la nuit... Tout cela avait eu un coût. Aussi, à l'âge de onze ans, Zack était-il déjà insomniaque.

Parfois, la nuit, il chassait les bruits de la maison en écoutant son iPod et en regardant par la fenêtre de sa chambre. Ou alors, il l'entrouvrait et, au contraire, cherchait à capter tous les sons qu'offrait la nuit, avec une attention si soutenue qu'il finissait par en avoir des bourdonnements d'oreille.

Il nourrissait le même espoir que beaucoup de garçons de son âge : celui que la rue, la nuit, ne se croyant pas observée, lui révèle ses mystères. Fantômes, assassinats, désirs sensuels... Malheureusement, jusqu'au moment où le soleil se levait de nouveau à l'horizon, il ne voyait jamais rien de plus que l'hypnotique pulsation bleutée d'un téléviseur dans une des maisons d'en face.

Le monde ne contenait ni monstres ni héros, alors que dans son imagination Zack aspirait aux deux. Mais le manque de sommeil aussi avait un coût, et pendant la journée il lui arrivait fréquemment de s'endormir. Il piquait un somme à l'école et ses copains de classe – qui ne rataient pas une occasion de souligner les différences – lui avaient trouvé des tas de surnoms allant du très banal « Ducon » au plus insondable « Nécroboy », chaque tribu ayant son préféré.

Zack traversait les jours dans une brume d'humiliation jusqu'à ce que vienne le moment d'aller retrouver son père.

Il se sentait à l'aise en compagnie d'Eph. Même quand ils ne se disaient rien. Surtout quand ils ne se disaient rien. Sa mère était trop irréprochable, trop observatrice, trop gentille. Trop exigeante, en fait – c'était pour le bien de Zack, mais elle mettait la barre trop haut. Curieusement, il sentait qu'il la décevait depuis le jour même de sa naissance. Parce qu'il était un garçon. Parce qu'il était trop à l'image de son père.

Tandis qu'avec ce dernier il se sentait pleinement en vie. A lui, il racontait spontanément ce que sa mère tentait de lui faire avouer, les choses qui ne la regardaient pas et qu'elle voulait pourtant savoir. Rien de vital, d'ailleurs. Mais ces choses étaient personnelles. Importantes au sens où il tenait à ce qu'elle ne soit pas au courant. Importantes au point qu'il les réserve à son père.

Allongé sur ses couvertures, incapable de dormir, Zack pensait à l'avenir. Plus jamais ils ne formeraient une famille, il en était sûr à présent. Mais les choses pouvaient encore empirer. Jusqu'où ? Ces interrogations résumaient bien sa personnalité.

Qu'est-ce qui va encore me tomber dessus ?

La réponse n'était jamais très optimiste.

Il espérait au moins que, désormais, toute cette armée de grandes personnes qui s'occupaient de lui allait lui foutre un peu la paix. Les psychologues, les juges, les assistantes sociales, le petit ami de sa mère... Tous ces gens le prenaient en otage pour servir leurs propres intérêts, leurs propres buts. Ils prétendaient se soucier de lui, de son bien-être, mais au fond ils s'en moquaient royalement !

My Bloody Valentine s'arrêta dans son iPod. Zack ôta les écouteurs. Le ciel ne blanchissait pas encore, mais il se sentait enfin fatigué. Une sensation qu'il en était venu à apprécier. Il aimait beaucoup ne plus penser à rien.

Il se prépara donc à dormir. Mais presque aussitôt il entendit des pas.

Flap-flap-flap. Comme des plantes de pieds nus sur l'asphalte. Il regarda à nouveau par la fenêtre. Et là, il vit un type. A poil.

Il passait dans la rue, blanc comme le clair de lune. On voyait briller dans la nuit les vergetures qui s'entrecroisaient sur la peau distendue de son ventre : il avait dû être gros, puis perdre tellement de poids que son épiderme formait des plis qui partaient dans tous les sens, à tel point qu'on avait du mal à distinguer les contours exacts de sa silhouette.

L'homme était à la fois âgé et sans âge. En voyant son crâne chauve, parsemé de quelques mèches de cheveux mal teints, et ses jambes pleines de varices, on lui donnait dans les soixante-dix ans. Mais sa démarche vigoureuse évoquait plutôt un jeune homme. Si Zack nota et enregistra ces détails, c'était justement parce qu'il était comme son père. Sa mère l'aurait attiré à l'écart de la fenêtre avant d'appeler la police. Eph, lui, aurait fait remarquer tous les éléments du tableau que formait ce drôle de personnage.

Celui-ci disparut derrière la maison d'en face. Zack entendit un faible gémissement, puis un bruit de clôture secouée dans le jardin. L'homme revint, puis se dirigea vers la porte d'entrée. Zack pensa bien à appeler la police, mais s'il faisait ça, il allait s'attirer toutes sortes de questions. Il avait caché ses insomnies à sa mère, sinon il aurait eu droit à des jours, voire des semaines d'examens et de rendez-vous chez le médecin, sans parler du souci qu'elle se serait fait pour lui.

L'inconnu marcha jusqu'au milieu de la rue et s'immobilisa, les bras ballants. Sa poitrine était si flasque qu'on ne le voyait pas respirer. Un petit vent ébouriffait ses cheveux d'un faux brun-roux, découvrant des racines grises.

Il leva les yeux vers la fenêtre de Zack et, l'espace d'un instant étrange, leurs regards se croisèrent. Le cœur de Zack se mit à battre à toute allure. Il n'avait pas encore vu l'homme de face. Jusque-là il n'avait pu observer que son dos ou son flanc pleins de replis, mais à présent il découvrait le thorax entier et la grande cicatrice en Y qui le traversait de part en part.

Et puis il y avait les yeux. Morts, vitreux, opaques malgré le clair de lune. Pire encore, ils n'arrêtaient pas de bouger : ils regardaient de tous côtés puis revenaient se fixer sur ceux de Zack avec une expression que ce dernier n'aurait su définir avec précision.

L'enfant battit en retraite, terrorisé par cette cicatrice et par ces yeux vides. Cette expression… Que signifiait-elle ?

La cicatrice, il connaissait ; il savait qu'elle venait d'une autopsie. Mais comment était-ce possible ?

Il risqua un regard par-dessus l'appui de la fenêtre, avec une infinie prudence. Mais la rue était déserte. Il se redressa pour mieux voir : l'homme n'était plus là.

En admettant qu'il ne s'agisse pas d'une hallucination. Et si le manque de sommeil avait fini par le rattraper ? Quand on était un gosse de parents divorcés et qu'on se mettait à voir des cadavres à poil dans la rue, on n'avait pas intérêt à en parler à son psychologue.

Soudain, la lumière se fit dans son esprit. La faim ! C'était ça qu'il avait lu dans les yeux morts : une faim terrible...

Zack plongea sous ses draps et enfouit son visage dans son oreiller. La disparition de l'intrus ne le rassurait pas, bien au contraire. Puisqu'il n'était plus dans la rue, il pouvait être n'importe où. Au rez-de-chaussée, après être entré par la fenêtre de la cuisine. Bientôt il monterait l'escalier, lentement, très lentement... D'ailleurs, c'était peut-être un bruit de pas qu'on entendait, non ? Il s'arrêterait devant sa porte. Il secouerait doucement le loquet cassé qui ne tenait pas bien. Puis il s'approcherait de son lit et... et quoi ? Il avait peur de la voix qu'aurait cet homme nu, et de son regard mort. Car il avait l'épouvantable certitude que même s'il se déplaçait, il n'était plus en vie.

Un zombie !

Il resta caché sous son oreiller, le cœur battant à se rompre. Vite, vite, que l'aube vienne le sauver !

Il avait beau appréhender l'école, il avait hâte que le jour se lève.

Dans la maison d'en face, la lumière bleue du téléviseur s'éteignit brusquement et on entendit un bruit de verre brisé dans la rue déserte.

Ansel Barbour allait d'une pièce à l'autre au premier étage de sa maison en marmonnant. Il portait toujours le tee-shirt et le short qu'il avait mis pour essayer de dormir, et il était tout décoiffé à force de tirer sur ses cheveux et de malaxer son cuir chevelu. Il ne comprenait pas ce qui lui arrivait. Ann-Marie pensait qu'il avait de la fièvre mais, quand elle avait voulu prendre sa température, il ne l'avait pas laissée approcher : il ne supportait pas l'idée qu'elle introduise la pointe métallique du thermomètre sous sa langue en feu. Ils en avaient un auriculaire, pour les enfants, mais Ansel n'arrivait pas à rester assis assez longtemps pour que la mesure soit correcte. Ann-Marie posa sa paume sur son front et le trouva chaud – très chaud, même –, mais ça, il le savait déjà.

Sa femme était terrifiée, il le voyait bien. D'ailleurs, elle ne faisait rien pour le cacher. A ses yeux, la moindre maladie était une violation de leur petite famille dans ce qu'elle avait de plus sacré. Elle accueillait les banales gastro-entérites des enfants avec l'angoisse qu'on réserve habituellement aux formules sanguines anormales ou à l'apparition d'une grosseur suspecte. *Ça y est. Tout est perdu…* L'amorce de l'abjecte tragédie dont elle était absolument certaine d'être victime un jour.

Ansel ne supportait plus ces excentricités. Il se passait quelque chose de grave, et ce qu'il lui fallait, c'était le soutien de sa femme, et non le stress qu'elle ajoutait. Il ne pouvait plus jouer le rôle de l'homme fort. Il fallait qu'elle prenne la relève.

Les enfants évitaient leur père, surpris par son regard absent ou peut-être – il en avait vaguement conscience – par l'odeur qu'il dégageait, qui rappelait celle de la Végétaline rancie. Il les apercevait de temps en temps, cachés derrière les montants de la rampe, au pied de l'escalier. Ils le regardaient aller et venir sur le palier du premier. Il aurait voulu les rassurer, mais il craignait de perdre patience et d'aggraver la situation. La meilleure façon de les tranquilliser, c'était encore de guérir. De surmonter cette période de souffrance et de désorientation.

Il fit halte dans la chambre de sa fille, mais trouva les murs violets trop... violets et ressortit dans le couloir pour aller de nouveau se poster sur le palier, bougeant le moins possible, jusqu'à discerner une fois de plus la pulsation discrète, toute proche, qu'il avait déjà perçue plus tôt, différente du mal de tête qui battait dans ses tempes. Ça ressemblait au bruit de la pellicule qui défile dans le projecteur des petites salles de province pendant les scènes sans dialogues ; le cliquetis qui détourne l'attention de ce qui se passe dans le film et ramène sans cesse à la réalité.

Il secoua la tête pour chasser cette pensée et grimaça sous l'effet de la douleur. Et toujours cette maudite pulsation, ce martèlement omniprésent...

Les chiens aussi se comportaient bizarrement avec lui. Ses deux énormes saint-bernard grognaient en le voyant comme quand le chien ou le chat d'un voisin entrait dans le jardin.

Au bout d'un moment, Ann-Marie monta. Elle le trouva assis au pied de leur lit, se tenant la tête à deux mains.

— Tu devrais essayer de dormir, lui dit-elle.

Il s'empoigna les cheveux et réprima l'envie d'envoyer promener sa femme. Chaque fois qu'il tentait de s'allonger, sa gorge se bloquait et l'empêchait de respirer. Il avait une peur bleue de mourir étouffé dans son sommeil.

— Qu'est-ce que je dois faire ? demanda Ann-Marie depuis le seuil de la chambre.

— Va me chercher de l'eau, fit-il d'une voix sifflante qui lui brûla la gorge tel un jet de vapeur. Tiède. Fais-y fondre du paracétamol, de l'ibuprofène, n'importe quoi.

Pétrifiée d'angoisse, elle continuait à le regarder fixement.

— Tu es sûr que ça ne va même pas un tout petit peu mieux ?

Son ton craintif, qui d'ordinaire éveillait en lui un puissant instinct protecteur, le mit cette fois en fureur.

— Ann-Marie, va me chercher de l'eau, bon sang ! Ensuite, fais sortir les gosses dans le jardin, ou ce que tu voudras, mais débrouille-toi pour qu'ils ne m'approchent pas !

Elle déguerpit, en larmes.

Quand il entendit les enfants sortir dans le jardin malgré la nuit tombée, Ansel s'aventura enfin au rez-de-chaussée, en se tenant fermement à la rampe. Ann-Marie lui avait laissé un verre à côté de l'évier, sur une serviette en papier pliée. Les comprimés dissous y formaient un nuage. Il le prit à deux mains, le porta à ses lèvres et se força à en verser tout le contenu dans sa bouche. Il réussit à avaler un peu de liquide, mais il s'étrangla presque aussitôt et recracha le reste dans l'évier, sous la fenêtre donnant sur le jardin. Cherchant son souffle, il vit les enfants sur les balançoires et, derrière eux, Ann-Marie qui tournait un regard vide vers le ciel nocturne. Elle ne décroisait les bras que de temps en temps, pour pousser doucement Haily.

Le verre échappa à Ansel et tomba dans l'évier. Il passa au salon et se jeta sur le canapé, hébété. L'intérieur de sa gorge était de plus en plus enflé et il ne s'était jamais senti aussi mal.

Il fallait qu'il retourne à l'hôpital. Ann-Marie n'aurait qu'à se débrouiller toute seule quelque temps. Elle y arriverait, si elle n'avait pas le choix. Peut-être même que ça lui ferait du bien, en fin de compte...

Il essaya de se concentrer sur ce qu'il avait à faire avant son départ. La chienne, Gertie, franchit le seuil en haletant légèrement. Pap rentra juste derrière elle, se coucha devant la cheminée et se mit à grogner tout bas, sans interruption. Alors le martèlement retentit à nouveau aux oreilles d'Ansel, et il comprit subitement qu'il provenait de ses chiens.

Il quitta le canapé et se rapprocha de Pap à quatre pattes, histoire de s'en assurer. Gertie recula vers le mur en gémissant mais le mâle, lui, resta ramassé sur lui-même, tendu. Son grognement guttural s'intensifia. Ansel l'attrapa par le collier au moment où il essayait de se relever pour s'enfuir.

Le martèlement venait de l'intérieur des chiens. Il ne savait ni d'où, ni comment, ni de quoi il s'agissait.

Pap résistait, geignait, mais Ansel était vigoureux, même s'il employait rarement la force. Il enroula son bras autour du cou du chien et lui maintint fermement la tête. Puis il colla son oreille contre la gorge du saint-bernard, dont la fourrure le chatouilla.

On entendait une pulsation régulière. Etait-ce le bruit de la circulation sanguine ?

Le chien glapit et s'efforça de se libérer mais Ansel pressa encore plus fort son oreille contre son poil. Il fallait qu'il en ait le cœur net.

— Ansel ?

Il tourna précipitamment la tête – trop. La douleur fut aveuglante. Ann-Marie se tenait à la porte du salon, Benjy et Haily sur les talons. La petite fille agrippait la jambe de sa mère. Comme elle, le garçonnet le regardait fixement. Ansel relâcha son étreinte et le chien s'écarta.

— Qu'est-ce que tu veux encore ? hurla-t-il sans se relever.

Figée par la terreur, Ann-Marie bégaya :

— Je... je ne... Je les emmène faire un tour.

— Bonne idée.

Il se calma un peu devant le regard de ses enfants, puis une nouvelle contraction de sa gorge lui arracha un hoquet rauque.

— Ne vous en faites pas, leur dit-il en essuyant du dos de la main la salive qui lui coulait des lèvres. Papa va guérir.

Puis il tourna la tête vers la cuisine, où s'étaient réfugiés les chiens. Et son désir d'apaisement s'évanouit face à la résurgence de la pulsation, plus puissante qu'avant. Insistante.

C'est eux qu'il me faut.

Un sentiment de honte nauséeuse l'envahit. Il frissonna, posa le poing sur sa tempe.

Ann-Marie dit alors :

— Je vais faire sortir les chiens...

— Non !

Il se reprit et, toujours à genoux dans le salon, lui tendit une main suppliante.

— Non, répéta-t-il d'un ton plus maîtrisé, en s'efforçant de reprendre son souffle, de paraître normal. Ils sont bien là où ils sont. Laisse-les tranquilles.

Elle hésita. On voyait qu'elle avait envie de dire quelque chose. Mais elle finit par se détourner et entraîner les enfants à sa suite.

Ansel dut prendre appui contre le mur pour se relever et gagner la salle de bains. Il alluma les spots au-dessus de la glace ; il voulait regarder ses yeux. Deux œufs d'ivoire, hallucinés et sillonnés de veines rouges. Il essuya la sueur qui maculait son menton et son front, puis essaya d'inspecter le fond de sa gorge. A la place des amygdales très rouges ou des aphtes qu'il s'attendait à trouver, il ne vit qu'une masse sombre. Malgré la douleur, il regarda aussi sous sa langue : la muqueuse était écarlate. Dès qu'il y toucha, il fut transpercé par une douleur aiguë, affreuse, qui lui fendit le crâne, se propagea en un éclair dans ses maxillaires et durcit les tendons de son cou. Sa gorge se convulsa et émit une toux âpre, un aboiement râpeux qui propulsa des gouttelettes sur le miroir. Du sang mélangé à un liquide blanc – du pus, peut-être. Il repéra des taches plus sombres, comme s'il venait de cracher un résidu solide, des bribes putréfiées de son propre organisme. Il écrasa sous son doigt un de ces fragments noirâtres, laissant des traces sur le verre, et le porta à son nez avant de le frotter entre le majeur et le pouce. On aurait dit une goutte de sang coagulé, mais d'une couleur étrange. Il y goûta du bout de la langue et se surprit à en apprécier la saveur, en faisant tourner le petit grumeau dans sa bouche, avant d'en prélever un autre sur la glace. Ça n'avait pas beaucoup de goût mais la sensation lui faisait du bien.

Alors il s'approcha tout près du miroir et se mit à lécher les taches de sang. Le geste aurait dû lui faire mal à la langue ; au contraire, sa bouche et sa gorge le faisaient moins souffrir. Même à l'endroit le plus sensible, sous la langue, il ne sentait plus qu'un chatouillis. Le martèlement sourd s'était atténué, sans disparaître pour autant. Il contempla son reflet dans le miroir souillé, essayant de comprendre.

Malheureusement, ce répit fut de très courte durée. La sensation de striction dans sa gorge ne tarda pas à revenir, comme si deux puissantes mains cherchaient à l'étrangler. Il se détacha de la glace et regagna le couloir en trébuchant.

Quand elle le vit approcher, Gertie recula en gémissant, puis fila dans le salon. Pap grattait à la porte de derrière pour signifier qu'il voulait sortir. A l'entrée de son maître, il détala à son tour. La gorge toujours aussi douloureuse, Ansel resta un moment immobile, puis attrapa dans le placard une boîte de biscuits pour chiens. Il en prit un et pénétra dans le salon.

Gertie était couchée au pied de l'escalier, pattes tendues, prête à bondir. Ansel s'assit sur un tabouret et agita le biscuit.

— Viens, ma belle, viens, dit-il tout bas avec une froideur qui le glaça lui-même.

La chienne se mit à flairer, ses narines s'évasèrent.

La vibration sourde reprit de plus belle.

— Allez, ma fille, viens chercher le gâteau.

Gertie se leva lentement, fit un petit pas, puis s'arrêta de nouveau en flairant de-ci de-là. Instinctivement, elle sentait qu'il y avait quelque chose de louche dans cette offre.

Mais Ansel lui montrait toujours le biscuit, et cela parut la rassurer. Elle avança à pas feutrés sur le tapis, tête basse, l'œil aux aguets. Ansel l'encouragea d'un hochement de tête. La pulsation s'intensifiait à mesure que la chienne approchait.

— Allez, ma fille, viens, viens là !

Une fois tout près, elle donna un coup de langue au biscuit et, ce faisant, lécha un peu le doigt d'Ansel. Puis elle fit une seconde tentative. Elle avait envie d'y croire, de lui faire confiance, et aussi de goûter au biscuit. De la main gauche, il lui caressa le dessus de la tête, comme elle aimait, et sentit ses yeux s'emplir de larmes. Gertie tendit le cou pour saisir le gâteau. Alors il l'attrapa par le collier et lui tomba dessus de tout son poids.

Elle résista en grondant et en tentant de le mordre. Son affolement ne fit qu'exacerber la fureur qui animait Ansel. Il lui maintint de force la mâchoire fermée tout en lui relevant la tête, puis colla sa bouche contre la fourrure de la chienne.

Ses incisives transpercèrent le pelage soyeux et une plaie s'ouvrit. Ansel goûta le poil, la texture de la chair, épaisse et molle à la fois, qui disparaissait rapidement sous un flot de sang chaud. La bête hurla. Sous le coup de la douleur, elle se débattit frénétiquement, mais Ansel la maintenait. Il repoussa sa grosse tête encore plus loin en arrière pour exposer son cou tout entier.

Il se retrouva à boire à même le chien. Mais sans avaler. Il *ingérait* son sang. Comme si un mécanisme nouveau dont il n'avait pas conscience était à l'œuvre dans sa gorge. Il ne comprenait pas. Il ne voyait que la satisfaction qu'il en retirait. Un plaisir qui effaçait tout le reste. Et une source de puissance. De pouvoir, même. Le pouvoir de prendre la vie d'une créature pour la transférer à une autre.

Puis Pap réapparut et lâcha un hurlement lugubre, une longue note basse. Ansel devait faire taire au plus vite le saint-bernard au regard triste afin qu'il n'effraie pas les voisins. Sous son corps, Gertie tressaillait mollement. Ansel se releva d'un bond et, avec une vigueur et une vélocité nouvelles, se précipita vers Pap. Il rattrapa le chien dans le couloir, se jeta sur lui et le prit à bras-le-corps, faisant tomber un lampadaire au passage.

Le plaisir qu'il éprouva en buvant le sang du second chien fut indescriptible. Il sentit qu'il était tout près du moment décisif, comme quand on siphonne un liquide et que, sous la force de l'aspiration, la pression s'inverse. Là aussi le fluide coulait sans effort, et c'était pour le remplir, *lui*.

Quand ce fut fini, Ansel resta un instant assis, hébété ; il avait du mal à revenir sur terre. Puis il vit le chien mort à ses pieds et se ressaisit brusquement, glacé jusqu'aux os. Le remords le submergea aussitôt.

En se relevant, il aperçut le cadavre de Gertie, puis baissa les yeux sur sa poitrine et agrippa à deux mains son tee-shirt imbibé de sang.

Mais qu'est-ce qui m'arrive ?

Le sang formait aussi une vilaine tache noire sur le tapis à damier. Mais il n'y en avait pas beaucoup. Alors il se rappela. C'était lui qui l'avait bu...

Ansel alla d'abord voir Gertie, la caressa tout en sachant qu'elle était morte, qu'il l'avait tuée. Puis il la roula dans le tapis souillé, souleva le tout avec un grognement et sortit dans le jardin par la porte de la cuisine. Il descendit les marches et se dirigea vers l'abri de jardin. Une fois à l'intérieur, il tomba à genoux, déroula le tapis et retourna chercher Pap.

Il allongea les deux chiens côte à côte contre le mur de l'abri, sous son tableau à outils. Il éprouvait du dégoût, mais c'était une sensation lointaine, en quelque sorte étrangère. Son cou était raide, mais il ne souffrait plus. L'inflammation de sa gorge s'était calmée d'un coup, et il avait les idées claires. Il regarda ses mains ensanglantées et se dit qu'il devait accepter l'incompréhensible.

Ce qu'il venait de faire avait amélioré son état.

Il regagna la maison et monta au premier. Dans la salle de bains, il troqua son tee-shirt et son short couverts de sang contre un vieux survêtement, sachant qu'Ann-Marie et les enfants allaient rentrer d'une minute à l'autre. En cherchant des baskets dans la chambre, il sentit revenir la pulsation. Il ne l'*entendit* pas : il la *sentit* bel et bien. Et ce que cela signifiait l'emplit d'horreur.

Des voix à la porte d'entrée.

Sa famille était de retour.

Il réussit à redescendre, ressortit par la porte de derrière sans être vu. Ses pieds nus martelant le gazon, il fuyait la pulsation qui envahissait sa tête.

Il se tourna vers l'allée, mais des voix retentissaient aussi dans la rue obscure. Comme il avait laissé ouvertes les portes battantes de l'abri de jardin, il s'y engouffra, en désespoir de cause, et referma derrière lui.

Il se retrouva face à Gertie et Pap, morts au pied du mur, et faillit laisser échapper un cri.

Qu'est-ce que j'ai fait ?

Au fil des ans, l'hiver avait gauchi les portes en bois de la remise, qui ne fermaient plus hermétiquement. Par la fente, il aperçut Benjy qui se servait un verre d'eau à l'évier de la cuisine – sa tête s'encadrait dans la fenêtre. Puis il vit se tendre la menotte de Haily.

Qu'est-ce qui me prend ?

Il était comme un chien redevenu sauvage. Un chien enragé.

J'ai attrapé une espèce de rage.

De nouveau des voix. Les enfants descendaient de la terrasse éclairée par la lampe de secours en appelant les chiens. Ansel regarda vivement autour de lui et s'empara d'un râteau dont il inséra le manche entre les deux poignées intérieures, le plus vite et le plus silencieusement possible. La porte était barrée. Les enfants ne pourraient pas entrer et lui-même était enfermé.

— Gertie ! Pap !

Leurs voix n'exprimaient pas d'inquiétude. Pas encore. Il était déjà arrivé aux chiens de s'échapper, ce qui avait d'ailleurs conduit Ansel à planter un piquet en métal dans la remise pour pouvoir les enchaîner la nuit.

La pulsation couvrit bientôt les petites voix des enfants ; elle emplissait tout son crâne. Il savait d'où elle venait : c'était le rythme régulier du sang qui circulait dans leurs jeunes veines. De leur petit cœur qui battait, vigoureux.

Mon Dieu…

Haily arriva devant la remise. En distinguant ses baskets roses entre les portes disjointes, il recula. La petite essaya d'ouvrir. Les portes s'ébranlèrent mais tinrent bon.

Haily appela son frère. Benjy vint la rejoindre et secoua à son tour avec toute la force de ses huit ans. Les quatre murs vibrèrent mais le râteau demeura en place.

Et cette pulsation régulière, de plus en plus présente…

Leur sang qui l'appelait… Ansel frémit et reporta son attention sur le piquet. Enfoncé dans un bloc de béton sur près d'un mètre quatre-vingts, il était assez résistant pour retenir deux saint-bernard enchaînés pendant toute la durée d'un orage d'été. Ansel repéra sur les étagères murales une chaîne qui portait encore une étiquette de prix. Il lui semblait bien aussi qu'il restait, quelque part, un vieux harnais métallique pour promener les chiens. Un harnais équipé d'un cadenas.

Il attendit que les enfants soient loin pour le décrocher du mur.

Le capitaine Redfern gisait en chemise d'hôpital sur son lit-civière, derrière les rideaux en plastique transparent. La bouche ouverte sur un rictus, il respirait avec difficulté. Comme il se sentait de plus en plus mal à mesure que la nuit approchait, on lui avait administré une forte dose de sédatif – de quoi l'endormir plusieurs heures. On voulait encore lui faire passer un scanner et une IRM. Eph baissa la lumière et alluma sa Luma, dirigeant le faisceau vers le cou de Redfern, dont il voulait réexaminer la cicatrice. Mais, sous cet éclairage, il fit une nouvelle découverte. Une curieuse ondulation sur – ou plutôt *sous* – la peau. Une série de marbrures noires et grises, une espèce de psoriasis sous-cutané.

Quand il approcha la petite lampe pour y regarder de plus près, l'ombre réagit en tournoyant et en se rétractant, comme pour fuir la lumière.

Eph recula. Dès que le rayon violet s'éloigna de son épiderme, Redfern, toujours endormi, reprit un aspect normal.

Eph se rapprocha et, cette fois, braqua la lampe sur le visage du pilote. L'image jaspée qui apparut dessinait une sorte de masque sombre sous sa peau, comme une seconde personnalité, âgée et difforme, un double funèbre et maléfique qui aurait profité de son sommeil pour se manifester. Eph approcha encore la lampe. Là aussi, l'ombre intérieure ondula, presque grimaçante, tentant visiblement de fuir.

Alors les paupières de Redfern s'ouvrirent. Comme si la lumière l'avait réveillé. Surpris, Eph battit vivement en retraite. Pourtant, le pilote avait assez de somnifères dans les veines pour endormir deux hommes ! Trop, en tout cas, pour reprendre conscience.

Le pilote avait les yeux grands ouverts, le regard fixe. L'air terrifié, il contemplait le plafond. Eph écarta la lampe et entra dans son champ de vision.

— Capitaine ?

Voyant ses lèvres sèches remuer, il se pencha tout près. Que cherchait-il à dire ? L'autre articula péniblement :

— Elle est là.

— Qui ça, capitaine Redfern ?

Les yeux toujours écarquillés, comme si une scène d'horreur se déroulait devant lui, le pilote répondit :

— La Sangsue.

A son retour, Nora retrouva Eph au bout du couloir du service Radiologie, devant un mur couvert de dessins au pastel exécutés par de jeunes patients reconnaissants. Il lui rapporta ce qu'il avait vu sous la peau de Redfern.

— La lumière noire des Luma se situe dans le bas du spectre de l'ultraviolet, non ? demanda-t-elle.

Eph acquiesça. Lui aussi repensait au vieil homme qui les avait apostrophés devant l'institut médico-légal.

— Je veux voir ça, reprit la jeune femme.

— Redfern est à l'IRM. Il a fallu lui réinjecter une dose de sédatif.

— J'ai les analyses du liquide dont on a trouvé des traces dans l'avion. Tu avais raison. Il y a de l'ammoniac et du phosphore...
— J'en étais sûr !
— Mais aussi de l'acide oxalique, de l'acide de fer et de l'acide urique. Du plasma.
— Quoi ?
— Du plasma brut. Et tout un tas d'enzymes.
Eph se prit la tête à deux mains et demanda :
— Comme dans le processus digestif ?
— Oui. Ça te rappelle quelque chose ?
— Des excréments. D'oiseaux, de chauves-souris. Du guano, par exemple. Mais je ne vois pas comment...
Nora secoua la tête, mi-excitée, mi-incrédule.
— La personne ou la chose qui se trouvait à bord de cet avion a donc chié dans toute la cabine.
Alors qu'Eph s'efforçait de saisir les implications de cette déduction, un homme en tenue hospitalière surgit en l'appelant par son nom. Eph reconnut le technicien IRM.
— Docteur ! Je ne sais pas ce qui s'est passé ! Je suis juste sorti chercher un café... Ça ne m'a pas pris plus de cinq minutes...
— Et alors ? Qu'est-ce qu'il y a ?
— Votre patient ! Il n'est plus dans le scanner !

Au rez-de-chaussée, près de la boutique de cadeaux fermée, Jim parlait dans son téléphone portable, à l'écart des autres.
— On le passe en ce moment même au scanner, monsieur, dit-il à son interlocuteur. Son état se dégrade rapidement. Oui, on devrait avoir les

images d'ici quelques heures tout au plus. Non, pas de nouvelles des autres rescapés. J'ai pensé que vous voudriez être au courant. Oui, monsieur, je suis seul...

Soudain, son attention fut attirée par le spectacle d'un homme de haute taille, roux, en tenue de patient, qui remontait le couloir d'un pas mal assuré en traînant ses perfusions derrière lui. Ça ressemblait fort au capitaine Redfern.

— Monsieur, excusez-moi mais... il se passe quelque chose. Je vous rappelle.

Jim coupa la communication, fourra son oreillette dans la poche de sa veste et emboîta le pas au patient, à une dizaine de mètres de distance. L'homme ralentit brièvement et se retourna, comme s'il se rendait compte qu'il était suivi.

— Capitaine ? lança Jim.

L'autre tourna à un angle. Mais quand Jim fit de même, il trouva le couloir désert.

Il lut les panneaux sur les différentes portes, ouvrit celle marquée ESCALIER et découvrit une étroite volée de marches entre deux demi-paliers. Un cathéter gisait par terre.

— Capitaine Redfern ?

Sa voix se répercuta dans la cage d'escalier. Il entreprit de descendre, tout en reprenant son téléphone pour prévenir Eph, mais l'écran afficha PAS DE SIGNAL. Concentré sur le portable, Jim ne vit pas, en poussant la porte du sous-sol, le capitaine approcher par le côté et se jeter sur lui.

En fouillant l'hôpital, Nora descendit à son tour l'escalier menant au sous-sol. Elle trouva Jim assis par terre contre un mur, les jambes écartées, l'air mal réveillé.

Pieds nus, de dos à la jeune femme, le capitaine Redfern le dominait de toute sa hauteur. Quelque chose pendait de sa bouche et, de ce quelque chose, du sang dégouttait sur le sol.

— Jim ! cria-t-elle.

Mais Jim ne réagit pas. Redfern, en revanche, se retourna. Nora ne vit rien dans sa bouche, mais fut frappée par son teint rubicond, alors qu'elle l'avait vu livide quelque temps plus tôt. Le devant de sa tenue était taché de sang, ainsi que le pourtour de ses lèvres. Elle crut d'abord qu'il avait fait une crise d'épilepsie au cours de laquelle il se serait mordu la langue au point d'avaler du sang.

Mais, à y regarder de plus près, elle se prit à douter. Les pupilles de Redfern étaient dilatées au point qu'on ne voyait qu'elles, et la sclérotique non plus blanche mais rouge. La bouche béait bizarrement, comme si le maxillaire inférieur était luxé. Par ailleurs, il émanait du patient une chaleur extrême, sans commune mesure avec un état fébrile normal.

— Capitaine ! Capitaine ! répéta-t-elle à plusieurs reprises d'une voix forte, pour le tirer de sa transe.

Quand il s'avança vers elle, elle lut dans ses yeux vitreux une faim de carnassier. Jim était toujours affalé au même endroit, immobile. Redfern était visiblement dangereux ; Nora regretta de ne pas être armée. Elle regarda autour d'elle, mais ne vit qu'un poste téléphonique comme il y en avait partout dans l'hôpital, et dont le numéro d'alarme était le 555.

Elle décrocha l'écouteur, mais n'eut pas le temps de le porter à son oreille : Redfern fondit sur elle et la projeta à terre. Elle tomba sans lâcher l'appareil, dont le fil se détacha brusquement du mur. Le malade la cloua au sol avec une force démentielle, son visage se crispa, sa gorge se contracta... Elle crut qu'il allait lui vomir dessus.

Elle hurla, mais à ce moment-là Eph ouvrit à la volée la porte de l'escalier et se jeta de tout son poids contre Redfern. Les deux hommes s'effondrèrent. Puis le médecin se redressa et, tendant une main prudente à son patient, se releva tant bien que mal en disant :

— Du calme, du calme...

Redfern émit un râle venu du fond de la gorge. Ses yeux entièrement noirs étaient vides d'expression. Alors il se mit à sourire – du moins, il fit appel aux muscles faciaux du sourire. Sa bouche s'ouvrit démesurément et il en sortit un appendice rose et charnu qui n'était pas sa langue mais quelque chose de plus long, de plus musculeux et de plus complexe... quelque chose de très mobile. Comme s'il avait avalé une pieuvre vivante dont un tentacule aurait continué à se contorsionner désespérément dans sa bouche.

Eph fit un bond en arrière, agrippa la perche à perfusion pour l'empêcher de tomber, puis la retourna et s'en servit pour maintenir à distance Redfern et la chose qui lui sortait de la bouche. Le pilote attrapa le pied de la perche. Son organe buccal se détendit subitement, sur toute la longueur de la perche – un bon mètre quatre-vingts –, et Eph l'esquiva de justesse. L'extrémité de ce dard de chair heurta le mur avec un bruit mou. Puis Redfern lança la perche de côté, la cassant en deux par la même occasion, et Eph partit en arrière. Déséquilibré, il franchit une porte ouverte et se retrouva dans la pièce voisine.

Redfern y pénétra à son tour, avec le même regard affamé. Eph chercha frénétiquement autour de lui de quoi repousser le malade, mais il ne trouva qu'un trépan sur une étagère. Equipé d'une lame cylindrique, cet instrument chirurgical utilisé pour percer la boîte crânienne était posé sur son chargeur. La lame se mit à tourner comme un rotor d'hélicoptère en ronronnant. Redfern avançait toujours. Son aiguillon s'était presque entièrement rétracté ; la partie apparente pendait mollement, flanquée de sacs pulsatiles. Eph tenta de le trancher avant qu'il puisse s'en resservir.

Malheureusement, il manqua sa cible et la scie découpa un morceau de gorge. Il en sortit un liquide blanc, identique à celui des corps de la morgue, qui ne jaillit pas mais se déversa sur la poitrine de Redfern. Eph lâcha le trépan, de peur que les lames ne projettent un peu de cette substance sur lui. Redfern en profita pour lui enserrer le cou à deux mains. Eph attrapa le premier objet qui lui tomba sous la main, un extincteur, dont il assena de grands coups à son agresseur, en visant particulièrement le hideux aiguillon. Encore deux chocs violents et la tête du malade fut projetée en arrière. On entendit craquer les vertèbres cervicales.

Lâché par son propre corps, le capitaine s'affaissa. Eph posa l'extincteur et, vacillant, recula de quelques pas en contemplant avec horreur ce qu'il venait de faire.

Nora entra en courant, un morceau de perche cassée à la main. Voyant Redfern à terre, elle lâcha son arme improvisée pour aller se jeter dans les bras d'Eph.

— Tu n'as rien ? lui demanda-t-il.

Elle secoua la tête, une main sur la bouche, puis lui désigna Redfern. Des vers émergeaient en grouillant de sa gorge ; rougeâtres, comme saturés de sang, ils se répandaient telles des blattes qui s'enfuient quand on allume la lumière. Eph et Nora se replièrent vers la porte ouverte.

— Tu peux me dire ce qui vient de se passer ? demanda Eph.

Nora ôta sa main de devant sa bouche et répondit :

— La Sangsue est revenue.

Alors un gémissement leur parvint du couloir extérieur et ils se précipitèrent pour porter secours à Jim.

INTERLUDE III

REVOLTE, 1943

Août déroulait ses journées étouffantes, et Abraham Setrakian, qui apprêtait des poutres pour fabriquer un faux plafond, en souffrait plus que les autres. Jour après jour, il cuisait littéralement au soleil. Le pire, c'était que maintenant, il redoutait encore plus la nuit. Jusqu'alors, les rêves où il revoyait son village, sa famille étaient son unique source de réconfort. Mais, à présent, il se sentait pris en otage par deux maîtres également cruels.

L'Ombre meurtrière, la Chose appelée Czardu, avait adopté, après sa première apparition, un rythme régulier : elle venait se nourrir deux fois par semaine dans le baraquement de Setrakian – et sans doute aussi dans les autres. Ni les gardiens ni les prisonniers ne se doutaient de quoi que ce soit. Les Ukrainiens accusaient ses victimes de s'être suicidées et, pour les SS, il ne s'agissait que d'un nom à rayer dans un registre.

Fermement décidé à combattre les incursions de la Créature-Czardu, Setrakian avait soutiré pendant des mois aux prisonniers originaires de la région toutes les informations qu'ils pouvaient détenir sur une crypte datant de l'époque romaine qu'on situait dans la forêt voisine. Car c'était là, il en avait la certitude, que se trouvait la tanière de la Créature. C'était de là que, toutes les nuits, elle sortait pour étancher sa soif malfaisante.

Vint un jour où Setrakian comprit ce que pouvait être la soif. Des porteurs d'eau circulaient en permanence parmi les prisonniers ; pourtant beaucoup succombaient à des coups de chaleur. Ce jour-là, la fosse ardente fut ravitaillée en abondance. Au fil des mois, Setrakian s'était débrouillé pour se procurer le nécessaire : une branche de chêne blanc écorcée et un fragment d'argent pour la pointe. C'était ainsi qu'on se débarrassait traditionnellement des *strigoï*, les vampires. Il avait aiguisé pendant des jours l'extrémité de l'épieu avant d'y sertir l'argent. Il lui avait fallu presque quinze jours de savants préparatifs rien que pour l'introduire en cachette dans son baraquement et le dissimuler dans un creux du sol sous son lit. Si les gardes l'avaient trouvé, Setrakian aurait été exécuté sur-le-champ : la forme de l'épieu ne laissait guère de doute sur sa destination. C'était manifestement une arme.

La veille de ce fameux jour, Czardu pénétra dans le camp plus tard que d'habitude. Setrakian attendit patiemment, immobile, pendant que la Créature s'en prenait à un Rom infirme. Révulsé, il s'en voulut de la laisser faire et pria pour que cela lui soit pardonné, mais c'était une étape obligée de son plan : à demi rassasiée, l'ignoble Créature serait moins alerte.

Il ne l'avait jamais entendue émettre le moindre son. Elle se repaissait dans un silence total. Toutefois, en flairant le sang du jeune Setrakian, cette fois la Créature geignit. On aurait dit le craquement prolongé du bois sec qu'on tord entre ses mains.

Aussitôt elle fut à son chevet.

Le jeune homme déplaça précautionneusement sa main droite afin de saisir l'épieu et, ce faisant, il ne put s'empêcher de la dévisager.

La Chose lui sourit.

— Il y a une éternité que nous ne nous nourrissons plus en regardant un être vivant dans les yeux, dit-elle. Une éternité…

Son haleine sentait la terre et le cuivre. En parlant, elle émettait de petits claquements de langue. Sa voix grave était un amalgame de cent autres voix qui se déversaient par sa bouche, huilées de sang humain.

— Czardu…, murmura malgré lui Setrakian.

Les petits yeux sombres et ternes de la Créature s'écarquillèrent et, l'espace d'un bref instant, parurent presque humains.

— Il n'est pas seul dans ce corps, fit-elle entre ses dents. Comment oses-tu l'appeler ?

Setrakian saisit l'épieu invisible, à la tête de son lit, et le tira lentement de sa cachette.

— Tout homme a le droit d'être appelé par son nom avant de se présenter devant Dieu, déclara-t-il avec la vertueuse gravité de la jeunesse.

La Créature émit un gargouillis qui pouvait passer pour un rire.

— Dans ce cas, petit, tu peux me dire le tien.

Ce fut le moment que Setrakian choisit pour passer à l'action, mais la pointe en argent racla légèrement le bois de son lit, trahissant le mouvement de l'épieu une seconde avant qu'il n'atteigne la Créature en plein cœur.

Une seconde qui se révéla suffisante : la Chose déplia ses serres et bloqua l'épieu à un centimètre de sa poitrine.

Cherchant à se dégager, Setrakian détendit brusquement sa main libre, mais son adversaire arrêta une nouvelle fois son geste. Le bout de son aiguillon entailla la gorge du jeune homme, ouvrant en un clin d'œil une plaie assez large pour lui injecter son venin paralysant.

Puis la Créature le saisit à deux mains et l'attira à elle.

— Malheureusement pour toi, dit-elle, tu ne te présenteras point devant ton Dieu. Car nous sommes de vieilles connaissances, Lui et moi, et je peux te dire qu'il n'est plus là...

Ses doigts crochus enfermaient comme dans un étau les mains du jeune homme, qui se sentait défaillir. C'était à ces mains qu'il devait d'être encore vivant dans ce camp. Il avait l'impression que son cerveau allait éclater tant la douleur était forte. Il cherchait son souffle, la bouche grande ouverte, mais nul cri ne s'échappa de sa gorge.

Alors la Créature le regarda droit dans les yeux et lut jusque dans son âme.

— Abraham Setrakian, ronronna-t-elle. Joli nom, bien doux pour un garçon aussi débordant d'énergie... Mais dis-moi, poursuivit-elle en s'approchant tout près de son visage, pourquoi veux-tu me détruire, petit ? Que me vaut ce courroux, alors qu'autour de toi la mort règne encore davantage en mon absence ? Ce n'est pas moi le monstre, ici. Le monstre, c'est Dieu. Ton Dieu et le mien, le Père absent qui nous a quittés il y a si longtemps… Dans tes yeux, je vois ce que tu crains le plus, jeune Abraham, et ce n'est pas moi. C'est la fosse. Eh bien, tu vas voir ce qui se passera quand je te donnerai en pâture à la fosse et que Dieu ne fera rien pour m'en empêcher.

Sur ces mots, la Créature brisa d'un coup, avec un craquement brutal, tous les os des mains du jeune Abraham.

Ce dernier tomba à terre et se roula en boule sous le coup de la douleur, portant ses doigts écrasés à sa poitrine. Au même moment, il se retrouva dans un rai de lumière à peine perceptible.

Le jour se levait.

La Chose émit un chuintement et chercha à se rapprocher de lui.

Mais les autres prisonniers commençaient à se réveiller. Tandis qu'Abraham perdait conscience, la Créature s'éclipsa.

On retrouva le jeune homme blessé, en sang, juste avant l'appel. On l'envoya à l'infirmerie, d'où les prisonniers estropiés ne revenaient jamais. Au camp, un menuisier aux mains fracassées n'avait aucune utilité. Le surveillant en chef approuva aussitôt son élimination. On le traîna jusqu'au bord de la fosse avec ceux qui, comme lui, avaient été écartés après l'appel du matin. On les obligea à se déshabiller, alignés, et on les fit mettre à genoux. Une épaisse fumée grasse et noire masquait le soleil impitoyable, déjà brûlant. Tremblant de terreur, serrant ses mains ravagées contre lui, Setrakian plongea son regard dans la fosse.

Incandescente. Pleine de flammes avides et convulsées, de fumée huileuse dont les volutes exécutaient une danse hypnotique au son des exécutions en chaîne – coup de feu, claquement du fusil qu'on réarme, tintement de la douille rebondissant sur la terre battue. Plongé dans une transe mortelle, le jeune homme ne pouvait détacher son regard des flammes qui dépouillaient inlassablement la chair et les os de leurs victimes, révélant la véritable nature de l'être humain : un agrégat de matière brute, un sac de chair aisément réduite en bouillie puis en cendres.

La Créature excellait dans l'horreur, mais cette horreur-ci, bien humaine, elle, dépassait de loin tout ce qu'on pouvait imaginer. Non seulement parce qu'elle ne connaissait pas de miséricorde mais parce qu'elle était perpétrée de manière rationnelle et sans obligation aucune. Elle résultait d'un choix. Cette tuerie n'entretenait aucun rapport avec la guerre et ne servait d'autre but que le mal à l'état pur. Des hommes décidaient d'éliminer leurs semblables, et créaient de toutes pièces des motivations, des lieux et des mythes afin de satisfaire leur désir avec ordre, logique et méthode.

Tandis que l'officier nazi tirait une balle dans la nuque de chaque prisonnier, l'un après l'autre, mécaniquement, Abraham sentit sa volonté faiblir. Il avait la nausée, non pas à cause de l'odeur, ni même du spectacle qui se déroulait devant ses yeux, mais de la conviction – absolue – que Dieu n'était plus dans son cœur. Dans son cœur, il n'y avait plus que la fosse.

Le jeune homme versa des larmes amères devant ce constat d'échec et la défaillance de sa foi. Puis le canon du Luger vint se presser contre sa nuque.

Encore une bouche qui cherchait à percer sa peau.

Mais au même instant retentirent d'autres coups de feu. Une escouade de prisonniers venait de prendre le contrôle d'un mirador ; ils s'emparaient peu à peu du camp, abattant à vue tout ce qui portait un uniforme d'officier.

Abraham sentit l'homme qui s'apprêtait à l'exécuter faire un pas en arrière et l'abandonner en équilibre au bord de la fosse.

A côté de lui, un Polonais se leva et se mit à courir. Alors la volonté réinvestit le jeune corps de Setrakian. Les mains toujours plaquées contre sa poitrine, il s'élança à son tour, nu, vers les barbelés.

On tirait tout autour de lui. Le sang jaillissait. Çà et là, des hommes tombaient. On voyait aussi de la fumée, et pas seulement au-dessus de la fournaise : des foyers d'incendie s'allumaient de tous côtés à l'intérieur du camp. Abraham réussit à atteindre la clôture avec un petit groupe de prisonniers. Des inconnus l'aidèrent à passer par-dessus, à faire ce que ses mains broyées ne lui permettaient plus d'accomplir, et il retomba de l'autre côté.

Il resta à terre tandis que les balles crachées par les fusils-mitrailleurs soulevaient des gerbes de terre. Là encore, des bras le soulevèrent, le remirent debout.

Tandis que ces anonymes secourables se faisaient faucher par les balles, Setrakian se mit à courir. Et à pleurer. Car en l'absence de Dieu, il avait trouvé l'homme. L'homme tuait ses semblables, mais il pouvait aussi les secourir. Il était à la fois son salut et sa perte.

C'était une question de choix.

Les Autrichiens arrivaient en renfort mais, malgré ses pieds entaillés et ses orteils fracturés par les cailloux, Abraham courait toujours. Maintenant qu'il avait franchi la clôture, rien ne pourrait l'arrêter. Il n'avait plus qu'un but en tête. Quand il atteignit enfin la forêt, il s'effondra. La nuit le recouvrit de son manteau.

L'AUBE

COMMISSARIAT DE POLICE DU 17ᵉ DISTRICT, 57ᵉ RUE EST, MANHATTAN

Setrakian s'efforça de trouver une position plus confortable sur le banc fixé au mur. Il avait attendu toute la nuit dans une salle vitrée où l'on entassait les gens avant de les enfermer, avec une bonne partie des voleurs à la tire, des ivrognes et des exhibitionnistes qui partageaient à présent sa cellule. Durant ces heures interminables, il avait eu tout le loisir de repenser à son comportement devant l'institut médico-légal, et de comprendre qu'il avait laissé passer sa seule chance de contacter le CDC par l'intermédiaire du Dr Goodweather.

On l'avait pris pour un vieux fou, évidemment. Peut-être était-il en train de perdre les pédales. Toutes ces années d'attente, à vivre entre la crainte et l'espoir, avaient peut-être fini par imprimer leur marque.

Vieillir, c'était aussi se surveiller en permanence. S'assurer qu'on était toujours soi-même.

Mais non. Il était sûr de son fait. Si quelque chose clochait chez lui, c'était seulement le désespoir – un désespoir à perdre la raison. Car il était retenu de force dans un commissariat de Manhattan alors que dehors, tout autour de lui...

Eh bien, creuse-toi la tête, vieil imbécile ! Débrouille-toi pour sortir d'ici ! Tu t'es déjà évadé dans des circonstances bien plus difficiles.

Il se repassa mentalement la scène à laquelle il avait assisté en attendant son incarcération. Pendant qu'il donnait ses nom, prénom et adresse, s'entendait inculper pour effraction et trouble à l'ordre public, et signait une déclaration de propriété pour sa canne (« Elle a une immense valeur personnelle », avait-il dit au sergent de police) et ses médicaments pour le cœur, on avait amené un jeune Mexicain de dix-huit ou dix-neuf ans, les mains menottées dans le dos. Il avait visiblement été passé à tabac.

Mais ce qui avait attiré l'attention de Setrakian, c'étaient les marques de brûlure sur sa chemise déchirée et sur son pantalon.

« Vous déconnez, les mecs ! avait-il dit en se penchant en arrière vers les deux inspecteurs qui le poussaient. Il est complètement dingue, ce *puto* ! *Loco*, je vous dis ! Il se balade à poil dans les rues, merde ! Il agresse les gens ! C'est lui qui nous a attaqués ! »

Les deux policiers l'avaient fait asseoir sans ménagements.

« Vous l'avez pas vu, les mecs ! Moi si ! Il a le sang blanc, vous m'entendez ? Et il y a un... je sais pas, moi ! Un truc pas possible dans sa bouche. Il est pas humain, ce con ! »

Un des inspecteurs s'était approché du box où le sergent s'occupait de Setrakian. En nage, il s'était épongé le front avec une serviette en papier.

« Encore un cinglé de Chicano. Il vient juste d'avoir dix-huit ans et il est déjà tombé deux fois. Mais là, il a tué le type avec qui il se bagarrait. Son pote et lui, ils ont dû le braquer et lui piquer toutes ses fringues. En plein Times Square, tu te rends compte ? »

L'autre policier avait levé les yeux au ciel et continué à taper avec deux doigts sur son clavier. Il avait posé une question à Setrakian, qui ne l'avait même pas entendu. Il ne sentait plus la dureté de sa chaise, ni la douleur dans ses poings crispés. A l'idée d'être à nouveau confronté à l'inaffrontable, il avait cédé à la panique. Il ne savait que trop ce qui se préparait : les familles déchirées, l'élimination systématique, la torture sans fin, l'apocalypse. Le triomphe des ténèbres sur la lumière. L'enfer sur terre.

Soudain, il avait eu l'impression d'être le plus vieil homme du monde.

Puis l'affolement avait cédé la place à un sentiment tout aussi sombre : le désir de vengeance. Il tenait une seconde chance. La résistance, le combat, la guerre qui s'amorçait, tout cela devait venir de lui.

Le mal était en marche.

Les *strigoï* étaient de retour.

Service d'isolement, Jamaica Hospital

Allongé sur son lit, Jim Kent, toujours en vêtements de ville, protesta vivement :

— Ecoutez, c'est absurde ! Je me sens tout à fait bien.

— Disons alors que c'est une simple mesure de précaution, répondit Eph qui se tenait à son chevet, Nora étant de l'autre côté du lit.

— Il ne s'est rien passé. Il a dû m'assommer quand j'ai poussé la porte. J'ai perdu connaissance quelques minutes, voilà tout. J'ai peut-être un très léger traumatisme crânien.

— Bien sûr, acquiesça Nora, mais, tu comprends, tu fais partie de la maison. On veut juste s'assurer que tout est en ordre.

— Mais… pourquoi à l'isolement ?

— Pourquoi pas ? rétorqua Eph en se forçant à sourire. Tu étais déjà sur place. Et comme ça, tu as une aile entière de l'hôpital pour toi tout seul. Une superbonne affaire.

Jim sourit d'un air peu convaincu.

— Bon, lâcha-t-il enfin. Est-ce que je peux au moins récupérer mon téléphone, histoire de me dire que je sers à quelque chose ?

— Ça devrait être possible, dit Eph. Quand tu auras passé quelques examens.

— Et s'il te plaît, rassure Sylvia. Sinon elle va paniquer.

— Pas de problème. On l'appellera dès qu'on sera sortis d'ici.

Ebranlés, ils firent une halte avant de quitter l'unité d'isolement.

— Il faut qu'on lui dise, déclara Nora.

— Qu'on lui dise quoi ? répliqua un peu trop sèchement Eph. Encore faudrait-il qu'on sache à quoi on a affaire.

A l'extérieur, ils tombèrent sur une femme aux cheveux ternes retenus par un serre-tête qui, en les voyant, se leva précipitamment de sa chaise. Sylvia rédigeait les horoscopes du *New York Post*. Quand Jim et elle avaient emménagé ensemble, elle avait amené cinq chats et lui un pinson, ce qui faisait régner une certaine tension dans leur appartement du nord de Manhattan.

— Je peux le voir ? s'enquit-elle.

— Pardon, Sylvia, mais dans un service d'isolement, le règlement veut qu'on n'admette que le personnel médical. Mais Jim vous fait dire qu'il va bien.

— Et vous, qu'est-ce que vous en dites ? insista Sylvia en agrippant Eph par la manche.

— Il semble en parfaite santé, répondit-il avec tact. On veut seulement pratiquer quelques analyses pour la forme.

— On m'a dit qu'il avait perdu connaissance, qu'il avait la tête qui tournait. Pourquoi est-il dans ce service ?

— Sylvia, vous connaissez notre façon de procéder. On écarte d'abord le pire. Et on procède étape par étape.

Sylvia chercha un peu de réconfort auprès de Nora, mais la jeune femme hocha la tête et renchérit :

— On vous le rendra dès que possible.

Redescendus au sous-sol, Eph et Nora trouvèrent une responsable de l'hôpital qui les attendait devant la porte de la morgue.

— Docteur Goodweather, je dois vous dire que cela est tout à fait contraire au règlement. Cette porte ne doit jamais être fermée à clé, et l'administration de l'hôpital exige d'être informée de...

— Je regrette, madame... Graham, répondit Eph en déchiffrant le badge de son interlocutrice, mais cette affaire relève officiellement de la compétence du CDC.

Il n'aimait pas beaucoup faire valoir sa supériorité hiérarchique mais, de temps en temps, son statut de haut fonctionnaire avait ses bons côtés. Il déverrouilla la porte à l'aide de la clé qu'il s'était fait remettre et entra, Nora sur les talons.

— Merci pour votre coopération, ajouta-t-il avant de refermer derrière lui.

La lumière s'alluma automatiquement. Le corps de Redfern gisait sur une table métallique, recouvert par un drap. Eph prit une paire de gants et souleva le couvercle d'un chariot à instruments d'autopsie.

— Eph, dit Nora en enfilant elle aussi des gants, on n'a même pas de certificat de décès. Tu ne peux pas l'ouvrir comme ça.

— Pas de temps à perdre en formalités alors que Jim est là-haut. De toute façon, je ne sais déjà pas comment présenter le fait qu'il soit mort, alors... On aura beau retourner la question dans tous les sens, la vérité, c'est que j'ai tué ce type, Nora. Mon propre patient !

— C'était un cas de légitime défense.

— On le sait tous les deux, mais je n'ai pas le temps d'expliquer ça à la police.

Il prit le plus grand scalpel et traça sur le torse de Redfern un Y dont les branches supérieures partaient des clavicules pour se rejoindre à l'extrémité supérieure du sternum et descendre en droite ligne jusqu'à l'os pubien. Puis il rabattit la peau et les muscles superficiels, révélant la cage thoracique et le tablier abdominal. Il n'avait pas assez de temps pour pratiquer une autopsie en bonne et due forme, mais il voulait avoir la confirmation de ce que montrait l'IRM inachevée.

Il évacua l'épanchement blanchâtre qui remplaçait le sang à l'aide d'un tuyau en caoutchouc souple et passa en revue les principaux organes. C'était un fouillis indescriptible, semé de répugnantes masses noires alimentées par des excroissances grêles qui ressemblaient à des veines et allaient puiser directement dans les organes racornis.

— Nom de Dieu, fit Nora.

Eph examina les tumeurs entre les côtes.

— Ce truc a pris possession de son organisme. Tu as vu le cœur ?

Le muscle cardiaque était déformé, la structure artérielle simplifiée, les vaisseaux tapissés de tissu remanié, sombre et d'aspect cancéreux.

— Impossible. Il ne s'est écoulé que trente-six heures depuis l'atterrissage, commenta Nora.

Eph dénuda ensuite la gorge. L'altération prenait naissance au niveau des replis vestibulaires. La protubérance qui avait apparemment fonction d'aiguillon ou de dard se présentait sous sa forme rétractée. Elle était reliée à la trachée, avec laquelle elle fusionnait, exactement comme une tumeur maligne. Eph décida de ne pas poursuivre la dissection : il préférait procéder ultérieurement à l'ablation totale du muscle – ou de l'organe ? – afin de l'observer dans sa globalité et d'en déduire sa fonction.

A ce moment-là, son téléphone sonna. Il se tourna légèrement pour que Nora – dont les mains gantées étaient propres – puisse le tirer de sa poche.

— C'est la direction de l'institut médico-légal, annonça-t-elle.

Elle répondit à sa place. Après avoir écouté quelques instants en silence, elle dit à son correspondant :

— A tout de suite.

Institut médico-légal, Manhattan

Barnes arriva devant l'IML, à l'angle de la 30e Rue et de la Première Avenue, en même temps qu'Eph et Nora. Comme toujours, il était en uniforme de la marine et sa barbiche était impeccablement taillée. Il descendit de voiture devant l'immeuble à la façade turquoise. Le carrefour était envahi par les véhicules de police et les équipes de télévision.

Ils montrèrent leurs cartes respectives, et on les introduisit auprès du Dr Julius Mirnstein, le médecin-chef. Chevalin, presque chauve et l'air naturellement peu avenant, celui-ci portait la blouse blanche réglementaire.

— Il semblerait que nous ayons été victimes d'une effraction pendant la nuit, mais nous ne pouvons rien affirmer, déclara-t-il en regardant près de lui un ordinateur renversé et des crayons tombés d'un pot. Nous n'arrivons pas à joindre l'équipe de nuit par téléphone.

Il consulta du regard une secrétaire qui avait un écouteur à l'oreille. Elle confirma d'un hochement de tête.

— Suivez-moi.

Ils descendirent au sous-sol. Tout semblait en ordre à la morgue, des tables d'autopsie immaculées aux appareils de mesure. Pas trace de vandalisme. Mirnstein se dirigea ensuite vers la chambre froide et attendit que les trois autres le rejoignent.

Les brancards étaient toujours là, ainsi que des draps tombés par terre et quelques vêtements. Contre le mur de gauche étaient alignés plusieurs défunts sans rapport avec l'avion. Mais les victimes extraites de celui-ci avaient toutes disparu.

— Où sont passés les corps ? s'étonna Eph.

— C'est tout le problème. Nous l'ignorons.

Barnes le regarda un moment sans rien dire. Puis :

— Si je comprends bien, vous nous annoncez qu'on s'est introduit ici clandestinement cette nuit et qu'on a dérobé une quarantaine de corps ?

— Vous en savez autant que moi. J'espérais que votre équipe éclairerait ma lanterne.

— Ma foi, ces corps ne sont pas partis tout seuls.

— Et les IML de Brooklyn et du Queens ? intervint Nora.

— Je n'ai pas encore de nouvelles du Queens, répondit Mirnstein, mais Brooklyn signale le même phénomène.

— Comment ça ? Là-bas aussi les cadavres ont disparu ?

— Exactement. Si je vous ai demandé de venir, c'était dans l'espoir de vous entendre dire que le CDC avait récupéré les corps à notre insu.

Barnes consulta du regard Eph et Nora, qui secouèrent négativement la tête.

— Bon sang ! Il faut que j'appelle l'Aviation civile, dit Barnes.

Eph et Nora le rattrapèrent juste à temps et le prirent à l'écart.

— On a quelque chose à vous dire, monsieur.

Il les dévisagea tour à tour.

— Quelles nouvelles de Jim Kent ?

— Bonnes, apparemment. Et il dit qu'il se sent bien.

— Bon. Alors quoi ?

— Il a une perforation au niveau de la gorge. La même que les victimes du vol 753.

— Comment est-ce possible ?

Eph raconta à Barnes l'évasion de Redfern et l'épisode du sous-sol. Puis il prit un cliché d'IRM dans la grande enveloppe qu'il tenait et la plaqua sur un négatoscope dont il alluma le rétroéclairage.

— Ça, c'est le pilote, « avant ».

On voyait les principaux organes de Redfern et tout avait l'air normal.

— Et là, « après ».

Eph substitua au premier cliché un scan montrant le thorax encombré de masses indistinctes.

Barnes chaussa ses demi-lunes.

— Ce sont des tumeurs ?

— Eh bien... C'est un peu difficile à expliquer, mais... Il s'agit en fait de tissus de formation récente. Ils se nourrissent d'organes qui, il y a encore vingt-quatre heures, étaient parfaitement sains.

Barnes ôta ses lunettes et plissa le front.

— Comment ça, « de formation récente » ? Qu'est-ce que vous entendez par là ?

— Ceci, monsieur.

Eph passa à un troisième scan, représentant l'intérieur de la gorge du pilote. L'excroissance apparue sous la langue était bien visible.

— Qu'est-ce que c'est ? demanda Barnes.

— Un aiguillon, l'informa Nora. Une espèce de dard. La structure est musculaire. Rétractable, plutôt épais.

Barnes la regarda comme si elle avait perdu la raison.

— Un aiguillon ?

— Oui, monsieur, intervint Eph. Nous pensons que l'incision sur la gorge de Jim vient de là.

— Vous êtes en train de me dire qu'un des rescapés a développé un aiguillon avec lequel il a agressé Jim Kent ?

Eph acquiesça.

— Il faut mettre les rescapés en quarantaine, Everett.

Barnes se tourna vers Nora, qui hocha vigoureusement la tête.

— Vous sous-entendez que cette... cette tumeur cancéreuse, cette... métamorphose biologique serait... transmissible ?

— C'est ce que nous supposons, et ce que nous redoutons, en effet, dit Eph. Jim a très bien pu être contaminé. Il faut absolument étudier le mode de propagation de ce syndrome, si on veut avoir une chance d'en enrayer la progression, voire de trouver le remède.

— Vous voulez dire que vous avez vu de vos yeux ce... cet aiguillon rétractable ?
— Oui, monsieur, nous l'avons vu tous les deux.
— Et où se trouve actuellement le capitaine Redfern ?
— A l'hôpital.
— Diagnostic ?
Eph prit Nora de vitesse :
— Réservé.
Barnes le dévisagea. Manifestement, il flairait quelque chose de pas très orthodoxe.
— Tout ce qu'on demande, c'est que vous ordonniez la mise sous traitement des autres rescapés et...
— Mettre trois personnes en quarantaine, c'est en affoler trois cents millions d'autres, coupa Barnes en les dévisageant toujours, comme pour quêter une ultime confirmation. Pensez-vous que *ceci* ait un rapport quelconque avec la disparition de ces corps ?
— Je l'ignore, dit Eph.
Il avait presque envie d'ajouter : Et je ne veux pas le savoir.
— Bien. Je vais lancer la procédure, conclut Barnes.
— « Lancer la procédure » ?
— Ça ne va pas se faire tout seul.
— Non, il nous faut votre ordre de quarantaine tout de suite.
— Ecoutez, Ephraïm. Vous me présentez là un cas étrange, déroutant, mais isolé, selon toute évidence. Je comprends que vous craigniez pour la santé de votre collègue. Toutefois, pour émettre un ordre de quarantaine au niveau fédéral, je dois solliciter et obtenir un décret de la main du président lui-même, et je ne me promène pas avec ce genre de document

dans mon portefeuille. Comme je ne constate pas de risque de pandémie immédiat, il faut que je suive la procédure administrative normale. Entre-temps, je vous interdis de persécuter les autres rescapés.

— « Persécuter » ?

— Nous allons déjà déclencher une panique suffisante, inutile d'en rajouter. Et si je puis me permettre, si les autres survivants sont bien tombés malades, comment se fait-il que nous n'en ayons pas de nouvelles ?

A cela, Eph n'avait pas de réponse.

— Je vous contacterai.

Sur ces mots, Barnes s'en alla passer les coups de téléphone nécessaires.

Nora regarda Eph et lui dit :

— Ne fais pas ça.

— Ça quoi ?

Manifestement, elle lisait en lui comme dans un livre ouvert.

— Ne va pas trouver les rescapés. Ne fous pas en l'air notre dernière chance de sauver Jim en allant provoquer cette avocate, là, ou en fichant la trouille aux autres, au risque qu'ils disparaissent dans la nature.

Eph était hors de lui. A cet instant, les portes extérieures de l'institut s'ouvrirent, livrant passage à deux ambulanciers poussant un brancard sur lequel gisait un corps dans une housse sanitaire. Deux techniciens de la morgue se portèrent à leur rencontre. Les morts n'attendraient pas la solution du mystère. Ils continueraient à affluer. Eph imagina ce qu'il adviendrait de New York en cas d'épidémie mortelle. La police, les pompiers, les services d'hygiène et les pompes funèbres seraient débordés et, en quelques semaines, l'île de Manhattan se transformerait en charnier puant.

Un des techniciens entrouvrit la housse en caoutchouc noir. Il lâcha aussitôt un hoquet étranglé et recula vivement, les mains pleines d'un fluide opalescent qui coulait le long du brancard jusqu'au sol.

— Qu'est-ce que c'est que ce truc ? demanda-t-il aux brancardiers qui, debout près de la porte, avaient l'air dégoûtés.

— Accident de la circulation, répondit un des deux hommes, consécutif à une bagarre de rue. Je ne sais pas, moi... Il a peut-être été renversé par un camion de lait.

Eph prit une paire de gants dans la boîte posée sur la paillasse et alla jeter un coup d'œil au cadavre.

— Mais où est la tête ?

— Quelque part là-dedans.

Elle avait été sectionnée à la base du cou, lequel était noyé dans une masse d'agglomérats blanchâtres.

— En plus, il était à poil, ajouta le second brancardier. Pas banal, comme soirée.

Eph acheva d'ouvrir la housse. Le mort était en surpoids, de sexe masculin, âgé d'environ cinquante ans. Puis il vit ses pieds.

Il portait un fil métallique au gros orteil. Comme s'il avait perdu son étiquette d'identification.

Nora le vit à son tour et devint blême.

— Vous dites qu'il y a eu une bagarre ? s'enquit Eph.

— C'est ce qu'on nous a dit, répondit le brancardier en rouvrant la porte. Bonsoir à vous, et bon courage.

Eph referma la housse. Il ne fallait pas qu'on voie le fil de l'étiquette. Ni qu'on lui pose des questions auxquelles il ne saurait pas répondre. Il se tourna vers Nora.

— Tu te rappelles ce qu'a dit le vieil homme ?
— Oui, qu'il fallait détruire les corps.
— Et il a parlé des lampes à ultraviolets.

Eph ôta ses gants en repensant à Jim, là-bas, dans son service d'isolement, et à l'horreur inconnue qui croissait dans son corps.

— Il faut qu'il nous dise tout ce qu'il sait.

Commissariat de police du 17ᵉ District, 57ᵉ Rue Est, Manhattan

Dans la cellule où on l'avait enfermé, Setrakian compta treize autres hommes dont un à l'air égaré et à la gorge égratignée, qui, assis dans un coin, crachait dans ses mains avant de les frotter énergiquement l'une contre l'autre.

Certes, il avait vécu bien pire… Sur un autre continent, à une autre époque, il avait connu le sort réservé aux Juifs roumains pendant la Seconde Guerre mondiale. Au moment de la révolte de Treblinka, en août 1943, il n'était encore qu'un tout jeune homme de dix-neuf ans ; s'il y avait été déporté à l'âge qu'il avait actuellement, il n'aurait pas tenu plus de quelques jours. Peut-être même n'aurait-il pas survécu au trajet en train.

Il reporta son attention sur le Mexicain assis à côté de lui sur le banc, celui qu'il avait vu arriver pendant son interrogatoire. Très jeune. A peu près l'âge que lui-même avait à la fin de la guerre. Il avait un gros hématome sur la joue et une coupure pleine de sang coagulé sous l'œil. Mais il ne paraissait pas contaminé.

Setrakian se faisait davantage de souci pour son ami qui, recroquevillé un peu plus loin sur le banc, se tenait parfaitement immobile.

Gus, pour sa part, avait mal partout et en voulait au monde entier. Le regard insistant du vieillard éveilla ses soupçons.

— Qu'est-ce qu'il y a ? T'as un problème ?

Les autres tendirent l'oreille, excités par la perspective d'une bagarre entre un truand mexicain et un Juif plus tout jeune.

— En effet. J'ai même un très gros problème, répondit Setrakian.

L'autre lui jeta un regard noir.

— Ouais, ben t'es pas le seul, ici.

Setrakian sentit que leurs camarades de cellule se détournaient. Il n'y aurait pas d'animation, finalement. Pas de bagarre pour les tirer un moment de leur ennui. Il examina de plus près l'ami de son voisin, la joue appuyée sur le banc, les genoux remontés sur la poitrine.

Tout à coup, Gus le reconnut.

— Eh, mais on s'est déjà vus !

Setrakian acquiesça. Il avait l'habitude.

— 118ᵉ Rue.

— Vous êtes le prêteur sur gages ! Merde alors ! Vous avez même foutu une trempe à mon frère, un jour.

— Pourquoi ? Il m'avait volé quelque chose ?

— Il avait essayé, en tout cas. Une chaîne en or. Maintenant, c'est qu'un pauvre tox, une loque. Mais à l'époque il était costaud. Il a quelques années de plus que moi.

— Eh bien, il aurait dû se méfier.

— Justement, il se méfiait ! Mais ça faisait partie du jeu. Cette chaîne en or, c'était juste un trophée, en fait. Ce qu'il voulait, c'était frimer devant les mecs du quartier. Pourtant, tout le monde l'avait prévenu qu'il fallait pas emmerder le prêteur sur gages.

— Quand j'ai ouvert ce magasin, moins d'une semaine après on m'a brisé ma vitrine. Je l'ai remplacée, et puis j'ai attendu en montant la garde. J'ai attrapé les gars revenus la casser, et je leur ai flanqué une trempe dont ils se sont souvenus, et dont ils ont parlé à leurs copains. C'était il y a plus de trente ans. Depuis, je n'ai plus jamais eu de problème de vitrine. Pas une seule fois.

Gus regarda ses doigts dont on devinait les bosses sous la laine des mitaines.

— Qu'est-ce que vous avez eu aux mains ? Vous vous êtes fait choper en train de piquer des trucs, vous aussi ?

— Je ne volais pas, non, répondit le vieillard en se frottant doucement les mains. C'est une blessure ancienne. Pour laquelle j'ai été soigné beaucoup trop tard.

De son côté, Gus lui montra son tatouage, en serrant le poing de telle manière que la peau se renfla entre le pouce et l'index. Il représentait trois cercles noirs.

— Vous avez vu ? Ça ressemble à votre enseigne.

— Les trois boules sont l'emblème des prêteurs sur gages depuis des temps très anciens. Mais ton symbole à toi signifie autre chose.

— C'est un truc de clan. Ça veut dire « voleur », expliqua Gus en s'adossant au mur.

— Pourtant, tu n'as jamais rien volé chez moi.

— Peut-être que vous vous en êtes pas rendu compte, répliqua Gus en souriant.

Setrakian observa le pantalon du jeune homme et surtout les marques de brûlures.

— Il paraît que tu as tué un homme ?

Le sourire de Gus s'effaça.

— Mais tu n'as pas été blessé pendant la rixe, n'est-ce pas ? Cette entaille, sur ton visage, c'est à la police que tu la dois ?

Le garçon eut l'air de le prendre pour un indic.

— Qu'est-ce que ça peut vous faire, à vous ?

— Est-ce que tu as regardé dans sa bouche ?

Gus lui fit brusquement face. Le vieillard était penché en avant. On aurait presque dit qu'il priait.

— Pourquoi vous me demandez ça ?

— Parce que je sais, répondit Setrakian sans lever les yeux. Je sais qu'une épidémie vient d'éclater dans la ville. Et que bientôt, le mal gagnera le reste du monde.

— Il était pas malade, ce mec. C'était juste un taré avec une espèce de grande langue complètement dingue qui lui sortait de la...

Gus se tut. Il se sentait ridicule.

— D'ailleurs, c'était quoi, ce machin ?

— Jeune homme, tu t'es battu contre un mort possédé par un mal terrible.

Gus se remémora le visage de l'obèse, à la fois inexpressif et affamé. Et aussi le sang blanc qui coulait de sa bouche.

— Quoi, comme une saloperie de zombie, vous voulez dire ?

— Imagine plutôt un homme en cape noire avec de longues canines et un accent bizarre, répondit Setrakian en se tournant vers son interlocuteur. Maintenant, enlève la cape et les canines. Et aussi le drôle d'accent. En fait, enlève tout ce qu'il peut y avoir de drôle.

Gus était suspendu à ses lèvres. Il fallait qu'il sache. Ce ton grave, cette inquiétude mélancolique étaient contagieux.

— Ecoute ce que j'ai à dire, enchaîna le vieillard. Ton ami a été contaminé. Mordu, en quelque sorte.

Gus lança un coup d'œil à Felix, qui ne bougeait toujours pas.

— Mais non. Les flics l'ont assommé, c'est tout.

— Tu te trompes. Il est en train de changer, en ce moment même. En proie à une chose qui dépasse de loin ta compréhension. Un mal qui change les êtres en non-êtres. Ce n'est plus l'ami que tu as connu. Il a été transformé.

Gus revit le gros lard couché sur Felix, les bras qui le serraient avec une force hallucinante, la bouche qui cherchait sa gorge. Et l'expression de Felix, stupéfaite et épouvantée.

— Tu sens la chaleur qu'il dégage ? C'est son métabolisme qui s'active. Il faut une grande quantité d'énergie pour se transformer – et des métamorphoses douloureuses, effroyables, s'opèrent en lui pendant que nous parlons. Le développement complet d'un organisme parasitaire qui s'adapte à sa nouvelle morphologie. Il se transforme en hôte et aliment. Bientôt, entre douze et trente-six heures après la contamination, il va se réveiller. Il aura soif. Et il assouvira cette soif par tous les moyens, sans aucune retenue.

Gus regardait fixement Setrakian.

— Est-ce que tu le chéris, cet ami ? s'enquit alors le vieil homme.

— Hein ? Ça va pas ?

— Je veux dire par là : est-ce que tu as de l'estime pour lui ? Car si tel est le cas, tu dois le détruire avant qu'il n'achève sa métamorphose.

Gus s'assombrit.

— Comment ça, le « détruire » ?

— Il faudra que tu le tues. Sinon, il te métamorphosera à ton tour.

Le jeune homme secoua lentement la tête.

— Mais... Vous dites qu'il est déjà mort... alors comment je pourrais le tuer ?

— Il existe certaines méthodes. Celui qui t'a agressé, comment l'as-tu tué ?

— Avec un couteau. Vous savez, le truc dégueulasse qui lui sortait de la bouche ? Eh ben, je l'ai coupé.

— Et tu lui as tranché la gorge, n'est-ce pas ?

— Ouais, aussi. Après ça, un camion lui est passé dessus. Ça l'a achevé.

— Le plus sûr moyen est en effet de séparer la tête du corps. Il y a aussi l'exposition au soleil. L'exposition directe. Mais il y a d'autres procédés plus anciens.

Gus se retourna vers Felix. Toujours figé dans la même position, il respirait à peine.

— Comment ça se fait que personne soit au courant ?

Il se demandait lequel des deux était le plus dingue, de lui-même ou de Setrakian.

— Dites donc, vous êtes qui, en vrai ?

— Elizalde ! Torrez !

Gus était tellement absorbé par la discussion qu'il n'avait même pas vu les flics entrer dans la cellule commune. Il leva la tête en entendant son nom et celui de Felix. Alors il découvrit quatre policiers gantés de latex qui venaient vers lui, prêts à en découdre. Ils le hissèrent sur pied avant qu'il ait eu le temps de réagir.

Ils secouèrent Felix par l'épaule, puis par la jambe, en vain. Comme il ne se réveillait toujours pas, ils le soulevèrent d'un bloc en passant leurs bras sous son corps. Ensuite ils l'emmenèrent sans prendre garde à sa tête qui pendait ni à ses pieds qui traînaient par terre.

— Je vous en prie, écoutez-moi, intervint Setrakian. Cet homme est malade. Dangereux. Il est contagieux.

— C'est bien pour ça qu'on met des gants, papy, lui lança un des flics.

Ils tordirent les bras ballants de Felix pour lui faire franchir la porte de la cellule.

— Vous inquiétez pas, les MST, on a l'habitude !

— Il faut l'isoler, vous m'entendez ? L'enfermer en cellule individuelle.

— Puisqu'on vous dit de pas vous en faire ! Les assassins, nous, on leur réserve un traitement privilégié.

Tandis que les policiers l'entraînaient, Gus continua à regarder le vieillard dans les yeux, jusqu'à ce que la porte de la cellule se referme.

Groupe Stoneheart, Manhattan

La chambre à coucher du grand homme.

Climatisée, entièrement automatisée, avec possibilité de modifier les présélections grâce à une petite console à portée de main. Dans les angles, des humidificateurs dont le bruissement mêlé à la vibration constante de l'ionisateur et du purificateur d'air évoquait le murmure rassurant d'une mère parlant à son enfant. Tout homme devrait pouvoir passer ses nuits dans une pièce rappelant l'utérus, songea Eldritch Palmer. Et dormir comme un bébé.

Il restait plusieurs heures avant la tombée du soir, et il s'impatientait. Maintenant que le processus était en marche, que la métamorphose se propageait à tout New York avec un dynamisme exponentiel et inébranlable, le nombre des individus affectés doublant chaque nuit, il se surprenait à fredonner allégrement. Il avait connu de grandes réussites dans sa vie, mais aucune ne l'avait autant réjoui que cette vaste entreprise.

Son téléphone de chevet émit un signal discret et une diode clignota sur l'écouteur. Tous les appels sur cette ligne étaient filtrés par Fitzwilliam, son infirmier et assistant personnel, au jugement très sûr et à la discrétion exemplaire.

— Bonsoir, monsieur.
— Qui est-ce ?
— Jim Kent, monsieur. Il dit que c'est urgent. Je vous le passe.

Presque aussitôt s'éleva la voix de Kent, un des nombreux membres stratégiques de la société Stoneheart :

— Allô ? Allô ?
— Je vous écoute, monsieur Kent.
— Allô ? Vous m'entendez ? Je suis obligé de parler tout bas...
— Je vous entends. La dernière fois, nous avons été coupés...
— Oui. Le pilote s'est échappé. Pendant qu'on lui faisait passer des radios.

Palmer sourit.

— Il a disparu ?
— Non. Comme je ne savais pas très bien quoi faire, je l'ai suivi dans l'hôpital, mais Goodweather et Martinez l'ont rattrapé. Ils disent qu'il est en bonne santé, mais je ne peux pas confirmer. J'ai entendu une infirmière dire que j'étais seul dans le service. Et que des agents du Projet Canari avaient réquisitionné une salle verrouillée au sous-sol.

Palmer se rembrunit.

— Vous dites que vous êtes seul, mais où ?
— Dans un service d'isolement. C'est juste par mesure de précaution. Redfern a dû me frapper parce que j'ai perdu connaissance.

Palmer observa un silence, puis :

— Je vois.
— Si vous pouviez m'expliquer ce que je suis censé chercher, je vous serais plus utile et...

— Vous dites qu'ils ont réquisitionné une pièce à l'intérieur de l'hôpital ?

— Oui, au sous-sol. Peut-être à la morgue. Je vais m'arranger pour en savoir davantage.

— Comment ?

— Dès que je serai sorti. Ils veulent juste me faire quelques analyses.

Palmer se rappela que Kent n'était pas épidémiologiste – plutôt un gestionnaire sans formation médicale.

— Votre voix est un peu éraillée, monsieur Kent. Vous avez mal à la gorge ?

— En effet. J'ai dû attraper froid.

— Je vois. Bonne fin de journée, monsieur Kent.

Sur quoi Palmer raccrocha. Kent avait donc été contaminé ; c'était ennuyeux, mais sans plus. Cette histoire de morgue était plus inquiétante. Les projets d'envergure comportaient invariablement des obstacles à surmonter. Pour avoir mené des négociations toute sa vie, Palmer n'ignorait pas que si la victoire était savoureuse, c'était justement à cause des embûches et des contrariétés.

Il reprit le combiné et appuya sur la touche *.

— Oui, monsieur ?

— Fitzwilliam, nous avons perdu notre contact au sein du Projet Canari. Dorénavant, vous ne prendrez plus les appels provenant de son téléphone portable.

— Bien, monsieur.

— Par ailleurs, envoyez donc quelques agents dans le Queens. Il faut sans doute récupérer quelque chose au sous-sol du Jamaica Hospital.

Flatbush, Brooklyn

Ann-Marie Barbour vérifia une fois de plus qu'elle avait bien fermé toutes les portes à clé, puis parcourut la maison de fond en comble, à deux reprises, en effleurant deux fois chaque miroir, ce qui avait le don de l'apaiser. Elle ne pouvait pas passer devant une surface réfléchissante sans y poser l'index et le majeur de la main droite avec un hochement de tête ; chez elle, c'était un rituel équivalent à la génuflexion. Quand ce fut fini, elle recommença une troisième fois en essuyant proprement toutes les surfaces avec un mélange d'eau bénite et de produit pour les vitres en proportions égales, jusqu'à ce qu'elle soit satisfaite.

Quand elle eut recouvré son calme, elle appela sa belle-sœur, Jeanie, qui habitait dans le New Jersey.

— Aucun problème, répondit Jeanie en parlant des enfants, qu'elle était venue chercher la veille. Ils sont très bien élevés. Et Ansel, ça va ?

Ann-Marie ferma les yeux. Des larmes s'en échappèrent.

— Je ne sais pas.

— Mais est-ce que son état s'améliore ? Tu lui as donné le bouillon de poule que j'avais apporté ?

Ann-Marie avait la mâchoire qui tremblait, et elle avait peur que sa belle-sœur ne s'en aperçoive si elle parlait trop. Alors elle se contenta d'articuler :

— Pas encore. Je... je te rappelle.

Elle raccrocha, puis se tourna vers la fenêtre du jardin, par laquelle on apercevait les tombes. Deux rectangles de terre retournée. Elle pensa aux chiens qui reposaient dessous.

Et à Ansel. A ce qu'il leur avait fait.

Elle se lava scrupuleusement les mains, puis passa de nouveau de pièce en pièce, en se bornant au rez-de-chaussée, cette fois. Dans la salle à manger, elle sortit du buffet le coffret en ébène contenant son beau service en argent, celui qu'elle avait eu pour son mariage. Bien astiqué, bien brillant. Elle caressa les couverts un à un, en portant à chaque fois le bout de ses doigts à ses lèvres. Il lui semblait qu'elle allait devenir folle si elle ne les touchait pas tous.

Enfin elle se dirigea vers la porte du jardin. Là, elle fit halte, épuisée, la main sur la poignée, en priant pour que là-haut on lui donne de la force, on lui souffle la marche à suivre, on lui explique ce qui se passait.

Puis elle ouvrit, descendit les marches et s'approcha de la remise. Quelques heures plus tôt, elle en avait sorti les cadavres des chiens pour les traîner dans un coin du jardin, ne sachant que faire d'autre. Heureusement, une vieille pelle traînait sous la terrasse, à l'avant de la maison. Elle n'avait pas été obligée de retourner dans l'abri. Elle les avait ensevelis sans creuser très profondément, puis elle avait pleuré devant leur tombe. Sur eux, sur ses enfants, sur elle-même.

Elle gagna le côté de la remise, où des chrysanthèmes poussaient dans une jardinière, sous une petite fenêtre à quatre carreaux. Elle hésita, puis risqua un regard à l'intérieur en protégeant ses yeux du soleil. Des outils de jardin accrochés aux murs, d'autres outils rangés sur des étagères, un petit établi. Le soleil entrant par les vitres dessinait un rectangle parfait sur le sol de terre battue, et l'ombre d'Ann-Marie tombait sur le piquet métallique qui y était planté. Une chaîne identique à celle de la porte était reliée à celui-ci ; ce qui se trouvait au bout était en dehors de son champ de vision. La terre ne semblait pas avoir été creusée.

Elle revint vers l'entrée, s'immobilisa devant les portes, tendit l'oreille.

— Ansel ? fit-elle tout bas.

Pas de réponse. Elle colla sa bouche contre l'entrebâillement – à peine plus d'un centimètre – entre les deux battants gauchis par les intempéries.

— Ansel ?

Un bruissement. Il avait quelque chose d'animal qui l'épouvanta et la rassura à la fois, curieusement.

Son mari était toujours là. Il ne l'avait pas quittée.

— Ansel... Je t'en supplie... Dis-moi ce que je dois faire. Je ne peux pas y arriver sans toi. Mon chéri, j'ai besoin de toi. Je t'en prie, réponds-moi. Qu'est-ce qu'il faut que je fasse ?

Nouveaux bruissements. Comme un animal qui s'ébroue pour faire tomber la terre. Puis un son guttural.

Si seulement elle pouvait le voir... Lui et son visage rassurant...

Ann-Marie passa la main dans son chemisier et en retira une courte clé suspendue à son cou par un lacet. Elle la glissa dans la serrure du cadenas. Un déclic, et celui-ci s'ouvrit, libérant la chaîne passée entre les deux poignées. Ann-Marie enleva cette dernière et la laissa tomber dans l'herbe.

Les battants s'entrouvrirent de quelques centimètres. Le soleil était au zénith, à présent. La resserre n'était éclairée que par la petite fenêtre. Elle resta sur le seuil, tentant de percer l'obscurité.

— Ansel ?

Une ombre remua.

— Ansel... Il ne faut pas faire autant de bruit la nuit... Le voisin d'en face, M. Otish, a appelé la police, croyant que c'étaient les chiens. Les chiens...

Elle se mit à larmoyer. Si ça continuait, tout allait sortir, dans un flot de paroles...

— Tu sais... J'ai bien failli lui parler de toi. Ansel, je ne sais pas quoi faire. Qu'est-ce qui serait le mieux ? Je suis complètement perdue. Je t'en prie... J'ai tellement besoin de toi...

Comme elle tendait la main pour écarter les battants, un cri plaintif l'arrêta. Stupéfaite, elle le vit se ruer vers la sortie – vers elle ! Il l'attaquait ! La chaîne le retint et le tira même en arrière en étouffant dans sa gorge un cri de bête sauvage. Les portes s'ouvrirent d'un coup et là, avant de hurler à son tour, avant de rabattre violemment les portes, elle vit son mari accroupi sur le sol, un collier à chien serré autour de sa gorge tendue, la bouche ouverte, noire. Il s'était arraché les cheveux. Il avait aussi arraché ses vêtements, révélant un corps blême, veiné de bleu, crasseux à force de dormir – de se cacher – dans la terre. On aurait dit un mort qui aurait eu le temps de creuser sa propre tombe avant de s'y enfouir. Il dénuda ses dents souillées de sang et, les yeux révulsés, recula devant la lumière du soleil. Un démon ! Affolée, Ann-Marie remit maladroitement la chaîne en place, puis referma le cadenas et courut chercher refuge dans sa maison.

Vestry Street, TriBeCa

La limousine emmena Gabriel Bolivar chez son médecin, dont l'immeuble possédait un parking souterrain. Le Dr Ronald Box soignait de nombreuses vedettes new-yorkaises du cinéma, de la télévision et de la musique. C'était un praticien reconnu, spécialisé dans les cures de désintoxication, les maladies sexuellement transmissibles, l'hépatite C et autres affections liées à la célébrité.

Bolivar monta jusqu'à son cabinet dans un fauteuil roulant, avec pour seul vêtement un kimono noir. Tout ratatiné, il ressemblait à un vieillard. Ses longs cheveux noirs naguère si soyeux étaient devenus secs et il les perdait par poignées. Il tenait devant son visage, pour qu'on ne risque pas de le reconnaître, des mains grêles qui semblaient déformées par l'arthrite. Il avait la gorge tellement enflée, tellement à vif qu'il avait du mal à émettre un son.

Le médecin le reçut dès son arrivée. Il était déjà en train d'examiner les clichés transmis électroniquement par la clinique. Ceux-ci étaient accompagnés d'un mail émanant du radiologue en chef. Il expliquait qu'il n'avait pas vu le patient lui-même, que manifestement l'appareil de radiologie fonctionnait mal et qu'on allait veiller à ce qu'il soit réparé le plus vite possible. Il faudrait refaire tous les examens sous vingt-quatre à quarante-huit heures. Toutefois, un coup d'œil à Bolivar suffit à Box pour conclure que si quelque chose était détraqué, ce n'était pas l'appareil de radiologie. Il posa son stéthoscope contre la poitrine de la star et lui demanda de respirer fort. Il voulut ensuite examiner sa gorge, mais Bolivar refusa sans un mot, braquant sur lui des yeux noir et rouge au regard fou de douleur.

— Il y a longtemps que vous portez la même paire de lentilles de contact ? s'enquit le Dr Box.

Une grimace déforma le visage de Bolivar, qui secoua la tête.

Le médecin lança un coup d'œil au colosse debout près de la porte. Malgré sa tenue de chauffeur, c'était le garde du corps du chanteur, Elijah. Un mètre quatre-vingt-quinze, cent trente kilos. Il avait l'air très nerveux. Box lui-même n'était pas rassuré. Il examina les mains du malade : vieillies, douloureuses, elles ne paraissaient cependant pas fragiles. Il voulut palper les ganglions sous-maxillaires, mais, là encore, Bolivar ne put le supporter. Le dossier mentionnait une température corporelle de 50 °C, ce qui était cliniquement impossible. Pourtant, étant donné la chaleur que dégageait le malade, c'était tout à fait crédible.

Box recula d'un pas.

— Je ne sais pas très bien comment vous annoncer ça, Gabriel, mais votre organisme paraît infesté de lésions néoplasiques. C'est-à-dire de tumeurs cancéreuses. Carcinome, sarcome, lymphome... et tout cela démentiellement métastasé. Il n'existe pas de précédent, à ma connaissance. Bien sûr, je vais tout de même vous envoyer consulter des spécialistes.

Bolivar l'écoutait en lui jetant des regards furibonds.

— J'ignore de quoi il s'agit, mais ça a pris le contrôle de votre corps, au sens littéral. Pour autant que je puisse juger, votre cœur a cessé de battre par lui-même. Il semble que le cancer se charge de l'animer à votre place. Même chose pour les poumons. Ils sont envahis et... presque absorbés, métamorphosés. Comme si... comme si vous étiez en train de vous transformer, acheva le médecin, qui prenait conscience du phénomène à mesure qu'il le formulait. On pourrait vous déclarer en état de mort clinique. C'est le cancer qui vous maintient en vie. Je ne sais pas quoi vous dire d'autre. Vos organes cessent de fonctionner, mais votre cancer, lui, se porte très bien.

Les yeux effrayants de Bolivar étaient fixés sur le vide. Sa gorge se convulsait vaguement, comme s'il essayait d'articuler quelques mots tandis qu'un obstacle empêchait sa voix de sortir.

— Je vais vous faire admettre immédiatement au Sloan-Kettering, reprit le médecin. Sous un faux nom, et avec un faux numéro de sécurité sociale. C'est le meilleur hôpital, pour le cancer. Elijah va vous y conduire tout de suite et...

Alors Bolivar émit un grondement rocailleux, venu du fond de sa poitrine et qui, sans doute possible, était un refus. Il posa les mains sur les bras de son fauteuil roulant et se leva. Elijah vint bloquer les poignées derrière le dossier. La star vacilla un moment, puis défit gauchement la ceinture de son peignoir.

Et révéla un pénis flasque, noirci, racorni, sur le point de tomber comme une figue gâtée se détachant d'un arbre mort.

Bronxville

Encore très secouée par les événements des dernières vingt-quatre heures, Neeva confia les enfants Luss à la garde de son neveu Emile, pendant que sa fille Sebastiane la ramenait à Bronxville. Au déjeuner, elle avait permis à Keene et à sa sœur Audrey, huit ans, de s'empiffrer de corn-flakes et de fruits au sirop qu'elle avait emportés en fuyant la maison de ses patrons.

Et maintenant, il fallait qu'elle retourne en chercher, parce qu'ils ne voulaient pas goûter à la cuisine haïtienne préparée par ses soins, mais surtout parce qu'elle avait oublié l'inhalateur du petit, qui était asthmatique et dont la respiration était de plus en plus sifflante, le teint de plus en plus cireux.

En arrivant, les deux femmes virent la voiture de Joan Luss garée dans l'allée, ce qui fit hésiter Neeva. Elle demanda à Sebastiane de l'attendre, puis mit pied à terre, tira sur sa combinaison sous sa robe et entra par le côté avec sa clé. La porte s'ouvrit sans déclencher de sonnerie : l'alarme n'était donc pas activée. Neeva entra dans le débarras ; équipé de rangements muraux intégrés et d'un carrelage chauffant, celui-ci ne portait pas très bien son nom. De là, elle franchit la double porte vitrée donnant dans la cuisine.

Apparemment, personne n'y était venu entre-temps. Immobile sur le seuil, elle guetta le moindre bruit avec une attention extrême, en retenant son souffle le plus longtemps possible. On n'entendait rien.

— Il y a quelqu'un ? lança-t-elle à plusieurs reprises.

Neeva espérait une réponse soit de Mme Guild, l'employée de maison à qui elle n'adressait pratiquement pas la parole – elle la soupçonnait d'être raciste –, soit de Joan, cette femme dépourvue d'instinct maternel au point d'être elle-même une enfant, malgré sa réussite professionnelle.

Elle alla déposer doucement son sac sur l'îlot central, entre l'évier et les plaques de cuisson, puis ouvrit un placard et remplit un grand sac à provisions de biscuits, de briques de jus de fruits et de pop-corn. L'impression d'être une voleuse l'incita à se dépêcher, même si elle s'arrêtait de temps en temps pour tendre l'oreille.

Ensuite, elle prit tous les bâtonnets de fromage et les yaourts à boire. Elle tomba alors sur le numéro de M. Luss, sur une feuille de bloc-notes scotchée près du téléphone mural. Elle eut une brève hésitation. Mais que lui dire ? « Votre femme est malade. Elle n'est pas dans son état normal. J'emmène les enfants. » Non. De toute façon, son patron et elle n'échangeaient jamais plus de quelques mots. Une présence maléfique rôdait dans cette maison de rêve, et, en tant que nounou, son devoir était de mettre les enfants en sécurité.

En cherchant dans l'armoire à pharmacie, au-dessus de la cave à vins réfrigérée, elle constata que l'inhalateur était vide, comme elle le craignait. Elle allait devoir descendre au sous-sol. Sur la première marche de l'escalier tournant, elle s'arrêta le temps de prendre dans son sac son crucifix recouvert d'émail noir. Elle descendit les marches tapissées en le tenant à la main, au cas où. Arrivée en bas, elle trouva le sous-sol curieusement sombre. C'était pourtant l'après-midi. Elle bascula tous les interrupteurs du tableau électrique, puis resta un instant immobile, l'oreille aux aguets.

Le sous-sol était entièrement aménagé, avec un *home cinema*, des fauteuils et même une imitation de chariot à pop-corn, ainsi qu'une salle de jeux remplie de tous les jouets imaginables et une lingerie où Mme Guild faisait la lessive et le repassage. On y trouvait également une quatrième salle de bains, le garde-manger, et une vraie cave à vin climatisée, récemment installée. On avait détruit une partie des fondations et recréé un sol en terre battue pour faire « européen ».

Soudain, la chaudière s'alluma à grand bruit, comme si on avait donné un coup de pied dedans, et Neeva sursauta. Elle tourna les talons, prête à remonter, mais non : le petit avait besoin de son inhalateur. Il n'avait vraiment pas bonne mine.

Elle s'avança d'un pas décidé puis, parvenue entre deux fauteuils, à mi-chemin du garde-manger fermé par une porte en accordéon, elle s'aperçut qu'on avait occulté les fenêtres. Voilà pourquoi il faisait si noir : on avait empilé des jouets et des cartons jusqu'à former une tour masquant les soupiraux. Des vieux vêtements et des journaux bloquaient le plus petit rayon de soleil.

Qui avait pu faire ça ? Neeva courut chercher dans le garde-manger des recharges pour l'inhalateur de Keene, rangées sur une étagère en métal ajouré avec les vitamines de Joan et des pots entiers d'antiacide.

Elle attrapa deux recharges et, dans sa hâte, oublia de prendre d'autres provisions pour les enfants. Elle ressortit sans même refermer la porte.

Soudain, elle vit que la porte de la lingerie, d'habitude fermée, était entrouverte. Cette anomalie symbolisait le déséquilibre que Neeva ressentait dans toute la maison.

Puis elle aperçut d'épaisses taches noires sur la moquette, espacées comme des traces de pas. Elle les suivit des yeux jusqu'à la porte de la cave à vin, devant laquelle elle devait passer pour regagner l'escalier. Il y avait de la terre sur la poignée.

Lorsqu'elle approcha de cette porte, Neeva sentit émaner de la pièce quelque chose de ténébreux. Une noirceur de tombeau. Mais sans le froid qui aurait dû aller avec. Au contraire, il s'en dégageait une chaleur insolite. Une chaleur qui guettait, qui bouillait de rage.

La poignée tourna au moment où Neeva s'élançait vers l'escalier. Elle avait cinquante-trois ans et des genoux usés. Elle gravit péniblement les marches en se retenant d'une main au mur, où son crucifix fit sauter un petit morceau de plâtre. Quelque chose la poursuivait. En débouchant au rez-de-chaussée, en plein soleil, elle se mit à hurler en créole. Elle traversa la grande cuisine au pas de course, attrapant son sac à main au passage. Elle renversa le sac à provisions. Son contenu se répandit sur le carrelage, mais elle avait trop peur pour faire demi-tour.

Voyant sa mère surgir en poussant de grands cris, dans sa robe à fleurs et ses baskets noires, Sebastiane descendit de voiture.

— Non ! hurla Neeva en lui faisant signe de se remettre au volant.

Elle fuyait comme si on la poursuivait, hors d'haleine, mais il n'y avait personne derrière elle. Inquiète, Sebastiane obéit quand même.

— Maman, qu'est-ce qui se passe ?

— Démarre ! hurla Neeva, les yeux écarquillés, rivés à la porte ouverte.

— Ecoute, maman, on pourrait être accusées de kidnapping, dit la jeune fille en faisant marche arrière. Il y a des lois, ici. Tu as appelé le mari au moins ? Tu avais promis.

Neeva ouvrit sa main et vit qu'elle saignait. Elle avait serré si fort son crucifix incrusté de perles qu'il lui avait entaillé la paume. Elle le laissa tomber sur le plancher de la voiture.

Commissariat de police du 17ᵉ District, 57ᵉ Rue Est, Manhattan

Le vieux professeur était assis tout au bout du banc, le plus loin possible de l'homme torse nu qui ronflait après s'être soulagé sans même demander où étaient les toilettes ni ôter son pantalon.

— Setraykan ? Setarkian ?

— Ici, répondit-il en se levant pour rejoindre le semi-illettré en uniforme qui venait d'apparaître sur le seuil.

L'agent le fit sortir et referma à clé.

— Va-t-on me relâcher ? s'enquit Setrakian.

— On dirait que oui. Votre fils est venu vous chercher.

— Mon… ?

Il se retint de justesse et se laissa guider vers une porte qui donnait sur une salle d'interrogatoire. Le policier lui fit signe d'entrer.

Setrakian ne mit qu'une fraction de seconde à reconnaître le Dr Ephraïm Goodweather, assis derrière la table nue. L'homme du CDC.

A côté de lui, la femme qu'il avait déjà vue à ses côtés. Il apprécia la ruse, qui le fit sourire. Il n'était pas surpris de les trouver là.

— Ainsi, nous y sommes, dit-il. Ça a commencé.

Goodweather le jaugea du regard. Il avait les yeux profondément cernés – la fatigue, le manque de sommeil.

— Si vous voulez sortir d'ici, c'est possible. Mais d'abord, je veux des explications. Des informations.

— Je peux répondre à un grand nombre de questions que vous vous posez. Seulement, nous avons déjà perdu beaucoup de temps. Il faut nous y mettre sans attendre, si nous voulons avoir une chance de contenir le phénomène.

— C'est bien ce que je dis, répliqua Goodweather en tendant un peu trop brusquement le bras. Quel « phénomène » ?

— Les passagers de l'avion. Les morts se relèvent.

Eph ne sut que répondre à cela. Il en était incapable. Et il ne le voulait pas non plus.

— Il va falloir renoncer à beaucoup de choses, docteur, reprit Setrakian. Vous pensez prendre un risque en vous fiant à la parole d'un vieux bonhomme dont vous ignorez tout. Mais en un sens, je prends un risque mille fois plus grand en vous confiant cette responsabilité. Ce que nous évoquons là, ce n'est rien de moins que l'avenir de l'humanité. Naturellement, je ne m'attends pas à ce que vous me croyiez, ni même à ce que vous compreniez ce que je dis. Il est trop tôt. Vous pensez m'enrôler pour défendre votre cause. Mais en vérité, c'est moi qui vous enrôle pour défendre la mienne.

LE VIEUX PROFESSEUR

KNICKERBOCKER – PRETEUR SUR GAGES ET CURIOSITES, 118ᵉ RUE, SPANISH HARLEM

Eph posa contre son pare-brise sa pancarte TRANSFUSIONS SANGUINES afin de se garer sur un emplacement réservé aux livraisons sur la 119ᵉ Rue Est. Puis Nora, Setrakian et lui firent une centaine de mètres à pied pour rejoindre la boutique du vieil homme. Une grille en barrait l'entrée et les vitrines étaient protégées par des volets en métal. Malgré la pancarte FERMÉ au-dessus des horaires d'ouverture, un homme faisait le pied de grue devant la porte, une boîte à chaussures dans les mains. Il portait une canadienne noire et un grand bonnet de style rasta qui pendait comme un soufflé retombé parce qu'il lui manquait des dreadlocks pour le remplir.

Setrakian entreprit d'ouvrir les cadenas en haut et en bas de la grille avec un trousseau de clés retenu par une chaîne.

— Pas de prêts aujourd'hui, déclara-t-il en jetant un regard en biais à la boîte en carton.

— Regardez ça, insista le client en produisant un paquet enveloppé dans du tissu, une serviette de table qui révéla une dizaine de couverts. Ils sont en argent. Je sais que vous prenez l'argenterie.

— En effet.

La grille était ouverte. Setrakian cala la poignée de sa canne contre son épaule, prit un couteau, le soupesa et passa ses doigts sur la lame. Puis il tapota les poches de son gilet et dit :

— Docteur, auriez-vous dix dollars ?

Pressé d'en finir, Eph sortit un billet et le tendit à l'inconnu.

Alors Setrakian rendit le couteau à ce dernier.

— Reprenez-les, dit-il. Ils ne sont pas en argent.

L'homme accepta l'aumône avec reconnaissance et s'éloigna non sans lui dire :

— Dieu vous bénisse.

— Nous n'allons pas tarder à le savoir, dit Setrakian en entrant dans son magasin.

Eph suivit du regard son billet qui filait dans la rue, puis entra à son tour.

— L'interrupteur est juste là, déclara le vieil homme en refermant soigneusement la grille derrière eux.

Nora actionna les trois interrupteurs à la fois. Les lampes éclairèrent des vitrines, des présentoirs, et l'endroit où tous trois se tenaient. La boutique était petite, triangulaire comme un coin enfoncé à coups de maillet à l'angle du pâté de maisons. Le mot « bazar » se présenta immédiatement à l'esprit d'Eph. Un bric-à-brac invraisemblable allant de la chaîne stéréo antédiluvienne ou du magnétoscope tout aussi obsolète à l'assortiment d'instruments de musique (dont un banjo et un keytar, ce clavier portable qu'on tenait comme une guitare dans les années 80), en passant par les statuettes de saints et les assiettes de collection. A quoi s'ajoutaient deux ou trois tourne-disques, quelques petites tables de mixage, une vitrine fermée à clé offrant aux regards des broches fantaisie dénuées de valeur et d'autres bijoux de pacotille clinquants, des portants pleins de vêtements, principalement des manteaux à col de fourrure.

Son cœur se serra devant cet entassement de camelote. Il perdait son temps avec un fou. Et son temps était précieux.

— Ecoutez, dit-il. Nous avons des raisons de croire qu'un de nos collègues a été contaminé.

Setrakian passa devant lui en faisant tinter sa canne sur le parquet, puis, de sa main gantée, il souleva l'abattant du comptoir et les invita tous les deux à le suivre.

Dans l'arrière-boutique, un escalier montait au premier étage et aboutissait à une porte. Avant de la franchir, le vieil homme appuya sa canne contre le mur et toucha la mezouzah du bout des doigts. L'appartement était vieillot, les plafonds bas, le plancher recouvert de tapis élimés. Les meubles n'avaient pas dû être déplacés depuis au moins trente ans.

— Vous avez faim ? s'enquit Setrakian. N'hésitez pas à chercher, vous trouverez bien quelque chose à manger.

Lui-même ouvrit une jolie boîte à gâteaux, qui contenait un paquet de biscuits fourrés à la crème sous emballage individuel. Il en prit un et l'ouvrit.

— Ne laissez pas votre énergie s'épuiser. Prenez des forces, vous en aurez besoin.

Il alla se changer dans sa chambre tout en mordant dans son biscuit. Eph examina la petite cuisine donnant sur le salon, puis il se tourna vers Nora. La pièce était encombrée mais propre. La jeune femme prit sur la table, contre laquelle était poussée une unique chaise, une photo encadrée en noir et blanc, représentant une jeune femme aux cheveux aile de corbeau, au physique avenant, vêtue d'une robe sombre toute simple. Elle posait sur un gros rocher au milieu d'une plage déserte, les doigts entrecroisés sur son genou nu, en souriant à l'objectif. Eph retourna dans le couloir afin d'examiner les miroirs qui y étaient accrochés par dizaines, tous de tailles différentes, piquetés par l'âge et entachés d'imperfections. Des deux côtés s'entassaient des piles de livres qui réduisaient considérablement le passage.

Le vieil homme réapparut, toujours vêtu dans le même style : costume en tweed avec gilet, bretelles et cravate, souliers en cuir éculés. Ses mains déformées étaient encore protégées par des mitaines.

— Je vois que vous collectionnez les miroirs, dit Eph.

— Un certain type seulement. Je trouve le verre ancien singulièrement révélateur.

— Vous êtes disposé à nous dire ce qui se passe, maintenant ?

Setrakian pencha légèrement la tête sur le côté.

— Docteur, ce n'est pas une chose qu'on peut se contenter de « dire ». Elle doit être *révélée*. Mais je vous en prie, enchaîna-t-il en se dirigeant vers la porte d'entrée. Suivez-moi.

Eph redescendit l'escalier, Nora sur les talons. Au rez-de-chaussée, Setrakian ouvrit une autre porte et descendit un second escalier à vis, une marche après l'autre, en faisant glisser sa main le long de la rampe métallique. Sa voix résonna dans la cage exiguë :

— Je me considère comme l'héritier de personnes défuntes et de livres depuis longtemps tombés dans l'oubli, le dépositaire d'un savoir ancien. D'une science accumulée tout au long d'une existence consacrée à l'étude.

— Quand vous nous avez interpellés devant la morgue, le coupa Nora, vous avez affirmé que les passagers décédés dans l'avion ne se décomposaient pas normalement.

— C'est exact.

— Sur quoi vous basez-vous pour dire cela ?

— Sur mon expérience.

— Vous voulez parler d'incidents antérieurs, survenus à bord d'autres appareils ?

— Non, le fait qu'ils se soient trouvés dans un avion est tout à fait fortuit. J'ai cependant déjà été témoin de ce phénomène. A Budapest, à Bassora, à Prague, et même à moins de dix kilomètres de Paris. Mais je l'ai vu aussi dans un minuscule village de pêcheurs au bord du fleuve Jaune et à plus de deux mille mètres d'altitude, en Mongolie, dans les monts Altaï. Sur le continent américain aussi, j'en ai discerné les traces. Le plus souvent, on veut faire croire à un fait isolé ; on parle de schizophrénie, d'accès de démence – ou, plus récemment, de meurtres en série.

— Attendez ! Vous avez vu de vos propres yeux des cadavres qui mettaient trop longtemps à se décomposer ?

— Au stade initial, oui.

Les dernières marches de l'escalier débouchaient sur une porte fermée par deux cadenas. Setrakian les ouvrit au moyen d'une clé qui ne faisait pas partie de son trousseau, mais qu'il portait autour du cou. Le battant s'ouvrit vers l'intérieur et des lampes s'allumèrent automatiquement. Ils pénétrèrent dans un sous-sol profond et brillamment éclairé, où l'on percevait une vibration continue.

L'œil d'Eph fut aussitôt attiré par un mur entièrement couvert de pièces d'armure allant de la tenue de chevalier complète à la simple cotte de mailles, en passant par le costume de samouraï – plaque pectorale et collerette, ainsi que des protections plus grossières, en cuir, destinées au cou, au torse et à l'entrejambe. Il y avait également des armes – des épées et des poignards à l'éclat glacé, mais aussi, étalés sur une table basse d'aspect ancien, des engins modernes dont les batteries se trouvaient sur leur chargeur. Eph identifia des lunettes à visée nocturne et des pistolets à clous modifiés. Et encore des miroirs, surtout de poche, disposés de telle manière qu'il se vit lui-même contempler d'un air stupéfait cette galerie de... de quoi, au juste ?

— Le magasin, déclara le vieil homme en indiquant l'étage supérieur, m'a permis de gagner correctement ma vie. Mais si je me suis installé comme prêteur sur gages, ce n'est pas par amour des postes à transistors ou des bijoux anciens.

Il referma la porte derrière eux, et les projecteurs montés sur le chambranle s'assombrirent : des lampes à ultraviolets, qui semblaient former une espèce de champ de force. Celui-ci était-il destiné à empêcher les germes d'entrer ? Ou au contraire à contenir quelque chose dans la pièce ?

— Si j'ai choisi cette profession, poursuivit Setrakian, c'est parce qu'elle me donnait accès à tout un marché parallèle d'objets et d'ouvrages ésotériques anciens. Le plus souvent illicites, sans être illégaux, et qui pouvaient servir à mes recherches personnelles.

Eph parcourut une nouvelle fois la pièce du regard. Ce qu'il voyait évoquait moins une collection privée qu'un petit arsenal.

— Vos recherches ?

— Oui. Pendant de nombreuses années, j'ai enseigné la littérature et les traditions d'Europe de l'Est à l'université de Vienne, en Autriche.

Eph jaugea une fois de plus le vieil homme. Son costume correspondait bien à l'idée qu'il se faisait d'un professeur viennois.

— Et vous avez pris votre retraite pour devenir prêteur sur gages ?

— Je n'ai pas pris ma retraite. On m'a contraint à partir. On m'a déshonoré. Certaines forces se sont liguées contre moi. Cela dit, rétrospectivement, je dois admettre que si j'ai survécu, c'est justement grâce à cette disparition volontaire.

Il se retourna vers ses invités et joignit ses mains derrière son dos en une attitude toute professorale.

— Le fléau que nous voyons se répandre aujourd'hui existe depuis des siècles, des millénaires, même. Je ne peux le prouver, mais je le soupçonne de remonter à des temps extrêmement reculés.

Eph acquiesça. Il ne comprenait pas tout ce que disait cet homme, mais, au moins, il sentait qu'on avançait un peu.

— Donc, c'est à un virus qu'on a affaire ?
— En quelque sorte, oui. Un mal qui s'attaque à la fois au corps et à l'âme.

Le vieux professeur était placé de telle manière que, du point de vue d'Eph et Nora, les épées accrochées au mur derrière lui semblaient se déployer en éventail de part et d'autre de son dos, comme des ailes d'acier.

— Un virus, donc. Mais je voudrais aussi vous orienter vers un autre mot commençant par « v ».
— Lequel ?
— Vampire.

Le genre de mot qui, prononcé avec le plus grand sérieux, avait le don de jeter un froid.

Setrakian reprit :
— Vous vous figurez un acteur cabotinant en cape de satin noir, une séduisante incarnation du pouvoir dissimulant ses canines, ou un être en proie à des maux existentiels, ployant sous le fardeau de l'immortalité. Une sorte de Bela Lugosi.

Nora examina à son tour la pièce.
— Je ne vois ni crucifix, ni eau bénite, ni gousses d'ail.

— L'ail revêt certaines propriétés non dénuées d'intérêt sur le plan immunologique ; il peut être utile en soi. Sa présence dans la mythologie vampirique est donc justifiée par la biologie. Mais les croix et l'eau bénite ne sont que des produits de l'imagination aussi irlandaise qu'enfiévrée d'un écrivain victorien, exacerbée par le climat religieux de son époque.

Setrakian perçut l'incrédulité des deux médecins et ne parut guère surpris.

— « Ils » ont toujours été là, enchaîna-t-il. Ils font leur nid, ils se nourrissent dans l'ombre, car telle est leur nature. A l'origine, ils étaient sept. On les appelle les « Aînés », les « Maîtres ». Ce ne sont pas, par essence, des êtres solitaires. Au contraire, ils tendent à se regrouper en clans. Jusqu'à des temps très récents – enfin, compte tenu de leur espérance de vie, qui n'a pas de limite –, ils se répartissaient sur les grands blocs continentaux, ce que nous appelons aujourd'hui l'Europe et l'Asie, l'actuelle Fédération de Russie, la péninsule Arabique et le continent africain. Le Vieux Monde, en quelque sorte. Puis il y a eu un schisme, dont j'ignore la cause. En tout cas, ce conflit a eu lieu des siècles avant la découverte du Nouveau Monde. La création des colonies d'Amérique leur a ensuite ouvert des contrées nouvelles, vierges et fertiles. Trois d'entre eux sont restés dans le Vieux Monde, trois sont partis pour le Nouveau. Chaque clan respectait le territoire de l'autre. Ils déclarèrent une trêve, et la respectèrent.

» Le problème, c'était le septième Aîné. Un rebelle qui, à ce moment-là, a tourné le dos aux deux factions. Je ne peux pas le prouver, mais la brutalité de la situation actuelle me conduit à penser qu'il en est à l'origine.

— « La situation »…, répéta Nora.

— Oui, cette incursion dans le Nouveau Monde. Cette rupture du statu quo respecté par les siens. C'est essentiellement un acte de guerre.

— Une guerre entre vampires, murmura Eph.

Setrakian eut un sourire sans joie.

— Vous schématisez, car vous ne pouvez pas croire à ce que je vous dis là. Parce qu'on vous a appris dès l'enfance à douter, parce que vous êtes un médecin, un scientifique, et parce que nous sommes en Amérique, un pays où tout est connu, compris, où Dieu est un dictateur bienveillant et l'avenir nécessairement radieux.

Il joignit les mains autant que le lui permettait son infirmité et observa un silence pensif avant de reprendre :

— Tel est l'état d'esprit qui règne ici, et je trouve cela très beau. Sincèrement. Je ne suis pas en train de me moquer. Il est merveilleux de croire uniquement ce qu'on *veut* croire, et de rejeter tout le reste. Je respecte votre scepticisme, docteur, et si je vous le dis, c'est dans l'espoir que, de votre côté, vous respecterez mon expérience et laisserez mes observations pénétrer votre esprit hautement scientifique et civilisé.

— Vous prétendez donc qu'un d'entre *eux*, le rebelle, était à bord de cet avion.

— Exactement.

— Dans le cercueil retrouvé dans la soute.

— Un cercueil contenant de la terre. Ces créatures aiment retourner à la terre qui les a vus naître. Comme les vers. Ils s'enfouissent pour nicher. Ce que nous appellerions « dormir ».

— A l'abri de la lumière du jour, ajouta Nora.

— De la lumière du soleil, en effet. C'est pendant leurs déplacements qu'ils sont vulnérables.

— Mais vous dites qu'il s'agit d'une guerre entre vampires. Pourtant, ils s'en prennent aux gens ordinaires. Tous les passagers de l'avion sont morts !

— Là encore, la chose va être difficile à accepter pour vous, mais à leurs yeux nous ne sommes pas des ennemis. Nous ne sommes pas dignes d'être combattus. Nous sommes des *proies*. Du bétail à l'enclos.

Eph réprima un frisson.

— Mais enfin, c'est de la science-fiction !

— L'appareil que vous avez là, dans votre poche, répondit Setrakian en tendant l'index. Votre téléphone portable. Vous appuyez sur quelques touches et aussitôt, vous pouvez converser avec une personne qui se trouve à l'autre bout du monde. *Ça,* c'est de la science-fiction, docteur. Devenue réalité. Vous voulez une preuve de ce que j'avance ?

Le professeur se dirigea vers un établi qui supportait un objet dissimulé sous un pan de soie noire. Il saisit celui-ci par un coin, tout en se tenant à bonne distance, et le retira, révélant un récipient en verre, un bocal à spécimens tel qu'on en trouvait chez tous les fournisseurs de matériel de laboratoire.

A l'intérieur, flottant dans un liquide trouble, se trouvait un cœur humain bien conservé.

Eph se pencha pour l'observer, sans s'approcher à plus d'un mètre.

— Un individu adulte de sexe féminin, à en juger par la taille. En bonne santé, plutôt jeune. C'est un prélèvement récent. Et ça prouve quoi ? demanda-t-il en se tournant vers Setrakian.

— Je l'ai extrait de la poitrine d'une jeune veuve, dans un village proche de Shkodër, au nord de l'Albanie, au printemps 1971.

Comme Eph, intrigué, s'approchait, une espèce de tentacule surgit du cœur, terminé par une ventouse qui vint se coller au verre, à la hauteur de son œil.

Il se redressa vivement et regarda fixement le bocal.

— C'était quoi, ça ? lâcha Nora à ses côtés.

Alors le cœur entra en mouvement dans son bain de sérum.

Il se mit à palpiter.

Il battait.

Eph regarda la ventouse explorer la paroi interne du bocal ; on aurait dit une bouche livide et sans lèvres. Puis il se tourna vers Setrakian qui, les mains dans les poches, n'avait pas bougé.

— Il s'anime en présence de sang humain, expliqua-t-il.

Eph le dévisagea, parfaitement incrédule. Puis il retourna prudemment vers le bocal, se plaçant cette fois à droite de l'appendice. Celui-ci se détacha du verre et se détendit brusquement vers lui.

Eph poussa une exclamation. Animé de pulsations régulières, le cœur évoquait une sorte de poisson mutant.

— Mais... il se maintient en vie sans... ?

Il observa l'aorte et la veine cave sectionnées. Il n'y avait rien pour alimenter le cœur en sang.

— Il n'est ni vivant ni mort, commenta Setrakian. Il est *animé*. Possédé, pourrait-on dire, mais au sens propre. Approchez encore, vous verrez.

Eph remarqua alors que le battement était irrégulier, très éloigné du comportement cardiaque normal. Puis il s'aperçut que quelque chose grouillait à l'intérieur de l'organe.

— Un... un ver ? hasarda Nora.

C'était fin et blanc, et ça mesurait cinq à sept centimètres de long. Ça tournait en rond à l'intérieur du cœur, comme une sentinelle isolée patrouillant dans une caserne depuis longtemps désertée.

— Un ver de sang, précisa Setrakian. Un parasite capillaire qui se multiplie dans l'organisme des individus contaminés. Je le soupçonne d'être le vecteur du virus.

— Et ce... suçoir, là ?

— Le virus reproduit la morphologie générale de son hôte tout en remaniant son métabolisme pour l'adapter à ses besoins. En d'autres termes, il colonise et transforme sa victime de manière à assurer sa propre survie. Dans ce cas précis, l'hôte étant un organe en suspension dans un bocal, le virus a trouvé le moyen de se doter d'un mécanisme nourricier.

— C'est-à-dire ? interrogea Nora.

— Il se nourrit de sang. De sang humain.

— Mais d'où vient-il ? demanda à son tour Eph en scrutant le cœur « possédé ».

Setrakian sortit sa main gauche de sa poche. Les mitaines laissaient voir le bout de ses doigts, tout ridés à l'exception du majeur, lisse et parcouru de fines cicatrices.

— Quelques gouttes par jour lui suffisent. Il doit avoir faim. Je me suis absenté plus longtemps que prévu.

Il ôta le couvercle du bocal (Eph recula de quelques pas), tint sa main au-dessus du cœur et se piqua le bout du doigt avec un petit canif accroché parmi les clés de son trousseau. Il ne broncha même pas. Avec l'habitude, il ne sentait plus rien.

Un peu de sang tomba dans le sérum.

Des lèvres de poisson affamé aspirèrent les gouttelettes rouges.

Quand ce fut fini, le vieil homme prit un flacon de pansement liquide sur l'établi et en répandit une faible quantité sur son doigt. Puis il reboucha le bocal.

Le suçoir virait au rouge. Dans le cœur, le ver se déplaçait avec plus de vigueur.

— Et vous dites que vous maintenez cette chose en vie depuis... ?

— 1971. Je ne pars pas souvent en vacances...

Setrakian sourit de sa petite plaisanterie, baissa les yeux sur son doigt constellé de piqûres et en frotta doucement le bout, où le pansement liquide avait séché.

— C'était une revenante. Elle avait été contaminée. Les Aînés tuent aussitôt après s'être nourris pour éviter que leur virus ne se répande. Mais une de leurs victimes, une veuve, a réussi à leur échapper. Elle est rentrée dans son village et a contaminé famille, amis et voisins. Son cœur avait entamé sa métamorphose depuis moins de quatre heures quand je l'ai retrouvée.

— Quatre heures ? Comment l'avez-vous su ?

— J'ai repéré la marque caractéristique. La marque du *strigoï*.

— Du quoi ?

— C'est un des mots employés dans le Vieux Monde pour désigner les vampires.

— Et la fameuse marque ?

— Le point de ponction. Une fine incision sur la gorge, que vous avez dû déjà observer, à l'heure qu'il est.

Eph et Nora acquiescèrent, pensant à Jim.

— Vous savez, reprit Setrakian, je n'ai pas l'habitude de prélever des cœurs humains. J'ai été mêlé à cette histoire par accident. Mais c'était absolument indispensable.

— Et vous maintenez cette... chose en vie depuis tout ce temps, en la nourrissant comme un animal domestique ? dit Nora.

— Oui, répondit Setrakian en posant sur le bocal un regard presque affectueux. Il me sert de pense-bête quotidien. Il me rappelle constamment à quoi j'ai affaire. A quoi *nous* avons affaire, maintenant.

— Et vous n'avez jamais essayé de le montrer à quelqu'un, ce cœur ? La faculté de médecine ? La télé ?

— Si c'était aussi facile, docteur, le secret aurait été éventé depuis longtemps. Mais les forces que nous avons à affronter ne le permettraient jamais. « On » dissimulerait la vérité avant qu'elle soit portée à la connaissance du grand public, et moi, je serais supprimé. C'est pour cela que je me cache ici, sous cette identité, depuis toutes ces années.

Eph en eut la chair de poule. La vérité était là, devant lui, sous la forme d'un cœur humain qui, dans son bocal, abritait un ver avide du sang de ce vieillard.

— Je ne suis pas très doué pour garder les secrets qui mettent en péril l'avenir de l'humanité. Personne n'est au courant à part nous ?

— Oh si ! Quelqu'un de très puissant. Le Maître n'aurait pas pu faire le voyage sans son aide. Il a forcément un allié. Voyez-vous, les vampires ne peuvent pas traverser une étendue d'eau sans la collaboration d'un être humain. Ils doivent être invités par lui. Et le sceau de la trêve vient d'être brisé par une alliance entre un *strigoï* et un humain. Voilà pourquoi cet événement est si choquant. Voilà pourquoi il représente une menace aussi gigantesque.

— Combien de temps avons-nous ? demanda Nora.

Le vieil homme avait déjà fait ses calculs.

— En une semaine, cette créature aura éradiqué la population de Manhattan, le pays entier en moins d'un mois, et toute la planète en deux mois au plus.

— Allons donc ! railla Eph. C'est impossible.

— J'admire votre détermination. Cela dit, vous ne savez toujours pas vraiment à quoi vous êtes confronté.

— Eh bien, dites-le-moi, alors. Par où faut-il commencer ?

Park Place, TriBeCa

Vassili Fet se gara devant un immeuble qui ne payait pas de mine, mais qui avait un auvent et un portier – on était quand même à TriBeCa. Sans le véhicule des services de l'hygiène garé devant lui en stationnement interdit, gyrophare allumé, il aurait vérifié l'adresse. Les dératiseurs étaient accueillis à bras ouverts dans la plupart des bâtiments de la ville, comme les policiers sur une scène de crime. Mais quelque chose lui disait que cette fois, ce ne serait pas le cas.

Sa propre camionnette portait le logo des services d'éradication de la Ville. L'inspecteur de l'hygiène, Bill Furber, l'attendait dans le hall de l'immeuble, au pied de l'escalier. Il mâchait un de ses éternels chewing-gums à la nicotine, ce qui faisait onduler sa longue moustache blonde.

— Salut, Vaz, lança-t-il.

Vaz, ou Vasia : c'est ainsi qu'on appelait généralement Vassili. Ce grand costaud, du genre bourru, était d'origine russe, mais cela remontait à ses grands-parents, et lui-même avait l'accent de Brooklyn. Billy le remercia d'être venu par une petite tape sur le bras.

— C'est ma cousine qui habite ici. Sa fille s'est fait mordre en plein sur la bouche. Je sais : on n'est pas du même monde. Elle a épousé un type qui est dans l'immobilier. Je leur ai promis d'appeler le meilleur dératiseur de toute la ville.

Vassili hocha la tête avec la fierté muette caractéristique des exterminateurs. Dans le métier, on avait le triomphe discret. S'acquitter correctement de sa tâche, dans ce domaine, c'était justement ne laisser derrière soi aucune trace du problème. Faire comme si on n'avait pas trouvé de rats ni posé un seul piège. Montrer que l'ordre avait été préservé.

La boîte à outils sur roulettes qu'il traînait derrière lui ressemblait à une mallette de dépanneur informatique. Ils pénétrèrent bientôt dans un immense appartement sous les toits - six cents mètres carrés, à Manhattan, ça devait chercher dans les trois millions de dollars. Les plafonds étaient hauts, les pièces spacieuses. Dans un grand salon high-tech tout en verre, teck et chrome, une petite fille était assise sur un canapé orange. D'une main, elle serrait sa poupée contre elle ; de l'autre, elle se cramponnait à sa mère. Un gros pansement recouvrait sa joue et sa lèvre supérieure. La mère avait les cheveux très courts, de petites lunettes à fine monture rectangulaire, et portait une jupe en laine verte au genou. Vassili lui trouva des allures de visiteuse du futur – un futur où les gens seraient tous androgynes et superbranchés. La gamine, âgée de cinq ou six ans, n'avait pas l'air rassurée. Vassili lui aurait bien souri, mais une tête comme la sienne – mâchoire saillante et yeux très écartés –, ça ne mettait pas vraiment les enfants à l'aise.

Un grand téléviseur à écran plat trônait contre le mur, tel un tableau dans un cadre de verre. Il montrait le maire qui, face à un bouquet de micros, tentait de répondre aux questions de la presse à propos des disparus de l'avion, les corps qu'on ne retrouvait plus dans les morgues new-yorkaises. La police était sur les dents ; on avait mis en place un numéro vert et dressé des barrages sur tous les ponts et à l'entrée de tous les tunnels d'accès à la ville pour arrêter systématiquement les camions frigorifiques. Les familles des victimes « s'indignaient », les cérémonies funèbres avaient été suspendues.

Bill conduisit Vassili dans la chambre de la petite. Lit à baldaquin, télévision incrustée de verroterie, avec ordinateur portable assorti et, dans un coin, poney en peluche animé. L'attention de Vassili fut immédiatement attirée par un paquet de petits gâteaux près du lit. Fourrés au beurre de cacahuète. Lui aussi aimait ça.

— Elle faisait la sieste. Elle s'est réveillée parce qu'elle sentait quelque chose lui mordiller la lèvre. Tu te rends compte ? La bestiole était là, sur son oreiller ! Un rat dans son lit ! Elle ne va pas en dormir pendant un mois ! Tu as déjà vu ça, toi ?

Vassili secoua négativement la tête. Il y avait des rats dans tous les immeubles de Manhattan ou dans leurs environs immédiats, quoi qu'en disent les agents immobiliers, mais ils n'aimaient pas se faire remarquer, surtout en plein jour. Cela dit, quand ils s'en prenaient aux êtres humains, c'était généralement aux enfants, et au niveau de la bouche, d'où partaient les odeurs de nourriture. Le rat des villes – ou *Rattus norvegicus* – avait le goût et l'odorat très développés. Ses incisives étaient longues et effilées, plus résistantes que l'aluminium, le cuivre, le plomb ou le fer. Ces rongeurs étaient responsables d'un quart des pannes électriques de New York, et probablement aussi des incendies d'origine inconnue. Leurs mâchoires pouvaient exercer une pression de plusieurs tonnes et traverser le béton, voire la pierre de taille.

— Elle l'a vu ? s'enquit Vassili.

— Elle n'a pas compris ce qui lui arrivait. Elle a crié et fait de grands gestes, ce qui a fait fuir la bête. C'est aux urgences qu'on leur a dit que c'était un rat.

Vassili alla à la fenêtre, entrebâillée de manière à laisser entrer la brise, et l'ouvrit en grand, découvrant, trois étages plus bas, une ruelle pavée. L'escalier de secours extérieur était à près de cinq mètres, mais la façade, vieille de plus d'un siècle, était inégale, pleine de fissures. On avait tendance à voir les rats comme des animaux trapus qui se déplaçaient en se dandinant, mais en réalité ils étaient aussi agiles que les écureuils.

Vassili écarta le lit du mur et en ôta les draps. Puis il déplaça une maison de poupées, un petit bureau et une bibliothèque pour regarder derrière, même s'il était peu probable que le rat soit toujours dans la chambre.

Il ressortit dans le couloir en tirant sa boîte à outils sur le parquet verni, parfaitement régulier. Les rats avaient la vue basse ; ils allaient et venaient au jugé, mais apprenaient vite à emprunter toujours le même trajet. A force, ils laissaient une trace de leur passage au pied des murs et s'aventuraient rarement à plus de vingt mètres de leur nid. Celui-ci avait dû trouver une porte ouverte et fuir en rasant le mur tandis que son pelage rêche glissait sur les lames cirées. La porte suivante, ouverte aussi, donnait sur la salle de bains personnelle de la petite fille : tapis de bain en forme de fraise, rideau de douche rose clair, panier plein de jouets et de sels de bain... Vassili chercha du regard les cachettes possibles, puis huma l'air. Enfin, il adressa un signe de tête à Billy, qui le laissa seul.

Billy écouta un instant derrière la porte, puis décida d'aller rassurer la mère. Alors qu'il atteignait le salon, il entendit soudain un grand bruit dans la salle de bains – des flacons dégringolant dans la baignoire – puis une bordée de jurons en russe.

Mère et fille avaient l'air hébétées. Ayant malencontreusement avalé son chewing-gum sous l'effet de la surprise, Billy se contenta de les rassurer du geste ; puis il rebroussa chemin.

Vassili rouvrit la porte. Il portait des gants spéciaux en Kevlar et tenait à deux mains un grand sac dans lequel se débattait une bestiole. Une grosse bestiole.

Le dératiseur hocha brièvement la tête et tendit le sac à son collègue de l'hygiène.

Ce dernier ne put faire autrement que le prendre, sinon il risquait de tomber et de laisser échapper son prisonnier. Il espéra seulement que le tissu était aussi solide qu'il en avait l'air, parce que le rat – manifestement énorme – luttait avec la dernière énergie. Il le tint à bout de bras devant lui pendant que Vassili ouvrait (trop lentement à son goût) sa mallette. Il en sortit un sachet hermétiquement clos contenant une éponge imbibée d'halothane, un puissant anesthésique. Puis il reprit le sac, que Billy lui rendit sans regret, et l'entrouvrit juste le temps d'y lâcher l'éponge. Le rat continua à s'agiter un moment, puis il finit par s'immobiliser tandis que Vassili secouait le sac pour diffuser plus vite le produit.

Le dératiseur attendit un peu avant de rouvrir le sac pour en retirer la bête, qu'il exhiba en la tenant par la queue. Elle n'était qu'étourdie : les petits doigts roses de ses pattes avant continuaient à planter leurs ongles dans le vide, sa mâchoire claquait encore et ses yeux d'un noir luisant restaient ouverts. Le rat était en effet de bonne taille – environ vingt centimètres pour le corps proprement dit, et à peu près la même longueur pour la queue. Le pelage était gris foncé sur le dos, blanc sale sur le ventre. Pas d'erreur possible, c'était bien un rat des villes, et non un spécimen domestique.

Billy avait reculé en le voyant. Pourtant, ce n'était pas son premier rat, loin de là. Mais il n'avait jamais pu s'y habituer, alors que ça n'avait pas l'air de déranger Vassili.

— Une femelle pleine, déclara ce dernier.

Chez les rates, la gestation durait vingt et une semaines, et elles pouvaient mettre au monde jusqu'à vingt petits par portée. Une femelle en bonne santé pouvait ainsi donner naissance à quelque deux cent cinquante ratons par an – dont une moitié de femelles bientôt capables d'en faire autant.

— Tu veux que je la saigne, pour le labo ?

Billy secoua la tête, l'air aussi dégoûté que si son collègue lui avait proposé de manger le rat.

— La petite a été vaccinée à l'hôpital. Bon sang, Vasia, tu as vu la taille de cette bestiole ? Enfin quoi ! On n'est pas dans un taudis de Bushwick, reprit-il un ton plus bas. Si tu vois ce que je veux dire.

Vassili voyait très bien. C'était justement à Bushwick que ses parents s'étaient installés en arrivant aux Etats-Unis. Le quartier avait accueilli des vagues successives d'immigrants dès le milieu des années 1880 : Allemands, Anglais, Irlandais, Russes, Polonais, Italiens, Afro-Américains, Portoricains... Maintenant, ils étaient plutôt dominicains, guyanais, jamaïcains, équatoriens, indiens ou originaires du Sud-Est asiatique. Vassili passait beaucoup de temps dans les coins les plus défavorisés de New York. Il avait vu des familles colmater chaque soir les murs de leur appartement avec des coussins, des livres ou des meubles pour barrer l'accès aux rats.

Cette fois, c'était différent. La bête avait attaqué en plein jour et avec une audace inédite. D'ordinaire, c'étaient les individus les plus faibles, chassés de la colonie, qui faisaient surface en quête de nourriture. Mais là, on avait affaire à une femelle vigoureuse. Très inhabituel. La coexistence entre les hommes et les rats répondait à un équilibre précaire ; ces derniers exploitaient les points faibles de la civilisation, se nourrissaient de ses déchets, cachés sous les planchers, à l'intérieur des murs. Ils symbolisaient les peurs, les angoisses de l'espèce humaine. Toute dérogation à leurs habitudes de charognards nocturnes indiquait un changement dans leur habitat. Comme l'homme, le rat n'avait pas coutume de prendre des risques inutiles. Quand il quittait les sous-sols, c'est qu'il y était obligé.

— Alors, tu veux que je le peigne pour prélever ses puces, s'il en a ?

— Surtout pas. Remets-moi ça dans le sac et débarrasse-t'en. Ne le montre en aucun cas à la petite. Elle a déjà été assez traumatisée comme ça.

Vassili prit dans sa mallette un grand sac en plastique où il enferma le rat avec une autre éponge, celle-ci contenant une dose mortelle d'halothane. Puis il fourra le premier sac dans le second, afin qu'on ne puisse pas en deviner le contenu, et poursuivit ses investigations, en commençant par la cuisine. Il tira une grande cuisinière à huit brûleurs ainsi que le lave-vaisselle et examina les arrivées de tuyaux sous l'évier sans trouver ni déjections ni traces de passages répétés. Pourtant, pendant qu'il y était, il répandit un peu de mort-aux-rats derrière les placards. Mais il n'en avertirait pas les occupants de l'appartement. Ça rendait les gens nerveux – surtout les parents –, même s'il y en avait dans tous les immeubles de Manhattan. Dès qu'on voyait des granulés bleus ou verts ressemblant à des sucreries, on savait que des rats avaient été repérés à proximité.

Il descendit à la cave, Billy sur les talons. Elle était propre et bien rangée. Pas de débris ni de déchets qui auraient pu abriter un nid. Il la passa tout de même au crible, reniflant çà et là pour localiser d'éventuels excréments. Il avait le chic pour flairer les rats. Comme les rats avaient le chic pour sentir les humains. Puis il éteignit la lumière, ce qui fit frissonner Billy, et alluma la torche qu'il portait à la ceinture. Elle projetait un faisceau violet, et non blanc. L'urine des rongeurs ressortait en bleu indigo à la lumière noire. Mais il n'en vit pas trace. Il répandit du raticide dans les faux plafonds et posa des pièges de type « cage », à tout hasard, avant de remonter dans le hall de l'immeuble avec Billy.

Celui-ci le remercia en lui promettant qu'il lui revaudrait ça, puis ils se séparèrent devant la porte. Mais Vassili n'était pas satisfait. Une fois ses outils et le sac rangés dans le coffre de sa camionnette, il alluma un petit cigare dominicain et partit à pied. Au bout de la rue, il tourna dans la ruelle pavée aperçue depuis la fenêtre de la chambre. TriBeCa était le seul quartier de New York où on en trouvait encore.

Il n'avait pas fait quatre pas qu'il découvrait un premier rat, qui détala le long d'un mur en reniflant pour s'orienter. Le deuxième était embusqué dans un arbuste qui poussait contre un muret en briques. Et le troisième, tapi dans une gouttière, buvait un liquide marron rejeté par un égout voisin ou issu d'un tas d'ordures invisible.

Sous ses yeux, les rats apparurent alors, émergeant entre les pavés usés. Grâce à leur squelette souple et compressible, ils pouvaient se faufiler dans des espaces à peine larges comme leur propre crâne. Ils sortaient des interstices par deux ou par trois pour se disperser aussitôt. En se basant sur la taille standard des pavés, Vassili estima qu'ils mesuraient entre vingt et vingt-cinq centimètres, sans la queue. En d'autres termes, c'étaient des adultes.

Non loin de là, deux sacs-poubelle grouillaient de bêtes qui dévoraient tout sur leur passage. Un individu de plus petite taille voulut foncer vers un conteneur à ordures en passant devant Vassili, mais celui-ci lui décocha un coup de pied qui l'expédia à cinq mètres. Il atterrit au milieu de la ruelle et ne bougea plus. En un clin d'œil, les autres fondirent sur lui. Pour éradiquer les rats, le moyen le meilleur et le plus économique était encore de les priver de nourriture et de les laisser s'entre-dévorer.

Ces rats étaient affamés, et manifestement en fuite. Une telle activité diurne en surface, c'était du jamais-vu. On n'observait ce genre de déplacements de masse qu'après un tremblement de terre ou quand un immeuble s'effondrait.

Mais aussi, parfois, à proximité d'un chantier de construction.

Vassili traversa Barclay Street. Là, la vue était entièrement dégagée – on voyait même le ciel. Il était à présent face à un chantier qui s'étendait sur trois mille mètres carrés.

Il monta sur une plate-forme d'observation donnant sur le périmètre de l'ex-World Trade Center, où on mettait la dernière main au vaste coffrage profondément enfoui dans le sol qui soutiendrait le futur bâtiment. Déjà on voyait pointer des piliers en béton et en acier. On aurait dit une plaie creusée dans la ville – comme celle qui avait défiguré la petite fille mordue par le rat.

Vassili se remémora le mois de septembre 2001. Quelques jours après l'écroulement des Twin Towers, il s'était aventuré dans les ruines avec une équipe des services de l'hygiène pour enlever toute trace de nourriture, en commençant par les restaurants sur le pourtour du site, avant de fouiller le rez-de-chaussée et les étages souterrains. Ils n'avaient pas vu un seul rat vivant, mais de nombreux signes de leur passage, dont des kilomètres de chemins tracés par leurs pattes dans la poussière qui se déposait peu à peu au sol. Le nombre des rongeurs était en pleine explosion dans les décombres, et on craignait qu'ils n'envahissent les rues avoisinantes en quête de nourriture. Les autorités avaient donc lancé un projet de grande ampleur destiné à endiguer l'invasion redoutée, notamment en posant des milliers de « points d'appât » et d'autres pièges à l'intérieur et sur tout le pourtour de Ground Zero. Grâce à la vigilance de Vassili et de ses collègues, elle n'avait pas eu lieu.

A ce jour, il était encore employé directement par l'Etat, puisque le service auquel il était rattaché supervisait un plan de dératisation dans tout le quartier de Battery Park et ses environs. Aussi était-il informé des points noirs, et ce depuis le tout début de la reconstruction. Or, jusqu'à présent, on n'avait rien signalé d'anormal.

Il contempla, à ses pieds, les bétonneuses qui tournaient, les grues qui évacuaient les décombres. Il dut attendre trois minutes qu'un enfant lui laisse un des petits télescopes mis à la disposition du public, comme ceux qu'on trouvait en haut de l'Empire State Building. Il y inséra deux pièces de monnaie et scruta tout le secteur.

Il ne lui fallut pas longtemps pour repérer les rats qui détalaient dans tous les coins, contournaient les tas de gravats à toute allure, fonçaient vers Liberty Street ou filaient le long des barres d'armature marquant les fondations de la future Freedom Tower. Vassili chercha les percées qui relieraient le bâtiment neuf au métro. Puis il orienta son télescope un peu plus haut et suivit des yeux une colonne de rats qui escaladaient le sous-œuvre d'une plate-forme métallique. Ils désertaient le coffrage par centaines, en empruntant toutes les issues possibles. Un véritable exode.

Service d'isolement, Jamaica Hospital

Après avoir franchi les doubles portes, Eph enfila des gants en latex. Il avait bien pensé exiger la même précaution de Setrakian mais, vu ses doigts déformés, il avait douté que ce soit possible.

Ils pénétrèrent dans le box de Jim – le seul occupé, à présent. Toujours vêtu de son costume de ville, il dormait. Sa poitrine et sa main étaient reliées à des machines muettes. L'infirmière de garde leur apprit qu'on avait dû couper les sonneries d'alarme, car les signes vitaux – rythme cardiaque et respiratoire, tension artérielle, pourcentage d'oxygène – étaient tellement inférieurs à la normale qu'elles se déclenchaient sans cesse.

En franchissant les rideaux en plastique transparent, Eph sentit Setrakian se contracter à ses côtés. Dès qu'ils se furent rapprochés de Kent, les constantes de ce dernier s'élevèrent subitement.

— Même chose que pour le ver dans le bocal, commenta Setrakian. Il sent notre présence. La proximité du sang.

— Je n'arrive pas y croire.

Eph avança encore. Les signes vitaux et la courbe d'activité cérébrale de Jim s'affolèrent.

— Jim, appela-t-il.

Les traits de son collègue étaient détendus et son teint grisâtre. Ses globes oculaires bougeaient à toute allure sous ses paupières, comme s'il était en plein sommeil paradoxal, mais un sommeil très agité.

Setrakian écarta le dernier rideau du bout de sa canne à pommeau d'argent.

— Ne vous approchez pas trop, conseilla-t-il. Il est en train de changer. Votre miroir, ajouta-t-il en plongeant lui-même la main dans sa poche. Prenez-le.

La poche de poitrine d'Eph abritait un miroir en argent d'environ douze centimètres sur neuf. Un des nombreux articles entreposés par le vieillard dans son arsenal souterrain. Son armurerie antivampire...

— Vous vous reflétez dedans ?

Eph vérifia.

— Bien sûr.

— Alors essayez de me regarder, moi.

Eph orienta le miroir de manière à y voir le visage du vieil homme.

— Les vampires ne se reflètent pas dans les glaces, commenta Nora.

— Ce n'est pas tout à fait exact, répondit Setrakian. Maintenant, essayez d'y voir son visage à lui, mais faites attention.

Eph se rapprocha encore du lit, puis il tendit le bras et inclina le miroir au-dessus de la tête de Jim.

Au début, il ne distingua pas de reflet à proprement parler, mais une image floue, comme si sa main tremblait. Seulement, l'oreiller, la tête de lit, eux, ne bougeaient pas.

Le visage de Jim était brouillé. Comme s'il secouait la tête à une vitesse ahurissante.

Eph retira promptement son bras.

— C'est à cause de l'argent qui se trouve derrière le verre, expliqua Setrakian en tapotant son propre miroir. Les miroirs modernes, produits en série, ne révéleraient rien, car leur dos est chromé. Mais les anciens ne mentent jamais.

Eph se regarda à nouveau dans le petit miroir. Rien d'anormal, si ce n'est que sa main tremblait imperceptiblement.

Il le plaça une nouvelle fois au-dessus du visage de Jim, en essayant de ne pas bouger, et vit à nouveau son visage flou.

Comme si son ami était en proie à une transe furieuse, et que tout son être vibrait trop fortement et trop vite pour être tout à fait visible.

Pourtant, à l'œil nu, il gisait immobile, serein.

Eph tendit la glace à Nora, qui partagea sa stupeur et sa frayeur.

— Ça veut dire qu'il est en train de se transformer en... la même chose que Redfern ?

— Après la contamination, ils peuvent achever la première étape de leur évolution et être prêts à s'alimenter en un jour et une nuit. Mais il faut sept nuits entières pour que la métamorphose soit complète, en d'autres termes pour que le mal contrôle l'organisme et le remodèle. Après cela, il leur faut encore trente nuits pour atteindre leur pleine maturité.

— C'est-à-dire ? s'enquit Nora.

— Je prie pour que nous n'assistions pas à cette phase. Voyez-vous, reprit le vieil homme avec un geste en direction de Jim, les artères qui passent dans le cou sont les points d'entrée les plus rapides. Mais l'artère fémorale offre aussi un accès direct à leur source d'approvisionnement : notre sang.

Dans le cas de Jim, l'incision avait été si proprement pratiquée qu'on ne la distinguait même pas.

— Pourquoi le sang ? voulut savoir Eph.

— Parce qu'il contient de l'oxygène, du fer et de nombreux autres nutriments.

— De l'oxygène ? s'étonna Nora.

— Chez l'hôte, la métamorphose se traduit notamment par une fusion des appareils circulatoire et digestif. Ils finissent par ne plus faire qu'un. Comme chez les insectes. La substance qui leur tient lieu de sang ne contient pas le mélange fer/oxygène qui colore le sang humain en rouge. Chez eux, ce liquide est blanc.

— Et les organes ? demanda Eph. Ceux de Redfern avaient l'aspect de tumeurs cancéreuses.

— Je vous l'ai dit, le métabolisme est peu à peu assujetti, converti. Le virus prend le dessus. L'hôte ne respire plus. Le réflexe demeure, mais il n'assure plus l'oxygénation. Alors les poumons, devenus inutiles, se racornissent, avant d'être adaptés pour assurer une autre fonction.

— Quand il a attaqué, Redfern a dévoilé une excroissance extrêmement développée à l'intérieur de sa bouche. Comme s'il lui était poussé sous la langue un aiguillon musculaire qui semblait déjà avoir sa taille définitive.

Setrakian hocha la tête sans paraître affecté, comme si Eph lui parlait du temps qu'il faisait.

— Il se gorge de sang quand ils absorbent leur nourriture. Alors leur épiderme ainsi que les globes oculaires et les cuticules prennent un aspect violacé. Cet « aiguillon », comme vous l'appelez, résulte en réalité d'un remodelage du pharynx, de la trachée et des vésicules pulmonaires. Le vampire peut le projeter sur une distance de un mètre vingt à un mètre quatre-vingts, au moyen d'une sorte de sac formé de tissu musculaire. Ils n'ont besoin que d'une chose : ingérer du sang humain. En ce sens, ils sont un peu comme les diabétiques. Enfin, je ne sais pas. C'est vous le médecin.

— Du moins, c'est ce que je croyais, marmonna Eph. Jusqu'à maintenant.

— Je pensais que les vampires ne buvaient que le sang des vierges, intervint Nora. Qu'ils hypnotisaient leur proie, qu'ils se transformaient en chauves-souris...

— On a beaucoup brodé autour de leur existence. La vérité est plus... comment dire... ?

— Perverse, acheva Eph.

— Répugnante, renchérit Nora.

— Non, répliqua Setrakian. Plus banale. Vous avez trouvé l'ammoniac ?

Eph fit signe que oui.

— Leur appareil digestif est très compact. Ils n'ont pas de place pour stocker leur unique aliment. Ils doivent rejeter plasma et déchets pour accueillir la ration suivante. Comme les tiques, qui produisent des excréments à mesure qu'elles se nourrissent.

Soudain la température s'éleva à l'intérieur du box. Setrakian baissa la voix :

— Il est là. Le *strigoï*.

Eph se retourna vers Jim. Il avait les yeux ouverts. Les iris étaient noirs, la sclérotique virait au gris orangé, un peu comme le ciel qui, au crépuscule, hésite entre le jour et la nuit. Il regardait fixement le plafond.

Eph tressaillit tandis que Setrakian se raidissait, la main sur le pommeau de sa canne, prêt à frapper. Le médecin vit une haine profonde, ancienne, luire dans les yeux du vieillard.

— Professeur..., articula Jim avant de pousser un gémissement.

Puis ses paupières se refermèrent et il replongea dans un sommeil paradoxal, ou ce qui y ressemblait.

— Mais..., s'étonna Eph. Comment peut-il vous connaître ?

— Ce n'est pas votre ami qui me connaît, répondit Setrakian, toujours sur ses gardes. Il fait partie intégrante de la ruche, à présent. D'un corps composé de multiples éléments, mais animé par une volonté unique. Cette chose, reprit-il en regardant Eph dans les yeux, il faut la détruire.

— Hein ? Pas question !

— Puisque je vous dis que ce n'est plus votre ami. Au contraire, c'est devenu votre ennemi.

— Même si vous dites vrai, il reste mon patient.

— Cet homme n'est pas malade. Son cas se situe au-delà de la maladie. Dans quelques heures, il ne restera rien de lui. En le gardant ici, vous faites courir un grave danger aux personnes qui se trouvent dans cet hôpital.

— Et si… s'il ne reçoit pas de sang ?

— Sans apport nutritif, son organisme lâchera au bout de quarante-huit heures. Son métabolisme cannibalisera les muscles de l'hôte humain ainsi que ses cellules adipeuses ; il se consumera – et se consommera – lui-même, lentement et dans d'atroces souffrances. Jusqu'à ce que seule demeure la structure vampirique.

Eph secoua énergiquement la tête.

— Je dois définir un protocole de soins. Si cette maladie est provoquée par un virus, on doit pouvoir chercher le remède.

— Il n'y a qu'un seul remède, rétorqua Setrakian. La mort. La destruction du corps. Il faut mettre fin à ses souffrances. Le supprimer.

— Ecoutez, nous ne sommes pas des vétérinaires. Nous ne pouvons pas supprimer les gens trop mal en point.

— Vous l'avez bien fait dans le cas du pilote.

— Ce n'était pas pareil ! protesta Eph. Il a agressé Nora et Jim, avant de s'en prendre à moi.

— L'argument de l'autodéfense est parfaitement valable dans le cas présent, pourvu que vous alliez jusqu'au bout du raisonnement.
— Et pourquoi pas l'argument du génocide, tant que vous y êtes ?
— Et si tel était justement leur objectif ? L'asservissement total de l'espèce humaine ? Quelle serait votre réaction ?

Mais Eph n'avait aucune envie de se lancer dans des débats théoriques. Il avait devant lui un collègue. Un ami.

Setrakian comprit qu'il ne réussirait pas à le faire changer d'avis, du moins pour le moment.

— Dans ce cas, emmenez-moi auprès de la dépouille du pilote. Là, je parviendrai peut-être à vous convaincre.

Pendant que l'ascenseur descendait au sous-sol, aucun des trois ne prononça un mot. Arrivés devant la morgue, ils trouvèrent la porte grande ouverte et des policiers plaqués contre le mur. Il y avait aussi la directrice de l'hôpital.

— Qu'est-ce que vous fichez…, commença Eph.

Il remarqua alors que l'encadrement de la porte était griffé, le métal déformé par endroits, et la serrure cassée de l'intérieur.

Ce n'était pas la directrice qui avait ouvert. Quelqu'un s'était introduit dans la pièce.

Eph jeta un coup d'œil à l'intérieur.

La table d'autopsie était vide. Le corps de Redfern avait disparu.

Eph tourna un regard interrogateur vers la directrice et, à sa grande surprise, la vit reculer et lui lancer des regards furtifs en s'adressant aux policiers.

— Nous ne devons pas rester là, intervint Setrakian.

— Mais il faut que je retrouve la dépouille !

— Elle n'est plus là, et on ne la récupérera jamais. Sans doute a-t-elle rempli son office, ajouta le professeur en agrippant le bras d'Eph avec une vigueur étonnante.

— Que voulez-vous dire ?

— Elle servait de leurre. Car elle n'est pas plus morte que les autres passagers de l'avion qui ont disparu de la morgue.

Sheepshead Bay, Brooklyn

En cherchant sur Internet ce qu'il convenait de faire quand un conjoint décédait sans laisser de testament, Glory Mueller, qui venait de se retrouver brutalement veuve, tomba sur une information concernant le vol 753 et les cadavres introuvables. Elle cliqua sur le lien et aboutit à une dépêche intitulée DERNIÈRE MINUTE. Le FBI s'apprêtait à donner une conférence de presse ; on promettait une forte récompense à quiconque fournirait des informations sur la disparition des victimes de Regis Air.

L'article l'effraya au plus profond d'elle-même. Il lui rappela subitement que la nuit précédente, en se réveillant après un mauvais rêve, elle avait cru entendre des bruits dans le grenier.

De ce cauchemar, il ne lui restait qu'une image : son mari était revenu d'entre les morts. Il y avait eu une erreur, la catastrophe n'avait jamais eu lieu et Hermann était apparu à la porte de la cuisine avec un sourire genre « Alors, comme ça, tu croyais être débarrassée de moi ? », réclamant son dîner.

En public, Glory avait joué le rôle de la veuve éplorée mais discrète, et elle était déterminée à continuer jusqu'à la clôture de l'enquête. Mais, dans son for intérieur, elle était sans doute la seule à considérer comme une bénédiction les circonstances tragiques dans lesquelles avait disparu celui qu'elle avait épousé treize ans plus tôt.

Treize ans... Treize années de sévices continuels, qui avaient empiré au fil du temps jusqu'à se produire de plus en plus fréquemment devant leurs deux enfants, âgés de neuf et onze ans. Glory vivait dans la terreur des sautes d'humeur de Hermann. Elle avait même envisagé de faire monter les gamins dans la voiture et de ficher le camp en profitant de ce qu'il était au chevet de sa mère mourante, à Heidelberg. Plus exactement, elle en avait rêvé, car ç'aurait été trop risqué. Où aller, de toute façon ? Pire encore, que leur ferait-il subir à tous les trois quand il les rattraperait ? Parce qu'il les rattraperait à coup sûr.

Mais voilà : dans Sa grande bonté, le Seigneur avait enfin exaucé ses prières. Elle était délivrée de Hermann, et ses fils aussi. Le voile de violence qui, jusque-là, recouvrait leur maison venait de se lever.

Elle se tint au pied de l'escalier et regarda la trappe qui, ménagée dans le plafond du premier étage, donnait accès au grenier. La cordelette servant à l'ouvrir pendait, terminée par un nœud.

Les ratons laveurs étaient revenus. Hermann en avait déjà attrapé un là-haut. Il avait massacré la bête terrorisée dans le jardin, histoire de faire un exemple – devant les enfants.

Mais c'était fini, tout ça. Elle n'avait plus rien à craindre. Les garçons ne rentreraient pas avant une heure. Elle décida d'aller voir sans tarder ce qui se passait là-haut. De toute façon, elle voulait trier les affaires de Hermann avant le passage des éboueurs, mardi.

Il lui fallait une arme. La première chose qui lui vint à l'esprit fut la machette que Hermann avait rapportée à la maison quelques années plus tôt. Elle était enfermée, enveloppée dans un carré de toile cirée, dans la resserre à outils adossée au côté de la maison. Glory lui avait demandé à quoi pourrait bien lui servir un outil venu de la jungle dans un endroit comme Sheepshead Bay, mais il s'était borné à lui répondre d'un air railleur : « On ne sait jamais. »

Ces menaces voilées faisaient partie de ses tentatives d'intimidation quotidiennes. Glory décrocha la clé de la resserre, derrière la porte du garde-manger, et sortit. Elle trouva la machette sous un tas d'outils de jardin, avec un vieux jeu de croquet qu'on leur avait offert pour leur mariage – et qui allait maintenant lui servir à allumer le feu. Elle la rapporta dans la cuisine, puis marqua une pause avant de la déballer.

Glory avait toujours attribué à cette machette un pouvoir maléfique et imaginé que, tôt ou tard, elle jouerait un rôle significatif dans le destin de la maisonnée. Elle se disait que peut-être, un jour, c'était avec elle que Hermann lui réglerait son compte. Aussi la sortit-elle très prudemment de sa toile cirée, comme si elle démaillotait un bébé démon endormi. Hermann détestait qu'elle touche à ses affaires.

La lame était longue, large, plate, la poignée formée de bandelettes en cuir brun clair, usées par la main du précédent propriétaire. Elle souleva et retourna l'arme, qui pesait curieusement dans sa paume. Elle sursauta en surprenant son propre reflet dans la porte du four à micro-ondes. Une femme dans sa cuisine, une machette à la main...

Cet homme avait fini par la rendre folle.

L'arme en main, elle monta à l'étage, s'immobilisa sous la trappe du grenier et attrapa la cordelette blanche. Le volet s'entrouvrit en grinçant. Le bruit seul aurait dû faire fuir les bêtes – s'il y avait bien des bêtes là-haut. Elle tendit l'oreille, mais ne les entendit pas décamper.

Elle actionna l'interrupteur, sans succès. Elle recommença par deux fois : toujours pas de lumière. Elle n'était pas remontée au grenier depuis le lendemain de Noël ; l'ampoule avait très bien pu griller entre-temps. Il y avait un petit vasistas entre deux poutres. Il lui fournirait un éclairage suffisant.

Elle déplia l'escalier et entreprit de monter. Au bout de trois marches, ses yeux se retrouvèrent à la hauteur du plancher inachevé. Entre les solives, on apercevait de la fibre de verre rose doublée d'alu. On avait posé dessus des dalles de contreplaqué de manière à former des chemins menant aux quatre coins du grenier.

Il faisait plus sombre que prévu. On avait déplacé deux portants où étaient suspendus de vieux vêtements à elle afin de masquer le vasistas. Des habits datant d'avant Hermann, rangés dans des housses depuis treize ans. Suivant le parcours délimité par le contreplaqué, elle alla pousser les portants pour avoir plus de lumière, décidée à passer ces vêtements en revue, histoire de se remémorer la jeune femme qu'elle avait été. Mais à ce moment-là, en dehors du contreplaqué, elle distingua un vide entre deux longues solives. Bizarrement, on avait soulevé le matelas d'isolant.

Alors elle remarqua une deuxième bande de plancher dénudé.

Puis une troisième.

Elle se figea. Soudain, elle sentit une présence dans son dos. Elle eut peur de se retourner, mais se rappela la machette.

Au fond du grenier, près du vasistas, les paquets d'isolants arrachés formaient un tas informe. La fibre de verre était déchiquetée par endroits, comme si un animal avait fabriqué là son nid.

Ça ne pouvait pas être un raton laveur. C'était forcément plus gros. Beaucoup plus gros.

Le tas était parfaitement immobile. Hermann avait pu travailler sur Dieu sait quel projet bizarre sans lui en parler... Quel odieux secret avait-il caché là-dessous ?

Brandissant sa machette, Glory tira sur une lanière d'isolant, tira encore, mais rien n'apparut.

Elle fit de même avec une autre et s'arrêta en découvrant soudain... un bras velu ! Un bras d'homme.

Ce bras, Glory le connaissait. De même que la main qui le prolongeait. Elle ne les connaissait même que trop bien.

Et elle n'en croyait pas ses yeux.

Sans baisser la machette, elle défit une nouvelle bandelette de laine de verre.

Sa chemisette. Le genre de polo à manches courtes, boutonné jusqu'au col, que Hermann affectionnait, même en plein hiver. Hermann était vaniteux, fier de ses bras poilus. En revanche, il n'avait plus ni montre ni alliance.

Glory crut mourir de peur. Mais il fallait qu'elle sache. Alors elle dévida une autre longueur d'isolant qui, en venant à elle, provoqua l'effondrement de toute la pile.

Son défunt mari gisait là, endormi, dans son grenier. Sur un matelas de fibre de verre réduite en lambeaux, tout habillé à l'exception des pieds, crasseux comme s'il avait marché longtemps sans chaussures.

La brute dont elle s'était crue débarrassée une fois pour toutes. Le tyran domestique. Le violeur.

Elle resta debout auprès du corps plongé dans le sommeil, sa machette levée comme l'épée de Damoclès, prête à s'abattre au moindre mouvement.

Puis, graduellement, elle laissa retomber son bras. C'était un fantôme, à présent. Un spectre décidé à la hanter pour l'éternité. Jamais elle n'en serait libérée.

Au moment où ces pensées l'assaillaient, Hermann ouvrit les yeux.

Glory aurait voulu fuir, hurler, mais elle ne pouvait faire ni l'un ni l'autre.

La tête de Hermann se tourna et ses yeux se posèrent sur la jeune femme. Le regard habituel, provocateur, ironique. Le regard qui n'annonçait jamais rien de bon.

Alors Glory sentit quelque chose céder en elle.

Au même moment, quatre maisons plus loin, Lucy Needham, quatre ans, donnait à manger à sa poupée « Bébé Chéri » en piochant dans un petit sachet de crackers au fromage, assise dans l'allée devant sa maison. Elle cessa de mastiquer pour écouter les cris étouffés et les chocs violents – comme si quelqu'un tranchait quelque chose de toutes ses forces – qui venaient de… quelque part par là, elle ne savait pas très bien où. Elle leva les yeux vers sa maison, puis les tourna vers le nord et fronça le nez, perplexe. Parfaitement immobile, la langue teinte en orange par les biscuits à demi mâchés, elle tendit l'oreille. Elle n'avait jamais entendu de bruits aussi bizarres. Elle décida d'en parler à son papa quand il reviendrait. Mais, entre-temps, son sachet de crackers se renversa, l'obligeant à les manger directement sur le sol, et comme elle se fit gronder très fort, les bruits et les cris lui sortirent de la tête.

Haletante, secouée de nausées, Glory agrippait la machette à deux mains. Le cadavre de Hermann gisait dans son tas de laine de verre rose, et le mur derrière lui était éclaboussé de liquide blanc.

Blanc ?

Glory tremblait de tous ses membres. Elle embrassa du regard les dégâts qu'elle venait de commettre. A deux reprises, la machette s'était coincée dans une solive. Mais dans sa tête à elle, c'était Hermann qui essayait de la lui arracher des mains, alors elle l'avait brandie de toutes ses forces pour la dégager, en portant des coups répétés à son mari.

Elle recula d'un pas. Elle avait l'impression d'être sortie de son propre corps et de se voir de l'extérieur. Ce qu'elle avait fait était épouvantable.

La tête de Hermann – avec toujours la même expression railleuse – avait roulé entre deux solives. On ne voyait plus son visage, affublé d'un morceau d'isolant qui ressemblait à de la barbe à papa. Son torse était creusé de plaies sanguinolentes, la chair de ses cuisses fendue jusqu'au fémur, son entrejambe recouvert d'un bouillonnement blanc.

Blanc ?

C'est alors qu'elle sentit un liquide couler sur sa pantoufle. C'était du sang – du sang *rouge* – et elle s'aperçut qu'elle s'était coupée au bras gauche. Pourtant, elle ne ressentait aucune douleur. Elle l'éleva à hauteur de ses yeux : il en tombait effectivement de grosses gouttes rouges sur le contreplaqué.

Soudain elle distingua quelque chose de petit et de sombre qui avançait vers elle en serpentant.

Elle crut d'abord à un effet de son imagination, mais elle sentit bientôt une démangeaison à la cheville droite, sous la pantoufle pleine de sang. Une démangeaison qui ne tarda pas à remonter le long de sa jambe. Elle se frappa le mollet avec le plat de la lame, gluante de matière blanche.

Puis une autre démangeaison se manifesta sur son tibia gauche. Et une troisième à la hauteur de sa taille. Ce devait être une réaction hystérique, le sentiment d'être attaquée de tous côtés par des bestioles. Elle fit encore un pas en arrière et faillit perdre l'équilibre en sortant du chemin en contreplaqué.

Elle avait l'impression extrêmement inconfortable que quelque chose cherchait à s'introduire entre ses jambes. Bientôt, elle éprouva la même sensation au niveau du rectum. Elle sursauta et serra les fesses, comme si elle avait peur de faire sous elle. Son sphincter anal se dilatait et elle dut rester longtemps immobile avant que la sensation diminue. Alors seulement elle se détendit. Mais un nouveau tortillement attira son attention, cette fois sous la manche de son chemisier, suivi par une forte brûlure là où elle s'était coupée.

Soudain, une violente douleur venue du fond de son ventre l'obligea à se plier en deux. La machette tomba et un cri lui échappa – un cri, ou plutôt le hurlement d'angoisse des êtres bafoués dans l'intégrité de leur corps. Quelque chose remontait en ondulant le long de son bras... mais *sous* sa peau, maintenant. Profitant de ce que sa bouche était toujours ouverte sur un cri, un autre ver capillaire sortit de derrière sa nuque et, sinueux, longea sa mâchoire en se rapprochant de ses lèvres, pour se glisser ensuite contre la face interne de sa joue et descendre en frétillant dans sa gorge.

Freeburg, Etat de New York

Eph roulait vers l'est sur la Cross Island Parkway, en direction du comté de Nassau. La nuit tombait rapidement.

— Vous prétendez donc, dit-il, que les passagers de l'avion auraient quitté la morgue pour rentrer chez eux, tout simplement ?

Sur la banquette arrière, son chapeau sur les genoux, le vieux professeur répondit :

— Le sang a besoin de sang. Une fois contaminés, les revenants s'en prennent d'abord à leurs parents et à leurs amis. Ils retournent la nuit auprès de ceux à qui ils sont liés affectivement. Sans doute sont-ils guidés par une forme d'instinct, comme les animaux. Cet instinct qui permet aux chiens égarés de parcourir des centaines de kilomètres pour retrouver leurs maîtres. A mesure que les fonctions cérébrales supérieures déclinent, le côté animal reprend le dessus. Ces créatures sont mues par des impératifs immédiats. Se nourrir. Se cacher. Nicher.

— Ils vont trouver les gens qui les pleurent, remarqua Nora depuis le siège passager. Pour les agresser, et les contaminer à leur tour ?

— Pour se nourrir. Il est dans la nature des non-morts de revenir tourmenter les vivants.

Eph quitta l'autoroute sans faire de commentaire. Son cerveau refusait de digérer cette histoire de vampires. Il avait beau la remâcher, rien à faire, ça ne voulait pas passer.

Quand Setrakian lui avait demandé de choisir un passager parmi les victimes du vol 753, il avait aussitôt pensé à Emma Gilbarton. L'enfant qu'il avait trouvée à bord, tenant encore la main de sa mère. La candidate idéale pour mettre à l'épreuve l'hypothèse du vieil homme. En effet, comment imaginer qu'une morte de douze ans parcoure à pied, la nuit, tout le chemin entre une morgue du Queens et sa maison de Freeburg ?

Mais soudain, en se garant devant chez les Gilbarton – une majestueuse demeure parmi d'autres du même genre, largement espacées en bordure d'une belle avenue –, il se dit qu'il s'apprêtait à réveiller un homme qui venait de perdre toute sa famille – son épouse et sa fille unique.

Et cette perte-là, Eph ne la connaissait que trop.

Setrakian descendit de voiture, enfonça son chapeau sur son crâne et empoigna la canne dont il n'avait nul besoin pour marcher. La rue était très calme à cette heure-ci. Il y avait de la lumière aux fenêtres des autres maisons, mais personne dehors. Et aucune voiture ne passait. Setrakian donna à ses compagnons des lampes à pile électrique et ampoule noire qui ressemblaient à leurs Luma, en plus lourdes.

Tous trois se dirigèrent vers la porte d'entrée. Setrakian sonna en se servant du bout de sa canne. Ne recevant pas de réponse, il tourna la poignée avec la partie gantée de sa main, pour ne pas laisser d'empreintes digitales.

Eph en conclut que le vieux professeur n'en était pas à sa première expédition de ce genre.

La porte était fermée à clé.

— Suivez-moi, dit Setrakian.

Ils contournèrent la maison et débouchèrent dans un jardin qui avait des allures de vaste clairière à l'orée d'un bosquet manifestement ancien. La lune montante projetait leurs trois ombres sur l'herbe.

Setrakian s'immobilisa et pointa le bout de sa canne.

Un escalier descendait à angle droit vers une cave obscure dont la porte était grande ouverte sur la nuit.

Il s'en approcha, et les deux autres lui emboîtèrent le pas. Setrakian scruta les grands arbres qui bordaient le terrain.

— On ne peut pas entrer comme ça, déclara Eph.

— En effet, le soleil étant couché, c'est très imprudent, commenta le vieil homme. Mais nous ne pouvons nous payer le luxe d'attendre.

— Ce n'est pas ce que je voulais dire. C'est une propriété privée, ici. Il faudrait d'abord appeler la police.

Setrakian lui reprit sa lampe avec un regard sévère.

— Ce que nous avons à faire ici, la police ne le comprendrait pas.

— De la lumière noire ? demanda Eph au vieil homme, qui avait allumé sa lampe.

— La lumière noire est formée d'ultraviolets à longueur d'onde longue, appelés UVA. Révélateurs, mais inoffensifs. Tandis que ces lampes-ci...

Il prit bien soin de pointer le faisceau ailleurs que sur eux.

— ... émettent des UVC, c'est-à-dire des ultraviolets à ondes courtes. Ceux-ci tuent les germes pathogènes. Leur rayonnement excite et détruit les liaisons ADN. Chez les humains, ils peuvent gravement endommager la peau en cas d'exposition directe. Et ils constituent une arme efficace contre les vampires.

Le vieil homme descendit les marches, la lampe dans une main et sa canne dans l'autre. Le spectre de l'ultraviolet ne fournissant que peu de clarté, la lampe ajoutait au caractère lugubre de la situation. En passant de la fraîcheur de la nuit au froid humide de la cave, ils virent de la mousse briller d'un éclat fantomatique sur les murs en pierre.

Eph distingua une volée de marches montant au rez-de-chaussée de la maison, un coin buanderie et un vieux flipper.

Ainsi qu'un corps à terre.

Un homme en pyjama à carreaux. Eph fit taire son instinct de médecin qui lui commandait de se précipiter vers lui tandis que Nora cherchait l'interrupteur à tâtons. Elle l'actionna, mais la lumière ne vint pas.

Setrakian avança jusqu'à l'inconnu et approcha la lampe à ultraviolets de son cou, révélant une petite incision parfaitement rectiligne qui émettait un éclat bleuté.

— Il est contaminé !

Setrakian remit la lampe entre les mains d'Eph. Nora alluma la sienne et éclaira le visage de la victime. Ils découvrirent alors un masque mortuaire à l'expression menaçante, animé d'un mouvement constant et dont les intentions, bien qu'indéfinissables, étaient indubitablement malveillantes.

Setrakian trouva une hachette neuve contre un établi d'angle. Le manche était en bois verni, la lame en acier rouge et argent brillait. Il la saisit entre ses mains noueuses.

— Vous n'allez pas faire ça, intervint Eph.

— S'il vous plaît, docteur. Reculez.

— Mais il est inanimé !

— Il ne va pas tarder à se réveiller.

Le professeur indiqua l'escalier menant à la porte qu'ils avaient trouvée ouverte, sans quitter des yeux l'homme couché au sol.

— La petite est dehors, à se nourrir d'autres personnes en ce moment même. Je ne vous demande pas de cautionner mes actes, docteur, ajouta-t-il en levant la hachette. Seulement de vous tenir à distance pour le moment.

Eph lut une telle détermination dans ses yeux qu'il n'eut plus le moindre doute : Setrakian allait frapper, qu'il se mette ou non en travers de son chemin. Alors il recula. La hachette était bien lourde pour un homme de son âge et de sa taille. Il dut l'élever à deux mains au-dessus de sa tête.

Soudain ses bras s'abaissèrent.

Il tourna la tête vers la porte de la cave, l'oreille tendue.

Alors Eph entendit, lui aussi, le craquement de l'herbe sèche.

D'abord, il crut à un animal. Mais on reconnaissait la cadence d'un pas humain, ou qui l'avait été. Et *cela* venait vers eux.

— Surtout, ne faites pas de bruit. Postez-vous près de la porte et refermez-la dès qu'« elle » sera entrée.

Setrakian reprit la lampe à Eph et, à la place, lui mit la hache dans les mains.

— Il ne faut pas qu'« elle » s'échappe.

Il alla récupérer sa canne, puis éteignit la lampe à UVC et disparut dans le noir.

Eph plaqua son dos contre le mur, Nora à ses côtés. Ils s'immobilisèrent, frissonnants, dans la cave de cet homme qu'ils ne connaissaient pas. Doux et légers, les pas se rapprochaient.

Ils marquèrent une pause en haut de l'escalier. Une ombre se dessina dans la flaque de clair de lune, sur le ciment de la cave. Une tête, des épaules.

Puis les pas se mirent à descendre.

Ils s'arrêtèrent sur la dernière marche. Serrant la hachette contre lui, Eph regardait, fasciné, la silhouette de la fillette. Petite, avec des cheveux blonds qui lui tombaient aux épaules, elle portait une longue chemise de nuit. Les bras ballants, pieds nus, elle était étrangement impassible. On voyait sa poitrine se soulever, comme si elle respirait. Pourtant, sa bouche n'émettait aucun souffle.

Eph apprendrait plus tard que chez cette créature l'ouïe et l'odorat étaient fortement développés, qu'elle entendait le sang battre dans ses veines, celles de Nora et celles du professeur, comme elle flairait le dioxyde de carbone contenu dans leur haleine. Il apprendrait aussi que la vue était à présent le moins aiguisé de ses sens, qu'elle était en train de perdre la vision des couleurs, sans maîtriser encore pleinement la faculté d'interpréter les « signatures thermiques ».

Elle fit quelques pas et sortit du rectangle de faible clarté. Un fantôme venait d'entrer dans les ténèbres absolues de la cave. Eph était censé refermer la porte, mais la présence de l'enfant le paralysait.

Alors elle se tourna vers Setrakian et ne le lâcha plus des yeux. Le vieillard alluma sa lampe. La petite fille la contempla d'un air inexpressif. Mais quand il s'avança, elle en sentit la chaleur et tourna les talons pour s'enfuir.

Eph rabattit brusquement la porte. Le claquement sonore se répercuta dans toute la cave. Eph eut brièvement l'impression que la maison leur tombait dessus.

Emma Gilbarton prit alors conscience de leur présence. Le faisceau violet l'éclairait de profil ; Eph vit briller des traces indigo sur ses lèvres et sur son menton. On aurait dit un maquillage à la peinture fluorescente.

Puis il lui revint que le sang présentait cette couleur à la lumière noire.

Setrakian tenait la lampe devant lui pour faire reculer l'enfant. Celle-ci eut une réaction animale. Désorientée, elle recula comme si on lui brandissait une torche enflammée sous le nez. Setrakian la poursuivit impitoyablement, jusqu'à l'acculer contre un mur. Un grondement sourd jaillit de la gorge de la fillette. Un gémissement de détresse.

— Venez, docteur ! Vite ! lança Setrakian à Eph.

Eph s'approcha et échangea sa hache contre la lampe du professeur, veillant à ce que la petite fille reste constamment éclairée.

Setrakian fit un pas en arrière et jeta la hachette, qui sonna sur le plancher. Puis il empoigna sa canne à deux mains, juste sous le pommeau, et déboîta celui-ci d'une torsion du poignet.

Le corps de la canne était en fait une sorte de fourreau d'où sortit alors une épée en argent.

— Vite ! dit Eph en regardant la fillette se tordre contre le mur, piégée par le faisceau mortel de la lampe.

Elle repéra vite la lame à l'éclat presque blanc, et son visage parut exprimer la peur.

— Dépêchez-vous ! insista Eph, qui avait hâte que tout soit fini.

La fillette émit un feulement. Eph distingua alors sous sa peau la même forme sombre que chez les autres victimes, ce démon qui réclamait qu'on le libère.

Nora, elle, surveillait le père qui, toujours allongé par terre, commençait à remuer et à vouloir ouvrir les yeux.

— Professeur ! appela-t-elle.

Mais ce dernier ne quittait pas la petite fille des yeux.

Sous les yeux de Nora, Gary Gilbarton s'assit, puis se leva, pieds nus. Un mort debout, en pyjama et les yeux ouverts...

— Professeur ! répéta la jeune femme en allumant sa lampe.

Celle-ci se mit à crachoter. Nora la secoua, puis donna un coup sur le logement de la pile. La lumière violette se mit à briller, mais par intermittence seulement.

— Professeur ! hurla-t-elle.

Le vieil homme se retourna vers le revenant hébété et lui porta vivement deux coups d'épée, à l'abdomen et à la poitrine, avec un savoir-faire qui compensait son manque d'agilité. Deux plaies apparurent sous le pyjama de Gilbarton, qui perdait à présent du liquide blanc.

Resté seul face à la fillette, Eph lança :

— Professeur !

Setrakian planta son épée dans les aisselles du père d'Emma pour l'obliger à laisser retomber ses mains, puis trancha les tendons derrière ses genoux. Le revenant tomba à quatre pattes. Le voyant redresser la tête et tendre le cou, Setrakian leva son épée et prononça solennellement quelques mots dans une langue étrangère. Puis la lame s'abattit en sifflant sur le cou de Gilbarton, séparant la tête du corps.

— Professeur ! fit encore Eph en continuant à braquer sur la fillette le rayon lumineux qui la torturait.

Une enfant de l'âge de Zack, dont les yeux fous s'emplissaient d'indigo – donc de larmes de sang – pendant qu'à l'intérieur d'elle une autre créature enrageait.

Sa bouche s'ouvrit comme si elle allait parler, mais elle continua à s'ouvrir, démesurément, et l'aiguillon apparut sous la langue pour s'enfler aussitôt, en même temps que disparaissait toute trace de tristesse dans ses yeux. On n'y lisait plus que la faim, ainsi qu'une lueur d'impatience.

Le vieil homme revint vers elle, brandissant son épée.

— Arrière, *strigoï* !

Elle se tourna vers lui, furieuse. La lame en argent était couverte de sang blanc. Levant son arme à deux mains, Setrakian articula les mêmes paroles incompréhensibles. Eph n'eut que le temps de battre en retraite.

Au dernier moment, la fillette leva une main en signe de protestation. La lame lui trancha le poignet avant de la décapiter. Le mur fut éclaboussé d'un sang blanc qui fusa dans un bruit écœurant. Le corps s'affaissa tandis que la tête roulait à terre.

Setrakian abaissa son épée et reprit sa lampe à Eph pour éclairer la gorge tranchée d'un geste triomphant. Dans l'épaisse flaque blanche qui se formait, Eph vit quelque chose onduler.

Les vers... Dès que le professeur braqua sa lampe sur eux, ils se recroquevillèrent et ne bougèrent plus.

Eph entendit alors des pas dans l'escalier. C'était Nora, qui remontait en courant dans le jardin. Il s'élança derrière elle.

Nora courait à perdre haleine en direction des arbres qui se balançaient, noirs sur fond de crépuscule. Il la rattrapa avant la lisière du bosquet, l'attira à lui et la serra dans ses bras. Elle hurla contre sa poitrine, comme si elle craignait de laisser échapper son cri dans la nuit, et il la tint enlacée jusqu'à ce que Setrakian réapparaisse.

La fraîcheur nocturne blanchissait son haleine et, à son essoufflement, on devinait que le vieil homme était épuisé. Il pressa ses doigts contre son cœur. Ses cheveux blancs en désordre luisaient au clair de lune, lui donnant l'air d'un dément.

Le professeur nettoya son épée dans l'herbe avant de la rengainer, redonnant à la canne son aspect habituel.

— L'enfant est libérée, maintenant, dit-il. Elle et son père reposent en paix.

Il examinait ses chaussures et les revers de son pantalon pour s'assurer qu'ils n'étaient pas tachés de sang de vampire. Nora riva sur lui des yeux écarquillés de terreur.

— Qui êtes-vous vraiment ?

— Un pèlerin comme un autre. Comme vous, par exemple.

Ils regagnèrent la voiture. A l'approche de la maison, Eph se sentit brusquement exposé à un danger indéfinissable. Setrakian ouvrit la portière côté passager et prit sur le siège une pile de rechange. Il changea celle de la lampe d'Eph, puis l'alluma brièvement en dirigeant le faisceau contre la carrosserie, pour s'assurer qu'elle fonctionnait.

— Attendez-moi ici, s'il vous plaît.

— Pourquoi ?

— Vous avez bien vu qu'elle avait du sang sur les lèvres et le menton. Elle venait de se nourrir. Nous n'en avons pas encore terminé.

Le vieillard se dirigea vers la maison voisine. Tandis qu'Eph le suivait du regard, Nora se détacha de lui pour s'appuyer contre la voiture.

— On vient de tuer deux personnes chez elles, dans leur propre cave.

— Cette maladie est contagieuse, et ce sont des personnes qui la propagent, justement. Ou, plutôt, des non-personnes.

— Des vampires...

— Pourtant, la règle d'or est : combattre la maladie, et non ses victimes, rappela Eph.

— Et ne pas diaboliser les malades.

— Sauf que, dans ce cas, les malades sont bel et bien diaboliques. Ce sont des démons. Les individus contaminés sont des vecteurs actifs de la maladie, et nous devons les empêcher de nuire. En les tuant. En les anéantissant.

— Que va en penser Barnes ?

— On ne peut pas se permettre d'attendre son avis. On a déjà trop perdu de temps.

Le silence retomba. Setrakian revint bientôt avec sa canne-épée et sa lampe encore tiède.

— Voilà qui est fait.

— C'est-à-dire ? interrogea Nora, encore sous le choc du massacre auquel elle venait d'assister. Qu'est-ce qu'on va devoir faire encore ? Vous vous rendez compte qu'il y avait plus de deux cents passagers à bord de cet avion ?

— C'est bien pire que cela. Nous en sommes à la deuxième nuit. La deuxième vague de contamination est en train de déferler en ce moment même.

LA DEUXIEME NUIT

Patricia passa vigoureusement une main dans ses cheveux, comme pour chasser les heures perdues. Une journée de plus. Elle avait hâte que Mark rentre, et pas seulement pour la satisfaction de lui balancer les gosses en lui disant : « A ton tour maintenant ! » Elle voulait aussi lui raconter la seule nouvelle du jour : la nounou des Luss, que Patricia espionnait derrière les voilages de la salle à manger, était sortie en courant comme si elle avait le diable à ses trousses. Et pas la moindre trace des enfants Luss.

Patricia ne supportait pas les Luss. Quand elle revoyait cette Joanie qui n'avait que la peau sur les os débiter le descriptif détaillé de sa « cave à vin style européen cent pour cent terre battue », Patricia adressait systématiquement un geste obscène en direction de la maison voisine. Il fallait absolument qu'elle cuisine Mark sur Roger Luss, pour savoir s'il était toujours en Europe. Les seuls moments où Mark et elle étaient sur la même longueur d'onde, c'était quand ils cassaient du sucre sur le dos des amis, des parents et des voisins. En se repaissant des problèmes conjugaux et des mésaventures familiales d'autrui, ils parvenaient à minimiser les leurs.

Comme l'indignation s'accommodait très bien d'un verre de pinot, elle vida le sien – le deuxième, déjà – avec un geste théâtral. Après un coup d'œil à la pendule de la cuisine, elle envisagea sincèrement de ralentir le rythme ; sinon, quand il rentrerait, Mark s'énerverait en constatant qu'elle avait déjà deux apéritifs d'avance sur lui. Oh, et puis qu'il aille se faire voir, tiens ! Lui, il était bien confortablement installé toute la journée dans son bureau, en ville, à déjeuner dehors, se promener et rencontrer des gens dans le dernier train du soir pendant qu'elle restait coincée ici avec le bébé, Marcus, la nounou et le jardinier !

Elle se versa donc un troisième verre en se demandant dans combien de temps Marcus – ce petit démon possédé par la jalousie – allait réveiller sa petite sœur Jacqueline en pleine sieste. La nounou l'avait couchée avant de s'en aller, et elle dormait toujours. Patricia consulta de nouveau la pendule ; il était rare que le calme règne aussi longtemps à la maison. Revigorée par une nouvelle gorgée de pinot et attentive à ne pas réveiller le petit espiègle qui jouait les terroristes du haut de ses quatre ans, elle repoussa son magazine et monta l'escalier.

Elle alla d'abord voir Marcus. Il était à plat ventre sur le tapis au pied de son lit, sa console de jeu encore allumée à portée de main. Epuisé. Evidemment, ce soir ils allaient la payer cher, cette petite sieste, quand Marcus se mettrait à faire le derviche tourneur au lieu d'aller se coucher. Mais, à ce moment-là, ce serait à Mark de jouer.

Dans le couloir, elle remarqua, étonnée, la présence de terre sur le tapis aboutissant à la chambre de Jacqueline. Sur un coussin de soie en forme de cœur accroché à la poignée de la porte par un ruban chargé de dentelles, on lisait : CHUT ! UN ANGE DORT ! Elle ouvrit doucement et, dans la pénombre tiède, eut la surprise de découvrir, sur le fauteuil à bascule à côté du berceau, une femme tenant un paquet dans ses bras.

Elle se balançait doucement.

En berçant la petite Jacqueline.

Comme Patricia approchait et distinguait plus nettement l'intruse, un déclic se fit dans sa tête.

— Joan ? Joan, c'est vous ?

Encore un pas.

— Mais qu'est-ce que vous faites là ? Vous êtes entrée par le garage ?

Joan – car c'était bien elle – cessa de se balancer et se leva. Comme elle était éclairée à contre-jour par une lampe rose, Patricia discernait à peine son expression, mais elle la trouva tout de même étrange. Surtout la bouche, curieusement tordue. En plus, elle sentait mauvais.

Mais pourquoi était-elle ici, à bercer la petite Jacqueline ?

Alors Joan lui tendit le nourrisson. Patricia le prit au creux de ses bras et sentit aussitôt que quelque chose n'allait pas. Sa fille était trop immobile pour être simplement endormie.

Anxieuse, elle souleva la couverture qui cachait le visage de Jackie.

Sa petite bouche en bouton de rose était entrouverte. Ses iris étaient noirs, fixes. Autour du cou gracile, la couverture était humide. Patricia regarda ses doigts. Ils étaient pleins de sang.

Le cri qui naquit dans sa gorge n'atteignit pas sa destination.

Ann-Marie Barbour ne savait littéralement plus à quel saint se vouer. Réfugiée dans sa cuisine, elle murmurait des prières en agrippant le rebord de l'évier comme si la maison était une barque chahutée par une mer noire. Elle priait sans relâche, pour qu'On lui dise ce qu'elle devait faire, pour que les choses s'arrangent. Pour entrevoir une lueur d'espoir. Ansel n'était pas un mauvais homme. Les apparences étaient trompeuses. Il était très, très malade, voilà tout. Mais cette maladie passerait, comme une mauvaise fièvre. Alors tout redeviendrait normal.

Elle regarda par la fenêtre la remise barricadée. Il n'en sortait plus aucun bruit.

Le doute l'assaillit à nouveau, comme quand elle avait appris que les victimes du vol 753 avaient toutes disparu de la morgue. Il se passait quelque chose – quelque chose d'horrible –, et seuls ses allers et retours incessants entre miroir et évier atténuaient son angoisse. Elle nettoyait, effleurait, s'inquiétait, priait…

Pourquoi Ansel était-il allé s'enfouir dans la terre ? Pourquoi la regardait-il avec cet air avide ? Pourquoi ne parlait-il pas, au lieu de pousser des grognements ou des jappements ?

L'obscurité avait à nouveau envahi le ciel ; toute la journée, elle avait redouté ce moment.

Pourquoi Ansel ne faisait-il plus de bruit ?

Sans prendre le temps de réfléchir, elle sortit dans le jardin. Elle évita de regarder la tombe des chiens, pour ne pas être emportée par la folie. Maintenant, c'était à elle d'être forte. Pour un petit moment encore...

Les portes de la remise. La chaîne et le cadenas. Elle resta là à tendre l'oreille, le poing pressé contre la bouche.

Qu'aurait fait Ansel à sa place ? Aurait-il ouvert la porte, si ç'avait été elle, à l'intérieur ? Se serait-il forcé à l'affronter ?

Oui. Sans aucun doute.

Elle ouvrit le cadenas au moyen de la clé qu'elle portait autour du cou, puis défit rapidement la grosse chaîne. Cette fois, quand les portes s'ouvrirent, elle resta hors de *sa* portée.

Une odeur abominable. Fétide comme l'enfer. La puanteur lui fit monter les larmes aux yeux. Et c'était son Ansel, là-dedans.

On n'y voyait rien. Elle prêta à nouveau l'oreille. Elle ne se laisserait pas attirer dans l'abri.

— Ansel ?

Un frôlement. Un mouvement sous le tas de terre. Elle n'avait pas pensé à apporter une torche électrique.

Elle avança la main de quelques centimètres, pour pousser un des battants et laisser entrer un peu plus de clair de lune.

Alors elle le vit, à demi enfoui dans son lit de terre, le visage tourné vers la porte, les yeux pleins de souffrance. Elle comprit qu'il était en train de mourir. Son Ansel allait mourir. Elle repensa une fois de plus aux chiens qui, naguère, dormaient encore ici, Pap et Gertie, les chiens qu'elle avait aimés plus qu'on n'aime d'ordinaire les animaux domestiques, ses chers saint-bernard qu'il avait tués avant de prendre délibérément leur place. Pour la sauver, elle, Ann-Marie, ainsi que les enfants.

En cet instant, le jour se fit dans son esprit. Il avait besoin de faire du mal à quelqu'un pour retrouver ses forces. Pour vivre.

Sous le clair de lune, elle fut prise d'un frisson face à cette créature torturée qui avait été son époux.

Il voulait qu'elle se donne à lui. Elle le comprenait, à présent. Elle le sentait.

Ansel poussa un gémissement caverneux qui semblait monter du fond de son être.

Non, elle n'y arriverait jamais. Ann-Marie referma les portes sur ce semi-cadavre, pas tout à fait vivant mais pas encore mort, et s'y adossa un instant comme pour l'exclure définitivement. Il était trop faible pour l'attaquer, à présent. Elle n'entendit qu'un geignement de protestation.

Elle passait la chaîne dans les poignées quand elle entendit des pas sur le gravier, derrière elle. Elle s'immobilisa. Et si c'était encore cet agent de police ? Encore un pas. Elle fit volte-face.

Un vieil homme au crâne dégarni, vêtu d'une chemise à col montant, d'un gilet ouvert et d'un pantalon en velours. Le voisin d'en face, celui qui avait appelé la police, justement, le veuf. Otish. Le genre à pousser ses feuilles mortes dans la rue afin que le vent les chasse chez vous. Un type qu'on ne voyait ni n'entendait jamais sauf s'il avait un problème et vous soupçonnait – vous ou vos enfants – d'en être la cause.

— Vos chiens ont décidément l'art de trouver constamment de nouvelles idées pour m'empêcher de dormir, lâcha-t-il.

Cette déclaration emplit Ann-Marie de désarroi. *Les chiens ?*

Il devait parler d'Ansel et des bruits qu'il avait faits pendant la nuit.

— Si vous avez un animal malade, emmenez-le chez le vétérinaire, faites-le soigner, ou bien piquer.

Elle était trop sonnée pour répondre. Otish quitta l'allée pour s'avancer sur l'herbe, en fixant la remise d'un regard méprisant.

Alors s'éleva une plainte rauque.

Le visage d'Otish se plissa de dégoût.

— Je vous somme de faire quelque chose sinon j'appelle de nouveau la police. Immédiatement.

Malgré elle, sa terreur s'exprima à voix haute :

— *Non !*

Surpris de la voir aussi bouleversée, et ravi de se retrouver en position dominante, il reprit :

— Alors, que comptez-vous faire ?

Elle ouvrit la bouche, mais ne trouva rien à répondre. Enfin, elle réussit à improviser :

— Je… je vais m'en occuper. Je ne sais pas comment, mais je vais m'en occuper.

Il jeta un regard vers la terrasse et la cuisine illuminée.

— Votre époux est là ? J'aimerais lui parler.

Elle fit non de la tête.

Nouveau gémissement dans l'abri.

— Vous avez intérêt à résoudre le problème de vos saletés baveuses, sinon je leur réglerai leur compte, moi, vous allez voir. Tous les gens nés dans une ferme pourront vous le dire, madame Barbour : les chiens sont uniquement faits pour servir l'homme, et n'ont nul besoin d'être dorlotés. Dans leur propre intérêt, il vaut mieux leur faire tâter du fouet que les caresser sans arrêt.

Un déclic se fit dans l'esprit d'Ann-Marie. Ce qu'il venait de dire à propos des chiens...

Leur faire tâter du fouet.

Pap et Gertie s'étaient échappés à deux ou trois reprises par le passé, d'où le piquet et la chaîne dans la remise. La dernière fois, à son retour, Gertie – la plus gentille des deux – avait le dos et les pattes couverts d'écorchures...

... comme si on lui avait donné des coups de bâton.

Ann-Marie Barbour, d'ordinaire si timide et réservée, oublia alors sa frayeur et regarda son voisin comme si ses yeux s'étaient brusquement dessillés.

— C'était vous, articula-t-elle.

Son menton tremblait, cette fois sous le coup d'une colère noire, et non plus de la timidité.

— C'est vous qui avez fait ça ! A Gertie. Vous qui lui avez fait du mal...

Peu accoutumé à rencontrer une résistance, Otish battit des paupières, trahissant ainsi sa culpabilité.

— En admettant que ce soit moi, je dois dire qu'il l'avait mérité, répliqua-t-il avec sa condescendance habituelle.

Ann-Marie explosa alors de rage. Tout ce qu'elle contenait tant bien que mal depuis quelques jours – la séparation d'avec les enfants, l'enterrement de ses chiens chéris, le souci qu'elle se faisait pour son mari –, tout remonta d'un coup.
— *Elle.*
— Pardon ?
— *Elle.* Gertie est une *femelle.*
Nouveau gémissement dans la remise.
Ansel réclamait. Il avait faim...
Ann-Marie recula. Elle tremblait, intimidée non par le voisin mais par ce sentiment nouveau pour elle : la colère.
— Vous voulez constater par vous-même ? s'entendit-elle dire.
— Quoi donc ?
Elle sentait la présence de l'abri dans son dos comme s'il s'était lui-même transformé en une sorte de bête.
— Vous voulez les dresser ? Eh bien, allez-y, tentez votre chance.
Otish s'indigna. Une femme osait lui lancer un défi !
— Vous ne parlez pas sérieusement ?
— Vous voulez « régler le problème » ? Vous voulez avoir la paix ? Eh bien, moi aussi ! *Moi aussi !* répéta-t-elle en essuyant le mince filet de salive qui lui coulait sur le menton.
Otish la dévisagea longuement, puis :
— C'est donc vrai, ce qu'on raconte, constata-t-il. Vous êtes complètement folle.
Elle hocha la tête avec un sourire halluciné. Otish se dirigea alors vers un des arbres qui délimitaient

le jardin, choisit une branche souple et tira dessus en la tordant en tous sens jusqu'à ce qu'elle se détache. Il fouetta l'air pour l'éprouver puis, satisfait, revint vers la remise.

— Je tiens à ce que vous sachiez que j'agis dans votre intérêt plus que dans le mien, déclara-t-il.

Frémissante, Ann-Marie le regarda ôter la chaîne et entrouvrir les portes.

— Bien. Alors, où sont-elles, ces bêtes ?

Ann-Marie entendit alors un grognement inhumain, puis la chaîne se tendit bruyamment au moment où Otish entra. Il poussa un cri de surprise aussitôt interrompu. Ann-Marie se jeta contre les portes, luttant de toutes ses forces pour les maintenir fermées. Elle inséra la chaîne, l'enroula deux fois autour des poignées, referma le cadenas puis courut vers la maison, loin de la remise qui vacillait sur sa base, et de la *chose* sans merci qu'elle venait d'entrevoir.

Mark Blessige hésitait dans l'entrée de sa maison, son Blackberry à la main. Pas de message de sa femme. Elle avait laissé son téléphone dans son sac Burberry, le monospace Volvo était dans l'allée, le siège bébé dans l'arrière-cuisine. Pas de petit mot dans la cuisine, rien qu'un verre de vin à moitié vide abandonné sur la table. Patricia, Marcus et la petite Jackie avaient disparu.

Il se rendit dans le garage : les voitures et les poussettes étaient là. Un coup d'œil au calendrier de l'entrée : rien de prévu pour ce jour-là. Patricia avait peut-être décidé de le punir parce qu'il rentrait tard une fois de plus ? Il essaya de patienter devant la télévision mais son anxiété était réelle. Deux fois, il décrocha le téléphone pour appeler la police, mais l'idée qu'on voie une voiture de patrouille se garer devant chez eux lui était insupportable. Il ressortit de la maison et regarda de part et d'autre de la rue. Ils étaient peut-être allés faire une courte visite à un voisin ? Alors il remarqua qu'il n'y avait de lumière nulle part dans le quartier. Pas de lampes de style dispensant une lumière dorée sur les crédences cirées, pas d'écrans de télévision plasma ou d'ordinateur derrière les rideaux en dentelle faite main.

Il s'attarda sur la maison des Luss, juste en face, avec sa façade de briques blanches artificiellement vieillie. Elle aussi paraissait déserte. Est-ce qu'on attendait une catastrophe naturelle sans qu'il soit au courant ? On avait peut-être évacué le lotissement...

Là-dessus, il vit quelqu'un sortir de derrière les massifs formant une haute haie ornementale, entre la maison des Luss et celle des Berry. Une femme qui, dans l'ombre mouchetée des chênes, paraissait échevelée. Elle semblait tenir dans ses bras un enfant endormi, âgé de cinq ou six ans. Elle disparut un instant derrière le monospace Lexus des Luss puis s'approcha de l'entrée de service de la maison. Juste avant d'y pénétrer, elle tourna la tête et aperçut Mark. Elle ne lui fit aucun signe, ne parut pas s'intéresser à sa présence. Pourtant, en croisant son regard, Mark eut l'impression qu'un bloc de glace se formait dans sa poitrine.

Ce n'était pas Joan, mais peut-être son employée de maison.

Il attendit qu'une lumière s'allume, en vain. Alors il prit un air décontracté et, les mains dans les poches, traversa la rue et se dirigea vers l'entrée de service des Luss.

La porte était ouverte. Au lieu de sonner, Mark se borna à taper au carreau avant d'entrer.

— Il y a quelqu'un ?

Il traversa l'arrière-cuisine, puis alluma la lumière en entrant dans la cuisine.

— Joan ? Roger ?

Le carrelage était sale, couvert d'empreintes de pas – laissées par des pieds nus, semblait-il –, les placards et les plans de travail maculés de terre. Sur l'îlot central, des poires blettes dans une corbeille métallique.

— Hé ho ? insista-t-il.

Visiblement, Joan et Roger n'étaient pas chez eux. Il décida de dire quand même un mot à l'employée. Elle au moins n'irait pas raconter à qui voudrait l'entendre que Mark Blessige était incapable de retrouver sa poivrote de femme et leurs enfants. Et s'il s'était trompé, si Joan était quand même là, il lui demanderait avec le plus grand naturel si elle avait vu sa petite famille. *De nos jours les enfants ont tellement d'activités, comment voulez-vous qu'on arrive à suivre ?* De toute façon, s'il lui revenait aux oreilles des rumeurs sur sa progéniture en vadrouille, il pourrait toujours parler de la horde de paysans pieds nus qui avait manifestement batifolé dans la cuisine des Luss.

— C'est Mark Blessige, votre voisin ! Il y a quelqu'un ?

Il n'était pas venu chez les Luss depuis l'anniversaire du petit, en mai. Ses parents lui avaient offert une voiture de course électrique mais, déçu qu'elle n'ait pas d'attache pour caravane, il s'était mis au volant et avait foncé dans la table où les extras déguisés en Bob l'Eponge venaient juste de servir les jus de fruits.

« Bah, avait conclu le père, au moins cet enfant sait ce qu'il veut. »

Rires forcés de rigueur, et nouvelle tournée de jus de fruits.

Mark poussa les portes menant à la salle de séjour, d'où on avait une belle vue sur sa propre maison. Il savoura un instant le spectacle. C'est vrai qu'elle valait le coup d'œil, sa maison. Même si ce crétin de Mexicain avait encore taillé les haies de travers.

Il entendit des pas dans l'escalier du sous-sol. Plusieurs personnes, qui remontaient vers la cuisine.

— Hé ho ? fit-il à nouveau, se disant qu'il en avait peut-être pris un peu trop à son aise. C'est moi, Mark Blessige, le voisin d'en face !

Nul ne lui répondit.

— Excusez-moi d'être entré comme ça, mais je me demandais si...

Au moment de franchir les portes battantes en sens inverse, il se figea brusquement. Une dizaine de personnes lui faisaient face, dont deux enfants qui sortirent de derrière l'îlot central. Ce n'étaient pas les siens. Il reconnut quelques résidents du lotissement, des gens qu'il croisait au Starbucks de Bronxville, à la gare ou au club. Par exemple, Carole, la mère d'un copain de Marcus. Il y avait aussi un coursier d'UPS identifiable à sa tenue. Assez hétéroclite, comme petit groupe. Et parmi ces gens, aucun Luss, aucun Blessige.

— Excusez-moi, je vous dérange sans doute...

Soudain il remarqua le teint des personnes face à lui, et leur façon de le regarder fixement sans rien dire. On ne l'avait encore jamais regardé ainsi. Et il émanait d'elles une chaleur anormale.

Derrière se tenait la femme de ménage des Luss. Elle avait le teint rubicond, les yeux écarlates, les cheveux sales et décoiffés. Son chemisier était taché de rouge sur le devant. A la voir, on aurait dit qu'elle avait dormi dans un tas de terre.

D'un geste vif, Mark chassa une mèche qui lui tombait devant les yeux. En sentant les portes dans son dos, il s'aperçut qu'il avait reculé. Les autres avancèrent d'un même mouvement, à l'exception de la domestique, qui se contenta d'observer. Un des enfants – un garçon agité, aux sourcils noirs – prit appui sur un tiroir ouvert pour se hisser sur l'îlot. Bientôt, il dépassa tout le monde d'une tête. Puis il prit son élan, sauta dans le vide et se jeta sur Mark, qui tendit instinctivement les bras pour le rattraper. Alors même qu'il bondissait, le gamin ouvrit la bouche et, le temps qu'il empoigne Mark par les épaules, un aiguillon en jaillit. Il s'incurva d'abord, se détendit brusquement et transperça la gorge de Mark pour s'ancrer dans la carotide. Mark éprouva une douleur fulgurante. Comme si on lui plantait une broche brûlante dans le cou.

Il bascula en arrière et s'écrasa au sol au-delà des portes, le gamin fermement arrimé à sa gorge, assis à califourchon sur sa poitrine. Puis l'enfant se mit à téter, le vidant de son sang.

Mark tenta de crier, mais sa voix resta bloquée dans sa gorge. Il était paralysé. Son pouls cessa de battre, et il ne pouvait toujours pas proférer un son.

Il sentait palpiter le cœur du petit garçon contre sa poitrine – mais était-ce un cœur ? À mesure que le sang fuyait le corps de Mark, son rythme s'accélérait et gagnait en puissance, jusqu'à la jouissance pure.

L'aiguillon de l'enfant se gorgeait et le blanc de ses yeux, rivés sur ceux de sa proie, devenait cramoisi. Il entortillait méthodiquement ses doigts osseux dans les cheveux de Mark, comme pour raffermir sa prise.

Les autres s'engouffrèrent tous en même temps dans la salle de séjour et fondirent sur Mark en déchirant ses vêtements. Au moment où leurs aiguillons percèrent sa chair, il sentit le vide l'envahir.

En même temps, il fut submergé par une odeur entêtante qui s'insinua dans ses narines comme un nuage d'ammoniac. Il sentit un liquide chaud jaillir de sa poitrine, et ses mains, qui agrippaient le corps du petit monstre, plongèrent elles aussi dans un fluide brûlant. Le petit s'était souillé ; il déféquait sur Mark en se nourrissant, même si ses excréments semblaient plus chimiques qu'humains.

Mark souffrait atrocement. La douleur était omniprésente, du bout de ses doigts à sa tête en passant par sa poitrine. Puis la pression qui comprimait sa gorge se relâcha, et il resta couché là, la souffrance irradiant de tout son corps.

Neeva entrouvrit à peine la porte de la chambre à coucher, pour voir si les enfants dormaient enfin. Keene et Audrey Luss étaient allongés dans des sacs de couchage, au pied du lit de sa petite-fille, Narushta. Dans l'ensemble, ils avaient été sages – après tout, depuis les quatre mois de Keene, Neeva s'occupait d'eux toute la journée –, mais ce soir ils avaient pleuré. Ils réclamaient leur lit. Ils voulaient savoir quand ils pourraient rentrer chez eux. Sebastiane, elle, s'attendait à chaque instant à ce que la police vienne frapper à la porte. Mais ce n'était pas ce qui inquiétait Neeva.

Sebastiane était née aux Etats-Unis, elle avait fréquenté les écoles américaines, elle était imprégnée du sentiment de supériorité typique des habitants de ce pays. Neeva l'emmenait tous les ans en visite au pays, mais elle ne se sentait pas chez elle à Haïti. Elle en rejetait les coutumes. La modernité était tellement simple, propre comme un sou neuf... Mais Neeva ne supportait pas qu'elle fasse passer sa mère pour une bécasse superstitieuse.

Bien qu'élevée dans la religion catholique, Neeva avait un grand-père qui pratiquait le vaudou. Il était même le *bokor* de son village, un genre de *houngan*, de prêtre – d'autres diraient « sorcier » – s'adonnant à la magie, blanche et noire. On le disait doté d'un très fort *ashe* – un grand pouvoir spirituel. S'il se mêlait souvent de guérir le corps astral des zombies – ce qui consistait à capturer un esprit à l'intérieur d'un fétiche –, il n'avait jamais touché à la magie noire. Il disait avoir trop de respect pour le « côté sombre ». Pour lui, franchir la frontière infernale, c'était faire affront aux *loa*, les esprits du vaudou, sortes de saints ou d'anges servant d'intermédiaires entre l'homme et le Créateur. Toutefois, il avait pris part à des cérémonies participant d'une forme d'exorcisme rustique, afin de remédier aux mauvaises actions des *houngan* fourvoyés. Neeva l'y avait accompagné. Et elle avait vu le visage des non-morts.

Quand Joan s'était enfermée dans sa chambre le soir de son retour – cette chambre aussi luxueusement meublée que les suites des hôtels où Neeva faisait le ménage à son arrivée en Amérique – et que ses gémissements avaient enfin cessé, la nounou était allée la voir. Elle lui avait trouvé le regard distant, éteint. Son cœur battait à se rompre, ses draps étaient trempés d'une sueur nauséabonde et son oreiller taché d'un sang blanchâtre qu'elle avait recraché en toussant. Neeva avait soigné des malades, des mourants ; elle avait compris au premier coup d'œil que Joan Luss s'enfonçait non pas dans la maladie mais dans le *mal*. C'est alors qu'elle avait emmené les enfants.

Elle retourna vérifier une fois de plus les fenêtres. Sa fille et elle habitaient au rez-de-chaussée d'une maison abritant trois familles ; elles ne voyaient la rue et les bâtiments voisins qu'à travers des barreaux. Ils étaient là pour dissuader les cambrioleurs, mais Neeva ne savait pas très bien quelle protection ils pouvaient leur offrir dans le cas présent. Cet après-midi-là, elle avait tiré dessus de toutes ses forces, pour éprouver leur solidité, et en avait été plutôt satisfaite. A titre de précaution supplémentaire et à l'insu de Sebastiane, elle avait cloué les fenêtres et poussé une bibliothèque devant celle de la chambre des enfants. En outre – là encore, sans rien en dire à personne –, elle avait frotté de l'ail sur tous les barreaux. Elle avait également sorti le flacon d'eau bénite consacrée par le prêtre de sa paroisse, même si son crucifix était resté sans effet dans le sous-sol des Luss.

A la fois nerveuse et confiante, elle baissa tous les stores, alluma les lumières et s'installa dans son fauteuil, les jambes posées sur un tabouret. Elle garda ses chaussures orthopédiques – elle avait la voûte plantaire affaissée –, au cas où il faudrait partir précipitamment. Cette nuit encore, elle devait se préparer à monter la garde. Elle alluma la télévision en réglant le son au minimum, juste pour avoir une compagnie.

Elle avait sans doute tort d'accorder autant d'importance à l'attitude condescendante de sa fille. Tout immigré désire qu'en grandissant ses enfants embrassent les mœurs de leur pays d'adoption aux dépens de leur héritage culturel. Mais, en l'occurrence, Neeva craignait que l'assurance de sa fille ne finisse par lui nuire. Pour Sebastiane, la nuit n'était qu'un inconvénient que l'on compensait facilement en appuyant sur un interrupteur. Le soir, le moment où on s'amusait, où on se détendait, on baissait sa garde, on était moins vigilant. Pour Neeva, au contraire, l'électricité ne représentait guère qu'un talisman contre l'obscurité. La nuit était réelle en soi, et non une simple absence de lumière. C'était le jour qu'il fallait considérer comme un bref répit au milieu des ténèbres.

Elle fut réveillée en sursaut par un grattement. Sur l'écran du téléviseur, une publicité pour un balai-éponge qui faisait aussi aspirateur. Elle resta immobile, aux aguets, et perçut une série de déclics provenant de la porte d'entrée. Elle crut d'abord que c'était Emile qui rentrait (son neveu était chauffeur de taxi de nuit), mais, s'il avait encore oublié sa clé, il aurait sonné.

Non, il y avait quelqu'un dehors, mais il ne fallait pas s'attendre à ce qu'il frappe ou sonne.

Neeva se leva le plus vite possible, longea sans bruit le couloir et s'arrêta devant la porte. Un mince panneau en bois la séparait de la personne ou de la chose qui cherchait à entrer.

Elle sentait sa présence. Elle s'imagina qu'en touchant le bois – ce qu'elle se garda de faire – elle sentirait également sa chaleur.

C'était une porte toute simple, sans carreau, équipée d'un verrou de sécurité. Avec juste une fente à volet pour le courrier, à trente centimètres du sol.

Le volet en cuivre grinça avant de se relever. Neeva battit en retraite vers le fond de l'entrée, affolée, puis elle fonça dans la salle de bains, saisit le pistolet à eau de sa petite-fille dans le panier à jouets et le remplit d'eau bénite, en en répandant tout autour.

Quand elle retourna devant la porte, on n'entendait plus aucun bruit, mais la présence était toujours perceptible. Neeva posa gauchement son genou enflé par terre. Son collant accrocha le plancher grossier. A cette distance, elle sentait le souffle frais de la nuit entrer par le volet. Et elle distinguait une ombre sur le côté.

Le canon du pistolet à eau était long. Neeva arma la pompe située au-dessous pour amorcer la pression, introduisit le pistolet dans la fente et appuya sur la détente.

Elle arrosa à l'aveuglette, visant de droite à gauche et de haut en bas. Elle s'imaginait Joan Luss brûlée comme par un jet d'acide qui entaillerait ses chairs telle l'épée en or de Jésus. Mais aucun gémissement ne lui parvint.

En revanche, une main apparut dans la fente et saisit le canon. Neeva tenta de retenir le jouet et, ce faisant, put observer à loisir les doigts de l'intruse. Ils étaient couverts de terre et le pourtour des ongles encroûté de sang. L'eau bénite ne faisait que diluer la crasse, sans brûler la chair.

Elle n'avait strictement aucun effet.

La main tirait avec force sur le pistolet ; elle finit par le coincer dans la fente. Neeva comprit qu'elle essayait de l'atteindre, *elle*. Alors elle lâcha prise. La main continua à tirer jusqu'à ce que le jouet se casse en déversant le reste de l'eau bénite. Alors le visiteur – ou plutôt la visiteuse – se mit à donner de grands coups dans la porte. Neeva recula, assise par terre, en prenant appui sur ses mains. La femme se jetait tout entière contre le battant en secouant la poignée. Les charnières tremblaient, les murs en étaient ébranlés. Une image représentant un homme et un garçonnet à la chasse se décrocha du mur et le verre se brisa en heurtant le sol. Neeva continua à battre en retraite en s'aidant également de ses pieds, jusqu'au fond de l'entrée. Soudain son épaule heurta le porte-parapluie où était rangée une batte de base-ball. Elle s'en saisit, s'assura une bonne prise sur le manche entouré d'adhésif noir, et resta là, assise par terre.

La porte tenait bon. Cette vieille porte, qu'elle avait tant maudite parce qu'elle travaillait et se coinçait quand il faisait chaud, était assez solide pour résister aux assauts de la « présence », ainsi d'ailleurs que le verrou et la poignée de métal. De l'autre côté, « on » finit par s'immobiliser, peut-être même par se retirer...

Neeva baissa les yeux sur la petite flaque d'eau bénite. Quand même les pouvoirs de Jésus restaient sans effet, on était vraiment dans le pétrin.

Attendre le jour. C'était tout ce qui lui restait à faire.

— Neeva ?

Keene Luss, derrière elle, en tee-shirt et pantalon de survêtement. La nounou réagit avec une promptitude dont elle-même ne se savait pas capable : elle plaqua une main sur la bouche du petit garçon et l'entraîna vers le couloir. Puis elle resta là, le dos au mur, serrant l'enfant dans ses bras.

La *chose* avait-elle entendu la voix de son fils ?

Neeva essaya de tendre l'oreille mais Keene gigotait, essayant de parler.

— Chut, petit !

Alors elle entendit le même grincement. Serrant Keene encore plus fort, elle passa la tête à l'angle du mur et risqua un coup d'œil dans l'entrée.

La fente à courrier était maintenue en position ouverte par un doigt sale. Neeva se recula précipitamment, mais elle avait eu le temps d'entrevoir deux yeux rouges.

Rudy Wain, le manager de Gabriel Bolivar, prit un taxi dans Hudson Street pour rejoindre l'hôtel particulier de la star à l'issue d'un dîner de travail tardif avec ses interlocuteurs chez BMG Records. Il n'avait pas réussi à joindre « Gabe » au téléphone, mais des rumeurs couraient sur son état de santé depuis l'affaire du 753 et une photo de paparazzi le montrant en fauteuil roulant. Il fallait qu'il en ait le cœur net. Il ne vit pas de paparazzis dans Vestry Street, seulement une poignée de fans – des « gothiques » manifestement drogués – qui fumaient, assis sur le trottoir.
Ils se relevèrent d'un air intéressé en le voyant monter les marches du perron.
— Qu'est-ce qu'il y a ? leur demanda-t-il.
— On dit qu'il a laissé entrer des gens.
Rudy examina la façade, mais on ne voyait de lumière nulle part, même au dernier étage sous les toits.
— Apparemment, la fête est finie, non ?
— C'est pas une fête, répondit un adolescent rondouillard, à la joue trouée par une épingle de nourrice d'où pendaient des élastiques de toutes les couleurs. Il a aussi fait entrer les paparazzis.
Rudy haussa les épaules, puis composa le code et entra en refermant bien la porte derrière lui. Gabe devait se sentir mieux. Il s'avança dans le hall plongé dans l'obscurité, laissant derrière lui

les deux panthères en marbre noir. Les projecteurs de chantier étaient éteints et les interrupteurs encore inopérants. Après une seconde de réflexion, Rudy sortit son Blackberry et le paramétra pour que l'écran reste allumé. La faible clarté bleutée révéla au pied de l'ange, près de l'escalier, un tas d'appareils photo numériques et de caméras vidéo, armes des paparazzis, entassés comme des chaussures au bord d'une piscine.

— Hé ho ?

Sa voix se répercuta jusqu'aux étages supérieurs, toujours en travaux. Il monta l'escalier tournant en s'éclairant avec son Blackberry. Il fallait qu'il motive Gabe pour son concert de la semaine suivante, sans compter plusieurs dates à travers le pays à l'occasion de Halloween.

Il trouva la suite de Bolivar également plongée dans l'obscurité.

— Hé, Gabe ! C'est moi, vieux. Je ne voudrais pas débarquer au mauvais moment...

C'était trop silencieux, ici. Il alla jusqu'à la chambre. Le lit était défait, mais ne contenait pas de Gabriel vaincu par la gueule de bois. Il avait dû sortir traîner, comme d'habitude. En tout cas, il n'y avait aucune trace de lui ici.

Rudy passa dans la salle de bains privée, où il trouva un flacon d'analgésiques opiacés sur le lavabo, ainsi qu'un verre à cocktail en cristal qui empestait l'alcool. Rudy hésita un moment avant de prendre deux comprimés, de rincer le verre sous le robinet et d'y verser de l'eau pour les avaler.

En reposant le verre, il surprit un mouvement derrière lui. Il se retourna et vit Gabriel sortir de l'obscurité pour entrer à son tour dans la salle de bains. Multiplié par les nombreux miroirs, on avait l'impression qu'il s'était reproduit à des centaines d'exemplaires.

— Putain, Gabe, tu m'as fait peur ! s'exclama Rudy.

Mais quand il vit la star le regarder fixement, immobile, son sourire cordial s'effaça. Gabriel ne portait qu'une courte robe de chambre noire. Il ne fit même pas mine de saluer son manager.

— Ça ne va pas, vieux ? s'enquit Rudy en remarquant qu'il avait les mains et la poitrine sales. Tu as passé la nuit dans un tas de charbon ou quoi ?

Mais Gabe restait là sans rien faire, reflété à l'infini par les glaces.

— Putain, qu'est-ce que tu pues ! reprit Rudy en se bouchant le nez. Dans quoi tu t'es encore fourré ?

Il émanait du chanteur une étrange chaleur. Rudy approcha son téléphone portable de son visage. Les yeux de Bolivar ne réagirent pas à la lumière.

— Dis donc, tu as gardé ton maquillage trop longtemps, toi.

Les opiacés commençaient à faire effet. La salle de bains et ses miroirs opposés parurent se déployer en accordéon. Rudy déplaça la lumière projetée par son écran et toute la pièce palpita.

— Ecoute, dit-il, troublé par l'absence totale de réaction de Bolivar. Si t'es en plein trip, je reviendrai plus tard, OK ?

Il voulut se faufiler par la gauche, mais Bolivar ne s'écarta pas. Il essaya à nouveau, en vain. Alors il recula d'un pas et braqua son portable sur l'artiste.

— Enfin quoi, Gabe, qu'est-ce qui te p…

Bolivar ouvrit son peignoir en écartant largement les bras et le laissa tomber sur le carrelage.

Rudy lâcha un hoquet de stupeur. Le corps de Bolivar était uniformément gris et décharné, mais ce qui lui donna le vertige, ce fut l'entrejambe.

Glabre et lisse comme celui d'une poupée, il était entièrement dépourvu d'organes génitaux.

Bolivar lui plaqua durement une main sur la bouche. Rudy voulut se débattre. Trop tard. Gabriel sourit, mais son sourire ne tarda pas à s'évanouir, et une espèce de petit fouet apparut dans sa bouche. Rudy le voyait se convulser à la lueur vacillante de son écran. Alors qu'il cherchait désespérément à composer le numéro de la police, l'aiguillon jaillit de la bouche de Bolivar, flanqué de deux sacs de chair qui s'enflaient et se contractaient périodiquement, eux-mêmes entourés d'évents pareils à des ouïes qui s'ouvraient et se refermaient tour à tour.

Rudy eut à peine le temps d'apercevoir la chose avant qu'elle se détende et le frappe à la gorge. Son téléphone tomba par terre, entre ses pieds qui ruaient dans le vide.

Jeanie Millson, qui rentrait chez elle avec sa mère, n'était pas fatiguée du tout. Au contraire : ravie d'avoir assisté à une représentation de *La Petite Sirène* à Broadway, elle n'avait jamais été aussi en forme. Maintenant, elle savait ce qu'elle voulait faire quand elle serait grande. Pas prof de danse, finalement (Cindy Veeley s'était cassé deux orteils en sautant), ni gymnaste olympique (le cheval d'arçons, ça faisait trop peur), mais (roulement de tambour)... actrice à Broadway ! Elle se teindrait les cheveux en rouge corail pour tenir le premier rôle, celui d'Ariel, dans *La Petite Sirène*, et, à la fin, elle ferait la plus profonde, la plus gracieuse révérence de tous les temps sous un tonnerre d'applaudissements. Ensuite elle irait à la rencontre de ses fans, signerait leur programme, sourirait quand on la prendrait en photo à leurs côtés avec un téléphone portable... Puis un soir, un soir pas comme les autres, elle choisirait dans la salle la petite fille de neuf ans la plus polie, la plus sincère, et lui proposerait d'être sa doublure et sa « meilleure amie pour toujours ». Sa mère serait sa coiffeuse personnelle et son père, son manager, comme le papa de Hannah Montana. Quant à son frère Justin... bah, il n'aurait qu'à rester à la maison et faire ce qu'il voudrait.

Le menton calé dans sa paume, tournée vers la vitre du métro qui roulait vers le sud dans les entrailles de la ville, elle voyait son reflet, ainsi que l'éclairage très vif de la rame. Mais cette lumière était intermittente et pendant un instant, dans le noir, elle aperçut à la place du mur un grand vide marquant la jonction de deux tunnels. Et là, il lui sembla voir quelque chose. A peine une image subliminale, un cliché isolé et dérangeant, inséré entre deux vues normales d'un film monotone. Si bref que sa conscience de fillette de neuf ans n'eut pas le temps de l'assimiler, d'en extraire le sens.

Elle fondit en larmes et ne sut même pas expliquer pourquoi à sa mère – si jolie avec sa robe et son manteau exprès pour le théâtre – qui rêvassait à ses côtés. Celle-ci la consola et la questionna, mais Jeanie ne sut que montrer la vitre. Elle passa tout le reste du trajet blottie contre sa maman.

Mais le Maître, lui, l'avait vue. Car le Maître voyait toute chose. Même – surtout – quand il était en train de se nourrir. Sa vision nocturne, extraordinairement développée et quasi télescopique, s'étendait sur toute la gamme des gris et traduisait les sources de chaleur en taches lumineuses d'une blancheur spectrale.

Quand il eut fini, et bien qu'il ne fût pas rassasié – il ne parvenait *jamais* à la satiété –, ses grandes mains lâchèrent sa proie, l'humain « converti » qui s'affaissa mollement sur les gravillons. Autour de lui, les tunnels bruissaient d'une brise qui chahutait sa cape noire tandis que les trains lançaient leur ululement au loin, le fer grinçant contre l'acier, comme si le monde poussait un cri en prenant brusquement conscience de *sa* venue.

EXPOSITION TOTALE

QUARTIER GENERAL
PROJET CANARI, ANGLE
ONZIEME AVENUE/27ᵉ RUE

Trois jours après l'atterrissage du vol 753, Eph emmena Setrakian au QG du Projet Canari, à la limite ouest du quartier de Chelsea, tout près de l'Hudson. Avant la mise en œuvre de ce projet, ces locaux avaient abrité une commission dépendant du CDC destinée à étudier les troubles respiratoires chroniques chez les personnes, bénévoles ou non, ayant participé aux secours après la catastrophe du World Trade Center.

Eph poussa un soupir de soulagement en découvrant devant l'immeuble deux véhicules de police et deux voitures banalisées portant des plaques minéralogiques officielles. Barnes s'était enfin rendu à l'évidence. On allait leur accorder l'aide nécessaire. Jamais ils ne pourraient combattre ce fléau à eux trois – Nora, Setrakian et lui.

La porte du QG, situé au deuxième étage, était ouverte. Barnes était en grande conversation avec un homme en civil qui se présenta comme étant un agent du FBI.

— Bonjour, Everett, dit Eph. Vous tombez bien. Je voulais justement vous voir.

Il se dirigea vers un réfrigérateur et en sortit une petite brique de lait entier en faisant tinter toute une collection de tubes à essai. Il en avala le contenu d'un trait. Il avait autant besoin de calcium aujourd'hui que jadis de boire de l'alcool. On ne fait jamais que troquer une dépendance contre une autre, songea-t-il. Jusqu'à la semaine précédente, il s'était fié à la méthode scientifique et aux lois de la nature. A présent, il ne jurait que par les épées en argent et la lumière noire.

Il s'avisa brusquement qu'il venait d'étancher sa soif avec une substance issue d'un autre mammifère.

— Qui est ce monsieur ? s'enquit Barnes.

— Ce monsieur, l'informa Eph après avoir essuyé sa lèvre supérieure, est le professeur Abraham Setrakian.

Ce dernier tenait son chapeau à la main. Sa chevelure neigeuse brillait sous les néons de la pièce, basse de plafond.

— Il s'est passé beaucoup de choses, Everett.

Eph finit les dernières gouttes de sa brique de lait. Ce dernier avait déjà rempli son rôle en éteignant le feu qui couvait dans son estomac.

— A tel point que je ne sais pas par où commencer.

— Je suggère que nous parlions d'abord des corps qui ont disparu de toutes les morgues de la ville, répliqua le directeur.

Eph comprit que quelque chose n'allait pas. Derrière lui, un policier venait de se rapprocher de la porte. Un autre type pianotait sur l'ordinateur portable personnel d'Eph.

— Dites donc ! protesta celui-ci.

— Ephraïm, reprit Barnes. Que savez-vous de ces cadavres introuvables ?

Eph mit un moment à déchiffrer l'expression de son patron. Il lança un coup d'œil à Setrakian, mais celui-ci ne réagit pas, se contentant de rester parfaitement immobile.

— Ils sont rentrés au bercail.

— Comment ça ? dit Barnes en inclinant la tête comme s'il n'avait pas bien entendu. Vous voulez dire qu'ils sont montés au ciel ?

— Mais non, Everett. Chez eux.

Barnes regarda l'agent du FBI, qui ne quittait pas Eph des yeux.

— Je vous rappelle qu'ils sont morts, Eph.

— Eh bien, non. Du moins pas au sens où on l'entend généralement.

— Il n'y a qu'une seule façon d'être mort.

— Plus maintenant, répliqua Eph en secouant la tête.

Barnes fit un pas vers lui, l'air compatissant.

— Ecoutez, mon vieux, vous avez été très éprouvé ces derniers temps, je ne l'ignore pas. Vos problèmes familiaux…

— Ça va, coupa Eph. Je ne comprends pas bien ce qui se passe, là.

— Il s'agit de votre patient, docteur, intervint alors l'homme du FBI. Un des pilotes du vol 753 de Regis Airlines. Le capitaine Doyle Redfern. Nous aurions quelques questions à vous poser à son sujet.

Eph dissimula un frisson.

— Je n'ai pas à répondre à vos questions sans commission rogatoire.

— Auriez-vous l'amabilité de vous expliquer sur ceci ?

L'agent du FBI ouvrit un lecteur vidéo portatif posé sur le bureau et appuya sur la touche « Play ». Une chambre d'hôpital filmée par une caméra de surveillance. On voyait Redfern debout de dos, en tenue d'hôpital ouverte derrière. Il avait l'air blessé et désorienté, et non enragé ou en proie à un instinct de prédateur. L'angle de prise de vue ne permettait pas de voir son aiguillon.

En revanche, on voyait très bien, face à lui, Eph brandir un trépan à lame circulaire, en le visant à la gorge.

Un brusque saut dans le temps. Au fond, une main plaquée sur la bouche, Nora regardait Eph reprendre son souffle. Redfern gisait par terre.

Nouvelle séquence. Une autre caméra, située plus en hauteur et un peu plus loin dans le même couloir du sous-sol. Elle montrait deux personnes, un homme et une femme, qui entraient par effraction dans la salle de l'institut médico-légal où était entreposé le corps de Redfern. On les voyait ensuite repartir avec une housse sanitaire pleine.

Deux personnes qui ressemblaient beaucoup à Eph et Nora.

L'enregistrement s'arrêta. Eph regarda Nora, qui semblait sous le choc. Il n'arrivait pas à digérer le mensonge flagrant qui venait de défiler sous ses yeux. Puis il se retourna vers les autres.

— Mais... Ce film a été monté pour nous accuser ! Il y a une coupure ! Redfern venait de...

— Où est la dépouille du capitaine Redfern, s'il vous plaît ?

Incapable de réfléchir, Eph répondit :

— Ce n'est pas nous, là, sur la bande. La caméra est trop en hauteur pour qu'on puisse...

— Vous prétendez qu'il ne s'agit pas de vous et de Nora Martinez ?

Eph consulta à nouveau Nora, qui secouait négativement la tête. Ils étaient trop abasourdis pour formuler un démenti cohérent.

— Ephraïm, je vous pose une dernière fois la question : où sont les cadavres qui ont disparu de la morgue ?

Eph se retourna vers Setrakian, qui se tenait près de la porte, puis vers Barnes. Il ne trouvait toujours rien à répondre.

— Ephraïm, j'arrête le Projet Canari. Ma décision prend effet immédiatement.

— Comment ?

Eph reprit brusquement ses esprits.

— Everett, vous ne pouvez pas faire ça !

Il s'avança vers son supérieur. Aussitôt les flics présents entrèrent en mouvement, comme s'il était dangereux. Devant cette réaction, qui l'inquiéta encore plus, Eph se figea.

— Docteur Goodweather, il va falloir nous suivre, déclara l'agent du FBI. Tous les trois... Hé !

Eph fit volte-face. Setrakian n'était plus là.

L'homme dépêcha deux policiers à sa poursuite.

— Everett, voyons, reprit le médecin. Vous me connaissez. Vous savez très bien quel homme je suis. Ecoutez-moi. Une épidémie est en train de se répandre dans la ville, un fléau tel que nous n'en avons jamais vu.

— Docteur, insista l'agent du FBI, nous voudrions savoir ce que vous avez injecté à Jim Kent.

— Quoi ? Comment ?

— J'ai conclu un marché avec eux, Ephraïm, expliqua Barnes. Si vous acceptez de coopérer, ils laisseront Nora tranquille. Epargnez-lui le scandale d'une arrestation, pensez à sa réputation. Je sais à quel point vous êtes proches, elle et vous.

— Ah oui ? Et on peut savoir comment vous êtes au courant ? lança Eph en dévisageant tour à tour ses accusateurs. Qu'est-ce que c'est que ces absurdités, Everett ?

— Une vidéo vous montre en train d'agresser et d'assassiner un patient, Eph. De plus, vous avez remis des résultats d'analyses fantaisistes, impossibles à interpréter selon des critères rationnels, ne reposant sur aucune preuve et manifestement trafiqués. Vous croyez que je serais là si j'avais le choix ? Si *vous* aviez le choix ?

Eph pensa à Nora. S'il parvenait à la laisser en dehors de tout ça, elle pourrait continuer le combat.

Barnes avait raison. Au moins pour le moment, face aux représentants de la loi, il n'avait pas le choix.

— Ne te laisse pas impressionner, dit-il à Nora. A l'heure qu'il est, tu es peut-être la seule personne qui sache vraiment ce qui se passe.

Nora secoua la tête, puis se tourna vers Barnes.

— Monsieur, nous sommes en présence d'une conspiration, que vous en fassiez ou non partie.

— Mademoiselle Martinez, je vous en prie, ne vous enferrez pas davantage.

Un deuxième agent s'empara des ordinateurs portables d'Eph et de Nora, puis son collègue et lui escortèrent Eph dans l'escalier.

Dans le couloir du premier étage, ils tombèrent sur les deux policiers qu'on avait envoyés à la poursuite de Setrakian. Ils se tenaient côte à côte, presque dos à dos. Menottés l'un à l'autre.

Alors Setrakian surgit derrière eux et brandit son épée, dont il appuya la pointe contre le cou de l'agent du FBI qui ouvrait la marche. De l'autre main, il tenait un poignard, également en argent, qu'il pointa, lui, vers la gorge de Barnes.

— Messieurs, vous n'êtes que des pions dans une machination dont vous n'avez même pas idée. Docteur, prenez ce poignard.

Eph attrapa l'arme par la garde et en menaça à son tour son patron.

Haletant, ce dernier lâcha :

— Bon sang, Ephraïm, vous avez perdu la tête ?

— Cette histoire dépasse tout ce que vous pouvez imaginer, Everett. Ça dépasse le CDC, et même notre appareil de maintien de l'ordre. Une terrible épidémie se répand à travers la ville. Et encore, vous ne savez pas tout.

Nora s'avança pour reprendre les deux ordinateurs portables.

— J'ai récupéré au bureau tout ce dont on pourrait avoir besoin, déclara-t-elle. Parce que, à mon avis, on n'est pas près de remettre les pieds ici.

— Pour l'amour du ciel, Ephraïm, reprenez vos esprits, insista Barnes.

— Everett, je ne fais que m'acquitter de la tâche que vous m'avez confiée, c'est-à-dire tirer la sonnette d'alarme quand survient une crise sanitaire. Nous sommes sur le point de voir éclater une pandémie planétaire. L'humanité est menacée d'extinction.

Or, quelqu'un – je ne sais pas où – emploie les grands moyens pour veiller à ce que cette menace se réalise.

Groupe Stoneheart, Manhattan

Eldritch Palmer alluma une série d'écrans qui montraient tous un journal télévisé différent. Celui qui était situé en bas à gauche retint tout particulièrement son attention. Il réorienta son fauteuil inclinable de quelques degrés, sélectionna la chaîne en question et monta le volume.

Le reporter était filmé devant le poste de police du 17ᵉ District, sur la 51ᵉ Rue Est. Il tentait d'interroger un policier à propos d'une recrudescence de disparitions signalées dans tout l'Etat de New York depuis quelques jours, mais recevait toujours la même réponse : « Pas de commentaire. » On voyait ensuite des gens faire la queue devant le poste de police, trop nombreux pour pouvoir tous entrer, et remplir leur formulaire sur le trottoir. Le journaliste ajouta qu'on avait signalé d'autres incidents inexpliqués, telles de multiples effractions dans des logements inoccupés, sans que rien ait été volé. Le plus étonnant était que les technologies modernes n'étaient d'aucune utilité : les téléphones portables, qui contenaient presque tous une puce GPS localisable, semblaient s'être volatilisés en même temps que leurs propriétaires. Certains avaient émis l'hypothèse que ceux-ci avaient peut-être déserté délibérément famille et emploi, et, constatant que ce pic de disparitions coïncidait avec l'éclipse, s'étaient hasardés à établir un lien entre les deux. Sur quoi un psychologue vint disserter sur les manifestations d'hystérie collective parfois constatées à la suite de phénomènes astronomiques. Le reportage se conclut par un gros plan sur une femme en larmes, brandissant le portrait d'une mère de deux enfants, dont on était sans nouvelles.

Elle laissa la place à une page de publicité vantant les mérites d'une crème anti-âge, « conçue pour vous aider à vivre mieux plus longtemps ».

Palmer coupa le son afin que seul résonne dans la pièce – outre le bruit du dialyseur – le léger fredonnement qui s'échappait de ses lèvres, lesquelles esquissaient un sourire.

Un autre écran affichait une courbe montrant l'évolution des marchés financiers, qui chutaient en même temps que le dollar. C'était lui, Palmer, qui commandait leurs mouvements en se défaisant peu à peu de ses actions pour acheter des métaux : or, argent, palladium, lingots de platine.

Un commentateur laissa entendre que cette récente récession ouvrait des perspectives intéressantes sur le marché à terme. Palmer n'était pas d'accord. L'avenir paraissait plus que compromis, sauf pour lui.

Fitzwilliam lui passa un appel. Un contact au FBI l'informa que l'épidémiologiste du Projet Canari, le Dr Ephraïm Goodweather, avait réussi à s'enfuir.

— Comment ça ? s'étonna Palmer.

— Il était accompagné d'un homme âgé, plus rusé qu'il n'en avait l'air. Il possédait une épée en argent.

Palmer inspira profondément, puis sourit.

Ses ennemis se mettaient en ordre de bataille. Eh bien, tant mieux. Grand bien leur fasse. Ils seraient plus faciles à éliminer une fois rassemblés.

— Monsieur ? Vous êtes toujours là ? fit son interlocuteur.

— Oui, tout va bien, ne vous en faites pas. Je pensais simplement à un vieil ami.

Knickerbocker – Prêteur sur gages et curiosités, 118ᵉ Rue, Spanish Harlem

Eph et Nora avaient trouvé refuge derrière les portes closes de la boutique de Setrakian.

— Je leur ai donné votre nom, fit Eph au vieil homme.

— La maison est au nom de ma défunte épouse. Nous devrions y être en sécurité quelque temps.

— *Ils* s'en prennent à nous, constata Eph.

— Pour laisser le champ libre à l'épidémie, acquiesça Setrakian. La souche virale se propage forcément plus vite dans une société où règne l'ordre qu'en cas d'alerte générale.

— Qui ça, « ils » ? s'enquit Nora.

— Des gens suffisamment influents pour faire embarquer un cercueil à bord d'un vol transatlantique en ces temps de lutte antiterroriste, dit Setrakian.

— Ils essaient de tout nous mettre sur le dos. Ils ont envoyé deux personnes qui nous ressemblent récupérer la dépouille de Redfern !

— Vous l'avez dit vous-même : vous êtes le mieux placé pour tirer la sonnette d'alarme en cas d'épidémie. Vous avez de la chance qu'ils aient seulement tenté de vous discréditer.

— Sans la caution du CDC, nous n'avons plus aucune autorité, remarqua Nora.

— Nous devrons faire cavalier seul, dit Setrakian. Tenter de juguler la contamination avec les moyens du bord.

— Vous voulez dire… par le meurtre, dit Nora en lui coulant un regard en biais.

— Que préféreriez-vous, personnellement ? Devenir une de ces créatures, ou être libérée par une intervention extérieure ?

— « Libérer », ça reste un euphémisme poli pour « assassiner ». Et puis, c'est plus facile à dire qu'à faire. Combien allons-nous devoir couper de têtes ? Nous ne sommes que trois, je vous signale.

— Il existe d'autres moyens. L'exposition au soleil, par exemple. En fait, le soleil est notre plus puissant allié.

Eph sentit son portable vibrer dans sa poche. Il le sortit d'un air méfiant et regarda l'écran.

Le numéro comportait un préfixe d'Atlanta. Le siège du CDC.

— C'est Pete O'Connell, dit-il à Nora avant de prendre la communication.

La jeune femme se tourna vers Setrakian.

— Où se cachent-ils, alors, pendant la journée ?

— Dans les caves, les égouts. Dans les entrailles obscures des bâtiments – les pièces réservées à l'entretien, par exemple, ou bien les chaufferies, les locaux abritant les climatiseurs... Parfois même dans les murs. Mais le plus souvent, ils s'enterrent.

— Donc, ils dorment le jour ?

— Ce serait bien commode, hein ? Quelques cercueils dans une cave, remplis de vampires assoupis. Malheureusement, ce n'est pas comme ça que ça se passe. Car ils ne dorment pas. En tout cas, pas au sens où nous l'entendons. Disons que, quand ils sont momentanément repus, ils se mettent « en veille ». La digestion du sang les épuise. Mais ça ne dure pas longtemps. S'ils privilégient les lieux souterrains pendant la journée, c'est pour fuir les rayons du soleil, qui sont mortels pour eux.

Pâle, manifestement bouleversée, Nora avait l'air d'une petite fille à qui on révèle que les morts, au lieu de monter au ciel pour devenir des anges, ont un aiguillon qui leur pousse sous la langue et se transforment en vampires.

— Avant de les décapiter, vous avez prononcé une phrase dans une langue étrangère, reprit-elle. On aurait dit une sentence, une espèce de sort que vous leur jetiez.

— Ce ne sont que quelques mots pour me calmer, réduire le tremblement de ma main avant de porter le coup fatal : « *Strigoï*, l'argent chante dans mon épée. »

Il grimaça. Ces paroles, énoncées hors contexte, le mettaient mal à l'aise.

— Ça sonne mieux dans l'autre langue, commenta-t-il.

— L'argent..., répéta Nora.

— Oui, l'argent. Connu de tous temps pour ses propriétés antiseptiques et germicides. On peut les décapiter avec une lame en acier, ou leur tirer dessus avec des balles en plomb, mais seul l'argent leur fait *vraiment* du mal.

Une main plaquée sur l'oreille droite, Eph essayait d'entendre ce que lui disait son interlocuteur, qui se trouvait en voiture aux abords d'Atlanta.

— Qu'est-ce qui se passe, chez vous ? lui demandait Pete.

— Qu'est-ce que tu as entendu dire de ton côté ?

— Que je ne dois pas entrer en contact avec toi. Que tu es dans le pétrin. Que tu as pris le large, ou je ne sais quoi.

— C'est la panique, ici, Pete. Je ne sais pas quoi te dire.

— Il fallait que je t'appelle, de toute façon. J'ai passé un peu de temps sur les échantillons que tu m'as envoyés.

Peter O'Connell dirigeait le projet « Décès d'origine inconnue » au sein du Centre d'études des maladies zoonotiques, entériques et vectorielles du CDC, un groupe interdisciplinaire composé de virologistes, de bactériologistes, d'épidémiologistes, de vétérinaires et de cliniciens. On enregistrait tous les ans aux Etats-Unis un grand nombre de morts naturelles, dont environ sept cents lui étaient signalées pour investigations plus poussées. Sur ces sept cents cas, quinze pour cent seulement aboutissaient à des conclusions satisfaisantes. Le reste du temps, on stockait des échantillons pour, éventuellement, les réexaminer plus tard.

Les membres du groupe occupaient tous un autre poste à l'intérieur du CDC. Pete, chef du service de Pathologie des maladies infectieuses, était spécialisé dans les modes et les causes de contamination virale. Eph ne se souvenait plus qu'il lui avait envoyé les premiers prélèvements sanguins et biopsies réalisés sur Redfern.

— C'est une souche virale, Eph. Aucun doute là-dessus. Son ADN est remarquable.

— Attends, Pete, écoute-moi...

— La glycoprotéine présente des caractéristiques de liaison incroyables ! Elle agit comme une fausse clé. Cette saloperie ne se contente pas de détourner la cellule hôte de sa fonction première, de la leurrer pour l'obliger à se répliquer, non : elle se combine à son ARN. Elle se *confond* avec lui. Elle l'absorbe, sans l'annihiler pour autant. En fait, elle fabrique une copie d'elle-même *après* fusion avec la cellule hôte. Et en ne prenant que les éléments qui l'intéressent. J'ignore ce que tu as pu observer chez ton patient, mais en théorie, ce truc est capable de se répliquer inlassablement. Au bout de quelques millions de générations – et je peux te dire que ça va drôlement vite –, il doit être en mesure de reproduire sa propre structure organique. De façon systémique. De modifier l'hôte. Pour en faire quoi, ça, je ne sais pas. Mais j'aimerais bien le savoir, je te prie de le croire.

— Pete..., coupa Eph.

La tête lui tournait. Tout collait trop bien. Le virus prenait le contrôle de la cellule et la métamorphosait, tout comme les vampires transformaient leur victime.

Les vampires étaient des virus incarnés.

— J'aimerais conduire personnellement les recherches, reprit Pete. Comprendre comment ça marche vraiment.

— Pete, écoute-moi ! Il faut que tu détruises cet échantillon.

Eph entendit le va-et-vient des essuie-glaces sur le pare-brise de son interlocuteur.

— Qu'est-ce que tu dis ? demanda enfin Pete.

— Conserve tes résultats, mais détruis immédiatement l'échantillon.

— Tu veux parler de celui sur lequel j'ai travaillé ? Parce que tu sais qu'on en stocke toujours une partie, au cas où.

— Non, Pete. Je veux que tu retournes tout de suite au labo pour détruire tout l'échantillon.

— Enfin, Eph !

Ce dernier entendit son collègue mettre le clignotant, signe qu'il préférait se garer pour poursuivre la discussion.

— Tu connais les précautions qu'on prend ici avec les agents pathogènes potentiels ! Par ailleurs, on respecte un protocole expérimental très strict que je ne peux pas enfreindre sous prétexte que tu me le demandes !

— Pete, j'ai commis une erreur gravissime en laissant cet échantillon quitter New York. Depuis, j'ai appris certaines choses.

— Eph, on peut savoir dans quel pétrin tu t'es fourré, au juste ?

— Passe-le à l'eau de Javel, Pete. Et si ça ne suffit pas, vas-y à l'acide. Mets-y le feu s'il le faut, je m'en moque. J'assumerai la pleine responsabilité de cet acte.

— Il ne s'agit pas de responsabilité, mais d'agir en scientifiques dignes de ce nom, Eph ! Il va falloir que tu me dises ce qui se passe, maintenant. Il paraît qu'on a parlé de toi aux informations ?

Le moment était venu de mettre fin à la conversation.

— Fais ce que je te dis, et je te promets de t'expliquer dès que je le pourrai.

Sur ce, Eph coupa la communication.

— Vous avez envoyé le virus ailleurs ? questionna le professeur.

— Il va le détruire. C'est le genre à ne pas lésiner sur les précautions. Je le connais bien.

Il regarda les postes de télévision à vendre alignés contre un mur. *On a parlé de toi aux informations…*

— Il y en a qui fonctionnent ? s'enquit-il.

Ils trouvèrent un poste en état de marche. Ils n'eurent pas longtemps à attendre avant de tomber sur l'information qui les intéressait.

On voyait la photo d'Eph, reproduite à partir de sa carte du CDC. Suivit un bref extrait de sa confrontation avec Redfern, et un autre montrant les deux sosies sortant d'une chambre d'hôpital avec une housse sanitaire. On disait que le Dr Ephraïm Goodweather était recherché « en qualité de témoin » dans l'affaire de la disparition des corps du vol 753.

Eph songea que Kelly avait peut-être vu le reportage. Ou Zack.

— Les salauds, fit-il entre ses dents.

Setrakian éteignit la télévision.

— Le côté positif de l'histoire, dit-il, c'est qu'ils vous considèrent toujours comme dangereux. Donc, nous avons encore du temps devant nous. De l'espoir. Une chance de réussir.

— Pourquoi ? Vous avez un plan ? demanda Nora.

— Disons plutôt une stratégie.

— On vous écoute, dit Eph.

— Les vampires obéissent à des lois qui leur sont propres – des lois à la fois sauvages et très anciennes. L'une d'elles veut qu'un vampire ne puisse traverser une étendue d'eau sans l'aide d'un être humain.

— Pourquoi ? fit Nora.

— L'explication remonte peut-être à leur création, en des temps très reculés. Il a toujours existé des légendes, dans toutes les civilisations du monde, qu'il s'agisse de la Mésopotamie, de la Grèce antique, des Hébreux, des Romains ou de l'Egypte ancienne. J'ai beau être âgé, je ne le suis pas assez pour la connaître. Mais, aujourd'hui encore, l'interdit demeure. Ce qui nous procure un certain avantage. Vous savez, naturellement, que la ville de New York est...

— ... une île, acheva Nora.

— Ou plutôt un archipel. Nous sommes entourés d'eau de toutes parts. Les passagers de cet avion ont été répartis entre les morgues des cinq districts qui composent New York ?

— Non, seulement quatre. On n'en a pas envoyé à Staten Island, répondit la jeune femme.

— Bien. Vous savez que le Queens et Brooklyn sont séparés du continent par, respectivement, l'East River et le détroit de Long Island. Seul le Bronx y est directement rattaché.

— Donc, conclut Eph, si on pouvait condamner les ponts, dresser des barrages au nord du Bronx et à l'est du Queens au niveau de Nassau Street...

— A ce stade, ce serait prendre nos désirs pour des réalités, rétorqua Setrakian. Mais voyez-vous, nous ne sommes pas tenus d'éliminer les vampires individuellement. Ils obéissent à un cerveau unique. Lequel est presque certainement bloqué non loin d'ici, sur l'île de Manhattan.

— Le Maître, commenta Eph.

— Celui qui est arrivé dans le ventre de l'avion. Le propriétaire du cercueil disparu.

— Qu'est-ce qui vous dit qu'il n'est pas resté près de l'aéroport ? demanda Nora. Puisqu'il n'a pas pu traverser l'East River sans aide ?

— Ma foi, expliqua Setrakian avec un sourire sans joie, je suis sûr qu'il n'a pas fait tout ce voyage par-dessus les mers pour se terrer dans le Queens.

Il alla ouvrir la porte qui menait à l'escalier de la cave, et donc à son armurerie.

— C'est lui qu'il nous faut traquer, maintenant.

Liberty Street, site du World Trade Center

Posté devant la palissade du chantier, Vassili Fet, l'exterminateur des services d'hygiène de la Ville, faisait face à l'immense « baignoire » formant les fondations de l'ex-World Trade Center. Il avait laissé ses outils dans sa camionnette, garée dans West Street, sur un emplacement réservé aux véhicules municipaux. D'une main, il tenait un sac de sport noir et rouge contenant une provision de raticide et une tenue légère de travail sous tunnel. De l'autre, la barre en acier trouvée un jour sur un chantier qu'on l'avait envoyé dératiser et qu'il avait conservée : avec son mètre de long, elle était idéale pour sonder les nids de rongeurs ou y introduire des appâts empoisonnés – et bien sûr, à l'occasion, pour repousser les attaques de bêtes agressives ou affolées.

A l'angle de Liberty Street et de Church Street, il s'arrêta entre les barrières métalliques et la palissade, au milieu des plots de sécurité orange et blanc encadrant le passage pour piétons. Des gens se dirigeaient à grands pas vers les bouches de métro provisoires, au carrefour suivant, dans une atmosphère d'espoir renaissant, tiède comme le soleil qui dispensait ses rayons bienfaisants sur ce quartier complètement détruit de New York. Après des années de plans puis de travaux préliminaires, les nouveaux bâtiments commençaient à sortir de terre, et c'était un peu comme si l'épouvantable blessure commençait enfin à guérir.

Seul Fet remarqua les traces huileuses le long des rebords des trottoirs, les crottes autour des barrières de stationnement et, au coin de la rue, le couvercle rongé du conteneur à ordures. Autant d'indices de la présence de rats en surface.

Un contremaître tunnelier le conduisit au fond de la cuvette et se gara au pied de la future station de métro, avec ses cinq voies et ses trois quais. Pour le moment, les rames argentées y circulaient à l'air libre au milieu des installations temporaires.

Vassili descendit de la camionnette et, entouré de murs en béton, leva la tête : le niveau de la rue se trouvait sept étages au-dessus de lui. Il était à l'endroit même où les tours s'étaient effondrées, et cette idée lui coupa le souffle.

— C'est un lieu sacré, ici, dit-il.

Le contremaître à la moustache broussailleuse et grisonnante répondit :

— C'est ce que je me suis toujours dit.

Vêtu d'un jean et de deux chemises en flanelle superposées, l'une et l'autre pleines de sueur et de terre, il portait également des gants boueux passés à sa ceinture ; il était coiffé d'un casque constellé d'autocollants.

— Mais depuis quelque temps, je n'en suis plus si sûr.

— A cause des rats ? s'enquit Fet.

L'homme secoua la tête, les yeux levés vers le mur de contention érigé sous Vesey Street : vingt-cinq mètres de béton à pic, ponctué d'armatures.

— C'est vrai qu'il en est remonté un paquet, dit-il. Comme si on était tombés sur un filon. Mais ça s'est calmé.

— Quoi d'autre, alors ? voulut savoir Fet.

Le contremaître se borna à hausser les épaules. Les tunneliers étaient fiers de leur métier. C'étaient eux qui avaient construit New York, son métro, ses égouts, ses tunnels, mais aussi ses docks, les fondations de ses gratte-ciel et les piles de ses ponts. Chaque fois qu'on remplissait un verre d'eau au robinet, c'était grâce à un tunnelier. Et la vocation se transmettait de père en fils. A l'intérieur d'une même famille, deux générations pouvaient se côtoyer sur un chantier souterrain. Un sale boulot, mais exécuté proprement. Le contremaître n'en était que plus réticent à confier ses doutes.

— On est tous un peu chamboulés, là. On a deux gars qui ont disparu. Ils sont venus prendre leur poste, ils ont pointé à l'heure, ils sont descendus dans les tunnels… et on les a jamais revus. On bosse vingt-quatre heures sur vingt-quatre et sept jours sur sept ici. Mais maintenant, les gars ne veulent plus faire partie des équipes de nuit. Personne ne veut plus aller dans les souterrains. Et pourtant, c'est des jeunes qui n'ont pas froid aux yeux.

Fet se tourna vers l'embouchure du tunnel où, un jour prochain, les infrastructures se rejoindraient sous Church Street.

— Donc, les travaux sont arrêtés depuis plusieurs jours ? On n'a pas creusé plus loin ?

— Non, pas depuis que la cuvette est finie.

— Et tout a commencé avec les rats ?

— A peu près, oui. On dirait qu'il se passe quelque chose de pas clair sur le chantier depuis quelques jours.

Puis le tunnelier haussa à nouveau les épaules comme pour chasser ces pensées.

— Dire que je croyais avoir un sale boulot, enchaîna-t-il en remettant un casque blanc à Vassili. Je me demande bien comment on devient dératiseur…

Vassili coiffa son casque. Arrivé près du tunnel, il sentit le courant d'air s'altérer légèrement.

— Le prestige, sûrement. Je dois être accro.

Le contremaître examina ses bottes, son sac, sa barre de fer.

— Vous avez déjà fait ça ?

— Il faut bien aller où elles sont, les bestioles. C'est qu'il y en a, de la ville, sous la ville.

— C'est à moi que vous dites ça ? Bon, vous avez une lampe torche, j'espère ? Des miettes de pain pour revenir sur vos pas ?

— J'ai tout ce qu'il faut, je crois.

Vassili serra la main du contremaître, puis entra dans le tunnel.

Celui-ci était dégagé sur toute la partie étayée. Vassili ne tarda pas à laisser la lumière du jour derrière lui, mais des lampes jaunes espacées d'une dizaine de mètres éclairaient son chemin. Il se trouvait à présent sous l'ancien emplacement de l'esplanade. Quand tout serait achevé, la vaste galerie rattacherait la nouvelle station de métro à la plate-forme d'interconnexion du World Trade Center, située sous les tours 2 et 3, à quelques dizaines de mètres de là. D'autres tunnels relieraient le tout au réseau d'adduction d'eau, aux égouts et au réseau électrique.

Au bout d'un moment, Vassili nota qu'une couche de poussière fine, poudreuse, recouvrait encore les parois du tunnel originel. C'était bien une espèce de sanctuaire, ou plutôt de cimetière. Un lieu saint où des individus et des édifices avaient été pulvérisés, atomisés.

Il repéra des terriers, des pistes et des déjections, mais pas de rats. Il enfonça sa barre dans les galeries qu'ils avaient creusées et tendit l'oreille. En vain.

Le câble alimentant les projecteurs s'interrompait à l'entrée d'un virage. Devant Fet s'ouvrait une bouche de ténèbres veloutées. Il avait dans son sac une torche produisant un million de candelas – une grosse Garrity à poignée verticale – et deux mini Maglite en renfort. Mais, pour la chasse au rat, il préférait ne pas trop se faire voir – ni entendre, d'ailleurs. Alors il sortit son monoculaire de vision nocturne. Le modèle portatif était pourvu d'une sangle qui s'adaptait sur son casque de manière que la lentille se trouve à la hauteur de son œil gauche. S'il fermait le droit, le tunnel devenait entièrement vert. Il appelait ça « voir en rat ». Normalement, les petits yeux des rongeurs luisaient dans le champ de l'oculaire.

Mais là, rien. Les rats étaient partis. Quelque chose les avait chassés.

Et ça, ça lui en bouchait un coin. Parce qu'on ne délogeait pas facilement les rats. Même quand on déplaçait leur source d'approvisionnement, il fallait plusieurs semaines pour constater un résultat. Et non quelques jours.

Des galeries plus anciennes débouchaient dans le tunnel. Vassili découvrit des voies ferrées encrassées, hors service depuis de nombreuses années. Sous ses pieds, le sol lui-même avait changé de nature, de texture. Il comprit qu'il était sorti du nouveau Manhattan – bâti sur la boue évacuée de la pointe de l'île quand on avait aménagé Battery Park – pour pénétrer dans l'ancien, avec son substrat de roche sèche.

Il s'arrêta à un croisement pour s'assurer qu'il allait dans la bonne direction. En scrutant le tunnel perpendiculaire, grâce à sa « vision de rat », il distingua une paire d'yeux. Ils le regardaient comme l'aurait fait un rat mais ils étaient trop grands et placés trop haut.

Les yeux disparurent presque aussitôt. Leur propriétaire s'était vivement détourné.

— Holà !

Le cri de Vassili lui revint, multiplié par l'écho.

— Hé, vous, là-bas !

Au bout d'un moment, quelqu'un lui répondit :

— Qui va là ?

Vassili crut détecter de la frayeur dans la voix. Une lampe torche apparut, très loin de là où il avait aperçu la paire d'yeux. Il releva son monoculaire juste à temps pour ne pas endommager sa rétine. Il s'identifia, renvoya un signal lumineux avec une de ses petites Maglite et s'avança. Parvenu à l'endroit où il pensait avoir vu les yeux, il constata que l'ancienne galerie d'accès courait parallèlement à une autre voie ferrée qui, elle, semblait encore utilisée. Le monoculaire ne lui révéla rien, pas de pupilles luisant dans le noir. Il poursuivit donc son chemin et parvint à une nouvelle jonction.

Il y trouva trois tunneliers portant lunettes protectrices, casque de chantier, chemises en flanelle, jeans et bottes. Une pompe de vidange s'activait à résorber une fuite. Les ampoules halogènes des puissants projecteurs que les trois hommes avaient montés sur des trépieds illuminaient le nouveau tunnel. On se serait cru dans un film où les personnages attendent que surgisse un monstre venu de l'espace. Les trois hommes se tenaient groupés et ne se détendirent qu'en voyant approcher Vassili.

— C'est l'un d'entre vous que je viens de voir, vers l'entrée du tunnel, là-bas ? s'enquit ce dernier.

Ils échangèrent un regard.

— Qu'est-ce que vous avez vu, au juste ?

— Quelqu'un qui traversait la voie. Enfin, il me semble.

Les trois tunneliers s'entre-regardèrent à nouveau, puis deux d'entre eux se mirent à remballer le matériel. Le troisième demanda :

— Vous êtes le type qui cherche les rats ?
— Oui.
— Eh bien, il n'y en a plus.
— Je ne voudrais pas vous contredire, mais ça ne me paraît pas possible. Comment ça se fait ?
— Ils sont peut-être plus malins que nous.

Vassili regarda dans le tunnel éclairé.

— C'est la sortie du métro, là-bas, au fond ?
— Ouais, c'est par là qu'on remonte.
— Et par là ? demanda Vassili en indiquant la direction opposée.
— Je ne vous conseille pas d'y aller.
— Pourquoi ?
— Ecoutez, laissez tomber les rats. Ressortez avec nous. On a fini, ici.

Pourtant, l'eau ruisselait toujours dans le trou où était immergée la pompe.

— Je ne vais pas tarder.

Le tunnelier posa sur lui un regard inexpressif.

— Comme vous voudrez, vieux, répondit-il avant d'éteindre le dernier projecteur pour emboîter le pas à ses camarades.

Vassili les suivit des yeux. La lumière de leurs lampes jouait sur les parois, perdant de l'intensité à mesure qu'ils progressaient le long de la courbe du tunnel. Puis retentit un grincement de roues sur les rails : une rame de métro, un peu trop proche au goût de Vassili. Il traversa la voie récente en attendant que ses yeux s'accoutument de nouveau à l'obscurité.

Il ralluma le monoculaire et tout redevint vert d'eau. Le tunnel s'élargit pour former une zone d'interconnexion jonchée d'ordures, et l'écho de ses pas se modifia. Des poutres en acier riveté se dressaient à intervalles réguliers, comme des piliers dans une salle de bal de dimensions industrielles. Sur sa droite, une baraque de maintenance abandonnée. Sur ses murs de brique, des graffiti primitifs entouraient une représentation des Twin Towers en feu. L'un était légendée « Saddam » et l'autre « Godzilla ».

Sur un antique support, un panneau tout aussi ancien annonçait à l'origine :

ATTENTION AUX TRAINS

Lui aussi avait été vandalisé à l'aide d'adhésif isolant. Maintenant, on lisait :

ATTENTION AUX RATS

En effet, ce lieu abandonné de tous aurait dû être le royaume des rongeurs. Vassili décida de passer en lumière noire. Celle-ci rendait l'urine des rongeurs phosphorescente en raison de son contenu bactérien. Il tira une petite baguette lumineuse de son sac et l'alluma. L'ampoule se mit à briller d'un éclat bleuté dans l'obscurité. En faisant courir le faisceau sur le sol, Vassili fit apparaître un paysage lunaire composé de saletés diverses et de détritus desséchés. Il repéra bien quelques petites taches d'urine ternies par le temps, mais rien de récent. Du moins jusqu'à ce que le faisceau atteigne un baril tout rouillé, tombé sur le côté. Le métal et le sol sur lequel il reposait brillèrent d'un éclat qu'il n'avait encore jamais constaté avec l'urine du rat. Il y en avait une immense flaque. Par rapport à ce qu'il avait l'habitude de trouver, la bête devait logiquement mesurer un mètre quatre-vingts.

C'était donc plutôt un animal de plus grande taille, ou bien un être humain, qui s'était soulagé là.

L'eau qui gouttait sur l'ancienne voie ferrée éveillait des échos dans les tunnels parcourus de courants d'air. Vassili pressentit plus qu'il n'entendit une espèce de bruissement, un mouvement dans le lointain. Ou alors, cet endroit commençait à lui porter sur les nerfs... Il rangea sa lampe à lumière noire et inspecta les environs au monoculaire. Sous un étai en acier, il vit à nouveau luire une paire d'yeux qui, là encore, se détournèrent promptement et disparurent.

Il n'aurait su dire à quelle distance ils se trouvaient, sa perception de la profondeur étant réduite à néant par la vision monoculaire et les motifs géométriques dessinés par les poutrelles identiques.

Cette fois, il s'abstint de lancer un appel. En fait, il se contenta d'empoigner plus fermement sa barre à mine. Les SDF qu'il lui arrivait de rencontrer étaient rarement agressifs, mais dans le cas présent, il avait l'impression qu'il s'agissait d'autre chose. Son sixième sens d'exterminateur, sans doute... Celui qui lui permettait de repérer précisément les zones infestées par les rats. Toujours est-il que Vassili se sentit brusquement en position d'infériorité.

Il alluma cette fois sa grosse lampe à poignée verticale et inspecta l'espace dégagé autour de lui. Puis, avant de rebrousser chemin, il fourragea une nouvelle fois dans son sac, détacha le bec verseur d'une boîte de raticide et en versa une bonne quantité dans tous les coins. Le produit agissait plus lentement mais plus sûrement que les appâts comestibles simples. Et il présentait l'avantage de mettre en évidence les traces de passage, ce qui facilitait la localisation des nids.

Vassili vida rapidement trois boîtes en carton, puis tourna les talons et repartit le long des tunnels à la lumière de sa torche. Il rencontra des voies ferrées actives, reconnaissables à leur troisième rail encastré, dépassa la pompe immergée et en suivit le tuyau d'évacuation. A un moment, le courant d'air s'intensifia et, en se retournant, Vassili vit le tunnel s'éclairer derrière lui. Il se plaqua prestement contre un renfoncement de la paroi et se cramponna. La rame passa avec un mugissement assourdissant et, derrière les vitres, Vassili eut le temps d'entrevoir les banlieusards qui rentraient chez eux avant de placer une main devant ses yeux pour les protéger de la poussière et des petits cailloux qui formaient un tourbillon semblable à une volute de fumée.

Ensuite il suivit les rails et déboucha en contrebas d'un quai désert mais éclairé. Il s'y hissa avec sac et barre de fer juste à côté d'une pancarte où on lisait : SI VOUS VOYEZ QUOI QUE CE SOIT D'ANORMAL, SIGNALEZ-LE. Après avoir monté l'escalier en surplomb, il franchit les portillons et refit surface dans la rue, en plein soleil. Il s'approcha d'une balustrade et retrouva, à ses pieds, le chantier de reconstruction du World Trade Center. Pour chasser la peur qu'il avait ressentie en bas, sous les rues, il alluma un petit cigare à la flamme bleutée de son Zippo et aspira la fumée de son poison à lui. Enfin il retraversa la rue et, sur une palissade de chantier, tomba sur deux affichettes artisanales. Elles reproduisaient la photo en couleur de deux tunneliers dont l'un portait son casque et arborait un visage crasseux. En bleu, au-dessus des portraits, la mention : AVIS DE RECHERCHE.

INTERLUDE FINAL

LES RUINES

Pendant les jours qui suivirent la chute de Treblinka, la plupart des fuyards furent rattrapés et exécutés. Setrakian réussit pourtant à survivre dans les bois environnants, à proximité du camp de la mort, en se nourrissant de racines et des petits animaux qu'il réussissait à capturer malgré ses mains martyrisées, et en récupérant sur les cadavres des malchanceux de quoi se constituer une tenue de fortune, jusqu'aux souliers éculés et dépareillés.

Le jour, il jouait à cache-cache avec les escouades de recherche, et la nuit, c'était lui qui se mettait en chasse.

Par les prisonniers polonais originaires de la région et les rumeurs qu'ils répandaient dans le camp, il avait appris l'existence de ruines romaines dans les environs. Il sillonna la forêt pendant presque une semaine avant de découvrir, un après-midi, sous la lumière du jour déclinant, un escalier moussu surplombant des ruines remontant manifestement à l'Antiquité.

Les vestiges étaient en grande partie enfouis ; seules affleuraient quelques grosses pierres tapissées de végétation. Il y avait aussi une colonne qui dépassait d'un tas de gravats. Setrakian distingua quelques inscriptions, mais tellement effacées qu'on ne pouvait en deviner le sens.

On ne pouvait pas non plus rester là, devant la bouche noire de ces catacombes, sans être pris d'un frisson.

Abraham eut brusquement la certitude qu'il venait de trouver la tanière de Czardu. Cela ne faisait pas le moindre doute à ses yeux. La peur l'envahit. Mais la détermination qui habitait son cœur était plus forte. Car, il le savait, son devoir était de retrouver cette créature affamée et de l'éliminer. La révolte du camp avait sabordé son projet de meurtre – alors qu'il lui avait fallu des semaines, des mois, pour se procurer l'arme du crime – mais pas son besoin absolu de vengeance. Beaucoup de choses n'allaient pas, dans ce monde. Mais celle-là, c'était à lui d'y remédier. Cette mission donnerait un sens à son existence. Et maintenant, il était prêt.

Il façonna un pieu grossier à l'aide d'un caillou tranchant. Faute de chêne blanc, il avait dû se contenter de la branche la plus dure qu'il avait pu trouver. Ce faisant, il acheva d'abîmer ses doigts fracturés. Ses mains le feraient souffrir pour le restant de ses jours.

L'écho de ses pas résonna dans la chambre souterraine, dont le plafond lui parut étrangement bas compte tenu de la taille surnaturelle de la Créature. Des racines avaient délogé les pierres qui soutenaient tant bien que mal l'ensemble. La chambre menait à une deuxième salle puis, à la grande surprise de Setrakian, à une troisième. Leur taille allait en décroissant.

Il n'avait rien pour s'éclairer, mais le plafond à demi écroulé laissait filtrer çà et là de fins rais de lumière crépusculaire. Il s'avança prudemment, le cœur battant, comme frappé de stupeur maintenant qu'il était au seuil de l'exécution. A présent, son épieu rudimentaire lui semblait bien peu adapté au combat dans le noir contre la Créature. Surtout avec des mains blessées. Que faisait-il là ? Comment allait-il bien pouvoir tuer le monstre ?

La dernière salle était vide, mais, en son centre, Setrakian le menuisier distingua très nettement – comme si elle était gravée dans le sol – la trace d'un cercueil. Un cercueil immense et qui n'avait pu être extrait de ce gîte que par la main d'une Chose à la volonté monstrueuse.

Il entendit derrière lui des pas qui résonnaient sur la pierre. Il se retourna vivement en brandissant son pieu. Il était pris au piège dans la salle la plus éloignée de la sortie. La bête, en regagnant son nid, y trouverait une proie à la place de son lit.

Ce ne fut pas la Chose qui apparut sur le seuil pour menacer Setrakian, mais un être humain, un homme de taille normale. Un officier allemand en uniforme sali et déchiré. Ses yeux écarlates larmoyaient, mais exprimaient surtout une faim métamorphosée en souffrance pure. Setrakian reconnut Dieter Zimmer, un gradé guère plus âgé que lui, un authentique sadique qui se vantait de cirer ses bottes tous les soirs pour les débarrasser du sang juif.

Et maintenant, il avait une seule idée en tête : se repaître du sang de Setrakian. De sang, quel qu'il soit. Jusqu'à la satiété.

Setrakian refusait d'être vaincu ici, alors qu'il avait réussi à s'échapper du camp. Il n'avait pas survécu à l'enfer pour succomber au pouvoir sacrilège de cette chose maudite, mi-nazi, mi-créature assoiffée.

Il s'élança, brandissant son épieu, mais la Créature fut plus rapide : elle s'en saisit et le lui arracha des mains – ces mains qui n'étaient plus bonnes à grand-chose –, brisant net le radius et le coude de Setrakian. Le bâton fut projeté contre un mur et tomba sur la terre battue.

La Créature avança vers Abraham, la respiration sifflante. Lui-même recula, jusqu'à s'apercevoir qu'il se trouvait exactement au milieu de la forme rectangulaire imprimée dans le sol par le cercueil absent. Alors il trouva en lui-même une force insoupçonnée et se jeta sur la Créature, la plaquant durement contre le mur. Entre les pierres, la terre s'émietta et tomba en pluie. La Créature chercha à attraper la tête de Setrakian, mais celui-ci repartit à l'assaut. Il cala son bras cassé sous le menton du démon pour le forcer à lever la tête et, de ce fait, l'empêcher de le piquer avec son aiguillon. De boire son sang.

Zimmer se ressaisit et écarta violemment Setrakian, qui atterrit près de l'épieu. Il le récupéra aussitôt, mais déjà la Créature était là qui souriait, prête à le lui reprendre. Setrakian réussit à enfoncer son arme entre deux pierres de taille, dont une qui branlait. Il appuya de toutes ses forces sur l'épieu pour la dégager complètement, alors même que la Créature ouvrait la bouche pour projeter son dard.

Les pierres cédèrent et le mur tout entier s'abattit. Setrakian s'écarta en rampant. On entendit un rugissement assourdissant mais bref, et la pièce s'emplit d'une épaisse poussière qui étouffa le peu de lumière ambiante. A quatre pattes, Setrakian fuyait à l'aveuglette quand une main puissante l'empoigna. A la faveur d'une trouée dans le nuage de poussière, il vit qu'un gros bloc avait écrasé la tête de la Créature, qui ne s'avouait pas vaincue pour autant. La masse noire qui lui tenait lieu de cœur continuait à palpiter, affamée. Setrakian lui donna des coups de pied jusqu'à lui faire lâcher prise et, par la même occasion, déplaça le bloc de pierre qui lui avait fendu le crâne.

Il attrapa le monstre par une jambe et, à la seule force de son bras valide, le hissa jusqu'à la surface tandis que les ultimes vestiges du jour s'insinuaient entre les branchages. Le crépuscule était d'un orange éteint, mais ce fut suffisant : la Créature rôtit en se tordant de douleur, avant de s'immobiliser.

Setrakian leva la tête vers le soleil mourant et poussa un hurlement de bête sauvage. Ce n'était pas prudent car, même si le camp était tombé, il demeurait un fugitif. Mais il éprouvait le besoin irrépressible de laisser libre cours à sa douleur après avoir vu toute sa famille massacrée, subi les terreurs de la captivité et découvert une horreur d'un genre nouveau... Il lançait aussi un cri vers le Dieu qui les avait abandonnés, lui et son peuple.

Il se promit que, lorsqu'il se retrouverait à nouveau face à une de ces créatures, il aurait sous la main les outils appropriés. En cet instant précis, il eut l'intime conviction que, désormais, il suivrait à la trace le cercueil disparu. Cela pourrait prendre des années, des décennies même. Cette certitude lui donna une nouvelle raison d'être et l'embarqua dans une quête qui l'occuperait pour le restant de ses jours.

REPLICATION

JAMAICA HOSPITAL

En présentant leur badge au portillon de contrôle, Eph et Nora purent traverser les urgences avec Setrakian sans attirer l'attention. Dans l'escalier montant à l'isolement, le vieil homme déclara :

— Nous prenons un risque inconsidéré.

— Nora et moi travaillons avec Jim Kent depuis un an. On ne peut pas l'abandonner comme ça.

— Puisque je vous dis qu'il est transformé. Je ne vois pas ce que vous pouvez faire pour lui.

Eph ralentit. Le vieil homme, qui les suivait avec difficulté, profita de ce répit pour prendre appui sur sa canne. Eph consulta Nora du regard, et vit qu'ils étaient d'accord.

— Je vais le libérer, dit-il.

En haut de l'escalier, ils scrutèrent l'entrée du service, au bout du couloir.

— Pas de flics, constata Nora.

Peu rassuré, Setrakian regarda quand même dans tous les coins.

— Sylvia est là, fit Eph en montrant une jeune femme aux cheveux frisés, assise sur un siège pliant non loin d'eux.

Nora hocha la tête, comme absorbée dans ses réflexions, puis elle annonça :

— C'est parti.

Elle se dirigea vers Sylvia, qui se leva en la voyant.

— Comment va-t-il ? demanda Nora.

— On ne me dit rien. Eph est avec toi ?

— Non, il n'est plus là.

— Ce n'est pas vrai, ce qu'on raconte, hein ?

— Mais non ! Tu as l'air épuisée. Viens, on va te chercher quelque chose à manger.

Pendant que Nora demandait le chemin de la cafétéria, monopolisant l'attention des infirmières, Eph et Setrakian s'introduisirent dans le service. Avant d'écarter l'un après l'autre les rideaux en plastique qui le séparaient du box de Jim, Eph se sentit dans la peau d'un assassin malgré lui.

Le lit était vide.

Eph alla rapidement voir les autres box : vides aussi.

— On a dû le mettre ailleurs, en conclut-il.

— Son amie n'aurait pas attendu devant l'entrée si elle avait su qu'on l'avait déplacé, fit remarquer Setrakian.

— Alors quoi ?

— Alors, ils l'ont emmené.

— Qui ça, « ils » ? demanda Eph en contemplant le lit.

— Venez, reprit le vieux professeur. Nous sommes en très grand danger. Le temps nous est compté.

— Une minute.

Eph avait vu l'oreillette de Jim dépasser du tiroir de la table de chevet. A l'intérieur, il trouva son portable. Il s'assura qu'il était bien chargé, puis prit son propre téléphone et songea aussitôt que le FBI pouvait les retrouver facilement grâce à la puce GPS.

Il laissa donc son portable dans le tiroir.

— Nous devons partir, docteur, s'impatienta Setrakian.

— Vous pouvez m'appeler Eph, répondit ce dernier en glissant le téléphone de Jim dans sa poche. Ces derniers temps, je n'ai plus vraiment l'impression d'être médecin.

West Side Highway, Manhattan

Menotté à une barre de fer à bord du fourgon de police sans fenêtre, Gus Elizalde regardait Felix qui, assis presque en face de lui, le menton sur la poitrine, ballotté par les à-coups du véhicule, devenait de plus en plus pâle au fil des minutes. Pour rouler aussi vite, ils devaient se trouver sur la voie rapide du West Side. Il y avait deux autres prisonniers avec eux, un juste en face de Gus et l'autre à sa gauche, c'est-à-dire en face de Felix. Tous deux dormaient.

Gus sentait une odeur de cigarette à travers la cloison fermée qui les séparait de la cabine. Quand on les avait embarqués, le soir commençait à tomber. Gus ne quittait pas son ami des yeux. En le voyant affalé, uniquement retenu par ses menottes, il repensait aux paroles du vieux prêteur sur gages. Et il attendait.

Il n'eut pas à attendre longtemps. Soudain Felix releva la tête et regarda sur le côté. Puis il s'assit très droit et examina tout ce qui l'entourait. Il regarda Gus dans les yeux, mais rien ne permettait d'affirmer qu'il reconnaissait son *compadre*, alors qu'ils ne s'étaient pas quittés depuis l'enfance.

Dans ses yeux, quelque chose de noir. De vide.

A ce moment-là, un coup de Klaxon réveilla en sursaut le voisin de Gus.

— Et merde, dit-il en secouant ses menottes dans son dos. Où est-ce qu'ils nous emmènent comme ça ?

Gus ne répondit pas. Le type regardait Felix, qui lui rendait la pareille. Il lui donna un coup de pied dans la cheville.

— Hé, morveux, j't'ai posé une question, là !

Felix le fixa un instant d'un regard torve, presque stupide. Il ouvrit la bouche comme pour lui répondre... et son aiguillon jaillit pour transpercer la gorge de l'autre prisonnier. Sur toute la largeur du fourgon. Le type ne put rien faire, à part ruer et trépigner. Gus l'imita : lui aussi était coincé ici avec cette chose qui n'était plus Felix ! Il se mit à crier, à se débattre, réveillant le quatrième passager du fourgon. Le voisin de Gus s'affaissa et l'aiguillon de Felix, à l'origine translucide, devint rouge sang tandis que les trois autres hurlaient de terreur.

La cloison s'ouvrit et le flic à casquette assis sur le siège passager passa la tête dans l'habitacle.

— Vous allez la fermer là-dedans, oui ? Parce que sinon, je vous...

Alors il vit l'appendice tendu entre Felix et l'autre prévenu, qu'il était en train de boire. C'était la première fois, pour Felix. Il ne savait pas encore bien s'y prendre. Quand il rétracta son aiguillon, un flot de sang coula de la gorge de sa victime ; lui-même avait la poitrine souillée.

Le flic poussa un glapissement et se détourna.

— Qu'est-ce qu'il y a ? brailla le conducteur en essayant de se retourner.

L'aiguillon surgit par l'ouverture dans la cloison et se ficha en plein dans sa gorge. Un hurlement retentit à l'avant du véhicule, qui se mit à faire des embardées. Le flic en avait perdu le contrôle. Gus se retint du bout des doigts à la barre à menottes, juste à temps pour éviter de se fracturer les deux poignets. Le fourgon vira à droite, puis à gauche, violemment, et se coucha sur le côté.

Il continua sa course en raclant le bitume jusqu'à percuter une rambarde, rebondit, tournoya un moment puis s'arrêta enfin. Gus était tombé sur le côté mais son voisin d'en face, suspendu par ses menottes, avait les deux bras cassés. Il hurlait de douleur et de peur. Quant à Felix, le loquet qui maintenait sa barre avait lâché. Son aiguillon tressautait comme un fil électrique chargé, tout dégouttant de sang.

Il releva les yeux – des yeux morts qui vinrent se fixer sur Gus.

Celui-ci s'aperçut que de son côté aussi la barre s'était détachée. Il fit glisser les menottes afin de se libérer, puis donna de grands coups de pied dans la portière arrière pour l'ouvrir. Il descendit en hâte et se retrouva sur le bord de la voie rapide, les oreilles carillonnant comme si une bombe venait d'exploser à proximité.

Mais il avait toujours les mains attachées dans le dos. Des phares balayaient le bas-côté, les automobilistes ralentissaient pour regarder l'accident. Gus roula sur lui-même afin de se mettre à l'abri et passa prestement ses poignets sous ses pieds afin de ramener ses mains devant lui. Enfin il reporta son regard sur la portière qu'il avait forcée pour voir si Felix venait à sa poursuite.

Soudain il entendit un cri. Il chercha une arme autour de lui et dut se contenter d'un enjoliveur cabossé. Il s'approcha furtivement du véhicule renversé.

Par la portière ouverte, il vit Felix se nourrir du prisonnier qui ouvrait des yeux fous, toujours accroché à la barre.

Ecœuré, Gus lâcha un juron. Felix s'écarta de sa victime et, sans une seconde d'hésitation, projeta son aiguillon vers son ancien *compadre*, qui eut tout juste le temps de le dévier avec son enjoliveur avant de s'éloigner en hâte.

Cette fois non plus, Felix ne le suivit pas. Gus s'arrêta pour reprendre ses esprits et s'interroger, et c'est alors qu'il vit le soleil décliner entre deux immeubles, de l'autre côté de l'Hudson. Rouge sang, il n'allait pas tarder à se coucher.

Felix attendait la nuit dans le fourgon. Et dans trois minutes il pourrait en sortir.

Gus regarda autour de lui. Il y avait des débris de pare-brise sur la chaussée, mais ça ne lui servirait pas à grand-chose. Il escalada le véhicule couché et gagna rapidement la portière côté passager. Là, il donna des coups de pied dans le support du rétroviseur, qui finit par céder. Il tirait dessus pour

l'arracher complètement quand soudain le flic coincé à l'intérieur lui hurla :
— Stop ! On ne bouge plus !
C'était le conducteur, qui brandissait son arme. Mais Gus ne se laissa pas intimider. Il récupéra le rétroviseur cassé en tirant un bon coup dessus et sauta à terre.
Le soleil allait disparaître. Gus leva le miroir au-dessus de sa tête en l'orientant de manière qu'il reflète ses derniers rayons. Ceux-ci allèrent chatoyer sur le sol.
— J'ai dit : on ne bouge plus !
Le flic sortit, pointant toujours son arme sur Gus. De la main gauche, il comprimait sa blessure. Le choc avait été si violent qu'il saignait des oreilles. Il contourna le véhicule et regarda à l'arrière.
Felix y était accroupi. Ses menottes ne tenaient plus qu'à un de ses poignets : elles lui avaient arraché l'autre main au moment où le fourgon s'était retourné. Mais cela ne semblait pas l'affecter, pas plus que le sang blanc qui coulait du moignon.
Felix sourit. Le flic ouvrit le feu. Une rafale de balles alla se loger dans la poitrine et les jambes du jeune Mexicain, lui arrachant des lambeaux de chair et des esquilles d'os. Le flic tira sept ou huit fois. Felix tomba à la renverse. Il reçut encore deux rafales dans le corps avant que le policier baisse son arme. Mais Felix se releva. Il n'avait pas cessé de sourire.
Et il avait encore soif. Il aurait *toujours* soif.
Alors Gus repoussa le policier d'une bourrade et leva à nouveau son miroir. Les toutes dernières lueurs orangées du soleil rasaient le haut des immeubles, sur la rive opposée. Il appela une

dernière fois Felix par son nom, comme s'il espérait encore le tirer de sa transe, le ramener miraculeusement à lui.

Mais Felix n'était plus Felix. C'était une saloperie de vampire maintenant, se rappela Gus en orientant le miroir de telle façon que les rayons reflétés pénètrent à l'arrière du fourgon.

Lorsqu'ils le frappèrent, Felix ouvrit des yeux horrifiés. Ils le traversèrent avec la puissance d'un rayon laser, enflammant la chair. Un hurlement de bête sauvage monta de son corps ravagé.

Ce son se grava pour toujours dans la tête de Gus, mais il tint bon jusqu'à ce qu'il ne reste plus de Felix qu'une masse carbonisée de cendres fumantes.

Puis la lumière du soleil s'éteignit et Gus abaissa son miroir.

Son regard se porta de l'autre côté de l'Hudson.

La nuit était tombée.

Il eut envie de pleurer. Toutes sortes de douleurs se mélangeaient dans son cœur, et sa souffrance se transformait peu à peu en colère. Sous le véhicule, presque au niveau des pieds du jeune homme, une flaque d'essence s'était formée. Il rejoignit le policier, qui contemplait toujours la scène depuis le bas-côté, fouilla dans ses poches et en sortit un briquet Zippo qu'il actionna. La flamme jaillit docilement.

— *Lo siento, hermano.*

Il approcha la flamme de la mare d'essence. Il y eut une violente déflagration dont le souffle bouscula autant Gus que le policier.

— *Chingado*... Il vous a piqué, dit le jeune homme au flic, qui se tenait le cou. Vous allez bientôt être comme eux, vous aussi.

Il lui prit son arme et le visa. On entendait les sirènes approcher.

L'homme regarda Gus dans les yeux. Une seconde plus tard, sa tête explosait. Gus continua à braquer le pistolet sur l'homme qu'il venait de tuer jusqu'à ce qu'il ait franchi le talus. Puis il se débarrassa de l'arme. Il pensa bien à récupérer les clés des menottes, mais il était trop tard. Les gyrophares approchaient. Alors il tourna les talons et se mit à courir pour s'enfoncer dans la nuit qui venait de tomber.

Kelton Street, Woodside, Queens

Kelly, qui ne s'était pas changée depuis qu'elle était rentrée de l'école où elle enseignait, portait une longue jupe droite et un ample gilet croisé sur un débardeur noir. Zack faisait ses devoirs dans sa chambre, et Matt aussi était là : il avait pris son après-midi parce que, cette nuit-là, il devait faire l'inventaire du magasin.

Kelly avait été horrifiée par ce qu'elle avait entendu dire d'Eph à la télévision. En plus, elle n'arrivait pas à le joindre sur son portable.

— Ça y est, il a fini par péter les plombs, commenta Matt.

— S'il te plaît, Matt, protesta Kelly sans beaucoup de conviction.

Et si c'était vrai ? Si Eph avait réellement craqué, quelles seraient les conséquences ?

— Il a chopé la grosse tête. Il s'est pris pour monsieur le grand chasseur de virus, insista Matt. C'est comme les pompiers qui mettent eux-mêmes le feu, histoire de passer pour des héros, ajouta-t-il en s'enfonçant dans son fauteuil. Ça ne m'étonnerait pas que tout ça, il l'ait fait rien que pour toi.

— Pour moi ?

— Ben oui, pour attirer ton attention. Genre : « Regarde, je suis quelqu'un d'important. »

Elle secoua rapidement la tête, comme s'il lui faisait perdre son temps. Parfois, elle ne comprenait pas comment Matt pouvait se tromper à ce point sur le compte des gens.

On sonna à la porte. Kelly cessa de faire les cent pas. Matt se leva d'un bond mais elle arriva la première.

C'était Eph, accompagné de Nora Martinez et d'un vieil homme en long manteau de tweed.

— Qu'est-ce que tu fais là ? demanda Kelly en regardant dans la rue.

— Je viens voir Zack, répondit Eph en entrant sans lui demander son avis. Je tiens à m'expliquer.

— Il n'est au courant de rien.

Eph regarda autour de lui sans tenir aucun compte de Matt, qui se trouvait pourtant juste devant lui.

— Il est en haut, en train de faire ses devoirs sur son ordinateur portable ?

— Oui.

— S'il a accès à Internet, alors il est au courant.

Eph monta l'escalier quatre à quatre, abandonnant Nora qui, confrontée à Kelly, ne savait plus où se mettre.

— Excusez-nous de débarquer comme ça, dit-elle avec un soupir.

Kelly secoua doucement la tête pour signifier que ça ne faisait rien, mais, discrètement, elle l'enveloppa d'un regard appréciateur. Elle savait qu'il y avait quelque chose entre Eph et elle. Nora, elle, aurait préféré se trouver dans n'importe quel autre endroit au monde.

Kelly reporta ensuite son regard sur le vieil homme, qui tenait une canne à pommeau en forme de tête de loup.

— Qu'est-ce qui se passe ?

— Je présume que vous êtes l'ex-Mme Goodweather ? demanda le vieil homme en lui tendant la main avec une courtoisie d'un autre temps. Je m'appelle Abraham Setrakian. Ravi de faire votre connaissance.

— Moi de même, répondit la jeune femme, un peu surprise, en lançant un regard hésitant à Matt.

— Il fallait qu'Eph vous voie, pour s'expliquer, reprit Nora.

— Il n'empêche que cette visite fait de nous des complices dans une affaire criminelle, non ? intervint Matt.

Kelly se sentit obligée de compenser sa grossièreté.

— Voulez-vous boire quelque chose ? proposa-t-elle à Setrakian. Un verre d'eau, peut-être ?

— Non mais tu te rends compte qu'on risque tous les deux vingt ans, pour ton verre d'eau, là ? s'insurgea Matt.

Pendant ce temps, Eph était assis au bord du lit de Zack, qui avait toujours devant lui son portable ouvert.

— Je suis embarqué dans une histoire à laquelle je ne comprends pas grand-chose, expliqua-t-il. Mais je voulais te donner ma version des faits. Parce que rien n'est vrai dans ce qu'on raconte sur moi. Sauf qu'il y a des gens qui me poursuivent.

— Ils ne risquent pas de venir te chercher ici ?

— Si, c'est possible.

Zack baissa les yeux, troublé, le temps d'assimiler la nouvelle.

— Il faut que tu te débarrasses de ton téléphone.

— C'est déjà fait, l'informa Eph en souriant.

Il serra affectueusement l'épaule de son fils, qu'il sentait résolument de son côté. Soudain il aperçut le caméscope qu'il lui avait offert pour Noël.

— Tu bosses toujours sur ce film avec tes copains ?

— Oui, on en est plus ou moins au montage.

Eph prit l'appareil. Il était assez petit et léger pour tenir dans sa poche.

— Je peux te l'emprunter ?

Zack hocha lentement la tête.

— C'est à cause de l'éclipse, c'est ça ? Elle transforme les gens en zombies ?

Eph eut un mouvement de surprise. En définitive, la vérité n'était pas beaucoup plus plausible. Il s'efforça de voir les choses du point de vue d'un gamin de onze ans parfois très sensible et toujours clairvoyant. Alors il sentit une émotion monter du tréfonds de son être et il serra Zack dans ses bras. Ce fut un moment étrange, à la fois beau et fragile, entre un père et son fils. Eph en éprouva la force avec une netteté absolue. Il ébouriffa les cheveux de l'enfant. Il n'y avait rien d'autre à dire.

Kelly et Matt discutaient à voix basse dans la cuisine, Nora et Setrakian étant installés dans le solarium vitré, à l'arrière de la maison. Les mains dans les poches, le professeur tournait le dos à la jeune femme. Il contemplait le crépuscule rougeoyant. C'était la troisième fois que le soleil se couchait depuis l'atterrissage de l'avion maudit.

Nora devina son impatience.

— Il faut le comprendre... Il a... euh, beaucoup de problèmes à régler avec sa femme et son fils. Depuis le divorce.

Setrakian glissa ses doigts dans la poche de poitrine de son gilet pour vérifier qu'elle contenait bien sa boîte à pilules. C'était là, au niveau de son cœur, qu'il la rangeait toujours, comme si cette proximité pouvait avoir un effet bénéfique sur sa circulation et son muscle cardiaque fatigué. Combien de temps ce cœur battrait-il encore ? Assez longtemps, espéra-t-il, pour lui permettre de mener sa tâche à bien.

— Je n'ai pas eu d'enfants, déclara-t-il. Nous n'avons pas eu cette chance, Anna – mon épouse, disparue depuis dix-sept ans, maintenant – et moi-même. On pourrait croire que le désir d'enfant s'atténue avec l'âge, mais au contraire, il s'accentue. Moi qui avais tant à transmettre, je n'ai pas eu d'élève.

Nora regarda sa canne, appuyée contre le mur près du fauteuil qu'elle-même occupait.

— Comment avez-vous été... amené à vous occuper de ces histoires ?

— Vous voulez savoir comment j'ai découvert *leur* existence, c'est cela ?

— Et à partir de quel moment vous avez décidé d'y consacrer votre vie.

Il ne répondit pas tout de suite, prenant le temps de rassembler ses souvenirs.

— J'étais tout jeune homme. Pendant la Seconde Guerre mondiale, je me suis retrouvé – bien malgré moi – en Pologne occupée. Dans un camp, au nord-est de Varsovie, appelé Treblinka.

— Un camp de concentration.

— D'extermination, plutôt. Ces créatures sont des brutes, mon petit. Sans commune mesure avec les prédateurs dont vous pourriez avoir la malchance de croiser le chemin en ce monde, quels qu'ils soient. Des opportunistes sans âme qui choisissent leurs proies parmi les jeunes et les infirmes. Au camp, mes camarades prisonniers et moi-même représentions un maigre festin, que nous *lui* avons offert sans le savoir.

— Qui ça, « lui » ?

— Le Maître.

Sa façon de prononcer le mot glaça Nora.

— C'était un Allemand ? Un nazi ?

— Non, non. De toute façon, il ne rend de comptes à personne et n'appartient à aucune nation en particulier. Il va et vient à sa guise, et se nourrit là où il trouve de quoi assouvir sa faim. Pour lui, ce camp était simplement l'occasion de s'approvisionner à moindre coût.

— Mais vous lui avez échappé. Vous avez survécu. Pourquoi n'en avez-vous parlé à personne ?

— Qui aurait cru les divagations d'un jeune rescapé des camps ? Il m'a fallu des semaines pour accepter ce que vous êtes en train d'assimiler, et pourtant j'avais assisté à ces atrocités. Cela dépasse ce que notre esprit est capable d'absorber. J'ai préféré ne pas passer pour un dément. Quand sa source d'approvisionnement s'est tarie, le Maître s'en est allé chercher ailleurs, tout simplement. Mais moi, dans ce camp, je me suis fait une promesse solennelle et j'y ai consacré toute ma vie. J'ai pisté le Maître pendant des années, à travers toute l'Europe de l'Est, les Balkans, la Russie, l'Asie centrale... Pendant trois décennies. Par moments, je l'ai talonné, mais je n'ai jamais pu l'approcher d'assez près. Je suis devenu professeur à l'université de Vienne. J'ai étudié les philosophies anciennes. J'ai amassé les livres, les armes, les instruments... Tout cela en me préparant à lui faire à nouveau face. En tout, j'ai attendu soixante ans que cette occasion se présente.

— Mais alors... qui est-il ?

— Il s'est manifesté sous diverses formes au fil du temps. Actuellement, il a l'apparence d'un noble polonais nommé Jusef Czardu, disparu à la chasse en 1873.

— 1873 ?

— Oui. Czardu était un géant. A l'époque de sa disparition, il mesurait près de deux mètres dix. A quinze ans, il était tellement grand que sa musculature ne pouvait supporter son ossature. Pour se déplacer, il était obligé de s'appuyer sur une canne dont le pommeau reproduisait le symbole héraldique de sa famille.

Nora regarda à nouveau la canne de Setrakian et son pommeau d'argent. Elle ouvrit de grands yeux.

— Une tête de loup...

— Les corps des autres hommes de la famille Czardu, disparus en même temps que Jusef, ont été retrouvés bien des années plus tard, en même temps que le journal où il avait consigné dans le détail la traque impitoyable dont leur groupe avait fait l'objet, de la part d'un prédateur inconnu d'eux qui les enlevait et les tuait un par un. La dernière annotation indique que Jusef avait découvert ses compagnons morts à l'entrée d'une grotte souterraine. Il leur avait donné une sépulture décente, puis il était retourné affronter la bête, afin de venger sa famille.

Nora ne pouvait détacher son regard du pommeau en forme de tête de loup.

— Comment cette canne est-elle entrée en votre possession ?

— J'ai retrouvé sa trace chez un antiquaire d'Anvers pendant l'été 1967. Car Czardu a fini par regagner la maison de sa famille, des mois plus tard, seul et méconnaissable. Il avait toujours sa canne, mais n'avait plus besoin de s'appuyer sur elle. Au bout d'un moment, il cessa même de l'emporter avec lui. Non seulement il ne semblait plus souffrir des conséquences de son gigantisme, mais on racontait qu'il possédait une force impressionnante. Bientôt on déplora la disparition d'un villageois après l'autre, on prétendit que le bourg était victime d'un mauvais sort, et ses habitants finirent par l'abandonner. Le manoir des Czardu tomba en ruine et on ne revit jamais le jeune maître.

Nora jaugea la longueur de la canne.

— Vous dites qu'à quinze ans il mesurait déjà plus de deux mètres ?

— Et sa croissance n'était pas terminée.

— Le cercueil qu'on a retrouvé faisait bien deux mètres cinquante de long.

— Je sais, dit Setrakian en hochant la tête d'un air solennel.

— Comment ? Comment pouvez-vous le savoir ?

— Parce que j'ai vu un jour les marques qu'il avait laissées sur le sol. Il y a très longtemps de cela.

Dans la cuisine, Eph et Kelly se faisaient face. Il remarqua qu'elle avait les cheveux plus courts et plus clairs. Cela lui donnait l'air plus... professionnel. Plus « maman », aussi. En la voyant agripper le rebord de la paillasse, il remarqua sur ses doigts de fines coupures causées par des feuilles de papier. Les risques du métier, dans une salle de classe...

Elle avait sorti du réfrigérateur une brique de lait.

— Tu achètes toujours du lait entier ? s'étonna-t-il.

— Zack aime ça. Il veut faire comme son père.

Eph but quelques gorgées. Le lait le rafraîchit mais ne lui procura pas la même sensation apaisante que d'habitude. Dans le salon, séparé de la cuisine par une arche, il voyait Matt, qui, assis dans un fauteuil, feignait de ne pas leur prêter attention.

— Il te ressemble tellement, reprit Kelly.

— Je sais.

— Et ça augmente avec l'âge. Il est de plus en plus obsessionnel, têtu, exigeant. Brillant.

— Ça doit être dur à vivre, pour un gamin de onze ans.

Soudain, elle eut un grand sourire.

— Il semblerait que la malédiction doive peser sur moi jusqu'à la fin de ma vie.

Eph sourit à son tour, ce qui lui fit une drôle d'impression : les muscles de son visage n'avaient pas connu ça depuis des jours.

— Ecoute-moi, Kelly. Je n'ai pas beaucoup de temps. Tout ce que je veux, c'est que ça se passe bien. Qu'au moins on ne se fâche pas, toi et moi. Je sais que ces histoires de garde nous ont porté un sale coup. Et je me réjouis que ce soit fini. Je ne suis pas venu faire de grands discours. C'est juste que... le moment m'a paru bien choisi pour clarifier certaines choses.

Désarçonnée, Kelly cherchait ses mots.

— Tu n'es pas obligée de dire quoi que ce soit, intervint Eph. Je voudrais seulement...

— Non, coupa-t-elle. Je tiens à parler aussi. A dire que je regrette. Tu ne pourras jamais savoir à quel point. Je regrette que les choses doivent se passer ainsi. Sincèrement. Je sais bien que tu n'as pas voulu ça. Que tu voulais qu'on reste ensemble. Pour Zack.

— Evidemment.

— Mais tu dois comprendre que ce n'était plus possible. Je ne *pouvais* pas. Tu m'empêchais de vivre. En plus... je voulais te faire du mal. C'est vrai. Je l'avoue. Et c'était le seul moyen dont je disposais.

Il poussa un profond soupir. Enfin elle admettait ce que, de son côté, il avait toujours su. Mais, dans ces circonstances, cet aveu ne lui inspirait aucun sentiment de triomphe.

— J'ai besoin de Zack, tu le sais, ajouta-t-elle. Il est... il est tout ce qui compte à mes yeux. Je crois que sans lui je cesserais d'exister. Ce n'est peut-être pas très sain mais c'est comme ça. Il est tout pour moi... Comme toi autrefois.

Elle marqua une pause, le temps que ses mots s'impriment autant en elle qu'en lui.

— Sans lui, je serais perdue, je serais...

Elle renonça à poursuivre.

— Tu serais comme moi.

Pétrifiée, elle soutint son regard.

— Ecoute, enchaîna Eph. Je reconnais mes torts. En ce qui nous concerne, toi et moi. Je sais bien que je ne suis pas un type très facile à vivre, pas le mari idéal. J'ai fait mon examen de conscience. Quant à Matt, pour ce que j'ai pu dire sur lui...

— Un jour, tu as dit qu'il était mon « lot de consolation dans la vie ».

Eph fit la grimace.

— Tu sais quoi ? Peut-être que si j'étais gérant de magasin, si j'avais un travail qui ne soit justement qu'un travail, et non un second mariage, tu ne te serais pas sentie exclue à ce point. Trahie. Reléguée au second rang.

Ils se turent. Eph se fit la réflexion que les questions importantes avaient tendance à chasser les petits problèmes.

— Je sais ce que tu vas dire, reprit-elle. Qu'on aurait dû parler de tout ça il y a des années.

— On aurait dû, en effet, acquiesça-t-il. Mais on ne pouvait pas. Ça n'aurait pas marché. Il fallait d'abord qu'on en passe par tout ce gâchis. Crois-moi, j'aurais donné cher pour l'éviter, seulement voilà, c'est comme ça, on en est là.

— La vie ne se passe pas du tout comme on l'aurait cru.

Eph acquiesça.

— Pourtant, après ce que mes parents ont vécu et ce qu'ils m'ont fait vivre, je me disais que jamais, *jamais* ça ne m'arriverait à moi.

— Oui, je sais.

Il replia le bec verseur de la brique de lait.

— Alors on oublie les responsabilités de chacun. Maintenant, il faut penser à Zack, réparer le mal qu'on lui a fait.

— Tu as raison.

Eph fit tourner le lait dans son carton et en sentit la fraîcheur aller et venir légèrement contre sa paume.

— Mon Dieu, quelle journée…

Il repensa à la fillette de Freeburg, celle qui tenait la main de sa mère à bord de l'avion. Celle qui avait l'âge de Zack.

— Tu te souviens, tu me disais toujours que s'il arrivait quelque chose de grave, un risque biologique majeur, tu me quitterais si jamais je ne te prévenais pas avant tout le monde ? Eh bien… c'est trop tard, maintenant.

Elle s'approcha pour mieux déchiffrer son expression.

— J'ai cru comprendre que tu avais des ennuis.

— Il ne s'agit pas de moi. Maintenant, il faut que tu m'écoutes, et surtout que tu gardes ton sang-froid. Il y a un virus qui circule en ville. Un phénomène... extraordinaire. Je n'ai jamais rien vu d'aussi grave, et ce n'est pas peu dire.

— Grave ? dit-elle en blêmissant. C'est quoi ? Le SRAS ?

Eph faillit sourire tant toute cette histoire était absurde. Insensée.

— Je veux que tu prennes Zack et que tu l'emmènes loin de New York. Matt aussi. Le plus tôt possible. Ce soir, là, tout de suite. Et que tu ailles aussi loin que tu pourras. En restant à l'écart des zones peuplées. Tes parents... Je sais que tu préfères ne rien leur devoir, mais... ils ont toujours une maison dans le Vermont, dans la montagne ?

— Où veux-tu en venir ?

— Va te réfugier là-haut. Au moins quelques jours. Regarde les infos, attends que je t'appelle.

— Holà, c'est moi, normalement, la parano prête à ficher le camp à la moindre alerte, pas toi ! Et Zack ? Et l'école ? Pourquoi ne veux-tu pas me dire ce qui se passe vraiment ?

— Parce que si je te le dis, tu ne partiras pas. Fais-moi confiance, fiche le camp immédiatement. Avec l'espoir qu'on réussira à régler le problème, je ne sais comment. L'espoir que tout redeviendra comme avant. Que ça va s'arranger rapidement.

— « L'espoir » ? répéta-t-elle. Tu me fiches la trouille, là. Et si vous n'arrivez pas à le régler, ce problème ? Et si... s'il t'arrivait quelque chose, à toi ?

Incapable d'affronter ses propres doutes devant Kelly, Eph répliqua :

— Il faut que je m'en aille, maintenant.

Il voulut prendre congé mais elle le retint, le regarda droit dans les yeux pour s'assurer qu'elle ne commettait pas d'impair, puis le prit dans ses bras. Ce qui se voulait une marque de tendresse et de réconciliation changea peu à peu de nature, et bientôt Kelly le serra très fort contre elle.

— Je te demande pardon, lui souffla-t-elle à l'oreille avant de déposer un baiser sur la peau râpeuse de son cou pas rasé depuis des jours.

Vestry Street, TriBeCa

Eldritch Palmer attendait sur une chaise, enveloppé de nuit. La seule source de lumière directe était une lampe à gaz posée dans un coin du patio, aménagé sur le toit du moins élevé des deux bâtiments. Le sol était recouvert de tommettes usées et décolorées par les intempéries. Côté nord, une marche menait à un mur coiffé de tuiles canal – de même que les avant-toits –, percé de deux arches ornées de fer forgé. Sur la gauche s'ouvraient d'autres arches ornementales, plus vastes, donnant sur le hall de l'hôtel particulier, lui-même de dimensions respectables. Derrière Palmer se dressait une statue sans tête représentant une femme en robes tourbillonnantes, dont les épaules et les bras portaient la marque du temps. Le piédestal était envahi par le lierre. Même si on apercevait quelques immeubles plus hauts au nord et à l'est, le patio était relativement abrité des regards – autant qu'on pouvait espérer l'être à Manhattan, en tout cas.

Palmer écoutait les bruits de la ville qui montaient de la rue. Des bruits qui, bientôt, se tairaient. Si les gens avaient su, en bas, ce qui les attendait, ils auraient profité de cette dernière nuit. Les petites choses de la vie devenaient infiniment plus précieuses face à la mort imminente. Palmer était bien placé pour le savoir. Enfant, il était déjà maladif, et toute sa vie il avait lutté contre sa santé défaillante. Parfois, en s'éveillant, il n'en revenait pas de sa chance. Il était encore là pour voir l'aube ! Les gens en bonne santé ne savaient pas ce que c'était que de compter les jours gagnés sur la mort. De dépendre étroitement de toutes sortes de machines. Pour eux, la vie était un voyage qu'on accomplissait une journée après l'autre. Ils ignoraient tout de la constante proximité de la mort. Cette intimité avec les ténèbres ultimes.

Bientôt, Eldritch Palmer connaîtrait à son tour cette bénédiction, et une interminable litanie de jours se déviderait devant lui. Bientôt, il aurait cessé de s'inquiéter du lendemain, ou du surlendemain...

Un petit vent fit bruisser les feuilles des arbustes du patio. Assis face à sa résidence privée, à côté d'une table basse, Palmer entendit alors un autre genre de bruissement. Comme l'ourlet d'un long vêtement frôlant le sol. Un vêtement noir.

On avait dit aucun contact avant la fin de la première semaine.

La voix, à la fois familière et monstrueuse, provoqua un long frisson chez Palmer. S'il n'avait pas délibérément tourné le dos au patio – autant par respect que par l'effet d'une répugnance bien humaine –, il aurait vu que les lèvres du Maître n'avaient pas remué. Sa voix n'avait pas non plus retenti dans la nuit. Le Maître parlait directement à l'esprit de ses interlocuteurs.

Sentant sa présence au niveau de son épaule gauche, Palmer se força à contempler les arches donnant sur le penthouse.

— Soyez le bienvenu à New York.

Sa propre voix rendit un son étranglé. Plus qu'il n'aurait voulu. Rien de tel qu'un non-humain pour vous déshumaniser.

Comme le Maître ne répondait pas, Eldritch Palmer tenta de reprendre un peu d'assurance.

— Si je puis me permettre, je désapprouve le choix de ce Bolivar. Je ne comprends pas ce qui l'a motivé.

Sa personnalité m'importe peu.

Palmer vit aussitôt le bien-fondé de ce raisonnement. En fin de compte, quelle importance que ce Bolivar ait été une rock star barbouillée de maquillage ? Il raisonnait en humain.

— Pourquoi en avez-vous laissé quatre conscients ? Ils nous ont causé bien des problèmes.

Vous remettez en cause ma stratégie ?

Palmer déglutit avec peine. Dans la vie qu'il avait menée jusqu'alors, c'était lui qui faisait et défaisait les puissants. La soumission lui était étrangère, et il n'arrivait pas à surmonter cette humiliation.

— Quelqu'un est sur vos traces, reprit-il précipitamment. Un scientifique – un médecin. Un spécialiste des maladies infectieuses. Ici même, à New York.

Que m'importe un homme seul ?

— Il s'appelle Ephraïm Goodweather. Expert en gestion des épidémies.

Vous n'êtes que des singes qui vous prenez pour ce que vous n'êtes pas. L'épidémie, c'est votre espèce, non la mienne.

— Ce Goodweather bénéficie des conseils d'un autre homme qui, lui, connaît bien votre espèce. Il en a appris l'histoire secrète, et un peu aussi la biologie. La police le recherche, mais il me semble préférable de prendre des mesures plus drastiques. A mon avis, elles pourraient faire toute la différence entre une victoire décisive et un affrontement durable. Bien des batailles nous attendent, sur le front humain comme sur les autres…

Je l'emporterai.

Palmer n'avait aucun doute sur ce point.

— Naturellement.

Mais Palmer voulait s'occuper personnellement du vieux. S'assurer de son identité avant de livrer quelque information que ce soit au Maître.

J'ai déjà rencontré ce vieil homme. Quand il n'était pas aussi vieux.

Palmer fut glacé par ce fiasco total.

— Ainsi que vous vous en souviendrez, il m'a fallu longtemps pour vous trouver. Mes voyages m'ont emmené aux quatre coins du monde. J'ai abouti à bien des impasses, emprunté bien des fausses routes et dû passer par-dessus un grand nombre de personnes. Ce vieil homme en faisait partie.

Palmer essaya de changer de sujet sans en avoir l'air, mais il se sentait les idées embrumées. Face au Maître, il se sentait comme un liquide inflammable en présence d'une mèche allumée.

Je vais aller trouver ce Goodweather. Et m'occuper de son cas.

Palmer avait préparé un document récapitulant tout ce qu'on savait sur l'épidémiologiste du CDC. Il le prit dans sa poche, le déplia et l'étala sur la table.

— Tout est là, Maître. Sa famille, ses associés...

On entendit un raclement sur la table, et la feuille de papier disparut dans une main que Palmer ne fit qu'entrevoir. Le majeur, crochu et terminé par un ongle pointu, en était le doigt le plus long et le plus épais.

— Nous n'avons plus besoin que de quelques jours maintenant, déclara-t-il.

Des éclats de voix s'échappaient de l'hôtel particulier de la rock star, que Palmer avait malheureusement dû traverser pour monter jusqu'au patio, lieu du rendez-vous. Il avait été particulièrement dégoûté par la partie achevée de la maison, la chambre sous les toits, avec sa décoration tape-à-l'œil, le tout puant le primate en rut. Palmer lui-même n'avait jamais connu de femme. Dans sa jeunesse, c'était à cause de sa maladie, et des sermons des deux tantes qui l'avaient élevé. Et ensuite, par choix. Il avait compris peu à peu que le désir ne devait jamais souiller la pureté de son essence mortelle.

Les éclats de voix s'amplifièrent, bientôt accompagnés par des bruits de lutte.

Votre homme a des ennuis.

Palmer se redressa sur son siège. Fitzwilliam était resté à l'intérieur. Il lui avait expressément interdit de sortir dans le patio.

— Vous disiez qu'il ne risquait rien.

Palmer entendit un bruit de course, puis des grognements, et enfin un hurlement bien humain.

— Vous devez intervenir ! dit-il.

Le Maître répondit, comme toujours, d'une voix indolente, indifférente :

Ce n'est pas lui qu'ils veulent.

Palmer se leva, affolé. Le Maître entendait-il par là qu'« ils » le voulaient, lui ? L'avait-il attiré dans un piège ?

— Nous avions conclu un marché...

Il restera valable le temps qu'il me plaira.

Nouveau hurlement, tout proche cette fois, suivi par deux coups de feu. Puis le portail en fer forgé d'une des arches s'ouvrit brusquement. Fitzwilliam, cent trente kilos de muscles acquis dans l'armée et contenus dans un costume impeccablement coupé, surgit en trombe, l'arme au poing, l'œil hagard.

— Monsieur... Ils sont sur mes talons...

Alors son regard se détacha de Palmer pour se reporter sur la silhouette incroyablement haute qui se tenait derrière lui. Son revolver lui échappa et tomba avec un bruit sec sur les tommettes. Il devint livide, vacilla comme s'il était suspendu à un fil, puis tomba à genoux.

Derrière lui apparurent alors les contaminés. Des vampires en complet-veston, d'autres au look gothique, ou sportif pour les paparazzis. Tous répandaient une odeur nauséabonde, tous étaient couverts d'égratignures après s'être enfouis dans la terre. Ils se ruèrent dans le patio comme s'ils obéissaient à un signal inaudible.

En tête venait Bolivar lui-même, émacié, quasi chauve, vêtu d'une robe de chambre noire. C'était un vampire de la première génération ; il montrait plus de maturité que les autres. Sa peau avait la pâleur – et presque la brillance – de l'albâtre, et ses yeux étaient pareils à des lunes mortes.

Derrière lui, une admiratrice à qui, sous le coup de la panique, Fitzwilliam avait tiré une balle en plein visage. La plaie, qui allait de la pommette à l'oreille, lui dessinait un sourire immense.

Les autres débouchèrent dans la nuit en chancelant, excités par la présence de leur Maître. Ils s'arrêtèrent devant lui et le fixèrent avec crainte et respect.

Mes enfants...

Ils ne semblaient même pas voir Palmer, pourtant debout devant le Maître, dont la puissante aura les contraignait à la docilité. Ils se rassemblèrent à ses pieds tels des primitifs devant leur idole.

Fitzwilliam, lui, était toujours à genoux, comme frappé par la foudre.

Alors le Maître s'exprima.

Après m'avoir fait parcourir tout ce chemin, n'allez-vous pas me regarder ?

Palmer avait déjà entrevu le Maître, une fois, dans une cave obscure, sur un autre continent. A peine, mais il l'avait vu, et, depuis, cette image n'avait cessé de le hanter.

Il ne pouvait plus l'éviter, à présent. Il ferma les yeux, le temps de s'armer de courage, puis les rouvrit et s'obligea à se retourner. Il avait l'impression de risquer la cécité en contemplant le soleil en face.

Son regard se posa d'abord sur la poitrine du Maître, pour remonter jusqu'à...

... son visage.

L'horreur. Mais aussi la splendeur.

Le sacrilège. Mais aussi la magnificence.
La sauvagerie. Mais aussi le sacré.

Une terreur qui n'avait rien de naturel figea les traits de Palmer en un masque d'effroi. Puis un sourire triomphant découvrit ses dents.

La hideur de la transcendance...

Le Maître s'offrait à son regard.

Kelton Street, Woodside, Queens

Kelly traversa précipitamment le salon, les bras chargés de piles de vêtements, tandis que Matt et Zack regardaient les informations télévisées.

— On s'en va, déclara-t-elle en fourrant les vêtements dans un grand sac en toile posé sur une chaise.

Matt la regarda en souriant, ce qui eut le don d'énerver Kelly.

— Allez, arrête avec ça, mon chou, lui dit-il.

— Tu n'as rien écouté de ce que j'ai dit ?

— Si, et même patiemment, répondit-il en se levant. Ecoute, Kelly, tu ne vois pas que ton ex te fait le même coup que d'habitude ? Il faut toujours qu'il sabote la petite vie bien tranquille qu'on mène ici, tous les trois. Enfin, si c'était si grave que ça, les autorités nous auraient prévenus, non ?

— Ben, voyons ! Les élus ne mentent jamais, c'est bien connu.

Elle gagna à grands pas le placard de l'entrée pour y prendre le reste des bagages. Selon les recommandations de la cellule de crise de l'Etat de New York, elle avait aussi en réserve une valise de secours en cas d'évacuation d'urgence : un sac de toile très résistant contenant des bouteilles d'eau minérale, des barres de céréales, un poste de radio à manivelle, une lampe torche, une trousse de premiers secours, cent dollars en liquide et des photocopies de tous les documents importants dans un étui étanche.

— Tu ne piges donc pas ce qu'il est en train de faire ? insista Matt, qui l'avait suivie. Il te connaît bien, il sait exactement quels sont tes points sensibles. D'ailleurs, c'est pour ça que vous ne pouviez vous faire que du mal, tous les deux.

Kelly fourragea au fond du placard et rejeta deux vieilles raquettes de tennis avant de protester :

— Ce n'est pas vrai. Je sais qu'il dit la vérité.

— Kelly, ce type est recherché par la police. Manifestement, il craque, il fait une espèce de crise ou je ne sais quoi. Tous les prétendus « génies » sont fragiles. Ils ont la tête trop grosse ; ils s'effondrent sous leur propre poids.

Kelly lui lança une chaussure, qu'il parvint à esquiver.

— Tu vois bien que tout ce qu'il fait, c'est pour toi ! Son cas est pathologique. Il est incapable de lâcher prise. Toute cette histoire n'a qu'un seul but, pour lui : rester en contact avec toi.

Kelly cessa de fouiller dans le placard et, à quatre pattes, se retourna pour le regarder entre les manteaux.

— Tu ne comprends vraiment rien, ou tu fais semblant ?

— Les hommes, ça n'aime pas perdre. Rendre les armes.

Elle sortit du placard à reculons en traînant sa plus grosse valise.

— Et c'est pour ça que tu ne veux pas partir ?

— Non, c'est parce qu'il faut que j'aille bosser, figure-toi. Si je pensais pouvoir me servir de ton cinglé de mari et de ses histoires de fin du monde à la noix pour échapper à mon inventaire, je te prie de croire que je sauterais sur l'occasion. Mais je te signale que dans la vraie vie, quand on ne se pointe pas au travail, on risque de le perdre.

Exaspérée par son entêtement, elle fit volte-face.

— Eph m'a dit de filer d'ici. C'est la première fois que je le vois comme ça. Jamais il ne m'a tenu ce genre de discours. Je suis sûre qu'il se passe quelque chose de grave.

— Les gens sont hystériques à cause de l'éclipse, voilà tout. Ils l'ont bien dit, à la télé. Si j'avais dû fuir New York à cause de tous les cinglés qui y vivent, je serais parti depuis longtemps.

Matt voulut prendre Kelly par les épaules. Elle fit d'abord mine de se dégager, puis le laissa la serrer contre lui.

— J'irai de temps en temps faire un tour au rayon des téléviseurs. Comme ça, s'il se passe quelque chose, je le saurai. Mais la terre ne va pas s'arrêter de tourner. Pas pour ceux qui ont un vrai boulot, comme nous. C'est vrai, quoi... Tu ne vas quand même pas les planter là, tes élèves ?

Kelly fut sensible à cet argument, mais, pour elle, Zack passait avant tout le reste.

— Ils vont peut-être fermer les écoles quelques jours. D'ailleurs, maintenant que j'y pense, j'ai constaté plusieurs absences injustifiées, aujourd'hui.

— C'est des mômes, Kelly. Ils ont la grippe.

— Moi, je crois que c'est l'éclipse, en fait, intervint Zack. C'est Fred Falin qui me l'a dit, à l'école. Les gens qui ont regardé le soleil sans les lunettes spéciales, ça leur a cramé la cervelle.

— Ma parole, tu es obsédé par les zombies !

— Ils sont là, tu sais. Vaut mieux être prêts. Je parie que tu sais même pas les deux trucs qu'il faut avoir pour survivre en cas d'invasion de zombies.

Kelly ne lui prêta pas attention. Quant à Matt, il se contenta de dire :

— Je donne ma langue au chat.

— Une machette et un hélicoptère.

— Une machette ? Je crois que je prendrais plutôt un fusil à pompe, répliqua Matt.

— Tu aurais tort. Parce qu'une machette, on n'a pas besoin de la recharger.

Matt lui concéda ce point, puis reprit, à l'intention de Kelly :

— Dis donc, il sait de quoi il parle, le jeune Fred Falin.

— Bon, ça suffit, vous deux !

Elle n'avait pas l'habitude qu'ils se liguent contre elle. D'ailleurs, en d'autres circonstances, elle se serait réjouie de ce rapprochement entre Matt et son fils.

— Arrête de dire n'importe quoi, Zack. C'est un virus, et on est dans la réalité, là. Donc, il faut qu'on s'en aille.

Matt la regarda poser la valise vide à côté des sacs de voyage.

— Calme-toi, Kelly.

Il sortit ses clés de voiture de sa poche et les fit tournoyer.

— Reprends tes esprits, s'il te plaît. N'oublie pas de qui tu tiens tes informations, ajouta-t-il. Je t'appelle.

Sur ces mots, il quitta la pièce. Kelly regarda la porte se refermer derrière lui.

Zack vint la rejoindre.

— Qu'est-ce que papa t'a dit ? demanda-t-il.

— Juste que... Enfin, tout ce qu'il veut, c'est qu'il ne nous arrive rien.

Kelly se massa le front. Devait-elle confier ses inquiétudes à son fils ? Pouvait-elle l'emmener sur la foi des seules affirmations d'Eph, en laissant Matt ici ? Par ailleurs, si elle décidait de croire Eph, n'était-elle pas moralement obligée de prévenir d'autres personnes ?

La chienne des voisins, les Heinson, se mit à aboyer. Ce n'était pas son jappement habituel, mais un glapissement aigu, comme si elle avait peur. Kelly passa dans le solarium, d'où elle constata que le projecteur du jardin s'était allumé, indiquant une présence.

Elle scruta la pénombre. Rien ne bougeait. Pourtant, la chienne gémissait toujours. La voisine finit par la faire rentrer. Elle ne se tut pas pour autant.

— M'man ?

Kelly sursauta. Pourtant, Zack lui avait seulement effleuré le bras.

— Ça va ? lui demanda-t-il.

— Cette histoire ne me plaît pas, répondit-elle en reprenant avec lui le chemin du salon. Mais alors pas du tout.

Sa décision était prise. Elle allait faire les bagages. Pour elle, pour Zack et pour Matt.

Ouvrir l'œil.

Et attendre.

Bronxville

A une demi-heure de train du centre de Manhattan, Roger Luss tapotait sur son iPhone dans la salle lambrissée du bar, en attendant qu'on lui serve son premier martini. Il avait demandé au chauffeur de la limousine de le déposer au Siwanoy Country Club plutôt que chez lui : il avait besoin de décompresser un peu. Si Joan était malade, comme le laissait entendre le message que lui avait laissé la nounou, à l'heure qu'il était, les mômes ne devaient pas être très en forme non plus. Il risquait de débarquer en pleine crise. Raison supplémentaire pour prolonger d'une ou deux heures son voyage d'affaires.

Il était l'heure de dîner, et pourtant le restaurant était complètement désert. On lui servit son martini – avec trois olives – sur un plateau recouvert d'un napperon. Ce n'était pas le serveur qui s'occupait de lui d'habitude. Celui-ci était mexicain, comme les voituriers à l'entrée du club. Sa chemise dépassait de son pantalon, derrière, et il ne portait pas de ceinture. En plus, il avait les ongles noirs. Roger décida d'en toucher un mot au gérant dès le lendemain matin.

— Ah ! Voilà qui devrait me faire le plus grand bien ! dit-il.

Les olives reposaient au fond du verre triangulaire. On aurait dit de petits yeux conservés dans le vinaigre.

— Comment ça se fait qu'il n'y ait personne, ce soir ? demanda-t-il de sa voix de stentor. C'est un jour férié ? La Bourse est fermée ? Le président est mort ?

Pour toute réponse, un haussement d'épaules.

— Et le personnel habituel, où est-il ?

Le Mexicain secoua la tête, et Roger remarqua subitement qu'il était terrorisé. Il le reconnaissait, maintenant. Sa tenue de serveur l'avait induit en erreur.

— Vous n'êtes pas le jardinier ? Il me semble vous avoir déjà vu tailler les haies ?

Le jardinier déguisé en serveur hocha nerveusement la tête, puis s'éloigna en traînant les pieds.

Bizarre, tout ça... Roger leva son verre et regarda autour de lui, mais il n'y avait personne à qui porter un toast, personne à saluer de loin, pas le moindre notable à caresser dans le sens du poil. Roger en profita pour vider la moitié de son verre en deux gorgées. Aussitôt il poussa un soupir de satisfaction. Puis il piqua une olive, l'égoutta sur le bord du verre, l'enfourna et la fit pensivement tourner dans sa bouche avant de l'écraser entre deux molaires.

Le téléviseur au-dessus du miroir du bar montrait une conférence de presse. Le son était coupé, mais on reconnaissait à l'écran le maire de New York, flanqué de quelques conseillers municipaux à l'air sinistre. Puis on repassa des images de l'avion sur le tarmac. Le vol 753 de Regis Air.

Le silence qui régnait dans le bar intriguait de plus en plus Roger. Il inspecta à nouveau la salle. Enfin, où étaient donc passés les habitués ?

Il but une petite gorgée de martini, puis une autre. Ayant reposé son verre, il regagna la réception et jeta un œil à l'intérieur du pub : désert aussi. Juste à côté se trouvait l'entrée des cuisines – une porte noire, matelassée, percée d'un hublot central. Roger risqua un regard. Le barman/jardinier se faisait cuire un steak, tout seul, une cigarette aux lèvres.

Roger avait laissé ses bagages dans le hall. Comme il n'y avait pas de portier pour lui appeler un taxi, il rechercha la compagnie la plus proche grâce à son iPhone et composa le numéro.

Pendant qu'il attendait sa voiture à l'entrée du parking, Roger Luss entendit un grand cri. Isolé, strident, il semblait provenir du terrain de golf voisin.

Roger retint son souffle et tendit l'oreille, pour le cas où il y aurait d'autres cris.

Mais, en définitive, le silence était plus effrayant encore.

Son taxi finit par arriver. Un homme souriant, entre deux âges, originaire du Proche-Orient et portant un stylo sur l'oreille, fourra ses bagages dans le coffre et démarra.

Tandis qu'ils remontaient l'allée, Roger scruta le green et crut distinguer une lointaine silhouette au clair de lune.

Il fallut trois minutes au taxi pour le conduire chez lui. Ils ne croisèrent pas une seule voiture en chemin, et la plupart des maisons étaient plongées dans le noir. Quand ils tournèrent dans Midland Avenue, Roger aperçut un piéton sur le trottoir. Les habitants du quartier n'avaient pas l'habitude de sortir la nuit, surtout s'ils n'avaient pas de chien à promener. Il reconnut Hal Chatfield, un voisin plus âgé qui les avait introduits au Siwanoy Club quand Joan et lui avaient acheté cette maison à Bronxville. Hal marchait bizarrement, les bras ballants. En plus, il ne portait qu'un peignoir ouvert sur un tee-shirt et un caleçon.

L'homme se retourna pour suivre le taxi du regard. Roger lui fit un signe, mais quand il se retourna, il vit Hal courir derrière la voiture. Un sexagénaire en robe de chambre qui poursuivait un taxi en plein Bronxville !

Roger se demanda si le chauffeur l'avait vu aussi, mais il était en train de griffonner sur une ardoise tout en conduisant.

— Dites donc, vous savez ce qui se passe, dans le quartier, vous ? lui demanda Roger.

— Oui oui, répondit le chauffeur, tout sourire, avec un bref hochement de tête.

Manifestement, il n'avait rien compris.

Arrivé à destination, le chauffeur actionna l'ouverture du coffre et descendit en même temps que Roger. Le silence était absolu et la maison plongée dans l'obscurité, comme toutes celles de la rue.

— Attendez-moi ici. Attendre, OK ? dit Roger en désignant le bord du trottoir.

— Vous payer.

Roger acquiesça. Il ne savait même pas pourquoi il préférait que le taxi reste. Simplement, il se sentait soudain très seul.

— J'ai du liquide chez moi. Attendez-moi, d'accord ?

Roger laissa ses bagages dans l'arrière-cuisine et entra en criant :

— Hé ho ? Il y a quelqu'un ?

Il actionna l'interrupteur, mais la lumière ne s'alluma pas. Ce n'était pas une panne : il voyait briller l'horloge du four à micro-ondes. Il s'avança, chercha à tâtons le tiroir qui contenait une lampe torche. Il flairait une odeur de pourriture trop forte pour provenir d'une poubelle, ce qui ne fit qu'accroître son inquiétude. Il alluma la lampe dès qu'il la sentit sous ses doigts.

Il promena le faisceau autour de la cuisine tout en longueur, éclairant l'îlot central, puis, derrière, la table, la cuisinière...

— Y a quelqu'un ? répéta-t-il.

Il eut honte de la peur qui perçait dans sa voix. Il braqua la lampe sur un placard vitré, où il avait repéré des éclaboussures. On aurait dit du ketchup et de la mayonnaise. Cette découverte le mit en colère, mais il vit alors les chaises renversées et des traces de pas (des pas ?) sur le dessus de l'îlot central.

Où était donc la gouvernante ? Et Joan ? Roger s'approcha du placard et plaça la lampe tout contre la vitre. Il ne put identifier la matière blanche qui la souillait, mais le liquide rouge n'était pas du ketchup. On aurait plutôt dit du sang.

Soudain il perçut un mouvement dans la vitre et se retourna vivement. Mais il n'y avait personne. C'était lui-même qui avait dû faire bouger la porte du placard. Son imagination lui jouait des tours, et il n'aimait pas ça du tout. Il se dépêcha de monter au premier étage et visita les pièces les unes après les autres.

— Keene ? Audrey ?

Dans le bureau de Joan, il trouva des notes manuscrites relatives à l'accident du vol 753. Les deux dernières phrases étaient indéchiffrables.

Dans leur chambre, il trouva les draps en boule au pied du lit, et, dans les toilettes de leur salle de bains, ce qui ressemblait à du vomi séché. En dépliant une serviette de toilette ramassée par terre, il découvrit des taches de sang noir.

Il dévala l'escalier, décrocha le téléphone de la cuisine et composa le numéro de la police. Au bout d'une seule sonnerie, il tomba sur une voix enregistrée qui lui demandait de patienter. Il raccrocha et refit le numéro. Une sonnerie, puis le même message.

Alors il entendit un coup sourd dans la cave et lâcha le combiné. Il ouvrit la porte du sous-sol à la volée, prêt à lancer un appel dans le noir, mais il se ravisa et tendit l'oreille.

Il perçut un bruit de pas dans l'escalier. Il y avait là plusieurs personnes, et elles venaient dans sa direction.

— Joan ? Keene ? Audrey ?

Mais déjà il battait en retraite. Déséquilibré, il heurta le chambranle, retraversa la cuisine en désordre, avec une seule idée en tête : ficher le camp.

Il poussa de toutes ses forces la porte et sortit en criant pour alerter le chauffeur de taxi, qui de toute façon ne comprenait pas l'anglais. Il ouvrit la portière arrière et sauta sur la banquette.

— Verrouillez les portes ! Vite ! Fermez à clé !

L'homme se retourna.
— Oui oui. Huit dollars trente.
— Fermez les portières, bon sang !
Il se retourna vers l'allée. Trois inconnus – deux femmes et un homme – venaient de sortir de la maison par la porte qu'il avait franchie quelques secondes plus tôt.
— Démarrez ! Vite ! Démarrez !
Le chauffeur tapota la cloison qui séparait l'avant de l'arrière du taxi au niveau de la fente destinée à recevoir le prix de la course.
— Vous payer, moi démarrer.
Ils étaient quatre, à présent. Roger regarda, hébété, un homme d'allure vaguement familière, vêtu d'une chemise toute déchirée, écarter brutalement les trois autres pour arriver le premier. C'était Franco, leur jardinier. Il dévisagea Roger à travers la vitre. L'iris de ses yeux pâles était cerclé de rouge sang. Il ouvrit la bouche comme pour pousser un rugissement, mais il en sortit une *chose* qui vint heurter durement le verre avant de se rétracter.
Roger fut frappé de stupeur. Qu'est-ce que c'était que ça ?
— Mais démarrez, bon sang ! Démarrez donc ! hurla-t-il.
Il y en avait deux devant la voiture, maintenant. Un homme et une femme que les phares éclairaient au niveau de la ceinture. En tout, ils étaient sept ou huit. Ils cernaient le taxi, et d'autres sortaient des maisons.
Le chauffeur cria dans sa langue natale en donnant un grand coup de Klaxon.
— *Démarrez !*

Au lieu d'obéir, l'homme se pencha et attrapa sur le sol une petite sacoche qu'il ouvrit. Il en fit tomber quelques barres à la noix de coco avant de mettre la main sur un minuscule revolver qu'il brandit en direction du pare-brise sans cesser de hurler, épouvanté.

La langue de Franco – sauf que ce n'était pas une langue – explorait à présent la vitre.

Le chauffeur ouvrit sa portière d'un coup de pied.

— Non ! lui cria Roger à travers la cloison en plastique.

Mais il était déjà dehors. S'abritant derrière la portière, il se mit à tirer sans relâche. Les créatures qui se tenaient devant le taxi se plièrent en deux mais ne tombèrent pas.

Le chauffeur tira encore deux fois, au jugé, et atteignit en pleine tête une des créatures, qui vacilla avant de s'écrouler.

Une autre l'attaqua par-derrière. C'était Hal Chatfield, le voisin de Roger. Il flottait dans sa robe de chambre bleue.

— Non ! répéta Roger.

Mais il était trop tard. Hal plaqua le chauffeur contre la chaussée. La chose qui n'était pas une langue jaillit de sa bouche pour transpercer la gorge de sa victime hurlante sous les yeux de Roger, qui n'avait pas bougé de la banquette arrière.

Une autre créature se dressa dans le faisceau des phares, ou plutôt se releva, car c'était celle qui avait reçu une balle en pleine tête. Un liquide blanc suintait de sa blessure et ruisselait sur le côté de son visage. Elle dut prendre appui sur le capot mais avança tout de même vers Roger.

Celui-ci aurait voulu s'enfuir en courant, mais il était pris au piège dans la voiture. Derrière Franco le jardinier, il vit un coursier d'UPS sortir du garage, une pelle sur l'épaule.

La créature blessée se traîna jusqu'à la portière restée ouverte et s'assit au volant; puis elle se retourna et regarda Roger à travers la cloison en plastique. Tout le côté droit de son crâne avait explosé et son visage était nappé d'un liquide blanc et visqueux.

Roger se retourna juste à temps pour voir le coursier balancer la pelle sur la lunette arrière, y laissant un impact qui s'étoila à la lumière des réverbères.

Alors il entendit un raclement derrière lui. La créature blessée essayait d'introduire sa « langue » dans la fente de la cloison. Son extrémité pointée semblait flairer la présence de Roger.

Celui-ci hurla et donna de grands coups de pied dans la fente, qu'il réussit à refermer. Le monstre poussa une plainte inhumaine. Le bout de son appendice tomba sur les genoux de Roger, qui l'en chassa frénétiquement tandis que, derrière le plastique, la créature crachait du liquide blanc, rendue folle soit par la douleur, soit par ce qui était peut-être pour elle une castration pure et simple.

La pelle s'abattit une deuxième fois sur la vitre arrière. Le verre prétendument incassable se fendilla mais tint bon.

Puis des pas pesants retentirent au-dessus de Roger, cabossant le toit.

Il y avait quatre créatures sur le trottoir et trois sur la chaussée. D'autres arrivaient par-devant.

Derrière, Roger vit le coursier déchaîné prendre son élan avant d'assener un troisième coup de pelle à la vitre. C'était le moment ou jamais.

Il actionna la poignée et ouvrit la portière à la volée. La pelle heurta la lunette fendillée, qui céda enfin. Des éclats de verre plurent tout autour de la voiture, manquant de peu Roger. Hal Chatfield l'agrippa par le bras et le fit pivoter, mais il se débattit et lui échappa en se dépouillant de sa veste comme un serpent de sa mue avant de s'élancer dans la rue sans regarder en arrière.

Parvenu à l'angle, il risqua un regard par-dessus son épaule. Quelques créatures le suivaient en boitillant, d'autres étaient plus rapides, avec des mouvements mieux coordonnés. Certaines étaient âgées, mais Roger aperçut aussi trois enfants. Ses propres voisins et amis. Des gens qu'il voyait régulièrement à la gare, aux fêtes d'anniversaire ou à l'église.

Tous le poursuivaient.

Flatbush, Brooklyn

Eph sonna chez les Barbour. La rue était déserte, mais on distinguait dans quelques maisons des signes de vie – écrans de télévision allumés, sacs-poubelle sur le trottoir. Il attendit devant la porte, sa lampe Luma à la main. Il portait en bandoulière un pistolet à clous modifié par Setrakian.

Nora était restée au bas des marches. Elle aussi avait une Luma. Derrière elle venait le professeur, avec sa canne dont le pommeau brillait au clair de lune.

Eph sonna de nouveau. Toujours pas de réponse. Ce n'était guère étonnant. Avant de chercher une autre issue, il tenta de tourner la poignée.

La porte s'ouvrit.

Il entra le premier et alluma la lumière. Tout avait l'air normal dans le salon : le canapé et les fauteuils étaient recouverts de housses et de petits coussins disposés avec goût.

— Il y a quelqu'un ? lança-t-il.

Ses compagnons entrèrent derrière lui. Cela lui faisait une drôle d'impression, de s'introduire chez les gens comme un cambrioleur ou un assassin. D'heure en heure, il avait de plus en plus de mal à se convaincre que son métier était toujours de soigner les autres.

Nora s'engagea dans l'escalier tandis que Setrakian suivait Eph dans la cuisine.

— D'après vous, qu'allons-nous apprendre ici ? demanda ce dernier. Vous disiez que les survivants étaient des leurres...

— J'ai dit que telle était leur fonction. Quant au dessein du Maître, je l'ignore. Peut-être existe-t-il entre eux et lui un lien particulier. Quoi qu'il en soit, il faut bien commencer quelque part. Et ces rescapés sont notre seule piste.

Dans l'évier, un bol et une cuiller. Sur la table, une bible – de celles qu'on se transmet de génération en génération, pleine d'images pieuses –, ouverte au tout dernier chapitre. Un passage de l'Apocalypse était souligné à l'encre rouge, d'une main tremblante :

... la bête qui monte de l'abîme leur fera la guerre, et les vaincra, et les mettra à mort ; et leur corps mort sera étendu sur la place de la grande ville qui est appelée spirituellement Sodome...

Posés à côté, tels les accessoires de la messe disposés sur l'autel, un crucifix et une fiole contenant sans doute de l'eau bénite.

Setrakian contempla le tout en hochant la tête.

— Un emplâtre sur une jambe de bois. Irrationnel et inefficace.

Ils passèrent dans l'arrière-cuisine.

— Sa femme a dû le protéger, commenta Eph. Pourquoi n'a-t-elle pas appelé un médecin ?

Ils inspectèrent un placard, dont Setrakian tâta les cloisons du bout de sa canne.

— La science a fait bien des progrès depuis ma naissance, mais il nous reste encore à inventer l'instrument qui permette de comprendre ce qui se passe entre mari et femme.

Quand ils refermèrent le placard, Eph s'avisa qu'ils avaient ouvert toutes les portes du rez-de-chaussée.

— Et s'il n'y a pas de cave ? demanda-t-il.

— Il serait mille fois pire de devoir explorer un grenier, répondit le professeur.

— Ici ! lança Nora depuis le premier étage.

Un sentiment d'urgence perçait dans sa voix.

Ann-Marie Barbour était affalée entre son lit et sa table de chevet, morte. Entre ses jambes, un miroir fracassé. Elle avait utilisé l'éclat le plus long et le plus effilé pour sectionner les artères radiale et ulnaire de son bras gauche. Quand on voulait se suicider, la méthode la moins efficace était de s'ouvrir les veines. Le taux de réussite n'atteignait même pas cinq pour cent. La mort était lente à cause de l'étroitesse du poignet et parce qu'on ne pouvait en trancher qu'un : si l'entaille était profonde, elle sectionnait les nerfs et la main ne pouvait plus bouger. Ce procédé était en outre extrêmement douloureux, aussi seuls les malades mentaux et les grands dépressifs parvenaient-ils à leurs fins par ce moyen.

Ann-Marie Barbour, elle, s'était ouvert le poignet jusqu'à l'os. Ses doigts recroquevillés serraient un lacet de chaussure ensanglanté avec une clé de cadenas passée dedans.

Le sang était rouge, mais Setrakian sortit quand même son miroir en argent et le tint de façon qu'il reflète le visage de la morte. L'image n'était pas floue. Ann-Marie Barbour n'avait pas été contaminée.

Le professeur se redressa lentement, troublé par cet élément nouveau.

— Curieux, dit-il.

De là où il se tenait, Eph voyait le visage de la suicidée, figé dans un mélange de stupeur et d'épuisement, se refléter dans les morceaux de miroir. Puis il remarqua sur la table de nuit deux photos – un petit garçon et une petite fille. Un morceau de papier quadrillé plié en deux était glissé sous le double cadre.

Après un instant d'hésitation, il le prit et le déplia avec précaution.

C'était la même encre rouge et la même écriture tremblée que dans la bible abandonnée sur la table de la cuisine. Les *i* étaient surmontés non pas d'un point mais d'un petit cercle qui donnait une impression d'immaturité.

— « Pour mes petits chéris, Benjamin et Haily... » commença-t-il.

— Arrête, le coupa Nora. Cette lettre ne nous est pas destinée.

Elle avait raison. Eph la parcourut rapidement, espérant y trouver des informations utiles.

— « Les enfants sont en sécurité chez la sœur de leur père, dans le New Jersey... »

Il sauta directement à la fin et lut :

— « Pardonne-moi, Ansel... La clé que je tiens, je ne peux pas m'en servir... Je sais maintenant que Dieu t'a infligé ce châtiment pour me punir, moi. Il nous a abandonnés, et nous sommes tous les deux damnés. Si ma mort peut sauver ton âme, alors qu'Il la prenne... »

Nora s'agenouilla et dégagea le lacet entortillé autour des doigts sans vie d'Ann-Marie afin de récupérer la clé.

— Bon... Alors, où peut-il être ?

Au même moment s'éleva un grognement guttural, presque animal, qui provenait du dehors.

Eph se dirigea vers la fenêtre. Dans le jardin, il aperçut une grande remise.

Tous trois ressortirent en silence de la maison et se postèrent devant les portes de l'abri. Des chaînes entouraient les poignées ; des grattements et des sons étouffés s'échappaient de l'intérieur.

Soudain, un coup fit trembler les portes. De l'autre côté, on venait de se jeter violemment contre elles. Pour éprouver la solidité des chaînes.

Après avoir consulté les deux hommes du regard, Nora, pleine de réticence, introduisit la clé dans la serrure. Avec un déclic, le cadenas s'ouvrit.

A l'intérieur, silence. Nora ôta le cadenas. Derrière, Eph et Setrakian étaient prêts à se défendre ; le vieil homme avait dégainé son épée d'argent. Nora entreprit ensuite de dégager les chaînes, s'attendant à voir les portes s'ouvrir brusquement.

Pourtant, rien de tel ne se produisit. Après avoir ôté la dernière chaîne, Nora recula et alluma sa lampe à UVC en même temps qu'Eph. Prenant son courage à deux mains, celui-ci tira sur les poignées.

L'obscurité régnait dans l'abri. L'unique fenêtre était obstruée et les portes masquaient en grande partie la lumière provenant de la terrasse.

Il leur fallut quelques instants, pendant lesquels ils retinrent leur souffle, avant de distinguer une silhouette accroupie.

Setrakian s'avança, mais s'arrêta à deux pas du seuil, son épée brandie devant lui.

D'un bond, la Créature passa à l'attaque, chargeant le vieil homme qui l'attendait de pied ferme. Mais la chaîne qui la retenait arriva en bout de course et elle fut brusquement tirée en arrière.

Alors apparut son visage. Un rictus dévoilait des gencives si blanches qu'on aurait dit que ses dents étaient directement plantées dans sa mâchoire. Ses lèvres étaient décolorées par la soif, et le peu de cheveux qu'il lui restait blanchissaient à la racine. Accroupie dans la terre qui lui servait de lit, la Créature portait autour du cou un collier de métal qui mordait dans sa chair.

Sans la quitter des yeux, Setrakian demanda :

— C'est le passager de l'avion ?

Eph regardait, incrédule, l'espèce de démon qui avait dévoré l'homme appelé Ansel Barbour et revêtu en partie son apparence.

— C'*était* lui…

— Quelqu'un l'a enchaîné pour l'empêcher de nuire, constata Nora.

— Non, répliqua Setrakian. Il s'est enchaîné tout seul.

Eph comprit alors comment l'épouse et les enfants de Barbour avaient été épargnés.

— N'approchez pas, prévint Setrakian.

A cet instant précis, le vampire ouvrit la bouche et darda son aiguillon vers le vieil homme qui ne broncha pas, sachant qu'il ne pouvait l'atteindre. D'ailleurs, le répugnant appendice se rétracta aussitôt et se mit à explorer le vide autour de la bouche béante de la Créature, tel un tentacule aveugle appartenant à quelque créature des profondeurs.

— Bon Dieu…, fit Eph.

Soudain le vampire Barbour se mua en véritable bête sauvage et se dressa face à eux en feulant. Face à ce spectacle invraisemblable, Eph se rappela la petite caméra de Zack. Il la sortit de sa poche après avoir tendu sa lampe à Nora.

— Qu'est-ce que tu fais ? s'enquit cette dernière.

Eph mit maladroitement la caméra en marche et cadra la Créature dans le viseur. De l'autre main, il braqua sur elle le pistolet à clous après en avoir fait sauter le cran de sécurité.

Le canon de l'arme cracha trois aiguilles d'argent qui se plantèrent dans le corps du vampire, consumant ses chairs et lui arrachant un hurlement éraillé. Il bascula en avant sous le coup de la douleur.

Eph filmait toujours.

— Assez, intervint Setrakian. Restons humains.

La bête suppliciée tendait le cou. Setrakian répéta son couplet – celui où il évoquait le chant du sabre –, puis le lui trancha net. Le corps s'affaissa, bras et jambes agités de tremblements. La tête roula avant de s'immobiliser. Les paupières battirent, l'aiguillon fouetta l'air comme un serpent sectionné, puis devint à son tour inerte. Un épanchement blanc et brûlant jaillit du cou en diffusant une légère vapeur dans la fraîcheur nocturne. Des vers capillaires se répandirent dans la terre comme des rats quittant le navire et cherchant de nouveaux vaisseaux où s'infiltrer.

Nora réprima un cri en plaquant vivement une main sur sa bouche.

Le regard fixe, Eph filmait toujours, mais en oubliait de cadrer.

Setrakian recula en pointant vers le sol son épée qui dégouttait.

— Regardez là-bas, lâcha-t-il.

Eph découvrit alors un trou sous le mur du fond.

— Il y avait une autre créature ici, avec lui, reprit le professeur. Et elle s'est échappée en creusant la terre.

Les maisons se succédaient de manière ininterrompue de chaque côté de la rue. La Créature pouvait se trouver dans n'importe laquelle, à présent.

— Mais pas trace du Maître.

— Pas ici, répondit Setrakian. Peut-être chez le suivant.

Eph scruta l'intérieur de l'abri, s'efforçant de discerner les vers à la lumière des deux lampes que tenait Nora.

— J'entre et je les irradie ? demanda-t-elle.

— Il y a un moyen plus sûr. Vous voyez ce bidon rouge, sur l'étagère du fond ?

— Un jerrycan d'essence ? dit Eph.

Setrakian hocha la tête. Sachant ce qu'il lui restait à faire, Eph leva à nouveau son pistolet à clous, visa et tira à deux reprises.

Le bidon percé déversa son contenu sur la terre battue.

Setrakian pêcha une boîte d'allumettes dans une poche intérieure de son manteau. Il en sortit une avec son index crochu et la frotta. Une petite flamme orange jaillit dans la nuit.

— M. Barbour est libéré, déclara-t-il.

Puis il lança l'allumette et la remise s'embrasa d'un coup.

Rego Park Center, Queens

Matt passa en revue un portant de vêtements pour enfants, puis rangea son lecteur de code-barres dans son étui en bandoulière et descendit s'acheter quelque chose à manger au rez-de-chaussée du magasin. En fin de compte, ce n'était pas si pénible que ça de faire l'inventaire en dehors des heures d'ouverture. En tant que gérant, il récupérerait les heures en semaine. De plus, le centre commercial étant fermé, il n'était ni dérangé par les clients, ni gêné par la foule. Et, pour une fois, il n'avait pas besoin de mettre une cravate.

Il descendit avec l'escalator jusqu'à la zone où se trouvaient les distributeurs de nourriture et de boisson. Sur le chemin du retour, comme il passait entre les stands de bijoux fantaisie en mâchant des boules de gomme multicolores, il entendit du bruit. Il s'approcha de la grille de sécurité de son magasin et vit, à trois boutiques de là, un vigile qui se traînait par terre.

Il se tenait la gorge, comme s'il avait du mal à respirer ou était gravement blessé.

En le voyant, l'homme tendit le bras pour le supplier de lui venir en aide. Matt sortit son trousseau de clés, choisit la plus longue et l'inséra dans une fente pratiquée dans le mur à cet effet. La grille se releva d'environ un mètre. Il passa par-dessous et s'élança vers le vigile.

Celui-ci lui agrippa le bras. Matt le fit asseoir sur un banc tout proche, à côté du bassin où les clients jetaient des pièces de monnaie en faisant un vœu. Le vigile avait du mal à respirer. Du sang coulait entre ses doigts, sur sa gorge, mais pas assez pour laisser craindre un coup de couteau. La chemise de son uniforme en était tachée et il avait mouillé son pantalon.

Matt ne le connaissait que de vue. Pas très malin, à ce qu'il avait cru comprendre. Un des gros bras qui se baladaient dans les allées du centre commercial avec des allures de shérif, les pouces glissés dans leur ceinture. Comme il avait perdu sa casquette, on voyait qu'il avait le front dégarni et le crâne sillonné de mèches noires et grasses. Sonné, il se raccrochait au bras de Matt. Apparemment, il souffrait beaucoup.

Matt lui demanda plusieurs fois ce qui lui était arrivé, mais le blessé se bornait à respirer à grands coups en jetant des regards affolés tout autour de lui. Puis une voix s'éleva et Matt comprit qu'elle sortait de son talkie-walkie. Il s'en empara.

— Allô ? Ici Matt Sayles, gérant du magasin Sears. Il y a un de vos gars qui est blessé au rez-de-chaussée. Il saigne du cou et il n'a pas bonne mine.

— Je suis son chef. Qu'est-ce qui se passe ?

Le vigile essayait de cracher mais ne réussissait qu'à produire des sons de respiration sifflante.

— Il s'est fait agresser, rapporta Matt. Il a des hématomes de chaque côté du cou, et aussi des coupures... Il est terrorisé. Pourtant je ne vois personne...

— Je descends par l'escalier de service.

Matt entendit des pas sonner sur les marches, comme pour confirmer les dires du chef de la sécurité.

— Vous vous trouvez où, exactem... ?

La communication fut interrompue. Matt attendit, puis appuya sur le bouton d'appel.

En vain.

— Allô ? insista-t-il.

Une brève émission, pas plus d'une seconde, puis un hurlement étouffé.

A ce moment-là, le vigile bascula en avant et tomba du banc. A quatre pattes, il se mit à avancer vers le magasin de Matt. Ce dernier se leva, tenant toujours le talkie-walkie, et se tourna vers la pancarte indiquant les toilettes, sachant que la porte de l'escalier de service se trouvait juste à côté.

A travers la porte, il entendit des coups sourds, de plus en plus proches.

Soudain, il y eut un bourdonnement familier. Il se retourna vers son magasin et vit la grille redescendre. Il avait laissé ses clés dans la serrure.

Le vigile terrifié se mettait à l'abri.

— Hé ! Non ! protesta Matt.

Mais il n'eut pas le temps de courir. Il venait de sentir une présence dans son dos. Les yeux écarquillés, le vigile renversa un portant de vêtements et battit en retraite, toujours en rampant. Matt se retourna. Deux jeunes en jeans larges et sweat-shirt à capuche XXL sortaient des toilettes. L'air de drogués, le teint jaunâtre, ils avaient les mains vides.

Des junkies. Matt paniqua. Et s'ils avaient frappé le vigile avec une seringue usagée ? Il tira son portefeuille de sa poche et le leur jeta, mais celui des deux qu'il avait visé ne fit même pas mine de l'attraper. Le portefeuille le toucha en plein ventre puis tomba par terre.

Les deux jeunes s'avancèrent vers lui. Il recula contre la grille fermée.

Vestry Street, TriBeCa

Eph se gara en face de l'hôtel particulier de Bolivar, dont une partie de la façade disparaissait derrière des échafaudages. En approchant, ils trouvèrent la porte barricadée. Le travail n'avait pas été fait à la hâte, et il semblait conçu pour durer : les planches épaisses avaient été clouées puis vissées au chambranle.

Eph laissa son regard remonter le long de la façade, jusqu'au ciel nocturne.

— Qu'est-ce que ça cache ?

Il se dirigea vers un échafaudage, décidé à l'escalader, mais Setrakian le retint : il y avait des témoins. Cachés dans la pénombre devant les immeubles voisins, ils observaient la scène.

Eph alla les trouver. Il sortit son miroir en argent de sa poche et en attrapa un (un gamin d'environ quinze ans, avec les lèvres peintes en noir et un maquillage gothique qui lui faisait des yeux tristes) pour voir comment il s'y reflétait. L'image ne tremblait pas. Le gosse se dégagea vivement.

Setrakian examina les autres dans son propre miroir. Aucun n'était contaminé.

— Les fans de Bolivar, dit Nora. Ils sont là pour la veillée funèbre.

— Fichez-moi le camp, leur jeta Eph.

Mais c'étaient des gamins de New York : personne ne pouvait les obliger à partir, et ils le savaient.

Setrakian regarda à son tour la demeure de Bolivar. Les fenêtres étaient obscures mais on ne pouvait dire si on les avait occultées ou si c'était simplement à cause des travaux en cours.

— On monte par l'échafaudage et on entre par une fenêtre, proposa Eph.

Setrakian secoua la tête.

— On ne pourra jamais s'introduire chez Bolivar sans que quelqu'un appelle la police. Et n'oubliez pas que vous êtes recherché. Non, poursuivit-il en prenant appui sur sa canne, les yeux rivés à la façade, avant de se remettre en marche. Il faut attendre, nous n'avons pas le choix. Essayons d'en savoir davantage sur cette maison et son propriétaire. Il vaut mieux que nous sachions où nous mettons les pieds.

LE JOUR

BUSHWICK, BROOKLYN

Le lendemain matin, Vassili Fet commença par faire halte à Bushwick, dans une maison pas très éloignée de la rue où il avait passé son enfance. On l'appelait de partout pour inspecter des bâtiments. Normalement, le délai d'attente était de deux à trois semaines. Là, on atteignait facilement le double. Il était en retard sur ses visites du mois précédent, mais il avait promis à ce gars de venir le voir ce jour-là.

Il se gara derrière une Mercury Sable gris métallisé et sortit son matériel de sa camionnette : la barre à mine et la petite valise à roulettes pleine de pièges et de poisons. La première chose qu'il remarqua, ce fut un filet d'eau qui coulait dans la ruelle entre les deux bâtiments identiques. Elle était propre et peu abondante, comme si elle provenait d'un tuyau percé. Pas aussi attirante qu'un égout, mais plus que suffisante pour désaltérer toute une colonie de rats.

Il vit ensuite un soupirail dont les vitres cassées avaient été bouchées par des chiffons et de vieux torchons. Ce pouvait être un signe de dégradation urbaine parmi d'autres, ou bien l'œuvre de voleurs de cuivre qui dépouillaient les canalisations pour aller vendre leur butin chez les ferrailleurs.

A cause de la crise des subprimes, les gens du quartier qui avaient investi leurs économies dans l'achat d'un logement n'avaient plus pu faire face à leurs échéances, et les deux immeubles étaient revenus à une banque. Vassili avait rendez-vous avec le syndic. La porte d'un des immeubles n'était pas fermée à clé. Il frappa, signala sa présence, puis passa la tête dans la première pièce, cherchant des excréments ou d'autres signes de la présence des rongeurs.

A la fenêtre pendait un store cassé qui projetait une ombre oblique sur le plancher plein de trous. Pas trace du syndic.

Vassili était trop pressé pour supporter qu'on le fasse attendre. Il voulait retourner dans la matinée sur le site du World Trade Center pour discuter avec un responsable de chantier. Il trouva une planchette à pince coincée entre deux barreaux de la rampe, au niveau de la troisième marche. La carte de visite portait le même nom que le bon de commande de Vassili.

— Il y a quelqu'un ? lança-t-il à nouveau.

Il décida de se mettre au travail et localisa la porte de la cave. Du haut de l'escalier, il vit que celle-ci était plongée dans le noir à cause des vitres obstruées qu'il avait vues de l'extérieur. L'électricité était coupée, sûrement depuis longtemps. Il doutait même que le plafonnier ait encore une ampoule. Il coinça la porte avec sa valise et descendit avec seulement la barre de fer.

L'escalier vira à gauche. Vassili vit d'abord des pieds chaussés de mocassins, puis un pantalon kaki. Le syndic était assis par terre, adossé au mur, la tête sur le côté, les yeux ouverts mais fixes et vitreux.

Vassili n'en était pas à son premier immeuble abandonné dans un quartier « difficile ». Il se garda bien de se précipiter pour lui porter secours. Avant cela, il inspecta les alentours en s'accoutumant lentement à l'obscurité. A part deux morceaux de tuyau en cuivre par terre, il ne vit rien qui sortait de l'ordinaire.

A droite de l'escalier, le départ des conduits de cheminée, à côté de la chaudière. Et tout au fond, épousant la courbe du mortier isolant le socle des conduites, quatre doigts sales.

Quelqu'un l'attendait, tapi dans l'ombre.

Comme il tournait les talons pour remonter appeler la police, il vit la lumière du jour disparaître au tournant de l'escalier. En haut, on venait de fermer la porte de la cave.

Sa première réaction fut de se mettre à courir, mais pour dévaler les dernières marches, foncer droit vers les tuyaux de cheminée et, avec un grand cri, écraser sous sa barre de fer les doigts qui dépassaient.

L'inconnu se jeta sur lui sans paraître affecté par la douleur. Typique des drogués au crack, songea-t-il. Il s'agissait d'une adolescente couverte de crasse, la bouche et la poitrine maculées de sang. Toutes choses qu'il eut à peine le temps d'apercevoir avant qu'elle se jette sur lui avec une force surnaturelle. Il avait beau être deux fois plus grand qu'elle, il fut violemment projeté contre le mur. Elle émit un rugissement de rage et, quand elle ouvrit la bouche, une langue d'une longueur monstrueuse en sortit avec des mouvements de reptile. Vassili lui décocha un coup de pied en pleine poitrine et elle tomba à la renverse.

Au même moment, il entendit des pas dans l'escalier. S'il devait se battre dans le noir, il n'avait aucune chance. Alors il tendit sa barre vers la fenêtre pour déloger les chiffons sales qui la masquaient et laisser entrer la lumière.

Il se retourna juste à temps pour voir les yeux de la fille s'agrandir d'horreur. Elle fit entendre une sorte de gémissement angoissé et se décomposa dans un nuage de vapeur.

En quelques secondes, il ne resta plus d'elle qu'un tas de poudre sèche sur le sol de la cave.

Vassili en resta pétrifié. Il en oublia complètement celui qui descendait l'escalier, jusqu'à ce qu'il l'entende gémir : à son tour, il réagissait à la lumière. Il recula et faillit trébucher sur le corps du syndic.

Reprenant ses esprits, Vassili se précipita sous l'escalier et glissa sa barre de fer entre deux marches pour déséquilibrer l'intrus. Celui-ci bascula en arrière et s'écrasa au sol. Mais déjà, il se relevait. Sa peau était d'un jaune malsain. Quand il ouvrit la bouche, Vassili vit qu'il n'avait pas de langue, mais quelque chose de bien pire.

Il lui assena en plein visage un coup de barre à mine qui le fit tomber à genoux. Il le saisit alors par la nuque pour se protéger du mystérieux appendice. Puis il jeta un regard vers le rectangle de lumière où tournoyait encore un peu de poussière – tout ce qui restait de la fille. L'homme se débattait. Vassili le frappa aux genoux avec sa barre de fer et le traîna vers la zone éclairée.

Terrifié, il s'aperçut qu'il avait envie de voir le phénomène se reproduire. Il appliqua sa botte contre les reins de la créature et la poussa dans la flaque de soleil... où il la vit se désagréger d'un coup, comme pulvérisée par les rayons ardents, et se réduire en cendres fumantes.

South Ozone Park, Queens

Au cœur d'une zone industrielle envahie par les mauvaises herbes, la limousine d'Eldritch Palmer pénétra dans un entrepôt situé à moins de deux kilomètres de l'« Aqueduct Racetrack », l'ancien champ de courses. Une deuxième limousine – sans passager – venait juste derrière, au cas où la première tomberait en panne, et une fourgonnette noire – en fait, une ambulance transportant un dialyseur – fermait la marche.

La porte latérale du hangar s'ouvrit pour laisser entrer les trois véhicules, puis se referma sur eux. Le magnat de la finance était attendu par quatre membres de la fondation Stoneheart, une branche de son puissant conglomérat international.

Fitzwilliam lui ouvrit la portière et il fit face à ses employés, dont le costume noir faisait écho au sien. Ils étaient bouleversés (se voir accorder une audience par le P-DG en personne était un privilège rare), mais Palmer en avait l'habitude. Pour les investisseurs qui travaillaient au sein de son groupe, il était une figure messianique, un être doté d'une prescience des mouvements du marché. Mais les disciples de sa fondation, eux, l'auraient suivi jusqu'en enfer.

Ce jour-là, il ressentait un regain de vigueur. Il tenait debout en ne s'aidant que de sa canne d'ébène. L'entrepôt, qui avait appartenu à un fabricant de cartons, était à présent presque vide. Le groupe Stoneheart s'en servait occasionnellement pour entreposer des véhicules, mais son principal intérêt résidait dans l'incinérateur désuet installé au sous-sol et qui datait d'avant les réglementations. On y accédait par une ouverture évoquant une porte de four.

Près des adeptes attendait un caisson d'isolation posé sur un brancard.

— Tout s'est bien passé ? s'enquit Palmer.

— Aucun problème, monsieur le président, répondirent-ils en chœur.

Les deux sosies de Goodweather et Martinez tendirent leur faux badge du CDC à Fitzwilliam.

Palmer contempla la silhouette de Jim Kent à travers la paroi transparente du caisson. Le vampire mort de faim était ratatiné ; on aurait dit un démon sculpté dans le bois d'un bouleau malade. Sa musculature et son système circulatoire se devinaient sous son épiderme désintégré, sauf au niveau de la gorge, noire et enflée. Il avait les yeux ouverts et les traits émaciés.

Palmer ressentait de la peine pour ce vampire affamé jusqu'à la pétrification. Il était bien placé pour savoir à quel point le corps pouvait souffrir d'un besoin essentiel insatisfait, tandis que l'âme demeurait en souffrance et l'esprit en attente.

Il savait ce que cela signifiait d'avoir été abandonné par son créateur.

Mais Eldritch Palmer se trouvait à présent au bord de la délivrance. Contrairement à cette pauvre épave, il touchait à la libération, et à l'immortalité.

— Brûlez-le, ordonna-t-il.

Il fit un pas en arrière. Les autres firent rouler le caisson devant la porte ouverte de l'incinérateur et offrirent le cadavre aux flammes.

Pennsylvania Station

Alors que Setrakian, Eph et Nora s'apprêtaient à gagner Westchester pour retrouver Joan Luss, troisième rescapée du vol 753, le journal télévisé du matin leur évita un déplacement inutile. La police de l'Etat de New York interdisait l'accès au centre de Bronxville, où opéraient des équipes de décontamination à la suite d'une « fuite de gaz ». Les images filmées à l'aube depuis un hélicoptère révélaient une ville fantôme, où seuls circulaient des véhicules de patrouille. Le sujet suivant montrait les issues barrées de l'institut médico-légal, au coin de la 30e Rue et de la Première Avenue. On évoquait de nouvelles disparitions et des mouvements de panique chez les habitants du quartier.

Ils avaient décidé de se rendre à Pennsylvania Station parce qu'ils étaient sûrs d'y trouver encore des téléphones à pièces. Eph se tenait devant une rangée de cabines tandis que Nora et Setrakian attendaient un peu à l'écart. Les banlieusards qui venaient travailler en ville ce matin-là allaient et venaient dans le hall.

Eph parcourait la liste des appels passés depuis le téléphone de Jim, à la recherche du numéro de portable de Barnes, quand ce dernier répondit sur sa ligne fixe.

— Vous croyez vraiment que ça va marcher, le coup de la fuite de gaz, Everett ? commença Eph. De nos jours, combien de temps peut-on berner les gens ?

— Ephraïm, où êtes-vous ?

— Vous êtes allé sur place, Everett ?

— Oui, j'y suis allé. On ne sait pas encore de quoi il retourne au juste, mais...

— Allons donc !

— Ce matin, on a retrouvé le poste de police désert. La ville entière semble avoir été abandonnée.

— Détrompez-vous : ils sont toujours là. Ils se cachent, voilà tout. Dès le coucher du soleil, ce sera la Transylvanie, là-bas. Ce qu'il vous faut, ce sont des commandos. Envoyez l'armée. Procédez maison par maison. Il n'y a pas d'autre moyen.

— On voudrait surtout éviter de provoquer la panique...

— Il est un peu tard pour ça. Ça a déjà commencé. Dans le cas présent, la panique est une réaction plus pertinente que le déni.

— Les indicateurs de veille du ministère de la Santé ne révèlent pas de départ épidémique.

— Ils se basent sur les variations de fréquentation des services d'urgence, les déplacements d'ambulances et les ventes en pharmacie. Aucun de ces facteurs n'entre ici en ligne de compte. C'est tout New York qui va subir le sort de Bronxville si vous ne passez pas immédiatement à l'action.

— Je veux savoir ce que vous avez fait de Jim Kent.

— Vous me prenez pour qui ? Un super-héros ? Un génie du mal ? Un peu de bon sens, Everett.
— Ecoutez-moi, Ephraïm…
— Non, c'est vous qui allez m'écouter. Je suis médecin. Et c'est en tant que médecin que vous m'avez embauché pour exercer certaines responsabilités. Pour identifier et enrayer les maladies émergentes sur le territoire des Etats-Unis. Je vous appelle pour vous dire qu'il n'est pas trop tard. Nous sommes au matin du quatrième jour après l'atterrissage de l'avion et le premier cas de contagion, mais nous avons encore une chance d'enrayer le phénomène. On peut les contenir dans les limites de la ville. Les vampires ne peuvent pas franchir les cours d'eau. Il suffit donc de mettre l'île en quarantaine, de couper tous les ponts…
— Je n'ai pas le pouvoir d'imposer cela, et vous le savez très bien.
Une annonce retentit dans les haut-parleurs de la gare. Un train au départ ou à l'arrivée.
— Au fait, Everett… Je suis à Pennsylvania Station. Envoyez-moi le FBI si ça vous chante. Le temps qu'ils arrivent, je serai loin.
— Revenez, Ephraïm. Vous pourrez vous exprimer, tenter de me convaincre – de nous convaincre tous, je vous le garantis. Travaillons ensemble.
— Non. Vous venez de dire que vous n'aviez pas l'autorité suffisante. Ces vampires – car c'est bien de cela qu'il s'agit – sont des virus incarnés, et ils vont se répandre dans toute la ville jusqu'à ce qu'ils nous aient tous exterminés. La quarantaine est l'unique solution. Si j'apprends que vous vous

êtes rendu à la raison, alors j'envisagerai de vous donner un coup de main. D'ici là…

Il reposa le combiné sur son support. Nora et Setrakian attendaient son rapport, mais dans la liste des appels récents de Jim, une entrée avait attiré son attention. Tous les contacts de son ancien équipier étaient répertoriés sous la forme nom/prénom, sauf un. Un numéro local qu'il avait composé plusieurs fois ces derniers jours. Eph reprit le combiné, appuya sur la touche « 0 » et finit par entrer en contact avec une opératrice de la compagnie téléphonique Verizon.

— Bonjour. Mon portable affiche un numéro que je ne reconnais pas et, avant de l'appeler, je préférerais m'épargner une situation un peu gênante… Comme il commence par 212, je suppose qu'il correspond à une ligne fixe. Vous pourriez regarder dans l'annuaire inversé, s'il vous plaît ?

Il donna le numéro à l'opératrice et l'entendit taper sur un clavier d'ordinateur.

— Ça correspond à un poste au soixante-dix-septième étage de l'immeuble du groupe Stoneheart. Il vous faut l'adresse ?

— Je veux bien, merci.

Eph posa une main sur le combiné et dit à Nora :

— Comment tu expliques que Jim ait appelé le groupe Stoneheart ?

— La société d'investissement du vieux… je ne sais plus comment, là ?

— Oui, le gourou des investisseurs. La deuxième fortune du pays, je crois. Quelque chose comme Palmer.

— Eldritch Palmer, confirma Setrakian.

Eph vit la consternation se peindre sur ses traits.

— Que savez-vous de lui ?

— Ce Jim Kent n'était pas votre ami.

— Bien sûr que si ! s'exclama Nora.

Ayant mémorisé l'adresse, Eph raccrocha. Puis il sélectionna le numéro sur le portable de Jim et appuya sur la touche d'appel.

Pas de réponse, ni de répondeur.

Eph renonça et resta un instant à regarder le téléphone ; puis il se tourna vers Setrakian.

— Que savez-vous sur ce Palmer ?

— Il y a très longtemps, il est venu me trouver. Il avait besoin d'aide pour localiser quelqu'un. Quelqu'un qui, justement, m'intéressait au plus haut point.

— Czardu ? suggéra Nora.

— Il avait les moyens financiers, et moi les connaissances nécessaires. Mais notre collaboration s'est achevée au bout de quelques mois. Quand j'ai compris que nous ne le recherchions pas du tout pour les mêmes raisons.

— C'est lui qui a sali votre réputation quand vous enseigniez à l'université ?

— C'est ce que j'ai toujours pensé, en tout cas.

Le téléphone de Jim vibra dans la main d'Eph. Il affichait « numéro inconnu ». Peut-être était-ce son correspondant mystère au groupe Stoneheart qui le rappelait...

— Allô ? fit une voix grave et bourrue. Je suis bien au CDC ?

— C'est de la part de... ?

—Je cherche le type du Projet Canari qui s'occupe des maladies. Celui qui a des tas d'ennuis en ce moment. Vous pourriez me le passer ?

— Que lui voulez-vous ? répondit Eph, qui flairait un piège.

—Je suis dans une cabine du quartier de Bushwick, à Brooklyn. J'ai trouvé deux hystériques que l'éclipse a rendus dingues, dans la cave d'un immeuble. Ils n'aiment pas du tout le soleil. Ça vous dit quelque chose ?

— Qui est à l'appareil ? demanda Eph, brusquement intéressé.

—Je m'appelle Fet. Vassili Fet. Je travaille aux services d'hygiène de la ville comme exterminateur, mais je coordonne aussi un programme pilote. On cherche à surveiller en permanence la présence de nuisibles dans tout le centre-ville. Un projet subventionné par le CDC à hauteur de sept cent cinquante mille dollars. C'est comme ça que j'ai eu ce numéro de téléphone. Je me trompe, ou c'est le Dr Goodweather en personne que j'ai au bout du fil ?

— En effet, répondit Eph après une brève hésitation.

— Donc, en un sens, je bosse pour vous. De toute façon, je ne vois pas à qui d'autre je pourrais parler de ça. Vous savez, je repère des signes dans toute la ville.

— Ça n'a rien à voir avec l'éclipse, l'informa Eph.

—Je m'en doutais, figurez-vous. Vous devriez venir faire un tour par ici. J'ai quelque chose pour vous.

Groupe Stoneheart, Manhattan

Eph avait deux visites à faire sur le chemin. Une tout seul, l'autre avec Nora et Setrakian.

Il franchit le premier point de contrôle dans le hall du Stoneheart Building grâce à sa carte du CDC, mais pas le second, situé au soixante-dix-septième étage, où il fallait changer d'ascenseur pour accéder aux dix derniers niveaux de la tour.

Deux colosses se tenaient debout sur l'immense logo en cuivre du groupe, serti dans le sol en onyx. Derrière eux, des déménageurs en salopette traversaient la réception en poussant du matériel médical sur des chariots.

Eph demanda à voir Eldritch Palmer.

Le plus costaud des deux gardes esquissa l'ombre d'un sourire. On devinait sous sa veste une arme glissée dans un baudrier.

— M. Palmer ne reçoit pas sans rendez-vous.

Eph reconnut une des machines qu'on était en train de démonter et de ranger dans des cartons : un dialyseur Fresenius. Un appareil coûteux, habituellement réservé au milieu hospitalier.

— Vous déménagez, constata-t-il. Vous fuyez New York pendant qu'il est encore temps. Mais j'imagine que M. Palmer a encore besoin de son dialyseur ?

Les gardes ne répondirent pas. Ils ne se retournèrent même pas.

Alors Eph comprit. Ou, du moins, il crut comprendre.

Eph retrouva ses compagnons au pied du gratte-ciel de l'Upper East Side qui abritait l'appartement de Jim et Sylvia.

— C'est Palmer qui a fait venir le Maître en Amérique, déclara Setrakian. Voilà pourquoi il est prêt à tout, même à compromettre l'avenir de l'humanité, pour arriver à ses fins.

— C'est-à-dire ?

— Je crois qu'Eldritch Palmer a l'intention de devenir immortel.

— On va tout faire pour l'en empêcher, commenta Eph.

— Je salue votre détermination, répondit le professeur. Mais avec l'influence dont il jouit et les moyens dont il dispose, mon vieil « ami » a l'avantage sur tous les tableaux. Il joue son va-tout, vous devez le savoir. Pour lui, c'est le point de non-retour. Il fera n'importe quoi pour atteindre son but.

Eph ne pouvait se permettre de raisonner à pareille échelle, sinon autant se dire que son combat était perdu d'avance. Aussi était-il déterminé à ne pas voir plus loin que l'instant présent.

— Qu'avez-vous trouvé ?

— Mon bref passage à la New York Historical Society a été fructueux. La propriété en question a été entièrement reconstruite par un trafiquant d'alcool qui a fait fortune pendant la Prohibition. Elle a été le théâtre de nombreuses descentes de police, mais celle-ci n'y a jamais rien trouvé, grâce, dit-on, à un réseau de galeries souterraines. Certains de ces tunnels ont d'ailleurs été élargis par la suite pour accueillir des lignes de métro.

— Et toi ? demanda Eph à Nora.

— J'ai appris que Bolivar l'avait justement achetée parce qu'elle avait appartenu à un *bootlegger*, et aussi parce que le propriétaire précédent était un sataniste qui organisait des messes noires sur son toit, au début du XXe siècle. Bolivar a entrepris de la faire rénover et rattacher à la maison voisine, ce qui fait de lui le propriétaire d'une des plus importantes demeures new-yorkaises.

— Bien. Où es-tu allée ? A la bibliothèque ?

— Non, dit-elle en lui tendant une série de documents montrant l'intérieur de la maison tel qu'il était à l'origine ainsi que des photos récentes de Bolivar avec son maquillage de scène. J'ai trouvé ça sur le site du magazine *People*. Grâce à la connexion wifi gratuite de Starbucks.

La porte s'ouvrit dès qu'ils appuyèrent sur l'interphone, et l'ascenseur les mena au huitième étage, où Jim et Sylvia occupaient un petit logement. La jeune femme vint leur ouvrir. Elle portait une ample et longue robe en lin, bien digne d'une astrologue, et ses cheveux étaient maintenus par un large serre-tête. Elle parut surprise de voir Nora, et encore plus de découvrir Eph derrière elle.

— Mais... Qu'est-ce que vous faites là... ?

— Sylvia, commença Eph en pénétrant dans l'appartement, nous avons des questions très importantes à te poser, et très peu de temps pour le faire. Que sais-tu des rapports entre Jim et le groupe Stoneheart ?

— Le quoi ?

Eph aperçut sur un petit bureau d'angle un ordinateur portable fermé sur lequel dormait un chat tigré. Il s'approcha du bureau et ouvrit les tiroirs l'un après l'autre en demandant :

— Ça t'ennuie si on jette un coup d'œil à ses papiers ?

— Non, si ça peut être utile. Allez-y.

Setrakian resta près de la porte pendant qu'Eph et Nora fouillaient le bureau. Sa présence semblait rendre Sylvia nerveuse.

— Je peux vous offrir quelque chose à boire ?

— Non merci, répondit Nora avec un bref sourire.

— Je reviens, dit Sylvia en se dirigeant vers la cuisine.

Eph se détourna du bureau. Il ne savait même pas ce qu'il cherchait. Jim travaillait-il vraiment pour Palmer ? Et depuis combien de temps ? Quelle avait bien pu être sa motivation ? L'argent ?

Il alla rejoindre Sylvia, dans l'intention de l'interroger sur les finances du ménage. Au moment de franchir le seuil, il la vit raccrocher le téléphone mural avec une expression étrange.

— Qui étais-tu en train d'appeler, Sylvia ?

Les deux autres entrèrent dans la cuisine à sa suite. Sylvia chercha à tâtons le mur derrière elle, puis se laissa tomber sur une chaise.

— Sylvia, qu'est-ce qui se passe ? insista Eph.

Dans son regard se lisait une étrange sérénité quand elle déclara :

— Vous êtes fichus.

Ecole primaire n° 69, Jackson Heights

D'habitude, Kelly ne laissait jamais son téléphone portable allumé en classe. Mais, ce jour-là, il était posé juste à gauche de son agenda, en position vibreur. Matt n'était pas rentré de la nuit. Cela lui arrivait fréquemment en période d'inventaire. Il prenait alors le petit déjeuner avec ses employés avant de regagner la maison, mais il l'appelait toujours avant pour la prévenir. Bien que les portables fussent interdits dans l'école, elle avait tenté discrètement de le joindre à plusieurs reprises. Chaque fois, elle était tombée sur sa messagerie. Peut-être se trouvait-il dans une zone non couverte. Elle s'efforçait de ne pas s'angoisser, mais c'était difficile. Par ailleurs, il y avait beaucoup d'élèves absents ce jour-là.

Elle regretta d'avoir écouté Matt, d'avoir cédé devant son arrogance. Si jamais il avait mis Zack en danger, d'une manière ou d'une autre…

Soudain l'écran de son téléphone s'alluma et elle vit s'y afficher une icône représentant une enveloppe. Un SMS de Matt.

Il disait simplement :

Rentre

Elle rappela aussitôt. Cela sonna un moment dans le vide, puis il y eut un silence, comme si Matt avait pris l'appel. Mais il resta muet.

— Matt ? Matt ?

Ses élèves la regardèrent bizarrement. Ils n'avaient jamais vu Mme Goodweather téléphoner en classe.

Kelly appela alors la maison : occupé. La messagerie devait être en panne.

Elle résolut de partir. Elle n'aurait qu'à demander à Charlotte de laisser la porte de sa classe ouverte et de surveiller ses élèves en plus des siens. Elle envisagea brièvement d'aller chercher Zack au collège, mais y renonça. Elle ferait juste un saut à la maison pour voir ce qui se passait, et déciderait alors ou non de quitter la ville.

Bushwick, Brooklyn

L'homme qui les attendait devant l'immeuble désert occupait presque tout l'encadrement de la porte. Un duvet sombre ombrait sa mâchoire proéminente. Il portait, calé contre sa hanche, un grand sac blanc dont il maintenait l'ouverture serrée dans son poing, une espèce de taie d'oreiller surdimensionnée qui semblait contenir quelque chose de lourd.

Une fois les présentations faites, il prit dans sa poche de poitrine une lettre un peu froissée portant le sceau du CDC. Il la déplia et la tendit à Eph.

— Vous disiez que vous aviez quelque chose à nous montrer ?

— Deux choses, en fait. D'abord, ça.

Il défit la ficelle qui fermait son sac et le renversa au-dessus du sol. Il en tomba quatre rongeurs morts.

Eph fit un bond en arrière et Nora lâcha un hoquet.

— Comme je dis toujours, si vous voulez attirer l'attention des gens, mettez-leur un paquet de rats sous le nez.

Fet en ramassa un par la queue et le fit lentement pivoter sur lui-même.

— Dans toute la ville, ils sortent de leurs trous, même en plein jour. Quelque chose les chasse. A l'époque de la peste, ils remontaient dans les rues pour y mourir. Mais ceux-là sont pleins de vie, affamés et prêts à tout. Croyez-moi sur parole : quand on constate un tel changement dans le comportement des rats, ce n'est jamais bon signe. Quand on les voit s'affoler, c'est le moment de vendre ses actions et d'aller voir ailleurs. Si vous voyez ce que je veux dire.

— Je ne saisis pas bien, dit Eph. Qu'est-ce que les rats ont à voir avec... ?

— C'est un signe précurseur, intervint Setrakian. Comme vous l'a dit M. Fet. Bram Stoker a popularisé la croyance selon laquelle le vampire pouvait se transformer en créature nocturne tels le loup ou la chauve-souris. C'est une idée fausse qui repose quand même sur un fond de vérité. Avant que les maisons n'aient des caves, des sous-sols, les vampires se terraient dans des grottes ou des tanières de bêtes sauvages à la lisière des zones habitées. Leur présence chassait les animaux – dont les chauves-souris et les loups –, qui envahissaient alors les villages. Ce phénomène coïncidait toujours avec une épidémie et l'apparition d'âmes corrompues.

Fet l'écoutait attentivement.

— C'est bizarre, mais vous venez d'employer deux fois le mot « vampire ».

— En effet, répliqua Setrakian sans s'émouvoir.

Après un instant de réflexion, Fet reprit, comme s'il commençait à comprendre :

— D'accord. Maintenant, je vais vous montrer le reste.

Il les conduisit dans la cave de la maison, où régnait une odeur infecte, comme si on y avait fait brûler une charogne. Il leur montra ce qui restait des deux créatures qu'il avait réduites en cendres. Le rectangle de lumière correspondant à la fenêtre s'était déplacé et allongé depuis ; à présent, il se dessinait sur le mur.

— Le soleil éclairait cet endroit-là, et quand ils y sont entrés, il les a carbonisés. Mais avant, ils m'ont foncé dessus et ils avaient un... un truc bizarre qui leur sortait de la bouche. Comme ça, d'un coup...

Setrakian lui résuma tout ce qu'ils savaient, depuis l'atterrissage du vol 753 transportant le Maître rebelle jusqu'à la visite d'Eph au groupe Stoneheart, en passant par le cercueil disparu, les morts qui se relevaient et s'échappaient de la morgue pour rejoindre leurs proches, l'argent, la lumière du jour, et pour finir l'aiguillon.

— Ils ont renversé la tête en arrière, reprit Fet, leur bouche s'est ouverte et... et ça m'a fait penser aux petits distributeurs de bonbons pour gosses, là...

— Les Pez ? suggéra Nora.

— C'est un peu ça, commenta Eph. Sauf qu'eux ne distribuent pas de bonbons.

— Pourquoi êtes-vous l'ennemi public n° 1 ? lui demanda Fet.

— Parce que leur arme est le silence.

— Dans ce cas, il faut que quelqu'un fasse du bruit !

— Je ne vous le fais pas dire.

Setrakian considéra la lampe torche accrochée à la ceinture de Vassili.

— Si je puis me permettre... dans votre profession, on utilise la lumière noire ?

— Oui, bien sûr, pour repérer les traces d'urine de rongeur.

Setrakian lança un coup d'œil à ses deux complices.

Fet examina à nouveau ce curieux vieillard en costume trois-pièces.

— Vous vous y connaissez en extermination ?

— J'ai quelque expérience dans ce domaine, oui.

Setrakian s'approcha du syndic contaminé qui avait fui le jour en rampant et gisait à présent, recroquevillé, dans le coin le plus éloigné de la cave. Il plaça au-dessus de lui son miroir à dos d'argent et montra son reflet flou à Vassili. Celui-ci contempla alternativement la créature et le miroir.

— Dans quoi vous m'embarquez, là ? dit-il.

— C'est plutôt à vous de nous dire, si les vampires entrent dans la catégorie des nuisibles que vous avez l'habitude d'exterminer, comment stopper leur expansion ?

— Vous pouvez être sûrs d'une chose : la pose de pièges et l'usage de toxiques sont des solutions à court terme qui ne restent pas efficaces longtemps. Ce n'est pas en les éliminant un par un que vous arriverez à vous en débarrasser. Les rats qu'on voit sont toujours les plus faibles. Les moins intelligents. Les autres ont appris à survivre. Ce qui marche, c'est l'approche globale. Il faut s'approprier leur habitat naturel, perturber leur écosystème. Les priver de nourriture, les affamer jusqu'à la mort. C'est en traitant le mal à la racine qu'on y met fin.

Setrakian hocha lentement la tête, puis se retourna vers Eph.

— Le Maître. C'est lui, la racine du mal. Et, en ce moment même, il se trouve quelque part dans Manhattan.

Il regarda une dernière fois le malheureux syndic qui, dès la tombée de la nuit, deviendrait vampire. Vermine.

— Merci de bien vouloir reculer, dit-il en dégainant son épée.

Après les paroles d'usage, il décapita l'hôte d'un seul coup. Tandis que s'écoulait un sang rose clair (la métamorphose n'était pas achevée), il essuya sa lame sur la chemise du mort et la rengaina.

— Si seulement nous avions un indice, une idée de l'endroit où niche le Maître… Le site a forcément été approuvé, voire choisi par lui. Il faut qu'il le juge digne de lui. De sa stature. Un lieu de ténèbres qui lui offre un refuge à l'écart du monde des humains, tout en lui en ménageant l'accès. D'où peuvent bien remonter tous ces rats, à votre avis ? demanda-t-il à Fet. Où se situe l'épicentre du phénomène ?

Fet hocha la tête, le regard perdu dans le vide.

— Je crois que je le sais.

Angle Church Street/
Fulton Avenue

Tandis que le jour déclinait, les deux médecins, le prêteur sur gages et l'exterminateur gagnèrent la plate-forme d'observation en surplomb du site de reconstruction du World Trade Center, un chantier de plusieurs hectares qui s'enfonçait jusqu'à trente-cinq mètres dans le sol.

Ils purent pénétrer sans escorte dans le tunnel du métro grâce à la carte professionnelle de Fet et au prix d'un petit mensonge (Setrakian n'étant pas un spécialiste mondial des rongeurs venu d'Omaha). Une fois au fond, ils suivirent la même voie désaffectée que Fet la veille. Le dératiseur promenait le faisceau de sa lampe sur les rails, où ne circulait pas le moindre rat. Le professeur enjambait prudemment les traverses et cheminait sur le ballast en s'aidant de sa canne. Eph et Nora s'étaient munis de leurs lampes Luma.

— Vous n'êtes pas originaire de Russie, dit Setrakian à Vassili.

— Non, mais mes parents et mon nom, si.

— En Russie, on les appelle *vourdalak*. On prétend qu'on peut s'immuniser contre eux en mélangeant du sang de *vourdalak* à de la farine, puis en en faisant du pain qu'on doit ensuite manger.

— Et ça marche ?

— Pas plus que les autres remèdes traditionnels. Dites-moi, elle m'a l'air bien pratique, cette barre de fer…

— C'est un peu primitif comme outil, répondit Fet. On pourrait en dire autant de moi, je suppose.

Mais elle remplit très bien son rôle. Comme moi.

Setrakian reprit un ton plus bas, à cause de l'écho :

— J'ai des outils que vous trouverez peut-être au moins aussi efficaces.

A ce moment-là, Fet aperçut la pompe immergée que les tunneliers avaient renoncé à réparer. Au loin, le tunnel s'incurvait en s'élargissant. Il reconnut aussitôt la jonction.

— C'est là, dit-il en balayant le sol de sa torche.

Ils s'immobilisèrent et écoutèrent l'eau goutter. Fet scrutait toujours le sol.

— La dernière fois, j'ai mis de la mort-aux-rats. Là, vous voyez ?

Des empreintes de pas humains s'étaient imprimées dans la terre. Des souliers de ville, des chaussures de sport, des pieds nus.

— Qu'est-ce qu'on peut bien faire pieds nus dans un tunnel de métro ? s'interrogea Fet.

Setrakian leva sa main gantée comme pour le faire taire. L'acoustique du tunnel propageait jusqu'à eux de lointains gémissements.

— Allumez vos lampes, s'il vous plaît, murmura-t-il.

Eph et Nora éclairèrent le souterrain, révélant un tourbillon de couleurs insensé sur le sol, les parois, les étais en acier...

— Et tout ça, c'est... ? commença Fet.

— Ce sont leurs excréments, expliqua Setrakian. Ces créatures ont coutume de déféquer au moment où elles se nourrissent.

Fet n'en croyait pas ses yeux.

— Evidemment, je suppose que les vampires se moquent bien de l'hygiène.

Le professeur recula, brandissant sa canne dont la lame en partie dénudée brillait d'un vif éclat.

— Il faut filer d'ici tout de suite.

Fet écoutait les bruits du tunnel.

— Ce n'est pas moi qui vous contredirai.

Eph trébucha sur un obstacle et, craignant de découvrir un rat, recula vivement. Ce faisant, le faisceau de sa lampe tomba sur un entassement d'objets.

— Ça alors, émit Vassili. Quelqu'un est venu jusqu'ici jeter un tas de portables.

Eph ramassa un téléphone sur la pile. Il ne marchait pas. Le deuxième non plus. Le troisième affichait encore un faible signal de charge. Une icône en haut du cadran indiquait qu'il ne trouvait pas de réseau.

— Voilà pourquoi la police n'arrive pas à retrouver les disparus grâce à leurs portables. Ils sont au-dessous du niveau du sol.

— Oui, et si j'en juge par le nombre d'appareils, ils sont pratiquement tous ici.

Eph et Nora jetèrent un dernier regard aux téléphones avant de s'éloigner d'un pas pressé.

— Dépêchez-vous avant qu'ils nous repèrent, dit Setrakian, qui ouvrait la marche. Nous devons nous tenir prêts.

L'ANTRE

WORTH STREET, CHINATOWN

La quatrième nuit commençait. Au volant de sa voiture, Eph passa devant son propre immeuble en regagnant la boutique de Setrakian. Ne voyant pas de policiers en bas de chez lui, il s'arrêta. Il prenait un risque, mais il ne s'était pas changé depuis plusieurs jours et il ne lui faudrait pas plus de cinq minutes. Il désigna sa fenêtre – située au deuxième étage – à ses compagnons et leur dit qu'il baisserait le store pour signaler que tout allait bien.

Il pénétra dans le hall sans problème et prit l'escalier. Trouvant sa porte entrebâillée, il tendit l'oreille. Ça ne ressemblait pas à la police de laisser une porte ouverte.

Il poussa le battant et lança :
— Kelly ?
Pas de réponse.
— Zack ?

Son ex-femme et son fils étaient les seuls à posséder les clés de son appartement.

Tout d'abord l'odeur l'inquiéta, mais il comprit qu'elle provenait des restes de plats à emporter demeurés dans la poubelle depuis la dernière visite de Zack. Cela lui paraissait remonter à une éternité. Il entra dans la cuisine pour vérifier si le

lait dans le réfrigérateur était toujours buvable...
et se figea.

Il lui fallut un moment pour comprendre ce qu'il voyait.

Deux flics en uniforme, assis par terre contre le mur de sa cuisine.

Une espèce de bourdonnement s'éleva soudain, grimpant rapidement dans les aigus... Un chœur de hurlements de douleur.

La porte d'entrée claqua. Il fit volte-face.

Deux hommes.

A leur allure, à leur pâleur, il identifia aussitôt des vampires.

Le premier lui était inconnu. Mais l'autre était Gabriel Bolivar, un des rescapés. L'air tout ce qu'il y avait de plus mort, de plus dangereux, de plus affamé.

Mais Eph pressentit un péril encore plus grand. Car le bourdonnement n'émanait pas de ces deux-là. Il tourna lentement la tête vers le salon.

Une créature gigantesque, vêtue d'une longue cape noire. Sa tête touchait le plafond, et encore, elle l'inclinait vers Eph.

Quant à son visage...

Eph en eut le vertige. La taille surhumaine de cet être rapetissait la pièce, et lui-même avait l'impression d'être un nain. Les jambes en coton, il courut vers l'entrée.

Mais voilà que la créature se dressait à présent entre lui et la porte ! Elle lui barrait l'unique issue ! Comme si le plancher avait pivoté et que lui-même était resté immobile. Les deux vampires encadraient le géant, lequel se rapprochait, dominant Eph de toute sa hauteur.

Eph tomba à genoux. La seule présence du géant suffisait à le paralyser.

Hmmmmmmmmmmmmmmmm…

Eph perçut la vibration comme on ressent en pleine poitrine la musique sortant de haut-parleurs. Il baissa les yeux, pétrifié. Il ne voulait plus jamais voir le visage de cette chose.

Regarde-moi.

Eph crut d'abord qu'elle l'étranglait par la seule force de son esprit mais, s'il avait le souffle coupé, c'était à cause de l'effroi qu'il ressentait jusqu'au tréfonds de son âme.

Il releva imperceptiblement les yeux. Saisi de tremblements, il vit le bas de la robe du Maître, puis remonta jusqu'à ses mains. Des mains horriblement livides et dépourvues d'ongles, d'une taille inhumaine. Les doigts étaient beaucoup trop grands, tous de la même longueur sauf le majeur, encore plus long et épais que les autres, et crochu comme une serre.

Le Maître. Il était là pour lui. Pour le métamorphoser à son tour.

Regarde-moi, espèce de porc.

Eph obéit. C'était comme si une main lui soulevait le menton de force.

Le Maître le dévisagea depuis le plafond, sous lequel il était obligé de courber la tête. Puis il porta ses mains à sa capuche, qu'il rejeta en arrière. Son crâne était chauve et blême, ses yeux et ses lèvres également décolorés. Son nez était rongé comme celui d'une statue érodée par les intempéries, un simple renflement percé de deux trous noirs. Sa gorge se soulevait périodiquement, mais ce n'était qu'une caricature de respiration. Sa peau était pâle, presque translucide. Au-dessous, des veines qui ne transportaient plus de sang dessinaient la carte d'une terre ancienne et ravagée. Des veines rougies par les vers de sang qui y pullulaient. Ces parasites capillaires qui couraient sous la peau diaphane du Maître.

Je suis venu régler mes comptes.

La voix explosa dans la tête d'Eph, portée par un rugissement de terreur. Il sentit que toutes ses forces l'abandonnaient. Tout s'embrouillait, s'obscurcissait.

Je tiens ta femme, cette truie. Bientôt ce sera le tour de ton fils.

Eph avait l'impression que sa tête allait éclater de fureur et de dégoût. Il fit glisser son pied sur le sol et prit appui sur lui pour se relever et faire face au colossal démon.

Je te prendrai tout, il ne te restera rien. Car telle est ma manière d'agir.

Le Maître détendit brusquement le bras. Son geste fut si rapide qu'il en parut flou. Eph ressentit une pression au sommet du crâne, puis il quitta le sol. Il donna des ruades, battit des bras, mais le Maître le souleva sans effort jusqu'au plafond. A la hauteur de ses yeux, et suffisamment près pour qu'il distingue les vers qui y grouillaient.

Je suis l'occultation et l'éclipse.

Il porta la tête d'Eph à sa bouche. Une bouche à l'intérieur sombre, une gorge pareille à une caverne stérile : le chemin le plus court vers l'enfer. Eph, dont le corps se balançait dans le vide, était au bord de la démence. Il sentait le long majeur crochu appuyer sur sa nuque. Puis le Maître lui renversa la tête en arrière.

Je suis le buveur d'hommes.

La bouche du Maître s'entrouvrit. Sa mâchoire s'abaissa, sa langue se rétracta, laissant émerger son hideux aiguillon.

Eph poussa un rugissement et osa protéger son cou avec ses bras en hurlant à la face du Maître.

Soudain quelque chose incita ce dernier à tourner très légèrement la tête, et ses narines palpitèrent.

Ses yeux d'onyx revinrent se fixer sur Eph, l'enveloppant d'un regard furibond, comme s'il avait eu l'outrecuidance de le duper.

Nous ne sommes pas seuls.

Au même instant, comme il montait vers l'appartement d'Eph juste derrière Fet, Setrakian se retint à la rampe. Une atroce douleur éclata dans sa tête en l'aveuglant, et une voix abjecte, sacrilège, tonna son nom :

SETRAKIAN.

Fet se retourna, mais, grimaçant de souffrance, le professeur lui fit signe d'avancer.

— Il est là, murmura-t-il dans un souffle.

Une ombre passa dans les yeux de Nora. Fet se rua vers le palier sans prendre garde au bruit de ses bottes. La jeune femme soutint Setrakian jusqu'à l'appartement. Tous trois entrèrent.

Fet se jeta sur le premier vampire qu'il rencontra, mais l'autre l'empoigna à son tour et il roula au sol. Il se releva aussitôt et se mit en position de combat. Le vampire eut un simulacre de sourire : il s'apprêtait à se nourrir de son sang.

C'est alors que Fet découvrit le géant au fond de la pièce. Le Maître, qui tenait fermement Eph. Monstrueux. Et fascinant.

Le vampire le plus proche de lui le repoussa jusque dans la cuisine, contre la porte du réfrigérateur.

Nora se précipita et réussit à allumer sa Luma au moment même où Bolivar lui sautait dessus. Le vampire émit un feulement et partit en arrière. Alors Nora vit à son tour le Maître, et Eph suspendu au-dessus du sol.

— Eph !

Setrakian la rejoignit et brandit son épée d'argent tandis qu'elle repoussait Bolivar contre le mur côté rue. Le Maître était pris en étau. En attaquant dans un espace aussi restreint, il avait commis une erreur majeure.

Setrakian sentait son cœur battre à grands coups dans sa poitrine. Il tendit sa lame devant lui et en porta un coup au démon.

Le bourdonnement qui emplissait l'appartement s'intensifia. Le bruit explosa dans la tête du vieil homme et dans celle de ses compagnons, provoquant une onde de choc qui l'obligea à reculer.

Avec un rictus triomphant, le Maître lança Eph à travers la pièce. Battant des bras, celui-ci alla s'écraser contre le mur opposé avant de retomber au sol. De sa longue main, le Maître saisit Bolivar par l'épaule et s'élança vers la baie vitrée qui surplombait Worth Street.

Il y eut un grand fracas, l'immeuble trembla, et le Maître s'enfuit sous une pluie de verre.

Setrakian courut vers la fenêtre fracassée qui laissait à présent entrer le vent, et vit l'averse scintillante s'abattre sur le trottoir deux étages plus bas.

Avec une rapidité surnaturelle, le Maître avait déjà traversé la rue pour escalader l'immeuble d'en face. Tenant toujours Bolivar, il franchit la rambarde du toit et disparut dans la nuit.

Incapable d'admettre que le Maître lui avait encore échappé, Setrakian se tassa sur lui-même. Son cœur se déchaînait, comme s'il était sur le point de jaillir de sa poitrine.

— Par ici ! A l'aide !

Il se retourna. Etendu à terre, Fet tentait de repousser les assauts du second vampire à l'aide de la lampe de Nora. Mû par une nouvelle bouffée de colère, Setrakian s'approcha, prêt à manier de nouveau son épée.

En le voyant, Fet ouvrit des yeux affolés.

— Non ! Attendez !

Setrakian trancha la gorge du vampire à quelques centimètres des mains de Fet et repoussa le corps d'un coup de pied avant que son sang blanc ne touche la peau du dératiseur.

Nora se précipita vers Eph. L'air terrifié, il avait une joue entaillée et les pupilles dilatées, mais ne semblait pas avoir été contaminé.

Setrakian sortit quand même son miroir, mais il ne constata aucune distorsion en l'approchant du visage d'Eph. Nora braqua sa lampe sur son cou : pas de trace d'incision.

Elle l'aida à se relever. Eph grimaça quand il voulut remuer le bras droit. Elle lui caressa la joue.

Elle aurait voulu le serrer dans ses bras mais elle craignait de lui faire mal.
— Qu'est-ce qui s'est passé ?
— Il tient Kelly.

Kelton Street, Woodside, Queens

Eph franchit le pont du Queens pied au plancher. Tout en conduisant, il essaya de joindre Kelly avec le téléphone de Jim.

« Bonjour, vous êtes bien sur le répondeur de Kelly. Je ne peux pas vous répondre pour l'instant... »

Eph fit une nouvelle tentative pour appeler Zack mais, là encore, il tomba sur son répondeur.

Il tourna dans Kelton Street en faisant crisser les pneus et pila devant chez Kelly. Sautant par-dessus la clôture, il courut jusqu'à la porte, enfonça la sonnette... Son jeu de clés était resté dans son appartement.

Il prit son élan et donna un coup d'épaule dans la porte. Son épaule déjà meurtrie. Une fois, deux fois... Il avait de plus en plus mal. La troisième fois, il se jeta tout entier contre le battant. Le chambranle céda et Eph atterrit à plat ventre dans l'entrée.

Il se releva vivement et s'élança vers l'escalier qu'il monta quatre à quatre. Il s'arrêta sur le seuil de la chambre de Zack. Personne.

Il redescendit aussi rapidement. Dans l'entrée, il remarqua enfin le sac de voyage plein, les valises encore ouvertes. Kelly n'avait pas quitté la ville.

Au moment même où ses trois compagnons franchissaient le seuil, Eph reçut un coup par-derrière. Quelqu'un le prit à bras-le-corps et le fit tomber. Il se débattit et se retourna, repoussant son agresseur.

Matt Sayles. Il avait les yeux morts et dégageait une chaleur intense.

La créature féroce, récemment contaminée, le regarda en grognant et fit mine d'ouvrir la bouche. Eph parvint à bloquer sa mâchoire avec son avant-bras. Matt secouait la tête en tous sens, le regard exorbité, s'efforçant de se dégager.

En levant les yeux, Eph vit Setrakian dégainer son épée.

— NON ! hurla-t-il.

Il puisa des forces dans la fureur qui l'envahissait et, d'une ruade, réussit à repousser Matt.

Le vampire roula sur lui-même tandis qu'Eph se relevait.

Matt se remit debout à son tour. La tête rentrée dans les épaules, il grimaçait – le vampire en lui s'accoutumait à ses nouveaux muscles et sa langue léchait le pourtour de ses lèvres avec volupté.

Cherchant des yeux une arme, Eph vit une raquette de tennis devant le placard. Il en agrippa le manche à deux mains et la brandit en s'avançant vers Matt. Tout son ressentiment envers cet homme qui occupait la maison et le lit de sa femme, et qui prétendait jouer les pères auprès de son fils, remonta d'un coup. Il visa la mâchoire, déterminé à la réduire en bouillie, et lui porta sept ou huit coups violents. Matt perdit quelques dents et tomba à genoux. Mais il ne tarda pas à riposter en saisissant Eph par la cheville pour le faire tomber. Lui aussi nourrissait un fond de rage résiduelle contre son rival. Quand il se redressa, Eph lui expédia un coup de pied en plein visage avant de tendre brusquement la jambe pour le faire basculer en arrière. Puis il battit en retraite dans la cuisine et avisa le couteau à découper, plaqué sur son support magnétique.

La rage n'était jamais aveugle. Au contraire, elle était pure concentration. Eph avait l'impression de regarder la scène par le petit bout de la lorgnette : il ne voyait plus que ce couteau, et accessoirement Matt.

Ce dernier se jeta sur lui. Eph l'obligea à reculer contre le mur, l'empoigna par les cheveux et repoussa sa tête vers l'arrière, exposant sa gorge. Matt ouvrit la bouche et son aiguillon surgit, cherchant à se repaître d'Eph. Sa gorge ondulait, se gonflait… Eph la frappa sauvagement avec le couteau. Ses coups fermes, rapides, transpercèrent le cou de sa victime, et la lame se planta dans le mur. Eph l'en arracha brutalement, brisant du même coup les vertèbres cervicales. Matt s'affaissa dans un bouillonnement de sang blanc, les bras ballants. Eph continua à le larder de coups de couteau jusqu'à ce que sa tête lui reste dans les mains.

Il contempla, incrédule, l'aiguillon qui continuait à se contracter.

Il s'aperçut alors que Nora et leurs deux compagnons observaient la scène depuis le seuil. Le mur couvert de viscosités blanches. Le corps décapité. Et enfin la tête coupée qu'il tenait.

Des vers de sang rampaient le long des joues de Matt, se dirigeant vers ses cheveux rares et, au-delà, vers les mains d'Eph.

Celui-ci lâcha la tête, qui heurta le sol avec un bruit sourd et resta là, immobile. Il jeta ensuite le couteau, qui atterrit sans bruit sur les genoux de Matt.

— Ils ont pris mon fils, dit-il.

Setrakian l'éloigna du cadavre tandis que Nora irradiait celui-ci avec sa Luma.

— Nom de Dieu de nom de Dieu, dit Fet.

Eph répéta, autant pour s'expliquer que pour ancrer cette réalité dans son âme :

— Ils ont pris mon fils.

La folie meurtrière qui carillonnait à ses oreilles s'apaisait. Il entendit une voiture se garer devant la maison. Une portière s'ouvrit et une musique douce retentit.

— Merci ! lança une voix.

Cette voix !

Eph courut jusqu'à la porte fracturée. Au bout de l'allée, Zack descendait d'un minibus et hissait un sac sur son dos.

Il n'avait pas atteint le portail qu'Eph le serrait déjà dans ses bras.

— Papa ?

Eph l'examina rapidement en prenant son visage entre ses mains.

— Qu'est-ce que tu fais, p... ?

— Où étais-tu ?

— Chez Fred. Comme maman n'est pas venue me chercher à l'école, sa mère m'a emmené chez eux.

Zack gigotait pour se libérer de l'étreinte de son père, qui le lâcha brusquement. *Kelly !*

— Qu'est-ce qui est arrivé à la porte ? demanda Zack en regardant en direction de la maison.

A ce moment-là, Fet apparut sur le seuil, suivi par Setrakian. Un malabar en grosses bottes, la chemise sortie du pantalon, et un vieil homme en costume de tweed qui tenait une canne à pommeau en forme de tête de loup.

Zack reporta son regard sur son père. Plus de doute, il était arrivé quelque chose.

— Papa... Où est maman ?

Knickerbocker – Prêteur sur gages et curiosités, 118ᵉ Rue, Spanish Harlem

Depuis le couloir encombré de livres, Eph regardait Zack manger son hot dog au bacon dans la cuisine de Setrakian pendant que Nora le questionnait sur l'école pour lui changer les idées.

Eph sentait encore la poigne du Maître sur son crâne. Il vivait depuis toujours dans un monde fondé sur certains principes. A présent qu'il ne pouvait plus se reposer sur rien, il se rendait compte qu'il ne *savait* plus rien.

Eph vit que Nora l'observait avec inquiétude et il sut qu'à l'avenir il aurait toujours une part de folie en lui.

Il descendit à l'armurerie de Setrakian. Les lampes à UV qui gardaient la porte étaient désactivées car le vieux professeur était en train de montrer son arsenal à Fet. Le dératiseur admirait le pistolet à clous modifié qui avait des allures de fusil-mitrailleur.

Setrakian s'approcha d'Eph.
— Vous avez mangé quelque chose ?
Eph fit signe que non.
— Comment va le petit ?
— Il a peur mais il ne veut pas le montrer.
— Comme nous, acquiesça Setrakian.
— Vous aviez déjà vu ce… cette *chose.* Le Maître.
— Oui.
— Et vous aviez essayé de le tuer.
— Oui.
— Mais vous aviez échoué.
Setrakian plissa les yeux comme si son regard plongeait directement dans le passé.
— Je n'étais pas suffisamment préparé. La prochaine fois sera la bonne.
— Avec cet arsenal, c'est probable, intervint Fet, qui tenait un objet en forme de lanterne mais terminé par une pique.
— Il y a des armes que j'ai assemblées moi-même à partir d'objets recueillis ici, à la boutique. Mais je ne suis pas artificier, dit Setrakian en refermant ses mains mutilées comme pour en apporter la preuve. C'est un joaillier du New Jersey qui fabrique mes pointes et mes aiguilles.
— Je me doutais qu'on ne trouvait pas ces trucs-là dans le commerce.
Setrakian lui prit des mains la pseudo-lanterne en plastique teinté, terminée par une grosse batterie elle-même prolongée par un éperon d'une vingtaine de centimètres.
— Ce que vous voyez-là est une sorte de mine éclairante fonctionnant dans l'ultraviolet. Elle est à usage unique et émet une lumière fatale aux

vampires. Elle est conçue pour nettoyer une salle assez vaste. Donc, une fois chargée, elle émet une très forte chaleur. A ce moment-là, il ne faut surtout pas se trouver dans son rayon d'action. La température et les radiations peuvent se révéler un peu... inconfortables.

— Et ce pistolet à clous, alors ? interrogea Fet.

— Il est actionné par une charge de poudre à canon comparable à celle qu'on trouve dans les fusils à pompe. Il projette cinquante clous de trois centimètres par décharge. En argent, évidemment.

— Evidemment, répéta Fet en soupesant, admiratif, l'arme à poignée caoutchoutée.

Setrakian promena son regard autour de la pièce : l'armure ancienne au mur ; les lampes à UVC et les chargeurs de batterie sur les étagères ; les lames et les miroirs en argent, les prototypes, ses carnets et ses esquisses... Il se sentait dépassé par l'écrasante solennité du moment. Restait à espérer que, sous le coup de la peur, il ne redeviendrait pas le jeune homme inexpérimenté d'antan.

— Il y a très longtemps que j'attends cela, déclara-t-il.

Puis il reprit l'escalier, laissant Eph seul avec Fet. Ce dernier saisit le pistolet à clous.

— Où vous l'avez trouvé, ce vieux bonhomme ?

— C'est lui qui m'a trouvé, répondit Eph.

— J'ai vu pas mal de choses, dans mon boulot. Mais quand je regarde l'atelier de ce type, je me dis que j'ai fini par tomber sur le seul dingue dont les affirmations ont fini par se vérifier.

— Ce n'est pas un dingue.

— Il vous a montré ça ?

Fet s'approcha du bocal où le cœur était conservé dans le sérum.

— Un gars qui garde le cœur d'un vampire comme si c'était un animal de compagnie, dans une armurerie à la cave ? Un peu, oui, qu'il est dingue ! Mais ça fait rien. Moi aussi, je suis un peu fêlé.

Il se mit à genoux devant le bocal en chantonnant :
— Petit-petit-petit…

La ventouse se plaqua contre le verre, essayant de l'atteindre.

Fet se retourna vers Eph, l'air de dire : Non mais, vous avez vu ça ?

— J'en demandais pas tant quand je me suis levé ce matin, conclut-il.

Il visa le bocal avec le pistolet à clous, puis releva le bras. Manifestement, il avait l'arme bien en main.

— Ça vous embête si je prends celle-là ?
— Je vous en prie, fit Eph en secouant la tête. Faites donc.

Eph remonta au rez-de-chaussée. Parvenu dans le couloir, il aperçut Setrakian avec Zack dans la cuisine et ralentit le pas. Le vieil homme ôtait sa chaîne en argent – celle où était enfilée la clé du sous-sol – pour la passer autour du cou de l'enfant. Puis il lui tapota l'épaule.

— Pourquoi avez-vous fait ça ? lui demanda Eph quand ils furent seuls.

— Il y a en bas des choses – des carnets, des textes – qui doivent être préservées. Ce sera peut-être utile aux générations futures.

— Pourquoi ? Vous ne pensez pas revenir ?

— Je prends toutes les précautions possibles, dit Setrakian en regardant autour de lui pour s'assurer que personne ne pouvait les entendre. Je vous en prie, essayez de comprendre. Le Maître est infiniment plus rapide et puissant que les nouveaux vampires maladroits. Ses pouvoirs dépassent de loin ce que nous-mêmes avons pu apprendre de lui. Car il réside sur cette terre depuis des siècles. Cependant…

— Cependant, c'est un vampire.

— Oui, et les vampires ne sont pas indestructibles. Il faut espérer que nous réussirons à le faire sortir de sa cachette. A l'obliger à s'exposer au soleil, dont les rayons lui seront fatals. Pour ça, il nous faut attendre le lever du jour.

— Non, je veux y aller tout de suite.

— Je le sais. Et il compte là-dessus.

— Il tient ma femme. Et si elle en est là, c'est uniquement ma faute.

— Docteur, vous obéissez à des motifs personnels que je comprends parfaitement. Mais dites-vous que s'il la tient effectivement en son pouvoir, alors elle est d'ores et déjà contaminée.

— Non, je suis sûr que non.

— Je ne dis pas cela pour vous mettre en colère, mais…

— *Je suis sûr que non !*

Setrakian fit une pause, puis il hocha la tête et attendit qu'Eph reprenne ses esprits.

— Les Alcooliques anonymes m'ont beaucoup aidé, reprit ce dernier. Mais s'il y a une chose que je n'ai jamais pu acquérir, c'est la faculté d'accepter sereinement ce que je ne peux pas changer.

— Je suis comme vous. Peut-être est-ce d'ailleurs ce trait de caractère commun qui nous a conduits jusqu'ici, vous et moi. Nos objectifs sont les mêmes.
— Pas tout à fait, rectifia Eph. Parce qu'un seul d'entre nous abattra cette ordure. Et ce sera moi.

Nora, qui attendait avec impatience de pouvoir s'entretenir avec Eph, l'attira dans la salle de bains sitôt qu'il eut quitté Setrakian.
— Ne fais pas ça, lui dit-elle.
— Quoi ?
— Ne me demande pas ce que tu t'apprêtes à me demander, dit-elle avec un regard implorant. S'il te plaît.
— Mais... j'ai besoin que tu...
— J'ai la trouille de ma vie, mais j'ai bien mérité de rester avec toi jusqu'au bout. Tu vas avoir besoin de moi.
— Oui, pour rester ici avec Zack. De toute façon, il faut que l'un d'entre nous soit prêt à prendre la relève, au cas où...
Il jugea inutile de préciser, poursuivit :
— Je sais que c'est beaucoup te demander.
— Trop.
Il la regarda droit dans les yeux.
— Il faut que j'en aie le cœur net, pour Kelly.
— Je comprends.
— Je voudrais juste que tu saches que...
— Il n'y a rien à expliquer. Mais je suis quand même contente que tu en ressentes le besoin.
Il la serra contre lui. Elle lui caressa la nuque, s'écarta légèrement pour le regarder, parut sur le point d'ajouter quelque chose, puis se ravisa et

préféra l'embrasser. Un baiser d'adieu qui disait : Je veux que tu reviennes.

Ils se séparèrent, et Eph hocha la tête pour lui signifier qu'il avait compris.

Alors il vit Zack, qui les regardait au bout du couloir.

Il ne tenta pas de lui expliquer. Pas maintenant. Quitter cet enfant et sa beauté, sa bonté intrinsèques, laisser derrière lui la sécurité apparente de la surface pour s'enfoncer sous terre à la recherche d'un démon... Que pouvait-il y avoir de plus extravagant ?

— Tu restes avec Nora, d'accord ? On discutera quand je reviendrai.

Zack plissa les yeux, sur la défensive. Le moment était chargé d'émotions brutes et incompréhensibles pour lui.

— Quand tu reviendras d'où ?

Eph attira son fils à lui et le serra dans ses bras comme si, sans cette étreinte, il risquait de se briser en mille morceaux. Et il décida dans la seconde qu'il *ne pouvait pas* échouer, tout simplement parce qu'il avait trop à perdre.

Soudain, des cris et des Klaxons retentirent dans la rue. Ils se dirigèrent tous vers la fenêtre. Les phares des voitures illuminaient la nuit. Dans la rue, des gens en venaient aux mains. Un immeuble était la proie des flammes, mais on ne voyait pas arriver de camion de pompiers.

— C'est le début de la fin, commenta Setrakian.

Morningside Heights

Gus était en cavale depuis la veille. Avec les menottes, il ne lui était pas très facile de se déplacer dans les rues. Il avait trouvé une vieille chemise qu'il avait enroulée autour de ses avant-bras, pour faire croire qu'il marchait les bras croisés, mais ça ne devait pas duper grand monde. Il se faufila dans un cinéma par la sortie de secours et fit un somme en profitant de l'obscurité. Puis il repensa à un garagiste de sa connaissance qui avait son atelier clandestin dans le West Side, et mit un temps considérable à s'y rendre... pour trouver l'endroit désert. Même pas fermé. Juste vide. Il fouilla parmi les outils, allant jusqu'à mettre en marche une scie à métaux coincée dans un étau, et manqua de s'entailler les poignets en voulant couper ses menottes. Comme il ne pouvait rien faire d'une seule main, il finit par s'en aller, découragé.

Il se rendit ensuite dans les endroits où traînaient habituellement ses *cholos* sans y trouver personne de confiance. L'ambiance était bizarre dans la rue. Gus ne s'y trompa pas. Dès que le soleil déclinerait, son temps serait compté et ses choix limités.

Il prenait un risque en rentrant chez lui, mais, d'un autre côté, il n'avait pas vu beaucoup de flics traîner ce jour-là, et il se faisait du souci pour sa mère. Il pénétra discrètement dans l'immeuble, essayant de prendre l'air dégagé malgré ses mains toujours cachées sous la chemise, et monta l'escalier. Seize étages. Arrivé devant sa porte, il prêta l'oreille. On entendait la télé, comme toujours.

Sachant que la sonnette ne marchait pas, il frappa. En vain. Il insista. Puis donna un coup de pied dans la plaque métallique au bas de la porte. Celle-ci trembla, ainsi que les cloisons trop minces.

— Crispin ! fit-il entre ses dents à l'intention de son frère. Tu vas ouvrir, connard !

Il entendit qu'on enlevait la chaîne de sécurité, puis qu'on tournait le verrou. Mais la porte ne s'ouvrit pas pour autant. Gus défit la vieille chemise enveloppant ses mains et actionna la poignée.

Crispin avait reculé dans le coin à gauche du canapé sur lequel il dormait quand il revenait à la maison. Les rideaux étaient tous tirés et, dans la cuisine, la porte du réfrigérateur était ouverte.

— Où elle est, m'man ? demanda Gus.

Crispin ne répondit pas.

— Drogué de merde !

Il referma le réfrigérateur. Certains aliments avaient fondu et il y avait de l'eau par terre.

— Elle dort ?

L'autre se borna à le regarder sans rien dire.

Cela lui mit la puce à l'oreille. Il examina plus attentivement son frère – il y avait un bail qu'il ne faisait plus attention à lui – et remarqua ses yeux noirs, ses traits tirés.

Il alla écarter les rideaux. Il faisait nuit. Un incendie s'était déclaré plus bas et on voyait de la fumée.

Quand il voulut faire face à Crispin, ce dernier se ruait déjà sur lui en hurlant. Gus lui bloqua le menton avec ses menottes, l'obligeant à lever la tête pour qu'il ne puisse pas projeter son aiguillon, et le fit tomber.

Les yeux de son vampire de frère s'exorbitèrent et sa mâchoire se contracta : il essayait d'ouvrir la bouche, mais les menottes de Gus l'en empêchaient et l'étranglaient. C'était d'ailleurs l'intention, mais, ne le voyant pas perdre connaissance, Gus se rappela que les vampires n'avaient pas besoin de respirer, que ce n'était pas comme ça qu'on les tuait.

Alors il le remit debout en le tenant par le cou. Crispin se débattait de plus belle. Depuis des années, il était un fardeau pour sa mère et une source d'emmerdements pour Gus. Maintenant c'était un vampire ; ce n'était plus son frère, mais ça restait une belle ordure. Ce fut donc par vengeance que Gus le précipita la tête la première contre le grand miroir ovale accroché au mur, si lourd et si solide qu'il se craquela seulement en tombant. Gus força Crispin à s'agenouiller, puis détacha le plus grand éclat de verre et le lui planta dans la nuque avant même qu'il ait touché terre. Le verre sectionna la moelle épinière entre deux vertèbres et pointa de l'autre côté, sous la peau de la gorge, sans la percer tout à fait. En faisant aller et venir l'éclat de miroir, Gus parvint presque à couper la tête de Crispin, mais il s'entailla aussi les mains. Malgré la douleur, il ne le lâcha que lorsque la tête de son frère se détacha du corps.

Il recula en chancelant et inspecta ses paumes pour s'assurer que les vers qui grouillaient dans le sang blanc ne s'y étaient pas introduits par ses coupures. En fait, ils étaient sur le tapis, et pas très faciles à repérer. Il se tint donc à bonne distance d'eux. Il regarda alors son frère en deux morceaux sur le plancher ; si le côté « vampire » l'écœurait, il ne ressentait strictement rien devant le côté « frère ». Il y avait longtemps qu'il avait fait une croix sur Crispin.

Il alla se laver les mains dans l'évier. Les coupures étaient longues, mais pas très profondes. Il les comprima avec un torchon pour stopper le saignement, puis entra dans la chambre de sa mère en priant pour qu'elle ne s'y trouve pas.

— ¿ *Mamá* ?

Personne. Le lit était fait. Sur le point de ressortir, il se mit tout de même à quatre pattes pour regarder dessous. Mais il ne vit que des cartons et les haltères qu'elle avait achetés des années plus tôt. Il décida de retourner dans la cuisine, mais à ce moment-là il entendit un bruit de tissu froissé dans le placard. Il attendit, les sens en éveil, et alla ouvrir la porte.

Tous les vêtements de sa mère étaient empilés par terre, et ce tas bougeait. Gus tira sur une vieille robe jaune à épaulettes, et le visage de sa *madre* se tourna vers lui, les pupilles noires et le teint cireux.

Gus referma la porte. Sans la claquer. Il ne partit pas non plus en courant. Il avait envie de pleurer, mais les larmes ne venaient pas. Il ne réussit qu'à pousser un soupir presque inaudible, puis il chercha autour de lui une arme pour lui couper la tête.

Au même moment, il prit conscience de ce qu'il s'apprêtait à faire. On en était arrivé là. Alors il se retourna vers la porte close du placard et y appuya le front.

— Pardon, *mamá*, souffla-t-il. *Lo siento*. J'aurais dû être là. J'aurais dû être là…

Hébété, il alla dans sa propre chambre. A cause des menottes, il ne pouvait même pas mettre une chemise propre. Il fourra quelques vêtements dans un sac, pour plus tard, quand il pourrait enfin se changer, et le cala sous son bras.

Puis il se rappela le vieux. Le prêteur sur gages de la 118ᵉ. Lui pouvait l'aider. Ils se battraient ensemble contre ce qui arrivait.

Il sortit dans le couloir. Il y avait des gens près des ascenseurs. Gus se dirigea vers eux. Il espérait qu'on ne le reconnaîtrait pas. Il ne voulait rien avoir à faire avec les voisins.

A mi-chemin, il s'aperçut qu'ils ne parlaient pas, qu'ils ne bougeaient pas non plus. Ils étaient trois, et ils lui faisaient face, le regard fixe. Leurs pupilles étaient noires. Vides. C'étaient des vampires, et ils lui barraient le passage.

Ils s'avancèrent vers lui. Il se jeta aussitôt dans la bagarre. A grands coups de menottes, il les repoussait, les projetait contre les murs, les plaquait face contre terre. Il s'acharnait sur eux à coups de pied, mais il ne leur fallait pas longtemps pour se relever. Il les empêchait systématiquement de sortir leur aiguillon. Il écrasa un crâne sous sa botte, puis s'élança vers l'ascenseur et l'atteignit juste au moment où les portes se refermaient.

Il se retrouva seul. Tout en comptant les étages, il reprit son souffle. Il avait perdu son sac et semé ses vêtements dans tout le couloir.

Le chiffre 1 s'afficha. Les portes se rouvrirent avec un tintement. Derrière, Gus était accroupi, en position de combat.

Mais le hall était désert. Toutefois, dehors, on voyait palpiter une lueur orange, et on entendait des cris. En sortant dans la rue, il vit un immeuble en flammes à quelques dizaines de mètres. Le feu gagnait déjà les maisons voisines. Des gens chargés de planches et d'autres armes improvisées couraient vers le foyer d'incendie.

A l'autre bout de la rue, un groupe de six personnes désarmées approchait d'un pas lent. Un homme seul passa en courant devant Gus et lui lança au passage :

— Ils sont partout, ces salopards !

Aussitôt, les six autres lui tombèrent dessus. Un œil non averti n'y aurait vu qu'une banale agression, mais l'aiguillon qui jaillit à la lumière orange des flammes n'échappa pas à Gus. Les vampires infectaient les gens dans la rue.

Sous ses yeux, un monospace noir aux vitres opaques équipé de puissants projecteurs halogènes émergea à pleine vitesse du nuage de fumée. Les flics. Gus tourna les talons et faillit se jeter droit dans les bras des six monstres. Il entendit des portières s'ouvrir, des bottes sonner sur le pavé. Pris entre deux feux, il fonça vers les vampires la tête la première. Il ne fallait pas leur laisser le temps d'ouvrir la bouche. Mais l'un d'eux passa un bras entre ses menottes, le fit pivoter puis tomber par terre. En un clin d'œil, les autres membres de la meute furent sur lui, se battant pour s'abreuver à son cou.

Un choc sourd retentit, suivi par le cri d'un vampire puis par un bruit de chute, et Gus vit que la créature avait été décapitée.

Le vampire qui avait atterri sur lui fut soudain projeté sur le côté. Gus roula sur lui-même et se mit à genoux.

Ce n'étaient pas des flics, finalement, mais des hommes coiffés de capuches noires, en pantalons de combat et rangers assortis. Ils étaient armés d'arbalètes militaires et tiraient sans discontinuer. Gus vit un des types loger un carreau juste sous le menton d'un vampire. Celui-ci n'eut même pas le temps de porter ses mains à sa gorge : le carreau explosa avec une violence telle que son cou se désintégra. La tête se détacha. Un de moins.

Les carreaux d'arbalète étaient munis d'une pointe en argent et d'une charge explosive déclenchée par l'impact.

Des chasseurs de vampires ! Gus les regarda, médusé. D'autres monstres sortaient par toutes les portes et les tireurs faisaient mouche à vingt-cinq mètres, parfois trente.

L'un d'eux fondit sur Gus, comme s'il le prenait pour un vampire, et, avant qu'il ait pu émettre un son, l'immobilisa en lui plaquant sa botte sur les bras. Puis il réarma son arbalète et visa la chaînette reliant ses menottes. Un carreau à pointe d'argent fendit l'acier et se ficha dans l'asphalte. Gus fit la grimace, mais ce projectile-là ne contenait pas de charge explosive. S'il n'était toujours pas débarrassé des bracelets, au moins ses mains étaient-elles indépendantes. Le chasseur de vampires le remit debout avec une force surprenante.

— Putain, bravo, mec ! lâcha Gus, enivré par le spectacle de ces inconnus. Où c'est qu'on signe ?

Mais, entre-temps, quelque chose avait attiré l'attention de son sauveur, à nouveau aux aguets. Gus chercha à percer l'obscurité qui masquait son visage sous la capuche, et vit qu'il avait le teint anormalement pâle. Ses yeux étaient noir et rouge, ses lèvres desséchées.

Le chasseur regardait fixement les entailles de ses paumes.

Ce regard-là, Gus le connaissait. Il venait juste d'y être confronté chez son frère et sa mère.

Il voulut se dégager, mais l'autre le tenait solidement. La chose ouvrit la bouche et l'extrémité de son aiguillon apparut.

Alors arriva un autre chasseur, qui posa son arbalète sur le cou du premier et, de l'autre main, ôta sa capuche, découvrant les yeux âgés et le crâne chauve, dénué d'oreilles, caractéristiques des vampires plus anciens. Avec un grognement, celui qui avait libéré Gus renonça à sa proie pour la remettre au nouveau venu. Gus se sentit soulevé de terre. Le vieux vampire l'emporta vers le monospace et le jeta à l'arrière.

Les autres vampires à cagoule montèrent à leur tour à bord du véhicule, qui démarra et décrivit un demi-tour au milieu de l'avenue. Gus était le seul humain. Qu'est-ce qu'ils lui voulaient ?

Puis, un coup sur la tempe l'assomma et lui évita de se poser davantage de questions. Le monospace retourna à vive allure vers l'immeuble en flammes, traversant la fumée, fit crisser ses pneus devant la scène d'émeute et obliqua vers le nord au premier carrefour.

La baignoire

Ce qu'on appelait la « baignoire » de l'ex-World Trade Center, c'est-à-dire la cuvette qui servirait de fondations au futur site, était éclairé a giorno pour permettre les travaux de nuit, et c'était encore le cas même s'il ne restait que quelques minutes avant l'aube. Cependant, rien ne bougeait sur le chantier, dont les énormes machines se taisaient. Alors qu'on s'y était affairé sans discontinuer, vingt-quatre heures sur vingt-quatre, depuis l'effondrement des tours ou peu s'en fallait, pour l'heure tout était arrêté.

— Pourquoi ici ? demanda Eph. A cet endroit précis ?

— Il y a été attiré, répondit Setrakian. La taupe creuse un trou dans l'arbre mort qui s'est abattu. La gangrène envahit les plaies. Lui, il s'enracine dans le drame, la tragédie, la souffrance.

Les trois hommes étaient dans la camionnette de Fet, garée au coin de Church Street et Cortland Avenue. Le vieux professeur regardait par la vitre arrière avec le monoculaire à visée nocturne. Il y avait très peu de circulation – un taxi de temps en temps, ou un camion de livraison. Pas un seul piéton, aucun autre signe de vie. Ils cherchaient des vampires, et ils n'en trouvaient pas.

Sans détacher son œil de l'appareil, Setrakian déclara :

— C'est trop éclairé. Ils n'ont pas intérêt à se montrer.

— On ne peut tout de même pas passer éternellement les sous-sols au peigne fin, remarqua Eph.

— S'ils sont aussi nombreux que nous le pensons, reprit Setrakian, ils rôdent forcément dans les environs. Pour pouvoir regagner leur antre avant le lever du jour. Il ne faut pas oublier qu'ils se comportent comme les animaux nuisibles, ajouta-t-il en se tournant vers Fet. Il faut penser comme eux.

— D'accord, fit l'exterminateur. Moi, je n'ai jamais vu les rats passer par la porte d'entrée, ni même s'en approcher.

Après quelques secondes de réflexion, il se remit au volant.

— J'ai une idée.

Il prit Church Street vers le nord jusqu'au City Hall, non loin du site du World Trade Center, se gara sur un arrêt de bus dans Park Row, en bordure du grand parc qui entourait la mairie, et coupa le moteur.

— Ce jardin public, c'est un des plus grands nids de rats de la ville. On a bien essayé d'enlever tout le lierre, et aussi de changer les bennes à ordure, mais rien n'y a fait. Ils s'y ébattent comme des écureuils, surtout quand les gens viennent y déjeuner le midi. Cela dit, ils ne viennent pas pour la bouffe – ça, ils en trouvent n'importe où. C'est l'infrastructure qui leur est indispensable. Parce que là-dessous, ajouta-t-il en pointant l'index vers le sol, il y a une station de métro désaffectée. Celle qui desservait la mairie.

— Elle est toujours reliée au reste du réseau ? s'enquit Setrakian.

— En sous-sol, tout est toujours interconnecté, d'une manière ou d'une autre.

Ils décidèrent d'observer. Ils n'eurent pas longtemps à attendre.

— Regardez, dit bientôt le professeur.

Une femme qui semblait en haillons, sous un réverbère, à une trentaine de mètres.

— Une SDF, constata Eph.

— Non, répliqua Setrakian en lui tendant ses jumelles à détection de chaleur.

Eph découvrit alors l'inconnue sous la forme d'une tache rouge qui se détachait sur un fond sombre, car plus froid.

— C'est la signature de leur métabolisme, reprit le vieil homme. Tenez, en voilà un autre.

Une femme, là encore. Corpulente, elle avançait d'un pas pesant, hésitant, dans l'ombre de la grille en fer forgé qui ceignait le parc.

Un troisième fit son apparition – un homme en tablier de vendeur de journaux, avec une poche sur le devant pour la petite monnaie. Un corps sans vie était jeté sur son épaule. Il le balança par-dessus la grille avant d'enjamber maladroitement celle-ci. Il perdit l'équilibre et déchira une jambe de son pantalon, mais se redressa comme si de rien n'était, ramassa sa victime et disparut sous les arbres.

— Voilà, commenta Setrakian. Nous y sommes.

Eph frissonna. La présence de ces agents pathogènes ambulants, de ces maladies à forme humaine, l'emplissait de dégoût. A voir ces créatures animales primaires entrer dans le parc d'un pas chancelant, obéissant à quelque pulsion inconsciente, il avait la nausée. Leur hâte était évidente. On aurait dit des banlieusards pressés d'attraper le dernier train.

Les trois hommes descendirent sans bruit de la camionnette. Fet avait enfilé une combinaison protectrice et de hautes bottes en caoutchouc. Il proposa la même tenue aux deux autres, qui ne prirent que les bottes. Setrakian vaporisa un neutraliseur d'odeur corporelle sur ses deux compagnons, sans leur demander leur avis. Toutefois le produit ne pourrait rien contre le dioxyde de carbone contenu dans leur haleine, ni contre les battements de leur cœur, ou la pulsation du sang qui courait dans leurs veines...

Fet était le plus chargé des trois. Il portait le pistolet à clous dans un sac à bandoulière qui renfermait également trois chargeurs de clous en argent. A sa ceinture pendaient divers outils et instruments, dont le monoculaire à visée nocturne, sa lampe à lumière noire et un des poignards en argent de Setrakian dans un fourreau en cuir. Il tenait à la main une lampe Luma très puissante. La mine à UVC se trouvait dans un filet, sur son épaule.

Setrakian, lui, avait sa canne, une Luma et, dans la poche de son manteau, son détecteur de chaleur. Il vérifia que sa boîte à pilules se trouvait bien dans la poche de son gilet, puis décida de laisser son chapeau dans le véhicule.

Eph avait lui aussi sa Luma, ainsi que, sanglée dans son dos, une épée en argent dans son fourreau.

— Je ne suis pas sûr qu'il soit très sensé de vouloir combattre une bête sauvage sur son territoire, remarqua Fet.

— Nous n'avons pas le choix, répondit Setrakian. Pour la première fois, nous savons où *il* se trouve.

La nuit est presque finie, ajouta-t-il en levant les yeux vers le ciel, qui commençait à bleuir. Allons-y.

Ils se dirigèrent vers le portail pratiqué dans la grille basse et qui, la nuit, était fermé à clé. Eph et Fet l'escaladèrent et aidèrent Setrakian à les rejoindre.

Un nouveau bruit de pas sur le trottoir. Rapide, mais avec un pied à la traîne. Les trois hommes s'enfoncèrent vivement dans le parc.

Planté d'arbres nombreux et rapprochés, celui-ci n'était pas éclairé la nuit. Ils entendaient les voitures circuler à l'extérieur, mais aussi le clapotis d'une fontaine.

— Où sont-ils ? souffla Eph.

Setrakian sortit son détecteur de chaleur, scruta les environs, puis passa l'appareil à Eph. Celui-ci vit aussitôt des formes rouges se déplacer furtivement dans un décor par ailleurs uniformément sombre.

Ils étaient *partout*. Et ils convergeaient vers un point situé plus au nord.

Leur destination ne faisait aucun doute : un kiosque, côté Broadway. A cette distance, Eph n'en distinguait que les contours. Il attendit que le nombre des vampires rentrant au bercail décroisse et que le détecteur ne lui signale plus de sources significatives de rayonnement.

Ils s'élancèrent. Dans le jour naissant, ils virent que le kiosque était en réalité une guérite d'orientation dont les volets étaient clos la nuit. Ils en ouvrirent la porte : il était vide.

Ils se tassèrent dans l'étroit réduit. Sur le comptoir en bois s'alignaient des présentoirs chargés de brochures touristiques et d'horaires de bus. Fet braqua sa lampe sur une double trappe métallique dans le sol. Le cadenas qui la fermait avait disparu. On lisait sur la trappe les lettres MTA : Metropolitan Transportation Authority.

Fet l'ouvrit tandis qu'Eph l'éclairait, vigilant. Un escalier descendait dans le noir. Fet s'y engagea pendant que Setrakian pointait sa torche sur une pancarte à demi effacée sur le mur.

— Une issue de secours, signala le dératiseur. Après la Seconde Guerre mondiale, on a fermé l'ancienne station de métro desservant la mairie. Le virage de la voie était trop serré pour les trains récents, et les quais trop étroits. Cela dit, je crois que certaines rames de la 6 font encore demi-tour ici, ajouta-t-il en regardant dans un sens puis dans l'autre. On a dû démolir l'ancienne issue de secours et construire ce kiosque à la place.

— Bien, conclut le vieux professeur. En route.

Eph ne referma pas la trappe derrière eux : mieux valait se ménager un accès direct à la surface en cas de besoin. Les marches étaient encrassées sur le côté, et nettoyées au centre par le passage de multiples pieds. L'obscurité était totale.

— Prochaine station : 1945 ! dit Fet.

L'escalier aboutissait à une porte donnant sur une seconde volée de marches plus larges. En bas, une coupole supportée par quatre arches et percée d'une verrière décorée qui virait tout juste au bleu. Les guichets en bois alignés le long d'un des murs courbes étaient flanqués d'échelles et de vieux échafaudages. Les portes, également courbes, n'étaient pas équipées de tourniquets : la station datait d'avant le système des jetons.

L'arche du fond s'ouvrait sur un autre escalier, juste assez large pour laisser passer cinq personnes de front, et qui descendait jusqu'au quai. Les trois hommes tendirent l'oreille avant de se risquer au bord des voies désaffectées.

Il régnait là une ambiance de cathédrale. Des lustres d'époque portant encore des ampoules noircies étaient accrochés aux plafonds voûtés, et le long des voussures, les carreaux imbriqués évoquaient des fermetures Eclair géantes. Deux vitraux améthyste laissaient entrer le jour ; les autres avaient été recouverts de plomb en prévision d'éventuels raids aériens après la guerre. Plus loin, des grilles d'aération fournissaient un éclairage maigre, mais suffisant pour donner de la profondeur au champ de vision le long du gracieux arrondi de la voie ferrée. Pas un seul angle droit dans toute la station. Le revêtement mural était abîmé, de même que le panneau en terre cuite vernie que les trois hommes découvrirent non loin d'eux et qui, décoré à la feuille d'or, annonçait en lettres bleues sur fond blanc : CITY HALL.

La fine couche de poussière métallique recouvrant le quai révélait des empreintes de pas qui s'enfonçaient dans l'obscurité du tunnel.

Ils les suivirent jusqu'au bout du quai, puis sautèrent sur les voies toujours électrifiées. Ils éteignirent leurs torches, mais la Luma d'Eph mit partout en évidence des éclaboussures d'urine iridescentes qui s'étendaient toujours plus avant. Comme Setrakian reprenait son détecteur thermique, ils entendirent du bruit derrière eux. Des retardataires qui débouchaient de l'escalier de la mezzanine. Eph éteignit sa lampe. Ils franchirent les rails pour se plaquer contre la paroi incurvée du tunnel.

Une fois sur le quai, les retardataires descendirent également sur les voies. Setrakian les épia de loin : deux taches rouge orangé sans rien de particulier. L'une disparut et le vieux professeur en déduisit qu'elle s'était faufilée dans une étroite fente de la paroi que, curieusement, eux-mêmes n'avaient pas remarquée. Le second vampire s'immobilisa au même endroit mais, au lieu de disparaître, il se tourna dans leur direction. Setrakian ne broncha pas. Son appareil révélait que la zone la plus chaude du corps du vampire se situait au niveau de sa gorge. Un épanchement orange descendait le long de sa jambe pour virer au jaune en gouttant par terre – et donc en se refroidissant. La créature était en train de vider sa vessie. Elle leva la tête comme un animal sauvage flairant sa proie, tout en suivant les rails du regard vers la cachette des trois hommes, et se glissa finalement dans la fente du mur.

Setrakian, Eph et Fet regagnèrent les voies. La galerie voûtée empestait l'urine de vampire, une odeur d'ammoniac brûlé qui, pour le vieux professeur, était associée à de sombres souvenirs. Ses deux compagnons et lui se dirigèrent vers la fente en contournant la flaque.

Eph dégaina son épée et entra le premier. Le passage s'élargissait peu à peu et débouchait dans une caverne aux parois rugueuses où régnait une forte chaleur. Eph ralluma sa Luma juste à temps pour voir un vampire accroupi se lever d'un bond et lui sauter dessus, le projetant contre le mur. Sa torche tomba près du filet d'eaux usées qui s'écoulait sur le sol éventré, et sa lumière indigo lui révéla ce qui, naguère, avait été une femme. Elle portait un blazer strict et un chemisier blanc souillé. Son mascara noir avait coulé. Sa mâchoire se décrocha, sa langue se recourba vers l'arrière... et à ce moment-là, Fet surgit du passage.

Il porta à la créature un unique coup de poignard au flanc. Elle se détacha d'Eph en roulant sur elle-même et se retrouva à nouveau accroupie. Avec un grand cri, Fet la frappa à nouveau, cette fois juste au-dessus du cœur – ou de l'endroit où aurait dû se trouver son cœur. L'arme s'enfonça dans sa poitrine, sous l'épaule. La vampire recula en chancelant, pour mieux revenir à la charge. Cette fois, le dératiseur plongea sa lame dans son bas-ventre. Elle se cabra, gronda, mais, là encore, sa réaction trahissait plus la désorientation que la douleur. Elle ne le laisserait pas en paix.

Entre-temps, Eph avait recouvré ses esprits. Quand la femme fonça une troisième fois sur Fet, il se dressa derrière elle, brandissant son épée à deux mains. La pulsion de meurtre lui étant encore étrangère, il n'alla pas au bout de son geste. Toutefois, la lame sectionna la moelle épinière de la créature, qui bascula mollement en avant, le corps agité de convulsions.

Cependant, les bruits de course qui résonnaient dans la caverne signifiaient que l'autre vampire partait alerter ses semblables.

Eph récupéra sa lampe et s'élança à sa suite, pensant à Kelly. Sa colère le soutint jusqu'au bout du passage, où ses bottes soulevèrent des gerbes d'eau sale. Le couloir tournait brusquement à droite. A cet endroit, une grosse canalisation courait le long du mur. La vapeur chaude favorisait l'épanouissement d'algues et de moisissures qui luisaient à la lumière de la lampe d'Eph. Il distingua vaguement le vampire devant lui. Il courait les bras écartés, comme s'il griffait l'air.

Un autre virage, et la créature s'évanouit. Eph ralentit, promena sa torche autour de lui et finit par repérer des jambes qui dépassaient d'un trou au pied d'un mur. La créature s'enfonçait dans le sol en progressant par reptation ; bientôt elle serait hors de portée. Eph essaya d'atteindre ses pieds crasseux du bout de son épée, mais ils étaient déjà trop loin.

Il se mit à genoux mais ne put apercevoir le bout du tunnel creusé. Fet et Setrakian se trouvaient encore loin derrière. Décidant qu'il ne pouvait les attendre, il se coucha sur le dos et s'introduisit dans le passage étroit, serrant sa lampe et son épée dans ses mains. Il avait intérêt à ne pas rester coincé. Jamais il ne pourrait ressortir par le même chemin. Mais sa tête et ses bras finirent par émerger de l'autre côté. D'une ruade, il acheva de se dégager et se mit à genoux.

Hors d'haleine, il promena le faisceau de sa Luma autour de lui. Il se trouvait dans un autre tunnel, équipé de rails et de ballast, où régnait une paix irréelle. Sur sa gauche, à moins de cent mètres, de la lumière.

Un quai. Il s'élança le long des voies et s'y hissa. Rien à voir avec la splendeur de l'ex-station City Hall. Ici, on ne trouvait que des poutrelles en acier et des canalisations. Eph, qui croyait connaître toutes les stations de métro du centre-ville, dut admettre qu'il ne s'était jamais arrêté dans celle-ci.

Une rame stationnait au bout du quai. Sur une porte, un panneau annonçait : HORS SERVICE. Au centre de la station se dressait la coque vide d'un ancien poste de commande souillé de graffiti illisibles qui semblaient remonter à de nombreuses années. La porte en était verrouillée.

Eph perçut des raclements en provenance du tunnel. Fet et Setrakian sortaient à leur tour du boyau et allaient bientôt le rejoindre. Conscient de s'être montré imprudent en partant seul à l'aventure, il décida de les attendre dans cette oasis de lumière. Mais alors un caillou roula sur la voie, et en se retournant il vit un vampire sortir de derrière la dernière voiture de la rame et s'enfoncer dans l'obscurité du tunnel.

Eph sauta sur les voies afin de le poursuivre. Les rails obliquaient à droite avant de s'interrompre. Les pieds nus du vampire claquaient toujours sur le ballast devant lui. Mais la créature, gênée par les cailloux, ralentissait l'allure. Elle cédait de plus en plus de terrain, et la chaleur dégagée par la lampe d'Eph l'affolait. Soudain elle se retourna, offrant à son poursuivant le spectacle d'un masque terrifié baignant dans une lumière indigo.

Le bras d'Eph se détendit et, d'un unique coup d'épée, il décapita le monstre.

Le corps bascula en avant. Eph éclaira son cou suintant afin que les UV de la Luma neutralisent les vers qui cherchaient déjà à fuir. Puis il se redressa. Sa respiration était presque redevenue normale quand il se figea.

Il entendait – ou plutôt *sentait* – des présences autour de lui. Ni déplacements identifiables, ni bruits de pas. Juste quelque chose qui remuait vaguement.

Il chercha à tâtons sa petite torche électrique et l'alluma. Il y avait des corps allongés partout sur le sol du tunnel. Des dizaines de New-Yorkais tout habillés et bien alignés. Certains avaient encore les yeux ouverts.

Des victimes récentes de la contamination. Des gens qui s'étaient fait attaquer pendant la nuit. Les mouvements qu'Eph avait perçus provenaient de la métamorphose qui s'opérait en ce moment même dans leur corps : ce n'étaient pas leurs membres qui bougeaient, mais les tumeurs qui colonisaient leurs organes.

Il dénombra plusieurs dizaines de corps, mais d'autres se succédaient dans le tunnel, hors de portée de sa torche. Des hommes, des femmes et des enfants, venus de tous les horizons… Eph se mit à courir en tous sens, cherchant à repérer Kelly tout en priant pour ne pas la trouver là.

Il la cherchait encore quand Fet et Setrakian le rejoignirent enfin.

— Elle n'est pas là, leur annonça-t-il d'un ton soulagé où perçait quand même une note de désespoir.

Une main plaquée sur le cœur, le vieux professeur peinait à reprendre son souffle.

— On est encore loin ?

— Il existe une autre station censée desservir la mairie, sur une autre ligne, plus profonde : la BMT. Seulement, elle n'a jamais été ouverte. On s'en est servi comme voie de garage et pour entreposer du matériel. Ça veut dire qu'on se trouve au-dessous de la Broadway Line. Ce virage, là-bas, contourne les fondations du Woolworth Building. Après, c'est Cortland Street. Ce qui veut dire que le World Trade Center est...

Fet leva les yeux, comme s'il pouvait voir à travers dix ou quinze strates de roche, jusqu'à la surface.

— Disons qu'il est tout près.
— Finissons-en, dit Eph.
— Attendez, intervint Setrakian, encore essoufflé.

Il promena le rayon de sa torche sur le visage des nouveaux infectés. Puis il se mit à genoux et en soumit quelques-uns au test du miroir en argent.

— Avant, nous avons un devoir à accomplir ici.

Ce fut Fet qui s'en chargea. Il élimina impitoyablement les futurs vampires tandis que le professeur l'éclairait. Eph ressentait chaque décapitation comme un nouveau coup porté à sa santé mentale, mais il s'obligea à regarder.

Car lui aussi avait été métamorphosé. Non pas en vampire, mais en un être qui dispensait la mort au lieu de la santé.

La présence d'eau devenait plus évidente à mesure qu'ils avançaient. D'étranges racines, plantes grimpantes ou moisissures décolorées venues du plafond inachevé serpentaient le long des murs pour descendre s'y abreuver. Les lampes jaunes fixées à intervalles réguliers ne révélaient pas le moindre graffiti. Le sol était recouvert d'une poussière blanche et fine qui formait un voile à la surface des poches d'eau stagnante. Elle provenait du World Trade Center. Les trois hommes la foulaient avec réticence, car elle leur inspirait le même respect qu'un cimetière.

Le plafond s'abaissa graduellement, au point qu'ils durent bientôt se baisser. Ils approchaient d'un cul-de-sac. Puis la lampe de Setrakian révéla dans la partie supérieure du mur une ouverture assez grande pour les laisser passer. Le grondement sourd qu'ils percevaient depuis un moment gagna en intensité. A la lueur de leurs lampes, ils virent l'eau trembler autour de leurs bottes. Le bruit caractéristique du métro. Ils se retournèrent instinctivement, bien qu'il n'y eût pas de voies dans leur tunnel. Une rame venait dans leur direction, mais sur des rails électrifiés courant au-dessus de leurs têtes, à proximité de la station qui desservait la mairie au niveau supérieur. Bientôt les grincements, les vrombissements et les oscillations devinrent insupportables. Par leur violence, par leur puissance sonore, ils rappelaient un tremblement de terre. Mais les trois hommes virent rapidement le parti qu'ils pouvaient tirer de cette perturbation.

Ils se faufilèrent dans la fente qu'ils venaient de repérer et longèrent une autre galerie sans rails, mais jalonnée d'ampoules électriques éteintes qui dansaient sous l'onde de choc du passage de la rame. De la terre et des gravats avaient été déblayés derrière les piliers en acier qui s'élançaient vers le plafond sur une dizaine de mètres. Au niveau d'une bifurcation, pas très loin devant eux, ils virent soudain briller une faible lumière jaune. Eteignant leurs Luma, ils s'élancèrent dans le noir et sentirent que le tunnel s'élargissait pour déboucher dans une vaste salle tout en longueur.

Le sol cessa de trembler et le vacarme de la rame s'atténua comme un orage qui passe. Les trois hommes ralentirent pour ne pas faire de bruit. Eph devina la présence des créatures assises ou allongées avant de les voir. Alertées par leur arrivée, elles se redressaient déjà, mais sans passer à l'attaque. Aussi continuèrent-ils d'avancer en pataugeant vers l'antre du Maître.

Les démons étaient sortis se repaître pendant la nuit. Gorgés de sang telles des tiques, ils digéraient, amorphes. Leur langueur avait quelque chose de morbide : ils semblaient résignés à attendre le coucher du soleil pour pouvoir se nourrir à nouveau.

Ils finirent par se lever. Certains portaient un bleu de travail, d'autres un complet-veston, une tenue de gymnaste, un pyjama, des habits de soirée, un tablier sale, ou même rien du tout.

Eph agrippa son épée et scruta leurs visages en passant parmi eux. Rien que des morts aux yeux rouge sang.

— Restez groupés, murmura Setrakian en sortant précautionneusement la mine à UVC du filet que Fet transportait sur le dos.

Il en détacha un morceau de ruban adhésif, puis activa la batterie.

— J'espère que cet engin va marcher.

— Comment ça, vous « espérez » ? s'étonna Fet.

Au même instant, un vampire l'attaqua – un vieillard qui ne devait pas être rassasié. Fet lui montra son poignard en argent, lui arrachant un feulement, et le repoussa brutalement du pied avant d'exhiber son arme sous le nez des autres.

Des visages grimaçants se détachaient des murs. Des vampires plus anciens, de la première ou de la deuxième génération, qu'on reconnaissait à leurs cheveux presque blancs. Certains émettaient de petits cris d'animaux ou des hoquets étranglés, comme s'ils tentaient de parler mais que l'abject appendice apparu sous leur langue les en empêchât.

Setrakian, qui marchait entre Fet et Eph, déclara :

— La batterie devrait entrer en contact avec le détonateur au moment où la pique touchera le sol.

— Comment ça, « devrait » ? s'exclama Fet.

— Il faudra vous mettre à l'abri avant que la mine n'explose. Derrière ces piliers, par exemple, dit-il en désignant les poutrelles rouillées qui se dressaient à intervalles réguliers. Vous disposerez tout au plus de quelques secondes. Surtout, fermez les yeux. Ne regardez pas, ou la déflagration vous aveuglera.

— Allez-y, alors ! lâcha Fet, entouré de vampires.

— Non, pas encore...

Le vieil homme dégaina en partie son épée afin d'en montrer la lame en argent, puis, d'un geste rapide, passa deux doigts sur son fil acéré. Quelques gouttes de sang tombèrent sur le sol, provoquant comme une onde de choc chez les vampires. Ils se mirent à sortir de l'ombre, affluant de toutes parts, curieux et affamés.

Fet brandit son poignard, lui faisant décrire un arc de cercle devant lui, dans l'espoir de les maintenir à distance.

Eph scrutait les visages des mortes, à la recherche de Kelly. Une femme voulut l'agresser, mais il posa la pointe de son épée contre son sternum et elle recula aussitôt, comme sous l'effet d'une brûlure.

Le bruit était de plus en plus fort. Les premiers rangs de vampires subissaient la pression de ceux qui arrivaient derrière. La nécessité de s'alimenter l'emportait sur la prudence. Le sang de Setrakian gouttait toujours par terre ; son odeur finit par leur faire perdre complètement la tête.

— Mais allez-y ! insista Fet.

— Encore quelques secondes, dit le vieil homme.

Les vampires formaient un cercle de plus en plus rapproché autour d'eux, même si Eph les repoussait de la pointe de son épée. Quand ils furent assez près, il alluma sa lampe Luma, mais ils soutinrent bravement son éclat. Les plus proches étaient à la merci de ceux qui les poussaient dans le dos. Les trois hommes ne tiendraient plus très longtemps... Alors Eph sentit qu'on l'attrapait par la manche.

— C'est parti ! dit Setrakian en lançant la lourde mine hérissée de pointes.

Celle-ci se redressa en atteignant le sommet de sa trajectoire avant de retomber et de se ficher dans le ballast. Une vibration se fit entendre.

— Vite ! Vite ! les exhorta Setrakian.

Eph se dirigea vers un des piliers de soutènement en agitant sa lampe et en balançant son épée comme une machette. Les créatures cherchaient à l'agripper, à l'attirer à elles. La lame tranchait dans leurs chairs avec un bruit écœurant, provoquant des hurlements qui s'achevaient en gargouillis. Tout en fuyant, il cherchait encore le visage de Kelly parmi les femmes.

Le bourdonnement de la mine devint plus aigu. Eph continuait à distribuer les coups. Il atteignit le pilier juste au moment où une vive lumière bleue emplissait le souterrain. Il ferma les yeux et les abrita derrière son bras par précaution.

Des cris d'agonie bestiale lui parvinrent. Réduits en morceaux, couverts de cloques ou perdant leur peau par lambeaux, les vampires se liquéfiaient, leur âme se consumait tandis que leurs cris restaient bloqués dans leur gorge.

La plainte suraiguë de la mine ne dura pas plus de dix secondes, le temps que la nappe de lumière purificatrice monte du sol au plafond – le temps que la batterie s'épuise. La vaste salle fut à nouveau plongée dans l'obscurité. Eph attendit néanmoins quelques instants avant de rouvrir les yeux.

Une odeur infecte de chair grillée montait des corps carbonisés. Impossible de se déplacer sans marcher sur des cadavres qui se réduisaient en cendres sous leurs pas. Seuls les vampires qui avaient eu la chance de pouvoir s'abriter en partie derrière un pilier bougeaient encore, mais Eph et Fet se hâtèrent de les achever.

Le dératiseur s'approcha ensuite de la mine et prit alors la mesure des dégâts.

— Eh bien, dites donc... On peut dire que ça a marché, votre truc.

— Regardez, fit Setrakian.

Tout au fond du souterrain empli de fumée, posé sur un tertre de terre et de gravats, se trouvait un long coffre noir.

Les trois hommes s'avancèrent avec une appréhension comparable à celle que devaient ressentir des démineurs face à un engin suspect. Eph eut une très forte impression de déjà-vu qu'il identifia presque aussitôt : il avait eu la même en marchant vers l'avion immobilisé sur la piste, tous feux éteints, le jour où tout avait commencé.

L'impression d'être en présence d'une chose à la fois morte et pas vraiment morte. Une chose venue d'un autre monde.

En approchant, il identifia sans doute possible le coffre trouvé dans la soute du vol 753, avec ses portes sculptées où l'on devinait des silhouettes humaines se tordant dans les flammes, et des visages déformés par des hurlements de douleur.

L'immense cercueil du Maître gisait sur un autel de gravats et de détritus, sous les ruines du World Trade Center.

Setrakian tendit la main vers le coffre, faillit frôler les bas-reliefs du bout des doigts, puis les retira.

— Il y a si longtemps que je le recherche…, fit-il tout bas.

Eph frissonna. Il n'avait aucune envie d'être à nouveau confronté à la créature que contenait ce cercueil, cet être d'une taille désarmante et d'une force implacable. Craignant que le coffre ne s'ouvre brusquement, il se tint à l'écart tandis que Fet en faisait le tour. Les volets ne comportaient pas de poignées. Il fallait glisser un doigt sous la rainure centrale pour les soulever. Une manœuvre difficile à exécuter rapidement.

Epée en main, Setrakian se plaça à l'extrémité où devait se trouver la tête du vampire. Eph lui trouva l'air préoccupé, et comprit aussitôt la raison de son inquiétude.

Tout cela était trop facile.

Fet et lui glissèrent avec peine leurs doigts entre les deux volets et comptèrent jusqu'à trois avant de les soulever. Setrakian se pencha en avant, brandissant sa lampe et son épée...

Il n'y avait là que de la terre. Il y enfonça sa lame, dont la pointe racla le fond du coffre.

Fet recula, les yeux écarquillés.

— Quoi ? Il n'est plus là ?

Le professeur retira son épée et donna de petits coups sur le bord du cercueil pour en faire tomber la terre.

— Il a filé, constata Eph.

Ne parvenant pas à surmonter sa déception, il s'éloigna de quelques pas, puis se tourna vers le champ de bataille jonché de cadavres qu'était devenu ce souterrain à l'atmosphère délétère.

— Il savait que nous arrivions. Il a dû s'enfuir par les tunnels, et comme il ne peut pas remonter en surface à cause du soleil, il va y rester jusqu'à la nuit.

— Oui, et le métro de New York est le plus étendu au monde, renchérit Fet. Mille deux cents kilomètres de voies au total.

— C'était perdu d'avance, reprit Eph d'une voix rauque. On n'a jamais eu l'ombre d'une chance.

Setrakian semblait exténué, mais pas découragé. On lisait même une ardeur nouvelle dans ses yeux.

— Mais n'est-ce pas ainsi qu'on extermine les nuisibles, monsieur Fet ? En les obligeant à quitter leur nid ? En les chassant de leur tanière ?

— Seulement quand on sait où ils vont réapparaître.

— Les rats ne se ménagent-ils pas toujours une porte de sortie ?

— Une tanière de rechange, ou une issue de secours, dit Fet, qui commençait à comprendre où il voulait en venir. Si le prédateur entre par un côté, ils filent par l'autre.

— Eh bien, conclut Setrakian, je crois que nous avons réussi à chasser le Maître de son antre. A présent, il est en fuite.

Vestry Street, TriBeCa

Comme ils n'avaient pas le temps de détruire le cercueil, ils se bornèrent à le faire tomber de son « autel » et à le renverser pour le vider de sa terre, dans l'intention de revenir plus tard achever le travail.

Le trajet du retour à travers les tunnels et jusqu'au véhicule de Fet leur prit beaucoup de temps et fut très éprouvant pour Setrakian.

Un peu plus tard, Fet gara sa camionnette non loin de l'hôtel particulier de Bolivar, au coin de la rue. Ils parcoururent le plus vite possible les quelques dizaines de mètres qui les séparaient de la porte, en plein soleil, sans chercher à cacher ni leurs épées ni leurs Luma. Ils ne rencontrèrent personne. Eph escalada les montants entrecroisés de l'échafaudage. Au-dessus de l'entrée, toujours barricadée, se trouvait une lucarne décorée où on lisait le numéro de la maison. Eph brisa la vitre d'un coup d'épée, enfonça les plus gros morceaux de verre à coups de pied, puis dégagea l'encadrement en y passant sa lame. Armé d'une lampe, il entra et se retrouva dans le hall.

Le faisceau violet révéla les deux panthères de part et d'autre de la porte. Au pied de l'escalier, une statue ailée – un ange – l'enveloppait d'un regard peu amène.

Il entendait, il *sentait* la vibration signalant la présence du Maître. Kelly..., songea-t-il, le cœur gros. Elle était forcément ici.

Setrakian suivit le même chemin, avec l'aide de ses compagnons. Sitôt à l'intérieur, il dégaina son épée. Lui aussi sentait la proximité du Maître, et il en était soulagé. Cela voulait dire qu'ils n'arrivaient pas trop tard.

— Il est là, constata Eph.

— Dans ce cas, il est déjà au courant de notre présence, répondit le vieil homme.

Fet confia deux grosses lampes à UVC à Eph, puis franchit à son tour la lucarne, et ses bottes résonnèrent sur le sol du hall.

— Vite, dit Setrakian en traversant le rez-de-chaussée en travaux pour passer sous l'escalier.

Ils se retrouvèrent dans une cuisine tout en longueur, pleine d'appareils ménagers encore dans leur emballage, à la recherche d'un placard bien précis. Ils le trouvèrent, aussi vide et inachevé que le reste.

La cloison du fond dissimulait une porte dérobée, ainsi que le leur avaient révélé les plans imprimés par Nora.

La porte ouvrait sur une volée de marches. Derrière eux, une bâche claqua. Ils se retournèrent vivement, mais ce n'était qu'un courant d'air venu d'en bas. Il charriait l'odeur du métro, mêlée de relents de terre et d'égout.

C'était par là qu'on accédait aux tunnels. Eph et Fet disposèrent deux grosses lampes à UVC de manière à inonder le passage d'une lumière brûlante, mortelle. Ainsi, les vampires qui se trouvaient en haut ne pourraient pas fuir par les sous-sols, ceux des tunnels ne pourraient pas remonter dans la maison et – précaution impérative – la seule issue les exposerait à la lumière directe du soleil.

Eph vit Setrakian adossé au mur, une main pressée sur son cœur. Cela l'inquiéta, mais au moment où il allait le rejoindre, Fet poussa un juron et une des lampes tomba par terre avec un bruit métallique. Eph s'assura que les ampoules n'étaient pas cassées, puis remit la lampe en place sans s'exposer lui-même aux radiations.

Fet lui intima de ne pas faire de bruit. Il avait perçu du bruit en bas. Des pas. Une odeur nouvelle parvint à leurs narines. Une odeur de putréfaction qui leur souleva le cœur. Les vampires se rassemblaient.

Les deux hommes ressortirent alors du placard baigné de lumière violette, mais quand Eph chercha le professeur du regard, il ne le trouva pas.

Setrakian était retourné dans le hall. Son cœur surmené par la tension, par l'idée de ce qui les attendait, se serrait dans sa poitrine. Il avait attendu ce moment pendant tant et tant d'années...

Soudain ses mains difformes lui firent mal. Il fléchit les doigts pour les assouplir, empoigna le pommeau de sa canne juste sous la tête de loup sculptée et sentit un imperceptible déplacement d'air, un mouvement...

Il attendit le tout dernier moment pour tirer son épée, s'évitant ainsi un coup direct qui lui aurait probablement été fatal. Mais il bascula en arrière sous le choc et sa tête heurta violemment le sol au pied du mur. Pourtant il n'avait pas lâché son arme. Il se remit debout le plus vite possible et fendit l'air de sa lame, à l'aveuglette.

C'était ainsi, à cette vitesse hallucinante, que se mouvait le Maître.

Car il était là. Quelque part dans l'obscurité du hall.

Tu es un vieil homme, à présent.

Sa voix crépita dans la tête de Setrakian comme s'il avait reçu une décharge électrique. Il balaya à nouveau l'espace de son épée, de droite à gauche. Une silhouette noire passa en un clin d'œil devant l'ange éploré, au pied de l'escalier.

Le Maître allait certainement tenter une diversion. Son arme était la fourberie. Jamais il n'affrontait l'ennemi en face ; il préférait le surprendre par-derrière.

Le dos au mur, Setrakian recula jusqu'à la porte principale. Celle-ci était pourvue d'un étroit vitrail qu'on avait obstrué. Il abattit son épée sur les carreaux colorés, qui volèrent en éclats.

La lumière du jour pénétra comme une lame de couteau dans l'entrée.

Eph et Fet surgirent du placard au moment même où le verre se brisait, pour découvrir le vieil homme l'épée à la main, dans un espace baigné de soleil.

Mais la forme indistincte qui remontait l'escalier en toute hâte ne lui avait pas échappé.

— Là-bas ! cria-t-il avant de s'élancer derrière elle. Vite !

Eph et Fet le suivirent. Deux vampires les attendaient en haut. Les ex-gardes du corps de Bolivar n'étaient plus que des coques vides à l'air affamé qui flottaient dans leur costume. L'un d'eux décocha un coup de poing à Eph, qui faillit perdre l'équilibre et tomber dans l'escalier. Mais il se retint au mur et braqua sa Luma sur le colosse. Celui-ci battit en retraite et Eph lui entailla la cuisse. Le vampire lâcha un cri étranglé et revint à l'attaque. Cette fois, Eph lui enfonça presque toute la longueur de son épée dans le ventre. Le monstre s'affaissa sur le palier comme un ballon de baudruche crevé.

Fet tenait le sien en respect avec sa lampe tout en tailladant ses mains avides à coups de poignard. Il braqua le faisceau sur son visage. Le vampire battit des bras en lançant des regards affolés autour de lui, momentanément aveuglé. Fet feinta, passa derrière lui et le poignarda en pleine nuque avant de le pousser de toutes ses forces dans l'escalier.

Cependant, l'adversaire d'Eph tentait de se relever. Fet l'en empêcha d'un coup de botte dans les côtes. Profitant de ce que la tête dépassait de la première marche de l'escalier, Eph abattit son épée avec un cri d'horreur.

La tête rebondit sur le marbre et prit de la vitesse en tournant de plus en plus vite sur elle-même. Arrivée au bas des marches, elle passa au-dessus du premier vampire et roula jusqu'au mur du fond.

Un sang blanc suintait du cou tranché sur le tapis carmin. Les vers de sang surgirent aussitôt, et Fet les carbonisa à coups d'UVC.

Le garde du corps qui gisait au pied des marches avait beau s'être brisé tous les os dans sa chute, il n'en était pas moins capable de nuire encore. Les yeux ouverts, il regardait stupidement vers le haut de l'escalier en essayant de se mettre en mouvement.

Eph et Fet trouvèrent Setrakian près de la grille de l'ascenseur, qui était fermée. Il agitait son épée en direction d'une silhouette sombre qui se déplaçait à une vitesse incroyable.

— Attention ! leur cria-t-il.

Le mot n'avait pas franchi ses lèvres que déjà le Maître attaquait Fet par-derrière. Le dératiseur s'effondra, durement frappé, et faillit casser sa lampe. Eph eut tout juste le temps de réagir. En passant devant lui, la silhouette ralentit une fraction de seconde, lui laissant entrevoir le visage ricanant du Maître. Puis il fut projeté contre le mur.

Setrakian se rua en avant, maniant son épée à deux mains, et força la créature presque invisible à entrer dans une grande pièce parquetée, haute de plafond. Eph se releva et y entra à son tour, suivi de Fet. Un filet de sang coulait sur la tempe de ce dernier.

Le Maître s'immobilisa devant une grande cheminée en pierre, à la moitié de la longueur de la salle. Celle-ci n'avait de fenêtres qu'à chaque extrémité. Dans sa partie centrale, les trois hommes ne pouvaient donc pas compter sur le soleil pour leur venir en aide. La cape du Maître ondula un court instant puis ses yeux hideux se posèrent alternativement sur leurs visages avant de s'arrêter sur Fet. A cause du sang… Le Maître parut sourire et, brusquement, il attrapa tous les morceaux de bois, tous les gravats, toutes les bobines de fil électrique qui se trouvaient à sa portée pour les jeter sur ses agresseurs.

Setrakian s'aplatit contre le mur tandis qu'Eph se réfugiait dans un coin et que Fet s'armait d'un panneau de lambris en guise de bouclier.

Quand la poussière fut retombée, ils constatèrent que le Maître avait à nouveau disparu.

— Et merde ! fit Fet entre ses dents.

Il essuya sa tempe ensanglantée d'un revers de main, se débarrassa du panneau de lambris, puis lança son poignard en argent dans la cheminée, où il tomba en résonnant. Que pouvait cette arme dérisoire contre un géant ? Il prit la lampe d'Eph, permettant ainsi au médecin de brandir son épée à deux mains.

— Restons sur ses talons, ordonna Setrakian en se dirigeant vers le hall. Il faut l'obliger à remonter jusqu'au toit.

Dans le hall, ils se trouvèrent face à quatre vampires qui leur tombèrent dessus en feulant. Des fans de Bolivar, à en juger par leur allure.

Fet les contraignit à reculer en les menaçant avec ses deux lampes. L'un d'eux se réfugia dans une autre pièce tandis qu'Eph arrivait en renfort. C'était une fille bien en chair, vêtue d'une jupe en jean et de collants résille déchirés. Vorace, comme l'étaient tous les nouveaux contaminés. Accroupi, Eph pointa son épée sur elle. Elle feinta à droite, puis à gauche, sans cesser de feuler.

Soudain, du hall, Setrakian hurla « *Strigoï !* » d'un ton impérieux, et Eph s'enhardit en l'entendant décapiter les monstres les uns après les autres. La fille feinta une nouvelle fois, redoublant d'agressivité. La pointe de l'épée traversa son débardeur noir au niveau de l'épaule gauche. La créature ouvrit la bouche, sa langue se recourba vers l'arrière... Eph s'écarta vivement et l'aiguillon manqua son cou de justesse. Elle continua à s'avancer, la bouche ouverte, en poussant un hurlement de rage. Eph lui porta un coup d'épée au visage, visant l'aiguillon. La lame ressortit par la nuque pour s'enfoncer de quelques centimètres dans le mur derrière elle.

Les yeux lui sortirent de la tête. De son dard tranché coulait un sang blanc qui dégoulinait sur son menton. Clouée au mur, elle se cabra et tenta de cracher sur Eph son sang grouillant de vers.

Entre-temps, Setrakian avait décapité les trois autres. Le beau parquet en érable du hall était inondé de liquide blanchâtre.

— Arrière ! cria le vieux professeur en venant vers Eph.

Celui-ci lâcha son épée, qui resta plantée, vibrante, dans le mur. De la sienne, Setrakian trancha la tête de la fille, dont le corps mutilé tomba à terre.

Sa tête clouée au mur continuait à déverser des flots de sang blanc. Soudain ses yeux entièrement noirs se fixèrent sur les deux hommes, puis ils se révulsèrent et ne bougèrent plus. Eph retira son épée et la tête roula sur le corps.

Pas le temps d'irradier les vers.

— Vite, il faut monter ! ordonna Setrakian en longeant le mur jusqu'à un autre escalier, celui-ci en hélice et pourvu d'une belle rampe en fer forgé.

Il faisait preuve d'une volonté de fer, mais ses forces le lâchaient. Arrivé en haut, Eph passa devant et regarda d'un côté puis de l'autre dans la pénombre. Il ne vit que du parquet ciré et des murs bruts. Mais pas de vampires.

— Il faut nous séparer, dit le vieux professeur.

— Vous voulez rire ! s'exclama Fet en l'empoignant pour l'aider à monter les dernières marches. Article un, ne *jamais* se séparer ! J'ai vu trop de films pour faire cette bêtise-là, ajouta-t-il en agitant ses lampes en tous sens.

L'une des deux grésilla, puis l'ampoule grilla pour cause de surchauffe et prit brusquement feu. Fet la lâcha précipitamment et éteignit les flammes sous sa botte. Il ne lui restait plus qu'une lampe.

— Combien de temps vont encore durer les batteries ? interrogea Eph.

— Trop peu, dit le professeur. Il va nous avoir à l'usure, en nous obligeant à lui courir après jusqu'à la tombée de la nuit.

— Il faut lui tendre un piège, reprit Fet. Comme à un rat dans une salle de bains.

A cet instant, Setrakian s'immobilisa, tendant l'oreille.

Ton cœur est faible, vieille fripouille. Je l'entends d'ici.

Pétrifié, Setrakian regarda autour de lui, mais pas trace du Maître.

Tu t'es fabriqué un instrument bien commode, à ce que je vois.

— Vous ne le reconnaissez pas ? dit tout haut Setrakian entre deux respirations laborieuses. Cette canne appartenait pourtant à Czardu. Le jeune homme dont vous avez pris la forme.

Comprenant qu'il conversait avec le Maître, Eph s'approcha du professeur.

— Où est-elle ? hurla-t-il. Où est ma femme ?

Mais le Maître ne lui prêta aucune attention.

Toute ta vie, tu as tendu vers cet instant précis. Et tu vas échouer à nouveau.

— Tu vas goûter à ma lame en argent, *strigoï* !

C'est à ta chair que je vais goûter, vieillard. Et tes piètres disciples ne seront pas épargnés.

Le Maître attaqua par-derrière et fit tomber Setrakian. Eph réagit aussitôt en donnant deux coups d'épée au jugé, se repérant sur le courant d'air qu'il avait perçu. Quand il ramena la lame à lui, il la trouva imprégnée de liquide blanc.

Il avait blessé le Maître !

Mais le temps qu'il parvienne à cette conclusion, le monstre était revenu à la charge. Sa main griffue frappa Eph en pleine poitrine. Celui-ci se sentit décoller du sol ; ses épaules et son dos heurtèrent violemment le mur et ses muscles hurlèrent de douleur tandis qu'il s'affaissait.

Fet bondit en avant en balançant sa lampe et Setrakian se redressa sur un genou, brandissant à nouveau son épée dans l'espoir de repousser le Maître. Eph, lui, roula sur lui-même pour se mettre à l'abri, tout en se préparant à essuyer d'autres coups. Mais rien ne vint.

Ils étaient à nouveau seuls. On n'entendait plus que le tintement des projecteurs de chantier suspendus au plafond et qui se balançaient doucement au pied de l'escalier.

— Je l'ai touché, annonça Eph.

Setrakian se releva en prenant appui sur son épée. Il était blessé au bras. Il s'avança aussitôt vers l'escalier qui montait à l'étage supérieur.

Il y avait du sang de vampire sur les marches.

Durement éprouvés, mais toujours aussi déterminés, les trois hommes montèrent jusqu'au dernier étage de la plus haute des deux maisons, celle où se trouvaient les appartements privés de Bolivar. Ils pénétrèrent dans la chambre à coucher, cherchant des traces de sang blanc sur le plancher. En vain. Fet contourna le lit défait pour se diriger vers les fenêtres, au fond de la pièce, et ouvrir les rideaux. La lumière du jour entra, mais ce n'était pas celle du soleil direct. Eph alla jeter un coup d'œil dans la salle de bains. Elle était encore plus grande qu'il ne le pensait, avec des miroirs encadrés d'or qui, installés face à face, se reflétaient à l'infini. Une véritable armée d'Ephraïm Goodweather se dressait devant lui.

— Par ici, fit Setrakian d'une voix étranglée.

Dans le salon, encore plus grand que la chambre, des traînées blanches se détachaient sur le cuir noir d'un fauteuil. A l'est, deux ouvertures en forme d'arches, tendues de lourdes draperies sous lesquelles filtrait un timide rayon de lumière. Sans doute donnaient-elles sur le toit de la maison voisine.

Debout au centre de l'immense pièce, tournant le dos à la dangereuse clarté du jour, le Maître penchait vers eux son visage hideux et ses yeux d'onyx au regard fixe. Un sang blanc irisé coulait lentement, irrégulièrement, de son bras et de sa main pour goutter sur le sol au bout d'une de ses griffes.

Setrakian s'avança en boitillant. Il traînait derrière lui son épée, qui rayait le parquet. Il s'arrêta devant le Maître et, de son bras valide, leva son arme. Son cœur battait beaucoup trop vite.

— *Strigoï*, dit-il simplement.

Le monstre le contempla, impassible, dans une posture aussi impériale que démoniaque. Ses yeux étaient pareils à deux lunes mortes nimbées d'un nuage de sang. Seuls les parasites hyperactifs qui s'agitaient sous la peau de son visage inhumain trahissaient la tension qui l'habitait.

Setrakian sentit que le moment était venu – celui qu'il avait attendu toute sa vie. Et voilà que, justement, son cœur le trahissait, lui coupait tous ses moyens.

Eph et Fet accoururent pour protéger ses arrières. S'il voulait quitter la pièce, le Maître n'aurait d'autre choix que de se battre. Une expression railleuse et sauvage à la fois se peignit sur ses traits. D'un coup de pied, il projeta une table basse vers Eph, l'obligeant à reculer. Puis, de son bras indemne, il fit glisser un fauteuil club vers Setrakian. Ayant séparé les deux hommes, le Maître fonça alors vers Fet.

Celui-ci leva sa lampe, mais le Maître en esquiva le faisceau et se jeta sur lui, toutes griffes dehors. Fet s'écroula, sonné. Le Maître passa à côté de lui à une vitesse incroyable, mais Fet était rapide. Il leva sa lampe et la lui braqua en plein visage. Les UVC le firent chanceler et reculer contre le mur, dont le plâtre s'effrita sous le choc. Il porta ses mains à son visage. Quand il les baissa, Fet vit qu'il écarquillait les yeux, l'air perdu.

Le Maître était momentanément aveuglé. Les trois hommes comprirent que pour un court instant ils avaient l'avantage. Fet s'élança, tenant sa lampe devant lui. Le Maître recula en battant des bras. Fet le repoussa à travers la pièce, jusqu'aux arches tendues d'épais rideaux. Eph, qui les avait suivis, donna un coup d'épée en direction de la cape du Maître et réussit à nouveau à le blesser superficiellement. Une des mains du monstre griffa l'air, sans atteindre sa cible.

Setrakian s'agrippa au fauteuil que le Maître avait poussé vers lui ; son épée tinta en tombant.

La lame d'Eph coupa une des tentures et le soleil entra à flots. Les portes-fenêtres étaient fermées par des grilles décoratives en fer forgé mais, d'un nouveau coup d'épée, il en fit sauter le loquet dans une gerbe d'étincelles.

Cependant, le Maître continuait à battre en retraite devant Fet. Eph fit volte-face et chercha Setrakian du regard afin de lui laisser porter le coup de grâce. Il vit le vieux professeur étendu par terre à côté de son épée, les mains serrées sur sa poitrine.

Paralysé, Eph regarda tour à tour le Maître et Setrakian qui se mourait.

Braquant toujours sa lampe sur le vampire, tel un dompteur tenant un lion en respect avec un tabouret, Fet lui lança :

— Eh bien ? Qu'est-ce que vous attendez ?

Eph rejoignit le vieil homme et lut la détresse dans son regard égaré. Ses doigts tiraient sur son gilet au niveau du cœur. Eph s'agenouilla près de lui et ouvrit brusquement son gilet, puis sa chemise, afin de dénuder sa poitrine creuse. Il chercha une pulsation sous le maxillaire. En vain.

— Hé, doc ! cria Fet, repoussant le Maître jusqu'à la lisière de la partie ensoleillée de la pièce.

Eph entreprit un massage cardiaque, d'abord doucement, pour ne pas briser les côtes du vieil homme. Puis il vit que les doigts de ce dernier ne désignaient plus son cœur mais cherchaient à atteindre son gilet.

Paniqué, Fet se retourna vers ses compagnons. Le Maître en profita pour l'attraper par l'épaule et l'attirer à lui.

Eph tâta les poches du gilet et sentit quelque chose. Il sortit la petite boîte à pilules en argent dont il dévissa promptement le couvercle. Une dizaine de comprimés blancs s'éparpillèrent sur le parquet.

Fet avait beau être plus grand et plus vigoureux que la moyenne, dans la poigne du Maître il ne pesait guère plus qu'un enfant. Ses bras étaient immobilisés, mais il n'avait pas lâché la lampe à UV. Il la dirigea vers le monstre aveuglé et lui brûla le flanc. Le Maître hurla de douleur, sans toutefois relâcher son étreinte. De sa main libre, il saisit le crâne du dératiseur et lui poussa la tête en arrière malgré sa résistance. Alors Fet se retrouva face à face avec l'indicible.

Eph récupéra un comprimé de trinitrine, passa une main derrière la tête de Setrakian, lui ouvrit la bouche de force et le lui glissa sous la langue. Puis il se mit à secouer le vieillard en l'appelant à grands cris. Enfin, les paupières du professeur se soulevèrent.

Dressé au-dessus du visage de Fet, le Maître ouvrit la bouche et darda son aiguillon vers la gorge offerte de sa victime. Fet se débattait avec la dernière énergie, mais le vampire lui comprimait si fort la nuque que le sang n'affluait plus au cerveau. Tout s'obscurcit autour de lui et ses muscles ne répondirent plus.

— Non ! hurla Eph.

Il se jeta sur le Maître, zébrant son large dos de coups d'épée. Le monstre tourna vivement la tête ; son aiguillon chercha sa cible et ses yeux blessés finirent par apercevoir Eph.

— « L'argent chante dans mon épée ! » s'écria ce dernier avant de le frapper à la poitrine.

La lame sonna bel et bien, haut et clair, comme si elle chantait, mais le Maître l'esquiva. Eph voulut lui porter une nouvelle estocade, qui manqua encore sa cible. Avec des gestes désordonnés, le géant recula vers les portes-fenêtres qui laissaient entrer la vive lumière du soleil.

Eph le tenait ! Et le Maître le savait. L'homme leva son épée à deux mains, prêt à l'enfoncer jusqu'à la garde dans la gorge du roi des vampires. Le considérant avec dégoût, celui-ci parvint à se redresser de toute sa hauteur, puis rabattit sur sa tête la capuche de sa cape noire.

— Crève ! rugit Eph en s'élançant vers lui.

Alors le Maître tourna les talons et se jeta contre la baie vitrée, qui vola en éclats. Il roula sur le sol brûlant du patio, en plein soleil.

Emporté par son élan, Eph suivit le même chemin et s'immobilisa face au vampire, attendant la fin.

Le Maître fit mine de se relever, puis il frissonna, et un nuage de vapeur monta de sa cape sombre. Il parvint cependant à se remettre sur pied, secoué comme par une crise d'épilepsie, et replia ses griffes immenses pour former deux poings d'allure bestiale.

Avec un rugissement, il se défit de sa cape, qui tomba en fumant sur les dalles. Nu, le Maître se convulsa ; sa peau d'une blancheur nacrée s'assombrit sous la cuisson du soleil et se mua en cuir noir. Noir et mort.

L'entaille qu'Eph lui avait laissée dans le dos fondit pour former une balafre sombre et profonde, comme cautérisée par les rayons du soleil.

Il se retourna, tremblant toujours, pour faire face à Eph, à Fet qui se tenait dans l'encadrement de la porte-fenêtre, et à Setrakian qui se relevait péniblement. Choquant de nudité malgré son entrejambe lisse, dénué de parties génitales, il était d'une minceur extrême. Sa chair carbonisée grouillait de vers de sang affolés par la douleur.

Alors le Maître eut un sourire ignoble, une grimace de triomphe et de souffrance. Il se tourna vers l'astre du jour et, la bouche grande ouverte, poussa un hurlement de défi. Une imprécation dont le caractère démoniaque ne faisait aucun doute. Puis il courut à une vitesse étourdissante vers le bord de la terrasse pour passer par-dessus la rambarde, dévaler la façade en direction de l'échafaudage qui montait jusqu'au deuxième étage et disparaître dans les ombres matinales de New York.

LE CLAN

NAZARETH, PENNSYLVANIE

Dans une mine d'amiante depuis longtemps désaffectée et dont on n'avait jamais dressé de plan, un monde souterrain qui s'étendait sous les forêts de Pennsylvanie, au cœur d'un labyrinthe formé de kilomètres de galeries et de terriers, dans une salle où régnait le noir complet, trois Aînés du Nouveau Monde conféraient.

Avec le temps, leur corps était devenu lisse comme un galet, et leurs mouvements si lents qu'on ne les percevait presque plus. Ils n'avaient plus besoin de manifestation physique. Leur organisme avait évolué pour parvenir à l'efficacité maximale, leurs mandibules de vampires fonctionnaient sans la moindre anomalie. Et leur vision nocturne était extraordinairement aiguisée.

Dans des cages aménagées au fond des tunnels à l'ouest de leur domaine, les Aînés avaient commencé à accumuler de quoi se sustenter pendant l'hiver. De temps en temps, le cri déchirant d'un prisonnier humain se répercutait à travers la mine.

Il s'agit du septième.

En dépit de leur apparence humaine, les Aînés pouvaient se dispenser de la parole, cet attribut animal.

Quelle est cette incursion sur notre territoire ?

C'est une violation de notre souveraineté.

Il nous croit âgés, affaiblis.

Mais une tierce personne l'a assisté dans cette transgression. Il a bien fallu qu'on lui fasse traverser l'océan.

Un des autres, alors ?

Un des Aînés du Nouveau Monde étendit son esprit au-dessus des eaux de l'Océan pour atteindre l'Ancien Monde.

Je ne sens rien qui l'atteste.

Alors c'est que le septième s'est associé avec un humain.

Avec un humain, contre tous les autres humains.

Et contre nous.

C'était lui, le responsable du massacre bulgare. N'est-ce pas évident, à présent ?

Si. Il a amplement prouvé qu'il était même prêt à tuer les siens si on le contrariait.

La guerre mondiale l'a vraiment trop gâté.

Il s'est trop longtemps repu dans les tranchées. Rassasié dans les camps.

Et voilà qu'il rompt la trêve. Qu'il pose le pied sur notre sol. Il veut conquérir le monde entier à son seul bénéfice.

Ce qu'il veut, c'est une nouvelle guerre.

Le plus grand d'entre eux tressaillit imperceptiblement – ce ne fut qu'une très légère contraction de la main, mais chez un être aussi immobile, c'était un phénomène extraordinaire. Leur corps était une simple coquille qu'ils pouvaient remplacer à leur gré. Peut-être étaient-ils devenus trop complaisants. Peut-être s'étaient-ils trop installés dans le confort.

Dans ce cas, nous allons lui donner satisfaction. Nous ne saurions demeurer plus longtemps invisibles.

Le chasseur de têtes pénétra dans la salle des Aînés et attendit qu'on s'adresse à lui.

Vous l'avez trouvé.

Oui. Il a cherché à rentrer chez lui, comme tous les êtres vivants.

Il fera l'affaire ?

Il sera notre chasseur diurne. Il n'a pas le choix.

Dans une cage verrouillée du tunnel ouest, à même le froid de la terre battue, gisait Gus, inconscient. Ignorant tout des périls qui l'attendaient, il rêvait de sa mère.

EPILOGUE

KELTON STREET, WOODSIDE, QUEENS

Ils se retrouvèrent tous chez Kelly. Nora y ramena Zack une fois qu'Eph et Fet eurent fait un peu de ménage et brûlé l'immonde dépouille de Matt sous un tas de broussailles et de feuilles mortes.

Setrakian était étendu sur un lit d'appoint, dans le solarium. Il n'avait pas voulu entendre parler d'hospitalisation, et Eph avait abondé en son sens. Il avait pris un mauvais coup au bras mais ne présentait pas de fracture. Son pouls était lent mais régulier, et son état s'améliorait. Eph aurait voulu qu'il dorme, mais pas sous l'effet d'antalgiques. Aussi, quand il revint lui rendre visite, à la tombée du soir, lui apporta-t-il un petit verre de cognac.

Toutefois, le vieil homme lui avoua que son principal problème n'était pas la douleur.

— L'échec a le don de nous priver de sommeil.

Eph n'avait, quant à lui, pas retrouvé Kelly. Il avait envie de se trouver des raisons d'espérer.

— Ce n'est pas vous qui avez échoué, rétorqua-t-il. C'est le soleil.

— Je ne savais pas le Maître si puissant. Je m'en doutais, certes, je le redoutais, c'est sûr. Mais je ne savais pas. Il n'est pas de ce monde.

— Non, puisque c'est un vampire.

— Ce n'est pas ce que je veux dire. Il n'est pas *originaire* de ce monde.

Eph craignit alors que le vieux professeur n'ait pris un coup sur la tête.

— Ecoutez, on l'a blessé, on a laissé notre marque sur lui, et maintenant, il nous fuit.

— Il court toujours, répliqua Setrakian, inconsolable. Donc, ce n'est pas fini.

Il prit le verre que lui tendait Eph et but. Puis il se rallongea.

— Les nouveaux vampires n'en sont qu'au stade infantile. Ils s'apprêtent à franchir une nouvelle étape dans leur évolution. Et nous allons assister à cette deuxième transformation. Il leur faut sept nuits pour achever leur métamorphose. Quand celle-ci sera complète, il deviendra moins facile de les abattre par les moyens conventionnels. De plus, le processus de maturation va se poursuivre. Ils vont apprendre, gagner en intelligence, s'accoutumer au milieu. S'organiser collectivement pour attaquer les humains et, individuellement, devenir plus agiles, beaucoup plus dangereux. Nous aurons davantage de mal à les repérer et à les éliminer. Jusqu'à ce qu'il soit impossible de les arrêter, conclut-il avant de finir son cognac et de lever les yeux vers Eph. Pour moi, la scène à laquelle nous avons assisté ce matin sur le toit de cet immeuble signe la fin de l'espèce humaine.

Eph se sentit écrasé sous le poids du sinistre destin qui les attendait.

— Il y a quelque chose que vous ne m'avez pas dit. Mais quoi ?

Setrakian détourna la tête et son regard se perdit dans le vide.

— Des choses qu'il serait trop long d'évoquer maintenant.

Quelques minutes plus tard, il dormait. Ses doigts suppliciés trituraient l'ourlet du drap remonté sur sa poitrine. Ses rêves étaient visiblement agités, mais Eph ne pouvait rien y faire.

— Papa !

Il retourna dans le salon. Zack était assis devant l'ordinateur. Eph serra son fils contre lui et l'embrassa sur la tête, s'imprégnant de l'odeur de ses cheveux.

— On s'aime, tous les deux, hein, Zack ? fit-il tout bas.

— Oui, papa, on s'aime.

Eph le lâcha non sans lui ébouriffer une dernière fois les cheveux.

— On en est où ?

— J'ai presque fini, répondit Zack en se retournant vers l'écran. J'ai dû créer une adresse mail bidon. Choisis-toi un mot de passe.

Zack aidait son père à poster les images d'Ansel Barbour qu'il avait filmées dans la remise (images qu'Eph s'était bien gardé de lui montrer) sur tous les sites ou réseaux d'échange de vidéos possibles et imaginables. Il fallait que le monde voie de vraies images de vampire. C'était la seule façon de faire comprendre aux gens ce qui se passait. Il ne craignait pas de provoquer la panique, le chaos : des émeutes s'étaient déjà déclenchées. Pour l'instant, elles se limitaient aux quartiers pauvres, mais elles ne tarderaient pas à s'étendre. La solution consistant à répondre à la menace d'extinction totale par le silence organisé était trop absurde pour qu'il l'envisage plus longtemps.

Il fallait combattre le fléau en l'attaquant à la racine.

— Tu vois, je sélectionne le fichier comme ça, disait Zack, et ensuite je l'envoie en pièce jointe...

La voix de Fet leur parvint depuis la cuisine, où il regardait la télévision en mangeant de la salade au poulet dans une barquette en plastique géante :

— Venez voir ça !

Eph se retourna. Sur l'écran, on apercevait des immeubles en proie aux flammes et de gros nuages de fumée noire dans le ciel de Manhattan.

— Ça ne s'arrange pas.

Eph vit tout à coup les bulletins scolaires de Zack voleter sur la porte du réfrigérateur où ils étaient fixés par un aimant. Puis ce fut une serviette en papier posée sur la paillasse de la cuisine qui tomba aux pieds de Fet.

Il se tourna vers Zack, qui tapait toujours sur son clavier.

— D'où vient ce courant d'air ?

— La porte vitrée doit être ouverte, répondit l'enfant.

Eph chercha Nora des yeux. Puis on entendit un bruit de chasse d'eau et la jeune femme sortit des toilettes.

— Quoi ? demanda-t-elle en voyant tous les regards rivés sur elle.

Eph se tourna vers l'arrière de la maison, et plus précisément vers la porte qui menait à la baie vitrée coulissante donnant sur le jardin.

Quelqu'un se tenait sur le seuil de la pièce, immobile, les bras ballants.

Pétrifié, Eph ne pouvait en détacher ses yeux.

C'était Kelly.

— Maman !

Zack s'élança mais Eph le rattrapa de justesse. Il dut lui faire un peu mal, car l'enfant lui jeta un regard surpris.

Nora se précipita à son tour vers Zack et l'attira à elle.

Kelly restait sans bouger, sans même cligner des yeux. Elle avait l'air hébétée, comme assourdie par une explosion.

Eph comprit aussitôt. Ce qu'il redoutait le plus au monde s'était produit. Ce fut comme un coup de poignard en plein cœur.

Kelly avait été contaminée. Ce n'était plus qu'une chose morte qui regagnait sa tanière.

Le regard de son ex-femme se posa sur Zack. Elle était venue le chercher, lui, pour l'infecter à son tour.

— Maman ? répéta l'enfant, sentant qu'elle n'était pas dans son état normal.

Eph perçut un mouvement rapide derrière lui. Fet était allé chercher l'épée d'Eph. Il brandit la lame d'argent sous le nez de Kelly.

Celle-ci fit une grimace affreuse. Son indifférence céda la place à une expression de malveillance à l'état pur et elle montra les dents.

Kelly était devenue un démon. Un vampire.

Elle était comme eux.

Perdue à jamais.

Zack lâcha un gémissement, recula devant le spectacle de sa mère transformée en créature maléfique et perdit connaissance.

Fet s'avança vers Kelly en la menaçant toujours de son épée, mais Eph le retint par le bras. Kelly battait en retraite en feulant comme un chat en colère. Elle lança un dernier regard au petit garçon évanoui, qu'elle avait espéré contaminer, avant de tourner les talons et de s'enfuir par la porte de derrière.

Eph et Fet sortirent juste à temps pour la voir se jeter par-dessus la clôture basse qui séparait le jardin de celui des voisins et disparaître dans la nuit.

Fet referma la porte et donna un tour de clé. Puis il tira les stores et regarda Eph.

Ce dernier alla rejoindre Nora, qui, agenouillée auprès de Zack, ne cachait pas sa détresse.

Il voyait bien, à présent, à quel point cette calamité était insidieuse. Elle dressait les uns contre les autres les membres d'une même famille. Elle opposait directement la mort à la vie.

C'était le Maître qui leur avait envoyé Kelly, qui l'avait lâchée à leurs trousses pour les tourmenter. Et prendre sa revanche.

Si le désir de retrouver ses proches après la mort était proportionnel à l'amour qu'on leur avait voué de son vivant, jamais Kelly ne renoncerait à son fils. Eph sut avec certitude qu'elle le poursuivrait sans relâche, éternellement, jusqu'à ce qu'on l'en empêche définitivement.

En un sens, le combat pour la garde de Zack n'était pas terminé. Il venait même de franchir un palier supplémentaire. Eph dévisagea son fils, Nora, Fet, puis contempla les incendies qui faisaient rage sur l'écran de la télévision. Enfin, il se tourna vers l'ordinateur et appuya sur la touche « Entrée » afin de diffuser dans le monde entier les images du vampire enragé. Cela fait, il regagna la cuisine, se dirigea vers le placard où Kelly rangeait le whisky et, pour la première fois depuis bien longtemps, se servit un verre.

Les auteurs recommandent chaleureusement un ouvrage qui leur a été d'une aide précieuse : *Rats. Une autre histoire de New York*, de Robert Sullivan (Petite Bibliothèque Payot, 2009).

Photocomposition Nord Compo
59650 Villeneuve-d'Ascq

*Achevé d'imprimer par N.I.I.A.G.
en avril 2010
pour le compte de France Loisirs, Paris*

N° d'éditeur : 59124
Dépôt légal : mai 2010
Imprimé en Italie